高等学校经济与工商管理系列教材

管理信息系统原理

（第 2 版）

主　编　倪庆萍

参　编　姜　伟　刘一君
　　　　戴　酉　胡铁城

清 华 大 学 出 版 社
北京交通大学出版社
·北京·

内 容 简 介

本书基于管理与技术融合的思想及社会-技术系统的视角，深入探讨了管理信息系统所涉及的基本概念、基本原理和实用技术、方法与应用。全书分为 6 篇：第 1 篇介绍了管理信息系统的概念、结构、分类及管理信息系统对组织的作用；第 2 篇介绍了支持管理信息系统运行的主要技术；第 3 篇主要阐述了管理信息系统的产生发展、工作和构成的原理；第 4 篇展示和分析了组织内和组织间的各类典型的应用系统；第 5 篇介绍了管理信息系统建设与开发的过程和方法；第 6 篇介绍了管理信息系统建设开发中的项目管理、运行维护和安全管理。

本书借鉴了国内外管理信息系统方面的大量研究成果和最新动态，从管理信息系统的概念入手，对管理信息系统学科的形成原理和管理信息系统的构成原理、工作原理、开发原理进行了较为全面系统的介绍。本书可作为高等学校信息管理与信息系统、电子商务、工商管理等专业的教材，也可供教师、企事业管理人员学习参考。

图书在版编目（CIP）数据

管理信息系统原理/倪庆萍主编. —2 版. —北京：清华大学出版社；北京交通大学出版社，2009.11

（高等学校经济与工商管理系列教材）

ISBN 978－7－81123－972－0

Ⅰ. ① 管… Ⅱ. ① 倪… Ⅲ. ① 管理信息系统-高等学校-教材 Ⅳ. ① C931.6

中国版本图书馆 CIP 数据核字（2009）第 214652 号

责任编辑：黎丹
出版发行：清 华 大 学 出 版 社　　邮编：100084　　电话：010－62776969
　　　　　北京交通大学出版社　　邮编：100044　　电话：010－51686414
印　刷　者：北京瑞达方舟印务有限公司
经　　销：全国新华书店
开　　本：185×260　印张：25　字数：624 千字
版　　次：2010 年 1 月第 2 版　　2010 年 1 月第 1 次印刷
书　　号：ISBN 978－7－81123－972－0/C·80
印　　数：1～4 000 册　　定价：36.00 元

第2版前言

《管理信息系统原理》一书出版已有3年了，承蒙读者的大力支持，已多次印刷售罄。在这三年里，一方面，随着信息技术的不断进步和信息系统实践的不断深入，管理信息系统的概念、理论、内容、形式、技术和方法都有了扩展和发展，因此作为一个与时俱进、能够反映学科前沿的教材就需要不断修改完善；另一方面，编者通过不断地学习和实践对管理信息系统也有了更深入的理解和认识，也希望把这些教学积累和读者一起分享。这些促成了对该教材的修订再版。

管理信息系统是管理科学与工程类学科的核心课程，也是经济与工商管理类的主干课程。关于这门课程的目标和要求，教指委在2004年9月已给出了基本建议。目前国内近期新出的一些教材从内容上看基本符合教指委的建议，即涵盖管理信息系统的概念、作用、技术基础、应用、建设与开发及管理。在2007年7月教指委主办的信息资源管理和管理信息系统核心课程的培训中，清华大学经济管理学院陈国青教授做的"管理信息系统前沿问题与专业设置"报告，给了我很大的启发：一是管理与技术的融合，强调技术与业务的渗透，技术与管理的并重；二是管理信息系统研究的多视角，即技术、行为和社会技术系统。在2008年12月教育部高教司举办的管理信息系统精品课程培训中，合肥工业大学管理学院刘业政教授的"管理信息系统精品课程建设与教学改革"报告，将课程内容要求在教指委建议的基础上进行了进一步深化，侧重在三个方面：一是突出业务驱动的MIS应用和突出MIS的开发过程与管理；二是课程内容要具有先进性、前沿性，体现管理国际化的发展要求；三是体现科学研究成果的应用。正是受到这些国内同行专家的启迪，我们才在第1版教材的基础上形成了第2版教材的框架。

进入21世纪以来，飞速发展的信息技术正在深刻地改变着世界，信息化对经济与社会的巨大影响力也日益凸显，信息已成为现代企业重要的财富和资源。未来社会要求企业具有"快速应变"的能力，能及时把握市场形势，作出科学正确的决策。要做到这几点，企业必须全面、及时、准确地掌握信息，依靠信息流通、信息处理和信息技术开拓市场，提高竞争能力。因此，在我国大力推进国民经济信息化的政策指导下，加快企业信息化建设，促进企业效益的长期稳步增长，已成为现代企业急需解决的重要课题。

管理信息系统是组织创新、经营创新和管理创新的重要途径。管理信息系统对组织的影响不仅是技术问题，还涉及经济问题。信息技术对组织的生存和繁荣影响越来越大，组织对管理信息系统的投资像其他资产一样，成为组织经营的必要条件，且有上升趋势。新版教材在构筑知识体系时更注重从管理者的角度来考虑：管理信息系统究竟给组织带来哪些影响？管理信息系统正在如何改变组织的结构、业务流程和经营方式？如何组织、实施管理信息系统？等等。

酝酿再版本教材的这段时间，正值金融风暴在全球蔓延。面对经济寒冬，中国企业如何从资源成本优势跃升到管理成本优势，这既是挑战也是机遇。企业需要转型和升级，更需要提升经营和管理水平，需要管理和经营模式的创新。信息化作为一种最有效的手段来优化企业流程、提升管理和经营绩效，已成为企业的共同选择。集成化的管理信息系统仍将是中国企业可以看到显著成效并值得继续为之努力完善的重要手段。为此，在新版教材中关于集成化的管理信息系统（ERP、SCM、CRM等）和业务流程方面的知识增加了较多的篇幅，突出了管理信息系统实践中需要解决的问题和需要的理论知识。

新版教材与其他同类教材在内容框架设计上的另外一个不同之处是在管理信息系统原理篇的设计上，这也是本教材的独到之处。本篇全面介绍了管理信息系统的形成原理、工作原理和构成原理，为读者全面深入地了解和应用管理信息系统提供了基础。

《管理信息系统原理（第2版）》的构成和主要内容如下。

第1篇（MIS的概念和作用）共有2章。第1章管理信息系统概述中，对管理信息系统的概念结构、管理信息系统的总体概念结构、管理信息系统的概念组成结构的含义进行了补充说明，对事务处理系统（TPS）、办公自动化系统（OAS）、知识工作系统（KWS）、管理信息系统（MIS）补充了应用案例。第2章管理信息系统与组织是在第1版第2章的基础上修订而成的，在章名上的改变是为了突出管理信息系统的作用。本章在概念的描述次序上进行了调整，增加了信息系统与竞争优势一节，另外将决策方法（如决策树和决策表）调整到了"系统设计"一章中。本章对管理信息系统的概念和系统结构也进行了补充说明。

第2篇（MIS技术基础）共2章。第3章网络与通信是新增加的一章，主要考虑信息技术和信息系统不断变化的本质要求管理者对现有的和新兴的技术都有所了解。第4章数据库与数据仓库是在第1版第5章的基础上修订的，章名进行了调整，主要是为了将其归入管理信息系统技术基础一篇。本章增加了数据仓库与数据挖掘一节，另外对数据库技术进行了补充。

第3篇（MIS的原理）共3章。第5章管理信息系统学科发展的主要思想和理论是在第1版第3章和第4章的基础上合并而成的。第6章管理信息系统与企业流程是新增加的一章，主要是考虑管理信息系统实践中企业流程的重要性。第7章管理信息系统的结构是在第1版第5章的基础上修订而成的，主要增加了管理信息系统的体系结构一节。

第4篇（MIS的应用）共2章。本篇是在第1版第12章的基础上修订的。第8章面向角色的管理信息系统中的3节对应第1版的第12.1、12.3和12.6节。第9章面向流程的管理信息系统是在第1版第12.2、12.4和12.5节的基础上修订而成的，并补充了电子商务系统一节，主要是考虑电子商务的广泛应用和与管理信息系统的渗透趋势。

第5篇（MIS的开发）共5章。第10章管理信息系统的开发方法、第11章系统规划、第12章系统分析、第13章系统设计和第14章系统实施分别对应第1版第7章、第8章、第9章、第10章和第11章。内容的主要调整：一是将第1版的第2.3.3节中的决策树和决策表有关内容调到了新版的第12.2.5节；二是将第1版的第13.1、13.2节分别并入了第12章、第13章；三是将第1版第11.5和11.6两节调到了新版的第16章。

第6篇（MIS的管理）共2章。第15章管理信息系统的开发项目管理是新增加的一章，主要考虑项目管理对管理信息系统建设的重要性，应是管理者需要了解的重要内容之一。第16章管理信息系统的运行维护与安全管理是在第1版第11.5和11.6节的基础上修订完成的，主要补充了安全管理一节。

本书的特点是概念定义严格、内容组织逻辑清晰、讲述通俗易懂、易教易学。本书可供高等学校信息管理与信息系统、电子商务、工商管理等专业的教材，也可供教师、企事业管理人员学习参考。

本次修订，倪庆萍承担了第 2 版前言、第 1 篇至第 6 篇序言、第 1 章、第 2 章、第 4 章、第 5 章、第 6 章、第 7 章、第 8 章、第 9.4 节、第 10 章、第 11 章、第 15 章和第 16 章的修订和编写；戴酉承担了第 12 章、第 13 章、第 14 章的修订；姜伟承担了第 9.1 节、9.2 节的修订；胡铁城承担了第 3 章的编写；刘一君承担了第 4.6 节的编写。倪庆萍负责了全书的规划和统稿。

在本书第 2 版的写作过程中，参考了大量的国内外文献和资料，在此谨向这些文献和资料的作者表示衷心的感谢。

本书配有教学课件、习题参考答案和相关的教学资源，有需要的读者可从 http://press. bjtu. edu. cn 网站下载或与 cbsld@jg. bjtu. edu. cn 联系。

管理信息系统是一个不断发展的学科，文稿虽经再次修订，难免有不妥之处，恳请专家与读者指正。

编 者
2009 年 12 月

目　录

第 1 篇　MIS 的概念与作用

第 1 章　管理信息系统概述

1.1　管理信息系统的概念 ·· 3
1.2　管理信息系统的发展历程 ·· 8
1.3　管理信息系统的分类 ·· 10
1.4　管理信息系统的学科内容及与其他学科的关系 ·········· 18
习题 ··· 20

第 2 章　管理信息系统与组织

2.1　系统与信息系统 ·· 21
2.2　信息系统与组织 ·· 35
2.3　信息系统与决策 ·· 47
习题 ··· 57

第 2 篇　MIS 技术基础

第 3 章　网络与通信

3.1　数据通信基础 ··· 61
3.2　计算机网络技术概述 ·· 65
3.3　局域网 ··· 70
3.4　广域网 ··· 74
3.5　无线网络 ·· 76

习题 ……………………………………………………………………………… 78

第 4 章　数据库与数据仓库

4.1　数据的描述与组织 ………………………………………………………… 80
4.2　数据库管理技术 …………………………………………………………… 83
4.3　数据模型 …………………………………………………………………… 86
4.4　关系的规范化 ……………………………………………………………… 91
4.5　数据库设计 ………………………………………………………………… 93
4.6　数据仓库与数据挖掘 ……………………………………………………… 96
习题 ……………………………………………………………………………… 101

第 3 篇　MIS 的原理

第 5 章　管理信息系统学科发展的主要思想和理论

5.1　管理信息系统学科的发展机理 …………………………………………… 105
5.2　管理思想及其演变 ………………………………………………………… 106
5.3　信息技术与企业管理变革 ………………………………………………… 114
5.4　管理信息系统与企业管理信息化 ………………………………………… 121
习题 ……………………………………………………………………………… 126

第 6 章　管理信息系统与企业流程

6.1　企业的运行 ………………………………………………………………… 127
6.2　企业流程概述 ……………………………………………………………… 137
6.3　企业流程再造 ……………………………………………………………… 148
6.4　企业流程管理 ……………………………………………………………… 153
6.5　管理信息系统的业务处理流程 …………………………………………… 156
习题 ……………………………………………………………………………… 157

第 7 章　管理信息系统的结构

7.1　管理信息系统的体系结构 ………………………………………………… 158
7.2　管理信息系统的功能结构 ………………………………………………… 162
7.3　管理信息系统的空间分布结构 …………………………………………… 168
7.4　管理信息系统的软件结构 ………………………………………………… 175
习题 ……………………………………………………………………………… 177

第4篇　MIS 的应用

第 8 章　面向角色的管理信息系统

8.1　事务处理系统 ·· 181

8.2　决策支持系统 ·· 185

8.3　战略信息系统 ·· 189

习题 ·· 198

第 9 章　面向流程的管理信息系统

9.1　企业资源计划（ERP） ·· 200

9.2　客户关系管理系统 ·· 208

9.3　供应链管理系统 ·· 214

9.4　电子商务系统 ·· 220

习题 ·· 230

第5篇　MIS 的开发

第 10 章　管理信息系统的开发方法

10.1　管理信息系统开发概述 ··· 233

10.2　生命周期法 ··· 240

10.3　结构化方法 ··· 244

10.4　原型法 ·· 246

10.5　面向对象方法 ··· 250

10.6　计算机辅助软件工程 ··· 255

习题 ·· 256

第 11 章　系 统 规 划

11.1　管理信息系统规划总论 ··· 258

11.2　MIS 战略规划 ··· 261

11.3 业务流程规划 ··· 265

11.4 信息系统总体规划 ·· 270

11.5 项目实施与资源分配规划 ·· 276

习题 ··· 277

第12章 系统分析

12.1 系统分析概述 ··· 278

12.2 用户需求分析 ··· 285

12.3 新系统逻辑方案的建立 ·· 299

12.4 示例:账务处理子系统数据流程分析 ·· 302

习题 ··· 306

第13章 系统设计

13.1 系统设计概述 ··· 308

13.2 系统总体设计 ··· 309

13.3 系统详细设计 ··· 320

13.4 系统设计报告 ··· 327

13.5 示例:账务处理子系统的功能结构和数据文件设计 ································ 329

习题 ··· 335

第14章 系统实施

14.1 系统实施概述 ··· 336

14.2 程序设计 ·· 338

14.3 系统测试 ·· 343

14.4 系统试运行与转换 ··· 349

习题 ··· 351

第6篇 MIS 的管理

第15章 管理信息系统开发项目管理

15.1 管理信息系统项目管理概述 ·· 355

15.2 管理信息系统项目管理的基本内容 ·· 358

15.3 管理信息系统开发项目的组织 ·· 368

习题 ··· 369

第 16 章 管理信息系统的运行维护与安全管理

16.1 日常运行管理 ·· 371

16.2 系统维护 ·· 372

16.3 运行管理体制 ·· 374

16.4 系统评价 ·· 375

16.5 信息系统安全管理 ·· 383

习题 ·· 386

参考文献 ·· 387

MIS 的概念与作用

第 1 章　管理信息系统概述

第 2 章　管理信息系统与组织

管理信息系统是一个不断发展的概念。从技术角度来讲，管理信息系统是一个由人、计算机及其他外围设备等组成的能进行信息的收集、传递、存储、加工、维护和使用的系统，是一门涉及管理学、运筹学、系统工程学、统计学、计算机科学及通信学等学科的新兴学科。

　　管理信息系统的理论基础包含：管理理论，包括组织理论、决策理论、行为理论、现代管理方法和技术等；系统理论，包括一般系统理论、系统工程和运筹学；计算机科学与信息理论，包括软件工程、程序设计方法学、信息经济学等。它是在信息社会多种学科相互渗透、交叉的大趋势中逐步发展形成的。

　　管理信息系统的主要任务是最大限度地利用现代计算机及网络通信技术加强企业的信息管理，通过对企业拥有的人力、物力、财力、设备、技术等资源的调查了解，建立正确的数据，加工处理并编制成各种信息资料及时提供给管理人员，以便进行正确的决策，不断提高企业的管理水平和经济效益。

　　管理信息系统在组织中的应用经历了一个逐步深入的过程，其中一个显著的特点就是信息系统不再仅仅是支持事务数据的简单处理，而是成为大多数业务过程中的重要组成部分，成为支持企业战略目标实现的重要工具，从而在很大程度上改变了企业的运作方式。

第 1 章

管理信息系统概述

  人类社会中存在着各种各样的系统。在任何一个系统中，信息流贯穿在整个系统之中，对信息的管理和控制将使系统的运动更加有序。管理信息系统就是一门综合了管理科学、信息科学、行为科学、计算机科学、决策科学、系统科学和通信技术的新型学科。经过多年的发展，管理信息系统形成了比较完整的独具特色的体系。

1.1 管理信息系统的概念

  管理信息系统（Management Information System，MIS）是以管理、信息及系统为基础发展起来的。首先它是一个系统，其次是一个信息系统，再次是一个应用于管理方面的信息系统。它有别于其他的应用系统，强调了其应用于管理决策中的重要性。

1.1.1 管理信息系统的定义

  管理信息系统是 20 世纪 80 年代才逐渐形成的一门新学科，人们对管理信息系统概念的认识也在逐步加深，管理信息系统的定义也在逐渐发展和成熟。下面按时间先后给出几个关于管理信息系统的定义。

  在 1970 年，瓦尔特·肯尼万（Walter T. Kennevan）给它下了一个定义："以口头或书面的形式，在合适的时间，向经理、职员及外界人员提供过去的、现在的、预测未来的有关企业内部及其环境的信息，以帮助他们进行决策。"

  在 20 世纪 70 年代末 80 年代初，我国许多从事管理信息系统工作的学者，根据中国的特点，给出了管理信息系统的一个定义：管理信息系统是"一个由人、计算机等组成的能进行信息的收集、传送、储存、加工、维护和使用的系统。管理信息系统能实测企业的各种运行情况，利用过去的数据预测未来；从企业全局出发辅助企业进行决策；利用信息控制企业的行为；帮助企业实现其规划目标。"（见《中国企业管理百科全书》）。

1985 年，管理信息系统的创始人，美国明尼苏达大学卡尔森管理学院的著名教授高登·戴维斯（Gordon B. Davis）给出管理信息系统另一个较完整的定义：“它是一个利用计算机硬件和软件，手工作业，分析、计划、控制和决策模型，以及数据库的用户-机器系统。它能提供信息，支持企业或组织的运行、管理和决策功能。”

经过多年的发展，管理信息系统的环境、目标、功能、支持层次、组成、内涵等均有很大的变化。针对这些变化，我国著名专家薛华成教授于 1999 年在《管理信息系统》一书中重新描述了管理信息系统的定义：“管理信息系统是一个以人为主导，利用计算机硬件、软件、网络通信设备及其他办公设备，进行信息的收集、传输、加工、储存、更新和维护，以企业战略竞优、提高效益和效率为目的，支持企业高层决策、中层控制、基层运作的集成化的人机系统。”

在众多的定义中，瓦尔特·肯尼万强调了信息对决策的支持作用，高登·戴维斯说明了管理信息系统的目标、功能和组成，我国学者给出的定义强调了管理信息系统的功能和性质，并且指出管理信息系统绝不仅仅是一个技术系统，而是把人包括在内的人机系统，它是一个管理系统，是一个社会系统。

总之，它是一门综合性、系统性的交叉学科，它面向管理，综合运用系统的观点、信息决策的方法和应用计算机的管理三大要素，逐渐形成了自己独特而又丰富的科学内涵，在实践中获得了广泛的应用。

1.1.2 管理信息系统的概念结构

管理信息系统的概念结构是对管理信息系统总体构成的一种抽象。从不同的角度看，管理信息系统会有不同的构成。下面从信息流动过程、对经营管理的支持和系统的运行 3 个角度来进一步认识管理信息系统。

(1) 管理信息系统的概念处理流程结构

管理信息系统的概念处理流程结构是按信息流在系统中的加工过程来描述的（如图 1-1 所示）。它是由信息源、信息处理器、信息用户及信息管理者所组成。其中，信息源是信息的产生地，给出大量的原始数据；信息处理器负责对各种信息数据的传输、加工、保存等；信息用户是信息的使用者，分析和运用经过处理的信息并进行决策；信息管理者负责信息系统的设计、实现和运行的维护和管理等。信息流是 MIS 的血脉。MIS 就是在各种信息流的支持下运行的。MIS 的信息流包含着输入流、输出流及加工、存储过程涉的信息流。

图 1-1 管理信息系统的概念处理流程结构

(2) 管理信息系统的总体概念结构

管理信息系统的总体概念结构是从支持企业经营管理决策的角度来描述的。

由图1-2可知，管理信息系统是一个人机系统。在实际中，把什么样的信息交给计算机处理？什么工作交给管理人员？力求充分发挥人和机器各自的特长，才是管理和处理信息的目标。人机系统组成一个和谐有效的管理信息系统，是需要系统设计者认真考虑的事情。

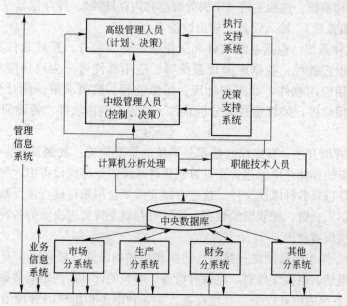

图1-2 管理信息系统的总体概念结构

管理信息系统应该从企业信息管理的总体出发，全面考虑，保证企业中各个职能工种之间共享共同的数据，减少数据的冗余性，保证数据的兼容性和一致性。严格地说，只有信息集中统一，信息才能成为企业的资源。数据的一体化并不限制个别功能子系统可以保存自己专用的数据。为保证一体化，首先就是要有一个全局的系统实现计划，每一个小系统的实现均要在这个总体计划的指导下进行。其次，是通过标准、大纲和手续达到系统一体化。这样数据和程序就可以满足多个用户的要求，系统的设备也应当互相兼容，即使在分布式系统和分布式数据库的情况下，保证数据的一致性也是十分重要的。

具有集中统一规划的数据库是管理信息系统成熟的重要标志，它象征着管理信息系统是经过周密的设计才建立的，标志着信息已集中成为资源，为各种用户所共享。数据库有自己功能完善的数据库管理系统，管理着数据的组织、数据的输入、数据的存取，使数据为多种用途服务。

管理信息系统常常利用数学模型分析数据，辅助决策。只提供原始数据或者总结综合数据对管理者来说往往感到不满足，管理者希望直接给出决策的数据，为得到这种数据往往需要利用数学模型，如联系于资源消耗的投资决策模型、联系于生产调度的调度模型等。模型可以用来发现问题，寻找可行解、非劣解和最优解。在高级的管理信息系统中，系统备有各种模型供不同的子系统使用，这些模型的集合叫做模型库。高级的智能模型能和管理者以对话的形式交换信息，从而组合模型并提供辅助决策信息。

MIS只是一种辅助管理系统，它所提供的信息需要由管理人员去分析和判断，作出合理的决策；同时计算机技术只是管理信息系统的一种手段和工具，不应构成管理信息系统的内容。对于管理信息系统概念的理解，这两点必须注意。

（3）管理信息系统的概念组成结构

管理信息系统的概念组成结构是从系统运行的角度来描述的。管理信息系统对整个组织的信息资源进行综合管理、合理配置与有效利用，其工作运行需要包括以下七大部分。

① 计算机硬件系统。包括主机（中央处理器和内存储器）、外存储器（如磁盘系统、数据磁带系统、光盘系统）、输入设备、输出设备等。

② 计算机软件系统。包括系统软件和应用软件两大部分。系统软件有计算机操作系统、各种计算机语言软件、数据库管理系统等；应用软件可分为通用应用软件和管理专用软件两类。通用应用软件，如图形处理、图像处理、数值求解、统计分析、通用优化软件等；管理专用软件，如管理数据分析软件、管理模型库软件、各种问题处理软件和人机界面软件等。

③ 数据及其存储介质。有组织的数据是系统的重要资源。数据及其存储介质是系统的主要组成部分，有的存储介质已包含在计算机硬件系统的外存储设备中，另外还有录音、录像磁带、缩微胶片以及各种纸质文件。这些存储介质不仅用来存储直接反映企业外部环境和产、供、销活动，人、财、物状况的数据，而且可存储支持管理决策的各种知识、经验及模型与方法，以供决策者使用。

④ 通信系统。用于信息发送、接收、转换和传输的设施，如无线、有线、光纤、卫星通信设施，以及电话、电报、传真、电视等设备；有关的计算机网络与数据通信的软件。

⑤ 非计算机系统的信息收集、处理设备。如各种电子和机械的管理信息采集装置，摄像、录音等记录装置。

⑥ 规章制度。包括关于各类人员的权力、责任、工作规范、工作程序、相互关系及奖惩办法的各类规定、规则、命令和说明文件，有关信息采集、存储、加工、传输的各种技术标准和工作规范。各种设备的操作、维护规程等有关文件。

⑦ 工作人员。计算机和非计算机设备的操作、维护人员，程序设计员，数据库管理员，管理信息系统的管理人员及人工收集、加工、传输信息的有关人员。

1.1.3 管理信息系统学科的三大要素

管理信息系统学科的三大要素是系统的观点、信息决策的方法和应用计算机的管理。

1. 系统的观点

根据系统论，所有的事物都可以看作是"系统"。系统被认为是一个整体，它由若干个具有独立功能的元素（Element）组成，这些元素之间互相联系、互相制约，共同完成系统的总目标。运用此观点可指导建立管理信息系统的概念框架和物理结构。

在不同的环境和场合下，人们对系统的理解不同。国际标准化委员会对系统的定义是：能完成一组特定功能，由人、机器和各种方法构成的有机集合体。其含义是指人为系统，即有人参与、有目的、有组织的系统。

一个系统必须置于具体的环境之中。系统的环境是指与系统的资源输入和资源输出有关联的外部世界。系统的概念是相对的，有大有小。一个大系统是由若干个小系统组成的，每个小系统又可以包括若干个更小的系统。从高层分析可以了解一个系统的全貌，可以合理地、正确地划分系统的层次；从低层分析，则可以深入到一个子系统每一部分的细节。

系统的观点主要包含以下内容。

① 系统必须用于实现特定的目标。

② 系统与外界环境之间有明确的边界，并通过边界与外界进行物质或信息的交流。确定系统的边界非常重要。

③ 系统可以划分为若干相互联系的部分，并且是分层次的，即系统是可以分解的。这种方法是认识任何复杂事物的必由之路。

④ 在子系统之间存在着各种物质或信息的交换关系，称之为物质流或信息流。通过这些流，各子系统功能才能互相配合，完成系统功能。

⑤ 系统是动态的、发展的。随着时间的推移，系统不断地从外界环境输入物质或信息，同时也不断地向外界输出物质和信息。

管理信息系统的结构化开发方法中，在系统的分析和设计阶段都运用了系统的观点。

2. 信息决策的方法

信息决策的方法是用来建立信息处理的规则。一般信息决策模型如图 1-3 所示。

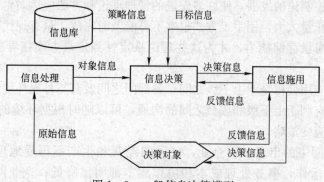

图 1-3 一般信息决策模型

信息库包括信息分析方法、决策模型、决策方法等。所谓决策，就是把收集到的信息与要求的目标信息进行比较分析，选择最合理的对策进行实施，并随时监督实施，依据实施反馈的新信息调整对策。

信息系统的数据进行加工处理，是一个将数据转换为有用输出的过程。例如，对财务数据的统计、结算、预测分析等都需要对大批采集录入的数据进行处理，从而得到管理所需的各种综合指标。处理又称为加工。处理的方法可以是文件的建立、排序、更新、检索等基本操作，也可以是数据的计算、分类、归并、统计汇总、预测模拟、逻辑判断等带有决策功能的操作。

3. 应用计算机的管理

管理是人类各种活动中最重要的活动之一。自从人们开始形成群体去实现个人无法达到的目标以来，管理工作就成为协调个人努力必不可少的因素。美国著名管理学家哈罗德对管理的定义是：管理就是设计和保持一种良好的环境，使人在群体里高效地完成既定目标。作为主管人员都要执行管理职能，即计划、组织、人事、领导和控制。管理适用于任何一个组织，适用于各级组织的主管人员。主管人员的目标都是一样的：要创造盈余。管理关系到生产率，即效益和效率。效益是指达到目标，而效率是指以最小的资源达到目标。

管理的任务在于通过有效地管理好人、财、物等资源来实现企业的目标,而要管理这些资源,需要通过反映这些资源的信息来管理。每个管理系统都首先要收集反映各种资源的有效数据,然后再将这些数据加工成各种统计报表、图形或曲线,以便管理人员能有效地利用企业的各种资源来完成企业的使命。

现代化的信息技术设备是处理信息的有效工具。

现代社会的特点是分工越来越细,对各种问题的影响因素越来越错综复杂,对情况的反应和作出决定越来越要求迅速及时,管理效能和生产、经营效能越来越取决于信息系统的完善程度,因此对信息的需要不仅在数量上大幅度增加,而且在质量方面也要求其正确性、精确性和时效性等不断提高。传统的手工系统越来越无法应付现代管理对信息的需要。生产社会化的发展,必然会在越来越大的生产、经营活动范围中,把碰运气、照旧传统办事及靠猜测等现象从决策过程中排除出去。基于计算机的信息系统,能把生产和流通过程中的巨大数据流收集、组织和控制起来,经过处理,转换为对各部门来说都不可缺少的数据,经过分析,使它变成对各级管理人员作决定具有重要意义的有用信息。特别是运筹学和现代控制论的发展,使许多先进的管理理论和方法应运而生,而这些理论和方法又都因为计算工作量太大,用手工方式根本不可能及时完成,只有现代电子计算机的高速准确的计算能力和海量存储能力,才为这些理论从定性到定量方面指导决策活动开辟了新局面。

计算机的广泛应用使得企业上下级之间、各部门之间及其与外界环境之间的信息交流变得十分便捷,从而有利于上下级和成员之间的沟通,可以随时根据环境的变化作出统一的、迅速的整体行动和应变策略。

另外,全球化网络的出现,使企业、公司的经营和生产不再受地理位置的限制,可以在全世界范围内运作,事务处理成本和协作成本都明显降低;企业网络的建设、多媒体计算机和移动计算机的广泛应用使信息传送从文字向多媒体发展,使领导和管理人员接受更多的信息和知识,使企业对工作过程重新设计成为可能,使个人和工作组之间的协调得以进一步加强,从而形成一种新的、管理层次少的组织形式,它依靠近乎实时的信息进行柔性的运作,管理工作更加依赖于管理人员之间的协作、配合及对信息技术应用的把握。

1.2 管理信息系统的发展历程

计算机在管理中应用的发展与计算机技术、通信技术和管理科学的发展紧密相关。虽然信息系统和信息处理在人类文明开始就已存在,但直到电子计算机问世、信息技术的飞跃及现代社会对信息需求的增长,才迅速发展起来。第一台电子计算机发明于1946年。50多年来,信息系统经历了由单机到网络,由低级到高级,由电子数据处理到管理信息系统、再到决策支持系统,由数据处理到智能处理的过程。这个发展过程大致经历了以下几个阶段。

（1）电子数据处理系统（Electronic Data Processing Systems，EDPS）或事务处理系统（Transaction Processing System，TPS）

电子数据处理系统的特点是数据处理的计算机化，目的是提高数据处理的效率。EDPS是传统的称法，强调的是抽象的数据处理功能，现代更多用 TPS，强调对企业事务处理的支持。

从发展阶段来看，TPS 可分为单项数据处理和综合数据处理两个阶段。

① 单项数据处理阶段（20 世纪 50 年代中期到 60 年代中期）。这一阶段是电子数据处理的初级阶段，主要是用计算机部分地代替手工劳动，进行一些简单的单项数据处理工作，如工资计算、统计产量等。最早尝试这项应用的是 1954 年美国通用汽车公司运用计算机进行工资和成本会计核算。

② 综合数据处理阶段（20 世纪 60 年代中期到 70 年代初期）。这一时期的计算机技术有了很大发展，出现了大容量直接存取的外存储器。此外一台计算机服务器能够带动若干终端，可以对多个过程的有关业务数据进行综合处理，这时各类信息报告系统应运而生。

信息报告系统是管理信息系统的雏形，其特点是按事先规定要求提供各类状态报告：生产状态报告，如 IBM 公司生产计算机时，由状态报告系统监视每一个元件生产的进度，它大大加快了计划调度的速度，减少了库存；服务状态报告，如能反映库存数量的库存状态报告；研究状态报告，如美国的国家技术信息服务系统（NTIS）能提供技术问题简介、有关研究人员和著作出版等情况。

（2）管理信息系统（Management Information Systems，MIS）

20 世纪 70 年代初随着数据库技术、网络技术和科学管理方法的发展，计算机在管理上的应用日益广泛，管理信息系统逐渐成熟起来。以美国明尼苏达大学管理学院开创管理信息系统为标志，独立的管理信息系统理论开始形成。人们对信息系统的要求也开始从操作层的数据处理向更高层次的管理辅助功能转变。

管理信息系统最大的特点是高度集中，能将组织中的数据和信息集中起来，进行快速处理，统一使用。有一个中心数据库和计算机网络系统是 MIS 的重要标志。MIS 的处理方式是在数据库和网络基础上的分布式处理。随着计算机网络和通信技术的发展，不仅能把组织内部的各级管理联结起来，而且能够克服地理界限，把分散在不同地区的计算机网互联，形成跨地区的各种业务信息系统和管理信息系统。

管理信息系统的另一特点是利用定量化的科学管理方法，通过预测、计划优化、管理、调节和控制等手段来支持决策。

（3）决策支持系统（Decision Support Systems，DSS）

20 世纪 70 年代国际上展开了 MIS 为什么失败的讨论。人们认为，早期 MIS 的失败并非由于系统不能提供信息。实际上 MIS 能够提供大量报告，但经理很少去看，大部分被丢进废纸堆，原因是这些信息并非经理决策所需。当时，美国的 Michael S. Scott Marton 在《管理决策系统》一书中首次提出了"决策支持系统"的概念。决策支持系统不同于传统的管理信息系统。早期的 MIS 主要为管理者提供预定的报告，而 DSS 则是在人和计算机交互的过程中帮助决策者探索可能的方案，为管理者提供决策所需的信息。

由于支持决策是 MIS 的一项重要内容，DSS 无疑是 MIS 的重要组成部分；同时，DSS以 MIS 管理的信息为基础，是 MIS 功能上的延伸。从这个意义上，可以认为 DSS 是 MIS

发展的新阶段，而 DSS 是把数据库处理与经济管理数学模型的优化计算结合起来，具有管理、辅助决策和预测功能的管理信息系统。

综上所述，EDPS、MIS 和 DSS 各自代表了信息系统发展过程中的某一阶段，但至今它们仍各自不断地发展着，而且是相互交叉的关系。EDPS 是面向业务的信息系统，MIS 是面向管理的信息系统，DSS 则是面向决策的信息系统。DSS 在组织中可能是一个独立的系统，也可能作为 MIS 的一个高层子系统而存在。

管理信息系统是一个不断发展的概念。20 世纪 90 年代以来，DSS 与人工智能、计算机网络技术等结合形成了智能决策支持系统（Intelligent Decision Support Systems，IDSS）和群体决策支持系统（Group Decision Support Systems，GDSS）。又如，EDPS、MIS 和 OAS 技术在商贸中的应用已发展成为电子商贸系统（Electronic Business Processing System，EBPS）。这种系统以通信网络上的电子数据交换（Electronic Data Interchange，EDI）标准为基础，实现了集订货、发货、运输、报关、保险、商检和银行结算为一体的商贸业务，大大方便了商贸业务和进出口贸易。此外还出现了不少新的概念，诸如总裁信息系统、战略信息系统、计算机集成制造系统、企业资源计划、供应链管理、客户关系管理和其他基于知识的信息系统等，有关内容将在后面章节中介绍。

总之，各种类型的以计算机为主要工具的管理信息系统正在不断发展，它们在社会生活的各个领域中发挥着越来越重要的作用，集成化与智能化是当今管理信息系统发展的两大趋势。管理信息系统的主要发展年代阶段如下。

① 1950—1960 年为数据处理系统阶段，包括：电子数据处理、业务处理、记录保存、传统的簿记应用。

② 1960—1980 年为管理报告系统阶段，包括：管理信息系统（狭义）、管理报告系统、信息管理系统。

③ 1980—1990 年为决策支持系统阶段，包括：决策支持系统、管理支持系统。

④ 1990 年至今为战略和终端用户支持系统阶段，包括：终端用户运算系统、主管信息系统、主管支持系统、专家系统、战略信息系统等。

1.3　管理信息系统的分类

1.3.1　历史视角的管理信息系统

1. 管理信息系统的分类和特点

从历史的角度来看，管理信息系统在组织中所担当的角色在不断扩展，依据它所主要支持的角色，可以把管理信息系统分成 7 种不同的类型，即事务处理系统（TPS）、办公自动化系统（OAS）、知识运用系统（KWS）、管理信息系统（MIS）、决策支持系统（DSS）、战略支持系统或高层执行支持系统（ESS 又称总裁系统）、企业间信息系统（IOIS）。这些系统所属的层次和主要的应用领域如表 1-1 所示。

表 1-1 不同类型的管理信息系统所属层次和主要功能

组织层次	系统类型	典型功能
战略层	战略支持系统	长期销售趋势预测、长期预算计划、长期人力资源
管理层	决策支持系统	成本分析、定价分析、投资分析
	管理信息系统	采购管理、销售管理、库存管理
	企业间信息系统	供应链管理、电子商务
知识层	知识工作系统	计算机辅助设计、虚拟现实
	办公自动化系统	文字处理、电子邮件、电子日历
操作层	事务处理系统	现金管理、设备管理、订单登记和管理、工资发放

这些不同类型的管理信息系统都有自己的特点。下面从输入、处理过程、输出和典型用户几个方面来进行比较，如表 1-2 所示。

表 1-2 不同类型的管理信息系统的特点

类型	输　　入	处理过程	输　　出	典型用户
TPS	事务数据、事件	分类、存储、排序、合并、插入、修改	详细的报告、处理过程的数据等	业务操作人员、管理人员
OAS	通知、文件	文字处理、文档管理、调度安排、通信联系、存储、获取	文档、计划、备忘录、管理报告	办公室职员
KWS	事务数据	图形处理、数据分析	产品模型、解决法律纠纷的对策等	工程师、律师
MIS	处理过程的事务数据、面向管理的数据、程序化的模型、简单的模型	报告生成、数据管理、简单的建模、统计、查询	总结和报告、例行的决策	中层管理人员
DSS	一些处理过的数据、大量的面向管理的数据、专用的决策模型	交互式的查询响应、管理科学和运筹学建模、仿真、运算	特殊的报告、决策方案、管理查询的响应	专家、经理人员
ESS	各种处理过的事务数据、外部数据、内部数据	信息获取、个性化分析、交互式操作、仿真	当前的状况、发展的趋势、管理查询的响应	高层管理人员
IOIS	各种处理过的事务数据	报告生成、数据管理、简单建模、统计、查询	总结和报告	企业间的协调管理人员

（1）事务处理系统（TPS）

TPS（Transaction Processing Systems）一般是指用于操作层的天天重复、但变化不大的各种过程处理和事务处理的系统。事务处理系统是一个进行日常业务的记录、汇总、综合、分类，负责执行和记录每天企业必须实施的例行事务，为组织操作层提供服务的基本系统。事务处理系统是其他类型系统的信息提供者。

以一个订单登记系统为例，当某操作员收到来自零售网点的订单时，该系统完成如下的操作：获取与订单有关的信息；创建总销售量及应付税款等信息；将信息传递给订单登记的专门人员；保存这些信息。

事务处理系统可以帮助组织降低业务成本，加快响应速度，提高信息准确度，提升业务的服务水平，为决策收集辅助数据。在企业中它主要表现为市场营销、生产制造、财务会计、人力资源 4 种系统。

（2）办公自动化系统（OAS）

OAS（Office Automation Systems）是支持较低层次的脑力劳动者工作，辅助其提高办公室数据处理效率的系统。这些劳动者包括：秘书、簿记员、办事员等。他们的工作不是创造信息，而是处理数据，所以也可以把他们称为数据工作者（Data Workers，DW）。数据工作者主要是指从事秘书、会计、文件归档及那些使用、操作或传播信息的管理人员。办公自动化系统是为提高数据工作效率而设计的一种信息系统，用以协调和配合办公室的活动，支持办公室人员与客户、供应商、公司之外的其他组织进行通信并提供服务。典型的办公自动化系统能处理和管理文件、表格并能传输各种电子信息，包括文字处理、文件印刷、电子表格、数字填写、电子邮件，语音信件、可视会议等。

（3）知识工作系统（KWS）

KWS（Knowledge Work Systems）是一个辅助知识工作者在组织内创建和集成新知识的系统。知识工作者大多数是指受过高等教育的教授、工程师、医生、律师、科学家等，他们在组织中主要有 3 个方面的作用：确保组织随着外部世界在科学技术和社会思想文化等方面的发展及时有效地更新知识；促进组织内部新的知识产生，确保新的专业技术知识能够真正地运用到企业运作中；对组织中发生的变化和面临的机会，提供咨询和建议。

例如，科学家的发明创造、工程师的作品设计等不仅创建了新的知识和信息，并确保了新知识与新技术恰到好处地集成到企业内部，为企业所用。知识工作者常使用具有图形处理、数据分析、文档管理和通信功能的工作站。工作站像一个蓄水池，可将企业内外形形色色的信息储存起来。使用工作站的计算机辅助设计便是知识工作系统的一个典型例子。工程领域的知识工作系统，可在工作站上快速地通过上千次运算，从中求出所需的、令人满意的解；设计人员可在工作站上通过三维图形软件绘制出完整的产品模型；律师可通过千百条法律条文的查询，从中找出正确的对策。

（4）管理信息系统（MIS）

MIS（Management Information Systems）是指服务于组织管理层，用于管理层的计划、控制和决策处理，并能提供日常汇总和非例行报表的信息系统，是为实现系统的整体管理目标对各类管理信息进行系统综合处理，并辅助各级管理人员进行管理决策的信息处理系统。其主要目标是帮助管理者了解组织内日常的业务活动，以便能更有效地实施管理，最终达到预期目标。通过信息数据库，管理信息系统从事务处理系统中获得数据，如图 1-4 所示，将其处理为定期的、概括性的报表交给相应的管理者。

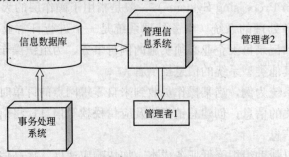

图 1-4　管理信息系统与事务处理系统的数据关系

管理信息系统的主要焦点是企业的经营效率，即支持组织的增值过程。管理信息系统使管理者能够深入了解企业的日常运作情况，通过现有结果与预定目标的比较，找出问题的症结所在，从而寻找合适的解决方案和时机，使企业的管理、计划与决策更为科学和有效。

（5）决策支持系统（DSS）

在组织的管理层次上，除了需要了解与组织当前情况和历史资料有关的信息外，还需要根据这些信息制定决策。决策支持系统（Decision Support Systems，DSS）能够帮助管理人员制定快速变化、难以预先全面掌握信息的决策，它处理的问题通常是非结构化或半结构化的。结构化问题是那些重复的、日常的、有一定方法和步骤可以遵循的问题，如按件计算的工资就是这样的例子，用单件工资乘以件数可以得到总工资数额。非结构化问题和半结构化问题是没有清楚的决策步骤或者标准来保证一定可以找到最佳解决方案的决策。决策支持系统正是为了解决这类问题而出现的。

随着信息技术应用的深入，信息系统已不仅仅支持信息的处理，而且向上发展，支持管理的决策。要支持决策就要有分析能力和模型能力，所以决策支持系统是利用计算机分析和模型能力对组织管理层半结构化或非结构化问题决策进行支持的系统。

决策支持系统的焦点是集中于决策的有效性上，即帮助管理者做出正确的分析判断。虽说决策支持系统是用于支持和辅助各种问题的决策，但它只是支持和辅助管理人员的决策制定，而不是代替管理人员来作决策。也就是说，系统根据问题提出若干种分析方案，并分别给出这些方案的分析报告，这些分析报告是决策者决策的依据，仅此而已，最后是由人而不是机器作决定。

（6）执行支持系统（ESS）

ESS（Execute Support Systems）又称总裁系统，是面向组织的战略决策层的，它不同于其他类型的信息系统专为解决某类或某个特定问题，而是为组织的高级主管人员建立一个通用的信息应用平台，借助于功能强大的数据通信能力和综合性的信息检索和处理能力，为高层行政主管人员提供一个面向随机性、非规范性、非结构化信息需求和决策问题的支持手段。

执行支持系统与决策支持系统的区别如下。

① 执行支持系统是为个别高层管理者特制的系统，是一种特殊类型的决策支持系统；而决策支持系统不是为特殊用户开发的，用户可以全面地分析问题。

② 执行支持系统在决策中运用先进的图形和通信手段，而决策支持系统运用的是大量模型和分析工具。

③ 虽说执行支持系统有一定分析能力，但它使用的是先进的图形软件，通过视频会议和远程通信，建立集成计算环境，从而加强决策功能。

执行支持系统与事务处理系统、办公自动化系统、知识工作系统、管理信息系统、决策支持系统存在密切联系。对于一个企业来说，只有在建立事务处理系统、管理信息系统、决策支持系统等的基础上才能建立执行支持系统。

（7）企业间信息系统（IOIS）

上述系统是解决企业内部的信息收集、分析、处理、传递和信息资源共享问题。这些系统的建立为企业内部的各级管理和决策人员提供信息和决策支持，对提高企业的经营管理水平发挥了极其重要的作用。这些系统的应用不仅极大地提高了企业的工作效率和经济效益，更为重要的是增强了企业竞争力。

但是，随着企业面临市场环境的变化，为了谋求生存和发展，企业必须具有快速响应市场变化的能力，即要能及时提供适应市场需要的且质量高、价格低、服务好的产品或服务。为了能快速响应市场，一方面从管理角度来看，企业必须加强与其合作伙伴之间的协作；另一方面从信息角度来看，必须及时、准确、完整地收集、分析、处理和传递大量的企业内部和外部信息。因此，信息系统技术在企业中的应用不仅要解决企业内部各部门之间的信息快速、准确传递和信息资源共享问题，更为重要的是实现企业和其合作伙伴之间的信息快速、准确传递和资源共享。

在这种企业内部需求的拉动下，在迅猛发展的计算机网络技术的推动下，出现了一种新型的计算机信息系统，即企业间信息系统。企业间信息系统是由系统的参与者（即应用系统的企业）和系统的支持者（如通信公司）利用计算机技术和通信技术专门设计和开发的，由两个或多个不同的企业共同使用的，实现企业之间信息的自动交换和信息资源共享的计算机信息系统。

2. 不同管理信息系统之间的关系

（1）进化观点

客观事物的某种变化每隔一段时间就会周期性地发生，而不管这些已经变化的客观事物之间是否已经建立了联系。人们把这种观点称为进化，如图 1-5 所示。从这种角度来看，计算机信息系统类型的发展过程也是一种进化过程。

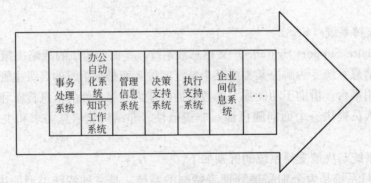

图 1-5　计算机信息系统之间的关系（进化观点）

上述进化过程具有如下特点。

① 不同的计算机信息系统的出现在时间上有明显的先后次序关系。从 20 世纪 50 年代的事务处理系统到 60 年代的办公自动化系统，再到 70 年代的管理信息系统、80 年代的决策支持系统和 90 年代的企业间信息系统。

② 不同类型的计算机信息系统都使用了共同的软硬件技术，且各期间有不断的发展。

③ 虽然这些计算机信息系统的类型不同，但是它们的基本功能是一致的，即接受数据的输入，处理这些数据，最终产生有意义的结果。

但这种观点也存在问题：后期出现的信息系统的许多特征并不是由早期的系统进化来的。后期的信息系统不是都能取代早期的信息系统，如管理信息系统可能取代事务处理系统，但是决策支持系统最终很难取代事务处理系统和办公自动化系统。

（2）层次观点

企业中不同层次的管理和决策问题及其管理方式有明显的不同。高层管理问题和低层管理问题不同，解决这些问题所需要的信息也不相同。从信息系统的用户需求角度来看，其根本性的差异是信息需求不同。层次观点认为，不同类型的计算机信息系统之间之所以提供不同类型的信息，是由于它们被设计用来服务于企业中不同层次的管理和决策问题。这种观点如图 1-6 所示。

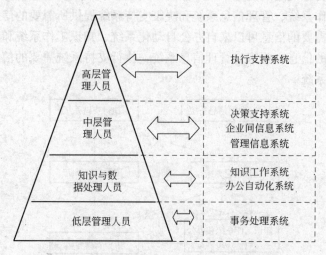

图 1-6 计算机信息系统之间的关系（层次观点）

（3）权变观点

权变观点结合了进化和层次两种观点的优点，认为在计算机信息系统的发展过程中，根据分析和解决问题的需要，将某些阶段看作是进化的，将另外一些阶段看作是层次的，如图 1-7 所示。

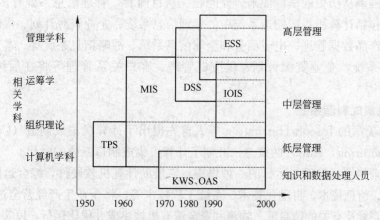

图 1-7 计算机信息系统之间的关系（权变观点）

在权变观点中，有以下两个值得注意的特点。

① 不同类型的计算机信息系统的应用范围相互交叉，其交叉的程度和方式在不同的企业中是不同的。

② 在一定的时间周期上，每种系统提供服务的范围也可以发生变化。例如，在某种类

型的新系统引进之前，旧系统的服务范围将不断扩大；一旦新系统引进之后，旧系统的服务范围将不再增加。

（4）信息流观点

组织中的各类信息系统并不是独立工作的，相互之间存在一种依赖关系，如事务处理系统是其他信息系统的主要数据源。当然，在大多数组织中，这些不同类型的信息系统之间的关系是宽松的。各类系统之间的基本关系如图 1-8 所示。事务处理系统可以直接为办公自动化系统和知识工作系统、管理信息系统和决策支持系统提供所需要的信息；管理信息系统和决策支持系统所需要的信息可以来自办公自动化系统、知识工作系统和事务处理系统；企业间信息系统需要的信息主要来自管理信息系统，执行支持系统需要的信息主要来自管理信息系统和决策支持系统。

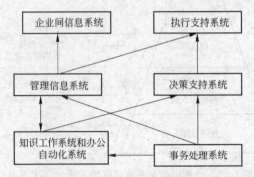

图 1-8　计算机信息系统之间的关系（信息流观点）

1.3.2　现实视角的管理信息系统

现实视角强调从历史的横截面来研究问题。从目前看，管理信息系统有多种表现形式，这些表现形式包括计算机集成制造系统中的管理信息系统、企业资源计划、供应链管理、客户关系管理、产品数据管理、电子商务和全球信息系统、战略信息系统等。本节主要介绍计算机集成制造系统，企业资源计划、供应链管理、客户关系管理等将在后续有关章节中介绍。

1. 计算机集成制造系统

1973 年，美国的 Joseph Harrington 等人首先提出了计算机集成制造（Computer Integrated Manufacturing，CIM）的概念，开创了计算机集成制造系统的时代。

CIM 是企业组织、管理与运行的一种思想，它借助计算机软硬件，综合运用现代管理技术、制造技术、信息技术、自动化技术、系统工程技术等，将企业生产经营全过程中有关人、技术和管理三要素及有关的信息流、物流和资金流有机地集成并优化运行，以实现产品的高质量、低成本、交货期短，提高企业的应变能力和综合竞争能力，从而使企业赢得竞争。

CIMS 是按照 CIM 思想建成的复杂的人机系统。CIMS 从企业的经营战略目标出发，综合考虑企业中人、技术和管理的作用，使用各种先进技术手段，包括计算机软硬件，实现企业生产经营全过程中的信息流和物流的集成，并在产品质量、生产成本、生产周期等方面达到总体优化，为企业带来更大的经济效益。CIMS 是工厂自动化的集成模式，它面向整个工厂，覆盖工厂的各种经营活动，包括生产经营管理、工程设计和生产制造各个环节，即从产品报价、接受订单开始，经计划安排、设计、制造直到产品出厂及售后服务等的全过程。

CIMS 是自动化程度不同的若干组件系统的集成，如管理信息系统（MIS）、制造资源计划（MRPⅡ）系统，计算机辅助设计（CAD）系统、计算机辅助工艺设计（CAPP）系统、计算机辅助制造（CAM）系统、柔性制造系统（FMS）、数控机床（NC）及机器人等。

CIMS 的一个重要特点是集成。集成的作用是将原来独立运行的多个单元系统组成一个协同工作的、功能更强的新系统。集成不是简单的连接，是经过统一规划设计，分析原单元系统的作用和相互关系并进行优化重组而实现的。图 1-9 所示为 CIMS 的逻辑结构图。

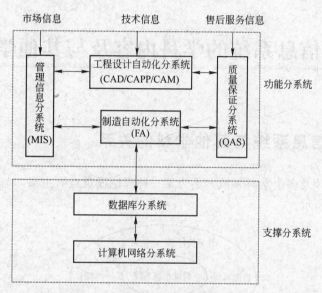

图 1-9　CIMS 的逻辑结构示意图

2. CIMS 中的管理信息系统

CIMS 中的管理信息系统包括经营计划子系统、销售子系统、财务成本管理子系统、生产管理子系统、物料管理子系统、设备管理子系统、人事管理子系统、质量管理子系统。

CIMS 中的管理信息系统与 CAD/CAM/CAE/CAPP 系统的接口信息传输情况如下。

① MIS 接受从 CAD 系统传过来的产品物料定义数据和产品结构表、任务进度数据、估计成本等技术指标参数。

② MIS 接受从 CAPP 系统传过来的产品加工工艺路线、各道工序代码、工时定额和所用机床、刀具、夹具等信息。

③ MIS 将开发任务书、技术指标、时间要求、能力需求说明、批量建议等信息传递给 CAD/CAM/CAE/CAPP 系统，并将生产现场的实际情况、设备能力短缺情况和设备加工质量情况反馈给 CAPP 系统，以便及时修正工艺过程设计。

CIMS 中的管理信息系统与制造自动化（FA）系统的接口信息包括管理信息系统中相应输出模块产生的加工生产数据和由 FA 系统产生的反馈信息。

① MIS 向 CAM 系统下达短期作业计划，并且提供毛坯、刀具、夹具准备情况，如加工单、日生产单、工料需求、生产作业、数量、工时定额数据等。

② MIS 接受 CAM 系统生产完成情况的报告，以便修正生产作业计划和进行生产成本核算，具体数据包括开工数据、加工变更数据、物料数据、产品测试结果、在制品状态、设备状态、加工能力等信息。

CIMS 中的管理信息系统与质量保障系统的接口信息包括管理信息系统中相应输出模块产生的数据和由质量保障系统产生的质量反馈信息。

① MIS 向质量保障系统传送用户质量信息、质量处理信息、次品报告、质量成本、生产作业计划、进货计划、工装设备及加工人员情况。

② MIS 接受从质量保障系统传送过来的质量统计、质量检验信息、产品报废信息、产品质量报告等。

1.4 管理信息系统的学科内容及与其他学科的关系

1.4.1 管理信息系统与其他学科的关系

管理信息系统涉及多个学科领域，不为某一种理论或观点所主宰，与它相关联的一些主要学科如图 1-10 所示。

图 1-10 管理信息系统涉及多个学科领域

由于信息系统是一个社会技术系统，因此信息系统研究方法不仅限于技术方法，它还包括行为方法和社会技术系统方法。从信息系统的研究方法可以透视其涉及的学科。

（1）技术方法

研究信息系统的技术方法重视研究信息系统的规范的数学模型，并侧重于系统的基础理论和技术手段。支持技术方法的学科有计算机科学、数理逻辑、管理科学和运筹学。计算机科学涉及计算理论、计算方法和高效的数据存储和访问方法；数理逻辑侧重于运用集合论、关系理论等研究信息系统的规范化方法；管理科学着重于管理方法和决策过程的模型的建立；运筹学则强调优化组织的已选参数（如运输、库存控制和交易成本）的数学方法。

（2）行为方法

信息系统领域中最新发展的内容之一是关于行为问题。许多行为问题，如系统的使用程度、实施和创造性设计，不能用技术方法中采用的规范的模型表达，在这里行为学科起着重要作用。社会学家重视信息系统对群体、组织和社会的作用；政治科学研究信息系统的政治影响和用途；心理学关注个人对信息系统的反应和人类推理的认知模型。

行为方法不忽视技术。实际上，信息系统技术经常是引发行为问题的因素。但是，行为方法的重点一般不在技术方案上，它侧重在态度、管理和组织政策、行为方面。

（3）社会技术系统方法

从数据处理系统到管理信息系统再到决策支持系统，这一发展历程告诉我们，信息系统的开发是把计算机科学、数学、管理科学和运筹学的理论研究工作和应用的实践结合起来，并注重社会学、心理学的理论与实践成果。因此，从单一的视角（如技术方法或行为方法）不能有效地把握信息系统的实质。

研究管理信息系统的科研人员应该了解信息系统涉及的所有学科的观点和看法，应该能够理解和包容许多不同的看法。社会技术系统方法有助于避免对信息系统采取单纯的技术看法。

1.4.2 管理信息系统的学科内容

管理信息系统是一门综合了管理科学、信息科学、系统科学、行为科学、计算机科学和通信技术等的新兴边缘学科，也是一门实践性很强的学科。依据管理信息系统的构建和应用，可以把这门学科的主要研究内容分为 5 个部分，即管理信息系统学科的基础理论、管理信息系统的构建、管理信息系统的支持环境、管理信息系统的项目和质量管理及典型管理信息系统应用模式，各部分具体内容如下。

（1）管理信息系统学科的基础理论

主要包括信息、系统、管理信息系统等基本概念；管理信息系统的发展历史、结构、分类等；影响管理信息系统学科发展的主要管理思想和理论等。

（2）管理信息系统的构建

主要包括以下内容。

① 信息系统建模。信息系统概念模型、逻辑模型和物理模型的描述、观察、试验与验证等。

② 信息系统开发。信息系统建设与管理的概念、方法、评价、规划、工具、标准等一系列相关技术问题和工程问题。依据信息系统工程自身发展的规律和特点，发展和研究实现信息化建设的工程方法。

③ 信息系统集成。研究系统集成的原则、方法、技术、工具和有关的标准、规范，应用先进的相关技术，将支持各个信息"孤岛"的小运行环境，集成统一在一个大运行环境中，最终形成一体化的信息系统。

（3）管理信息系统的支持环境

主要研究信息系统支撑技术在信息系统中的应用，包括数据库/数据仓库、网络通信、人机交互、分布计算、决策方法、人工智能等技术如何满足信息系统各层次用户的需求，实现业务管理、信息共享、决策分析等功能，并在组织和人的参与下最终达到信息系统的目标。

（4）管理信息系统的项目和质量管理

主要包括 MIS 项目的组织、计划和控制等；MIS 的质量概念、质量保证、测试计划等。

（5）典型管理信息系统应用模式

主要包括事务处理系统、办公自动化系统、知识工作系统、管理信息系统、决策支持系统等；企业资源计划 ERP、供应链管理系统、客户关系管理系统等。

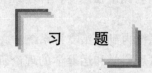

习　题

一、名词解释

1. MIS　2. EDPS　3. TPS　4. KWS　5. OAS　6. DSS　7. ESS　8. IOIS　9. CIMS

二、简答题

1. 简述信息流对 MIS 的作用。

2. 简述管理信息系统的总体概念结构。

3. 讨论 MIS 的三大要素。

4. 简述 MIS 的分类与相互间的关联。

5. 讨论信息系统的技术方法。

6. 简述管理信息系统的主要学科内容。

三、单选题

1. 下面哪种是计算机集成系统。（　　　）

A. FMS　　　　　B. CAM　　　　　C. CAD　　　　　D. CIMS

2. 依据（　　）观点，不同类型的计算机信息系统的应用范围有相互交叉。

A. 进化观点　　　B. 层次观点　　　C. 权变观点　　　D. 信息流观点

3. 管理信息系统的三大要素包括系统的观点、信息决策的方法和（　　　）。

A. 数学的方法　　　　　　　　B. 计算机应用管理

C. 管理理论　　　　　　　　　D. 控制理论

4. 管理信息系统最大的特点是高度集中，能将组织中的数据和信息集中起来，进行快速处理，统一使用。有一个中心（　　　）和计算机网络系统是 MIS 的重要标志。

A. 信息　　　　　B. 信息流　　　　C. 数据　　　　　D. 数据库

5. 按信息流在系统中的加工过程来描述，MIS 是由信息源、信息处理器、信息用户及（　　　）所组成。

A. 信息使用者　　B. 信息管理者　　C. 信息提供者　　D. 信息处理者

第2章

管理信息系统与组织

随着以计算机技术、通信技术、网络技术为代表的现代信息技术的飞速发展，人类社会正从工业时代阔步迈向信息时代。在信息时代，人类社会发展的三大资源——"信息、物质和能源"，以信息化为首，渗透到人类社会、经济和科学技术的众多领域，信息的增长速度和利用程度，已成为现代社会文明和科技进步的重要标志。

信息技术的应用带来了组织结构和行为上的变化，使得组织结构趋于扁平，促使领导职能和管理职能发生转变，以及组织中人力资源结构的变化和调整。而组织及其管理模式也影响着信息技术和信息系统，组织重组、人员调整、业务转型、协调关系和机制变化等无疑将对系统结构和系统功能诸多方面产生影响。这就要求信息技术和信息系统在理论上和应用上不断创新，同时也要求信息技术和信息系统具有适应变化的能力。

2.1 系统与信息系统

世界上任何事物都可以看成是一个系统，系统是普遍存在的。大至渺茫的宇宙，小至微观的原子，一粒种子、一群蜜蜂、一台机器、一个企业、一个学会团体、……都是系统，整个世界就是系统的集合。可以认为，系统（System）是由处于一定的环境中相互联系和相互作用的若干组成部分结合而成并为达到整体目的而存在的集合。即它由若干个具有独立功能的元素（Element）组成，这些元素之间互相联系、互相制约、共同完成系统的总目标。

人类社会中存在着各种各样的系统，在任何一个系统中，其内部必然有物质、能量和信息的流动，其中信息控制着物质和能量的流动，使系统更加有序。从系统的观点来看，信息流在整体上构成一个系统，因此在任何复杂系统中都有一个沟通各子系统、各部门的信息系统作为它的一个子系统存在。信息系统的作用和其他子系统不同，它不从事某一具体功能，做某一具体工作，而是关系全局的协调统一。社会组织的种类和功能千差万别，但它们都有自己一定形式的系统，而且信息系统的好坏与组织的效益关系极大，可以说信息系统是整个系统的神经系统。

2.1.1　系统

1. 系统的概念

系统的概念是管理信息系统三大基础概念之一，来源于人类长期的社会实践，是人类认识现实世界的过程，是一个不断深化的过程。在古代，自然科学界往往把世界看成一个整体，寻求共性和统一，但由于缺乏观测和实验手段，科学技术理论又很贫乏，所以对很多事物只看到一些轮廓及表面现象，往往是只见森林不见树木。随着科学技术的发展及理论的丰富、工具的先进，认识也逐步深化，但仍受到当时科学技术水平的限制和世界观的局限，往往又只看到一些局部现象而不能综观整体。

直到 20 世纪 40 年代，人们在一些学科的研究中，尤其是在生物学、心理学和社会科学中，发现系统的一些固有性质与个别系统的特殊性无关。只有当认识不断深化，在对个体、局部有了更多、更深的了解以后，再把这些分散的认识联系起来，才能看到事物的整体，以及构成整体的各个局部之间的相互联系，逐渐形成现代科学的系统观。现代科学的发展比过去更要求在各学科门类之间进行更多的相互联系和相互渗透。这是在更深刻分析的基础上向更高一级综合发展的新阶段，这种趋势的表现之一就是出现了许多交叉学科和边缘学科。系统科学就是在这种背景下产生的一门新兴交叉学科。

"系统"一词，目前提得很多，如信息系统、社会经济系统、系统论、系统分析方法等，但对于系统的定义，从各个角度来看，各不相同。奥地利生物学家路德维希·冯·贝塔朗菲（L. V. Bertalanffy）在 20 世纪 30—40 年代的一系列研究中提出了一般系统概念和一般系统理论，1954 年建立了一般系统理论促进协会，系统的研究进入蓬勃发展的时代。1957 年美国人古德写的《系统工程》公开出版，系统工程一词被确认。20 世纪 70 年代，电子计算机的应用，使系统工程思想有了充分实现的可能性。总之，系统科学的研究领域十分广阔，几乎包括一切与系统有关的学科和理论，如管理科学、运筹学、信息论、控制论、科学学、行为科学、经济学等。它给各门学科带来了新的动力和新的研究方法，同时也吸收其他学科的研究成果。它沟通了自然科学和社会科学、技术科学和人文科学之间的联系，促进了现代科学技术发展的整体化趋势。

2. 系统的定义

系统是常用的词汇。英文中系统（system）一词来源于古代希腊文（$system a$），意为部分组成的整体，最早出现在古希腊哲学家德谟克利特所著的《世界大系统》一书中。

人们从各种角度研究系统，对系统下的定义不下几十种，如"系统是诸元素及其正序行为的给定集合"，"系统是有组织的和被组织化的全体"，"系统是有联系的物质和过程的集合"，"系统是许多要素保持有机的秩序，向同一目的行动的东西"，等等。

美国国家标准协会（ANSI）对系统的定义是：各种方法、过程或技术结合到一块，按一定的相互作用，以构成一个有机的整体。

国际标准化组织技术委员会（ISO/TC）对系统的定义是：能完成一组特定功能的，由人、机器及各种方法组成的有机集合体。

美国《韦氏（Webster）大辞典》中，系统解释为：有组织的或被组织化的整体；结合着的整体所形成的各种概念和原理结合；由有规则的相互作用、相互依存的形式组成的诸要素集合。

我国著名科学家钱学森认为：我们把极其复杂的研制对象称为"系统"，即由相互作用和相互依赖的若干组成部分结合成的具有特定功能的有机整体，而且这个"系统"本身又是它所从属的更大系统的组成部分。

一般系统论则试图给出一个能描述各种系统共同特征的系统定义，通常把系统定义为：为了达到某种目的由一些相互联系和相互作用的若干要素以一定结构形式联结构成的具有某种功能的有机整体。在定义中包括了系统、要素、结构、功能 4 个概念，表明了要素与要素、要素与系统、系统与环境三方面的关系。系统与其环境相互交流、相互影响，即使是一个最简单的系统也有它的目的，而且必然是在它的环境中运转。

通常系统被认为是一个有特定功能的有机整体，它由若干个具有独立功能的元素（Element）组成，这些元素之间互相联系、互相制约，共同完成系统的总目标。比如政府机关、学校、工厂、商店、家庭等都可以作为不同的系统来研究。

3. 系统的结构与分类

（1）系统的结构

任何一个系统都具有一定的结构，否则不称为系统。所谓系统结构（Architecture），是指系统各组成要素之间的相互联系、相互作用的方式或秩序，即各要素之间在时间或空间上排列和组合的具体形式。结构是系统的普遍属性，没有无结构的系统，也没有离开系统的结构。无论是宏观世界，还是微观世界，一切物质系统都以一定的结构形式存在、运动和变化。系统的结构具有稳定性、层次性、开放性和相对性。

从系统的结构来看，可以把系统分成 5 个基本要素，即输入、输出、处理、反馈和控制。输入是给出处理中所需要的条件和内容；处理是根据条件对输入的内容进行各种加工和转换；输出是处理得到的结果；反馈是一种用来改变输入或处理的输出，这一输出反馈到系统的输入，供控制使用；控制是监督和指挥其他 4 个要素的正常工作，以实现系统的目标。这些基本要素之间的关系如图 2-1 所示。

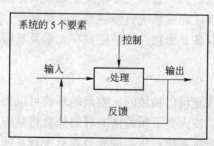

图 2-1　系统的转换形式示意图

简而言之，系统就是按照某种结构，把其元素组织起来的、具有某种整体功能的一个统一体。而且，一个大的系统结构往往比较复杂，常常可按其复杂程度分解成一系列小的系统，这些小系统称为大系统的子（分）系统，也就是这些子（分）系统有机地组成了大的系统。

（2）系统的抽象

虽然系统的具体结构是千变万化的物理实体，但系统也总是可以被概括抽象的。抽象系统一般是概念、思想或观念的有序集合。物理系统不仅局限在概念范畴，还表现为活动或行为。一个实际物理系统的抽象模型包含有输入、处理和输出三部分，如图2-2所示。

图2-2　系统的抽象模型

例如，图2-3所示的就是一个简单的工资核算系统的抽象模型，即概念系统模型，它反映了应用系统的大致用途和目的。

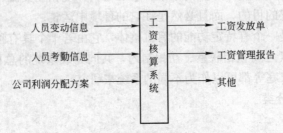

图2-3　工资核算系统的概念系统模型

系统可能是简单的，也可能是复杂的。在图2-2所示的系统模型中，系统接受的物质、能量和信息称为系统的输入，系统经变换后产生的另一种形态的物质、能量和信息称为系统的输出，系统的环境（Environment）是为系统提供输入或接受它的输出的场所，即与系统发生作用而又不包括在系统内的其他事物的总和，简称外部环境或环境。一个系统区别于环境或另一系统的界限称为系统的边界。有了系统的边界，就可以把系统从所处的环境中分离出来。可以说，系统的边界由定义和描述一个系统的一些特征来形成。边界之内是系统，边界之外是环境。

有系统就必有其边界。一般来说，系统边界的划分一方面既要使边界包含系统的元素、结构及目标所共同涉及的范围，另一方面又要在满足系统目标的前提下，使边界包含的内容尽可能少，直至仅包含那些保证完成系统目标的最少必要部分。

作为一个系统，一般应具备3个独立的特征：有元素及其结构；有一定的目标；有确定的边界。

（3）系统的分类

系统是多种多样的，系统是可以抽象的。抽象的系统可以根据不同的原则和情况来划分系统类型（如图2-3所示）。按人类干预的情况可划分自然系统、人造系统；按学科领域可分成自然系统、社会系统和思维系统；按范围划分则有宏观系统、微观系统；按与环境的关系划分可分为开放系统、封闭系统；按状态划分有平衡系统、非平衡系统等。此外，还可分为简单系统与复杂系统、实体系统和抽象（概念）系统、静态系统和动态系统、开放系统和封闭系统、永久系统和临时系统、适应系统与非适应系统等。

① 简单系统与复杂系统。简单系统的组成部分较少，元素之间的关系或相互作用直接而且单一。相对于简单系统，复杂系统内部由很多高度相关或相互关联的元素组成。

② 自然系统和人造系统。自然系统的组成部分是自然物质，它的特点是自然形成的，如原子核、天体、海洋、生态等系统。人造系统是为了达到人类需求的目的，由人所建立起来的系统，如生产、交通、经营管理、经济、运输、人造卫星、海运船只、机械设备等

系统。

随着科学技术的发展，人造系统和自然系统之间互相影响和渗透，两者相结合形成了大量的复合系统，人们在了解自然、学习自然的过程中运用科学技术改造现实系统，但只有尊重自然规律才能创造和发展更多的人造系统。

③ 实体系统和抽象（概念）系统。所谓实体系统，是指以物理状态存在的实体作为组成要素的系统，这些实体占有一定空间，如自然界的矿物、生物，生产部门的机械设备、原始材料等。与实体系统相对应的是抽象概念系统，它是由概念、原理、假说、方法、计划、制度、程序、步骤等非物质实体构成的系统，如管理系统、法制、教育、文化系统、科学技术系统等。近年来，逐渐将概念系统称之为软科学系统，并日益受到重视。

④ 静态系统和动态系统。系统的静和动都是相对的。从某种意义上讲，可以认为在宏观上没有活动部分的结构系统或相对静止的结构系统为静态系统。运动是永恒的，静止是相对的，静态系统只是动态系统的一个极限状态。在实际工作中，以分析和研究动态系统为主要目的。

⑤ 开放系统和封闭系统。一个系统是开放系统还是封闭系统，必须知道它与环境之间有无物质、能量和信息的交换。封闭系统是一个与外界无明显联系，表现为其内部的稳定特性。开放系统是指在系统边界上与环境有信息、物质和能量交互作用的系统。在环境发生变化时，开放系统通过系统中要素与环境的交互作用及系统本身的调节作用，使系统达到某一稳定状态。一般来说，封闭系统具有刚性的、不可穿越的边界，而开放系统的边界有可渗透性。

⑥ 适应系统与非适应系统。可根据环境变化而自动适应环境的为适应系统；反之，不能随环境变化而变化的系统为非适应系统。

⑦ 永久系统与临时系统。系统生命周期短的系统为临时系统；反之，生命周期较长的系统为永久系统。

此外，系统还可以分为线性系统和非线性系统、确定系统和随机系统等。虽然，具体的系统在不停地运动和变化着，但基本上可以看成是由上述各种系统的交叉组合形成的。

4. 系统的特点

一般系统都具有集合性、整体性、相关性、层次性、环境适应性、目的性、动态性、结构的层次性和有序性。

① 集合性。就是把具有某种属性的一些对象看作一个整体，这个整体就是一个集合。集合里的对象叫集合的元素或要素。系统的集合性表明，一个系统至少要由两个或更多的可以互相区别的要素所组成。

② 整体性。系统是由相互依赖的若干部分组成，各部分之间存在着有机的联系，构成一个综合的整体，以实现一定的功能。因此，系统中的每个要素不仅要有自己的目标，而且要服从统一性和整体性要求，追求整体最优性。

③ 相关性。组成系统的各要素既相互作用，又相互联系。相关性说明系统各组成部分之间的相互作用和约束一定要拥有合理和容易控制的特定关系，如结构联系、功能联系、因果联系等。

④ 层次性。是指系统的每个元素本身又可看成一个系统，即系统可分为一系列的子系统，这种分解实质上是系统目标的分解和系统功能、任务的分解，而各子系统又可分解为更

低一层的子系统。

⑤ 环境适应性：一个系统本身总是从属于更大的系统，是这个大系统的子系统。任何系统都存在于一定的环境中，系统和包围该系统的环境之间通常都有物质、能量和信息的交换，外界环境的变化会引起系统特性的改变，相应地引起系统内各部分相互关系和功能的变化。为了保证和恢复系统原有特性，系统必须具有对环境的适应能力，如反馈系统、自适应系统和自学习系统等都具有对环境的一定适应能力。

⑥ 目的性。系统的目的决定着系统的基本作用和功能，并通过系统的功能达到和实现。而系统的功能通过一系列子系统的功能来体现，这些子系统的目标之间往往互相有矛盾，其解决的办法是在矛盾的子目标之间寻求平衡和折中，以求达到总目标的最优。

⑦ 动态性。系统内部与外界都在随时间而变化，这是因为物质的特性、功能及规律等性质都是通过运动表现出来的，系统的动态性使其具有生命周期。一般来讲，系统的发展是一个有方向性的动态过程。

⑧ 结构的层次性。系统作为一个相互作用的诸要素的总体，可以分解为一系列的子系统，并存在一定的层次结构，这是系统空间结构的特定形式。在系统层次结构中表述了在不同层次子系统之间的从属关系或相互作用关系。在不同的层次结构中存在着动态的信息流和物质流，构成了系统的运动特性，为深入研究系统之间的控制与调节功能提供了条件。层次是认识系统结构的重要工具，层次分析是结构分析的重要方面。

⑨ 有序性。由于系统的结构、功能和层次的动态演变有某种方向性，因而使系统具有有序性的特点。有序能使系统趋于稳定，使系统走向期望的稳定系统结构。

2.1.2　信息

随着以计算机技术、通信技术、网络技术为代表的现代信息技术的飞速发展，人类社会正从工业时代阔步迈向信息时代，人们越来越重视信息技术对传统产业的改造及对信息资源的开发和利用，信息在社会生产和人类生活中起到越来越大的作用，信息无处不在，无处没有，并以其不断扩展的内涵和外延，渗透到人类社会、经济和科学技术的众多领域，信息的增长速度和利用程度，已成为现代社会文明和科技进步的重要标志。同时"信息化"已成为一个国家经济和社会发展的关键环节，信息化水平的高低已经成为衡量一个国家、一个地区现代化水平和综合国力的重要标志。

1. 信息

在许久以前，人们对信息的认识一直处于原始和经验阶段，在理论上并没有更深刻的认识。但人类对信息的利用却从来没有停止过，尽管这种利用常常是自发的，是通过人类的信息器官的天赋功能来进行的，但人类还是创造了不少方法利用信息，如创造文字来记录信息；发明纸张、印刷术储存信息；发明算盘进行信息处理等。

我国《辞海》中对"信息"一词的注释是："信息是指对消息接受者来说预先不知道的报道"；美国的《韦伯字典》把信息解释为"用来通信的事实，在观察中得到的数据、新闻和知识"；英国的《牛津字典》认为"信息就是谈论的事情、新闻和知识"；日本的《广辞苑》说："信息是所观察事物的知识"。的确，消息、报道、事实、数据、新闻、知识，所有这些都是活跃在人类身边的信息。

信息论与控制论的创始人之一，美国著名数学家诺伯特·维纳（N. Wiener）曾经说过："信息就是我们在适应外部世界和控制外部世界的过程中，同外部世界进行交换的内容的名称"。但是，人类在与外部世界发生联系的过程中，交换的内容极其复杂多样。比如，人类可以把自然界的物质（如粮食）转化为自身的物质（肌肉，体质），把自然物的能量（如食物中某种形式的能）转化为自身的能量（力量、体力）。但是维纳又说："信息就是信息，既不是物质，也不是能量"。于是人们注意到人类从外部世界所摄取的另一类内容，而且是十分重要的内容，这就是外部世界各种事物的运动变化着的状态及其规律或者叫"知识"。这种关于事物的运动状态及规律的知识，既不是物质和能量本身，又和物质、能量密切联系。显然，信息是关于事物运动的状态和规律，或者说，是关于事物运动的"知识"。

信息在不同的环境中有着不同的解释，我们给出一个定义：信息（Information）是关于客观事实的可传播的知识。

首先，信息是客观世界各种事物的特征的反映。客观世界中任何事物都在不停的运动和变化，呈现出不同的特征。这些特征包括事物的有关属性状态，如时间、地点、程度和方式等。信息的范围极广，如气温变化属于自然信息、遗传密码属于生物信息、企业报表属于管理信息等。

其次，信息是可以传播的。信息是构成事物联系的基础。由于人们通过感官直接获得周围的信息极为有限，因此大量的信息需要通过传输工具获得。

最后，信息形成知识。所谓知识，就是反映各种事物的信息进入人们大脑，对神经细胞产生作用后留下的痕迹。人们正是通过获得信息来认识事物、区别事物和改造世界的。

2. 信息与数据

信息（Information）与数据（Data）是信息系统中最基本的术语，两者的含义并不相同。数据是反映客观事物的性质、形态、结构和特性的符号，它通过有意义的组合来表达现实世界中实体的属性。数据代表真实的客观事物，是原始的事实，其本身并没有什么价值。例如学生的各科考试成绩，只是表示客观事实的数字，它只是数字。但当教务人员通过对这些数字的判断以决定是否让学生继续升学时，这些数字便具有了特定的意义，数据从而演变为信息。信息是一种已经加工为特定形式的数据，这种数据形式对接收者来说是有确定意义的，对人们当前和未来活动产生影响，并对接收者的决策具有实际价值。

数据与信息有着不可分割的联系，如图 2-4 所示。信息是加工后的数据，是数据所表达的内容，而数据则是信息的表达形式。

图 2-4　数据与信息的关系

信息借助于载体传输，载体以某种特殊形式的变化和运动反映信息的内容，并使接收者感知，信息载体的这种特殊形式的变化或运动称为信号。并称这些在载体上反映信息内容、接收者（人或机器）可以识别的符号为数据。数据不仅局限于数字，文字、声音、图像、光信号、电流的变化、磁场的强弱等都是数据的各种不同表现形式。我们说，数据是信息的具体表现形式，信息是数据的内在含义；信息与载体性质无关，而数据的具体形式却取决于载体的性质。在信息的收集、加工、存储、检索、传输等环节中，都要面对各种类型的数据。信息和数据"形影不离"。

3. 信息的分类与性质

信息可以从不同角度分类。按照管理的层次可以分为战略信息、战术信息和作业信息；按照应用领域可以分为管理信息、社会信息、科技信息等；按照加工顺序可分为一次信息、二次信息和三次信息等；按照反映形式可分为数字信息、图像信息和声音信息等。

信息具有以下性质。

（1）事实性

事实性是信息的中心价值，不符合事实的信息不仅没有价值，其价值还可能为负值，不真实的信息有害而无利。信息反映了客观事物的运动状态和方式，但是信息不是客观事物本身，信息可以脱离其源物质而相对独立地存在。所以，事实性是信息的第一和基本性质。信息系统中，应当充分重视信息的事实性，破坏信息的事实性必将会给管理和决策带来危害，事实性是收集信息时应当首先注意的问题。

（2）时效性

信息的时效性是指从信息源发送信息，经过接收、加工、传递、利用的时间间隔及其效率。时间间隔越短，使用信息越及时，使用程度越高，时效性越强。

（3）不完全性

关于客观事实的信息是不可能全部得到的，这与人们认识事物的程度有关系。因此数据收集或信息转换要有主观思路，要运用已有的知识，要进行分析和判断，只有正确地舍弃无用和次要的信息，才能正确地使用信息。

由于受计算机处理速度、通信容量、存储容量等的限制，我们不可能收集、处理和存储一个事物的全部信息，这样就要对信息作一定的分析，并根据管理的目标提取和目标相关的信息，舍弃其他信息。这就是信息的不完全性。

（4）可压缩性

对信息可以压缩，使其进行集中、综合和概括，而不会丢失信息的本质，如人们可以把实验得到的大量实验数据压缩成一个经验公式。牛顿第二定律可用一个简单的公式 $f=ma$ 表示，即为压缩的一个例子。信息压缩过程中要丢掉一些信息，但丢失的应该是无用的和不重要的信息。

无用的信息包括干扰信息和冗余信息。干扰信息如电话中的杂音，本来就应该滤掉；冗余信息要视情况而定，有些信息本身是多余的，但在使用过程中它却能起到补充作用。纠错码在通信中是必要的，但存入到信息系统中通常不需要保留。

（5）等级性

管理系统是分等级的（如公司级、工厂级、车间级等），处在不同级别的管理者有不同的职责，处理的决策类型不同，需要的信息也不同。因而信息也是分级的，这就要求信息应防止未授权的用户访问。通常把管理信息分为以下三级。

① 战略级信息。是关系到企业长远发展和全局的信息，是上层管理部门对本部门要达到的目标，关系到为达到这一目标所必需的资源水平和种类，以及确定获得资源、使用资源和处理资源的指导方针等方面进行决策的信息。例如企业发展方向与规划，新产品研制，产品投产、停产，新厂厂址选择，开拓新市场等。

制定战略要大量地获取来自外部的信息。管理部门往往把外部信息和内部信息结合起来进行预测。

② 战术级信息。是关系到企业运营管理控制的信息，是使管理人员能掌握资源利用情况，并将实际结果与计划相比较，从而了解是否达到预定目的，并指导其采取必要措施更有效地利用资源的信息。例如，月计划与完成情况的比较、库存控制、生产成本等。管理控制信息一般来自所属各部门，并跨越于各部门之间。战术级也称为管理级。

③ 作业级信息。是关系到企业业务运作的信息，用来解决经常性的问题，它与组织日常活动有关，并用于保证切实地完成具体任务。例如，职工出勤率、设备维修信息、每天统计的产量、质量数据、打印工资单等。

（6）变换性

信息是可变换的，它可以由不同的方法和不同的载体来载荷。这一特性在多媒体时代尤为重要。

（7）价值性

管理信息是经过加工并对生产经营活动产生影响的数据，是劳动创造的，是一种资源，因而是有价值的。索取一份经济情报，或者利用大型数据库查阅文献所付费用是信息价值的部分体现。信息的使用价值必须经过转换才能得到。信息寿命衰老很快，所以转换必须及时。例如某车间可能窝工的信息知道得早，及时备料或安插其他工作，信息资源就转换为物质财富。反之，事已临头，知道了也没有用，转换已不可能，信息也就没有什么价值了。"管理的艺术在于驾驭信息"，就是说，管理者要善于转换信息，去实现信息的价值。

（8）共享性

信息的共享性是信息的重要性质，它可以被共同接收、共同占有、共同享用。而物质是不能共享的，一方得到，另一方必然失去，信息的共享没有直接损失，但有时会造成间接的损失。例如我方得到一个商机，竞争对手也得到，就造成双方的竞争，这也是信息共享的复杂性。

信息的共享性有利于信息成为组织的一种资源，而且只有实现信息共享，信息才能真正成为资源。

（9）传输性

信息是可以传输的，其传输成本大大低于物质和能量的传输。信息可以通过多种传输渠道，采用多种传输方式进行传递。传输渠道可以是报纸、书籍、电台、电话，还可以用计算机网络和通信卫星进行传输，实现信息传播的物质载体称为信息媒介。传输的形式也越来越多，有数字、文字、图形和图像、声音等。信息传递过程中伴随着物质、能量的传递，而且比物质、能量的传递更加优越。信息的可传递性和易于传递性加快了信息资源的传输，加快了社会的发展。

4. 信息的度量

不同的数据资料中包含的信息量可能差别很大：有的数据资料包含的信息量多一些，有的则少一些，甚至空洞、不包含信息量。数据资料中含信息量的多少是由消除对事物认识的"不确定程度"来决定的。在获得数据资料之前，人们对某一事物的认识不清，存在着不确定性，获得数据资料之后，就有可能消除这种不确定性。数据资料能消除人们认识上的不确定性。数据资料所消除的人们认识上"不确定性"的大小，也就是数据资料中所含信息量的大小。

那么，信息量的大小如何衡量呢？

信息量的大小取决于信息内容消除人们认识的不确定程度，消除的不确定程度大，则发出的信息量就大；消除的不确定程度小，则发出的信息量就小。如果事先就确切地知道消息的内容，那么消息中所包含的信息量就等于零。

可以利用概率来度量信息。例如，现在某甲到 1 000 人的学校去找某乙，这时在某甲的头脑中，某乙所处的可能性空间是该学校的 1 000 人。当传达室告诉他："这个人是管理系的"，而管理系有 100 人，那么他获得的信息为 100/1 000＝1/10，也就是可能性空间缩小到原来的 1/10。通常，不直接用 1/10 来表示信息量，而用 1/10 的负对数来表示，即 $-\log 1/10 = \log 10$。如果管理系的人告诉他，某乙在管理信息系统教研室，那么他获得了第二个信息。假定管理信息系统教研室共有 10 位老师，则第二个信息的确定性又缩小到原来的 $100/1\,000 \times 10/100 = 10/1\,000$。显然：$[-\log(100/1\,000)] + [-\log(10/100)] = -\log(10/1\,000)$。

只要可能性范围缩小了，那么获得的信息量总是正的；如果可能性范围没有变化，$-\log 1 = 0$，那么获得的信息量就是零；如果可能性范围扩大了，那么信息量变为负值，人们对这事件的认识就变得更模糊了。

信息量的单位叫比特（bit，是二进位制数字 Binary digit 的缩写）。1 比特的信息量是指含有两个独立均等概率状态的事件所具有的不确定性能被全部消除所需要的信息。在这种单位制度下，信息量的定义公式可写成

$$H(x) = -\sum P(X_i)\log_2 P(X_i), \quad i = 1, 2, 3, \cdots, n \qquad (2.1)$$

这里 X_i 代表第 i 个状态（总共有 n 个状态），$P(X_i)$ 代表出现第 i 个状态的概率，$H(x)$ 就是用于消除这个系统不确定性所需的信息量。

例如，硬币下落可能有正反两种状态，出现这两种状态的概率都是 1/2，即

$$P(X_i) = 0.5$$

这时

$$H(x) = -\left[\sum P(X_1)\log_2 P(X_1) + \sum P(X_2)\log_2 P(X_2)\right] = -(-0.5 - 0.5) = 1 \text{ bit}$$

同理可得，投掷均匀正六面体骰子每一面出现的概率为 1/6，这样骰子投掷的信息量为 $H(x) = 2.6$ 比特。

值得注意的是，计算信息量的这一公式恰好与热力学第二定律中熵的公式相一致。从分子运动论的观点来看，在没有外界干预条件下，一个系统总是自发地从有序向无序的方向发展，在这过程中，系统的熵的变化总是增加的。因此熵是系统的无序状态的量度，即系统的不确定性的量度。但是，信息量和熵所反映的系统运动过程和方向相反。系统的信息量的增加总是表明不确定性的减少，有序化程度的增加，因此信息在系统的运动过程中可以看作是负熵。信息量越大，则负熵越大，熵值越小，反映了该系统的无序程度（混乱程度）越小，有序化程度越高。信息度量表述了系统的有序化过程。

由此可以给出更广泛的信息含义：信息是任何一个系统的组织性、复杂性的度量，是有序化程度的标志。

总之，现代社会的特点之一是管理信息量的增长速度十分惊人，有所谓"信息威胁"之说，这是指人类面临要处理的信息量大到难以应付的地步，以致造成混乱的结果。例如，一

年内全世界发表的化学论文多达数万篇，如果没有计算机，要想从中找到一篇需要的文章就会像大海捞针。信息的爆炸性增长造成了信息挑战和信息威胁。面对这种情况，应用计算机等信息设备辅助作业是迎接信息挑战的唯一出路。

2.1.3　信息系统

信息化对国民经济的推动主要表现在管理、科学技术计算和生产控制等方面大力应用信息技术，其中又以管理应用最为突出，现阶段大概占到 70% 以上。管理方面应用信息技术已发展成为专门的"管理信息系统"。我国自 1983 年大力推广微型计算机应用以来，在"管理信息系统"领域，无论在理论方面或者在实践方面都有了很大的发展。1986 年 2 月国务院批准建设了国家经济信息系统，全国从中央到省、市地方都陆续成立了信息中心；1993年成立了全国电子信息系统推广办公室，归口管理全国电子信息技术和系统的推广应用，研究制定发展规划、计划并组织实施；1994 年组成由 24 个部委局参加的国家信息化联席会议，统一领导与组织协调全国信息化及重点工程建设。各行各业对发展和应用信息系统的热情普遍高涨。"八五"期间，我国计算机的装机数量已由 1990 年的 50 万台增长到 1995 年底的 330 万台，国家开发了一批大型应用信息系统，其中包括：国家经济信息系统、电子数据交换系统、银行电子化业务管理系统、铁路运输系统、公安信息系统等。1993 年又开始实施以金桥工程、金关工程、金卡工程和金税工程为代表的一系列"金"字号国民经济信息化工程。20 世纪 90 年代末信息系统在企业管理中的应用也从单项业务的信息管理，迅速向综合的管理层和决策层的信息管理发展，应用水平日趋提高。进入 21 世纪，随着 Internet 的发展，我国企业信息管理已经发展到了在企业内部通过企业资源计划系统进行全面资源管理，企业外部建立完善的电子商务环境，通过建立供需链管理系统、客户关系管理系统来提升企业的竞争能力。

1. 信息系统的定义

广义地说，任何系统中信息流的总和都可视为信息系统（Information System），它需要对信息进行获取、传递、加工、存储等处理工作。然而随着科学技术的进步，信息的处理越来越依赖于通信、计算机等现代化手段，使得以计算机为基础的信息系统得到了快速发展，极大地提高了人类开发利用信息资源的能力，因此普遍认为信息系统是指基于计算机、通信网络等现代化工具和手段，服务于管理领域的信息处理系统。

从系统的观点来看，信息系统是一个人造系统，它由人、硬件、软件和数据资源组成，目的是及时正确地收集、加工、存储、检索、传递信息，并在必要时向有关人员提供信息，实现组织中各项活动的管理、调节和控制。

同样，组织中的各项活动表现为物流、资金流、事务流和信息流的流动。"在一个组织的全部活动中存在着各式各样的信息流，而且不同的信息流用于控制不同的活动。若几个信息流联系组织在一起，服务于同类的控制和管理目的，就形成信息流的网，称之为信息系统。"

信息系统可以描述为是一系列相互关联的可以输入、处理、输出数据和信息，并提供反馈机制以实现其目标的元素或组成部分的集合。从信息系统的定义可知，信息系统是一种带有反馈类型的系统，它通常是一个为组织或企业的各级领导提供管理决策服务的系统，如图 2-5 所示。

图 2-5　信息系统的结构

2. 管理信息系统

对于信息系统这一概念，可以从不同的角度去定义和解释它。从应用的角度出发，根据它所处理的信息内容的不同，有不同的内涵。例如，电子类专业定义的信息系统是指对电子信息进行处理，除此以外还有气象预报系统、地理信息系统、新闻信息系统、管理信息系统等。

在管理领域，信息系统这一名词是指对经营、管理方面的信息进行加工和处理，这种用于经营管理方面的系统称为管理信息系统。

近年来，随着管理信息系统概念的不断拓展，对管理信息系统概念的理解也有广义和狭义之分。国外关于管理信息系统的近期著作都用信息系统（IS）一词代替早些时候的管理信息系统，成为广义概念上的管理信息系统的代名词和专有名词。广义管理信息系统包括各种形态、各种模式的用于经济、管理领域的计算机信息系统。而在另外一些场合，如描述信息系统整体结构时，又给管理信息系统赋予狭义的含义，狭义的管理信息系统常常是指为组织内部管理层服务的计算机信息系统。本章提及的信息系统是指广义的管理信息系统。

3. 信息系统的结构划分

（1）信息系统的结构

信息系统的结构是指各部件的构成框架。对部件的不同理解构成了不同的结构方式。可以从概念、功能、硬件、软件 4 个方面考察信息系统的结构与特征。

① 概念结构。是对信息系统构成的一种高度抽象，从不同的角度看，信息系统的概念结构也是不同的。例如从信息流动的过程看，信息系统由四大部件组成：信息源、信息处理器、信息用户和信息管理者。

② 功能结构。从用户的角度看，信息系统总是具有一个目标和多种功能，各种功能之间又有各种信息联系，构成一个有机结合的整体，形成一个功能结构。

③ 硬件结构。从技术的角度看，信息系统的硬件结构说明硬件的组成及其连接方式和硬件所能达到的功能。

④ 软件结构。是指从技术的角度看，支持信息系统各种功能的软件系统或软件模块所组成的系统结构。信息系统的软件结构通常是树状结构。

（2）按处理功能划分

按软件处理功能不同，可划分为如下几部分：事务数据处理功能、数据管理功能、数据输入输出功能、数据通信传输功能、数据分析预测功能。

（3）按管理活动的不同层次划分

按管理活动的不同层次，可划分为以下几种。

① 辅助操作控制层系统。一般是用来显示天天要重复的操作过程，支持操作管理者对组织内每个操作人员的活动及所有事务的管理和监督。

② 管理控制层系统。根据决策层的要求，及时给出制定、组织、控制等活动所需要的各种管理信息，是为中层管理者监督、控制、决策和管理活动提供服务的系统。

③ 战略控制层系统。除了及时了解管理上所需的综合信息外，有时需要使用各种数学模型和方法进行模拟和预测。战略层系统支持资深管理者在结合组织内部和外部环境数据的基础上处理与提出战略问题和长期的发展规划，是建立以数据库、模型库为基础的计算机决策支持系统。这类系统涉及的是如何使组织在现有的能力下去适应外部环境的变化。

（4）按辅助管理职能划分

信息系统可有不同的功能。组织的主要功能，如市场营销、生产、供应、财务、人力资源，分别有自己的信息系统为其服务，每个主要功能又有自己的子功能。

（5）按物理部件组成划分

按物理部件组成划分，信息系统主要由计算机硬件、计算机软件、数据库、系统规程、人和各种过程组成。

一个广泛应用计算机处理信息数据的信息系统能辅助人进行各项工作，并大大减轻人的劳动强度。信息系统与人密不可分，人的素质也直接影响信息系统效率的发挥。

2.1.4　系统工程

系统论不仅在技术科学、生物科学和社会科学等领域结出了丰硕果实，而且给人类带来了新的思想观念，引起了思维方法的巨大变化。如果说系统论的基本概念和原理主要是从理论上研究系统，那么系统方法则主要是从应用上研究系统。系统工程是系统方法在组织管理中的具体应用，是一种对所有系统都具有普遍意义的科学方法。它运用定量分析和定性分析相结合的方法和电子计算机等技术工具，强调最优化，充分发挥人力、物力的潜力，通过各种组织管理技术，来协调局部和整体的关系。

1. 系统工程的概念

系统工程（Systems Engineering）是一种统筹全局、综合协调研究系统的科学技术，是系统开发、设计、实施和运用的工程技术，是在系统思想的指导下，综合应用自然科学和社会科学中有关的先进思想、理论、方法和工具，对系统的结构、功能、要素、信息和反馈等，运用多学科成果，进行分析、处理和解决实际问题，以达到最优规划、最优设计、最优管理和最优控制的目的。

系统工程是以大型复杂系统为研究对象，按一定目的进行设计、开发、管理与控制，以期达到总体效果最优的理论与方法。系统工程是一门工程技术，用于改造客观世界并取得实际成果，这与一般工程技术问题有共同之处。

系统工程是由一般理论的概念和方法解决许多社会、经济、工程中的共同问题。随着计算机的发展，系统工程的应用更加广泛，由军事、航天，到水利、电力、交通、通信等系统，由技术工程到企业管理、科技管理、社会管理系统，系统工程已经深入到日常生活中。

2. 系统工程方法论

不同的系统建造与开发由于其目标不同、手段不同，所采用的方法也不尽相同。尽管没有一种通用的标准方法，但总还可以找到一种能适应种种不同问题的思想方法。目前，论证比较全面又有较大影响的是美国学者霍尔在 1969 年提出的系统工程三维结构（如图 2-6 所示）。

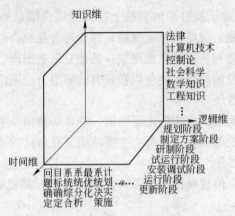

图 2-6 系统工程三维结构图

系统工程三维结构就是将系统工程的活动，分为前后紧密连接的 7 个阶段和 7 个步骤，同时考虑到为完成各阶段和步骤所需要的种种专业知识，这样就为解决规模较大、结构复杂、涉及因素众多的大系统提供了一个统一的思想方法。三维结构是由时间维、逻辑维和知识维组成的立体空间结构。时间维包括规划阶段、制定方案阶段、研制阶段、试运行阶段、安装调试阶段、运行阶段和更新阶段；逻辑维包括问题确定、目标确定、系统综合、系统分析、最优化、系统决策、计划实施；知识维包括法律、计算机技术、控制论、社会科学、数学知识、工程知识。

3. 系统工程的特点

（1）研究方法的整体性

研究方法的整体性就是应用系统学中关于整体大于部分之和的思想，不仅把研究对象看成一个整体，而且把研究过程也看成一个整体，把系统看成是由若干个子系统有机结合的整体来分析与设计。

（2）技术应用上的综合性

技术应用上的综合性就是系统学中的最优化原则，综合应用各种学科和技术领域内所取得的成就，构筑合理的技术结构，使各种技术相互配合而达到系统整体的最优化。

（3）管理上的科学化

管理上的科学化就是对工程进行科学管理。一个复杂的信息系统工程客观上总存在两个并行进程：一个是工程技术进程，另一个是对工程技术进程的管理控制进程。后者包括工程的规划、组织、控制、进度安排，对各种方案进行分析、比较和决策、评价选定方案的技术效果等。这些内容称为工程管理。管理上的科学化是系统工程的关键。在研制信息系统时，强调依照系统工程的方法，明确划分各个工作阶段，保证每个阶段的工作都得到有效的控制管理，对各阶段的工作成果有明确的审查评价标准，最终实现系统的目标。

2.1.5 信息系统工程

信息系统工程是信息系统研制和应用的科学方法，有时又称为信息系统分析与设计。有时并不强调方法论的意义，而用工程这一术语作为信息系统建立所进行的一系列活动的总称。这时，信息系统工程也就是指信息系统的整个建立工作。不管是强调方法论，还是强调工程实践活动，其核心问题都是如何进行系统的分析、设计和实现。

应当指出，目前信息系统工程中很重要的一部分是软件的研制。但就基于计算机的信息系统而言，一方面系统的最终目标不只是提交软件，而是满足用户要求的使用；另一方面信息系统的技术构成和研制过程也不只是软件及软件工程，而且还包括硬件、管理及其研制、控制过程等。一般来说，从概念和实践两方面，信息系统工程都有别于软件工程，它包括硬件工程、软件工程及管理工程。

按照系统工程的观点，可以把一个组织简单地看成是由 3 个子系统所组成：管理子系统、执行子系统和信息子系统。但信息系统本身除包含自身的管理外，还要将一般组织的管理功能融合进来。信息系统提供给执行子系统有效的信息，同时接受执行的结果，并将处理后的信息传输给管理子系统。

管理子系统根据组织的目标和方针，决定对执行子系统进行控制活动；执行子系统负责业务处理和物质交流等；信息子系统可以看成是插入上述两个子系统之间负责收集、存储、处理和分发信息的功能部分，抽象地看，它包括信息库（模型库和数据库）和信息处理程序（管理控制程序、转换管理程序等）。3 个子系统之间的关系如图 2-7 所示。

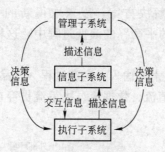

图 2-7 组织的系统关系图

2.2　信息系统与组织

信息系统与组织之间的关系是互动的。一方面，信息技术的应用带来了组织结构和行为上的变化。它使得组织结构趋于扁平，促使领导职能和管理职能发生转变，并改变了员工完成日常工作的基本手段，形成了更高程度的流程化和制度化。同时，信息技术带来的劳动生产率提高也会导致组织中人力资源结构的变化和调整；另一方面，组织及其管理模式也影响着信息技术和信息系统。组织重组、人员调整、业务转型、协调关系和机制变化等无疑将对系统结构和系统功能诸方面产生影响。这就要求信息技术和信息系统在理论上和应用上不断创新，同时也要求信息技术和相应的系统具有适应变化的能力。

2.2.1　组织

组织是人类社会生活中最常见、最普遍的社会现象。工厂、机关、学校、医院、各级政府部门、各个党派和政治团体…，现代社会就是由这样许许多多组织构成的。在一个组织中，人们为了一个共同目标而集合在一起工作，彼此分担权利和义务，并相互协调以确保目标的实现。组织始终处于相对平衡的状态，不断在冲突中寻求新的平衡和发展。

1. 什么是组织

组织是管理目标的实现手段，是管理信息系统的服务对象。

詹姆斯·穆尼（James D. Mooney）认为组织是某一种人群联合起来为了达到某种共同目标的形式。切斯特·巴纳德（Chester Barnard）认为组织是一种有意识地对人的活动或力量进行协调的关系，是两个或两个以上的人自觉协作的活动或力量所组成的一个体系。

组织，是人类社会生活中最常见、最普遍的社会现象。在一个组织中，人们为了一个共同目标而集合在一起工作，彼此分担权利和义务，并相互协调以确保目标的实现。组织是稳固的，也是规范的，其内部有一套管理规则与运行模式。组织是社会结构，因为它是社会元素的集合。资金和劳动力是环境为组织提供的主要生产要素，组织的生产能力是将这些输入（资源）转换成产品和服务，在这个转化中产生一个增值过程。组织又是权利、特权、义务和责任的集合，它们在一段时间内，处于平衡状态，大家相安无事。但在外界某一因素的影响下，原有的平衡可能被破坏，因素之间出现冲突，于是组织内部便会分析存在的问题、寻求解决方案，以求取得新的平衡。组织总是行进在由"平衡→冲突→解决冲突→新一轮的平衡"的演变过程中，这种周而复始的演变推动着组织的发展。

综上所述，组织具有的三要素为输入、生产过程（产品转换）、输出。组织的通用模型如图 2-8 所示。在组织内部价值流、数据流、决策流贯穿在组织过程每个阶段，它们的流动构成了组织的活动。

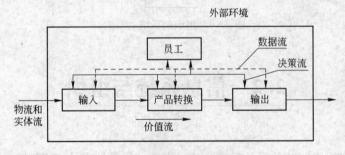

图 2-8　组织的通用模型

2. 组织的特性

组织具有一定的特性，其中有一些属于各个组织所特有的个性，如组织之间有不同的结构、不同的目标、不同的顾客群，而且它们所处的环境也不同，这些不同点形成了组织的个性。有一些特性是所有组织所共有的，称为共性。组织内部的标准操作流程、实施的政策和组织文化是所有组织都具有的共性。

（1）标准操作流程

标准操作流程是组织在考虑各种可能的情况下，详细而全面地制定的一套规则和流程。标准操作流程对一个组织来说极其重要，是组织得以生存、获取利润、达到目标的根本保证。例如，企业生产的产品在进入市场前，一定要经过严格的市场检验，不合格的产品必须淘汰，这就是企业的一种操作流程，由于所有企业都有质量检验这一重要环节，这也正是质量检验这一标准操作流程。如果没有这一标准操作流程，最终会使组织失去市场、失去生命力，因为组织内部的增值过程会遭到破坏。

组织的标准操作流程一旦形成，如若需要修改，需要做出巨大的努力。

（2）组织的政策

政策是指组织内为一段时期的任务和路线而规定的行动准则。组织中的每个工作岗位都会安排与之相适应的人员。不同的人有不同的阅历、不同的技能或专业知识，因而对工作、报酬、问题的认识都会有差异。正是因为存在这些差异，所以每个组织内部就会存在工作安排上的矛盾、权力的斗争、利益的竞争和冲突等。好的政策会激发人们的工作热情和创造力。每当组织内发生重要变革时，如开发一个新的管理信息系统，必然出现政策阻力，因为重大变革会直接触及某些人的切身利益，使某些人的工作岗位、工作条件、工作报酬等发生变化。

（3）组织文化

组织文化是指一个企业、公司或机构所共享的主要理解和假设的集合，其中包括共同的信仰、价值观，以及组织内的各种准则和决策。例如，有的企业组织纪律严明，有良好的行为规范，有较强的凝聚力，这就是该企业的一种组织文化，大家都认为应该这么做，成为组织内的共识。又如有些组织非常注意自身的形象，因此也要求每个员工注意自己的言行，久而久之，每个员工的言行也就与组织的形象相一致了。

组织文化有着强大的聚合力，它抑制政策的冲突，促进大家的理解、赞同等过程，如果组织内所有人共享假定中的基本文化，那么组织文化就起到了聚合力的作用。同样组织文化也是抑制组织变化的一个强大阻力，特别是技术变革。例如组织内原手工会计制度中允许会计人员在账本上修改账目，这已成为大家的共识。但采用计算机会计信息系统后，规定凡是登过账的原始凭证和账目一律不许修改，只能采用输入红单充抵的办法。这一变革给原来的组织文化带来了一定的冲击，使会计人员需要改变原有的工作方式，只有经过一段时间的强制执行后，会计人员才逐步适应新的要求，形成新的共识。通常，组织文化在组织内所起的作用是强大而稳固的，所以几乎所有的组织都尽量避免基本假设的变化。只有当组织认识到新技术是合理而实用时才会直接去抵制现存的组织文化。但是，如果组织文化调整速度太慢，跟不上技术变化所需的速度，技术变化会受阻或延迟。

组织引入信息系统，就会遭遇到组织的标准操作流程、组织政策和组织文化多方面的阻力。变化动态学告知，变化需要经历 3 个阶段，即融化阶段、转化阶段和再冻结阶段。融化阶段将抛弃旧有的流程、制度和假设，创造一种接收变化的氛围；转化阶段，大家努力去学习和适应新的工作方法、行为和观点；再冻结阶段，强有力地去推动变化，使新的流程、制度和文化成为认可的、片段的、遵循的部分。

3. 组织的结构

组织结构是执行管理和达成组织目标的运行体制或角色框架。随着组织规模的扩大和业务关系的复杂，组织结构的类型也在不断增加和变更。不同的组织有不同的结构，有的学者把组织结构的形式归纳成如下几种。

（1）创业型结构

创业型结构也叫主办者方式结构，是一种简单的、小型化、属主办者拥有的组织结构，如图 2-9 所示。它的特点是主办者全权管理，能适应环境的快速变化。

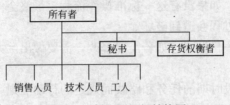

图 2-9　创业型组织结构图

（2）层峰结构

① 机器型层峰结构。机器型层峰结构也叫直线职能制，是按劳动分工来组成不同的部门，按从最高层领导到基层一线人员的生产指令的流动执行将各个部门分到不同层次中去，构成行政层次结构，如图 2-10 所示。它的特点是分工明确、各尽其职，缺点是下层接收上层指令，并按此指令运作，但下层员工自行解决问题和决策权力极其有限。这一点制约了下层员工的主观能动性，并降低了整个系统对市场的响应速度。这种结构适应环境变化能力较弱，提供的是标准的产品或服务。

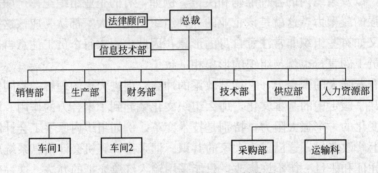

图 2-10　机器型层峰组织结构图

信息系统的运用使传统的组织结构中的管理层次正在减少向扁平组织结构方向发展。

② 专业型层峰结构。专业型层峰结构是基于知识的组织，如律师事务所、学校、会计事务所、医院。它的特点是组织依赖于知识和专业人员的技能；适合相对于缓慢变化的环境；受部门领导左右，集权程度较弱；组织内的成员拥有足够的信息和权力来创造产品和服务。

③ 事业部制结构。事业部制结构也叫产品部制结构，是基于产品类别、地区或经营部门划分成若干事业部门（或成分公司），该部门的全部业务，从产品设计、原材料采购、产品制造一直到销售，全部由事业部负责，实行独立经营独立核算，如图 2-11 所示。它的特点是组织战略与运营决策职能分离，事业部是利润中心，适合规模大产品多的企业；不足是总部与事业部信息不对称，部门重叠。

（3）矩阵结构

矩阵结构也叫项目方式结构，是一种以任务为中心的组织结构，如图 2-12 所示，如研究所、航天公司、医药、电子和其他高科技公司。它的特点是对环境或市场能作出快速反应，比机器型层峰结构更能创新，比专业型层峰结构更为灵活，比简单创业型结构更具有持久、有效的动力。由很多专家组成短期、多学科的任务小组，致力于新型产品研制，具有中央管理层，尽管管理层对其员工的技术性工作不甚了解，但应能够管理来自环境的资金流和对环境供应的产品。

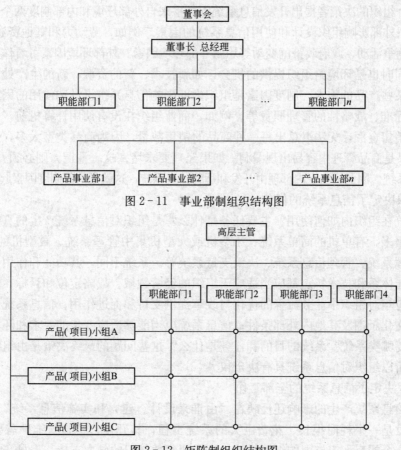

图 2-11　事业部制组织结构图

图 2-12　矩阵制组织结构图

4. 组织对信息系统的影响

一个组织要开发信息系统，首先要考虑"为什么要开发"，其次是"明确开发信息系统应具备的功能"和"应完成的任务"，以及"如何组织信息系统的开发工作"等，组织在其中起着至关重要的作用。组织对信息系统的具体影响可参见 2.2.2 节。

2.2.2　信息系统对组织的影响

信息系统影响组织，而组织也对系统的设计直接产生影响，相互之间的影响非常复杂，因为涉及的影响因素太多。影响因素不仅涉及组织所处的环境、组织的文化、组织的结构、政策、管理决策、标准的运营程序，而且还涉及许多不确定因素，即偶然因素等。组织对信息系统的影响主要表现在管理者，特别是在关于信息系统开发、使用的决策方面。

1. 组织对信息系统的影响

组织对信息系统的影响主要在以下几个方面。

(1) 组织决定了信息系统的开发目的

通常，建立信息系统是由组织内部的管理者提出的，理由可能是多种多样的，有的主要是为了达到经济目的，有的可能是为了提供更好的服务，也可能是为了改善工作环境或方式。不管哪一种方式，信息系统在组织内的应用取决于管理者的决策。

通常一个组织的决策者提出开发信息系统不外乎来自外部环境和内部制度两个因素。环境因素是指组织外部影响组织设计和使用信息系统的因素。例如，劳动力和其他资源价格上涨、其他组织的竞争活动、政府政策的变动等均属外部环境因素。外部环境因素可看作是环境对组织的制约，同时也是环境给组织提供的机会，如新技术、新的资源、新的生产处理过程等都可能增加对某些产品的需求。制度因素是组织内部影响信息系统设计和使用的因素，其中包括价值观、标准、战略性的管理职责等。例如，商业组织在没有使用计算机前，基本上只能汇总每天的销售金额，无法汇总出每一种商品的销售数量，因为商品类型太多，营业员难以记录，其后果是商品管理中容易出现漏洞。如果经理要求堵塞这一漏洞，则必须开发一个进、销、存信息系统。因此，出于内部理由开发和运行信息系统，这就是内部制度因素起到的作用。

（2）组织决定了信息系统的任务

信息系统在组织内如何使用？主要任务是什么？是组织对信息系统产生的直接影响。信息系统类型繁多，有单机的简单系统、小型机或大型机集中管理系统、微型机的网络系统，也有事务处理系统、管理信息系统、决策支持系统等。系统不同，其功能和作用也不同。信息系统的功能体系和技术特点都应当适应于组织的经营领域、战略定位和目标；信息系统中的工作流程应当对组织中业务流程的优化与改革提供支持和促进作用；信息系统应当能够适应组织中的文化氛围及其他内外部条件；信息系统应当能够适应变化的要求和环境。

组织需要哪类系统？系统的目的和任务是什么？这些问题的最终决策是由组织中的管理者作出的，所以组织对信息系统具有决定权。

（3）组织决定了信息系统的全部工作

组织对信息系统产生的影响还反映在"由谁来设计、建立和实施信息系统"的决策上，信息系统开发是一个耗时很长、花费巨大的系统工程，其开发、实施与维护需要有相关人员，需要有一个拥有一定权力的组织机构，还需要相关部门的鼎力支持。人员、机构及技术等事宜能否到位，管理者是决策的关键人物，管理者的决策将决定如何提供信息技术服务、为谁服务、如何服务、在什么时候提供服务。

2. 信息系统对组织的影响

信息系统与组织内在的增值过程密不可分。信息系统在增值过程中直接发挥作用。例如超级市场或大商场中的 POS 系统已经成为组织中不可缺少的部分，它对这类组织效率的提高，保证组织快速、正确运行所起的作用已得到认可。也说明在考虑组织如何增值时，应该充分考虑到信息系统在组织内部的潜在作用。组织对信息系统作用的认识将会直接影响到组织的增值过程。下面从信息系统对微观经济模型理论、交易成本理论和代理理论的影响来分析。

（1）对微观经济模型理论的影响

微观经济模型理论是微观经济学的基础理论，它用于解释特定企业的产出取决于该企业的资本和劳动力的数量。实际上，微观经济模型理论描述了企业各组成元素之间的有机联系，可以用来衡量企业的技术水平。对于企业来说，如果应用了信息技术和管理信息系统，那么该企业原有的技术水平就发生了变化。

在如图 2-13 所示的微观经济模型理论中，横坐标表示劳动力的数量，纵坐标表示资本的数量，曲线表示企业的产出。如果企业采用了信息技术和管理信息系统，那么表示企业产出的曲线向原点方向发生了偏移。这种偏移表示企业可以降低劳动力和资本的数量，但是企业的产出保持不变。

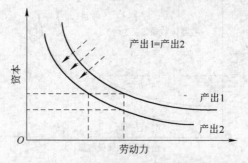

图 2 - 13 MIS 对微观经济模型理论的影响

（2）对交易成本理论的影响

管理信息系统还有助于降低企业的规模，这是因为广泛地应用信息技术和管理信息系统可以降低企业的交易成本。交易成本是企业在从事交易过程中的所有耗费。采用管理信息系统之后，可以降低企业寻求客户的成本、采集各种有关信息的成本、企业之间的协作成本。这时候，企业可以使用更少的雇员，在管理信息系统的辅助下，可以完成更多的交易。

在如图 2 - 14 所示的交易成本理论中，横坐标表示企业的规模（企业的规模可以使用雇员的数量表示），纵坐标表示交易成本，曲线表示企业所完成的交易量。如果企业采用了信息技术和管理信息系统，那么表示企业交易数量的曲线向原点方向发生了偏移。这种偏移表示企业可以降低规模（减少雇员数量）和交易成本，但是可以完成的交易数量保持不变。

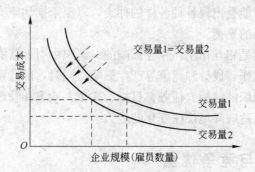

图 2 - 14 MIS 对交易成本理论的影响

（3）对代理成本理论的影响

信息技术和管理信息系统的应用还可以降低企业内部的管理成本。根据代理理论，可以把企业看成是由一个个雇员通过签订合同组成的单位，其中每一个人都希望获取最大的收益。例如，企业的所有者需要雇佣一些雇员替他完成一些他自己无力完成的工作，但是为了保证所聘的雇员可以更好地工作，企业的所有者必须耗费金钱和时间监视和控制所聘人员的工作，这些费用就是代理成本。

使用信息技术和管理信息系统，可以降低相互获取信息和分析信息的成本，该企业的所有者可以非常容易地监视和控制雇员的工作。在如图 2 - 15 所示的代理成本理论示意图中，横坐标表示企业的规模（使用雇员数量表示），纵坐标表示代理成本的数量，曲线表示企业可以获取的利润。一般来说，当某个企业的结构稳定下来之后，如果使用了信息技术和管理信息系统，那么利润曲线向右发生了移动。由此说明，如果希望提高企业的利润，那么使用同样的企业规模，可以大大降低所需要的代理成本。

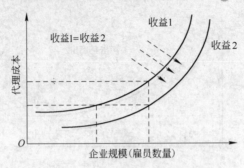

图 2-15　MIS 对代理成本理论的影响

3. 信息系统影响组织内的平衡

组织中引入信息系统技术，必然与组织的文化、政策和结构等方面产生摩擦，会遭遇到各种各样的抵御力量，所以要求企业的变革应与信息系统的开发同步进行。目的是使组织的结构、文化和政策适应新技术所要求的环境，将阻力变成动力，形成新的组织结构、新的组织文化和一套新的政策。

信息系统也会改变组织内已经建立的权力、特权、义务与职责之间的平衡。例如，使用会计信息系统前，总裁或总经理想要了解组织的财务，只能去询问会计主管。使用会计信息系统后，高层管理者可以直接通过计算机终端查询得到，会计主管的特权发生了变化，不仅需要招收或增加信息技术人员，而且信息部门会对财务、生产、供应、销售等部门提出不少要求，在各个部门之间可能会出现各种各样的冲突，以至于推动原有的平衡。只有经过一段时间的磨合，才会产生新的平衡。

信息系统与组织之间是相互作用、相互影响的。组织中引入新的信息系统必然会对组织的结构、目标、价值、工作、设计和竞争等产生影响。同时，信息系统必须为实现组织的目标而服务，但它也受到组织的结构、任务、目标、文化、政策和管理的制约。信息系统强大的功能可使组织大大提高适应环境快速变化的能力。

2.2.3　信息系统与竞争优势

1. 竞争优势

在信息系统领域，竞争优势（Competitive Advantage）是指利用信息获取市场地位的改善。在组织中，竞争优势具体体现为战略层、战术层、运作层的优势获得。在组织的最高管理层即战略规划层，信息系统可以用来改变公司发展的方向，从而获得竞争优势。在管理控制层（中层），管理者通过指明战略计划的具体实现来获取战术层的优势。在操作控制层（低层），管理者通过各种方式使用信息技术进行数据收集和信息创造来获取操作的效率，获得操作层的优势。

（1）战略优势

战略优势对一个公司的运作的形成起着根本的作用。信息系统能用来创造战略优势。例如，公司可以将它的现存数据转化为具有标准接口的数据库形式（像 Web 浏览器接口），这些接口可以为它的业务伙伴和客户共享。拥有能够通过 Web 浏览器访问的标准数据库往往能反映一家公司地位的战略转移。

这种战略能在很多方面影响公司的运作。首先，公司现有的访问方式是通过专用的软件，然而这种改变将使公司进一步考虑从软件供应商那里购买标准的报告系统，或委托外部公司为它设计和开发一套新的报告系统。其次，报告访问的灵活性将提高，因为用户不需要直接访问公司的计算机资源，而在任何联网的计算机上就能访问到公司的报告。另外，公司潜在的供应商和客户都能访问到公司的原材料资源和产成品库存情况，从而加速了公司的购买和销售事务。

当然安全性不能忽视。这种数据访问给公司带来了利润空间，也带来了更大的风险。如"黑客"可能伪装成供应商和客户破获公司数据库、竞争对手利用获取的信息进行商业侦查活动等，因此公司必须对安全性也要有一个战略计划。

（2）战术优势

当一家公司相对它的竞争对手以一种更好的方式实施了一个战略时，它就获得了战术优势。公司可以通过让客户进行直接信息访问来提高客户服务质量。所有的公司都想使客户满意，因为这样会带来客户的重复购买行为。

例如，一个客户想从公司购买 150 美元的打印纸，信息系统显示这个客户本月内已购买了 800 美元的物品，但离折扣线 1 000 美元还差 50 美元，否则就可享受 5% 的折扣。针对这种情况，公司就可以通过多种途径获得战术优势。首先，这个客户可能因为折扣继续购买产品；其次，通过信息系统可以知道客户购买哪些产品。这样公司不仅得到了客户的忠诚，公司也增加了利润。

如果客户只是购买纸张而不购买墨粉，一般可以认为是从另一个供应商那里购买。这样，公司可以低价出售墨粉（5% 的折扣），就是吸引客户的一个好机会。折扣本身对客户来说是一种诱惑，同时也给公司带来经济利益。因为公司通过在这个订单上增加 50 美元订货量的方式，就能够节省处理第二次订单的成本，同时也减少一次送货。

战略决策旨在使公司的信息系统为客户更好的服务，而公司开发的战术层信息系统不仅提高了客户满意度，同时也提高了自己的利润水平。

（3）运作优势

运作优势是指处理公司日常的各种事务和流程的能力，信息系统也是通过这种优势直接与公司流程互相作用。

一个能够通过以往的事务记录"记住"客户和他的编号的 Web 站点意味着一种操作层面的优势。用户通过 Web 站点来进行购买活动确实使公司省去了因雇佣文员键入信息而花费的成本。用户键入的数据，一般来说准确度会更高。如果数据不正确，那么用户也不会责怪公司。有很多原因使得通过 Web 方式访问公司信息系统改善了公司与客户之间的关系。

这三个层次的竞争优势是结合在一起共同发生作用的。同时，具有这三种竞争优势的信息系统最有可能提高公司的业绩。

下面将通过竞争力模型、价值链模型来进一步说明信息系统是如何帮助企业增强竞争优势的。

2. 竞争力模型

竞争力模型（Competitive Force Mode）是用来描述企业的外部影响力，特指不利因素与好的机遇之间的相互作用。以及其最终对组织的战略和竞争力所起的最终作用。图 2 - 16 是波特竞争力模型的示意图，用来说明企业面对的各种外部影响因素。这些影响因素包括：市场中新的进入者给企业带来的不利因素、来自代用商品或服务的压力、供应商高超的议价能力、传统的行业竞争者的地位。处理好客户、供应商、代用商品或服务、市场新的进入者这四个主要因素可使企业取得竞争优势，并可增强企业对行业中其他竞争者的抗衡力（Porter，1985）。

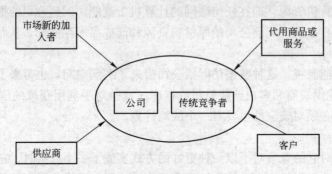

图 2-16　波特竞争力模型

企业可使用下面 4 个基本的竞争战略来处理这些竞争因素。

① 产品差异。企业开发自己的品牌产品，生产出市场上独一无二的新产品或服务，这些产品和服务是现有的和潜在的竞争者无法仿造的。

② 市场定位差异。通过为产品或服务确定一个特定的目标，并以此来确定企业的市场定位。例如，企业可将产品服务定位在一个较狭窄的目标市场上，尽管狭小，但它在目标市场上比现在的或潜在的竞争者具有更大的优势。

③ 交换成本。发展与客户、供应商紧密而稳固的联系，称这种联系为交换成本。也就是说，"锁住"客户与产品的联系，固定供应商的供货时间和价格结构，从而将客户的成本转移给竞争者的产品或服务。这不仅转移了商品或服务的成本，而且也降低了客户与供应商议价的能力。

④ 低成本产品。为了抵御来自整个市场中的新的竞争者，在不牺牲产品质量和服务水平的前提下，企业应生产一些低于竞争对手价格的产品和服务。

如果企业同时实行这些战略中的一个或多个便可为企业赢得竞争优势，那么信息系统又是如何支持这些竞争战略呢？

（1）信息系统创建新产品与服务

企业使用信息系统为产品和服务提供支持时，可使这些产品不易被仿造或只适用于特定的市场，这实际上就是增加竞争者进入市场的成本。这些战略信息系统可抵御竞争对手的各种回击，使企业之间出现差异，这种差异使组织具有了长期保持在基本成本上的竞争力。

金融业开创了使用信息系统创建新产品和服务的先河。1977 年美国花旗银行开发了自动取款机（ATM）和信用卡。作为这个领域的开创者，自动取款机与信用卡为美国花旗银行获得了丰厚的利润，确立了花旗银行在金融市场中的优势地位，同时也迫使竞争者，不管是大银行还是小银行，都纷纷开始寻求技术力量的支持。

创建基于信息系统的新产品和服务，并不需要高级或最复杂的信息系统技术，ATM 机和信用卡就是一个典型的实例。

（2）信息系统关注市场定位

只要有商品生产和商品交换存在，就离不开市场，市场是联系生产与消费的纽带。一个企业在目标市场占有率的高低直接反映了企业产品或服务的交易额所占比例的大小。信息系统通过对从市场采集到的数据进行分析，得到的分析结果是市场营销决策中的重要依据，从而有助于市场定位和细分市场。例如，使用信用卡消费，消费者的有关信息就被采集下来，记录到客户信息数据库中，因此就可将这些信息按不同年龄、不同性别来细分市场，以达到企业渗透市场的目的。又如商场中的 POS 系统，它是商业企业信息系统的前端设备，每台收款机都将销售情况记录在案。将这些数据上传到后台的信息系统，由信息按不同要求进行汇总处理，就可起到市场定位的作用。例如，按时段汇总就可了解哪个时间段是销售高峰；如果将这些数据按商品大类汇总，就可清楚哪些商品是销售热点，哪些商品利润最高。

（3）信息系统建立与客户和供应商的联系

信息系统可以通过"锁住"客户与供应商而抵御竞争者。战略信息系统可抑制客户放弃企业的产品而选择竞争对手的产品。美国 Baxter 国际零库存与订货系统便是一个锁住客户的例子。Baxter 公司供应医用产品，它供应的产品的品种超过 120 000 项，维持这样庞大的库存量所需的成本是巨大的，但对医院而言是降低了成本，因为不需要存放一定量的存货。Baxter 公司在医院安装了自己的计算机终端，医院需要货物时，只需在计算机终端上直接输入订货单，系统立即进行处理。送货单、账单、装运清单和库存信息全部由计算机信息系统处理完成，并由医院终端通知客户送货日期。这个系统既使用方便，又降低了客户的成本，使医院不愿意再选择其他供应商，从而使 Baxter 公司占有美国所有医用商品三分之二的市场。这个系统既锁住了客户，将医院的成本转移给了 Baxter 公司的竞争对手。

（4）信息系统降低营运成本

战略信息系统可以改变组织与市场、客户、供应商之间的战略关系。信息系统也可用于处理组织内部的运作、管理控制、计划与人员的关系，这些信息系统具有战略属性，因为关系的改进有助于降低企业内部的营运成本，能以低于竞争对手的价格提供产品和服务。例如，Avis 汽车出租公司自己开发了一个信息系统，用它来改进公司整个运营的效率。该战略系统对车队进行跟踪定位，监测车队的运营成本和出租业务的执行情况，从而优化了出租车的调度，确保车队在低成本下高速的运作，降低营运成本，相应地也就增加了公司的利润，使公司得以生存和兴旺。

在产业层次要如何利用信息系统达成战略优势呢？产业的参与者可以通过与其他公司合作的方式利用信息技术共同发展出产业标准，以便相互交换电子化信息或交易信息。如此一来就使得所有市场参与者必须遵照相同的标准。产业层次的成功合作案例可以参考 Covisint，它是一个汽车制造商用来分享汽车零件的采购信息的电子市场。虽然通用汽车、福特汽车与戴姆勒-克莱斯在设计、服务、质量和价格上有激烈的竞争，但它们可以经由共同努力创造一个整合的供应链来提升产业的生产力。Covisint 使所有的制造商和供货商在单一的网站上交易，使制造商节省了设置自己的网上市场的成本。

在数字化公司的时代，竞争力模型需要一些修正，新的竞争力模型如图 2-17 所示。传统的波特模型假设相当静态的产业环境、相当清晰的产业界限，以及相当稳定的供货商、替代者和顾客。不同于以往单一的产业环境，今日的公司更多地认识到它们处于一群产业环境的集合——多样的相关产业使得顾客可以选择服务或商品。例如汽车业中有许多汽车公司进行商业竞争，但同时也与其他运输产业"集合"一起竞争，包括火车、飞机及公共汽车等运输公司。一家汽车公司的成功或者是失败经常是依赖于其他不同产业的成功与失败。大学不再只与传统的大学竞争，而是在跟网络远程教育大学竞争；出版公司也创造出了一些在线学习课程，私人培训公司提供各种技术证书，这些都是广义的"教育产业集合"的一员。在数字化时代，可以将公司产业集合中的竞争对手进行战略竞争或是战略联盟。在数字化公司的时代，要求公司、客户和供应商之间的边界具有一个动态的观点，而竞争发生在产业集合之中。

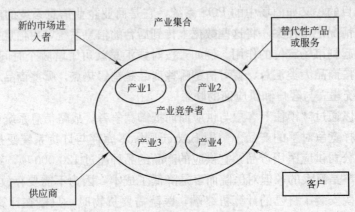

图 2-17　新的竞争力模型

3. 价值链模型

（1）价值链

价值链模型（如图 2-18）是美国哈佛教授 Michael E Porter 1985 年提出的。Porter 认为，公司可以通过创建一个价值链来获取竞争优势，它由基本价值活动和支持价值活动组成，它们都对边际效益做出贡献。利润空间是公司和客户所感知的公司产品和服务的价值减掉成本后的值。不断增加利润空间就是价值链的目标。

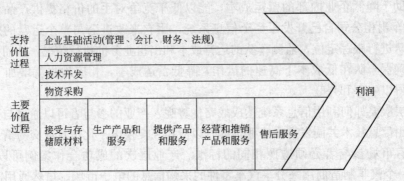

图 2-18　价值链模型

竞争力模型是用来描述企业外部影响力，而价值链模型关注的是企业内部的一些活动，而这些活动是一些能非常好地运用竞争战略的特定活动，而且也是信息系统最具战略影响力的地方。价值链模型是竞争力模型的一种补充，可使用价值链模型来确定企业中使用信息系统提高竞争优势最有效的地方，即确定关键的支撑点。

价值链模型将公司或企业的运作视为一个基本活动链，企业的基本活动不断将价值的差额加到公司或企业的产品或服务上，并能非常好地将信息系统运用到这些活动上，以使组织达到竞争的优势。这些活动可以分为基本活动和支持活动两类。基本活动是指那些直接涉及公司产品或服务的生产与销售的活动，是指那些直接为客户创造价值的活动。基本活动包括：进货、生产、出货、市场营销及服务。进货包括接收或储存生产所需的材料或配件，生产是指将材料转换为最终产品的活动；出货是指产品的仓储和销售；市场营销包括推销和出售企业的产品；服务包括维护和修理企业产品及各种相关服务。支持活动由组织的管理部门、人力资源、技术部门和采购部门协作完成，其任务是为基本活动提供支持。

当企业向客户提供较高价值或低价但相同质量的产品时，便可赢得竞争优势。如果信息系统能帮助企业以低于竞争者的成本向客户提供产品或服务，或者向客户提供的是与竞争者成本相同但具有高价值的产品和服务时，那么信息系统就发挥了战略影响作用。现在不少企业在运用信息系统降低成本、提高产品质量、增加产品功能的同时，又以略低于竞争对手的价格提高产品或服务。将最大价值加到企业的产品或服务上的活动与每个企业的特性密切相关。例如，美国的 Gillette（吉列）公司在设计产品时，一方面提高刮胡刀的质量，使之既安全又锋利，另一方面又使其产品不易仿造。吉列公司在信息系统与信息技术的帮助下，第一个生产出保安剃刀与刀架。使用时，刮胡刀能随着脸部部位的不同，自动变换角度，既安全又快捷，刀与刀架吻合紧密，既安装又极其方便。这不仅是一种高价值产品，而且吉列公司还运用信息系统降低成本。很快，吉列公司的产品占有美国同类产品 64％的市场，在世界其他地区的销售额也处于领先地位。

（2）价值系统与产业链

上述价值链是站在个别企业的角度。如果将不同企业所处的产业环节连接起来，即成为所谓的价值系统（Value System），如图 2-19 所示。价值系统包括供应商价值链、企业价值链、渠道价值链与消费者价值链等。此外，如果以产业链（Industry Chain）观点来看待价值链与价值系统，其产业链结构"约略等同于"价值系统。此外，价值链概念对于产业链的了解与分析提供重要意义，因为价值链的思考给予了企业对于其所属产业链的整体面貌一个具体的思考方向，因此企业整体运作模式均可一一与产业活动建立起来。

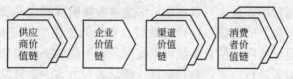

图 2-19　价值系统

通过建立信息系统，企业可以把它的价值链和供应商的价值链连接起来。比如，企业与供应商达成零库存协议，从而使原材料在进入生产过程的几个小时前到货，减少了存货成本。企业也可以把它的价值链与分销商的价值链连接起来，从而形成价值系统。比如，一家航空公司允许旅行社进入该航空公司的计算机订票系统，便于旅行社为乘客订票，而不仅仅是允许个体客户预订座位。

2.3　信息系统与决策

决策贯穿于管理的全过程，管理工作的成败首先取决于决策的正确。决策错了，再好的管理也是无济于事，而决策的质量则取决于信息的质和量。正确、及时、适量的信息是减少不确定因素的根本所在，信息系统是提供、处理和传播信息的载体。所以可以这么说，信息系统对管理职能的支持，归根到底是对决策的支持。

2.3.1 决策及其问题分类

1. 决策的概念

"决策"是一个古老的概念。大到一个国家，小到每个人，每天都面临着不同的决策问题。从宏观上讲，决策就是制定政策，如国家对农业投资的决策、关于城市发展的决策等；从微观上讲，决策就是作出决定，如企业决定是否上马一个项目、高考生对自己报考大学的决定等。但是真正把决策作为一种学科来研究从 20 世纪的 40 年代才开始，它包括两个方面的内容：决策分析方法和决策模式。决策分析方法最初以统计决策理论为基础，逐步由单目标决策扩展到多目标决策，由个体决策方法扩展到群体决策，由静态决策扩展到动态决策等，形成了一个生气勃勃的研究领域。

决策是人们为达到一定目的而进行的有意识、有选择的行动。在一定的人力、设备、材料、技术、资金和时间因素的制约下，人们为了实现特定目标，从多种可供选择的策略中作出决断，以求得最优或较好效果的过程就是决策过程。

决策科学先驱西蒙（Simon）教授在著名的决策过程模型论著中指出：以决策者为主体的管理决策过程经历情报（Intelligence）、设计（Design）和选择（Choice）三个阶段。情报收集是指进行"情报"（数据）的收集和处理、研究决策环境、分析和决定影响决策的因素或条件的一系列活动，以寻找问题的解决线索。方案设计是指找出推导、分析可能的行动方案，包括了解问题、得出问题的解和检验解的可行性。抉择是指从可行方案中选择一个特定的方案，进行方案评价与审核，并付诸实施。即选择最佳方案并实施。

信息系统在决策过程中，首先可以在决策的情报收集阶段提供必要的数据、资料，包括来自组织外部的有助于决策的情报。这样的数据、资料的提供应当是有组织的、系统化的。然后，在决策的方案设计阶段，信息系统可以提供各种可能的决策模型，并运用数学方法进行定量分析，帮助决策者进行方案评判和抉择。最后，在方案的选择阶段，如果设计的结果是以能促进决策的方式表示，那么信息系统将是最有效的。在进行抉择时，信息系统的作用将变成为以后的反馈和评价工作收集数据。在决策实施后，信息系统能提供必要的控制跟踪、反馈手段，及时检查偏差，对决策进行评价和修正。

不论是个人还是组织，在进行决策时，都会经过一个相当系统化的过程。西蒙（1977）认为整个决策流程应该由三个阶段组成：数据采集（或问题诊断）、设计、选择。之后他又补充了第四个阶段——实施。他还认为，该流程相当规范，并具普遍性，所以可以使用决策辅助和模型工具加以支持。这四个阶段的流程如图 2-20 所示。图中描述了每个阶段所包括的具体工作，并指出：从数据采集阶段开始，经过设计，再到方案选择，中间存在大量的信息流动（粗线所示），而每一个阶段都可在一定条件下返回到上一个阶段（虚线所示）。

2. 决策问题类型

可按不同的标准对决策进行分类。

（1）从决策的重要性来看，可将决策分为战略决策、战术决策、知识决策和业务决策，如图 2-22 所示。

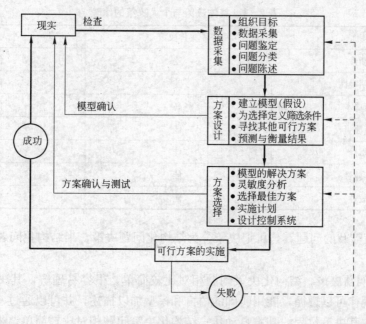

图 2-20　决策与建模流程

① 战略决策是对组织最重要的决策，通常包括组织目标、方针的确定，如企业产品的更新换代、技术改造等，这些决策牵涉企业的方方面面，具有全局性、长期性与战略性的特点。战略决策的正确与否往往关系到企业的命运，因而尤其需要准确、全面的信息。例如：确定或改变企业的经营方向、新产品的开发等。

② 战术决策又可称为管理决策，是指对企业的人力、资金、物资等资源进行合理的配置，以及改变经营组织机构的一种决策，具有局部性、中期性、战术性的特点。战术决策是在组织内贯彻的决策，属于战略决策执行过程中的具体决策。战术决策旨在组织中采用一定的方式、方法来实现目标，如企业生产计划、销售计划、机构重组、人事调整及资金筹措与使用等。

③ 知识决策是指制定用于评价有关产品和服务的新构想、新技术的交流方式和组织内部传播信息的方式，如制定产品促销计划、文件的传递方式。

④ 业务决策又称执行决策，是有关日常业务的决策，具有琐碎性、短期性和日常性的特点。业务决策是建立在一定的企业运行机制基础上，为提高生产效率、工作效率而作出的决策，它涉及的范围较窄，只对组织生产局部影响。属于业务决策范围的决策有：工作任务的日常分配、工作日程安排和监督、库存的控制、日常的采购、销售等。

（2）按参与决策的主体来分，可分为集体决策和个体决策。

集体决策是指决策的诊断活动、设计活动、选择活动有一个是两个以上人合作完成的，个体决策是指决策的诊断活动、设计活动、选择活动由一个人来完成。相对于个人决策，集体决策有一些优点：能更大范围地汇总信息；能拟定更多的备选方案；能得到更大的认同；能作出更好的决策等。但集体决策也有不足，如花费的时间多、责任不明确等。具体如表 2-1 所示。

表 2-1　集体决策与个人决策的比较

	集体决策	个人决策
果断性	差	佳
责任明确性	差	佳
决策成本	高	低
决策质量	佳	一般
一贯性	佳	差
可实施性	佳	一般
开放性	佳	差

　　（3）从决策涉及的问题看，可把决策分为结构化问题决策、半结构化问题决策和非结构化问题决策

　　① 结构化问题决策。结构化决策问题相对比较简单，很容易理解，其决策过程和决策方法有固定的规律可以遵循，能用明确的语言和模型加以描述，并可以通过一定的通用模型和决策规则实现其决策过程的基本自动化。结构化决策问题相对比较简单，很容易理解。早期多数管理信息系统就能够解决这类问题，如客户订单的定价、新雇员工资级别的确定、生产计划的制定、生产资料的采购、安全库存和资源优化等问题。

　　② 非结构化问题决策。非结构化决策问题的决策过程复杂，含有大量的非确定因素，其决策过程和决策方法没有固定的规律可以遵循，没有固定的决策规则和通用模型可依。决策者的主观行为（学识、经验、直觉、判断力、洞察力、个人偏好和决策风格等）对各阶段的决策效果有相当影响。这类问题的决策带有不确定性和风险性，如厂址的选择、销售对象的选择等。

　　③ 半结构化问题决策。半结构化问题决策界于上述两者之间，其决策过程和决策方法有一定规律可以遵循，但又不能完全确定，即有所了解但不全面，有所分析但不确切，有所估计但不确定。这样的决策问题一般可适当建立模型，但难以确定最优方案。在组织决策中，管理决策问题基本上属于半结构化和结构化。解决这类问题要结合两方面来决策，一方面运用数学模型来决策，另一方面需要决策者的个人主观经验来决策。

　　不同类型问题决策对信息的要求也不同。决策结构化问题所需要的信息往往是统计性的，大部分来自组织内部，且有较高精度；而决策非结构化问题一般是预测性的数据，而且大部分来自外界，不具有确定的内容和高度的结构。这就决定了管理信息的层次和各层的特点，如表 2-2 和表 2-3 所示。

表 2-2　管理各层的决策问题

结构化 ———————————→ 非结构化

战略性	生产计划	资金分配计划	厂址选择
战术性	作业计划	作业调度	广告部署
知识性	文件处理	产品促销计划	产品决策
业务性	库存补充	奖金分配	选择销售对象

表 2 - 3　决策类型与系统类型的关系

	操作层	知识层	管理层	战略层
结构化	应收账 TPS	电子日程安排 OAS	生产成本控制 MIS	
半结构化		产品决策 KWS	生产设备定位 DSS	
非结构化				新产品新市场 ESS

2.3.2　信息系统与现代管理

1. 管理的概念及其基本特征

管理活动自古有之。长期以来，人们在不断的实践中认识到管理的重要性。21 世纪以来的管理运动和管理热潮取得了令人瞩目的成果，其中之一是形成了较完整的管理理论体系。但对管理的含义，从不同的角度和背景，可以有不同的理解。一种被普遍接受的观点认为，管理是一个过程，是让别人与自己一道去实现既定的目标，是一切有组织的集体活动所不可缺少的要素。较完整的定义为管理是设计和维持一种环境，使集体工作的人们能够有效地完成预定目标的过程。即管理是对组织的人力、资金、物质及信息资源，通过计划、组织、领导和控制等一系列过程来有效地达成组织的目标。

管理的基本特征包括以下 4 点。

（1）管理是一种文化现象和社会现象

这种现象的存在，必须具备两个必要条件：一是两个人以上的集体活动；二是一致认可的目标。

管理活动存在于组织活动中，即管理的载体是组织。组织的类型、形式和规模各异，但其内部都含有 5 个基本要素：人（管理的主体和客体）、物（管理的客体、手段和条件）、信息（管理的客体、媒介和依据）、机构（反映了管理的上下左右分工关系和管理方式）、目的（表明为什么要有这个组织）。组织内部的要素是可控制的。组织应是一个开放的系统，组织的外部环境对组织的效果与效率有很大影响。一般地，组织的外部环境含有 9 个要素：行业、原材料供应、财政资源、产品市场、技术、经济形势、政治状况、国家法律和规章及条例、社会文化。组织的外部要素中，部分是可控的，部分是不可控的。

（2）管理的主体是管理者

管理者对管理的效果从而对组织的效果将承担重大责任。管理者的责任有三个层次：一是管理一个组织；二是管理管理者；三是管理工作和工人。

（3）管理有其特定的任务、职能和层次

管理的任务，也是管理者的任务，就是设计和维持一种环境，使在这一环境中工作的人们能够用尽可能少的支出，实现既定的目标。

管理的基本职能是计划、组织、人员配备、指导与领导、控制和创新。迄今为止仍只有很少的研究者把创新列为一种管理职能，但是现代科学技术迅猛发展，社会经济活动空前活跃，市场需求瞬息变化，社会关系也日益复杂，每位管理者每天都会遇到新情况、新问题。如果管理者因循守旧、墨守成规，就无法应付新形式的挑战，也就无法完成肩负的任务。所以要办好一件事，就必须有创新精神，开辟新的道路。

任何一个组织，都有一定的层次，通常分成三个层次：上层、中层和基层。

（4）管理的核心是处理好人际关系

管理是让别人与自己一道去实现既定的目标，管理者的工作或责任的很大一部分是与人打交道，这在指导与领导的职能中表现得尤为充分。

2. 信息系统与管理

管理的任务在于通过有效地管理好人、财、物等资源来实现企业的目标，而要管理这些资源，需要通过反映这些资源的信息来管理。每个管理系统都首先要收集反映各种资源的有效数据，然后再将这些数据加工成各种统计报表、图形或曲线，以便管理人员能有效地利用企业的各种资源来完成企业的使命。所以，信息是管理上的一项极为重要的资源。信息对于管理之重要在于"管理就是决策"。管理工作的成败，取决于能否作出有效的决策，而决策的正确程度则取决于信息的质和量。

一定的管理方法和管理手段是一定社会生产力发展水平的产物。现代社会的特点是分工越来越细，对各种问题的影响因素越来越错综复杂，对情况的反映和作出决定越来越要求迅速及时，管理效能和生产、经营效能越来越取决于信息系统的完善程度，因此对信息的需要不仅在数量上大幅度增加，而且在质量方面也要求其正确性、精确性和时效性等不断提高。传统的手工系统越来越无法应付现代管理对信息的需要。生产社会化的发展，必然会在越来越大的生产、经营活动范围中，把碰运气、按传统办事及靠猜测等现象从决策过程中排除出去。基于计算机的信息系统，能把生产和流通过程中的巨大数据流收集、组织和控制起来，经过处理，转换为对各部门来说都是不可缺少的数据，经过分析，使它变成对各级管理人员作决定具有重要意义的有用信息。特别是运筹学和现代控制论的发展，使许多先进的管理理论和方法应运而生，而这些理论和方法又都因为计算工作量太大，用手工方式根本不可能及时完成。只有现代电子计算机的高速准确的计算能力和海量存储能力，才为这些理论从定性到定量方面指导决策活动开辟了新局面。

任何组织都需要管理。一个组织的管理职能主要包括计划、组织、领导和控制四大方面，其中任何一方面都离不开信息系统的支持。下面分别讨论信息系统对计划职能、组织职能、领导职能和控制职能的支持。

（1）信息系统对计划职能的支持

计划是对未来作出安排和部署。任何组织的活动实际上都有计划，管理的计划职能是为组织及其下属机构确定目标，拟定为达到目标的行动方案，并制定各种计划，使各项工作和活动都能围绕预定目标去进行，从而达到预期的效果。高层的计划管理还包括制定总的战略和总的政策。计划还应该为组织提供适应环境变化的手段与措施，因为急剧变化着的政治、经济、技术和其他因素，要求及时修订计划和策略。

信息系统对计划的支持包括如下方面：支持计划编制中的反复试算，支持对计划数据的快速、准确存取，支持对未来计划的预测，支持计划的优化。

（2）信息系统对组织职能和领导职能的支持

组织职能包括人的组织和工作的组织。具体包括：确定管理层次、建立各级组织机构、配备人员、规定职责和权限，并明确组织机构中各部门之间的相互关系、协调原则和方法。

信息技术是现阶段对企业组织进行改革的有效的技术基础。信息技术的发展促使企业组织重新设计、企业工作的重新分工和企业职权的重新划分，从而进一步提高企业的管理水平。

领导职能的作用在于指引、影响个人和组织按照计划去实现目标。这是一种行为过程。领导者在人际关系方面的职责是领导、组织和协调；在决策方面的职责是对组织的战略、计划、预算、选拔人才等重大问题作出决定；在信息方面的职责是作为信息汇合点和神经中枢，对内对外建立并维持一个信息网络，以沟通信息，及时处理矛盾和解决问题。

（3）信息系统对控制职能的支持

一切管理内容都有控制问题。控制职能是对管理业务进行计量和纠正，确保计划得以实现。计划是为了控制，是控制的开始。执行过程中需要不断检测、控制，通常是把实际的执行结果和计划的阶段目标相比较，发现实施过程中偏离计划的缺点和错误。所以，为了实现管理的控制职能，就应随时掌握反映管理运行动态的系统监测信息和调控所必要的反馈信息。在企业管理方面，最主要的控制内容包括：行为控制，是指对人的管理，利用人的行为信息真正调动人的积极性和创造性；对生产过程的控制，企业的生产过程控制正由过去的集中控制、集中管理式系统向分散控制、集中操作、监视、集中处理信息、集中管理的集散式系统方向发展。在这种控制系统中引入了管理机制，与 MIS 相沟通，并分别与 MIS 的各个子系统交换信息，从而可能形成一种更为综合的信息系统。

综上可见，信息系统对管理具有重要的辅助和支持作用，现代管理要依靠信息系统来实现其管理职能、管理思想和管理方法。

3. 管理者、决策与信息系统

管理离不开决策，现代管理的核心是决策，特别是对于高层管理者来说，重大决策失误造成的后果往往不堪设想。因此，在管理理论与实践的过程中，人们越来越关心决策过程、决策方法和决策手段的科学性，以及决策结果的合理性。为此，研究信息技术对决策过程的支持作用也成为企业信息化的重要内容。

要了解信息技术如何支持管理者的活动，首先要了解管理者的工作内容。根据组织的规模与形态、组织的政策与文化、管理者的职位、管理者自身个性化的差异等，管理者的工作内容呈现多元化现象。如果撇开这些个性化的差异，管理者应完成的基本工作内容有一个具有普遍意义的架构理论。有些学者将管理者的角色分为以下三大类。

① 人际角色（human-relation roles）：首脑、领袖、沟通的桥梁。

② 信息角色（information roles）：监督者、执行者、宣传者、代言人。

③ 决策角色（decisional roles）：发起人、资源分配者、纠纷仲裁者、协调人。

早期的信息系统主要是支持管理者的信息角色，如生产控制系统、事务处理系统等。随着信息技术的不断发展和对管理活动不同领域、不同层面的进一步渗透，信息系统开始表现出对管理者三种角色的全面支持，尤其是对决策角色的支持。

管理者决策角色的工作可分为两个阶段：阶段一，发现问题与机会；阶段二，针对问题与机会给出解决方案。

图 2-21 描述了决策活动的流程，以及其间的信息流动。信息由组织的外部环境和内部环境进入流程。内部的信息通常产生于功能性部门的日常运作过程；外部信息则可以来自互联网、在线数据库、产业信息、政府报告，以及与其他系统的接触等。由于可用于决策的资料数据非常多，所以首先要对环境与数据资料的来源进行详细的审查，以找出真正与组织相关的信息。因此，对采集到的数据必须经过相关性和重要性筛选，必要时还要进行定量和定性分析，即数据的解读。然后，由高级主管部门或个人决定是否存在问题或出现了机会。一旦认定出现了问题（或机会），则作为阶段二的输入。在阶段二，要进行各种备选方案的评估，并选出一个合适的加以实施。

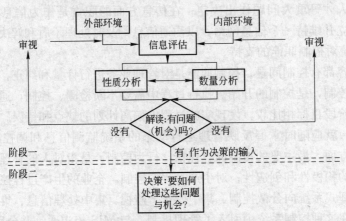

图 2-21　管理者决策角色的两个阶段流程及其信息流

企业中不同层次的管理者所承担的决策任务是各不相同的，如图 2-22 所示。基层管理者主要从事业务决策，知识工作者主要从事知识决策，中层管理者主要从事管理决策，高层管理者主要从事战略决策。但这并不意味着基层管理者对管理决策与战略决策不关心不了解，实践证明：基层管理者必须了解管理决策与战略决策，将业务决策纳入更高的目标体系，才能作出合理的业务决策。此外，中层与高层管理者也是由基层管理者晋升上来的，他们积累的基层管理经验将成为参与管理决策、战略决策的一笔宝贵财富。中层管理者在作出管理决策时，为了使决策合理，他们必须对战略决策有深入的理解；同时，他们也得指导和帮助基层管理者进行业务决策。高层管理者除制定战略决策之外，他们还通过战略决策来示

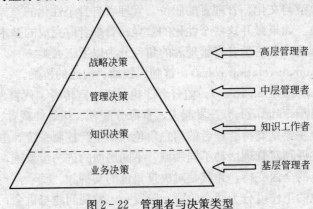

图 2-22　管理者与决策类型

范并引导管理决策和业务决策，从而促进战略决策的贯彻实施。此外，高层管理者往往具有丰富的经验与超人的洞察力，当下属制定管理或业务决策遇到困难时，他们能给予有力的帮助。

管理活动的成败在于是否能够灵活地执行一般性的管理功能，包括规划、组织、指挥、协调与控制。管理者在执行这些职能之际，其实已经进入了一连串的决策过程。

2.3.3　制定决策的过程和方法

1. 决策的过程

决策科学先驱西蒙（H. A. Simon）教授在著名的决策过程模型论著中指出：以决策者为主体的管理决策过程经历情报（intelligence）、设计（design）和抉择（choice）三个阶段（详见 2.3.1 节）。西蒙教授还指出："一般来说，情报活动先于设计活动，设计活动先于抉择活动。然而，各阶段构成的链环远比此复杂，决策过程的每个阶段本身又是一个复杂的决策过程，这是一个环套环（wheels within wheels）现象。尽管如此，随着组织决策过程的展开，这三个大的阶段还是清晰可见的。"后来西蒙在他的决策过程模型中又增加了决策实施后的评价阶段，但仍强调前三个阶段是决策过程的主要部分。将这 4 个阶段列为情报活动阶段、设计活动阶段、选择活动阶段和实施活动阶段，并称之为决策过程模型的 4 个阶段。简化的决策过程模型如图 2-23 所示。

图 2-23　决策过程模型

2. 科学决策和决策流程

决策的科学化，一方面是现实管理提出的要求，另一方面是电子计算机技术和近代数学的发展为它提供了实现的可能性。

传统的决策依靠决策者个人的经验，凭直觉判断，因而决策被认为是一种艺术的技巧。近四十年来，由于生产规模的扩大和自动化技术的应用，使得管理的性质和环境都发生了巨大的变化。管理性质的改变表现在组织机构更加庞大，管理功能更为复杂，环境的改变表现在产业部门之间的联系越来越紧密，社会经济状态对于所采取的决策的影响因素越来越复杂，因而管理决策问题不仅数量多，而且复杂程度高、难度大。领导者单凭个人的知识、经验、智慧和胆略来作决策难免会出现重大失误。在这种形式下，经验决策逐步被科学决策所取代。科学决策包括以下 3 个方面：实行科学的决策程序、使用科学的决策技术、科学的思维方法作出决断。现代科学决策要依靠咨询机构的专家进行详细的分析计算，并利用决策支持系统来辅助完成。

（1）实行科学的决策程序

一般地，将科学决策程序分为 8 个阶段（见图 2-24）：发现问题、确定目标、价值准则、拟订方案、分析评估、方案选优、试验验证、普遍实施。

应该注意的是，上述科学决策程序不能教条地理解和对待，它只是一般的行动指南。在具体情况下允许各阶段有所交叉。同时，在不同的决策中，省略某个阶段是允许的。

（2）使用科学的决策技术，主要是依靠计算机支持决策

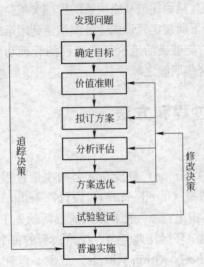

图 2-24　决策程序的 8 个阶段

20 世纪 70 年代初，在国际上展开了管理信息系统（指早期的管理信息系统）为什么失败的讨论。当时，美国的 M. S. Scott Morton 教授在名为"管理决策系统"一文中首先提出决策支持系统的概念。20 世纪 70 年代中期，DSS 的一些概念得到进一步发展，但当时仍只有少数几个学院和研究所在关注和进行 DSS 的研究，直到 70 年代末 80 年代初，计算机企业管理应用的重点才逐渐由事务性处理转向企业的管理、控制、计划和分析等高层次决策制定方面，DSS 的研制和应用获得迅速开展。近年来，微型电子计算机系统和办公自动化设备的迅速发展，为决策支持系统创造了良好的条件，国外相继出现了多种高功能的通用和专用决策支持系统。

（3）科学的思维方法作出决断，力求以定性决策向定量与定性相结合的决策发展

现代科学中的系统工程学、仿真技术、电子计算机理论、科学学、预测学，特别是运筹学、布尔代数、模糊数学、泛函分析等引进决策活动，为决策的定量化奠定了基础。

但是，应当指出，决策的本质是人的主观认识能力，因此它就不能不受人的主观认识能力的限制。近代决策活动的实践表明，尽管定量的数学方法与电子计算机相结合能够进行比人脑更精密更高速的科学逻辑推理、分析、归纳、综合与论证，为科学的思维判断提供依据，但是它绝不能代替人的创造性思维。

现代科学思维决策已经由单目标向多目标综合决策发展。决策活动的目标本身也构成一个难以确定的庞大系统。现代决策活动的目标不是单一的，这不仅指以经济利益为核心的目标是多目标，而且还包括更广阔的社会的和非经济领域的目标。同时，战略决策向更远的未来决策发展。决策是对未来实践的方向、原则、目标和方法等所作的决定，所以决策从本质上说仍是对应于未来的。为了避免远期可能出现的破坏抵消甚至超过近期的利益，要求战略决策在时域上向更遥远的未来延伸。

3. 决策方法

现代决策技术发展了大量的决策方法，有决策树、决策表、现值分析、矩阵汇总、收益矩阵、博弈论、边际分析、费用效果分析、风险分析、优选理论、人工智能、加权评分等。风险决策是指在不确定情况下的决策，在工商企业经营中经常需要进行风险决策；决策树和

决策表法是风险决策中应用最广、效果最显著的方法，具体应用可参考 12.2.5 节。

习　题

一、名词解释

1. 系统工程　2. 信息系统　3. 管理　4. 决策　5. 信息量　6. 结构化问题决策
7. 非结构化问题决策　8. 半结构化问题决策　9. 竞争优势　10. 波特竞争力模型
11. 价值链

二、简答题

1. 什么是系统？它的特征是什么？

2. 简述数据与信息的关系。

3. 讨论信息量的含义。

4. 什么是组织？它有哪些特性？

5. 分别运用微观经济模型理论、交易成本理论和代理理论来讨论信息系统对组织的影响。

6. 举例说明信息系统的战略优势、战术优势和运作优势。

7. 决策问题有哪些类型？管理各层与决策问题类型有什么关系？

8. 举例说明信息系统是如何支持波特竞争力模型中的四个竞争战略的？

9. 什么是价值链模型？如何使用价值链模型来确定企业中使用信息系统提高竞争优势最有效的地方？

10. 简述信息系统在决策过程中的作用。

三、单选题

1. 信息技术的应用带来了组织结构和行为上的变化，使得组织结构趋于（　　），促使领导职能和管理职能发生转变，以及组织中人力资源结构的变化和调整。

A. 复杂化　　　　　B. 网络化　　　　　C. 扁平化　　　　　D. 动态化

2. 管理系统是分等级的，信息也是分级的，这就要求信息应防止（　　）的用户访问。

A. 授权　　　　　　B. 未授权　　　　　C. 非法的　　　　　D. 合法

3. 价值系统包括供应商价值链、核心企业价值链、（　　）与消费者价值链等。

A. 客户价值链　　　B. 同盟价值链　　　C. 采购价值链　　　D. 渠道价值链

4. 早期的信息系统主要是支持管理者的（　　），如生产控制系统、事务处理系统等。随着信息技术的不断发展和对管理活动不同领域、不同层面的进一步渗透，信息系统开始表现出对管理者三种角色的全面支持，尤其是对决策角色的支持。

A. 信息角色　　　　B. 人际角色　　　　C. 决策角色　　　　D. 领导角色

5. 在数字化公司的时代，要求公司、客户和供应商之间的边界具有一个动态的观点，而竞争发生在（　　）之中。

A. 单一的产业环境　　　　　　　　B. 不相关的多个产业

C. 相关产业集合　　　　　　　　　D. 教育产业集合

第 2 篇

MIS 技术基础

第 3 章　网络与通信
第 4 章　数据库与数据仓库

管理信息系统最大的特点是高度集中，能将组织中的数据和信息集中起来，进行快速处理，统一使用。有一个中心数据库和计算机网络系统是 MIS 的重要标志。对管理信息系统而言，计算机网络是信息共享的基础，数据库又是信息的战略储备和有效供给的机构，而组织协调则为管理信息系统的有效运行提供了保障。计算机网络、数据库和组织协调是管理信息系统的三大支柱。

计算机网络是计算机及其应用技术与通信技术结合的产物，它也经历了由简单到复杂、由低级到高级的发展历程。通信是发送者将信息传送至一个或多个接受者的一个过程。通信系统由一群兼容的硬件和软件装置组成，互相协调合作通过电子方式使得远距离的两端可以传送信息。计算机网络的设计应基于组织的信息需求与传送距离的远近。在网络的管理和使用上，组织有数种服务可以选择。增值网出售大范围的网络服务给企业，而企业不用建立与维护自己的私有网络。增值网与因特网是经济且快速的远距离传输方式。

数据是管理活动的基础与核心，但是数据只有被有序地组织起来，才能进行有效的处理和利用，因此数据存储和管理是管理信息系统设计的重要课题。数据库技术是近年来发展迅速的一种数据管理技术。数据库已成为信息社会的重要基础设施，数据库技术已成为实现和优化信息系统的基本技术。数据仓库是在数据库的基础上发展起来的，数据仓库的产生预示着计算应用已由公司低层的事务处理扩大到高层的决策支持，是商业发展和竞争加剧的必然结果。

第3章

网络与通信

21世纪的重要特征就是信息化，而要实现信息化就必须依靠完善的网络，因此网络已经成为当今信息社会的命脉和发展知识经济的重要基础。

常见的网络有电信固话网络、有线电视网络和计算机网络，这三种网络向用户提供不同的服务。电信固话网络的用户可得到电话、传真等服务；有线电视网络的用户可以观看各种电视节目；计算机网络用户可以迅速传输数据、查找或查阅资料等。这三种网络在信息化过程中都起到了非常重要的作用，但其中发展最快并起到核心作用的是计算机网络。随着技术的不断发展，电信固话网络和有线电视网络也都开始慢慢融入计算机网络技术，逐渐形成了一个统一的信息通信网络系统，这也就是现在常说的：三网合一。

3.1 数据通信基础

1. 基本概念

通信（Communication）就是信息的传递，是指由一地向另一地进行信息的传输与交换，其目的是传输消息。然而，随着社会生产力的发展，人们对传递消息的要求也越来越高。在各种各样的通信方式中，利用"电"来传递消息的通信方法称为电信（Telecommunication），这种通信具有迅速、准确、可靠等特点，且几乎不受时间、地点、空间、距离的限制，因而得到了飞速发展和广泛应用。

计算机生成的信息一般是字母、数字、符号的组合。为了传送这些信息，首先要将每一个字母、数字或符号用二进制代码表示。数据通信是指在不同计算机之间传送表示字母、数字、符号的二进制代码0、1比特序列的过程。

数据是传递信息与携带含义的实体，信息是数据的内在含义或解释。数据可以分为模拟数据和数字数据两大类。

模拟数据：取值是连续变化的（现实生活中的数据大多是连续的，如语音强度、电压的高低、光的强弱等）。

数字数据：数字数据的取值只有在有限个离散的点上取值（计算机输出的二进制数据只有 0、1 两种）。

2. 通信方式

数据通信按照信号传送方向与时间的关系，可以分为 3 种通信方式：单工通信、半双工通信、全双工通信。

（1）单工通信方式

在单工通信方式中，信号只能沿着一个方向传输，其中一方只能作为发送端用来发送信号，另一方只能作为接收端用来接收信号，任何时候都不能改变，即发送方不能接收，接收方不能发送，如图 3-1 所示。无线电广播及电视广播都是典型的单工通信的例子。

图 3-1　单工通信方式示意图

（2）半双工通信方式

在半双工通信方式中，通信的双方都具有发送和接收功能，并具有双向传送信号的能力，但在任意时刻，信息都只能单向传输，如图 3-2 所示。通信的双方不能同时发送和接收信号，但可以交替的发送和接收信号，它实际上是一种可切换方向的单工通信。对讲机就是典型的半双工通信的例子

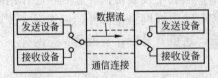

图 3-2　半双工通信方式示意图

（3）全双工通信方式

在全双工通信方式中，信号可以同时双向传送。通信的双方必须都具有同时发送信号和接收信号的能力，并且需要两个信道分别用于传送两个方向上的信号，每一端在发送信号的同时也可以在接收信号，如图 3-3 所示。我们平时使用的普通电话、手机就是典型的全双工通信的例子。

图 3-3　全双工通信方式示意图

3. 传输方式

数据传输有并行传输和串行传输两种方式。

并行传输是指数据以成组的形式，在多条并行信道上同时进行传输，如图 3-4 所示。并行传输的优点在于传送速率高，发收双方不存在字符同步的问题；缺点是需要多个并行信道，增加了设备的成本，而且并行线路的电平相互干扰也会影响传输质量，因此不适合较长

距离的通信。所以，并行传输主要用于计算机内部或同一系统设备间的通信。

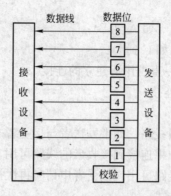

图 3-4　数据并行传输示意图

　　串行传输是指所传输的数据以串行的形式在一条信道上进行传输，如图 3-5 所示。由于数据流是串行的，必须解决收发双方如何保持码组或字符同步的问题，否则在接收方将无法正确区分每一个码字，这样会使得传输过来的信息变为一串毫无意义的比特流。串行传输一般用于距离较远的通信。

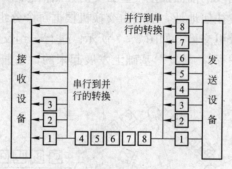

图 3-5　数据串行传输示意图

4. 通路连接模式

数据通路的连接模式有线路交换和信息交换两种。

（1）线路交换

又称电路交换，是指在两位通话者之间建立线路连接通道，不管双方是在交换还是在保持沉默，直到挂机时才释放这条线路，如图 3-6 所示。

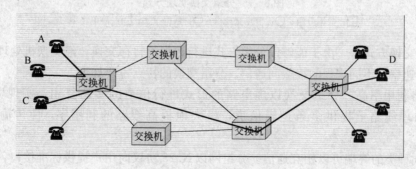

图 3-6　线路交换示意图

电路交换的特点如下。

① 通话前先拨号建立连接。

● 可能只要经过一个交换机（如 A 到 B）；

● 可能要经过多个交换机（如 C 到 D）。

② 通话过程中，通信双方一直占用所建立的连接。

③ 通话结束后，挂机释放连接。

（2）信息交换

仅在双方传输信息时才接通线路，如果发送者与接受者之间线路不可用，发送者将收到一个忙信号。在信息交换中，如果连接到接收者的线路可用，信息将被立即发送；如果线路不可用，则信息将被存储并当线路可用或接受者申请时再次被发送。

分组交换是一种信息交换方式。

电话网是为电话通信设计的。电路交换的电话网很适合于电话通信。但计算机数据具有很大的突发性，使用电路交换会导致网络资源严重浪费。计算机逐渐增多，连网的需求日益迫切，计算机网络需要使用更加有效的连网技术，这就导致了分组交换的问世。

分组交换也称包交换，它是将用户传送的数据划分成多个更小的等长部分，每个部分称为一个数据段。在每个数据段的前面加上一些必要的控制信息组成的首部，就构成了一个分组。首部用于指明该分组发往何地址，然后由交换机根据每个分组的地址标志，将它们转发至目的地，这一过程称为分组交换，如图 3-7 所示。进行分组交换的通信网称为分组交换网。分组交换实质上是在"存储-转发"基础上发展起来的，它兼有电路交换和报文交换的优点。

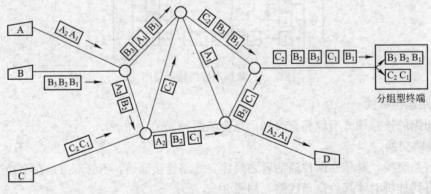

图 3-7　分组交换实现方式

▢：数据分组；○：节点交换机；▭：数据报文；⬚：简单终端

在分组交换方式中，由于能够以分组方式进行数据的暂存交换，经交换机处理后，很容易实现不同速率、不同规程的终端间通信。分组交换的特点主要如下。

① 线路利用率高。分组交换以虚电路的形式进行信道的多路复用，实现资源共享，可在一条物理线路上提供多条逻辑信道，极大地提高线路的利用率，使传输费用明显下降。

② 不同种类的终端可以相互通信。分组网以 X.25 协议向用户提供标准接口，数据以分组为单位在网络内存储转发，使不同速率终端、不同协议的设备经网络提供的协议变换功能

后实现互相通信。

③ 信息传输可靠性高。在网络中每个分组进行传输时，在节点交换机之间采用差错校验与重发的功能，因而在网中传送的误码率大大降低。而且在网内发生故障时，网络中的路由机制会使分组自动地选择一条新的路由避开故障点，不会造成通信中断。

3.2　计算机网络技术概述

1. 计算机网络的基本概念

（1）定义

凡将地理位置不同，并具有独立功能的多个计算机系统，通过通信设备和通信线路连接起来，以功能完善的网络软件（包括网络通信协议、数据交换方式及网络操作系统等）实现网络资源共享的系统，称为计算机网络系统。

计算机网络经历了一个从简单到复杂、从低级到高级的发展过程。其发展过程可划分为：具有通信功能的单机系统、具有通信功能的多机系统、计算机通信网络和计算机网络 4 个阶段。

（2）组成

计算机网络系统由四部分组成：计算机系统、终端设备、通信设备、通信线路。

计算机网络可看成是由通信子网和资源子网组成。

资源子网由主机和终端设备组成，负责数据处理，提供硬件资源、软件资源和数据资源。通信子网由通信设备、通信线路组成，负责整个网络的通信管理与控制，如数据交换、路由选择、差错控制和协议管理等。

网络硬件可分为：网络服务器、网络工作站、网络交换互联设备等外部设备。其中，网络交换互联设备又涵盖了网络适配器、交换机、网桥、路由器、网关、调制解调器等。

网络软件可分为网络协议、网络系统软件和网络应用软件。

2. 计算机网络的分类

计算机网络的分类方法有很多，可以根据网络覆盖范围来分，也可以根据传输介质来分，也可以根据网络的使用范围来分，还可以根据传播方式来分。

按网络覆盖的范围可分为局域网（Local Area Network，LAN）、城域网（Metropolitan Area Network，MAN）和广域网（Wide Area Network，WAN）；按交换方式可分为线路交换、分组交换、综合交换；按网络的拓扑结构分可分为：星型网、总线型网、树型网、环型网和网状型网；按网络的通信介质可分为：有线网（采用同轴电缆、双绞线或光纤等）和无线网（采用微波、红外线或激光等）。

3. 计算机网络体系

网络体系（Network Architecture）是指为了完成计算机间的通信合作，把每台计算机互连的功能划分成有明确定义的层次，并规定了同层次进程通信的协议及相邻之间的接口及服务。

网络体系结构是指用分层研究方法定义的网络各层的功能、各层协议和接口的集合。

计算机的网络结构可以从网络体系结构、网络组织和网络配置3个方面来描述。网络组织是从网络的物理结构和网络的实现两方面来描述计算机网络；网络配置是从网络应用方面来描述计算机网络的布局、硬件、软件和通信线路来描述计算机网络；网络体系结构是从功能上来描述计算机网络结构。

网络体系结构最早是由IBM公司在1974年提出的，名为SNA。

计算机网络体系结构是指计算机网络层次结构模型和各层协议的集合。

层次结构是指将一个复杂的系统设计问题分成层次分明的一组容易处理的子问题，各层执行自己所承担的任务。

计算机网络结构采用结构化层次模型，有如下优点。

① 各层之间相互独立。即不需要知道低层的结构，只要知道是通过层间接口所提供的服务。

② 灵活性好。是指只要接口不变就不会因层的变化（甚至是取消该层）而变化。

③ 各层采用最合适的技术实现而不影响其他层。

④ 有利于促进标准化。是因为每层的功能和提供的服务都已经有了。

4. OSI 参考模型

1979年国际标准化组织（International Organization for Standardization，ISO）提出了一个"开放系统互连参考模型"的国际标准，即著名的OSI/RM（Reference Model of Open System Interconnection）参考模型，泛称为OSI或OSI参考模型，并由此衍生出一系列的OSI标准。

OSI参考模型提供了一个开放系统互连的概念上和功能上的体系结构，规定了开放系统中各层提供的服务和通信时需要遵守的协议。若计算机和信息处理系统符合OSI标准，则无论系统采用何种硬件构架，使用什么样的操作系统，都可互连和交换信息，这样就可以很方便地实现计算机之间的通信。

OSI参考模型将计算机网络体系结构分为7层，即物理层、数据链路层、网络层、传输层、会话层、表示层和应用层。

（1）物理层

物理层（Physical Layer）是OSI的最底层，是整个开放系统的基础。物理层为设备之间的数据通信提供传输媒体及互连设备，为数据传输提供可靠的环境。

物理层的主要功能如下。

① 物理层定义通信设备与传输线路硬件接口的机械、电气、功能性和规程性的特性，并完成物理层的一些管理工作。

② 为数据端设备提供传送数据的通路，数据通路可以是由一个物理媒体，也可以是由多个物理媒体连接而成。一次完整的数据传输，包括激活物理连接、传送数据、终止物理连接。

③ 传输数据。物理层要形成适合数据传输需要的实体，为数据传送服务。一是要保证数据能在其上正确通过；二是要提供足够的带宽，以减少信道上的拥塞。传输数据的方式应能满足点到点、一点到多点、串行或并行、半双工或全双工的需要。

属于物理层定义的典型规范代表包括：EIA/TIA RS-232、V.35、RJ-45等。

（2）数据链路层

数据链路层（Data Link Layer）可以粗略地理解为数据通道。物理层要为终端设备间的数据通信提供传输媒体及其连接。媒体在连接生存期内，收发两端可以进行若干次数据通信，每次通信都要经过建立通信联络和拆除通信联络两个过程。这种建立起来的数据收发关系就叫做数据链路。而在物理媒体上传输的数据难免受到各种不可靠因素的影响而产生差错，为了弥补物理层上的不足，为上层提供无差错的数据传输，就要能对数据进行检错和纠错。数据链路的建立、维护和释放，以及对数据的检错、纠错，是数据链路层的基本任务。

链路层应具备如下功能。

① 负责链路连接的建立、维护和释放。

② 顺序控制、帧定界和帧同步。

③ 差错检测和恢复，还有链路标识、流量控制等。差错检测多用奇偶码校验和循环码校验，而帧丢失等用序号检测。各种错误的恢复一般都依靠反馈后重发这种方式来完成。

数据链路层协议的代表包括：SDLC、HDLC、PPP、STP、帧中继等。

（3）网络层

网络层（Network Layer）是通信子网与高层结构的界面，是通信子网的最高层，为建立网络连接和为上层提供服务。当数据终端增多时，它们之间有中继设备相连，此时会出现一台终端能和多台终端通信的情况，这就产生了把任意两台数据终端设备的数据连接起来的问题，也就是路由或者叫寻径。另外，当一条物理信道建立之后，被一对用户使用，往往有许多空闲时间被浪费掉。人们自然会利用逻辑信道技术和虚拟电路技术来让多对用户共用一条链路。

在具有开放特性的网络中，数据终端设备都要配置网络层的功能。现在市场上的网络设备主要有网关和路由器等。

网络层应具备以下主要功能。

① 路由选择和中继实施。

② 在一条数据链路上复用多条网络连接。

③ 差错检测、排序和流量控制。

④ 服务选择和网络管理。

网络层协议的代表包括：IP、IPX、RIP、OSPF 等。

（4）传输层

传输层（Transport Layer）是为两个端系统（源站到目的站）的会话层间建立一条运输连接，可靠、透明地传送报文（该层运输的都是报文），执行端到端的差错控制，管理多路复用（即在一个网络连接上创建多个逻辑连接）等。传输层尚需具备差错恢复、流量控制等功能，以此对会话层屏蔽通信子网在这些方面的细节与差异。传输层面对的数据对象已不是网络地址和主机地址，而是其和会话层的界面端口。

传输层最主要的功能是为会话提供可靠无误的数据传输。传输层的服务一般要经历传输连接建立、数据传送、传输连接释放 3 个阶段才算完成一个完整的服务过程。而在数据传送阶段又分为一般数据传送和加速数据传送两种。传输层多类型的服务，可以满足对传送质量、传送速度、传送费用的各种不同需要。

传输层协议的代表包括：TCP、UDP、SPX 等。

（5）会话层

会话层（Session Layer）提供的服务可使应用建立和维持会话，可对会话实施管理、整合同步数据流，并能使会话获得同步。会话层使用校验点可使会话在通信失效时从校验点继续恢复通信（该能力对于传送大的信息文件极为重要）。

会话层、表示层、应用层构成开放系统的高三层，面对应用进程需提供分布处理、对话管理、信息表示及最后的差错恢复等。会话层同样要担负应用进程服务，并弥补、完成运输层不能完成的那部分工作。会话层主要功能介绍如下。

① 为会话实体间建立连接。为给两个对等会话服务用户建立一个会话连接，应该完成将会话地址映射为运输地址，选择需要的运输服务质量参数，对会话参数进行协商，识别各个会话连接和传送有限的透明用户数据。

② 数据传输阶段。该阶段是在两个会话用户之间实现有组织的同步数据传输。

③ 连接释放。连接释放是通过"有序释放"、"废弃"、"有限量透明用户数据传送"等功能单元来释放会话连接的。

④ 故障性重发。若在会话过程中出现故障，会话层的同步功能能够标记会话中断的位置，并从这个位置开始重新发送。

（6）表示层

表示层（Presentation Layer）向应用层提供数据变换服务。变换服务涉及数据的代码变换、形式变换、数据加密和解密、数据压缩和还原等工作，可为异种机通信提供一种公共语言，以便能进行相互操作。

（7）应用层

应用层（Application Layer）是 OSI 参考模型中的最高层，也是最主要的一层，可向应用程序提供各种服务（如文件传输、电子邮件、远程登录、作业传送、银行事务、订单输入和资源管理等），这些服务按所提供应用程序的特性分组，有些可为多种应用程序共同使用，有些则为某类特定应用程序使用。

应用层协议的代表包括：Telnet、FTP、HTTP、SNMP 等。

虽然 OSI 是国际标准化组织制定的标准，但在市场化方面它却失败了。从现在来看，OSI 没有获得市场的认可，主要原因有以下几点。

① OSI 的协议实现起来过分复杂，且运行效率很低。

② OSI 标准的制定周期太长，因而使得按 OSI 标准生产的设备无法及时进入市场。

③ OSI 的层次划分不太合理，有些功能在多个层次中重复出现。

5. TCP/IP 参考模型

TCP/IP 参考模型的层次数比 OSI 参考模型少，仅包括应用层（Application Layer）、传输层（Transport Layer）、网际层（Internet）和网络接口层（Network Interface Layer）四层。应用层协议支持文件传输、电子邮件、远程登录、网络管理、Web 浏览等应用。传输层的两项主要功能：流量控制和可靠传输。传输层提供了 TCP 和 UDP 两种传输协议。TCP是面向连接的、可靠的传输协议，它把报文分解为多个段进行传输，在目的站再重新装配这些段，必要时重新发送没有收到的段；而 UDP 是无连接的，由于对发送的段不进行校验和确认，因此它是"不可靠"的。网际层的主要功能是寻找一条能够把数据报送到目的地的路径。网络接口层的主要功能是负责通过网络发送和接收 IP 数据报。TCP/IP 其实并没有实际去定义这一层的具体协议，而只是定义了一个接口，可以使用其他的局域网协议（如Ethernet、Toneken Ring、X. 25 等）。当这种物理网被用作传送 IP 数据包的通信时，就可以认为是这一层的内容。

TCP/IP 参考模型如图 3 - 8 所示。

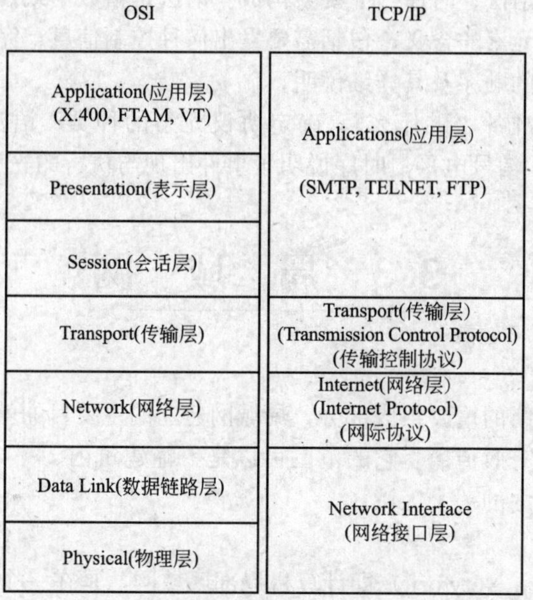

图 3 - 8　TCP/IP 参考模型示意图

TCP/IP 参考模型与 OSI 参考模型相比而言，相似之处很多，如都采用了分层的概念。然而由于 OSI 参考模型与 TCP/IP 模型制定所基于的出发点不同，OSI 参考模型作为国际标准，不得不全面兼顾，造成 OSI 参考模型大而全，协议的数量和复杂性都远高于 TCP/IP 模型，以至于成熟的产品推出缓慢；而 TCP/IP 模型作为美国军用网 ARPANET 设计的体系结构，开始就考虑了很多特殊要求，且又通过实践环节的不断改进和完善，从而一举发展成为 Internet 的主要网络协议。

在层次间的关系方面，OSI 参考模型要求严格按照层次关系来处理，不能越层。而 TCP/IP 则不同，它允许跃层直接使用更低层次所提供的服务，这种能力实际上减少了一些不必要的开销，提高了协议的效率。概而言之，OSI 参考模型与 TCP/IP 模型各具不同特点，都有着广阔的发展空间，并在计算机网络中都发挥着十分重要的作用。

不可否认，TCP/IP 参考模型也存在相当的缺点：没有明显地区分出协议、接口和服务的概念；不通用，只能描述它本身；网络层只是个接口；不区分物理层和数据链路层；有缺陷的协议很难被替换。

目前，出身并非国际标准的 TCP/IP 参考模型获得了广泛的应用，已经成为了事实上的国际标准。

6. 计算机网络协议

在网络中，那些为进行数据通信而建立的规则、标准或约定称为网络协议，它是一组使网络中的不同设备能进行数据通信而预先制定的一整套通信双方相互了解和共同遵守的格式和约定。

网络协议是网络通信的语言，是通信的规则和约定。通过协议，可以在物理线路的基础上构成逻辑上的连接，给出响应和所需完成动作及它们的时间关系，实现网络中的计算机、终端及其他设备之间直接进行数据交换。

网络协议由语义、语法、时序三个要素构成。语法是指数据或控制信息的格式或结构形式。语义是指构成协议元素的含义，包括需要发出何种控制信息、完成何种动作及作出何种应答。时序即事件执行的顺序及其详细说明。

语义规定通信双方准备"讲什么"，确定协议元素的种类；语法规定通信双方"如何讲"，确定数据的格式、信号电平；时序说明了事件出现与执行的先后顺序。

3.3 局 域 网

局域网是计算机网络的重要组成部分，局域网建立的主要目的就是为了更好地实现资源共享与内部信息的迅速有效传播。它的范围可以是一幢建筑内、一个企业内、一个校园内、或者几十公里直径范围内的一个区域。

1. 局域网的概念

局域网（Local Area Network）即计算机局部区域网，是在一个局部地区范围内，把各种计算机、外围设备、数据库等相互连接起来组成的计算机通信网。局域网还可以通过数据通信网或专用的数据电路，与其他局域网、数据库或处理中心等相连接，构成一个大范围的信息处理系统。

局域网具有以下一些主要优点。

① 资源共享。如办公室里有若干台计算机，只有一台打印机与其一台计算机相连，这样就只有这台计算机才能使用打印功能。如果计算机连接成局域网，那么每台计算机都能使用打印功能。此外，还有半成品车间和成品车间的数据共享等。

② 快速通信。如决策部门的有关决定文件，能迅速地发送到各相关部门的计算机上，企业单位内部之间信息沟通方便、可靠、快速。

③ 分布处理。采用网络技术共享每台计算机上的信息资源，从而降低了企业单位的成本，提高了工作效率。

④ 传输速率高。局域网的数据传输速率一般为 10～1 000 Mbps，能支持计算机之间的高速通信。

⑤ 误码率低。因近距离传输，所以误码率很低，一般在传输几兆位数据才会错 1 位。

2. 局域网的拓扑结构

网络中的计算机等设备要实现互连，就需要以一定的结构方式进行连接，这种连接方式称为"拓扑结构"（Topology）。它是指网络中的通信线路和各节点之间的连接构型与几何排列，用于表示网络的物理布局，可以形象地描述网络的安排和配置，同时也反映了各个结点间的结构关系。目前常见的网络拓扑结构主要有以下四大类。

（1）星型结构

这种结构是目前在局域网中应用得最为普遍的一种，在企业网络中几乎都是采用这一方式，如图 3 - 9 所示。星型网络几乎是 Ethernet（以太网）网络专用，它是因网络中的各工作站节点设备通过一个网络集中设备（如集线器或者交换机）连接在一起，各节点呈星状分布而得名。

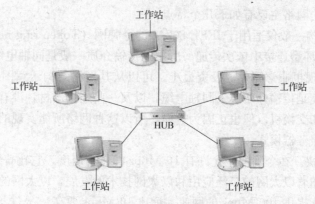

图 3-9 星型结构示意图

这种拓扑结构网络的基本特点主要有如下几点。

① 容易实现。它所采用的传输介质一般都是采用通用的双绞线，这种传输介质相对来说比较便宜，如目前正品五类双绞线每米也仅 0.8 元左右，而同轴电缆最便宜的也要 2.00元/米左右，光缆就更不用说了。

② 节点扩展、移动方便。节点扩展时只需要从集线器或交换机（huB/switch）等集中设备中拉一条线即可，而要移动一个节点只需要把相应节点设备移到新节点即可，而不会像环型网络那样"牵一发而动全身"。

③ 维护容易。一个节点出现故障不会影响其他节点的连接，可任意拆走故障节点。

④ 采用广播信息传送方式。任何一个节点发送信息，在整个网中的节点都可以收到，这在网络方面存在一定的隐患，但这在局域网中使用影响不大。

⑤ 网络传输数据速度快。这一点可以从目前最新的 1 000 Mbps 以太网接入速度看出。

（2）环型结构

这种结构的网络形式主要应用于令牌网中。在这种网络结构中各设备是直接通过电缆来串接的，最后形成一个闭环，整个网络发送的信息就是在这个环中传递，通常把这类网络称之为"令牌环网"，如图 3-10 所示。实际上大多数情况下这种拓扑结构的网络不会是所有计算机真的要连接成物理上的环型，一般情况下，环的两端是通过一个阻抗匹配器来实现环的封闭的，因为在实际组网过程中因地理位置的限制不方便真的做到环的两端物理连接。

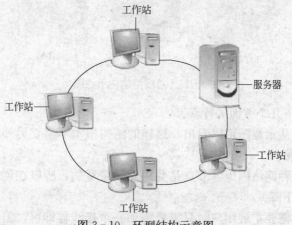

图 3-10 环型结构示意图

这种拓扑结构的网络主要有如下几个特点。

① 这种网络结构一般仅适用于 IEEE 802.5 的令牌网（Token ring network）。在这种网络中，"令牌"是在环型连接中依次传递。所用的传输介质一般是同轴电缆。

② 这种网络实现也非常简单，投资最小。可以从其网络结构示意图中看出，组成这个网络除了各工作站就是传输介质——同轴电缆，以及一些连接器材，没有价格昂贵的节点集中设备，如集线器和交换机。但也正因为这样，所以这种网络所能实现的功能最为简单，仅能当作一般的文件服务器模式。

③ 传输速度较快。在令牌网中允许有 16 Mbps 的传输速度，它比普通的 10 Mbps 以太网要快许多。当然随着以太网的广泛应用和以太网技术的发展，以太网的速度也得到了极大提高，目前普遍都能提供 100 Mbps 的网速，远比 16 Mbps 要高。

④ 维护困难。从其网络结构可以看到，整个网络各节点间是直接串联，这样任何一个节点出了故障都会造成整个网络的中断、瘫痪，维护起来非常不便。另一方面因为同轴电缆所采用的是插针式的接触方式，所以非常容易造成接触不良、网络中断，而且这样查找起来非常困难，这一点相信维护过这种网络的人都会深有体会。

⑤ 扩展性能差。也是因为它的环形结构，决定了它的扩展性能远不如星型结构。如果要新添加或移动节点，就必须中断整个网络，在环的两端做好连接器才能连接。

（3）总线型结构

这种网络拓扑结构中采用单根传输线作为总线，所有工作站都共用该线，如图 3-11 所示。当其中一个工作站发送信息时，该信息将通过总线传到每一个工作站上。工作站在接到信息时，先要分析该信息的目标地址与本地地址是否相同，若相同则接收该信息；若不相同，则拒绝接收。它所采用的介质一般也是同轴电缆（包括粗缆和细缆），不过现在也有采用光缆作为总线型传输介质的。

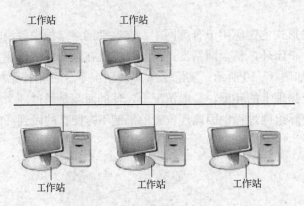

图 3-11   总线型结构示意图

这种结构具有以下几个方面的特点。

① 组网费用低。从示意图可以看出，这样的结构根本不需要另外的互连设备，是直接通过一条总线进行连接。

② 带宽共享。这种网络因为各节点是共用总线带宽的，所以在传输速度上会随着接入网络的用户的增多而下降。

③ 扩展较灵活。需要扩展用户时只需要添加一个接线器即可，但所能连接的用户数量

是有限的，不能无限制扩展。

④ 维护较容易。单个节点失效不影响整个网络的正常通信。但是如果总线一断，则整个网络或者相应主干网段就断了。

⑤ 这种网络拓扑结构的缺点是在同一时间内仅能允许一个端用户发送数据，其他端用户必须等待时机才能获得发送权。

（4）混合型拓扑结构

这种网络拓扑结构是由前面所讲的星型结构和总线型结构的网络结合在一起的网络结构，这样的拓扑结构能满足较大网络的拓展，解决星型网络在传输距离上的局限，而同时又解决了总线型网络在连接用户数量的限制。这种网络拓扑结构同时兼顾了星型网络与总线型网络的优点，在缺点方面得到了一定的弥补。

除了以上 4 种拓扑结构外，还有网状型、树型等结构，由于应用不多，因此在这里就不过多描述了。

3. 局域网协议

在局域网络中常用的通信协议有 NetBEUI、IPX/SPX 和 TCP/IP 3 种。

（1）NetBEUI 网络通信协议

NetBEUI（用户扩展接口）网络通信协议，是由 IBM 公司开发的一种体积小、效率高、速度快的通信协议。在 Microsoft 公司推出的操作系统中，NetBEUI 网络通信协议已成为其默认的缺省协议。NetBEUI 网络通信协议是为小型非路由局域网设计的，较适合由几台至两百台左右的 PC 机所组成的单网段的小型局域网。

（2）IPX/SPX 网络通信协议

IPX/SPX（网际包交换/顺序包交换）网络通信协议，是由 Novell 公司开发的一组通信协议集，该网络通信协议具有非常强大的路由功能，是为多网段大型网络设计的。当用户端接入 NetWare 服务器时，需使用 IPX/SPX 及其兼容协议，但在非 Novell 网络的环境中，一般不直接使用 IPX/SPX 网络通信协议。

在 Windows XP 中提供了 IPX/SPX 的两个兼容协议，分别为：NWLink IPX/SPX 兼容协议和 NWLink NetBIOS，这两者统称为 NWLink 通信协议。NWLink 通信协议在继承了 IPX/SPX 通信协议的各项优点的同时，又适应了 Microsoft 的操作系统和网络环境，为网络从 Novell 网络环境转向 Microsoft 平台或两种平台共存提供了方便。

（3）TCP/IP 网络通信协议

TCP/IP（传输控制协议/网际协议）网络通信协议，是一组协议集的统称，其中 TCP/IP 协议是其中最基本、最重要的两个协议。它也是目前网络中最常用的一种网络通信协议，不仅应用于局域网，同时也是 Internet 的基础协议。TCP/IP 协议从出现到现在，一共出现了 6 个版本，目前使用的是版本 4（记为 IPv4），而将来的趋势是使用版本 6（记为 IPv6）。

TCP/IP 网络通信协议具有很强的灵活性，可以支持任意规模的网络。使用 TCP/IP 网络通信协议，不仅可以组建对等网，而且可以非常方便地接入其他服务器。在安装 Windows XP、Windows Vista、Windows 7 等操作系统的过程中已经默认安装了 TCP/IP 网络通信协议。

3.4　广　域　网

1. 广域网的基本概念

广域网（Wide Area Network，WAN）也称远程网，通常跨接很大的物理范围，所覆盖的范围从几十公里到几千公里乃至全球，它能连接多个城市或国家，或横跨几个洲并能提供远距离通信，形成国际性的远程网络。广域网的通信子网主要使用分组交换技术，利用公用分组交换网、卫星通信网和无线分组交换网，将分布在不同地区的局域网或计算机系统互连起来，达到资源共享的目的。广域网有如下特点：适应大容量与突发性通信的要求；适应综合业务服务的要求；开放的设备接口与规范化的协议；完善的通信服务与网络管理。

通常广域网的数据传输速率比局域网低，而信号的传播延迟也比局域网要大很多。广域网的典型速率是从 56 kbps 到 155 Mbps，现在已有 622 Mbps、2.4 Gbps，甚至更高速率的广域网，而传播延迟可从几毫秒到几百毫秒（使用卫星信道时）。

广域网最初来源于 ARPAnet（阿帕网），早在 20 世纪 60 年代末期，美国由于军事目的需要建立一个计算机网络，其设计的目的是：网络必须能够经受住故障的考验而仍能正常工作，如果网络中的某一部分受敌方打击而被破坏时，其余部分仍能运行并正常进行通信联系。美国国防部高级研究计划局（Advanced Research Project Agency，ARPA）开始参与建设计算机网络，这标志着以共享资源为目的的现代计算机网络的诞生。

从 1969 年到 1983 年是计算机广域网的形成阶段，这一阶段各大计算机网络公司都纷纷进行网络技术的研究和试验，发展各自的计算机网络，公布不同的网络体系结构。

从 1983 年开始逐步进入广域网的实用阶段。广域网在美国和一部分发达国家的大学和研究部门中得到广泛使用，作为教学、科研和通信的学术网络。1983 年，ARPA 和美国国防部通信局研制成功了异构网络的 TCP/IP 协议，使得该协议在社会上流行起来，从而诞生了真正意义上的广域网。1986 年，NSF（National Science Foundation，美国国家科学基金会）利用 TCP/IP 通信协议，建立了 NSFnet 广域网。随着计算机网络应用的不断深入，更多的大学、政府资助的研究机构甚至私营的研究机构也有了连网的需求，纷纷把自己的局域网并入 NSFnet，这就是现在最大的广域网——因特网的前身。1989 年，由 CERN 开发成功的 WWW（World Wide Web，万维网），为 Internet 实现广域网超媒体信息截取/检索奠定了基础。从此，广域网开始进入迅速发展阶段。

2. 互联网

互联网（Internet，又译因特网、网际网），即广域网、局域网及单机按照一定的通信协议组成的国际计算机网络。互联网是指将两台计算机或者是两台以上的计算机终端、客户端、服务端通过计算机信息技术的手段互相联系起来的结果，人们可以与远在千里之外的朋友相互发送邮件，共同完成一项工作，共同娱乐。

1995 年 10 月 24 日，"联合网络委员会"（The Federal Networking Council，FNC）通过了一项关于"互联网定义"的决议。联合网络委员会认为，"互联网"是全球性的信息系统，它通过全球唯一的网络逻辑地址在网络媒介基础之上逻辑地连接在一起。这个地址是建立在"互联网协议"（IP）或今后其他协议基础之上的。它可以通过"传输控制协议"和"互联网协议"（TCP/IP），或者今后其他接替的协议或与"互联网协议"（IP）兼容的协议来进行通信。它可以让公共用户或者私人用户享受现代计算机信息技术带来的高水平、全方位的服务。这种服务是建立在上述通信及相关的基础设施之上的。

　　从技术的角度来说，上述描述的互联网定义至少包含 3 个方面的内容，即互联网是全球性的、互联网上的每一台主机都需要有"地址"、这些主机必须按照共同的规则（协议）连接在一起。

　　3. 广域网的接入方式

　　（1）拨号 Modem

　　Modem 就是调制解调器的简称，这也是最传统的一种接入方式，它只能提供最基本的广域网接入，速度低，而且极易断线，一般速度在 18.75 Kbps 到 56 Kbps 之间。

　　（2）ISDN 一线通

　　ISDN（Integrated Service Digital Network），即综合业务数字网，它利用公众电话网向用户提供端对端的数字信道连接，用来承载包括语音和非语音在内的各种电信业务。

　　ISDN 业务在国内俗称"一线通"，它主要解决了传统拨号 Modem 在进行上网时，其对应的电话无法使用的问题。它一般采用 2B+D 模式（即两路信号），每路信号带宽64 Kbps。ISDN 在使用上可以非常灵活，用户可以拿它作为两部普通电话同时使用；也可以一路64 Kbps连网，另一路用作普通电话；甚至可以两路合并成 128 Kbps 联网。

　　（3）xDSL

　　xDSL 是 HDSL、ADSL、VDSL 等技术的统称，而目前应用最广泛的是 ADSL。ADSL是非对称数字用户线路（Asymmetric Digital Subscriber Line）的缩写，它采用 PPPOE 虚拟拨号方式联网，具有以下优势。

　　① 带宽充足，最大可以提供 8 Mbps 的下行速率和 512 Kbps 的上行速率，足够满足目前会议电视、视频点播等要求，而且这种不对称性也非常符合用户连网的实际需要。

　　② 采用了独特的信号调制技术，用户使用 ADSL 的同时，并不影响普通电话的使用。

　　③ 由于 ADSL 入户采用的是普通的电话线，这样对于传统电信运营商，可以用相对较小的投资，较快地为用户提供宽带接入，以最小的代价解决宽带网络入户问题。

　　但 ADSL 业务的信号从电信局端到用户端的途中会迅速衰减，有质量保证的一般在 3公里内，这个距离在市区一般不会存在问题。但在郊区，由于距离远，会有很多地区的用户无法使用 ADSL 服务。

　　（4）DDN

　　DDN 是数据传输网（Digital Data Network）的简称，它采用的是数字专线和数字电路，传输质量高，时延小，可靠性好。DDN 一般可以提供最大 2 Mbps 的上下行对称的速率。

　　不过，由于 DDN 是按流量来进行计费的，而且需要铺设专门的线路，因此安装和使用成本都相当高，一般除了大型企业和对网络要求非常严格的企业外，一般企业都很少采用它。

　　（5）FTTB

　　FTTB 是光纤到楼（Fiber To The Building）的简称，是一种基于优化光纤网络技术的宽带接入方式。采用光纤到楼、网线到户的方式实现用户的宽带接入，称为 FTTB＋LAN 的宽带接入网（简称 FTTB），这是一种最合理、最实用、最经济有效的宽带接入方法。

FTTB 的速度很快，上下行均可达到 10 Mbps 的速率（甚至可以达到 100 Mbps 的速率），由于采用的是双绞线（超五类双绞线或 4 对非屏蔽双绞线）到户，简化了施工难度，也有效地控制了安装成本。

(6) Cable Modem

Cable Modem 是一种将个人计算机和有线网络连接起来的外部设备。和普通 Modem 不同的是，它所连接的是有线网络而不是电话线，它能使计算机发出的数据信号与电缆传输的射频信号实现相互之间的转换。

Cable Modem 本身不单纯是调制解调器，它集 Modem、调谐器、加/解密设备、桥接器、网络接口卡、虚拟专网代理和以太网集线器的功能于一身。它无须拨号上网，不占用电话线，可提供随时在线的永久连接。

(7) PLC

PLC 的英文全称是 Power Line Communication，即电力线通信。通过利用传输电流的电力线作为通信载体，使得 PLC 具有极大的便捷性，只要在房间任何有电源插座的地方，不用拨号，就立即可享受 4.5～45 Mbps 的高速网络接入。另外，可将房屋内的电话、电视、音响、冰箱等家电利用 PLC 连接起来，进行集中控制，实现智能家庭的梦想。目前，PLC 主要是作为一种接入技术，提供宽带网络最后一公里的解决方案，适用于居民小区、学校、酒店、写字楼等领域。

PLC 的优点非常明显，它由于使用电力线，所以无需额外布线，延伸方便。但在实际使用过程中，受用电高峰低谷的影响，会造成网络传输的不稳定，这也是目前需要解决的技术难点。

(8) FTTH

FTTH（Fiber To The Home），顾名思义就是一根光纤直接到家庭。具体来说，FTTH 是指将光网络单元安装在住家用户或企业用户处，是光接入系列中除 FTTD（光纤到桌面）外最靠近用户的光接入网应用类型。

FTTH 的优势主要有以下几点：第一，它是无源网络，从局端到用户，中间基本上可以做到无源；第二，它的带宽是比较宽的，支持的协议比较灵活，而且可以长距离传输；第三，因为它是在光纤上承载的业务，所以在功能的开发上不存在技术性的问题；第四，网络延时小，速度快，一般状态下可以达到 1 000 Mbps 的速率。

3.5　无 线 网 络

网络管理主要工作之一是铺设电缆或检查电缆是否断线。这种耗时的工作很容易令人烦躁，也不容易在短时间内找出断线位置的所在。再者，由于企业及应用环境不断更新与发展，原有的企业网络就必须重新布局，需要重新安装网络线路。虽然电缆本身并不贵，可是请技术人员来配线的成本很高，尤其是老旧的大楼，配线工程费用就更高了。因此，架设无线局域网络就成为了最佳的解决方案。

1. 无线网络的概念

所谓无线网络，是指既包括允许用户建立远距离无线连接的全球语音和数据网络，也包括为近距离无线连接进行优化的红外线技术及射频技术。它与有线网络的用途十分类似，最大的不同在于传输媒介的不同，利用无线电技术取代网线，可以和有线网络互为备份。

目前主流应用的无线网络分为手机无线网络上网和无线局域网两种方式。应该说，手机无线网络上网方式是目前真正意义上的一种无线网络，它是一种借助移动电话网络接入互联网的无线上网方式，因此只要你所在的城市开通了手机无线上网业务，那么你在任何一个角落都可以通过笔记本电脑来上网。不过，由于目前手机无线上网资费过高，速率较慢，而且无法满足大用户量的同时上网需求，所以用户群很小。因此，这里主要谈的是无线局域网。

2. 无线局域网标准

无线局域网常见的标准有以下几种：

① IEEE 802.11a：使用 5 GHz 频段，传输速度 54 Mbps，与 802.11b 不兼容。

② IEEE 802.11b：使用 2.4 GHz 频段，传输速度 11 Mbps。

③ IEEE 802.11g：使用 2.4 GHz 频段，传输速度主要有 54 Mbps，可兼容 802.11b。

④ IEEE 802.11n：使用 2.4 GHz 频段，传输速度可达 300 Mbps，但目前标准尚为草案。

802.11n 出现之前，无线局域网最大的缺陷是网络速度慢、传输质量差和信号覆盖不足。在网络速度方面，虽然 802.11g 的速率已经达到了 54 Mbps，但由于这只是理论值，在实际运用中往往速率只有 20～30 Mbps，远远低于常见的 100 Mbps 有线网络，而 802.11n 可将目前 802.11a 及 802.11g 提供的 54 Mbps 增加到 300 Mbps，虽然这也只是理论值，但实际使用中速度已经可以超越 100 Mbps 有线网络。在传输质量方面，802.11n 得益于将 MIMO（多入多出）与 OFDM（正交频分复用）技术相结合而应用的 MIMO OFDM 技术，从而提高了无线传输质量，也使传输速率得到提升。在信号覆盖范围方面，802.11n 采用智能天线技术，通过多组独立天线组成的天线阵列，可以动态调整波束，保证用户接收到稳定的信号，并可以减少其他信号的干扰。

虽然 802.11n 目前还处于草案 2.0 的阶段，尚未形成最终的标准，但这并没有减少厂家和用户对其的热情。现在市场上，符合 802.11n 草案的产品可谓百花争艳，各网络设备厂商也都不遗余力地推出各种 802.11n 的产品，而且大多都许诺一旦 802.11n 正式标准推出，可通过自行更新固件和驱动的方式升级产品，从而最大限度地保护用户的投资利益。

3. 无线局域网的硬件设备

无线局域网的硬件设备包含以下几种。

① 无线网卡。无线网卡的作用和以太网中的网卡的作用基本相同，它作为无线局域网的接口，能够实现无线局域网各客户机间的连接与通信。

② 无线 AP。AP 是 Access Point 的简称，无线 AP 就是无线局域网的接入点、无线网关，它的作用类似于有线网络中的集线器。

③ 无线天线。当无线网络中各网络设备相距较远时，随着信号的减弱，传输速率会明显下降以致无法实现无线网络的正常通信，此时就要借助于无线天线对所接收或发送的信号

进行增强。

4. 无线局域网的技术要求

由于无线局域网需要支持高速、突发的数据业务，在室内使用还需要解决多径衰落及各子网间串扰等问题。具体来说，无线局域网必须实现以下技术要求。

① 可靠性。无线局域网的系统分组丢失率应该低于 10^{-5}，误码率应该低于 10^{-8}。

② 兼容性。对于室内使用的无线局域网，应可以和现有的有线局域网在网络操作系统和网络软件上相互兼容。

③ 数据速率。为了满足局域网业务量的需要，无线局域网的数据传输速率应该至少在1 Mbps 以上。

④ 通信保密。由于数据通过无线介质在空中传播，无线局域网必须在不同层次采取有效的措施以提高通信保密和数据安全性能。

⑤ 移动性。支持全移动网络或半移动网络。

⑥ 节能管理。当无数据收发时使站点机处于休眠状态，当有数据收发时再激活，从而达到节省电力消耗的目的。

⑦ 小型化、低价格。这是无线局域网得以普及的关键。

⑧ 电磁环境。无线局域网应考虑电磁对人体和周边环境的影响问题。

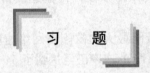

习　题

一、名词解释

1. 通信　2. 单工通信　3. 半双工通信　4. 全双工通信　5. 并行传输　6. 串行传输
7. 线路交换　8. 信息交换　9. 分组交换　10. 互联网　11. 网络协议　12. 无线网络

二、简答题

1. 分组交换主要有哪些特点？

2. 计算机网络系统由哪些部分组成？

3. 计算机网络结构采用什么模型？它有哪些特点？

4. 简述 OSI 参考模型和 TCP/IP 参考模型的关系。

5. 什么是局域网？它有哪些特点？

6. 什么是广域网？它有哪些特点？

7. TCP/IP 协议有什么特点？它主要用于哪些网络？

8. 无线局域网的应用有哪些困难？

三、单选题

1. 数据通信按照信号传送方向与时间的关系，可以分为 3 种通信方式：单工通信、半双工通信和（　　）。

A. 双工通信　　　　B. 全双工通信　　　C. 单双混合通信　　　D. 混合通信

2. 网络协议由语义、语法和（　　）3 个要素构成。

A. 时点　　　　　　B. 时序　　　　　　C. 语序　　　　　　D. 协议

3. 在分组交换方式中，由于能够以分组方式进行数据的（　　）交换，经交换机处理后，很容易实现不同速率、不同规程的终端间通信。

A. 暂存　　　　　　B. 线路交换　　　　　C. 包交换　　　　　　D. 信息交换

4. 采用单根传输线，所有工作站都共用该线，这种网络拓扑结构称为（　　）。

A. 环型结构　　　　B. 星型结构　　　　　C. 总线型结构　　　　D. 混合型结构

第4章

数据库与数据仓库

数据是管理活动的基础与核心，是联系管理活动的纽带，也是管理信息系统的核心。但是数据只有被有序地组织起来，才能被有效地处理和利用。因此数据存储和管理是管理信息系统设计的重要课题。

数据库技术是近年来发展迅速的一种数据管理技术。目前，各种领域对数据管理的需求越来越多，各行各业的管理信息系统都离不开数据库的支持。可以说，数据库已成为信息社会的重要基础设施，数据库技术已成为实现和优化信息系统的基本技术。

数据仓库是在数据库的基础上发展起来的，但它又不同于数据库。数据仓库的产生标志着计算应用由公司低层的事务处理扩大到高层的决策支持，是商业发展和竞争加剧的必然结果。

4.1 数据的描述与组织

1. 三个世界

人们把客观存在的事物以数据的形式存储到计算机中，经历了对现实生活中事物特性的认识、概念化到计算机数据库里的具体表现的逐级抽象过程，即现实世界、信息世界、计算机世界3个领域。

（1）现实世界

存在于人们头脑之外的客观世界，称为现实世界。例如，学校教学管理中涉及的学生管理、教师管理、课程管理。管理者要求：每个学期开学时制作学生选修课程情况表，内容包括学号、姓名、课程名、选修课程的类别（类别分为必修、选修）；每个学期结束时制作学生选修课程成绩表，内容包括学号、姓名、课程名、选修课程类别、总评成绩；制作教师授课安排表，内容包括教师号、姓名、课程名、授课类别（授课类别分为主讲、辅导、实验）、学时数、班级数等。这就是现实世界，是数据库设计者接触到的最原始的数据，数据库设计者对这些原始数据进行综合，抽象成为数据库技术所研究的数据。现实世界描述数据的形式，就称为信息世界。

（2）信息世界

信息世界是现实世界在人脑中的反映，是对客观事物及其联系的一种抽象描述，从而产生概念模型。客观事物在信息世界中称为实体，人们把它用文字和符号记载下来。例如，学生是客观世界中的实体，可以用一组数据（学号、姓名、性别、年龄、班级、成绩）来描述，有这样一组数据不见其人便可了解该学生的基本情况。因此，可以说信息世界就是我们所说的数据世界。

（3）计算机世界（或数据世界）

存入计算机系统里的数据是将概念世界中的事物数据化的结果。为了准确地反映事物本身及事物之间的联系，数据库中的数据必须有一定的结构，这种结构用数据模型来表示。数据模型将信息世界中的实体及实体间的联系进一步抽象成便于计算机处理的方式。信息世界中的数据在计算机世界中的存储，称为计算机的数据。

从现实世界到信息世界不再是简单的数据描述，而是从客观世界中抽象出适合数据库技术研究的数据，同时要求这些数据能够很好地反映客观世界的事物；从信息世界到计算机世界也不是简单的数据对应存储，而是要设计数据的逻辑结构和物理存储结构。所谓数据的逻辑结构，是指程序员或用户操作的数据形式，是抽象的概念化数据；所谓数据的物理结构，是指实际存储在存储设备上的数据。

将客观事物抽象（能用计算机存储和处理的）为数据过程的 3 个阶段，如图 4-1 所示。

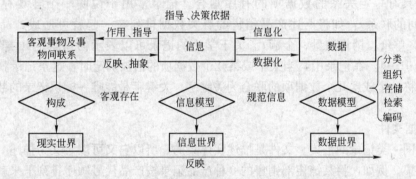

图 4-1 客观事物抽象（能用计算机存储和处理的）为数据过程的 3 个阶段

2. 数据组织的层次

如果数据能够在限定的时间内被检索处理，这些数据就产生了价值，成为信息，因此需要将数据有序地组织起来，以便对数据进行有效的处理。数据的组织采用"分层"的思想来进行。

在 3 个世界中，数据组织的层次结构如图 4-2 所示。

从图 4-2 可以看出，在以计算机为主要手段的信息处理中，数据的组织一般分为：数据项——反映实体的某种属性；记录——反映一个实体或其部分；数据文件——反映某类实体；数据库——反映整个实体集合。

（1）数据项（字段）

数据项（或字段）是标记实体属性的命名单位，它是不可再分的数据单位。一般来说，数据项用于说明事物的某方面性质。例如，有关某产品销售的数据，其中的"产品代号"是

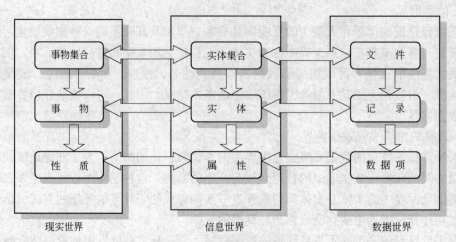

图 4-2　数据组织的层次结构

一个数据项，它说明了某种产品，并可与其他产品相区别。同样，"单价"、"销售数量"、"销售金额"也都称为一个数据项，表示产品销售中某一方面的特性。同理，关于在校学生的记录中，"学号"、"姓名"、"性别"、"班级"等也是数据项，用于描述学生某些方面的特性，有时也称为属性。

（2）记录

记录是具有一定关系的数据项的有序集合。记录常用于说明一个客观存在的事物（或事物之间的联系），如将上述产品销售的有关数据排列在一起就可形成产品销售记录（产品代号、单价、销售数量、金额）。关于学生的记录可以表示为：学生（学号、姓名、性别、班级……）。在记录中，当某个或某几个数据项的值被确定时，这条记录就唯一被确定了，此时称这个或这几个数据项的联合为关键字。关键字是能唯一标识记录的数据项的最小集合。

（3）数据文件

文件是同一类记录的汇集。文件是描述实体集的，所以它又可以定义为描述一个实体集的所有记录集。例如，将某销售部销售的 6 种产品记录按产品代号顺序排列下来就形成了一个产品销售文件，如表 4-1 所示。

表 4-1　产品销售文件　　　　　　　　　　　　　　　万元

	产品代号	单价	销售产量	金额
记录1	A001	508.00	3	1 524.00
	B025	120.00	10	1 200.00
	B031	112.00	5	560.00
文件	C002	300.00	2	600.00
	C005	350.00	2	700.00
记录6	C025	220.00	8	1 760.00
	数据项1	⋯⋯	⋯⋯	数据项4

（4）数据库

数据库是存储起来的相关数据的集合。相关数据无论其记录类别是否相同，均可存储在一起形成一个数据的有机整体。因此，数据库可以描述更加复杂的信息结构，可以充分地反映客观事物之间的相互关系。数据库是目前数据组织的最高形式，也是应用最广泛的数据组织的管理方法与技术。在数据库中，数据具有良好的组织结构，由一种公用的方法进行管理，即采用数据库管理系统（Data Base Management System，DBMS）。数据库中数据可供多个用户调用，在很大程度上体现了数据与应用程序及用户间的独立性，实现了数据资源的共享，而且数据的冗余小，可靠性高，安全性好。所以，数据库为信息处理提供了一种良好的数据组织形式。图 4-3 描述了数据组织的层次与关系。

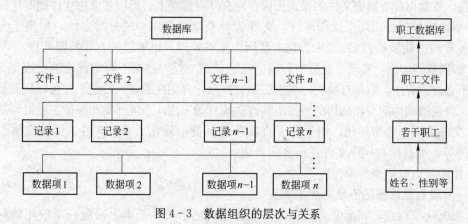

图 4-3　数据组织的层次与关系

4.2　数据库管理技术

1. 数据管理的发展

数据库技术是应数据管理任务的需要而产生的。数据管理技术是对数据的分类、组织、存储、操作和维护的技术。简单地说，计算机是数据处理机，输入原始数据，经过计算机的处理，获得所需要的信息。在计算机处理中，数据的管理显示了其更加重要的作用。计算机数据管理随着计算机硬件（尤其是外存储器）、软件技术和计算机应用范围的发展而不断发展，多年来大致经历了简单应用阶段、文件系统阶段、数据库系统阶段。

（1）简单应用阶段（20 世纪 50 年代以前）

这个阶段最基本的特征是无数据管理及完全分散的手工方式，具体表现如下。

① 无外存或只有磁带外存，输入输出设备简单。

② 无操作系统，无文件管理系统，无管理数据的软件。

③ 数据是程序的组成部分，数据不独立，修改数据必须修改程序。处理时，数据随程序一道送入内存，用完后全部撤出计算机，不能保留；数据大量重复，不能共享。

④ 文件系统尚未出现，程序员必须自行设计数据的组织方式。图 4-4 描述了简单应用阶段程序与数据之间的关系。

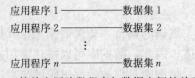

图 4-4　简单应用阶段程序与数据之间的关系

（2）文件系统阶段（20 世纪 50 年代后期到 60 年代中期）

这个阶段的基本特征是有了面向应用的数据管理功能，工作方式是分散的非手工的，具体表现如下。

① 外存有了很大的发展，除磁带机外，还出现了大容量的硬盘和灵活软磁盘。数据可以长期保存，数据以独立数据文件的形式长期存储在外存储器上，可以被应用程序随时访问。

② 系统软件方面出现了操作系统、文件管理系统和多用户的分时系统，出现了专用于商业事务管理的高级语言 COBOL。它主要用于文件处理，也可以进行非数值处理。

③ 数据管理方面，实现了数据对程序的一定的独立性，数据不再是程序的组成部分，修改数据不必修改程序，数据有结构，被组织到文件内，存储在磁带、磁盘上，可以反复使用和保存。文件逻辑结构向存储结构的转换由软件系统自动完成，系统开发和维护工作得到减轻。

④ 文件类型已经多样化。由于有了直接存取设备，就有了索引文件、链接文件、直接存取文件等，而且能对排序文件进行多码检索。

⑤ 数据存取以记录为单位。

这一阶段数据管理的不足之处如下。

① 数据共享性差、冗余度大。在文件系统中，一个文件基本上对应一个应用程序，也就是文件仍然是面向应用的。当不同的应用程序具有相同的数据时，也必须建立各自的文件，而不能共享相同的数据，因此数据的冗余度大，浪费存储空间，给数据的修改和维护带来了困难。

② 数据独立性差。文件系统中的文件是为某一个特定应用服务的，文件的逻辑结构对该应用程序来说是优化的，因此想要对现有的数据再增加一些新的应用会很困难，系统不容易扩展。图 4-5 描述了文件系统阶段程序与数据之间的关系。

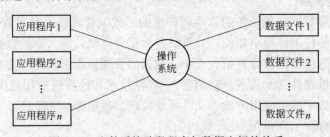

图 4-5　文件系统阶段程序与数据之间的关系

（3）数据库系统阶段（20 世纪 60 年代后期）

这一阶段开始，计算机在管理中的应用更加广泛，数据量急剧增大，对数据共享的要求越来越迫切；同时，大容量磁盘已经出现，联机实时处理业务增多；软件价格在系统中的比重日益上升，硬件价格大幅下降，编制和维护应用软件所需的成本相对增加。在这种情况下，为解决多用户、多应用共享数据的要求，使数据为尽可能多的应用程序服务，出现了数据库系统（Data Base System，DBS），其特点如下。

① 面向全组织的复杂数据结构。数据库中的数据结构不仅描述了数据自身，而且描述了整个组织数据之间的联系，实现了整个组织数据的结构化。

② 数据冗余度小，易于扩充。由于数据库从组织的整体来看待数据，数据不再是面向某一特定的应用，而是面向整个系统，减少了数据冗余和数据之间的不一致现象。在数据库系统下，可以根据不同的应用需求选择相应的数据加以使用，使系统易于扩充。

③ 数据与程序独立。数据库系统提供了数据存储与逻辑结构之间的映射功能及总体逻辑结构与局部逻辑结构之间的映射功能，从而使得当数据的存储结构改变时，逻辑结构保持不变，或者当总体逻辑结构改变时，局部逻辑结构可以保持不变，从而实现了数据的物理独立性和逻辑独立性，把数据的定义和描述与应用程序完全分离开。

④ 统一的数据控制功能。数据库系统提供了专门的管理软件，即数据库管理系统，对数据实施统一的管理和控制。这些控制包括数据的安全性控制（Security）、完整性控制（Integrity）和并发控制，即允许多个用户同时使用数据库资源等。

以上 4 个方面构成了这一阶段数据的主要特征。综上所述，数据库系统中的数据是长期存储在计算机中大量的、有组织的、可以共享的，冗余度小、独立性强、可以统一管理和控制的数据的集合。图 4-6 描述了数据库系统阶段程序与数据之间的关系。

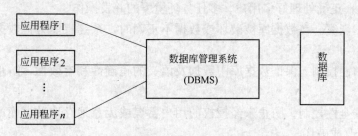

图 4-6　数据库系统阶段程序与数据之间的关系

2. 数据库管理系统

1）数据库系统（DBS）

数据库系统是指在计算机系统中引入数据库后的系统，这类系统由 5 部分组成：硬件系统、数据库集合、数据库管理系统（DBMS）及相关软件、数据库管理员（Data Base Administrator，DBA）和用户。

2）数据库管理系统（DBMS）

数据库具有三级结构或称三级模式：数据的局部逻辑结构、整体逻辑结构和物理存储结构。这三级模式之间可以有很大的差别，为了实现这三级结构之间的转换，DBMS 提供相邻二级结构之间的映像。

数据库管理系统 DBMS 保证了数据和应用程序之间的物理独立性和逻辑独立性。所谓数据的物理独立性，是指当数据的存储结构改变时，由系统提供数据的物理结构与逻辑结构之间的映像或转换功能，保持数据的逻辑结构不变，从而应用程序不需要修改。数据的逻辑独立性是指由系统提供数据的整体逻辑结构和面向某个具体应用的局部逻辑结构之间的映像或转换功能，当数据整体逻辑结构改变时，通过映像保持局部逻辑结构不变，从而应用程序也不需要修改。

DBMS 是数据库系统的核心，是位于用户和操作系统之间的一个数据管理软件，其基本功能如下。

（1）数据库的定义功能

DBMS 提供数据定义语言（DDL）或操作命令来定义数据库的三级结构，包括外模式、概念模式、内模式及其相互之间的映像，定义数据的完整性约束、保密限制等约束。因此，在 DBMS 中应包括 DDL 的编译程序。

（2）数据库的操作功能

DBMS 提供数据操纵语言 DML（Data Manipulation Language）实现对数据的操作。基本的数据操作有 4 种：检索（查询）、插入、删除和修改，后三种称为更新操作。DML 有两类：一类是嵌入在 COBOL、C 等宿主语言中使用，称为宿主型（或嵌入型）DML；另一类是可以独立地交互使用的 DML，称为自含型（或交互型）DML。因而在 DBMS 中应包括 DML 的编译程序或解释程序。

（3）数据库的保护功能

DBMS 对数据库的保护主要通过 4 个方面实现，因而在 DBMS 中应该包括以下 4 个子系统。

① 数据库的并发控制。数据库技术的一个优点是数据共享，但多个用户同时对同一个数据的操作可能会破坏数据库中的数据，或者用户读了不正确的数据。并发控制子系统能防止上述情况发生，正确处理好多用户、多任务环境下的并发操作。

② 数据库的恢复。在数据库被破坏或数据不正确时，系统有能力把数据恢复到最近某个正确的状态。

③ 数据完整性控制。保证数据库中数据及语义的正确性和有效性，防止任何对数据造成错误的操作。

④ 数据的安全性控制。防止未经授权的用户蓄谋或无意地存取数据库中的数据，以免数据的泄露、更改或破坏。

（4）数据库的维护功能

这一部分包括数据库的建立、数据的转换、数据的转存、数据库的重组及性能监测功能。这些功能都是由数据库管理系统相应的程序模块来实现的，因此 DBMS 是一个庞大的系统软件。

（5）数据的存储管理

DBMS 要分类组织、存储和管理各种数据，如用户数据、存储路径、数据字典，要确定以何种文件结构和存取方式在存储器上组织这些数据，如何实现数据之间的联系。数据组织和存储的基本目标是：提高存储空间的利用率、方便存取，提供多种存取方法（如索引查找），提高存取效率。

4.3 数据模型

模型是对现实世界的抽象。在数据库技术中，用模型的概念描述数据库的结构与语义，对现实世界进行抽象。数据模型是数据库系统中用于提供信息表示和操作手段的形式构架。

不同的数据模型是提供给模型化数据和信息的不同工具。根据模型应用的不同目的，可以将模型分为两类或者说两个层次：一类是概念模型（也称信息模型）；另一类是数据模型。前者是按用户的观点来对数据和信息建模，后者是按计算机系统的观点对数据建模。概念模型用于信息世界的建模，强调语义的表达能力，要能够较方便、直接地表达应用各种语义知识。这类模型应当概念简单、清晰，易于用户理解，因为它是现实世界到信息世界的第一层抽象，是用户和数据库设计人员之间进行交流的语言。数据模型用于机器世界，它通常需要有严格的形式化定义，而且常常会加上一些限制或规定，以便于机器上的实现。这类模型通常有一组严格定义了语法和语义的语言，可以使用它来定义、操纵数据库中的数据。

1. 信息模型（概念模型）

为了把现实世界中的具体事物抽象组织为 DBMS 支持的数据模型，常常首先将现实世界抽象为信息世界，然后将信息世界转换为机器世界。也就是说，首先把现实世界中的客观世界抽象为某一种信息结构。这种信息结构并不依赖于具体的计算机系统，不是某一个 DBMS 支持的数据模型，而是概念级的模型。然后再把概念模型转换为计算机上某一 DBMS 支持的数据模型。因此，概念模型是现实世界到机器世界的中间层次。

1）信息模型的要素

① 实体（Entity）。客观存在，可以相互区别的事物称为实体。实体可以是具体的对象，如一个学生、一辆汽车，也可以是抽象的事件，如一次足球比赛、一次借书等。实体分为两个层次：个体和实体（总体）。个体是指能相互区分的，特定的单个实体。

② 实体集（Entity set）。性质相同的同类实体的集合，称为实体集，如所有男生、全国足球锦标赛的所有比赛等。

③ 属性（Attribute）。实体有很多特性，每一个特性称为属性。每个属性有一个值域，其类型可以是整数型、实数型或字符串。例如，学生实体可以由学号、姓名、年龄、性别等属性表示，相应值域为字符串、字符串、整数和字符串型。

④ 联系（Relationship）。联系是指客观存在的事物之间的相互关系，通常是指实体集与实体集之间的关系。

⑤ 键（Key）。能唯一标识每个实体的属性或属性集，称为实体的键（关键字或码），有时也称为实体标识符。例如，学生的学号可以作为学生实体的键。

⑥ 域（Domain）。域是某个（些）属性的取值范围。例如，学号的域为8位整数，姓名的域为字符串集合。

2）两个实体集之间联系的分类

两个实体集之间的联系是信息模型中最基本的联系，可以将这种联系分为以下几种方式。

（1）一对一联系

如果实体集 E1 中每个实体至多和实体集 E2 中一个实体有联系，反之亦然，那么实体集 E1 和 E2 的联系称为"一对一联系"，记为"1：1"。例如，飞机的座位和乘客之间，学校与校长之间都是1：1联系。

（2）一对多联系

如果实体集 E1 中每个实体与实体集 E2 中任意个（零个或多个）实体有联系，而实体集 E2 中每个实体至多与 E1 中一个实体有联系，则称实体集 E1 与 E2 是"一对多联系"，记为"1：n"。例如，车间对职工，产品对零件，学校对老师都是1：n联系。

（3）多对多联系

如果实体集 E1 中每个实体与实体集 E2 中任意个（零个或多个）实体有联系，反之亦然，那么称 E1 与 E2 的联系是"多对多联系"，记为"$m:n$"。例如，零件与加工车间、商店与顾客、学生与课程等都是 $m:n$ 联系。

许多实体集之间的复杂联系，可由上述联系组合而成。

实体联系模型（Entity-Relationship Model，E-R 模型）是 P.S.Chen 于 1976 年提出的。这个模型直接从现实世界中抽象出实体类型及实体间联系，然后用实体联系图（E-R 图）表示数据模型。设计 E-R 图的方法称为 E-R 方法。

E-R 图是直观表示概念模型的有力工具。在 E-R 图中有下面 4 个基本成分：矩形框，表示实体类型（考虑问题的对象）；菱形框，表示联系类型（实体之间的联系）；椭圆形框，表示实体类型和联系类型的属性；直线，联系类型与其涉及的实体类型之间以直线连接，用来表示它们之间的联系，并在直线端部标注联系的种类（1:1、1:n 或 $m:n$）。

通常给某个特定的实体集命名，其名称有可能选用某个或某几个能代表此实体集的属性名，也可以另取名称。例如，车间这一实体可以包括车间代号、名称、人数、设备台数、工时定额等属性名，车间主任这一实体集包含编号、姓名、性别、出生年月、技术职称、基本工资等属性名。如前所述，E-R 模型主要描述实体集（以实体型为代表）之间的联系。图 4-7 中 (a)、(b)、(c) 分别表示了两实体集 1:1、1:n、$m:n$ 联系的 E-R 图。为简便起见，各实体型的属性未在图中表示。

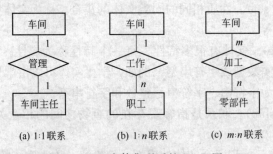

图 4-7 两实体集联系的 E-R 图

在图 4-8 (a) 中，一门课程可以由若干教师讲授，用若干本参考书，而某个教师或某一本参考书只对应一门课，不能和其他课程联系。在图 4-8 (b) 中，供应商、项目和零件之间就没什么限制。一个供应商可以供应若干项目零件；而每个项目零件可以使用不同供应商供应的零件；每种零件可以由不同供应商供给。因此，供应商、项目和零件这三者之间是多对多的联系。

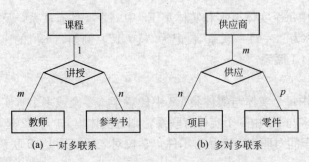

图 4-8 三个实体型之间一对多或多对多联系

信息模型是建立数据库的数据模型的基础。在管理信息处理中，必须根据管理问题的性质，对复杂事物的表现、性质及内、外部联系进行深入分析，合理地定义实体、属性及实体间的联系。所建立的 E-R 模型必须各部分意义明确、联系清楚，能准确、清晰地表达所研究的事物的复杂信息结构。

2. 数据模型

1）数据模型的三要素

数据模型是严格定义了的概念集合。数据库的数据模型应包含数据结构、数据操作和完整性约束 3 部分。其中：数据结构是指对实体类型和实体间联系的表达和现实；数据操作是指对数据库检索和更新（包括插入、删除、修改）两大类操作；数据完整性约束给出数据及其联系所具有的制约和依赖规则。这些规则用于限定数据库的状态及状态的变化，以保证数据库中数据的正确、有效和安全。

数据模型应该反映和规定符合这种数据模型所必须遵守的基本的通用的完整性约束条件。例如，在关系模型中，任何关系必须满足实体完整性和参照完整性两个条件。此外，数据模型还应该提供定义完整性约束条件的机制，以反映某一部门的应用所涉及的数据必须遵守的特定的语义约束条件。

2）数据模型与信息模型的关系

数据是信息的具体表现形式，是信息载体上反映的信息内容，是接收者可以识别的符号。信息与数据有一一对应的关系，计算机中的数据组织必须与客观世界中的信息结构相适应。数据模型就是数据组织中各层次内部、外部之间的联系的描述。因此，数据模型也必须以相应的信息模型为基础。信息模型和数据模型术语的对应关系如图 4-9 所示。

信息模型　　　　　　数据模型

实体·············记录

属性·············字段（或数据项）

实体集···········文件

实体键···········记录键

图 4-9　信息模型和数据模型术语的对应关系

每个记录型为数据项型的组合。数据项型是指数据项的名称和数据类型、所占存储空间。数据项值的组合构成记录值，记录值确定一个特定记录，文件则是记录类型和记录值的总和。这里记录型是文件的一个框架，记录值是文件的内容。由于记录型确定了文件的框架，所以常常用一个记录型代表一个文件。

在文件这个组织层次中，记录型与记录型之间是没有联系的。数据从整体上来看是无结构的，只在一个文件内部记录之间、一个记录数据之间的关系是结构化的。数据库不但要描述数据项、记录之间的联系，而且要描述记录型之间，也就是各个文件之间的联系，要反映客观世界复杂的信息结构。一个实用的数据库即使很小，也含十几个至几十个记录型。

一个记录型包含一组数据项型，其中必有一个或几个关键字。由于关键字是能唯一标识一条记录的数据项的最小集合，所以往往用关键字来代表一个记录型。例如职工记录型和部门记录型的关系，实际上反映了以职工姓名和部门名称为代表的两个实体集之间的联系，在数据模型中职工姓名数据项和部门名称数据项就可以为两个记录型的关键字。当一个关键字不能充分表达这种联系的内容和意义时，可用若干个数据项联合代表一个记录型。数据库的数据模型主要描述记录型之间的联系。

3）关系模型（Relational Model）

实际数据库系统中所支持的主要数据模型是：层次模型（Hierarchical Model）、网状模型（Network Model）、关系模型（Relational Model）。层次模型和网状模型统称为非关系模型。在非关系模型中，实体型用记录型来表达，实体之间的联系被转换成记录型之间的两两联系。

关系模型的主要特征是用表格结构表达实体集，用外键（或外码即是和其他表中的主键相关的列）表示实体间联系。与前两种模型相比，关系模型比较简单，容易为初学者接受。关系模型是三种数据模型中最重要的模型。关系模型是由若干个关系模式组成的集合。关系模式相当于前面提到的记录类型，它的实例称为关系，每个关系实际上是一张表格。下面以学生登记表为例，介绍关系模型中的主要术语，如图 4-10 所示。

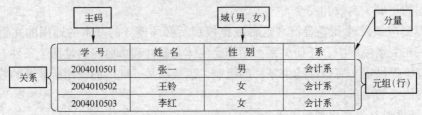

图 4-10　学生登记表

① 关系。一个关系对应于平常讲的一张表。

② 元组。表中的一行称为一个元组。

③ 属性。表中的一列称为属性，给每一列起的一个名称即属性名。

④ 主码。表中的某个属性组，它们的值唯一地标识一个元组。

⑤ 域。属性的取值范围。

⑥ 分量。元组中的一个属性值。

⑦ 关系模式。对关系的描述，用关系名（属性 1，属性 2，…，属性 n）来表示，其中主码下面加上下划线。

3. 概念模型向关系模型的转换

由 E-R 图向关系模型转换可按下述的 3 条规则进行。

① 一个实体型转换为一个关系，实体的属性就是该关系的属性，实体的码就是该关系的码。

② 一个联系也可以转换为一个关系，与该联系相连的各实体的码及联系的属性可转换为关系的属性；若联系为 1:1，则所连接的各实体的码均是该关系的码；若联系为 1:n，关系的码为 n 端实体的码；若联系为 m:n，则关系的码为所连接的各实体码的组合。

③ 码相同的关系可以合并。例如，零件与供应商之间的联系是"多对多"的，其 E-R 图如图 4-11 所示。

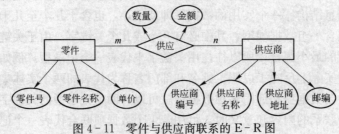

图 4-11　零件与供应商联系的 E-R 图

对应的关系模型如下。

零件表（零件号，零件名称，单价）

供应商表（供应商编号，供应商名称，供应商地址，邮编）

零件供应表（零件号，供应商编号，数量，金额）

上述的关系模型中零件供应商表的码是组合码。

4.4　关系的规范化

关系模型中的关系就是一张二维表，但严格地说，它应该是一种规范化的二维表。为了使计算机方便地进行数据操作，对关系有基本的要求。

（1）第一范式（1NF）

① 关系中每个数据项（元组中每个分量）必须是一个不可分的数据项，即此项所表达的实体属性必须是原子属性，且要求数据项没有重复组。

② 列是同质的，即每一列中所有数据项类型相同。各列指定一个相异的名字，列的次序任意。

③ 各行相异，不允许有重复的行，行的次序任意。

满足上述要求的关系，称为关系的第一范式（1NF），否则称为非规范形式。在建立关系数据模式时，必须将非规范形式规范化。表 4-2 为非规范形式，表 4-3 为第一范式。

表 4-2　非规范形式

学院	系	人数
经济管理	会计学	500
	金融学	400
	工商管理	600
石油化工	石化	700
	应化	600
	环保	500
信息	计算机	600
	自动化	660
	仪表	500

表 4-3　第一范式

学院	系	人数
经济管理	会计学	500
经济管理	金融学	400
经济管理	工商管理	600
石油化工	石化	700
石油化工	应化	600
石油化工	环保	500
信息	计算机	600
信息	自动化	660
信息	仪表	500

第一范式是基本的，但存在一些问题。现在来分析下面的教师登记表（表 4-4），它是非规范形式所示的关系，但它符合第一范式。表的内容是实际问题的简化，姓名这一项代表了教师的姓名、年龄、性别、住址等一系列基本情况信息，毕业时间代表了与该教师学历有关的毕业学校、专业等信息。假定教师编号是每个教师的唯一标识，而工资完全由级别所确定，那么在这个表中各个数据项（即属性）之间有如图 4-12 所示的相互依赖关系。

表 4-4　教师登记表

教师编号	姓名	级别	工资/元	学历	毕业时间/年
00001	张一	副教授	2 000	硕士	1999
00001	张一	副教授	2 000	学士	1995
00002	王二	讲师	1 500	学士	1995
00003	李三	助教	1 000	学士	2001

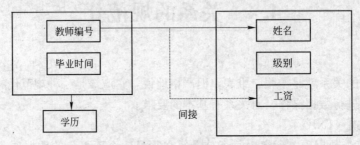

图 4-12　教师登记表中各数据项之间的关系

　　这表明：姓名、级别、工资依赖于教师编号确定其值，而学历要由教师编号和毕业时间两个属性唯一确定。因而，在这个关系中不能用一个属性作为主属性构成主关键字，以使其他非主属性完全依赖于它而确定。

　　按此关系所建的数据库有以下几个缺点。

　　① 冗余度高。如张一这个教师的名字等基本信息由于他有两个学历而要存储两次，浪费了存储空间。

　　② 维护困难。这种关系对于数据的修改、删除、插入等操作都十分不方便，如张一的记录要删除就要两个同时删除。

　　③ 容易造成数据的矛盾。由于维护操作的不便，许多数据的多次存储稍有疏忽就会使同一数据在数据库中的结果不同，同一个张一可能具有不同的工资，这就造成了数据库的矛盾性。

　　所以，第一范式的关系必须进一步规范化为第二范式（2NF）。

　　(2) 第二范式（2NF）

　　从第一范式中分解出新的关系，使每个关系里都可确定一个或几个属性作为关系的主关键字，使该关系中的其他属性都完全依赖于它而定，从而消去非主属性对主关键字的不完全依赖性，所得的关系称为第二范式的关系。

　　对于表 4-4，只要拆开为表 4-5（a）、表 4-5（b）两个关系就能达到目的。

表 4-5（a）

教师编号	姓名	级别	工资/元
00001	张一	副教授	2 000
00002	王二	讲师	1 500
00003	李三	助教	1 000

表 4-5（b）

教师编号	学历	毕业时间/年
00001	硕士	1999
00001	学士	1995
00002	学士	1995
00003	学士	2001

表 4-5（a）的关系中主关键字是教师编号这一主属性，表 4-5（b）的关系里主关键字由教师编号、毕业时间两个主属性共同构成，这两个关系里所有非主属性都完全依赖于主关键字，因而均是第二范式的关系。

第二范式仍然会造成一些麻烦。看表 4-5（a）这个关系：实际上可能很多人的级别都是副教授，那么他们的工资应当也都是 2 000 元，如果现在要把副教授的工资改为 2 500 元，那么副教授的工资都要修改，有一个人改错了，就会造成同一级别工资不一样的错误，因而这种关系也有数据冗余，容易造成数据矛盾等问题，其原因就在于这些属性间存在着如下一种传递依赖关系，即

教师编号──→级别　　级别──→工资

从而使

教师编号──→级别──→工资

也就是说，表 4-5（a）中虽然级别与工资两个属性完全依赖于主属性教师编号，但实际上是工资直接依赖于级别，由于级别依赖于教师编号而使工资通过级别的传递作用间接依赖于教师编号这个属性。

（3）第三范式（3NF）

消去非主属性对主关键字的传递依赖性，称为第三范式。现在只要把第二范式的关系恰当地拆开为几个关系即可达目的。如表 4-5（a）的关系，拆开为表 4-6（a）和表 4-6（b）两个关系，就都是第三范式了。

表 4-6（a）

教师编号	姓名	级别
00001	张一	副教授
00002	王二	讲师
00003	李三	助教

表 4-6（b）

级别	工资/元
副教授	2 000
讲师	1 500
助教	1 000

下面概括以上的规范化过程：先对二维表消去组合项与重复组化为第一范式；接着消去非主属性对主关键字的不完全依赖性而变为第二范式；再消去非主属性对主关键字的传递依赖性就化为第三范式了。用第三范式的关系来定义数据库会比直接用二维表所定义的数据库好得多。关系理论中还有 BCNF，它比第三范式更进了一步，是修正的第三范式，有时也称为第三范式；另外还有第四范式（4NF）和第五范式（5NF），这里就不作介绍了。

4.5　数据库设计

人们在总结信息资源开发、管理和服务的各种手段时，认为最有效的是数据库技术。数据库的应用已越来越广泛，从小型的单项事务处理系统到大型的信息系统大都用先进的数据库技术来保持系统数据的整体性、完整性和共享性。

数据库设计是研制数据库及其应用系统的技术，是数据库在应用领域中主要的研究课题。数据库设计是指对于一个给定的应用环境，构造最优的数据库模式，建立数据库及其应

用系统，使之能够有效地存储数据，满足各种用户的应用需求（信息要求和处理要求）。数据库设计通常是在一个通用的 DBMS 支持下进行的，即利用现成的 DBMS 为基础。

在数据库领域内，常常把使用数据库的各类系统称为数据库应用系统（DBMS）。

1. 数据库设计方法简述

由于信息结构复杂，应用环境多样，在相当长的一段时期内数据库设计主要采用手工试凑法。使用这种方法与设计人员的经验和水平有直接关系，数据库设计是一种技艺而不是工程技术，缺乏科学的理论和工程原则支持，很难保持设计质量。常常是数据库投入使用后才发现问题，不得不进行修改，使维护代价昂贵。10 余年来，人们努力探索，提出了各种数据库设计方法，这些方法运用软件工程的思想和方法，提出了各种设计准则和规程，都属于规范设计法。

规范设计法中比较著名的有新奥尔良（New Orleans）方法。它将数据库设计分为 4 个阶段：需求分析（分析用户要求）、概念设计（信息分析和定义）、逻辑设计（设计实现）和物理设计（物理数据库设计）。其后，S. S. Yao 等又将数据库设计分为 5 个步骤，又有 I. R. Palmer 等主张把数据库设计当成一步接一步的过程，并采用一些辅助手段实现每一过程。

基于 E - R 模型的数据库设计方法、基于 3NF（第三范式）的设计方法、基于抽象语法规范的设计方法等，是在数据库设计的不同阶段上支持实现的具体技术和方法。

规范设计法从本质上看仍然是手工设计方法，其基本思想是过程迭代和逐步求精。计算机辅助数据库设计，目前还是在数据库设计的某些过程中模拟某一规范设计方法，并以人的知识或经验为主导，通过人机交互实现设计中的某些部分。从目前条件来看，按照一定的设计规范，用工程化方法设计数据库是最实用的方法。

2. 数据库设计步骤

按照规范设计的方法将数据库设计分为以下 6 个阶段（如图 4 - 13 所示）：需求分析、概念结构设计、逻辑结构设计、数据库物理设计、数据库实施、数据库运用和维护。

这个设计步骤是从数据库应用系统设计和开发的全过程来考察数据库设计的问题的，因此它既是数据库也是应用系统的设计过程。在设计过程中努力把数据库设计和系统其他成分的设计紧密结合，把数据和处理的需求收集、分析、抽象、设计、实现在各个阶段同时进行，相互参照，相互补充，以完善两方面的设计。

（1）需求分析

需求分析的任务是对现实世界要处理的对象（组织、部门企业等）进行详细调查。调查的重点是"数据"和"处理"，通过调查获得每个信息使用者对数据库的要求。具体步骤如下。

① 了解组织机构情况，为分析信息流做准备。

② 了解各部门业务情况，调查各部门输入和使用的数据及处理数据的方式与算法。

③ 确定数据库的信息组成及计算机系统应实现的功能。

（2）概念结构设计

概念结构设计的任务是对用户的需求进行综合、归纳和抽象，产生一个独立于 DBMS 的概念数据模型。在概念结构设计阶段，所用的代表工具主要是 E - R 图。构造概念数据模型时要注意的是：应充分反映现实世界中实体与实体之间的联系；满足不同用户对数据处理的要求；易于理解，可以与用户交流；易于更改；易于向关系模型转化。概念数据模型是 DBMS 所用数据模型的基础，是数据库设计过程的关键步骤之一。

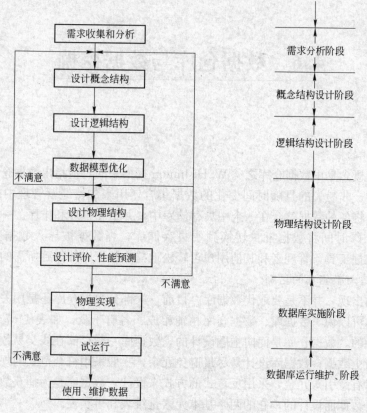

图 4-13　数据库设计步骤

（3）逻辑结构设计

逻辑结构设计的任务是将概念模型转换为某个 DBMS 支持的数据模型，然后再对转换后的模型进行定义描述，并对其进行优化，最终产生一个优化的数据库模式。

数据库逻辑设计的步骤主要分两步：第一步是把概念模型转换为关系模式，按一定的规则向数据模型转换；第二步是将转换得到的数据模型进行修改完善。

（4）物理结构设计

物理结构设计的任务是为逻辑结构选取最适合应用环境的物理结构，包括存储结构和存取方法。它主要依赖于给定的计算机系统。在进行物理结构设计时主要考虑数据存储和数据处理方面的问题。数据存储是确定数据库所需要存储空间的大小，以尽量减少空间占用为原则。数据处理决定操作次数的多少，应尽量减少操作次数，使相应的时间越快越好。

（5）数据库的实施

完成数据库的物理设计之后，设计人员就要用选定的 DBMS 提供的数据定义语言将数据库逻辑设计和物理设计的结果严格描述出来，成为 DBMS 可接受的源代码；再经过调试产生目标模式，然后就可以组织数据入库了。

（6）数据库的运行与维护

数据库经过试运行（录入数据、运行数据库应用程序）合格后，即可投入正式运行了。在数据库运行阶段，对数据库经常性的维护工作主要是由 DBA 完成的，它包括：数据库的转储和恢复；数据库的安全性、完整性控制；数据库性能的监督、分析和改造；数据库的重组织与重构造。

4.6　数据仓库与数据挖掘

1. 数据仓库

1）数据仓库的概念

数据仓库的概念是由数据仓库之父 W. H. Inmon 提出来的，他指出数据仓库是一个面向主题的、集成的、非易失的且随时间变化的数据集合，用来支持经营管理中的决策制定过程。数据仓库可将各种数据整合在一个中央存储库中，并重新整理和排序。一般来说，控制程序员会在非忙碌时间将数据批量转换到中央存储库，当数据被导入数据仓库后，借助 OLAP 等数据挖掘工具，管理者和其他用户可轻松地操作数据库并得到所需的商务数据。

2）数据仓库与数据库的区别

数据仓库的出现，并不是要取代数据库。目前，大部分数据仓库还是用关系数据库管理系统来管理的。可以说，数据库、数据仓库相辅相成、各有千秋，如表 4-7 所示，数据库是面向事务设计的，数据仓库是面向主题设计的，数据库一般存储在线交易数据，数据仓库存储的一般是历史数据；数据库设计是尽量避免冗余，一般采用符合范式的规则来设计，数据仓库在设计时有意引入冗余，采用反范式的方式来设计；数据库是为捕获数据而设计，数据仓库是为分析数据而设计的，它的两个基本元素是维表和事实表。

表 4-7　数据仓库与数据库的对比

对比内容	数　据　库	数　据　仓　库
数据内容	当前值	历史的、存档的、归纳的、计算的数据
数据目标	面向业务操作，重复处理	面向主题域、分析应用
数据特性	动态变化，按字段更新	静态、不能直接更新，只能定时添加
数据结构	高度结构化、复杂，适合操作计算	简单、适合分析
使用频率	高度结构化、复杂，适合操作计算	中到低
数据访问量	每个事物只访问少量记录	有的事物可能需要访问大量记录
对响应时间的要求	以秒为单位，时间较短	时间较长

3）数据仓库的特性

从数据仓库的定义可以看出数据仓库有 4 个重要的特点。

（1）面向主题

操作型数据库的数据组织面向事务处理任务，各个业务系统之间各自分离，而数据仓库中的数据是按照一定的主题域进行组织的。

（2）集成的

数据仓库中的数据是在对原有分散的数据库数据抽取、清理的基础上经过系统加工、汇总和整理得到的，必须消除源数据中的不一致性，以保证数据仓库内的信息是关于整个企业的一致的全局信息。

（3）相对稳定的

数据仓库的数据主要供企业决策分析之用，所涉及的数据操作主要是数据查询，一旦某个数据进入数据仓库以后，一般情况下将被长期保留，也就是数据仓库中一般有大量的查询操作，但修改和删除操作很少，通常只需要定期的加载、刷新。

（4）反映历史变化

数据仓库中的数据通常包含历史信息，系统记录了企业从过去某一时点（如开始应用数据仓库的时点）到目前的各个阶段的信息，通过这些信息，可以对企业的发展历程和未来趋势作出定量分析和预测。

4）数据仓库的基本结构

数据仓库中的信息存储，是根据对数据的不同深度处理来分成不同层次的。其结构一般划分为以下几个方面。

① 历史性详细数据层。它存储历史数据，供分析、建模、预测之用。

② 当前详细数据层。存储最新详细数据，是进一步分析数据的基础。

③ 不同程序的归纳总结信息层。可包含多个层次，根据所需分类和归纳的不同深度而定，如按周、月、年统计的数据。

④ 专业分析信息层。进一步专业分析的结果，如统计分析、运筹分析、时间序列分析及表面数据的内在规律分析等。

⑤ 结构信息。数据仓库的内部结构信息，反映各种信息在数据仓库中的位置分布和处理方式等，以便检索查询之用。

5）数据仓库工具的组成

一个典型的数据仓库产品应包括以下几个部分：数据集市、关系数据库、数据源、数据准备区、各种服务工具等。

（1）数据集市

数据集市是数据仓库的子集，是按照主体从数据仓库中划分的数据集合。它可以理解为是一个小型的部门或者工作组级别的数据仓库。

（2）关系数据库

关系数据库是数据仓库非常重要的组成部分，数据仓库要想发挥真正的威力，必须由关系数据库为其提供强大的基础引擎。

（3）数据源

使用数据仓库的根本目的是向企业决策制定者提供各种决策信息，因此数据仓库必须将企业内部或外部的各种信息集中起来，合并为一致的数据集。数据仓库必须把来自不同数据源的数据收集并整理好，以准确地反映企业的业务运作情况和历史状态。虽然这些数据源的数据不能直接用于决策支持，但也必须将其捕获到数据仓库中，因为这些长期积累的数据是建立数据仓库的重要基础。

（4）数据准备区

数据准备区又称数据中间存储区，它是一个关系数据库，数据仓库从其他数据源所抽取的数据首先保存在这个关系数据库中，在此将数据转换为数据仓库所要求的统一格式，检查数据的一致性与引用完整性，并准备载入数据仓库中。

（5）服务工具

数据仓库需要相关工具来分析和评估数据仓库中浩瀚的数据，如联机分析处理（OLAP）、数据挖掘工具、预定义报表等。此外，还要预留支持用户开发自定义工具的应用程序接口。

2. 数据挖掘

1）数据挖掘的概念

数据挖掘（Data Mining），又称为数据库中的知识发现（Knowledge Discovery in Database，KDD），就是从大量数据中获取有效的、新颖的、潜在有用的、最终可理解的模式的非平凡过程。简单来说，数据挖掘就是从大量数据中提取或"挖掘"知识。典型的数据挖掘系统结构如图 4 - 14 所示。

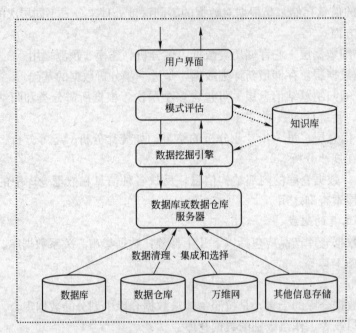

图 4 - 14　典型数据挖掘系统结构

并非所有的信息发现任务都被视为数据挖掘。例如，使用数据库管理系统查找个别的记录，或通过因特网的搜索引擎查找特定的 Web 页面，则是信息检索（Information Retrieval）领域的任务。虽然这些任务是重要的，可能涉及使用复杂的算法和数据结构，但是它们主要依赖传统的计算机科学技术和数据的明显特征来创建索引结构，从而有效地组织和检索信息。尽管如此，数据挖掘技术也用来增强信息检索系统的能力。

2）数据仓库与数据挖掘的关系

数据挖掘和数据仓库作为决策支持新技术，在近 10 年来得到了迅速发展。数据仓库和数据挖掘是相互结合起来一起发展的，二者是相互影响、相互促进的。二者的关系可以概括为以下几点。

① 数据仓库为数据挖掘提供了更好的、更广泛的数据源。数据仓库中集成和存储着来自异质的信息源，而这些信息源本身就可能是一个规模庞大的数据库。同时数据仓库存储了大量长时间的历史数据，这就可以进行数据长期趋势的分析，为决策者的长期决策行为提供了支持。

② 数据仓库为数据挖掘提供了新的支持平台。数据仓库的发展平台不仅仅是为了数据挖掘开辟了新的空间，更对数据挖掘提出了更高的要求。数据仓库的体系机构努力保证查询和分析的实时性。

③ 数据仓库为更好地使用数据挖掘工具提供了方便。数据仓库的建立，充分考虑到数据挖掘的要求。用户可以通过数据仓库服务器得到所需要的数据，形成开采中间数据库，利用数据挖掘方法进行开采并获得知识。数据仓库为数据挖掘集成了企业内各部门的全面的、综合的数据。数据仓库中的数据已经被充分地收起来，进行了整理、合并，并且有些还进行了初步的分析处理，使数据挖掘的注意力能够更集中于核心处理阶段。

④ 数据挖掘为数据仓库提供了更好的决策支持。基于数据仓库的数据挖掘能更好地满足高层战略决策的要求。数据挖掘对数据仓库中的数据进行模式抽取和知识发现，这些正是数据仓库所不能提供的。

⑤ 数据挖掘对数据仓库的数据组织提出了更高的要求。数据仓库作为数据挖掘的对象，能为数据挖掘提供更多、更好的数据，其数据的设计、组织都要考虑到数据挖掘的一些要求。

⑥ 数据挖掘还为数据仓库提供了广泛的技术支持。数据挖掘的可视化技术、统计分析技术等都为数据挖掘提供了强有力的技术支持。

总之，数据仓库在纵向和横向都为数据挖掘提供了更为广泛的活动空间。数据仓库完成数据的收集、集成、存储、管理等工作，数据挖掘面对的是经初步加工的数据，使得数据挖掘能更专注于知识的发现。又由于数据仓库所具有的新特点，对数据挖掘提出了更高的要求。另一方面，数据挖掘为数据仓库提供了更好的决策支持，同时促进了数据仓库技术的发展。可以说，数据挖掘与数据仓库技术要充分发挥潜力，就必须结合起来。

3）数据仓库与数据挖掘的区别

数据仓库是一种存储技术，它的数据存储量是一般数据库的百倍，它包含了大量的历史数据、当前的详细的数据及综合数据，能为不同用户的不同决策需要提供所需的数据和信息。

4）数据挖掘方法与算法

数据挖掘有两种类型：一种是自下而上的方法，称之为有监督的数据挖掘方法；另一种是从下往上的方法，这种方法让数据自己解释自己，在数据中寻找模式，然后把产生的结果留给使用者去判断，找出哪些模式是重要并有用的。目前常见的主要有以下几种。

① 特征概括（Data Characterization）。特征概括是目标类数据的一般特征或特性的汇总，如饼图、条图、曲线、多维数据立方体等形式，还能实现数据的区分。

② 分类预测（Classfication & Prediction）。分类与预测的区别在于，分类是对离散值变量的估计，而预测是对连续变量的估计。

③ 聚类分析（Clustering）。聚类和分类建立分类模型，主要有监督学习（分类）和非监督学习（聚类）之分。

④ 规则提取。关联知识（Association）决定哪些事件将一起发生。

⑤ 异常检测。描述一些数据与数据的常规行为不一致，揭示其偏离常规的异常现象。这些数据往往是一些极端数据，有时也称孤立点。

当前数据挖掘领域比较常见的算法主要有 BP 神经网络、遗传算法、决策树、关联规则、模糊聚类、支持向量机、粗糙集、孤立点分析、Bayes 网络等。要实现不同的数据挖掘功能，需要采用相应的合适算法。一般来说，要解决某个特定问题，可能有若干种算法，如图 4-15 所示的预测分类，就有 BP 神经网络、决策树、支持向量机 3 种算法。

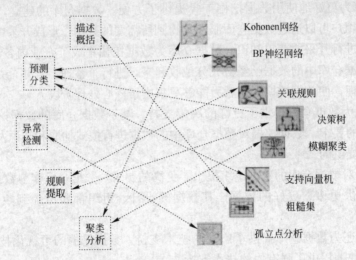

图 4-15   数据挖掘功能与其实现的算法

5）数据挖掘的主要应用方向

（1）财务分析的数据挖掘

大多数银行保险和金融机构都提供多种银行服务，如核算、存储、商业和个体客户服务、信贷、贷款等，可获得的财务数据往往完整性好，可行度高，质量也好，方便进行系统化的数据分析和数据挖掘，以提高公司的竞争力。

（2）电信行业的数据挖掘

像 AT & T 这样的公司已经宣布数据挖掘的应用，改进了他们的销售活动，而 Lightbridge 公司使用数据挖掘技术来解决电信业的欺诈行为，数据挖掘技术正在电信行业获得越来越深入、越来越广泛的应用。

（3）零售业的数据挖掘

微利时代的到来，使得零售商们比其他行业更早进入数据仓库阶段。由于零售业收集大量的销售数据、顾客购物记录、货物运送、消费模式等，尤其是由于 Web 与电子商务的风行，收集的数据量迅速增长，因此零售业成为数据挖掘的主要运用领域。

（4）生物医药学研究中的数据挖掘

以电子格式存储的病人记录及医学信息系统的发展产生大量的在线利用临床数据。用数据挖掘方法从这些数据抽取的规律性的、趋势和令人惊奇的事件，对辅助临床医生作出准确判断非常重要。

（5）证券行业中的数据挖掘

证券市场存在巨大的风险。证券公司应该能够给自己的客户提供大盘及各股的未来走势的信息，给客户的投资、选股提供有价值的参考，尽可能地回避风险。更何况，大多数证券公司本身就是证券的投资者。股票价格的变动受多方面因素的影响，而证券投资分析的方法很多，并且一般分为：技术分析和基础分析两类，可以说在证券行业的应用分析是一门十分庞大、复杂的研究课题，这就给了数据挖掘技术的运用提供了广阔的空间。

（6）冶金行业中的数据挖掘

采用数据挖掘技术，通过对冶金相关生产过程的历史数据、实时数据及正常工况数据的预处理与数据挖掘建模，开发具有指定功能的计算机用户界面软件，实现在线或离线的数据分析处理平台，以解决设备的负荷能力评价和操作参数优化问题，同时为工艺人员掌握过程的控制机理并进一步提高生产管理水平提供一个良好的工作平台。

（7）电子商务中的数据挖掘

电子商务网站每天都会产生大量的数据，运用数据挖掘技术可以从这些数据中发现对市场分析及预测非常有益的信息。

数据挖掘是信息技术和数据处理的必然潮流，是商务智能的核心和灵魂。可以说，只要有大量的复杂数据产生和分析需求，就有数据挖掘的用武之地。数据挖掘技术和相关的系统软件将会得到越来越广泛的应用。

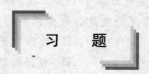

习　题

一、名词解释

1. 数据库　2. 记录　3. DBMS　4. DBS　5. 概念模式　6. 数据模型　7. 概念模型　8. 键或码　9. 数据操作　10. 1NF　11. 2NF　12. 3NF　13. 关系　14. 关系模式　15. 数据仓库　16. 数据挖掘

二、简答题

1. 数据库系统组织数据的特点是什么？

2. 数据库系统与文件系统的区别是什么？

3. 数据管理经历了哪几个阶段？各个阶段的特点是什么？

4. 数据模型的三要素是什么？

5. 数据库管理系统的主要功能是什么？

6. 信息模型的要素有哪些？

7. 试述概念模式在数据库中的重要地位。

8. 举出实例，要求实体型之间具有一对一、一对多和多对多的联系。

9. 实体之间的联系方式有几种？不同的联系方式在转换为关系模型时的处理方式有什么不同？

10. 什么是 E－R 图？构成 E－R 图的基本要素是什么？如何将 E－R 模型转换为关系模型？

11. 某工厂生产多种产品，每种产品又要使用多种零件，一种零件可能装在多种产品上。每种零件由一种材料制造，每种材料可用于不同零件的制作。有关产品、零件、材料的数据字段如下。

产品：产品号（GNO），产品名（GNA），产品单价（GUP）

零件：零件号（PNO），零件名（PNA），单重（UW），单价（UP）

材料：材料号（MNO），材料名（MNA），计量单位（CU），单价（MUP）

以各产品需要各种零件数为GQTY，各零件需要的材料数为PQTY。

(1) 请画出产品、零件、材料的E-R图。

(2) 请将该E-R图转换为关系数据模型。

12. 教学管理涉及的实体有

教员：职工号、姓名、年龄、职称

学生：学号、姓名、年龄、性别

课程：课程号、课程名、学时数

这些实体间的联系如下：一个教员只讲授一门课程，一门课程可由多个教员讲授；一个学生学习多门课程，每门课程有多个学生学习。请画出教员、学生、课程的E-R图，并构造其关系数据模型。

三、单选题

1. DBMS 对数据库的保护主要通过4个方面实现，因而在DBMS中应该包括以下4个子系统：数据库的并发控制、数据库的恢复、数据完整性控制和（　　）。

A. 数据的检索　　　　　　　　　B. 数据的更新

C. 数据安全性控制　　　　　　　D. 数据的存储

2. 在数据库系统的三级模式结构中，外模式通常还称为（　　）。

A. 用户模式　　　　B. 内模式　　　　C. 物理模式　　　　D. 概念模式

3. 实体型与实体型间的联系方式有（　　）种。

A. 1　　　　　　　B. 2　　　　　　　C. 3　　　　　　　D. 4

4. 若联系为 $m:n$，则关系的码为所连接的（　　）。

A. n 端和 m 端的码的组合　　　　　B. n 端的码

C. m 端的码　　　　　　　　　　　　D. 都不是

5. 数据仓库有4个重要的特点：面向主题、相对稳定的、反映历史变化和（　　）。

A. 分散的　　　　B. 合并的　　　　C. 集中的　　　　D. 集成的

MIS 的原理

第 5 章 管理信息系统学科发展的主要思想和理论
第 6 章 管理信息系统与企业流程
第 7 章 管理信息系统的结构

近 20 年来，各类社会组织，特别是企业面临的生存环境有了重大改变，社会经济的运行模式与企业管理模式正在发生根本的变革，信息与知识已经成为创造社会财富的战略资源，信息系统在组织中的战略地位和作用空前提高，其规模、功能与体系结构也有了很大发展。

管理信息系统的发展经历了 MRP、闭环 MRP、MRP II、ERP、EC 等。计算机科学和管理科学是管理信息系统学科体系形成的主要因素。管理信息系统对组织的一个重要贡献就是促使人们高度关注组织的业务流程。而且，如果在管理信息系统建立时对业务流程进行了再设计，那么将会从信息技术的投资中获得很大的潜在效益。

信息系统是一个复杂的人机系统，可以在不同层面上分析其结构与类型。从功能上来看，可分为信息处理技术结构、管理层次结构、管理职能结构、信息集成结构等；从信息资源的空间配置来看，又可分为集中式和分布式系统两大类；按组织的信息系统建设的不同阶段和管理业务工作的实际需要，又可分为面向业务的信息系统和面向管理决策的信息系统两大类。

第5章

管理信息系统学科发展
的主要思想和理论

5.1　管理信息系统学科的发展机理

管理信息系统（MIS）不仅是一个应用领域，而且是一门学科，它是介于管理科学、数学和计算机科学之间的一个边缘性、综合性、系统性的交叉学科。它运用这些学科的概念和方法，融合提炼组成一套新的体系和方法。

管理信息系统的研究受到社会经济发展条件的制约。例如，社会经济的发展要求企业从关注内部效益到不得不建立一种涉及在整个产品生命周期内可能的所有合作者所组成的跨企业的供应链管理。在这种背景下，相伴随的管理信息系统的发展是 MRP、闭环 MRP、MRP Ⅱ，直至 ERP、EC 等的出现。而从现有的学科构成看，在相关学科中，计算机科学和管理科学是管理信息系统学科体系形成的主要因素。

1. 社会经济的发展是管理信息系统发展的根本动力

企业所处的具体经济状况往往决定了企业所采用的赢利模式，也往往决定了管理信息系统的范畴。经济的发展使企业的赢利模式经历了追求规模经济、范围经济和聚合经济阶段。管理信息系统中信息也从追求规模效益时的只限于企业内部流动，发展到追求范围经济和聚合经济时，相关的信息流是在企业内外同时流动的过程，而且聚合经济的信息流动已从范围经济的单纯"链式"流动扩大到整个复杂的信息流动网络。因此，相应的管理信息系统中的信息流动，经历了以企业内部为中心到以供应链系统为中心，直至以整个合作网络为中心的三个阶段。另外，在传统的企业生产组织方式下，在信息技术可有可无的观念下，在硬件设施了解甚少的背景下，管理信息系统的实施必然会以失败而告终。所以说，管理信息系统得以迅速发展的根本动力在于社会经济的良性发展。

2. 相关学科的发展是管理信息系统发展的基础

（1）管理科学的发展是管理信息系统发展的应用拉力

自 20 世纪 90 年代以来，以消费者为导向的市场经济体制的形成，使企业间的竞争日益激烈，产品或服务的质量、速度、成本和特色已成为企业存亡的关键因素。这样，就诞生了许多新的管理思想和生产方式，如计算机集成制造（CIM）、精益生产（LP）、敏捷制造（AM）、供应链管理（SCM）、客户化生产（MC）等应运而生。这些生产方式的共同特点是都需要有网络和计算机作为其运行的支撑体系，都需要以公共数据库为基础的集成环境，即都需要有支持它们运作的信息体系。另外，任何一种管理信息系统都受其管理体制、管理制度、管理思想和管理方法的制约。从上述分析看，管理科学的发展是管理信息系统发展的应用拉力。

（2）信息技术提供了管理信息系统学科发展的学术环境

管理信息系统学科受企业管理理论应用推动，而它的应用又是信息技术发展的主要推动力之一。企业管理理论、管理信息系统学科和信息技术的关系是非常密切的。直接受到管理信息系统应用影响而发展的信息技术有软件的体系结构、组件化及重用、软件开发的过程模型、软件环境、项目管理等。可以看出，信息技术的发展支持了管理理论的发展和创新。管理理论的不断创新对软件工程提出了新的要求，管理理论和信息技术研究不断创新的同时也丰富了管理信息系统理论的内容。

5.2　管理思想及其演变

管理思想的发展是一个漫长的历史过程，它来源于人类的管理实践。人类自从有了社会生活，就有了管理，也就逐渐萌发了管理思想。管理活动（或管理实践）、管理思想和管理理论这三者之间存在这样的关系：管理活动是管理思想的根基，管理思想来自管理活动中的经验，管理理论是管理思想的提炼、概括和升华，管理理论本身也是管理思想，只不过是较成熟、系统化程度较高的管理思想，但并非所有管理思想都是管理理论；管理理论对管理活动有指导意义同时又要经受管理活动的检验。

古代东西方的管理思想，已有几千年的历史，直到西方工业革命时期，出现了许多近代管理理论的先驱者，才为管理理论的正式形成打下坚实的基础。1911年，美国的泰勒（Frederick W. Taylor）发表了《科学管理原理》一书，标志着管理学作为一门学科正式成立。泰勒在历史上第一次使管理从经验上升为科学。泰勒科学管理的最大贡献在于泰勒所提倡的在管理中运用科学方法和他本人的科学实践精神。泰勒的科学管理思想的精髓是用精确的调查研究和科学知识来代替个人的判断、意见和经验，核心是寻求最佳工作方法，追求最高生产效率。泰勒和他的同事创造和发展了一系列有助于提高生产效率的技术和方法，这些方法是合理组织生产的基础。在泰勒同时代和以后的时间里，很多学者从不同的角度提出了各自的管理理论，形成了不同的管理学派，主要包括一般管理学派、行为科学学派、社会系统学派、决策学派、管理科学学派、系统管理学派、经验管理学派、经理角色管理学派、权变管理学派等，从各方面丰富了管理思想。随着生产规模的日益扩大和科学技术的飞速发展，管理工作变得越来越复杂，管理模式也发生了巨大的变化，产生了很多新兴的生产方式，如准时制生产、精益生产、敏捷制造、柔性制造、集成制造等。

1. 古典管理思想

19世纪末20世纪初产生的科学管理思想，使管理实践活动从经验管理跃升到一个崭新的阶段。

1）科学管理理论

科学管理理论着重研究如何提高单个工人的生产率。其代表人物主要有：泰勒、吉尔布雷斯夫妇及甘特等。泰勒有时被称为"科学管理之父"，他的科学管理理论主要包括以下几方面。

（1）工作定额

要制定出有科学依据的工人的"合理的日工作量"，就必须进行时间和动作研究，这就是所谓的工作定额原理。

（2）标准化

要使工人掌握标准化的操作方法，使用标准化的工具、机器和材料，并使作业环境标准化，这就是所谓的标准化原理。

（3）能力与工作相适应

为了提高劳动生产率，必须为工作挑选第一流的工人。第一流的工人是指这样的工人：他的能力最适合做这种工作而且他愿意去做。

（4）差别计件工资制

泰勒认为，工人磨洋工的一个重要原因是报酬制度不合理。计时工资不能体现劳动的数量；计件工资虽能体现劳动的数量，但工人担心劳动效率提高后雇主会降低工资率，从而等同于劳动强度的加大。针对这些情况，泰勒提出了一种新的报酬制度——差别计件工资制，其内容包括：通过时间和动作研究来制定有科学依据的工作定额；实行差别计件工资制来鼓励工人完成或超额完成工作定额；工资支付的对象是工人而不是职位，即根据工人的实际工作表现而不是根据工作类别来支付工资。

（5）计划职能与执行职能相分离

泰勒认为应该用科学的工作方法（即每个工人采用什么操作方法、使用什么工具等都根据试验和研究来决定）取代经验工作法（即每个工人根据个人经验决定采用什么操作方法、使用什么工具）。工人工作效率的高低取决于他们的操作方法和使用的工具是否合理，以及个人的熟练程度和努力程度。

为了采用科学的工作方法，泰勒主张把计划职能同执行职能分开，由专门的计划部门承担计划职能，由所有的工人和部分工长承担执行职能。

计划部门的具体工作包括：进行时间和动作研究；制定科学的工作定额和标准化的操作方法，选用标准化的工具；拟订计划，发布指示和命令；比较标准和实际的执行情况，进行有效的控制等。

泰勒在《科学管理原理》中总结的 4 条原理如下。

① 通过动作和时间研究法对工人工作过程的每一个环节进行科学的观察分析，制定出标准的操作方法，用以规范工人的工作活动和工作定额。

② 细致地挑选工人，并对他们进行专门的培训，使他们能按照规定的标准工作法进行操作，提高生产劳动的效率。

③ 真诚地与工人们合作，以确保劳资双方都能从生产效率的提高中得到好处。

④ 明确管理者和工人各自的工作和责任，实现管理工作与操作工作的分工，并进而对管理工作也按具体的职能不同进行细分，实行职能制组织设计，并贯彻例外管理原则。

与泰勒同时代的人，如吉尔布雷斯夫妇和甘特等，也为科学管理做出了贡献。

美国工程师吉尔布雷斯及其夫人在动作研究和工作简化方面做出了突出贡献。他们的研究成果反映在 1911 年出版的《动作研究》中。起初弗兰克·吉尔布雷斯在建筑行业中研究用哪种姿势砌砖省力、舒适、有效率。通过试验得出一套标准的砌砖方法，这套方法使砌砖的效率提高 200％以上，后来吉尔布雷斯夫妇在其他行业中进行动作研究。

美国管理学家、机械工程师甘特的最重要贡献是创造了"甘特图"，另一贡献是提出了"计件奖励工资制"。甘特的代表著作是《工业的领导》（1916 年）和《工作组织》（1919 年）。

2）一般管理理论

研究整个组织的科学管理的理论，被后人称为"一般管理理论"或者"组织管理理论"。

对一般管理理论贡献最大的是法国的法约尔。1916 年法国矿业协会的年报公开发表了他的著作《工业管理与一般管理》，这本著作是他一生管理经验和管理思想的总结。他的理论贡献主要体现在他对管理职能的划分和管理原则的归纳上。

（1）企业的基本活动和管理的五种职能

法约尔指出，任何企业都存在 6 种基本活动，管理只是其中的一种。这 6 种基本活动是：

① 技术活动，指生产、制造和加工；

② 商业活动，指采购、销售和交换；

③ 财务活动，指资金的筹措、运用和控制；

④ 安全活动，指设备的维护和人员的保护；

⑤ 会计活动，指货物盘点、成本统计和核算；

⑥ 管理活动，指计划、组织、指挥、协调和控制。

（2）管理的 14 条原则

法约尔提出的 14 条原则包括：劳动分工、权责对等、纪律严明、统一指挥、统一领导、个人利益服从整体利益、报酬、集权、等级链、秩序、公平、人员稳定、首创性、团结精神。

法约尔提出的一般管理的要素和原则，实际上奠定了以后在 20 世纪 50 年代兴盛起来的管理过程研究的基本理论基础。

3）行政组织理论

行政组织理论的代表人物主要有韦伯、巴纳德、厄威克等。

韦伯是德国著名的社会学家，他对管理理论的主要贡献是提出了"理想的行政组织体系"理论，这集中反映在《社会组织与经济组织》一书中。它强调组织活动要通过职务或职位而不是个人或世袭地位来设计和运作。韦伯认为等级、权威和行政制（包括明确的规则、确定的工作任务和纪律）是一切社会组织的基础。"理想的行政组织体系"具有以下特点。

① 存在明确的分工。

② 按等级原则对各种公职或职位进行法定安排，形成一个自上而下的指挥链或等级体系。

③ 根据经过正式考试或教育培训而获得的技术资格来选拔员工，并完全根据职务的要求来任用。

④ 除个别需要通过选举产生的公职（例如，选举产生的公共关系负责人或在某种情况下选举产生的整个单位负责人等）以外，所有担任公职的人都是任命的。

⑤ 行政管理人员是"专职的"管理人员，领取固定的"薪金"，有明文规定的升迁制度。

⑥ 行政管理人员不是他所管辖的那个企业的所有者，只是其中的工作人员。

⑦ 行政管理人员必须严格遵守组织中规定的规则、纪律和办事程序。

⑧ 组织中成员之间的关系以理性准则为指导，不受个人情感的影响。组织与外界的关系也是这样。

韦伯认为，这种高度结构化的、正式的、非人格化的理想行政组织体系是强制控制的合理手段，是达到目标、提高效率的最有效形式。这种组织形式在精确性、稳定性、纪律性和可靠性等方面都优于其他形式，能适用于各种行政管理工作及当时日益增多的各种大型组织，如教会、国家机构、军队、政党、经济组织和社会团体。韦伯的这一理论，对泰勒、法约尔的理论是一种补充，对后来的管理学家，特别是组织理论家产生了很大影响。

巴纳德对管理理论的贡献主要体现在 1938 年出版的《经理人员的职能》一书中。巴纳德的主要观点有：

① 组织是两人或更多人经过有意识地协调而形成的力量系统；

② 在组织中，经理人员是最为重要的因素；

③ 把组织分为正式组织和非正式组织。

对正式组织来说，不论级别高低和规模大小，都必须具备 3 个条件：明确的目标、协作的意愿和良好的沟通。在正式组织中还存在着一种因为工作联系而形成的有一定看法、习惯和准则的无形组织，即非正式组织，它的活动对正式组织有双重作用。

英国管理学家厄威克的综合管理理论把科学管理理论和组织管理理论综合为一体。他认为，管理过程由计划、组织和控制 3 个主要职能构成。科学调查和分析是指导管理职能的基本原则。他确定了与 3 个主要职能相对应的原则：预测、协调和指挥，还提出了管理过程中的中间目标是秩序、稳定、首创精神和集体精神。他确信，只要管理人员在履行管理职能时注意遵循相应的原则，这 4 个目标就都可以实现。他的理论展示了古典管理理论的全貌。

以上介绍的 3 种管理理论，虽然研究各有不同的侧重，但它们有两个共同的特点：一是都把组织中的人当作"机器"来看待，忽视"人"的因素及人的需要和行为，所以有人称此种管理思想下的组织实际上是"无人的组织"；二是都没有看到组织与外部的联系，关注的只是组织内部的问题，因此处于一种"封闭系统"的管理时代中。由于这些共同的局限性，20 世纪初在西方建立起来的这三大管理理论，都被统称为是古典管理思想。

2. 行为管理思想

行为管理理论始于 20 世纪 20 年代，早期被称为人际关系学说，以后发展为行为科学，即组织行为理论。

（1）三位先驱者

雨果·芒斯特伯格：德国人，工业心理学创始人之一。1892 年他在哈佛大学创办了一个心理学实验室，通过实验发现经理人员运用心理学去挑选和激励雇员是重要的。

玛丽·福莱特：她特别注意研究对成年人的教育和业余指导，她认为一个组织应该给职工和管理人员以更多的民主。

莉莲·吉尔布雷斯：以往的心理学家研究群体行为，而她则注重研究个体行为。她还把管理风格划分为 3 种类型（传统的管理风格、过渡的管理风格和科学的管理风格），并仔细研究了每种类型。

（2）霍桑试验与人际关系学说

梅奥原籍澳大利亚，后移居美国。作为一位心理学家和管理学家，他领导了 1924—

1932 年在芝加哥西方电气公司霍桑工厂进行的试验。

梅奥对其领导的霍桑试验进行了总结，成就了《工业文明中人的问题》一书，该书于 1933 年出版。主要观点如下。

① 工人是社会人，而不是经济人。科学管理学派认为金钱是刺激人们工作积极性的唯一动力，把人看作经济人。梅奥认为，工人是社会人，除了物质方面的条件外，他们还有社会、心理方面的需求，因此不能忽视社会和心理因素对积极性的影响。

② 企业中存在着非正式组织。

③ 生产率的提高主要取决于工人的工作态度及他和周围人的关系。

在此之后，人际关系运动在企业界蓬勃开展起来，致力于人的因素研究的行为科学家也不断涌现。其中有影响的代表人物及其主张包括马斯洛的需要层次论、赫茨伯格的双因素理论、麦克雷戈的 X－Y 理论、布雷克的管理方格论等诸种学说。

3. 定量管理思想

定量管理思想在第二次世界大战中得以产生和发展。定量管理思想的核心是把运筹学、统计学和电子计算机用于管理决策和提高组织效率。运筹学起源于军事需要，后来被应用到管理领域。

运筹学专门研究在既定的物质条件（人、财和物）下，为达到一定目的，如何运用科学方法（主要是数学方法）进行数量分析，统筹兼顾整个活动中各个环节之间的关系，为选择最优方案提供数量上的依据，以便作出综合性的合理安排，从而最经济、最有效地使用人、财和物。时代的发展要求管理人员改进他们的决策和管理方法，以求更合理地分配资源，取得更大的积极效果。

定量管理思想的特点如下。

① 力求减少决策中的个人艺术成分，依靠建立一套决策程序和数学模型来寻求决策工作的科学化。

② 各种可行方案均以效益高低作为评判的依据，有利于实现决策方案的最优化。

③ 广泛使用电子计算机作为辅助决策的手段，使复杂问题能在较短时间内得到优化的解决方案。

但定量管理思想并不能很好地解释和预测组织中成员的行为，有时还受到实际情境难以定量化的限制。

4. 系统和权变管理思想

（1）系统管理思想

系统一词最早出现在希腊哲学家德谟克利特所著的《世界大系统》一书中。

通常系统被认为是一个整体，它由若干个具有独立功能的元素（Element）组成，这些元素之间互相联系、互相制约，共同完成系统的总目标。系统的一般模型有 4 个组成部分，即输入、输出、加工和反馈。

系统管理思想认为，系统必须用于实现特定的目标；系统与外界环境之间有明确的边界，并通过与外界进行物质或信息的交流，确定系统的边界非常重要；系统可以划分为若干相互联系的部分，并且是分层次的，即系统是可以分解的；这种方法是认识任何复杂事物的必由之路；子系统之间存在着各种物质或信息的交换关系，称之为物质流或信息流。通过这些流各子系统功能才能互相配合，完成系统功能；系统是动态的、发展的，随着时间的推移，系统不断地从外界环境输入物质或信息，同时也不断地向外界输出物质和信息。

（2）权变管理思想

所谓"权变"，就是相机而变、随机制宜、随机应变的意思。权变管理思想提倡管理者要将单线的思考方式转变为多线的思考方式，也即"对 x 问题，假如是在 f 情况之下，就采取 y 行动；但假如是在 g 情况之下，则采取 z 行动，其中 f、g 就是影响管理行动的环境变量，亦称为情境因素或权变因素"。

权变管理思想是在继承以前各种管理思想的基础上，把管理研究的重点转移到了对管理行动有重大影响的环境因素上，希望通过对环境因素的研究找到各种管理原则和理论的具体适用场合。管理者不仅需要掌握处理问题的多种模式和方法，还必须清楚各种模式和方法究竟要在什么样的条件下使用才会取得最好的效果。

任何管理模式和方法都不可能是普遍最佳的，而只可能是最合适、最适用的。适合的，才会是有效的。因此，管理者不但要注重学习和开发管理的新模式、新方法，还应该通过实践和自身的体会领悟各种模式或方法适用的场合，以便能将管理的学问变成其卓越的管理业绩。

权变管理理论是 20 世纪 70 年代在美国形成的一种理论。该理论的核心是力图研究组织的各子系统内部和各子系统之间的相互联系，以及组织和其所处的环境之间的联系，并确定各种变数的关系类型和结构类型。

美国尼布拉加斯大学教授卢桑斯在 1976 年出版的《管理导论：一种权变学》中系统地概括了权变管理理论。

5. 现代生产方式

（1）准时制生产

准时制（Just In Time，JIT）生产是起源于日本丰田汽车公司的一种生产管理方法。从 20 世纪后半期起，整个世界市场进入了一个需求多样化的新阶段，而且对质量的要求也越来越高。这给制造业提出了新课题，即如何有效地组织多品种小批量生产，否则生产过剩会引起设备、人员、非必需费用等一系列的浪费，从而影响到企业的竞争能力以至生存。在这种历史背景下，日本丰田公司综合了单件生产和批量生产的特点和优点，创造了一种在多品种小批量混合生产条件下高质量、低消耗的生产方式，即准时生产。

准时生产方式的基本思想是"只在需要的时候，按需要的量，生产所需的产品"。这种生产方式的核心是追求一种无库存生产方式或使库存达到最小。JIT 生产方式的最终目标是"获取利润"，为了实现这个最终目标，"降低成本"就成为基本目标。JIT 生产方式力图通过"彻底排除浪费"来达到这一目标。所谓"浪费"，是指"只使成本增加的生产诸因素"，其中最主要的有人员利用上的浪费、不良产品所引起的浪费及生产过剩（库存）所引起的浪费。为了排除这些浪费，相应产生了弹性配置作业人数、质量保证、适时适量生产这样的基本手段和"看板"这样的基本工具。

看板管理可以说是准时生产方式中最独特的部分。看板的主要作用是传递生产和运送的指令。在 JIT 生产方式中，生产的月度计划是集中制定的，同时传达到各个工厂及协作企业。而与此相对应的日生产指令只下达到最后一道工序或总装配线，对其他工序的生产指令均通过看板来实现。即后工序"在需要的时候"用看板向前工序去领取"所需的量"时，同时就向前工序发出了生产指令。由于生产不可能完全按照计划进行，日生产量的不均衡及日生产计划的修改都通过看板来进行微调。传统的看板是物理形式的看板，一般是用纸制作的，主要在生产车间的各工序之间周转。随着信息技术的发展，一些先进的制造型企业开始采用"电子看板"进行生产的控制，甚至延伸到整个供应链的控制。

JIT 作为提高生产管理效率的一种思想和方法，在现代企业管理中占有十分重要的地位，为企业生产运作管理提供了理想目标和判断依据，成为精细化生产管理的精髓。在企业信息化过程中，JIT 为计算机系统的开发和流程管理提供了面向需求的管理模式，为流程优化和业务衔接活动设计提供了重要依据和标准，对于企业级信息系统的发展和应用具有非常重要的指导意义和促进作用。

（2）精益生产

精益生产（Lean Production，LP）方式是美国从丰田公司生产经验总结出来的一种生产管理方式，其核心思想是：从生产操作、组织管理、经营方式等各个方面，找出所有不能为生产带来增值的活动或人员并加以排除。这种生产方式综合了单件生产和大量生产的优点，既避免了单件生产的高成本，又避免了大量生产的僵化不灵活。精益生产的目标是要求产品"尽善尽美"，因此要在生产中"精益求精"，力求做到无废品、零库存、无设备故障等。

在生产操作上，精益生产对操作工人的要求大大提高。它通过采取减少非增值的人员和岗位，提高生产效率；实行集体负责制，努力在本工序内把问题解决好；精心安排各种产品混合生产，极大限度地满足各工序间的复合平衡等手段，以取得总体上的最高效率，彻底消除各种浪费；通过创造和稳定和谐的劳资关系，充分调动员工的积极性、主动性和创造性，尽可能发挥每个人的最大能力。

在生产管理上，精益生产全面贯彻"精益求精"的管理思想。它为工人提供全面了解工厂信息的手段，使每个工人都有机会为工厂需要解决的问题出力；改变单调枯燥的重复工作，培养工人的多种技能，进行岗位轮换；去掉了为保证生产正常进行而配备的冗余的缓冲环节、超额的库存、超额的面积、超额的工人等，使得生产是"精益"的；从推动方式变为拉动方式，即由传统的"根据前一道工序的生产结果决定后一道工序的生产"改变为"在现场按照日程进度的后续需要来决定前一道工序的生产"，形成"准时制生产"。

在产品设计上，精益生产推行"主查"制的领导方式，大大增强设计组项目负责人的权威感和荣誉感；强调集体协作，保证各成员对项目的充分参与；强调信息交流，避免可能发生的冲突，降低内耗，提高工作效率；采用并行工程，提倡尽可能并行地做事，以缩短总的时间。

在协作配套上，精益生产要求加强与合作伙伴之间的关系，建立合理的利润分配和风险共担机制，鼓励协作伙伴之间经常交流技术，更注意与经销商搞好合作，使销售策略更积极主动，售后服务更周到细致，并注意维持与用户长期联系等。

精益生产的提出，代表着企业从粗放式生产组织向精细化生产方式的转变，从而使企业在生产过程中对质量、成本、效益进行深入挖潜，以达到精益求精的管理效果。

（3）柔性制造

随着市场需求的多样化，降低制造成本和缩短制造周期等需求日趋迫切，传统的制造技术已不能满足多品种小批量生产的需求。于是柔性制造（Flexible Manufacturing Systems，FMS）产生了。"柔性"是相对于"刚性"而言的，传统的刚性自动化生产线主要实现单一品种的大批量生产。其优点是生产率很高，单件产品的成本低，但它只能加工一个或几个相类似的零件，难以实现多品种小批量的生产。随着批量生产时代正逐渐被适应市场动态变化的生产所替换，一个制造自动化系统的生存能力和竞争能力在很大程度上取决于它是否能在很短的开发周期内生产出成本较低、质量较高的不同品种产品的能力。

柔性制造系统是由若干数控设备、物料储运装置和计算机控制系统组成的，并能根据制造任务和生产品种变化迅速进行调整的自动化制造系统。柔性制造技术的发展，首先是柔性制造单元的提出，在成组技术的基础上引入计算机控制和管理，提高了加工的自动化和柔性，进一步增强了计算机调度功能，通过计算机可以实现 24 小时连续工作，实现了不停机转换零件品种和批量，同时在加工中心之间通过自动导向小车或传送带运输零件。柔性制造系统实现了柔性生产流水作业，使多品种小批量生产取得了类似大量流水生产的效果，是对各种不同形状加工对象实现程序化柔性制造加工的各种技术的总和。凡是侧重于柔性、适应于多品种、中小批量（包括单件产品）的加工技术都属于柔性制造技术。

采用柔性制造系统的主要技术经济效果是：能根据装配作业配套需要，及时安排所需零件的加工，实现及时生产，从而减少毛坯和在制品的库存量及相应的流动资金占用量，缩短生产周期；提高设备的利用率，减少设备数量和厂房面积；减少直接劳动力；提高产品质量的一致性。

（4）敏捷制造

敏捷制造（Agile Manufacturing，AM）是美国为重振其在制造业中的领导地位而提出的一种新的制造模式。它的特点可概括为：通过先进的柔性生产技术与动态的组织结构和高素质人员的集成，着眼于获取企业的长期经济效益，用全新的产品设计和产品生产的组织管理方法，来对市场需求和用户要求作出灵敏和有效的响应。敏捷制造的目标是要建立一种能对客户的需求（新产品或增值服务）作出快速反应并及时满足的生产方式。它的主要思路是：要提高企业对市场变化的快速反应能力，满足顾客的要求，除了必须充分利用企业内部的资源外，还可以利用其他企业乃至全社会的资源，按前面提到的虚拟组织来组织生产。这种动态的组织结构，容易抓住机会，赢得市场竞争。在这样一种全新的生产方式下，企业的竞争与合作共存，并且不断进行这种关系的变化交替。竞争提高了企业的创造性与积极性，而合作又使资源得到了最好的配置。这正是一个复杂系统为适应环境而进行的自组织过程，对全社会也是有利的。当然，这要建立在一个高效的信息网络上。

具体地讲，敏捷制造具有以下特点。

① 从产品开发开始的整个产品生命周期中都满足要求。

② 采用多变的动态组织结构。

③ 战略着眼点在于长期获取经济效益。

④ 建立新型的标准体系，实现技术、管理和人的集成。

⑤ 最大限度地调动、发挥人的作用。敏捷制造提倡以"人"为中心的管理，强调用分散决策代替集中控制，用协商机制代替递阶控制机制。

显然，敏捷制造方式把企业生产与管理的集成提到了一个更高的水平，它把有关生产过程的各种功能和信息集成扩展到企业与企业之间的不同系统的集成。当然，这种集成将在很大程度上依赖于国家和全球信息基础设施，以及企业内部先进的信息技术支撑平台。

（5）集成制造

1974 年，美国的 Joseph Harrington 提出了计算机集成制造（Computer Integration Manufacture，CIM）的概念，并在 20 世纪 80 年代初开始付诸应用。CIM 是一种组织、管

理和运行企业的理念，它将传统的制造技术与现代信息技术、管理技术、自动化技术、系统工程技术等有机结合，借助计算机，使企业产品全生命周期，即市场需求分析、产品定义、研究开发、设计、生产、支持（包括质量、销售、采购、发送、服务）及产品最后报废、环境处理等各阶段活动中有关的人/组织、经营管理和技术三要素及其信息流、物流和价值流有机集成并优化运行，以使企业赢得市场竞争。

集成制造系统是一种基于 CIM 理念构成的计算机化、信息化、智能化、绿色化、集成优化的制造系统。这里的制造是"广义制造"的概念，它包括了产品全生命周期各类活动的集合，可以分为 5 个级别的分级控制结构。

① 工厂级控制系统。它是最高一级控制，进行生产管理，履行"工厂职能"。它的规划时间范围可以从几个月到几年。

② 车间级控制系统。这一级控制系统负责协调车间的生产和辅助性工作，以及完成上述工作的资源配置。其规划时间范围从几周到几个月。

③ 单元级控制系统。这一级负责相似零件分批通过工作站的顺序和管理，诸如物料储运、检验及其他有关辅助工作。它的规划时间范围可以从几个小时到几周，具体的工作内容是完成任务分解、资源需求分析，向车间级报告作业进展和系统状态，决定分配零件的动态加工路线，安排工作站的工序，给工作站分配任务及监控任务的进展情况。

④ 工作站级控制系统。这一级控制系统负责指挥和协调车间中的一个设备小组的活动。它的规划时间范围可以从几分钟到几小时。

⑤ 设备级控制系统。该控制系统是机器人、机床、测量仪、小车、传送装置等各种设备的控制器。采用这种控制是为了加工过程中的改善修正、质量检测等方面的自动计量和自动在线检测、监控。这一级控制系统向上与工作站控制系统的接口相连，向下与厂家供应的设备控制器相连。

要想真正实现集成制造，必须解决好以下 3 个关键问题。

首先是信息集成。针对设计、管理和加工制造中大量存在的自动化孤岛，实现信息正确、高效的共享和交换，是改善企业技术和管理水平必须首先解决的问题。

其次是业务过程集成。企业除了实现信息集成外，还要对过程进行重构。产品开发设计中的各个传递过程应尽可能多地转变为并行过程，在设计时考虑到下游工作的可制造性、可装配性，设计时考虑质量。这样可以减少反复，缩短开发时间。

最后是企业组织集成。为了充分利用全球制造资源，把企业调整成适应全球经济、全球制造的新模式，必须解决资源共享、信息服务、虚拟制造、并行工程、网络平台等关键技术，以更快、更好、更省地响应市场。

5.3　信息技术与企业管理变革

1. 现代管理科学的产生和发展

1）以职能和组织为核心的分工理论奠定了管理科学的基础

管理是社会的客观存在，自从人类有了群体组织后，就存在了管理，只是管理的思想、方法随着生产力的发展、科技文化的创新、社会文明的进步而不断发展。随着经济的发展、科学技术的进步，经营管理由非组织的管理发展为组织的管理，进而又发展为科学的管理。这种管理是现代管理、是客观的管理和系统的管理。

进入 20 世纪以后，生产力获得巨大的发展，资本聚积和集中达到空前的程度。其结果是企业之间的竞争加剧，出现了平均利润下降的倾向。在这种情况下，很多企业陷入困境。为了克服这种状况，一方面加强垄断，另一方面寻求大规模企业的内部经营合理化。

大规模经营要求合理化的管理，为适应这种客观要求，20 世纪产生了泰勒（F. W. Taylor）的科学管理法。泰勒所倡导的科学管理法是探讨在工厂如何提高劳动生产率的问题。泰勒管理理念的核心就是劳动分工，其中最著名的实践是亨利·福特（Henry Ford）设计出的世界上第一条汽车生产流水线，它使得大规模生产（Mass Production）从此成为人类历史上的现实。

当泰勒把劳动分工理论用于管理职能后，自然产生了职能管理方式（Functional Management），这些主张第一次把计划职能和执行职能区别开来。而这种职能分工模式直接导致了金字塔式的层级式组织模式，并自然形成了单向的信息流动方式。

泰勒的分工理论对后来的乃至当前的管理理论产生了深远的影响，而这种层层分解不断细化的管理模式，不但主宰了整个工业经济时代，也为现代企业管理埋下了隐患。

2) 对流程和知识的关注掀起了第二次管理革命

第二次世界大战以后，科学技术日益进步，生产力获得了巨大发展，企业规模不断扩大，出现了很多跨国公司。与此同时，竞争更加激烈，资本利润下降，失业增加，通货膨胀严重，经济危机频频发生。这种客观形势迫使企业管理当局必须考虑如何进一步加强和改进经营管理的问题。在新的形式下，单纯依靠提高劳动生产率和企业内部的经营合理化已远远不够。这种客观情况要求新的管理理论。于是，西方出现了一些管理学派，主要有：社会系统学派、决策理论学派、系统管理学派、权变理论学派及管理科学学派。

社会系统学派的创始人是美国的巴纳德（Barnard），西方把他称为现代管理之父。巴纳德以最高经营者的经验为基础，反复对组织及管理问题进行思索，通过引进社会学和系统论，创立了此学派。

决策理论学派是从社会系统学派中发展出来的，其代表人物主要是美国的西蒙（Simon）。决策理论是在吸收了行为科学、系统理论、运筹学和计算机等学科的内容后发展起来的。西蒙认为决策贯穿于管理的全过程，管理就是决策。

系统管理学派是 20 世纪 60 年代盛行的，其代表人物是有卡斯特（Kast）和罗林茨韦克（Rosenzweig）等人。系统管理学派认为，从系统的观点来管理企业，有助于提高企业效率。把企业看成系统，而系统必然有个总目标，要实现这个总目标，就必须使系统的各有关部门相互联系、相互作用。

权变理论学派是 20 世纪 70 年代盛行于美国的一种学派。他们认为，在企业管理中没有什么一成不变的东西，要根据企业所处的条件随机应变，根据具体情况采用具体管理办法。在 20 世纪 70 年代由于科技、经济、政治上的剧烈变动和职工队伍构成及文化技术水平的改变，使得权变理论有一定的使用价值。

管理科学学派的代表人物有美国的泊法（Buffa）等人。他们认为，管理就是用数学模式与程序来表示计划、组织、控制、决策等合乎逻辑的程序，求出最优解，以达到企业目标。

到了 21 世纪，管理科学发展的主要趋势是多学科的进一步交叉和融合。管理科学从古典学派到现代学派发展的特点之一是向管理科学渗透和交叉的学科越来越多，其中就有统计学、社会学、工程技术学、决策科学、系统科学、控制论科学、信息科学等。

纵观这些学派，并没有从宏观上改变企业管理或经营的规则，它们只是从行为管理或者战略管理的角度来研究企业组织与环境关系，并从微观上进行改进。

在 20 世纪 90 年代，劳动分工规则受到了挑战。大规模生产已越来越多地被大量定制（Masscustomization）所替代，由此产生了现代信息技术与高素质人才为基础的现代管理，如企业流程再造、顾客关系管理、企业资源计划、知识管理、项目管理、供应链管理、价值链管理等。考察管理思想的历史演变及现代发展，无论是泰勒的古典管理理论，还是目前正在实践中改进的企业再造理论，乃至目前兴起的全球化和知识经济时代的管理理论，可以发现，管理的产生和发展与社会生产力的发展息息相关。管理的产生是人类社会生产力发展的必然结果。反过来，管理的发展也推动了生产力的发展和社会的进步，二者相互作用，共同发展。管理与科学技术是经济发展和社会进步的两个重要轮子。

2. 信息技术成为实现科学管理的有利手段

管理理论的发展历程已证实：信息技术逐渐并已成为现代管理的一个组成部分。

1）信息技术

一般认为，所谓信息技术就是指人类开发和利用信息资源的所有手段的总和。信息技术包括两个方面，即信息的提取（信息的产生、收集、表示、检测、处理和存储等方面）和信息的使用（信息的传递、变换、显示、识别、提取、控制和利用等方面的技术）。同时，信息管理也成为一门专门的技术，并出现了面向信息管理的计算机系统，即信息系统，用于信息处理、共享、管理和利用。

信息的传递从远古靠手势和结绳进行，到古代靠烽火台和驿站进行，到现代靠电话、电报、电视、传真、微波和通信卫星进行，到了 20 世纪 70 年代的计算机应用，使信息技术成为一种不同于其他技术的一种特殊技术，它改变了人们的生活、工作和思考方式，使信息资源的利用从从属地位上升到了主导地位。

现代信息技术，实际上就是指信息处理电子时代的信息技术，它是一门以计算机技术为基础的，由计算机技术、通信技术、信息处理技术和控制技术等构成的一门综合性高新技术，它是所有高新技术的基础和核心。其中最为核心的就是：数据库技术、分布式网络技术、多媒体技术。数据库技术使得大量的信息存储成为可能，分布式网络技术改变了信息的交互和共享方式，由此改变了人们的协作方式。数据库技术和网络技术的结合使得集中式管理成为可能。而多媒体技术使得人们改变了对事务的认知方式，加快了新产品开发和制造模式，从而也引发了管理的变革。

2）信息化

信息化是指加快信息高科技发展及其产业化、提高信息技术在经济和社会各领域的推广应用水平并推动经济和社会发展前进的过程。它以信息产业在国民经济中的比重、信息技术在传统产业中的应用程度和国家信息基础设施建设水平为主要标志。

信息化包括信息的生产和应用两大方面，主要由以下要素组成。

① 信息技术应用。泛指在社会经济各种活动中的应用，如在政府、企业、组织的决策

管理与公众的日常生活中，信息和信息处理的作用大大提高，从而会使社会的工作效率与管理水平达到一个全新的水平。

② 信息资源建设。为了提供满足各种需求的信息资源、信息产品和信息服务，各种不同规模、不同类型的信息处理系统建设起来，并进入稳定、正常的运行，成为社会生活不可缺少的、基本的组成部分。

③ 信息网络。为支持信息系统的工作，遍及全社会的通信及其他有关的基础设施（如计算机网络、数据交换中心、个人计算机等）得到全面发展，并且投入正常运行。

④ 信息技术和产业。为支持信息系统和基础设施，相关的信息技术得到充分发展，相应的设备制造产业也得到充分发展，为信息处理系统和通信系统的正常运行提供设备和技术保证。同时，它自己也已经发展成为国民经济中的一个庞大的、新兴的产业部门，并且在从业人数和产值份额上均占相当的比例。

⑤ 信息化政策法规与标准规范。与经济生活的变化相适应的法规、制度等经过一定时期的探索，已经逐步健全形成，并且走向完善，为全社会成员所了解和遵守。例如，关于信息产权的有关规则、关于通信安全与保密的有关规则等，特别是在政府与企业的各级管理中形成了有关信息的各种管理体制与管理办法。

⑥ 信息化人才。信息化人才是构成中国信息化体系的六要素之一，其他五要素，即信息技术应用、信息资源建设、信息网络、信息技术和产业、信息化政策法规与标准规范，都是由信息化人才来设计、规划、论证、实施和维护升级的。因此，信息化人才是国家信息化成功之本。

前面 6 个要素是 2006 年提出的。随着信息化建设的逐步深入，越来越多的企业逐步意识到企业安全防护的重要性。为此，近年又把信息安全纳入企业信息化的体系之中，成为第 7 个要素。

3）企业信息化

用友公司在企业管理信息化应用指南中指出，所谓企业信息化是指将企业的生产过程、物料移动、事务处理、现金、客户交互等业务过程数字化，通过各种信息系统网络加工生成的信息资源，提供给各层次的人们掌握各类动态业务中的一切信息，以作出有利于生产要素组合优化的决策，使企业资源合理配置，以使企业能适应瞬息万变的市场经济竞争环境，求得最大的经济效益。

企业信息化的实质是企业全面实现业务流程数字化和网络化，同时是为适应企业信息化后的管理、生产和经营等活动的变化，转换企业经营模式、建立现代企业管理制度的过程。从企业间的竞争的角度来说，无论是产品竞争、价格竞争、品种竞争、服务竞争、市场竞争，还是信誉竞争都不可避免地打上了信息化的烙印。

联想集团有限公司总裁杨元庆在"实施信息化，提高竞争力"一文（企业信息化征文选编，2002.11）中指出企业信息化一般包括以下 3 个层面。

（1）以数据的信息化实现精确管理

即将业务过程发生的事务处理，如把库存信息、销售凭证、费用凭证、采购凭证给出准确的记录，提供随时的查询。这样，通过信息的查询，就可以得到同类业务在不同工作主体上的效果差异，进而能够提出业务改进的可靠依据。随着经济的急剧发展和现代信息技术在企业管理中的广泛应用，从财务管理中的资金的精确管理，到库存物料价值的准确分析，再到整个供应链的执行过程，都在继续进行着科学管理的信息化处理，这种投资在企业管理中既容易实现，也容易见效。因此，实现企业的精确管理，成为企业适应信息技术发展提高企业管理的基础。

（2）以流程的信息化实现规范业务

把企业已经规范的一些流程以软件程序的方式固化下来，使得流程所涉及岗位员工的工作更加规范高效，减少认为控制和"拍脑袋"的管理行为，同时也能提升客户满意度。

从企业经济学的角度来看，企业的交易成本决定了企业的边界。信息经济学的研究则表明，信息的不对称，也限制了企业的规模，因此国内外的先进企业在探讨如何改进信息沟通的有效性和快速性的问题上做了大量的工作。现代的信息技术为实现企业内外的信息沟通提供了物质基础。而企业内部的业务交互的有效率，则直接决定了信息技术的应用效果，影响了企业的总体交易成本。规范化的业务模式，帮助提高了业务交互过程的效率，提高了事物处理的效率，消除了信息传递的不规则问题，至少在企业内部能够基于共同的业务规范而提高信息传递的效率，也就是增加了单位时间内的企业效益。

（3）以决策的信息化改善企业经营

通过对已信息化的原始数据进行科学的加工处理，运用一定的计算模型，从而起到对管理和决策的支持作用。首先，对于经营各环节的状况进行及时反馈和跟踪，对于关键环节如库存、销售、资金运用等进行预警；其次，对于关键业务的经济指标进行计算分析，如财务运营指标、库存周转率、销售业绩评估、生产成本分析等；再次，提供企业整体运行的系统指标，不是单独就一个局部进行分析，为经营决策提供可靠依据。

联想集团的信息化为其解决了如下问题：

① 使财务管理真正成为企业管理的核心；

② 创新了供应链运作模式，保证了对市场的快速反应；

③ 推动了服务创新，提高了客户满意度；

④ 实现了网络办公，营造了新型的企业文化。

3. 信息技术引发管理变革、支撑管理变革

信息技术对企业管理的影响可以从其角色的演变得知，即从辅助管理到支撑管理，直至成为管理的一部分。信息技术改变管理的思想和行为模式。

在不同的经济时代，信息技术在企业管理中所占有的地位也不同。在工业经济时代，企业进行的是局部管理的信息化，即在某个领域中实现信息的计算机管理，企业数据没有集成和共享，对于企业经营来说只是提高效率的一种手段，没有对管理产生影响。在信息经济时代，信息化的管理将各种信息进行集成和共享，在共享的过程中，首先发生了信息流向的变化，而这种变化和面向流程的管理需要不谋而合。当知识经济时代来临时，人们发现，信息技术已经上升为知识管理技术并和知识经济时代的管理要求相融合，使得管理对分析需要、规划需要、决策辅助需要有了支持。

1）信息技术要求管理协调、协同更多的资源

信息经济时代，信息已经成为管理的资源，对信息资源的掌握和控制成为供应链之间资源竞争的一部分。信息成为新的生产力，IT及其工具成为人们的劳动工具，信息资源成为劳动对象，而数字化、网络化成为信息生产力的基础。

首先，网络技术使得异地/异己资源的获取成为现实，由此产生了企业在信息与资源协

调能力上的基础竞争差距。企业的信息协调能力，从 MRP 到 MRP Ⅱ，再到 ERP，然后扩展到企业内外，产生了 SCM 和 CRM。在信息全面掌握的基础上，形成了商业智能等高层的管理技术。可以预想，企业的信息协调的触角还会延伸。其次，企业需要协调其本身拥有的具有复杂地理属性的差异化资源；需要充分利用合作伙伴的资源信息，以增强竞争能力。网络经济和知识经济时代，资源的概念不再是你拥有多少资源，而是你能调度多少资源；需要管理的对象不再仅仅是员工，更多的是你的合作者、外保商、供应商、顾客；管理的功能不再是控制，而在于协调；管理的手段不再是命令和强制，而是协商和合作。合作关系的拓展带来管理外延的扩展，资源概念的变化使新管理引入了整合的概念。

　　而当信息技术解决了全面跟踪、及时维护、信息分析等技术问题后，如何实现实时的协同又成为挑战。这种挑战是巨大的，因为它不同于以往的协同。早期的工业时代，人们只要协调好和流水线的关系，这些都是两两之间的简单的协同。而只有到了需要企业内部供应链协同的现代工业时代，协同才提出了挑战。网络经济时代的信息协同更扩展了企业的范围，成为跨地域的企业和企业间、供应链和供应链之间的协同。企业只有能够合理组织全球资源，才有生存和发展的可能。

　　2）信息技术要求管理面向流程

　　每一种技术来临之际，都会对以往的习以为常的行为发生改变。信息技术也是如此。信息技术对流程的变革可以概括为 3 个层次。

　　① 加快了速度，提高了效率。流程中每一个活动的信息技术的引入，都提高了整体业务流程的反应速度。

　　② 改变了流程的结构。例如，使串行工作变成了并行工作，由于有共享的数据库作为支持，业务可以以共享的数据作为基础同时展开。

　　③ 根本替代了手工的工作方式。当引入信息技术后，对于某些业务，可能会发生根本性的改变，有些业务消失，而有些新的业务活动产生。正是这一点，使得信息技术对管理流程带来了最为巨大的挑战。信息化管理和手工管理最大的区别就在于，要信息系统做手工不能做的事情，做手工没有做过的事情，因而是一种全新的管理模式。

　　流程的变革，从另一个方面说明现代管理的本质是面向流程管理，业务流程和活动是因，组织结构和职能是果，管理应该回归它的本质。

　　3）信息技术推动组织的变革

　　与泰勒的分工理论相适应的是金字塔式的层级管理。这时，信息的流动是上下的单层流动。信息革命通过纵横交错的信息网络使信息传递方式由阶层（等级）形变为水平（自由）形，与此紧密相连的管理组织结构也就从尖顶的"金字塔"形变成扁平的矩形网络结构，原来起上传下达重要作用的中层组织被销弱或走向消亡，领导单位之间、执行单位之间及领导单位与执行单位之间，均可相互联系，不仅领导单位可以决策，而且执行单位也可根据实际情况进行快速决策。

　　纵观国内外的许多企业，其信息化进程都是从金字塔式结构开始的，而随着信息技术的广泛深入应用及环境对企业组织结构变革的要求，人们发现信息技术正好为新型组织中的沟通和协调提供了廉价而高效的工具，使这种变革顺理成章。从这个意义上说，信息技术是促使组织结构变革的催化剂。而组织的扁平化从激励和结构两个方面解决了的问题，有利于更好地发挥信息技术的效能。

4）信息技术促使管理以人为本

几个世纪以来，尽管管理学派林立，管理理念纷呈，但是新兴的信息革命的巨大影响，十分清晰地使管理思想从物本主义向人本主义演变，从以科学理性管理为主向以人文价值管理为主提升，从以内部管理为主向内部管理与外部管理相结合而以外部管理为主的方向发展。这种管理思想强调利用团队的知识、经验、技巧、能力、才干和抱负，发挥人们的主动性和首创性，在协同与合作中共同创造未来。

人文化的管理首先是知识的管理，知识本身并没有力量，是知识工作者使知识具备了这种力量。这里的知识，是指主体的一种能力，一种能动本质，一种创新过程。这种知识，是一种思想方式、行为方式，甚至生产方式。知识的本质是创新，是主体对未来的塑造。知识经济的本意就是人的本性超越资本物性的经济，就是张扬人的本质，让人的本质力量重新回复到自身。农业文明靠体力，工业文明靠财力，知识文明靠智力。

信息技术对管理变革的支撑表现在以下几个方面。

（1）信息技术已经成为企业管理创新的工具和平台

以信息技术为支撑的企业管理信息系统，是最好的先进管理理念的载体，是先进管理技术转移的最佳"平台"。当企业的员工利用这个平台开展日常业务时，管理技术就得到了转移和普遍应用。在管理技术得到传播的同时，信息技术也正在深入企业的各个层面，进行着实实在在的业务和管理的支持，无论是单项核心能力的提升，还是 ERP、SCM、CRM 等现代管理技术和方法，已经被大多数企业应用。

（2）信息技术增强了管理手段

计算机最早在管理中是作为辅助手段被应用的。但现代信息网络，即 Internet/Intranet/Extranet 的发展，正在使信息网络成为管理的战略资源而成为管理本身不可分割的重要组成部分。信息网络已不单是一般地提高管理效率和降低成本，而是还将通过管理的科学化和民主化全面增强管理功能，不是被动地适应原有的管理业务流程，而是积极促进管理业务流程的合理重组，综合集成各种互有联系的管理职能，使管理工作的面目根本改观。被誉为结构性商业革命的电子数据交换（EDI）把商务活动中票证和单据流转的相关环节，如纵向的材料采购、产品制造、出入库、销售和发送，以及横向的金融、保险、运输、税务等业务活动通过标准化商业文件的连网传输和自动处理整合在一起，即为一例。将供货、生产、销售、客户、银行等各个环节形成供销链"一条龙"连网服务的电子商务（EC），是另一个新的实例。

管理方法是管理主体根据管理目标作用于管理客体以实现管理职能的原则、方式、工具和手段。信息技术的发展不仅革新了传统信息论在管理中的应用，使 20 世纪 70 年代出现的管理信息系统面目一新；而且创造了全新的管理方法，如人工智能、虚拟技术等。由于信息网络的发展，政府和企业也在革新管理方法。例如，政府管理将越来越把重点放在跨部门、跨地区的关系到社会和经济发展全局的重大工作上；企业管理会更注重于员工的培训和学习，甚至强调自学和集体学习，以确立员工的共同目标和协调员工的整体行动。

（3）信息技术支撑集中管理更加灵活和快速

分布式应用是和体系化的集中式管理不可分割的。大型企业由于具有跨地域、跨行业、多元化的特点，所以需要分布式应用；而只有集中式的管理才能达到集团的资源优势，实现集团的规模经济，如集团采购、销售和业务流程的协作和信息共享。

通过构建满足分布式应用和体系化管理要求的管理信息系统，可以实现总部和分支机构，分支机构和分支结构之间的实时、动态的信息交换，使企业的各种协同信息能及时得到传递，最终使企业逐步过渡到虚拟、动态、敏捷的高级形态。

没有信息技术的支持，集团企业只有走分权的路子。而通过信息技术特别是网络技术和数据库技术的高速发展，为集团企业提供了管理模式的更多选择。采用集中化管理思想，在战略上实行集中监控，整合所有资源；在战术上实行分布式经营，做到既减低经营风险，又实现规模经济优势，是实现集团战略目标有效途径。联想、海尔的成功就是很好的例子。

（4）信息技术支持扁平化管理

信息技术加速了组织结构的变革，但归根结底，组织的变革不是由于技术的原因引起的，而是由大规模生产大规模定制对信息提出的要求，或者说现代的组织结构的变革已经以信息技术作为支撑。

按照 Charles M. Savage 在《第五代管理》一书中的观点，从组织的角度，可以将企业管理的发展划分为 5 个阶段。第一代是工业时代早期的所有权形式，企业的所有者也是管理者，企业主要由家族成员组成，企业主以学徒的形式雇用工人。第二代是严格的等级制度，即今天还很常见的金字塔式结构。金字塔结构具有责任分工明确、便于管理等优势。第三代是矩阵组织形式。第四代是利用计算机和网络来保持水平方向和垂直方向上不同职能部门间的接触和沟通。第五代则是组织结构扁平化、对等的知识连网、集成的过程和对话式的工作。组织结构扁平化意味着打破部门之间的界限，任命跨职能的任务团队，进行对等的知识连网，每个人都成为网络上的一个节点。从组织变革的发展历程可以看到，信息技术正在逐步从辅助角色变为支撑角色。

信息技术对组织变革的另一个支撑就是对虚拟组织的支持。虚拟组织与传统的实体组织不同，它是围绕核心能力，利用计算机技术、网络技术及通信技术与全球企业进行互补、互利的合作，合作的目的达到后，合作关系随即解散。以此种形式能够快速获取处于全球各处的资源为我所用，从而缩短"观念到现金流"的周期。这种虚拟组织实际上是建立在信息技术上的数字化组织，信息技术是它的最底层的支撑。虚拟组织突破了组织结构的有形界限，有利于借用外部力和整合外部资源，将成为 21 世纪组织管理的重要形式。

5.4　管理信息系统与企业管理信息化

前面提到以信息技术为支撑的企业管理信息系统，是最好的先进管理理念的载体，是先进管理技术转移的最佳"平台"，因此它实际是企业管理信息化实现的基本手段。下面从企业管理信息化的内涵和企业管理信息化的发展阶段和内容来进一步说明。

1. 企业管理信息化的基本概念

1）企业管理信息化内涵

对什么是管理信息化，目前国内还没有统一的、权威性的定义，有关学者对其内涵的理解还存在着差异，现举例如下。

www.GO2.165.COM 的企业管理信息化知识讲座中对企业管理信息化的解释是，在企业管理的各个环节应用现代信息技术，加快企业管理信息的传递、加工和处理速度，使这些信息资源得到可靠的保存和有效的利用，及时地为企业管理工作者提供决策依据，促进企业管理水平的提高。

www. e-work. net. cn 对企业管理信息化的解释是，在企业管理的各个活动环节中，充分利用现代信息技术建立信息网络系统，使企业的信息流、资金流、物流、工作流集成和整合，不断提高企业管理的效率和水平，实现资源优化配置，进而提高企业经济效益和竞争能力的过程。此定义中强调 3 个层面：一是普及率，指企业各个部门各个管理环节利用信息技术中的情况，在企业重要的管理点，实现管理自动化的百分比；二是集成率，表示企业在物流、资金流、工作流和信息流"四流"之间的相互集成程度；三是贡献率，指 IT 对企业全要素生产率和市场竞争力的贡献程度。

黄群慧等在《管理信息化：新世纪生产管理变革主线》（广东经济出版社，2000.10）一书中对企业管理信息化的解释是，一个过程、活动或状态：基于并发展、集成各类现代技术，全面科学有效地处理各类企业管理信息，为企业管理和决策提供全面、及时、准确和适用的信息服务，从而实现以信息及信息技术全面支持、促进企业所有经营管理活动、达到企业经营管理目标。企业管理信息化是一个企业不断应用信息技术、深入开发和应用信息资源于企业管理实践的过程。

国家经贸委综合司在推进企业信息化报告（中国经贸导刊，2001.12）中指出企业管理信息化是指企业管理的各个活动环节中，充分利用现代信息技术、信息资源和环境，建立信息网络系统，使企业的信息流、资金流、物流、工作流集成和综合，实现资源的优化配置，不断提高企业管理的效率和水平，进而提高企业经济效益和竞争能力的过程。

汪勇、吕小梅在"企业管理信息化问题与对策研究"一文（武汉科技大学学报. 社科版 2000.2）中指出企业管理信息化是指在企业管理各个环节应用现代信息技术，对企业生产、经营和管理流程进行全方位改造，重新组合资源，加快企业管理信息的传递、加工和处理速度，使这些信息资源得到可靠的保存和有效的利用，及时为管理者提供决策数据。

综合上述，可以认为，企业管理信息化是企业管理全面变革的过程，是现代信息技术与企业管理活动互动结合及其创新的结果，即突破工业化进程中产生与形成的思维方式、理论观念和保存模式的框架，探索以信息观为核心的面向知识经济时代的管理观念、新理论和新方法；充分利用现代信息技术，改造和重构企业业务流程和组织结构，降低成本，全面提高产品服务的质量，增加在剧烈变化的外部环境中的适应能力和自组织能力，从而提高组织的绩效、市场竞争力和文化价值。而管理信息系统实际是管理信息化实现的基本手段。

2）企业管理信息化和企业信息化辨析

目前，在文献和大众传媒中"企业信息化"的出现频率要比"企业管理信息化"高得多。那么企业信息化和企业管理信息化两者之间是什么样的关系呢？先看看有关专家对企业信息化的相关定义和描述。

中国信息协会副会长高纯德在《企业信息化与企业内部网建设》一文中将企业信息化的含义概括为 3 个方面：生产过程的信息化，即采用先进技术特别是信息技术不断提高生产过程的自动化水平；产品设计信息化，采用计算机辅助设计；管理信息化，建立起原采材料的采购、生产调度、市场分析、计划安排、库存处理、成本核算、劳动工资、产品营销等管理全过程用计算机硬件和软件支撑的管理信息系统。

乌家培在《企业管理信息化的关键》一文中认为：企业管理信息化，同企业业务信息化相并列，是组成企业信息化的重要一环。它必须以改善企业管理为目的，为企业增进效率和提高管理水平服务。企业管理信息化是企业管理创新和提高竞争能力的前提。同时，他认为："企业信息化包括相互紧密联系的两个部分，即企业业务信息化与企业管理信息化。"

联合国经济与社会事务部跨区域高级顾问周宏博士认为，企业信息化是：生产过程自动化与管理信息化的一体化。

梁滨博士认为，企业信息化的内容主要包括："生产过程信息化、流通过程信息化、管理信息化、组织结构信息化和生产要素信息化。"

国家经贸委综合司长邓志雄在《理清五层次关系找准信息化重点》一文中明确指出："目前，有人在讲企业管理信息化，有人在讲企业信息化，对这两个概念之间的关系往往是模糊不清的。例如，在联想召开的以'推进企业管理信息化'为主题的工作现场会上，在联想、海尔和斯达3个介绍经验的企业中，有两个演讲的主题是企业信息化；在与会者的讨论中，也是一会儿讲到企业管理信息化，一会儿讲到企业信息化。……我认为，它们之间的最主要的区别是含不含生产自动化：既要求生产自动化又要求管理自动化的是企业信息化，而企业管理信息化不一定包含生产的信息化、自动化。"他同时指出："需要强调的是，企业信息化和企业管理信息化是不同层次的内容，而现在重点要推动的是企业管理信息化。"

赖茂生在《企业信息化手册》中的解释，企业信息化就是企业界不断运用信息技术、深入开发和应用信息资源的过程。一般认为，企业信息化通常体现在三大领域：企业生产过程的自动化、智能化，企业管理决策的网络化、智能化，企业商务活动的电子化。

黄群慧等在《管理信息化：新世纪生产管理变革主线》一书中指出管理信息化是企业信息化的一个核心组成部分，是企业决策管理活动或过程的电子化，与企业生产过程自动化、智能化和企业商务活动的电子化共同构成企业信息化的主要内容，企业管理系统与企业技术系统、制造系统和集成系统一起构成企业信息化的主要应用。

事实上，企业信息化包含许多内容。以制造业为例，至少应该包含以下5个方面的内容。

① 设计信息化。通过实现产品设计手段与设计过程的数字化和智能化，缩短产品开发周期，提高企业的产品创新能力。

② 制造装备信息化。通过实现制造装备的数字化、自动化和紧密化，提高产品的精度和加工装配的效率。

③ 生产过程信息化。通过实现生产过程控制的数字化、自动化和智能化，提高企业生产过程的自动化水平。

④ 管理信息化。通过实现企业内、外管理过程的信息化和最优化，提高企业管理核心竞争力。

⑤ 企业信息化（集成化）。通过实现全球化环境下企业内外部资源的信息集成和最佳利用，促进企业业务过程、组织结构与产品结构的调整，提高企业的整体竞争能力。

通过对以上内容的分析可以得出：企业管理信息化只是企业信息化的一个重要组成部分，是企业信息化的核心，是目前我国企业信息化的主要内容。也可以说，当前我国企业信息化建设的重点是管理信息化。

2. 企业管理信息化的发展阶段和内容

1）已经经过的发展阶段

我国企业管理信息化已经历了十多年的发展，是一个从简单到复杂、从局部到全面的过程。到目前为止，主要划分为 4 个发展阶段：会计核算信息化阶段、财务管理信息化阶段、一体化企业管理信息化阶段、全面企业管理信息化阶段。

（1）会计核算信息化阶段

会计核算信息化阶段从 20 世纪 80 年代中后期开始，当时人们首先选择会计核算作为企业信息化的突破口。这个阶段的主要任务是采用计算机替代手工记账、算账的任务，减轻会计人员的工作强度，提高会计人员的工作效率。这个阶段的一个显著特点是全部应用国家会计核算软件，主要应用项目有：构建账务处理系统、报表系统、工资核算系统、固定资产核算系统等。

选择会计核算作为企业信息化的突破口，有其内在的客观原因，除财政部和各级财政部门的大力推动外，会计核算的规范化程度也是一个关键性的因素。我国有统一的会计制度和会计准则，有统一的会计基础工作规范，各个单位的会计工作也相对比较规范，为会计核算信息化奠定了良好的基础。国产商品化会计核算软件的发展，也为会计核算信息化提供了良好的工具。以用友软件为代表的国产软件公司，就是在这种环境下发展起来的。

会计核算信息化并没有像一部分人预料的那样，对原有的会计核算体系产生革命性的影响，但是局部的影响是比较明显的，手工记账条件下总账的作用不再存在，相关的三种记账方法也失去了原有的作用。这些变化完全是由于计算机信息处理的特点。

（2）财务管理信息化阶段

财务管理信息化是在 20 世纪 90 年代中期发展起来的，这时实现会计核算信息化的企业，希望利用已有的计算机化的会计数据来对经营管理有所帮助。这个阶段的主要任务是充分利用现有计算机化的数据，实现财务分析、应收应付账款管理、成本管理、预算管理等工作信息化，完成那些人工计算比较复杂或者速度很慢的工作。

这时的国有财务管理软件已经比较成熟，财务管理软件与会计核算软件相比，主要增加了财务分析、财务预测、自动编制财务计划、财务控制的功能，基本上满足了当时我国企业进行财务管理的必备条件。

（3）一体化企业管理信息化阶段

我国一体化企业管理软件的特点是要对企业的资金流、物流和信息流进行一体化、集成化管理。从软件功能上看，包括财务管理、采购管理、销售管理、存货管理，还包括对成本的控制及人力资源的管理。软件多采用 32 位的开发工具，还采用了 Web 服务器技术（B/S 结构），同时已开始考虑电子商务在软件功能中的应用。

（4）全面企业管理软件（ERP）阶段

在全面企业管理信息化阶段，企业内部管理将全面采用信息化手段，采用整合应用的方法，在财务管理、销售管理、采购管理、库存管理、生产管理、人力资源管理等方面应用 ERP 软件，实现企业管理各个部门的信息资源共享，最大限度地降低单个企业的经营成本，提高管理效率。

在这个阶段，国内 ERP 软件日渐成熟，随着国产企业管理软件开发的突破性进展，国产 ERP 软件成为我国企业应用软件的主流。

2）正在或将要经过的发展阶段

企业管理信息化是一个从企业内部信息化逐步向企业间信息化发展的过程，还将有两个阶段即将到来，即企业间管理信息化阶段、电子商务阶段。

（1）企业间管理信息化阶段

随着单个企业信息化的日趋普及，如何实现企业上下游的紧密配合，发挥信息化手段在供应链管理中的作用，将成为信息化的主要目标。现在企业间的竞争，集中表现在供应链的竞争上，一个企业的竞争力需要通过供应链来加以体现。供应链的信息化，比起一个企业的信息化来说，可以更明显地提高经营管理水平，降低交易成本。在这个阶段应用软件的特点是 ERP＋SCM＋CRM。

① 企业间的供应链管理（SCM）。供应链管理不是供应商管理的别称，而是一种新的管理策略，它把不同企业集成起来以增加整个供应链的效率，注重企业之间的合作。通过前馈的信息流和反馈的物流及信息流，将供应商、制造商、分销商、零售商，直到最终用户连成一个整体的管理模式。

外部集成化供应链对于企业有着重要的意义。例如，在供应链"企业 A—企业 B—企业 C"中，企业 A 是企业 B 的原材料供应商，企业 C 是企业 B 的产品销售商。如果企业 B 忽视了供应链中各要素的相互依存关系，而过分注重自身内部发展，生产产品的能力不断提高，但如果 A 不能及时向它提供生产原材料，或者企业 C 的销售能力跟不上企业 B 产品生产能力的发展，那么，可以得出这样的结论：企业 B 生产能力的发展不适应这条供应链的整体效率。可见，供应链上的企业只开展内部作业的管理是有很大局限性的，企业必须与其业务伙伴（供应商和客户）协同工作，共同优化和管理整个供应链，共同为客户提供优质的产品和服务，共同降低成本和库存，即对整个供应链上所涉及物流、信息流和资金流实现一体化管理，才能有效地提高企业的竞争力，共享供应链管理为企业带来的效益。

② 客户关系管理（CRM）。CRM 是一种旨在健全、改善企业与客户之间关系的新型管理系统，即企业利用信息技术，通过有意义地交流来了解并影响客户的行为，以提高客户招揽率、客户保持率、客户忠诚度和客户收益率。CRM 是一种把客户信息转换成良好的客户关系的可重复过程。

CRM 是通过赢得、发展、保持有价值的客户，增加企业收入，优化赢利性以提高客户满意度的商务战略。通过获得更多的客户线索、更加广泛地共享客户信息协同工作，增加收益，提高给客户的价值，实现企业和客户的"双赢"。

CRM 是建立在信息技术平台上，分析并影响用户消费行为的管理技术。具有以下特征：确定客户满意度、对客户构成进行分析、深度分析利润构成、分析的连续性、巩固与现有客户的忠诚度。

（2）电子商务阶段

互联网为人类社会创造了一个全新的信息空间。在这个空间里，人们用数字信号在网上交换邮件、讨论问题、阅读、写作，甚至游戏。商业活动作为人类最基本、最广泛的联系方式，自然会渗透到这个空间里，于是人们想到了用数字信号在网上开展商务活动。因此可以说，电子商务是人类经济、科技和文化发展的必然产物。

从宏观上讲，电子商务是计算机网络的又一次革命，旨在通过电子手段建立一种新的经济秩序，它不仅涉及电子技术和商业交易本身，而且涉及诸如金融、税务、教育等社会其他层面；从微观角度说，电子商务是指各种具有商业活动能力的实体（生产企业、商贸企业、金融机构、政府机构、个人消费者等）利用网络和先进的计算机技术进行的各项商业贸易活动。这里强调两点：一是活动要有商业背景；二是网络化和数字化。

电子商务是企业内部和外部信息化的整合应用，当然在网上下订单是电子商务的一小部分内容，如果在网上下的订单没有 ERP 的后台处理，就很难说已经进入了电子商务阶段。电子商务是信息化，从单个或若干各企业走向全社会的发展阶段，其特点是建立在 Internet 的基础上，通过互联网将各个 ERP 和其他企业管理系统有机地联系起来，全面完成企业间的商务工作。

习　题

一、名词解释

1. 权变　2. 知识管理　3. 企业管理信息化　4. 准时制生产　5. 精益生产　6. 敏捷制造　7. 柔性制造　8. 集成制造　9. 看板

二、简答题

1. 为什么说社会经济的发展是管理信息系统发展的根本动力？

2. 管理活动、管理思想和管理理论之间有什么关系？

3. 古典管理思想包括哪些管理理论？

4. 从古典管理思想到现代管理思想和理论经过了怎样的演变？

5. 信息革命对管理变革有什么影响？

6. 信息技术对企业管理有哪些影响？

7. 企业管理信息化与企业信息化之间有什么关系？

8. 企业管理信息化的发展经过了哪些阶段？

三、单选题

1. 管理信息系统学科体系形成的主要因素是（　　）。

A. 运筹学和系统论　　　　　　　　B. 管理科学和计算机科学

C. 信息科学和控制论　　　　　　　D. 决策科学和信息科学

2. 管理信息系统中的信息流动，经历了以企业内部为中心，到以（　　）为中心，直至以整个合作网络为中心的 3 个阶段。

A. 资金流系统　　　　　　　　　　B. 物流系统

C. 价值链系统　　　　　　　　　　D. 供应链系统

3. 下面哪种管理理论不是第二次世界大战以后出现的。（　　）

A. 权变理论　　　　　　　　　　　B. 决策理论

C. 系统理论　　　　　　　　　　　D. 泰罗科学管理理论

4. （　　）管理信息化阶段是企业正在或将要进行的发展阶段。

A. 一体化企业　　　B. 全面企业　　　C. 企业间　　　D. 财务

5. 信息革命既是技术革命，又是产业革命，它还将引发管理革命，产生 4 个方面的根本性变化：增强管理功能、改变管理组织、完善管理方法和（　　）。

A. 革新管理模式　　　　　　　　　B. 革新管理思想

C. 革新管理技术　　　　　　　　　D. 革新管理流程

第 6 章

管理信息系统与企业流程

20 世纪 80 年代后期，信息被看作是一种战略资源，是获得竞争优势的可能来源，是击败和威慑竞争者的战略武器。而管理信息系统的建立，将根本改变企业的目标、产品、服务及内外关系。建立此系统的目的，就是要改进企业的经营管理方式，使之成为保障企业生存和繁荣的有效手段。企业运行于流程中，从企业内部的工作流程直到企业外部的市场交易流程。企业管理信息系统的建设必然要求对企业具体的各种工作业务进行业务流程的再造，以适应管理信息系统的要求并发挥管理信息系统的优势。

管理信息系统对组织的一个重要贡献就是促使人们高度关注组织的业务流程。而且，如果在管理信息系统建立时对业务流程进行了再设计，那么将会从信息技术的投资中获得很大的潜在效益。

6.1　企业的运行

据系统理论，可以把企业看作一个"输入—转换—输出"的过程。系统的输入就是从社会环境中取得企业生产经营活动所需要的一切资源要素，然后运用一定的方式，按照人们预定的目标将诸要素有机地结合起来，形成一定的产出，向社会输出，以满足社会的需要，并获得经济效益和社会效益。

企业系统的主要输入要素有：人力、物力、财力和信息。

① 人力。企业运行所需要的人是具有一定素质的、一定数量的、能分别完成各项工作的操作人员、技术人员和管理人员。人是企业的根本和灵魂，人的素质将决定企业生产经营的成败。

② 物力。企业运行所需要的物，是指生产资料，包括土地、建筑物，也就是空间条件；机电设备、仪表、工具、能源等，即劳动手段；天然资源或外购原材料、半成品或成品，属于劳动的对象。这些是企业生产经营活动的物质基础，企业的生产效率在很大程度上取决于它们的素质。

③ 财力。企业运行所需要的财力，是指企业所需要的固定资金和流动资金等。这是物的价值转化形态。它的周转情况是反映企业经营好坏的晴雨表。

④ 信息。企业运行所需要的信息，是指企业所需要的技术资料、数据资料、规章制度、政策法令和企业决策等。它是人、财、物诸要素运行状态的反映，是维持企业正常运转的神经细胞。企业信息吞吐量是企业对外适应能力的综合反映。

经过企业系统的转换，企业系统输出的主要要素也是：人力、物力、财力和信息，但与输入的不一样。

① 人力。企业系统输出的人是经过生产实践和教育，提高了素质的企业员工。有的企业的部分员工还被输送到新建的企业。

② 物力。企业系统输出的物既包括有形的产品，如机器、工程、成品及半成品等，也包括无形的服务，如对外咨询、设计、宾馆接待、银行服务项目等。

③ 财力。企业系统输出的财力，指的是企业所提供的税、利及员工的工资奖金等。

④ 信息。企业系统输出的信息，指的是企业的总结资料、各类报表、信誉、商标、品牌等。这些信息应分别反馈给系统的输入端和转换机构的有关环节。

系统论的一个重要观点就是动态观，即一切有机体本身都处于积极的运动状态。系统的产生、发展和消亡标志着系统运动的过程。企业系统的动态性原则要求组成企业的基本要素不仅必须流动，而且要有合理的流动，即人力的合理流动、物力的合理流动、财力的合理流动和信息的合理流动。企业就是要把各种合理流动密切结合起来，共同完成企业的整体使命。企业的有效运行实际上就是促进企业的人流、物流、财流和信息流合理流动的过程。

6.1.1　企业物流的运行

1. 物流的含义及构成

所谓物流，是指从原料等资料的输入到成品的输出，再转移到顾客手中，这一物质资料在企业内外进行形态、性质、空间位置等变化的运动过程。即从原材料采购、加工和销售的预测到产品的装运、交付使用的运动过程。以机器制造业为例，物流是指由原材料购入、投产，经过粗加工、精加工而制成的零部件，再经过部件装配、总装配而成为产品，然后经过调试、验收、包装，最后销售出厂的物料运动过程。

物流是企业最基本的运动过程，如图6-1所示。各部门各生产环节的运作，都是为了保证和促进物料的运动。对物流的要求是快转，尽可能消除物料滞留现象。这样才可做到缩短生产周期，减少物资储备和资金占用，达到加速资金周转，提高劳动生产率，降低成本，增创利润和提高经济效率的目标。因此，物流必须是有目标的流动。对物流的计划、组织、协调和控制则必须以生产经营活动中的技术、经济规律为依据。

图6-1　企业的物流流程图

2. 物流的流程活动

（1）物料的采购

物料采购是企业正常运作的前提条件。物料采购工作的好坏直接影响到企业的生产运作和经营成果。因此，必须讲求物料采购的经济效益，坚持按需订购、择优选购的原则。

物料的采购工作主要包括以下几个方面的内容。

① 采购质量。在物料采购计划中，要明确规定所采购物料的质量和物料的验收检查方法。对质量的要求要具体化，要制定出物料采购的质量要求标准。

② 采购数量。在制定物料采购计划时，应以物料的需要量为依据，同时考虑进货批量对费用的影响，从而制定出最佳的物料订购批量。

③ 采购价格。在物料采购过程中，应尽可能地掌握市场上的各种信息，减少采购过程中的信息不对称状况，选择最适宜的价格。但考虑价格时，必须坚持采购符合质量标准的物料，不能不顾物料质量而片面强调价格越低越好。

④ 采购时间。物料的采购时间和物料的到货时间是不一致的，即两者之间存在着时滞。因此，必须根据物料的实际使用时间来确定物料的采购时间。

⑤ 采购地点。选择了适宜的物料供应厂家，就等于企业有了自己的制造部门，同时对企业的生产成本和产品价格也有一定的影响。因而，必须综合考虑物料供应厂家的条件，选择最适宜的供货单位。

⑥ 采购方式。采购方式有多种多样，如集中采购、分散收购、加工订货及租赁等方式，以此来取得企业生产运作过程中所需要的物料，同时还应考虑物料的结算方式和付款条件。

（2）物料的仓库管理

供应的物料，一般要经过仓库，仓库是生产运作的物料供应基地。因此，搞好物料的仓库管理，对于保证企业生产的顺利运行，提高企业物流的运作效率，增进企业的经济效益，都具有十分重要的意义。

物料仓库管理工作的主要内容包括：物料的验收入库、物料的保管、物料的发放等。

① 物料的验收入库。所有的物料入库都要经过严格的过磅、点数、记卡、入库、登账等，即把好数量关、质量关和单据填制关。这是物料获得合理使用的前提。

② 物料的保管。物料自验收入库到发出使用的一段时间里需要在仓库里保管。物料保管的基本要求是：摆放科学、数量准确、质量不变。

仓库保管物料是为了保证企业生产的顺利进行。它在需要的范围内对生产有积极的促进作用，但超越了这个范围，成为超储积压的物料，就变为企业的包袱，它不仅占用大量的流动资金，而且还要付出一定的保管费用。做到心中有数，是物料保管中的一项经常而重要的工作。但是，由于库存物料的品种、规格等极其复杂繁多，应当有重点地对其进行分类控制，这种分类控制法称为 ABC 分析法。

ABC 分类控制，就是首先按物料品种，计算出所占资金的金额，然后按物料的品种、单价高低、用量大小、重要程度、采购难易等分成 A、B、C 三类。

③ 物料的发放与退库。为保证生产的正常运转，物料的发放必须遵循按质、按量、齐备、准时、有计划的原则。即在发放物料时，必须严格物料发放手续，做到发料有据，手续齐备。此外，还要坚持先进先出的原则。

生产运作过程中，多余无用的账外物料是指账上已结清而实际上并没有使用的物料，这部分物料应及时退回仓库。及时地组织账外物料退货，是消除账外材料浪费，冲减生产成本，加强企业经济核算，厉行节约的重要举措。物料退回时，必须履行严格的退库手续，据领料单填写"退料单"等。

（3）物料的转化过程

企业的物料转化过程是指从准备生产该种产品开始，到原材料投入生产、经过逐步加工，最后把产品生产出来的全过程。物料的转化过程是企业物流运行的关键。促进物料的高效、合理、低消耗转化，对于提高物流运行效率和企业效益是至关重要的，必须认真对待。要搞好物料的转化，主要应做好三方面的工作：一是生产过程的合理组织；二是生产过程的质量控制；三是生产过程的设备管理。

① 生产过程的合理组织。生产过程组织的主要任务就是以某种方式，从空间上和时间上对各生产要素、生产过程的各个阶段和各种工序进行合理安排，使其形成一个协调的过程。合理组织企业生产过程的总的要求是：优质、高产、低消耗和按期完成任务。

生产过程的空间组织就是根据产品生产的要求合理确定企业内部生产单位的组成、各生产单位专业化形式及其布局，以及正确组织运输路线。其目的是为了使生产过程中的人员、设备和物料等能相互有效地配合和安全运行，使企业获得较高的生产效率和经济效益。

生产过程的时间组织就是要研究在生产转化过程中，各生产工序之间在时间上如何合理地衔接与安排问题，以便提高劳动对象在加工过程中的连续性和节奏性，达到提高劳动生产率，缩短生产周期，加速资金周转，降低成本，提高企业经济效益的目的。

② 生产过程的质量控制。产品质量是企业发展的生命线，是增强企业竞争力的支柱，是提高企业经济效益的源泉。生产过程的质量控制就是通过质量分析，找出质量缺陷的主要原因，并采取预防性措施，控制质量形成过程，将质量事故消灭在萌芽中。

③ 生产过程的设备管理。生产过程中，设备管理的主要内容有：设备的选择与购置；设备的使用与维修保养；设备的检查与修理；设备的改造与更新。

（4）成品的库存

对于连续性生产的企业而言，由于存在时间性、不连续性、不确定性和经济性等因素，成品的库存不仅是必要的，而且在物流管理中仍然处于重要的地位，这一工作的好坏，将直接影响物流的运转效率与企业的经济效益。

成品的库存要占用资金，即储存成本，通常也称作持有成本，它包括资金成本、税金、保险、储藏、损耗、陈旧和变质等费用。成品的库存管理中还存在另外一种成本，即缺货成本。企业成品库存过高会增大其库存成本，库存成本过少又会增大缺货成本。因此，成品库存的主要目标是以最少的投资，最大限度地满足顾客需求。在方法上，主要应做好市场预测和恰当运用服务水准策略。成品库存强调预测和缺货成本分析，以求库存效益最大化。

（5）产品的营销

企业物流的最终目的是满足顾客的一定需求，获得利润。在行为上，则是通过营销来完成物品的转移，实现由使用价值到价值的最终转化。营销作为物流中的关键一环，其运行良好则会促进物流向资金流的转化；否则，将导致产品积压、资金沉淀，影响企业的运行与效益。因此，做好产品的营销有着十分重要的意义。

营销是通过营销研究、营销计划和营销控制来实现的，营销管理过程如图 6-2 所示。产品营销既是物流运行的起点，又是物流运行的终点。

产品营销活动的主要内容在于分析并确定顾客的需求，通过有效的营销组合来满足这一需求，从而促进物流的运行。

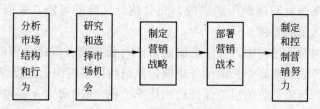

图 6-2　营销管理过程

6.1.2　企业资金流的运行

企业的生产经营过程，既是物流运行的过程，又是资金流运行的过程，资金随着企业生产经营活动而不断周转循环，并在这一过程中不断地改变其形态。从货币资金转化为产成品，又从产成品转化为货币资金，并在这一过程中不断增值。企业的资金流运行包括资金筹集、资金运用和资金分配 3 个环节。

1. 资金的筹集

合理筹集资金，确保企业运行的需要，是企业正常运行的关键。

（1）资金筹集的原则

企业筹资须解决什么时候、什么地点、以什么方式筹集及筹集多少等一系列问题。要妥善解决这些问题，必须遵循以下几项原则。

① 满足企业物流运行的最低需要。企业筹资的目的是为了满足物流所需，追求较高的经济效益。因此，在筹资时要认真、仔细、科学地分析，从而确定企业对资金的最低需要。如果筹资过多，由于货币时间价值的存在，闲置的资金将给企业带来不必要的经济损失，降低其投资效益。

② 以建设良好的投资环境为准。企业先要投资，必须建立良好的投资环境，让投资者感到有利可图。

③ 以贷款利率的高低为准。若利率过高，导致企业承担的利息大于营业利润，即超过了企业的偿付能力，则意味着亏损。所以，绝不能使用高于企业营业利润的贷款。

（2）企业资金筹集方式的选择

① 长期资金筹措方式。主要有：发行普通股、发行企业债券、银行长期贷款和租赁筹资。

② 短期资金筹措方式。主要有：流动资金短期贷款、短期融资债券、票据贴现和赊购货物。

此外，企业在结算过程中预收与延付的其他款项，如预售货物、应缴税金、应付工资和应付账款等均是短期筹资的重要来源。

决策支持系统可以为资金筹集提供技术支持，也有利于提高决策水平。

2. 资金的运用

资金运用是事关企业存亡的十分重要的一个问题。企业的经营者在运用资金时，应随时注意根据各种资金的性质、结构和经营的需要，合理分配。

首先，在资金的运用上，凡属资本性的开支，必须获得稳定可靠的资金来源。要十分注意资金成本、归还来源及归还期限的搭配，充分估计风险的可能，采取避免风险的预防措施。这是掌握资金运用的要领。

其次，在企业的营运过程中，要注意固定资产与长期债务保持合理的比率。一般来说，要使自己的固定资产的规模高于长期债务规模，其结构比率应视企业投资结构而定。

最后，流动资产与流动负债也要保持适当比率。在一般情况下，应做到流动资产高于流动负债，其比率应随经营状况随时加以适当调整。

总之，企业运用资金的结构和比率要求，是通过企业健全的供、产、销计划和财务收支的综合平衡，即对企业的产销能力、获利能力、市场情况、经济发展趋势等进行全面的综合考察和分析，并随时注意调节资金运营行为来实现。

3. 资金的分配

企业的资金通过有效运作，获得增值，构成企业营业收入。企业的营业收入中扣除企业的经营支出，剩余部分构成了企业的纯收入，即包括企业运行过程中所创造的纯利润。对企业实现的利润的分配，必须兼顾国家、投资者、企业和员工之间的物质利益。

6.1.3　企业人流的运行

企业中的人有管理人员、技术人员及其他人员组成。企业对人的聘用是一个具有时序性的、连续不断的过程。从人员的招聘、录用、选拔，到人员的教育、训练、考核、晋升，直至人员的调职与输出，构成了企业运行中人流的运用。它包括人员的吸纳、使用和变迁 3 个过程。

1. 员工的吸纳

企业总是处于动态的运行过程中。企业内由于结构调整或业务扩充等需求不断补充新的员工，员工的吸纳由此成为人事管理中一项经常性的工作，它构成了企业人流运行的起点。

（1）人力资源规划

企业的人力资源是一个变量，随着时间的推移，它也在不断发生变化。如果事先缺乏合理的规划，就会发生人力资源短缺或人浮于事的现象。因此，企业在吸纳员工之前，要做好人力资源规划，不仅要正确确定在现有企业工作总量的条件下，人力资源的需求量及其配备，而且还要预计未来的工作量增加及人员结构的影响，并用规划的形式表现出来。

制定人力资源规划，首先要进行人员结构分析。通过对企业所需人员的数量、质量、种类等各方面的分析，可为规划的制定提供可靠的依据。其次，要确定员工的需求量。为了正确确定这一需求量，企业应参照产品的方向和生产规模，并依据精简机构、提高效率的原则来进行。员工需求量的确定，是企业编制人力需求规划的重要方面。最后，要选定人力资源规划的制定程序与方法。

（2）员工的招聘和录用

员工的招聘和录用通常分为以下几个步骤：接见应聘求职者；初次谈话，填写申请书；招聘测验；第二次谈话，并在申请书上评分；调查应聘者的履历；人事科初步甄选；主管部门批准录用；体验；正式录用。

员工招聘方法是对应聘者进行评价，从而决定是否对其录用的方法。员工招聘主要有 3 种方法，即背景履历分析法、面谈法和测验法。

2. 员工的任用

人的一个重要特征是具有能动性，要充分调动起人的自主性和积极性。

（1）知人善用，扬长补短

企业在用人时，应了解员工的长处所在，量人任用。把各项工作的任务、性质、责任、权限及工作人员所具备的基本条件进行系统的分析研究，"对号入座，授以职权"。同时结合职工的能力、兴趣、潜力、发展方向，进行意向性岗位选择。另外，要使其所在群体结构中的位置，进行优化组合，建立起互补的人才结构，充分发挥员工群体的最大效能。

（2）加强员工的教育与培训

员工的教育与培训是指对企业所有人员有计划、有步骤地进行政治、文化、技术、业务等全方位的教育和培训，使全体人员的科学文化知识和业务技术能力普遍得到提高。对领导干部、管理人员、技术人员和广大职工提出不同的要求。根据培训对象、培训目标、培训时间、培训条件等灵活地选用恰当的培训形式。

（3）员工的激励

激励是调动员工积极性的重要手段，是激发员工努力达到组织目标的过程。从分析影响人的积极性的内在因素和外部条件出发，调动员工积极性的手段和方法有：目标激励、参与激励、强化激励、支持激励和关怀激励。

3. 员工的变迁

由于员工能力水平和周围工作环境的变化，对职工的职位、职务和工作岗位进行调整，可以促进企业的"人流"更为有效地运行。通过员工的变迁可保证和促进组织的效率。为了使员工公正、合理地变迁，促进企业内人力资源的合理流动，必须做好员工的考评工作。

（1）员工的考评

员工的考评是指对处在一定职位上的员工，在一定时期内执行任务、履行职责的状况进行考核和评价。考评的结果在一定程度上是员工变迁的依据。

（2）员工的企业内流动

员工流动的主要目的是保持企业组织机构的合理运转，主要包括平级调配、晋升和降职。

（3）员工的对外输出

员工对外输出的形式有：自然输出，包括退休、退职、劳动合同期满不再续订、在职死亡等形式；主动输出，申请调离和辞职等；被动输出，主要有辞退、除名和开除等。

员工的对外输出可促进企业的新陈代谢，淘汰素质较差的员工，优化企业的人才结构组合，使企业的"人流"渠道保持通畅，满足企业随社会经济技术水平的提高和企业的自我发展对人才的需求。但也可能导致重要、特殊岗位的员工的流失，损害企业的实力，不利于企业生产经营的延续性和计划管理的有效实施。因此，要控制好员工外流的比例和人选。

6.1.4　企业信息流的运行

企业的信息是指企业所收集到的，经过加工、整理而用于经济和管理方面的经济信息。它可分为内源信息和外源信息。内源信息是指与企业生产经营活动密切相关，可通过统计报表、财务报表、生产报表及其他业务资源获取的信息；而外源信息则是指外部环境中存在的与企业生产经营相关的各种信息,如经济信息、政治信息、技术信息、人与社会因素,以及竞争因素等信息。

信息流是伴随着物流、资金流而产生的,它是后者的表现与描述。企业系统的运行包含着信息的收集、加工、存储、传递、使用和反馈。物流、人流和资金流能否顺畅运行,在很大程度上取决于信息流的运转是否正常。为此,从一定意义上讲,信息流又对企业的全局起主导作用。

1. 信息的收集

首先,必须确定信息收集的内容。这要求企业根据信息目标和管理工作的需求来确定信息收集的内容。

其次,必须探明收集信息的来源。在现实世界里存在着各种不同来源的信息,如零次信息源、一次信息源、二次信息源。零次信息源一般是指一种不需加工处理的、能直接感触到的信息;一次信息源或二次信息源一般是指经过加工处理的信息,其区别在于加工处理的程度不同。

再次,必须优化信息收集的方法。信息收集的方法主要有以下几种。

① 统计资料法。即通过各种统计资料、原始记录、营业日记等,获取各种所需的信息。

② 实地观察法。如在销售现场、交易会场等地进行实地观察,或在观察人们对产品的各种态度时收集信息。

③ 现场收集法。如通过参加多种业务会、学术会、报告会、科技会等进行现场收集。

④ 视听结合法。通过电视、传真、信函等广泛收集信息。

⑤ 阅读分析法。主要通过报纸、杂志等收集有关信息。

⑥ 出价购买法。随着信息产业的发展,许多信息可以向咨询公司、顾问公司等购买。

⑦ 市场调研法。电话询问、家庭调查、问卷调查、抽样调查等。

最后,必须开拓信息收集的渠道。信息收集的渠道有正式渠道和非正式渠道;有中间环节渠道和无中间环节渠道等。

2. 信息的加工

信息的加工处理就是将收集到的原始资料,按照一定的用途、程序和方法加以处理,精炼其数量,提高其质量,转化其形式。信息加工分定性加工和定量加工两种方法。所谓定性加工,是指以文字为主对信息加工处理的方法。它包括以下 4 种方法。

① 归纳法。这种方法是将某一主题的原始材料集中在一起,加以全面、系统的综合归纳,以说明某一问题。应用归纳法的基本要求是言简意赅,因此需要加工者有较强的逻辑思维能力和较好的文字表达水平。

② 推理法。根据知识和资料,以判断作为前提,求出作为结论的新的判断的思维运动过程就是推理,而其所采用的思维方式就是推理方法。这种方法要求建立在对大量资料予以充分分析和研究的基础上,为此,必须注意其前提、推理、结论之间应具有的一种内在的严谨的逻辑关系,否则就难以得出可靠的结论。

③ 纵深法。这是一种按某一主题,层层推进,以搞清楚问题的来龙去脉的方法。采用这种方法既要利用最新收集到的各种资料,也要充分利用存储资料,通过对比分析,以揭示经营活动前后的变化和特征。

④ 连横法。这种方法是按某一主题,把若干个不同的原始资料或几个不同时期的有关

资料，纵横连接，分析比较，形成一种新的信息。采用这种方法必须注意不同时期、不同方面的信息的内在联系，具有一定的同质性；否则，就无可比性。

所谓定量加工，是指以定量数据为主阐述信息的一种加工处理方法。它包括以下 7 种方法。

① 对比法。通过数据对比以形成强烈的反差，增强数据的鲜明性。对比法有纵比和横比两种，有时为了更好地说明问题，也可将这两种方法混合使用，但必须要确定对象之间的差异点和共同点。

② 转换法。把一个人们比较生疏、难懂的数据转换成一个人们所熟知的数字，以达到通俗、形象的目的。采用这种方法，首先要寻找一个适合的对象，切忌转换后更难懂。其次，要在转换过程中正确计算。最后，转换后的数据与转换前的数据要有可比性。

③ 替代性。即用人们所熟知的数量概念或表示数量关系的事物去替代人们不熟悉、不易懂的数据。采用这种方法要注意：一是应该使替代能增强对数据的理解；二是要精于计算各种替代数量关系，否则，结果可能适得其反。

④ 阐述法。阐述时，不仅运用数量关系来表达，而且还将用文字作为媒介。这种不直接写出有关数据的方法，常常能使人们明确概念，增强对枯燥乏味的数据的认识。

⑤ 示意法。这种方法是针对那些用一个数据所表达的事物难以给人以强烈印象的情况，而用其他相关数据作为陪衬、补充的方法。实际上，这是对比法的一种延伸。

⑥ 剔除法。指在加工处理数据时将无效的数据剔除的方法。采用此法时，必须对收集到的每一个数据进行分析，辨别真伪，把那些虚假的、没有把握的数据毫不犹豫地剔除；有些数据，尽管是真的，但不能反映出正常情况，也在剔除之列。

⑦ 图表法。就是把有关数据集中起来，编制成图表的方法。此法给人以直观、形象、清晰、鲜明的感觉，统计、会计资料常用此法。

3. 信息的储存

信息储存是由信息的采集、加工与信息的使用在时空上的不一致性所决定的。

① 登记。登记是为储存和保管提供凭证，其方法一般有两种：一是总登记，即登记总的情况，如总数量、种类等；二是个别登记，即对每份资料都进行详细的记载。

② 编码。编码有利于对储存资料的查询，其方法包括以下几种。一是排序编码，是一种用指定的序号排列编码对象的方法。在编码时既可以按对象出现的顺序编码，也可以按字母顺序或数字顺序编码。二是分类编码，是将各种资料分成若干大类，然后每一大类再分成若干种类，最后每一种类再细分为若干小类。这种分类方法往往是根据对象的逻辑序列依次推下去的，是一个由大到小、由粗到细的过程。三是表意编码，是用数字或符号代表信息资料的字头或缩写，以表明编码对象的属性。四是分组编码。如果说分类编码是按对象的内容逻辑划分的，那么分组编码则是根据对象的形式逻辑进行的。五是尾数编码。使对象末尾的数字具有一定含义，可以不增加主要代码数而进行分类。

③ 存放。常用的方法有以下几种：按登录序号排列存放、按来源部门顺序排列存放、按内容顺序排列存放、按来源地区顺序排列存放、按资料形式排列存放。究竟哪一种存放方法比较好，这要视公司的具体情况和计算机处理能力的情况而定。但是，存放方法一经选定就不应轻易变动，以免管理人员无所适从。

④ 整理。整理是为了储存的信息便于检索，它包括以下几个方面：清点，是在分类、

排序的基础上，对有关资料进行核对处理；编制目录，清点或核对完之后，就应该把所有的储存资料编制成目录以便检索；摘要，有时仅有目录还不够，必须根据特定的需要摘出重要的内容，以便随时可用。

⑤ 检索。检索就是利用电子计算机或手工对储存信息资料进行查询。公司信息是多方面的，所以必须建立一整套科学的，既迅速又方便的查询方法和手段。

4. 信息的传递

信息只有从信息源及时传递到使用者那里，才能起到应有的作用。信息能否及时传递，取决于信息的传输渠道。企业只有建立了合理完整的信息传输渠道，形成信息传输网络，才能保证信息流的顺畅流通，发挥信息在组织中的作用。企业内的组织机构和管理体制决定了企业系统内基本的信息传输渠道。企业内的信息传输渠道有以下两种。

（1）正式渠道和非正式渠道

正式渠道是以行政隶属关系确定的或由组织以明文规定形式确定的信息传递渠道，如会议、报告、请示、汇报、文件、公函及各种资料和档案等。非正式渠道是指正式渠道以外企业进行信息传递的渠道，如私下交谈、私人信件等。信息传递的正式渠道一般比较明确、全面，但速度慢，有时也很不经济，而非正式渠道有时却能起到正式渠道无法起到的作用。由于其传递速度较正式渠道快，所以已日益引起人们的重视。

（2）无中间环节渠道和有中间环节渠道

从传递速度的角度看，信息传递渠道的中间环节越少越好。但信息内容的广泛性和离散性决定了为了方便信息的使用者，往往需要借助于一定的中间环节对信息进行加工处理。因此，在信息传递过程中，无中间环节的现象很少见。除特殊情况外，大多数企业信息传递渠道都有中间环节。问题的关键在于企业在传递信息时，是采用多环节渠道，还是少环节渠道。这要由每个企业视自己的具体情况和条件而定。但是，随着环境不确定性的提高和市场竞争的日益激烈，尽可能减少信息传递的环节已成为一种趋势。

5. 信息的使用

信息产出后，经过加工、传递后被广泛使用，最后通过有效的反馈控制对信息的真正效用作出最终的评价。为了更有效地发挥信息的作用，在使用信息过程中，必须充分注意下列因素。

（1）判断是把握信息的关键

信息资料是分析研究问题的基础，失去信息，企业就成了聋子和瞎子。但是，收集信息是为了使用，如果不对企业内外环境进行正确的判断，是不能作出正确决策的。如果一个企业只注重信息生产，而忽视其实用价值，往往会事倍功半。因为信息是多种多样的，有的有用，有的无用；有的此处有用，彼处不能用；有的只是表面现象，而实际情况要复杂得多。不对信息资料进行分析判断，就会误用信息，造成决策错误。

（2）核查是使用信息的前提

信息在传递过程中，由于人的认识因素、心理因素或技术因素，往往会产生各种障碍。根据哈佛大学奥尔波特与普斯特曼两位教授实验发现，如果以口头传达包括 20 个以上要素的信息，第一阶段会漏掉其中的 30%，至第四阶段便会漏掉 70%。这种越来越"变形"的信息，如果不经核实核查而使用，那是很危险的。

（3）负面信息是正面信息的参考

在某种意义上说，使用的信息不仅仅有正面信息，还包括负面信息。因为后者能使企业主管更加面对现实，杜绝各种失误于萌芽之中。

（4）理解是使用信息的基础

只有正确理解了信息所包涵的内容，才能有效地使用之。如果把负面信息当作正面信息来理解，那么就有可能造成企业决策的失误。理解是信息发送者和接受者双方的事，所以科学地建立信息标准、规范具有十分重要的意义。

（5）沟通是使用信息的目的。使用信息是为了促使公司内部信息的沟通及公司与外部世界的沟通。一方面，企业通过各种作业统计信息、价格信息、表册信息等，沟通企业内部上下之间的信息，以加强内部信息流通；另一方面，企业通过产品的质量、服务，以及向外发布有关经营信息，沟通企业与市场的联系，从而加强公司与客户、供应商、股东及其他有关方面的信息沟通。

在使用信息时，还要十分重视对信息使用的反馈控制。作为反馈控制系统的基本过程，实质上与存在于物理系统、生物系统和社会系统中的基本过程是相同的，即系统是利用其能量来反馈信息并按照标准进行比较，采取纠正措施的。由于管理信息系统是一个开放式的循环系统，因此对某一种信息的反馈控制，也可以理解为对另一种信息的前馈控制。换言之，简单的反馈控制系统衡量一次运行过程的信息产出、流通、使用的情况，而高级的反馈系统（实际上也是一种前馈系统）所衡量的是两次以上运行过程的信息产出、流通、使用的情况。

6.2　企业流程概述

企业流程也称业务流程、管理流程、经营流程等，它是对企业内部流程的综合描述。企业的各种活动都可以用不同的流程来表述，企业流程中包含着企业信息系统的建设所涉及的基本内容，如人及组织、信息流、资金流和物流等；同时企业信息系统的建设过程也是对企业流程的变革、优化和固化的过程，特别是在信息系统规划、分析和设计中，大量的工作都是针对企业流程展开的，因此企业流程的有关内容成为学习管理信息系统的重要基础。

6.2.1　企业流程与企业流程观

1. 企业流程的概念

流程一词译自引文 process，有人将它译为过程。在管理学和企业流程再造文献中过程和流程基本可以互换。

在《朗文当代英文词典》中，将流程解释为：一系列相关的、有内在联系的活动或事件产生的持续的、渐变的、人类难以控制的结果，如沉陷的森林经过长期的缓慢的变化而形成的煤；一系列相关的人类活动或操作，有意识地产生一种特定的结果，如收看电视要经历插上电源、打开电视机开关、搜寻电视节目等一系列活动。从流程这一概念的两种解释中可以看出，流程是一系列的活动或时间组成，前者是一种渐变的连续型的流程，后者是一种突变的断续型流程。从众多的关于流程定义的文献中可见，流程实际上是工作的做法或工作结构，抑或事务发展的逻辑状况，它包含了事情进行的始末，事情发展变化的经过，既可以是事务发展的时间变动顺序，也可以是事务变化的空间过程。简而言之，流程是完成某一目标（或任务）而进行的一系列逻辑相关的活动的有序集合。

将流程的概念应用于企业，就有了企业流程的概念。企业流程或业务流程是指为了完成某一项目标或任务而进行的跨越时间和空间的逻辑上相关的一系列活动的有序集合。流程中具有组织结构、人、管理原则、管理技术、管理信息和管理方法等要素。企业流程的组成主要是活动。活动与活动之间的相互作用和相互关系构成了组织中各类业务流程系统。一个企业的业务流程有如下 5 个特征。

① 每个流程都有输入和输出。

② 每个企业流程都有用户（顾客）。

③ 每个企业都有一个核心的处理对象，一个大的企业流程往往实现这个对象的生命周期。

④ 企业流程往往是跨职能部门的。

⑤ 企业流程有目标和绩效。

简单来讲，企业流程就是企业完成其经营活动，为顾客创造有效的价值和服务并获得利润的各种有序的活动过程。企业流程随处可见，如图 6-1 所示的企业物流的流程。

2. 企业流程观

企业流程观是指以流程的视角理解、分析和阐述企业各种活动的一种思想、观点和方法。早在 20 世纪 70 年代，Nordsieck 就指出了进行流程导向设计企业的必要性，并在 1972 年提到："在任何情况下，企业都要以对流程的明确划分为目标。同时对流程的划分必须符合任务目标、流程主体发展，特别是任务变化的要求，企业运行就是一个持续的流程，一个不间断运行着的链条。真正的运营就像一条河流，它在完成相同或相似任务中不断地创造和提供新产品和服务。

18 世纪英国经济学家 Adam Smith 在《国富论》中提出的劳动分工论，其主要思想就是将生产流程分解，每个员工负责其中的一部分，最后组装。后来 Alfred Sloan 又将这一理论应用于管理工作中，将管理人员依专业组合在各个职能部门内，这两种思想的结合产生了职能制。职能制已成为现代企业的主要组织形式，其特点如下。

① 劳动分工使一个复杂的工作分解成多个简单的工作。

② 采用金字塔式的科层式集权控制模式。

③ 工作人员技能单一，单项任务的效率高。

④ 劳动生产率提高，但管理费用增加。

⑤ 金字塔组织不断扩大，管理层次随之增加使效率下降。

⑥ 员工对任务负责不对整个流程负责；下级组织对上级管理负责，职能部门负责人只对业务主管负责。

⑦ 科层组织是生产主导型，而非顾客主导型，缺少创新意识。

在企业内部的组织和运营被分为若干职能部门的这种模式下，企业流程作为跨越部门、实现企业产品或服务目标的活动，在企业中起着不可或缺的作用。但这种模式，部门追求最优并不能带来全局的最优化，只有各职能部门围绕产品或服务紧密协作，使流程高效运转起来，才有可能实现全局的最优化。特别是在近十年来，随着信息技术和新的组织模式的发展，企业普遍对组织及其运作作出了相应的调整和优化，但企业总体内部各职能部门间为了协调流程运作的费用并不能因为现代技术的支撑而减少，这种总体分治的条块化治理模式和追求局部最优化的做法，从根本上影响了企业快速、连续响应外部变化的能力。因此也就有了从职能型企业结构向流程型企业结构的转变需求，尤其是对要提高国际竞争力的大型企业。图6-3显示了企业结构从职能型向流程型转变的过程。

职能型企业结构　　职能流程型企业结构　　流程型企业结构

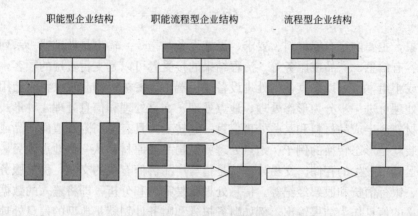

图6-3　企业组织结构模式的转变

传统组织结构的基本单位是职能部门，是由执行相似任务的人组成的集体，流程小组是围绕流程的执行任务组织起来的一群人。从图6-3可以看出，职能型组织结构中没有流程小组，因此各部门的人为了完成某种任务，就要花费较多的协调成本，并且对外部的反应也迟钝；流程型企业结构具有独立流程小组，实现了以客户和流程为基础，将企业的各种资源集中于创造价值的流程之中，具备了更快、更有效地适应外部市场变化的特点。职能流程型企业结构是职能型到流程型企业的一种过渡形式，它将职能型和流程型结合起来，在职能型的基础上突出了流程活动，在现实条件下具有较强的适用性。

以流程的观点理解、分析和阐述企业，不只是企业应对外在环境挑战而提出的管理思想、理论和方法，更是深入挖掘企业的内涵和意义，把企业放入更大的经营环境下考虑的问题。特别是在当今新的管理思想理念层出不穷的情况下，深入理解流程的概念和企业本身的使命，重新思索经营和运作过程，树立企业流程观，以流程的视角看待企业、理解企业，就成为必然。

6.2.2　企业流程的四要素

企业流程的四要素为：活动、活动间的逻辑关系、活动的承担者和活动的实现方式。

1. 活动

企业流程是由活动组成的，活动构成了流程的最基本要素。活动是一种变换式操作，它往往是接受某一种输入，在某种规则控制作用下，利用某种资源，经过交换式操作转换为输出。不同的活动，它接受的输入、处理规则、利用的资源不同，输出也不同。活动变换的基本模式如图6-4所示。

从图6-4中可以看出，该模式由输入、输出、处理和反馈四部分组成。输入是流程所

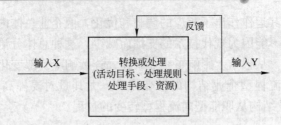

图 6-4　活动变换的基本模式

要处理的对象，主要内容有原材料、要求、设施设备和指令。输出是处理或一系列处理的结果，主要内容有信息、产品或服务等。流程结果的接受者可以是支付费用的顾客，也可以是内部的部门或小组，也可以是其他的处理设备或机器，或者被存储起来供将来使用。

转换或处理可进一步分为形态处理、地点处理、交易处理和信息处理 4 种形式。形态转换就是将原材料或半成品材料和某些处理信息一起转变为具有更高附加值的产品或服务。例如，汽车组装就是形态转换的例子。地点处理就是物品或原材料从一个地点到另一个地点的移动，以及运动中发生的存储。交易处理就是指与产品价值有关的交换，例如服务的提供或产品的买卖、银行信贷和股票经纪等。信息处理就是筛选和分析，即将输入的数据经过处理转变为有意义的信息作为结果输出。例如财务报告和财务计划就是典型的信息处理的例子。

反馈主要是指为了维护流程输出的某些性质而对转换或处理进行修正和纠正的方法与手段。一般运转良好的流程都应该进行有效地反馈控制。反馈的形式或者是从流程的输出收集来的信息，例如产品可靠性、准时交货率；或者是用以维护流程的经济回报，如销售收入等。

任何一个流程至少可以包括一个、经常是两个或者更多个处理或转换。不同流程包含的处理或转换的性质也不同。例如，银行信贷流程和股票经纪流程主要是交易处理和信息处理，运输流程则主要包含地点处理。数据处理和新产品开发流程主要是信息处理。常见流程的主要处理类型如表 6-1 所示。

表 6-1　常见流程的主要处理类型

流程或行业	主要转换类型	流程或行业	主要转换类型
银行、财务	交易处理	制造	形态处理
建筑	形态处理	零售	交易处理
数据处理	信息处理	仓储	地点处理
保健	形态处理	运输	地点处理
保险	交易处理		

2. 活动间的逻辑关系

企业流程是一系列逻辑相关的活动的有序集合，由于活动间的关系不同，可以导致不同的结果，活动间的逻辑关系成为流程的关键因素，反映了活动间发生的先后顺序与相互关系。企业活动间的逻辑关系分为：串行关系、并行关系和反馈关系。假设 A 和 B 两个活动，其共同作用的结果是 O，则 A 和 B 之间的关系如图 6-5 所示。

（1）串行关系

活动之间的串行关系是指流程中的两个活动先后发生，前一个活动的输出作为后一个活动的输入，最后一个活动的输出作为流程的输出，如图 6-5（a）所示。串行活动关系反映不同活动之间的时间先后关系，其中的一个活动必须等另一个活动完成后才能够发生。在物

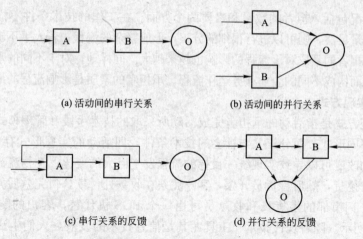

（a）活动间的串行关系   （b）活动间的并行关系

（c）串行关系的反馈   （d）并行关系的反馈

图 6-5 流程活动的逻辑关系

流活动中，大多数活动之间的关系是串行关系，如采购流程中选择供应商、制定采购计划、签订采购合同和验收入库等活动就构成串行关系，如图 6-6 所示。

选择供应商 → 制定采购计划 → 制定采购合同 → 验收入库

图 6-6 采购流程中串行关系示意图

（2）并行关系

活动间的并行关系表示两个活动是同时进行，彼此独立，共同对输出产生影响，活动之间并不构成输出关系，如图 6-5（b）所示。并行关系表示两个活动可以独立发生，但是只有等最迟完成活动结束后，下一个活动才开始。在企业物流中，外购零部件和内部零部件制造商两者之间构成的并行关系如图 6-7 所示。

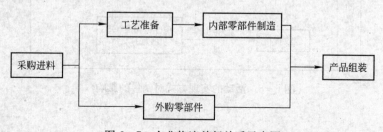

工艺准备 → 内部零部件制造

采购进料   产品组装

外购零部件

图 6-7 企业物流并行关系示意图

（3）反馈关系

反馈关系表示两个活动存在相互输入和输出关系。反馈关系又可分为两种情况：一种是两种活动间彼此相互作用，共同产生某种结果，如图 6-5（c）所示；另一种是前一活动的输出作为后一活动的输入，后一活动的输出又作为前一活动的输出，两种活动的结果相互制约产生某种新的结果，如图 6-5（d）所示。

3. 活动的承担者

活动的承担者就是活动的责任人。分工是原来一个人的工作变成有许多人共同从事的活动，从而形成了流程。从承担者的角度看，流程一定是由不同的人完成的。分工不仅受技术条件的限制，而且受承担者状况的限制。

　　承担者的状况包括承担者的数量和素质两个方面。在工作的技术条件不构成限制的情况下，若承担者数量足够，则可以进行很细的分工，形成繁杂的流程；若人手不够，则只能形成简单的流程。承担者的素质对于流程的影响也越来越大。同样地，对于不同的承担者可以进行不同的分工，从而构成不同的企业业务运作流程。承担者的素质是影响流程的最活跃因素。

4. 活动的实现方式

　　活动的实现方式是指活动的承担者完成活动所采取的技术手段和管理模式。具体的分工决定了流程的不同形式，而分工又与社会的技术条件，即活动的实现形式存在密切的关系。完成活动方式的改变可以导致实现统一目标的流程发生巨大的变化。在物流流程中，传统的售货流程为客户挑货，然后售货员开票，客户凭票在收款处付款，付完款后凭票取货。随着POS机的出现，门市部的售货员和收款员可由一个POS机代替，客户的购货流程大为简化，如图6-8所示。随着现代技术、工具尤其是信息技术的发展，人们生活、活动的方式正在改变，其对企业运作的影响更为巨大，很明显技术会导致流程的改变。

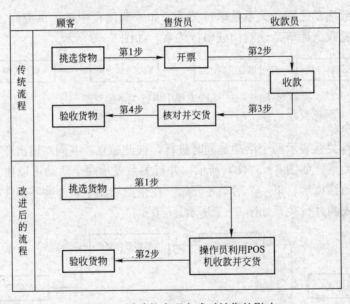

图6-8　活动的实现方式对销售的影响

6.2.3　企业流程的特性

　　不同的企业有不同的流程，企业流程与企业文化等息息相关。任何一家企业均有其固有的特点，从而导致不同的企业流程不完全相同。然而，这些流程却包含着一些共同的特点。

　　（1）目标性

　　正如企业流程的定义所揭示的，企业流程是为了完成一定目标而产生的，也就是说在企业流程的投入产出转化过程结束时，能实现一定的目标。

　　（2）普遍性

　　要完成任何任务或实现某种目的，总要通过一定的流程。也就是说，流程无处不在，不包括流程的事务或行动是不可想像的，也是不存在的，这就是流程的普遍性。

（3）整体性

企业流程是活动构成的，单个的活动无法构成流程。同时，活动之间要通过一定的方式结合，共同实现某一目的，就构成了流程的整体性。

（4）动态性

流程总是由一种状态转变为另一种状态；或是一种活动完成后再进行另一种活动。流程正是通过这种活动（状态）的转变，来实现某一目的的。

（5）层次性

企业的流程是通过多种活动的投入，从而产生出一定的结构，流程具有系统的层次特性。组成流程的某个活动本身也许可以展开成下一层次的一个流程，如此细分构成企业流程的多层次特性。

（6）结构性

企业流程的结构性指的是组成流程的各个活动之间的相互联系与相互作用方式。企业中的流程各式各样，但从活动间的关系来看，不外乎串联、并联和反馈三种关系。

6.2.4　企业流程的分类

企业流程的分类有许多不同的视角，企业的流程活动涉及企业的方方面面，这里概括几种主要的分类方法。

（1）按管理层次来分

按照美国哈佛大学教授安东尼（Anthony，1965）的观点，企业的经营管理有 3 个层次：一是战略计划层，是企业的最高层，主要工作为企业目标的设定和为实现目标所实施的资源配置；二是管理控制层，即中间管理层，为实现企业目标有效地利用资源的具体过程；三是操作控制层，即下层管理层，为确保某项特定的业务能够被有效地、有效率地执行的过程。为此，企业的工作流程可以分为战略计划流程、管理控制流程和操作控制流程。

（2）按价值链来分

根据哈佛商学院迈克尔·波特的价值链模型，企业活动分为两类：一是为企业增加价值的基本活动，如原材料储运、生产制造、产成品储运、市场营销和售后服务；二是支持目前和未来的基本活动的辅助活动，如采购、技术开发、人力资源管理、基础设施。为此，企业的工作流程可以分为基本流程和辅助流程。

（3）按功能来分

J·佩帕得和 P·罗兰定义企业的高层流程为：战略流程，包括战略规划、产品服务开发、新流程设计等；经营流程，企业实现其日常工作的功能，如满足顾客、顾客支持、现金收支等；保障流程，为企业战略、经营提供保障的功能，如人力资源、管理会计、信息管理等。上述三个流程可以继续向下分解，直至到达具体的单项任务。

（4）按活动的内容

企业的工作内容可分为三大部分：做什么（What）、怎样做（How）、绩效评价（Performance Evaluation）。企业要做什么事情和评价做得如何，首先取决于企业的价值取向及产品或服务的定位，其次取决于能否拥有或者可以配置做此事情所需要的资源（Resources）。

为此经营者要确立企业的经营战略，即确定企业目标、方针，制定战略规划、人力资源规划、产品或服务开发计划、技术及设施发展规划、财务管理计划、基本流程设计及考评系统等的政策和原则。经营战略的实施可以分为管理工作和业务工作。人力资源管理、技术及设施管理、财务管理、产品质量及流程设计管理及考评管理等为企业的管理工作。企业从市场调查开始，直至将商品和服务送到市场所发生的一系列的工作为企业业务工作。为此，企业的业务流程可以分为经营流程、管理流程和业务流程。企业经营流程的内容为：价值、目标、产品定位、资源配置计划、基本流程确定及考评政策和原则。企业管理流程内容包括：人力资源管理流程、技术及设施管理流程、质量管理流程、财务管理流程及考评管理流程等。企业业务流程包括：市场营销流程、设计开发流程、生产工作流程、质量管理流程、销售管理流程、储运管理流程、财务管理流程、服务管理流程等（质量管理和财务管理跨越企业的管理工作和业务工作的范围，如财务管理流程中的工资管理、固定资产管理等属于管理工作内容，而应收款管理、应付款管理属于业务工作内容）。

经营流程、管理流程和业务流程之间的关系是：经营流程决定业务流程的方向，管理流程是经营流程和业务流程的支撑。

6.2.5　企业流程的识别

企业流程的识别有许多方法，如基于时间维的、基于四阶段生命周期的、逆推判别法、信息载体的跟踪法、基于价值链的、基于供应链的等方法。

（1）基于时间维的企业流程识别方法

企业的许多工作从时间上可分为3个阶段：事前、事中、事后。事前要做计划，事中要实施计划，事后要统计与分析。因此，可以根据工作完成的时间来识别企业流程，如图6-9所示。

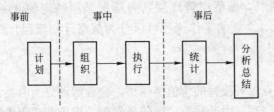

图6-9　基于时间维的企业流程识别方法

例如，识别物料管理的流程，事前包括物料计划（需求计划、采购计划）、签订采购合同；事中包括物料采购、物料储存、物料使用等活动；事后包括物料结账、物料统计、物料分析等活动。

（2）四阶段生命周期的企业流程识别方法

现实社会中的组织、企业、公司不外乎是产品制造型、服务型或资源型的。产品制造型主要是为社会提供有价值的社会需要的有形产品，如汽车制造企业/公司、食品生产企业；服务型主要是为社会提供服务，即无形产品，如旅游公司、咨询公司、政府各部门等；资源型主要是为社会提供资源，如石油、矿产公司等。

产品制造型、服务型或资源型企业的运作周期是计划、获得、保管/管理和处理/分配4个阶段。不同类型的企业在不同阶段有着一定的共性和相似性，可以抽象出4个阶段模型，如图 6-10 所示。每一个阶段都有一些典型的流程。例如，在计划阶段，有需求调查、市场研究、设计、度量、控制、核算、市场研究、预算、生产能力计划、评估等；在获得阶段，有采购原材料、补充人员、实施、创建、加工制造、开发、工程施工、生产调度、检测等；在保管阶段，有成品入库、库存管理、维护、保障、跟踪、改进、质量管理、包装、修理等；在处理阶段，有销售、交货、订货服务、发运、车队管理、付款、退休、设备配置、废品处理等。这一方法也可以用到资金、人力、原材料、零件、产品、固定资产、建筑物、机械等具体流程的识别中。

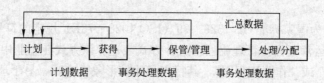

图 6-10　四阶段生命周期的企业流程识别方法

（3）逆推判别法

对于流程的识别，逆推判别法是比较常用的一个方法，即通过时间的逆行来进行识别。具体地说，就是在试图识别一个流程时，首先确认关心的流程结果是什么，并找出与该结果直接相关的事件或人，即寻找流程的终点，然后再根据输入和输出的相应关系，逆向寻找和识别相应的流程。

（4）信息载体的跟踪方法

从技术的角度来看，管理信息系统就是利用信息技术，完成企业流程中物流、资金流和信息流的相关处理，而要完成数据处理，必然要以相关信息为基础。无论是企业的管理流程还是运作流程，或多或少总有相关的信息载体。

该方法执行的步骤如下。

① 确定问题。

② 收集与问题相关的信息载体。

③ 了解各信息载体产生的时间序列。

④ 按产生的时间序列，对全部信息载体进行排序。

⑤ 按所得的排序，依次分析、掌握每个信息载体的各属性，了解在每个信息载体上发生了什么样的数据处理（记录、存储、加工、传输和输出）。

⑥ 将获得的每个数据处理按次序排列，即得到相关的企业流程。

对于复杂的信息载体，所确定的活动粒度可能太粗，根据需要可以细化活动的流程。该方法要求企业流程相关的信息载体是完备的，且其流程是正确的，否则会造成企业流程错误的识别。

6.2.6　企业流程的表示方法

企业流程的表示方法一般采用图表示法，同时加以文字描述进行补充。图表示法是企业流程最常用的表示方法。它利用工程绘图方法，用标准化的图标对企业进行结构化的描述，能方便地对主体流程进行分析和改进。通过流程图，可以清楚地看出流程中包含哪些活动，各活动之间有什么关系，流程与流程之间又存在着什么样的关系，以及其他流程对主体流程的影响。

常用的企业流程图表示方法有3种：工艺视图、信息视图和系统视图。这三种图之间是一种相辅相成的关系，在进行流程分析时可以结合起来考虑。本书将重点介绍工艺视图、信息视图。

（1）工艺视图

企业流程的工艺视图是按时间的先后顺序或依次安排的活动步骤，用标准化的图形形式表达的流程模型。

图6-11（a）为国家标准 GB 1526—79（ISO 1028—73E）规定的符号。在 ISO 9000 系列中就要求企业的运营流程和管理流程用这种方式表达。该方式在企业中也称为"业务流程图"、"管理流程图"或"作业流程图"，其特点是比较形象、直观，易于理解。图6-11（b）是某配送中心送货作业流程的工艺视图描述。

企业流程的工艺视图绘制的标准可以是由国家、行业、企业甚至部门制定的，在一定范围内使用，应遵循相同的标准。

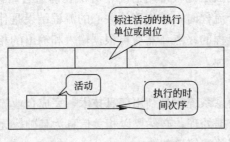

(a) 工艺视图法

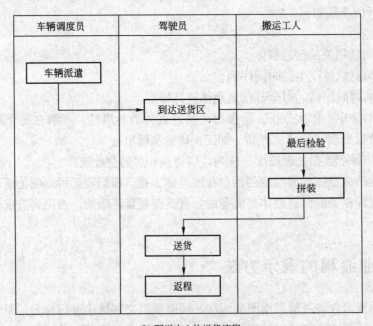

(b) 配送中心的送货流程

图6-11 企业流程工艺视图的绘制

（2）信息视图

信息视图又称业务处理流程图，它是从信息的角度来表示企业流程。信息是企业流程处理的一个主要对象，企业流程的信息视图着重刻画了企业业务流程中信息流的变化过程。业务流程信息视图绘制标准中常用的图形符号参见图 12-7。

图 6-12 为产品入库业务处理流程图。信息流程图主要体现以下几方面的内容。

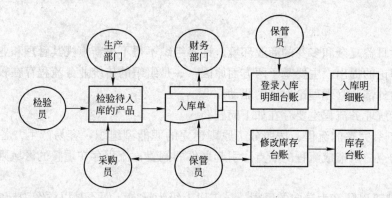

图 6-12　产品入库处理流程图

① 明确的活动。

② 各个活动所涉及的主体、部门或岗位。

③ 明确的工作步骤。

④ 各活动间的主要信息联系。

⑤ 数据存储。

6.2.7　企业流程的建模

工艺视图、信息视图通常只表示单体流程，展示流程中各活动之间的关系。如果要描述企业的全部流程和流程间的关系，则需要进行流程建模。

流程模型是一种企业流程的定性描述和定量分析的模型，是认识、理解、分析、评价流程的基础。模型是人们对现实世界原型的一种模拟、抽象和简化；模型就像语言一样，可以把流程的内涵及流程之间的关系完整地展示出来。流程模型一方面使人们认识和理解流程，另一方面引导人们对流程进行深入思考。

一般地，建立企业流程模型时，需要考虑这些关键因素：建模的动因、目标、领域、类型、规模和问题等。建模目标是需要确定所建立的企业流程模型将要达到的目标，如目标是降低成本、加快响应时间、提高产品或服务的质量、提高顾客满意度等。建模领域是指需要确定建立企业流程模型的对象，如可以在核心流程、辅助流程或非常流程中确定再造的对象等。建模类型是指需要确定建立何种企业流程模型，如是信息流程还是功能流程、是单个流程模型还是多个流程模型等。建模规模是确定将要建立的企业流程模型大小、复杂程度和粒度。建立问题是指在建立企业模型中需要考虑的问题，包括技术问题、顾客问题、组织问题、财务问题。

目前，有许多建模方法可以用于企业流程建模，这些建模方法都有自己的特点和应用范围。常用的建模方法有数据流程图建模法、Petri、IDEF0/IDEF3 法、工作流法等。本书将在第 12 章中重点介绍数据流程图的建模方法。

6.3　企业流程再造

为了应对日益复杂和多变的商业环境，许多组织不得不重新审视其管理和业务流程。企业流程再造理论的提出，主要基于两方面原因：一是组织的传统业务流程存在较多弊端，二是来自企业内外部及管理理论发展的驱动。

组织的传统业务流程主要存在如下问题。

① 部门割裂完整的流程。按照分工原则建立的职能型组织，容易产生"各自为政"的现象。流程的空白区造成流程的断点，引起事件的搁置；流程存在重叠的区域则可能引发多头管理。

② 员工缺乏以顾客为导向的思想。员工以上级为导向，而不是以顾客为导向。

③ 缺乏资源共享的信息平台。资源利用度的高低是衡量组织管理水平的重要标志。而对于许多企业/组织来讲，信息只存在于单个部门之间，分散在各个了系统，形成了一个个的信息孤岛。

这些问题促使组织反思过去，寻找更有效的经营方式。信息技术为组织变革提供了强有力的手段，信息系统的建设也成为流程再造或优化的契机。

6.3.1　信息系统与管理模式创新

1. 传统管理模式的弊端

现行的企业管理模式是工业经济的产物，是一种以权力为中心的严格的等级制度，企业内部劳动分工精细，专业化程度强，并且职能部门多。这种传统的等级制度在工业时代发挥了巨大作用，大大提高了企业的生产效率，但对新的市场环境和知识经济时代，它的弊端也越来越明显地暴露出来。

严格的等级制度使得信息在上下级之间纵向传输时常常要跨越多个层级，不仅影响了信息的时效性，也降低了其准确度。内部信息不通畅，使得企业对变化莫测的市场不能及时作出反应，从而降低了企业的竞争力。专业化分工的精细，职能部门纵多，使得部门间信息的横向传递也受到阻碍，相互之间不能有效沟通与协作，并且部门之间的相对独立也容易形成各自为政的局面。企业的员工更关心本部门的利益而不是企业整体的利益。由此，作为一个组织，企业的整体效力得不到充分发挥，还造成了资源和时间的浪费。另一方面，严格的等级制度也不利于激发员工的积极性和创新精神，从而使企业缺少生命力和活力。

总之，新的竞争环境要求企业能够对大量复杂的市场及客户信息作出快速准确的反应，而传统的管理体制由于存在繁多的监控制度和审批手续，无法达到这个要求，从而使企业丧失了市场竞争优势。面对竞争日益激烈的市场环境，企业需要进行组织管理变革。特别是在信息时代，为了适应信息技术发展对企业生存的内外环境的影响，企业管理模式也要作出相应的变化。

2. 信息系统引起的组织变化

信息系统在组织中的应用经历了一个逐步深入的过程，其中一个显著的特点是信息系统不再仅仅支持事务数据的简单处理，而是成为大多数业务过程中的组成部分，成为支持企业战略目标实现的重要工具，在很大程度上改变了企业运作的方式。

信息系统是组织变化的强大工具，有 4 种风险收益各不相同的组织变化，它们是：自动化、流程合理化、流程再造和异化，如图 6-13 所示。

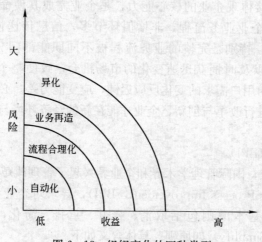

图 6-13　组织变化的四种类型

（1）自动化

自动化是指利用计算机来提高完成某项业务的效率。这是信息技术所引起的组织变化的最普遍的形式，如会计记账系统、生产统计系统等。

（2）流程合理化

流程合理化是将标准的业务操作程序作进一步的精简和改进，消除明显的瓶颈，使自动化的效率更高。自动化往往使原有的业务流程产生新的问题或显得有些烦琐。若不对这些业务流程作合理化的改进，再先进的计算机技术也不会产生任何效益。

（3）业务再造

业务再造也叫业务流程再设计，这是组织变动中更有力的一种类型。为降低费用，扩大信息技术带来的效益，需要对原有的提供产品和服务的业务过程进行分析、化简和重新设计。显然，它比工作流程合理化更进一步，它要对工作流程重新进行组织。

（4）异化

异化是组织改变更彻底的一种类型，它是从根本上重新考察组织的业务和组织本身。重新定义组织的业务，也重新规划组织。当然，异化不会那么简单，而且常会失败。

信息技术的引入提高了业务流程的反应速度，改变了流程的结构，有些业务消失了，也产生了一些新的业务流程。企业在引入信息技术之前必须首先重组现有的组织架构，理顺业务处理流程，改变传统的管理模式，这是保证信息技术发挥其效用的根本。反过来，在企业中创造性地利用信息技术，可以提高信息处理速度和准确性，辅助管理决策，变集权式管理为分权式管理，使管理体制更加合适。

6.3.2　企业流程再造理论

由于业务流程比组织内部的机构相对稳定，面向业务流程的信息系统在组织机构与管理体制变化时能够保持工作能力。然而，只是在 20 世纪 90 年代以来，业务流程才在管理改革与信息系统建设中受到特别关注。在此之前，人们更多关注的是企业管理的管理层次结构与职能结构。

企业的业务流程直接体现企业的核心能力，是企业完成其使命、实现其目标的基础。传统企业管理模式下的企业业务流程，非增值环节多，信息传递慢，同一流程各个环节和不同流程间关系混乱，特别是完整的业务流程被不同职能部门分割，大大降低了业务流程的效率与效益，难以及时捕获迅速变化的市场机会，致使整个企业效率与效益低下、竞争力弱，对市场形势与用户需求的变化反应迟钝，应变能力差。必须应用现代信息技术与管理方法，对企业流程进行改革与创新，企业才能在新的经济环境与市场形势下得以生存与发展。

（1）业务流程改进（BPI）

20 世纪 80 年代以来，国际管理学术界和企业界兴起了管理改革的热潮。首先兴起的是企业流程改进（Business Process Improvement，BPI），寻求对企业业务流程的连续的、渐进的改进。BPI 采用的基本原则包括取消、合并、重排、简化，即 ECRS（Eliminate、Combine、Rearrange、Simplify）四原则。具体含义如下。

①"取消"所有不必要的工作环节和内容。有必要取消的工作就不必研究如何改进，某些环节因为信息系统的实施可以取消。这是改善工作程序、提高效率的最高原则。

②"合并"必要的工序。不能取消的工作可以研究能否合并，为了做好某项工作要分工和合作。分工的目的，可能是因工作量超过某一组织或人员的负担，或是由于专业的需要，再或是从增加工作效率出发的考虑。如果采用信息系统后，已经不存在工作量的问题或专业分工的问题，那么就需要合并。

③"重排"所必需的工作程序。取消和合并后，还要将所有程序按照业务的逻辑或信息的流向进行重排顺序，或者在改变其他要素顺序后，重新安排工作顺序和步骤。在这一过程中还可以进一步发现可以取消和合并的内容，使作业更有条理，工作效率更高。

④"简化"所必需的工作环节。对程序的改进，除去可取消和合并之外，余下的还可进行必要的简化。这种简化是工作内容和处理环节本身的简化。

（2）业务流程再造（BPR）

然而，许多企业发现渐进的改善不能从根本上解决企业面临的问题。1990 年，美国的哈默博士把"再造"思想引入管理领域，提出了业务流程再造的概念。哈默认为，BPR 是企业的业务流程进行根本的再思考和彻底的再设计，从而使企业的关键绩效指标，如成本、质量、服务、效率等获得巨大的提高。BPR 强调打破职能部门的分界线，考虑流程的连续性和有效性，以流程而不是以职能为企业经营的管理对象。BPR 包含 4 个关键特性即"根本性"、"关键性"、"戏剧性"和过程。

"根本性"就是在再造过程中，企业人员必须就企业自身及运营方式提出几个根本性的问题，即"为什么我们要做我们正在做的事情？"、"为什么我们要用现在的工作方式做事情？"提出这些根本的问题就是要使人们对他们管理企业的方法所基于的不成文的规则与假设，以及所从事的业务进行观察和思考，往往会发现这些沿袭下来的规则和假设已经是过时的，甚至是错误的，因而是不适用的，而所从事的业务是没有竞争力的，是没有必要再做的。

"关键性"再设计意味着对事物追根溯源，对既定的现存事物不是进行肤浅的改变或调整修补，而是抛弃所有的陈规陋习和一切规定的结构与过程，保留具有核心竞争的业务，创造发明全新的完成工作的方法。它是对企业的业务进行重新构造。

"戏剧性"就是企业流程重组不是取得小的改善，而是要取得业绩上的突飞猛进。小的改善只需逐步调整就可以取得；"戏剧性"的成就则要消除一切陈旧事物而代之以崭新的内容。

在实施企业流程重组中，应该强调"过程"。虽然这个"过程"最重要，但它也是最难解决的。因为一方面"过程"总是要跨部门，"过程"的改变会引起企业内的混乱，大多数企业领导人并不以过程为中心，他们往往把注意力集中于任务、工作、人员和组织结构而不是"过程"；另一方面，过程又总是与业务分不开的，不同的业务对应着不同的过程。

BPR 的理念体现了一种着眼于长远和全局、突出发展与合作的变革思想，它强调以企业流程为改造对象和中心，以关心客户的需求和满意度为目标，对现有的企业流程进行根本的再思考、彻底的再设计，利用先进的制造技术、信息技术及现代化的管理手段，最大限度地实现技术上的功能集成和管理上的职能集成，打破传统的职能型组织结构，建立全新的流程型组织，从而实现企业经营在成本、质量、服务和速度等方面的显著改善。

BPR 在 20 世纪 90 年代成为西方管理界与企业界的热门话题，被认为是现代管理的一场革命。一些大企业，如福特汽车、通用汽车、IBM 等从 BPR 获得了巨大成就。然而，据统计，BPR 的项目的失败率高达 70%，这说明实行 BPI 还是 BPR，必须依据企业面临的问题和环境而定。

6.3.3　企业流程再造案例

流程再造理论一提出，立刻在企业管理界产生了广泛的影响，也带动了企业再造的风潮，引起了 20 世纪末的产业重组浪潮。十几年来，BPR 正被企业界普遍接受，并像一股风潮席卷了美国和其他工业化国家。研究表明，75% 至 80% 的美国大公司已经开始流程再造，其中一些世界著名的公司，如福特、克莱斯勒、美国电报电话公司、强生等都加入了企业再造的行列，而且取得了显著的业绩。业务流程重组的实践，会对企业的管理绩效产生巨大的影响。1990 年，Hammer 曾经列举的福特汽车公司北美财会部应付账款部门所涉及的采购业务流程重组，是 BPR 领域里的经典案例之一。通过这个案例，可以更加清晰地了解 BPR 是如何帮助企业获得突破性或"戏剧性"增长的。

案例 1

福特汽车公司应付账款部采购业务的流程再造

福特（Ford）汽车公司是美国三大汽车巨头之一，但是到了 20 世纪 80 年代初，福特像许多美国大企业一样面临着日本竞争对手的挑战，因而想方设法削减管理费用和各种行政开支。当时仅在福特汽车公司的北美分公司，财务人员就超过 500 人。为了减少开支，福特的管理层认为，可以借助办公自动化来减少两成的间接成本，并把财务人员缩减为 400 人。而福特公司拥有 22% 股份的日本马自达公司，做同样工作的人只有 5 个人。尽管两个公司在规模上存在一定的差距，但 5∶500 的差距让福特公司震惊了。为此，福特公司决定对其公司与应付账款部门相关的整个业务流程进行彻底再造。

福特汽车公司原有采购业务流程是采购部向供应商下订单，同时把副本送给付账部和物料部，厂商将货品送到物料部，同时将发票送给付账部，物料部对货物进行清点、记录，然后将验收单送到付账部，付账部将所持的验收单、订单和发票三种文件相互查验，如果都相符，就如数付款给厂商，如图 6-14 所示。

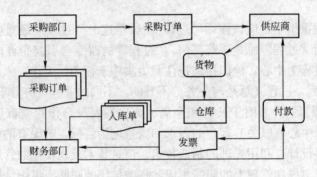

图 6-14　原有采购业务流程应付账款部门的工作

福特汽车公司应付账款部门的工作就是接收采购部门送来的采购订单副本、仓库的收货单和供应商的发票，然后将三类票据在一起进行核对，查看其中的 14 项数据是否相符，绝大部分时间被耗费在这 14 项数据由于种种原因造成的不相符上。

1. 第一次再造

第一次再造只做了一点变动，即采购部不直接向供货商发送订单，而改向付账部送预购单，付账部在收到预购单后，直接向供货商发送订货单，如图 6-15 所示。初步的流程改革虽然简单，却给多个部门带来好处：采购部只需向付账部送预购单，免去了向供货商发送订货单的任务；对供货商来说则免去了向付账部发送发票的手续；而付账部的得益更多，现在它只接受来自两个信息源（采购部及物料部）的信息，核对的工作量大大减少，工作准确度也大为提高，即使发现单据不符情况，调查只涉及采购部和物料部，不需要找供货商。因此，这一步改革使付账部的人员就减少了 75%。

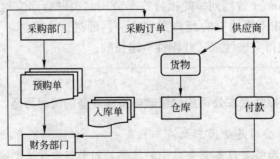

图 6-15　第一次再造后的业务流程

2. 第二次流程再造

第二次流程再造的核心是将核对工作由付账部转到物料部，采购部同时向付账部及物料部发送预购单。物料部在收到货物后，立即与采购部的预购单核对，符合时就向付账部发送收货单；若不符合，就将货物退给供应商，如图 6-16 所示。第二次后付账部的工作任务只有两个：根据采购部的预购单向供应商发送购货单；根据物料部送来的收货单向供货商付款。在这种情况下，付账部的人员可大大减少，后来只需要 20 人左右就足够了。

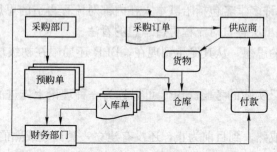

图 6-16　第二次再造后的业务流程

3. 第三次流程再造

第三次流程再造的核心是把现代信息技术应用于流程再造，利用共用数据库代替文件的传输，以提高信息传递的速度和准确性及付款流程的效率和性能。福特公司开始进行采购流程再造，他们采用先进的信息技术，高效率地与供应商协作，以提高企业内部运作效率，最大限度地满足客户的需求。采购部将订单输入数据库，数据库向厂商下达订单，厂商交货给物料部，物料部从数据库取出订单资料，再验收所交的物品。如果验收相符，就将验收合格的资料输入计算机；如果验收不相符，同时也将验收结果输入计算机，付账部从计算机资料中查询和了解采购状况，安排付款，如图 6-17 所示。

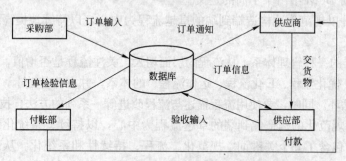

图 6-17　第三次再造后的业务流程

6.4　企业流程管理

企业流程管理（Business Process Management，BPM）理论实质上是有关企业流程优化、变革和重组的理论、方法、策略、技术和工具的理论总结。实施企业流程变革的主要方法一般有两大类：全新设计法和系统改革法。前者是从根本上抛弃旧流程，零起点设计新流程，主要理论是企业流程再造；后者继承逐步改善的思想，辨析理解现有流程，在现有流程的基础上，进行规范流程、优化流程和再造流程，主要理论是企业流程管理。

BPR 提出后，一些企业通过 BPR 取得了一定的成绩，如 Ford 汽车公司、AT&T、IBM 等成功案例。但是，成功的背后却有大量失败的案例，70％的 BPR 项目不仅没有取得预期的成果，反而使事情变得更糟。

1. 从 BPR 到 BPM

在随后的实践中，许多学者包括哈默本人在内都对流程再造的思想进行了新的思考，站在理论和客观的角度提出了各自对流程再造思想的看法。

① BPR 不是成熟的思想。从其诞生到现在，BPR 还局限在初级层次，还远远不是成熟的理论。

② BPR 思想还缺乏实践的考验。BPR 可以称为一种理论上先进的思想，但是还没有成为实践上成熟的理论。

③ BPR 工具还不成熟。到目前为止，还没有建立一套比较成熟的 BPR 实施方法，分析工具也不够成熟。

尽管 BPR 不成熟，但是 BPR 已经在管理界和企业界留下深刻的影响，BPR 没有消失，思想的精华继续延伸，正在向成熟的方向发展。随着信息技术的飞速发展和企业流程变革手段的日益成熟，人们又提出了企业流程管理的观点。BPM 的概念发源于 IT 业，原意是指通过图形化的流程模型描绘和控制信息的交换及交易的发生，对商业伙伴、内部应用、员工作业等活动进行协同与优化，使信息的流动无障碍并自动化。从其原意来看，BPM 是在 IT 技术的支持下，对企业流程活动进行充分、准确的描述，它通过持续改善流程的方式进行优化，变革流程，达到企业流程执行的高效和准确。同时 BPM 也代表了流程管理的一种思想，它是对过去有关流程理论的创新和发展。

不同的学者对 BPM 给出了不同的定义。

"BPM 是一种以规范化地构造端到端的卓越流程为中心，以持续地提高组织绩效为目的的系统化方法。"

"BPM 是这样的一种管理体系，从流程的层面切入，关注流程是否增值，形成一套'认识流程、建立流程、优化流程、E 化流程、运作流程'的体系，并在此基础上，开始一个'再认识流程'的新的循环。同时，要使用流程描述与流程改进等一系列的方法、技术和工具。"

"流程管理以规范化的构造端到端的卓越流程为中心，以持续、系统化地提高组织绩效为目的。"定义中包含了几个关键词：规范化、流程、持续性和系统化。从以上定义可以看出，BPM 将原来 BPR 定义中的彻底性、根本性融入到规范化、系统化中，指出不一定需要彻底的重新设计业务流程，而是应该规范地对流程进行设计，需要进行重新设计的就进行重新设计，不需要的就进行改进。同时，流程管理的定义指出，流程管理是一种系统化的方法，是持续的不断提升的一种方法，放弃了企业流程再造中"戏剧性"的提法，"持续性"的提法显然更具有现实意义。

企业流程管理的实质就是构造卓越的流程。首先保证流程是面向客户的流程，流程中的活动都应该是增值的活动。当一个流程经过流程管理，被构造成卓越流程后，人们可以始终如一地执行它，管理人员也可以以一种规范的方式对它进行改进。流程管理保证了一个组织的流程是经过深思熟虑的，是经过精心的设计，并且这种设计可以不断地持续下去，使流程本身保持永不落伍。一般来说，BPM 包含以下 3 个层面。

① 规范流程。对于符合卓越流程观点的流程，如果原先没有规范，则将其规范化。

② 优化流程。如果流程中有一些问题，如存在冗余或消耗成本的环节，可以采用优化流程的方法对其进行优化。

③ 再造流程。对于一些积重难返、效益和效率很差、客户反映不好的流程，就需要进行再造了。

综上所述，流程管理的思想包含了 BPR，但是比 BPR 的概念更广泛，更适合企业的需要。

2. BPM 与 BPR 的不同点

① BPR 强调管理的重规划，采用疾风骤雨式的革命，不主张改革或者改良；BPM 是一种系统化方法，是持续的、不断提升的动态过程，讲究实效、切实可行。

② BPR 的关键词是彻底的、根本的，BPM 的关键词是规范化、持续性。

③ BPR 要求对所有的流程进行再造，BPM 不要求对所有的流程进行再造，而是根据现有流程的具体情况对流程进行规范化设计。

④ BPR 仅在再造层面上进行，BPM 可以在规范流程、优化流程和再造流程 3 个层面进行。

从以上可以看出，BPM 的思想是对前面有关企业流程的理论的总结和升华，是充分吸收了 BPR 的内容和其他流程理论的优点，提出的较为成熟、符合现实要求的企业流程理论，它用较为可行的思想、方法和手段有效地解决企业流程问题。

3. BPM 实施的策略

企业流程管理实施的策略，主要以流程为切入点将企业的各种活动统一起来实施流程管理，其策略如下。

① 以企业的整体的发展战略为指导。企业的整体的发展战略涉及战略规划、体制改革计划、投资融资计划、市场拓展计划、业务拓展计划、研发创新计划、设备投资计划、工程建设计划、资金计划、人力资源发展计划等。

② 建立持续改进的流程体系。包括设定范围、现状描述、要素分析、问题诊断、流程优化、流程切换、流程运作、持续改进。

③ 建立支撑流程运作的管理配套体系。包括组织职能协调、岗位设计、绩效考核、制度规范等。

④ 建立支撑流程运转的 IT 应用平台。企业门户管理、企业客户管理、供应链管理、协同管理、财务管理、人力资源管理、知识管理、战略管理等。

⑤ 将其他组织的接口问题纳入工作范围。

4. 影响 BPR/BPM 实施的因素

信息技术是促进 BPR 诞生的技术基础，反之信息技术又是 BPR 的使能器，BPR 利用 IT 改变企业流程达到组织精简、效率提高的目的。BPR 的实施除了与 IT/IS 密切相关以外，还涉及企业经营管理的方方面面。

企业流程管理是一项系统工程，与流程运作直接相关的是人和管理，影响 BPR/BPM 实施的因素有环境因素、组织结构、信息和技术，产品、服务和绩效是 BPR/BPM 的输出。

信息技术的跃进是 BPR/BPM 产生和发展的动力。随着因特网、企业内部网和电子商务的飞速发展，信息技术正广泛而深入地介入人们的生活，改变人们的生活方式和思维模式。在这种情形下，想脱离 IT 而完成 BPR/BPM 几乎是不可能的。若把 BPR/BPM 比作一种化学反应，那么 IT 就是催化剂，离开了它，反应虽可进行，但却难以达到理想的结果。正因为如此，合理运用信息技术成为 BPR 的难点和要点所在，BPR/BPM 与信息技术的紧密关系可以归纳如下。

① BPR/BPM 是一种思想，而 IT 是一种技术。

② BPR/BPM 可以独立于 IT 而存在。

③ 在 BPR/BPM 由思想到现实的转变中，IT 起了重要的支撑作用。

6.5　管理信息系统的业务处理流程

当运用管理信息系统进行业务处理时，业务处理流程实际上已固化到管理信息系统中了，因此构建管理信息系统时必须首先要进行业务流程的优化。管理信息系统的业务处理流程有别于传统的手工处理流程，一般包含系统初始化和日常业务处理两部分内容，如图 6-18 所示的工资管理系统业务处理流程。

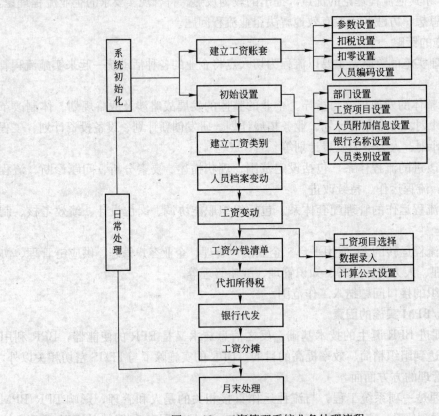

图 6-18　工资管理系统业务处理流程

管理信息系统的开发过程中，考虑到系统的通用性，一般提供初始设置功能，在系统启用时根据使用单位的具体情况，通过初始化功能来实现或满足本单位业务处理的需要。初始化工作完成以后，一般就可以进行日常业务的处理了。

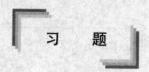

习 题

一、名词解释

1. 企业流程 2. 企业流程观 3. 活动 4. 工艺视图 5. 信息视图 6. 异化 7. BPI 8. BPR

二、简答题

1. 简述信息流与物流和资金流的关系。

2. 信息的加工有哪些方法？

3. 简述企业流程的四要素。

4. 组织的传统业务流程主要存在哪些问题？

5. 举例说明活动的实现方式对企业流程的影响。

6. 企业经营流程、管理流程和业务流程之间有什么样的关系？

7. 企业流程的识别可以采用哪些方法？简述信息载体跟踪法。

8. 简述福特公司应付账款部门业务流程再造的过程和成效。

三、单选题

1. 按活动的内容，企业的业务流程可以分为经营流程、管理流程和（ ）。

A. 计划流程 B. 考评管理流程 C. 技术管理流程 D. 业务流程

2. 产品制造型、服务型或资源型企业的运作周期可以为计划、（ ）、保管/管理和处理/分配4个阶段。

A. 设计 B. 开发 C. 获得 D. 考核

3. 信息系统是组织变化的强大工具，有四种风险收益各不相同的组织变化，它们是：自动化、流程合理化、流程再造和（ ）。

A. 异化 B. 智能化 C. 知识化 D. 无线化

4. BPR 强调对企业的改造是"基本的"，"彻底的"和（ ）。

A. 逐渐的 B. 微调的 C. 显著的 D. 点滴的

第7章

管理信息系统的结构

管理信息系统的结构是指系统各部件的构成框架，对部件的不同理解构成了不同的结构方式。从构成管理信息系统的物理组成来看，它包括硬件、软件、数据库、操作规程和操作人员等组成部分。硬件是指组成管理信息系统的有关设备装置，主要是指计算机及通信设备；软件包括系统软件和应用软件；数据库是指数据文件的集合；操作规程是指运行管理信息系统的有关说明书，通常包括用户手册、计算机系统操作手册及数据输入设计手册等；操作人员是指系统分析员、程序员、计算机操作员、系统管理员及其他有关人员。只要将上述物理组成部分合理地组织起来，就可顺利完成管理信息系统的各项功能。

一般从概念、功能、硬件、软件4个方面考察管理信息系统的结构。在1.1.2节中从信息流运行过程、对企业经营管理的支持和系统运行的角度已对管理信息系统的概念结构进行了探讨，本章将从社会—技术系统的角度对管理信息系统的体系（概念）结构、功能结构、硬件结构（空间分布结构）及软件结构进行论述。

7.1 管理信息系统的体系结构

7.1.1 信息系统的总体构成

MIS的体系结构是指信息系统的组织成份及组成成份之间的关系，有时也称为信息系统的组成模型。很多学者提出了管理信息系统的体系结构模型，如德国IDS公司的August-Wilhelm Scheer教授提出了集成化信息系统体系结构的概念；我国薛华成教授从概念结构、功能结构、软件结构、硬件结构4个方面阐明管理信息系统的结构；高复先教授提出了集成化MIS的组成模型，他认为管理信息系统由5部分组成：人员、管理、数据库、计算机软件和计算机硬件系统，如图7-1所示，上面两个部分——人员和管理反映了MIS的社会系统特征，下面的部分反映了MIS的技术系统特征，而数据（元数据和业务数据）则是技术系统的核心。

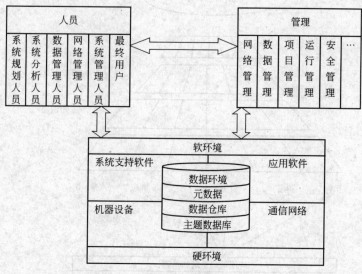

图 7-1 MIS 组成模型（高复先）

刘仲英主编的《管理信息系统》（高等教育出版社，2006）一书中在各种管理信息系统体系结构的基础上，提出了一种全面反映社会-技术系统特征的管理信息系统体系结构，如图 7-2 所示。该模型表示管理信息系统由应用信息系统和应用信息系统基础两大部分组成。应用信息系统是人们通常所指的管理信息系统，应用信息系统基础包括人员、战略、组织、管理、数据资源和基础设施 6 个组成部分，它是支持应用系统运行的基础，或者说是应用信息系统运行的环境。两大部分共 7 个成分相互联系组成了管理信息系统的有机整体。

7.1.2 应用信息系统及其基础

1. 应用信息系统

应用信息系统是管理信息系统体系结构（Information System Architecture，ISA）的主要组成部分，它是一个通过系统开发提交给信息系统体系用户使用的信息系统应用软件。作为用户，首先看到的就是一张或若干张光盘，当该软件运行时，可以在用户界面上看到它向企业管理层提供辅助管理和决策的应用和服务功能。信息系统所提供的功能由称为子系统或模块的部件提供。例如，图 7-2 的梯形部分表示该应用信息系统根据职能分工的需要，提供了按纵向职能如销售管理、生产管理、财务管理、供应链、人力资源管理等划分的子系统。需要强调的是，组织不同层次的管理角色对信息系统的要求有很大的不同。高层次管理者对于产品和服务制定长期战略决策，中层管理者执行高层者制定的计划，操作层管理者负责监控公司的日常活动。各个管理层都需要有创造性，需要拿出一些解决各种问题的新的解决方案。各个管理层都有不同的信息需求，对信息系统也就存在着不同的要求。在纵向划分子系统的基础上，又可以按战略层、管理层、知识层、作业层等管理层次的不同要求，把每个职能子系统横向切成若干个更小一点的子系统或模块。应用信息系统的各个子系统间通过数据进行联系，形成一个集成化的信息系统应用体系。

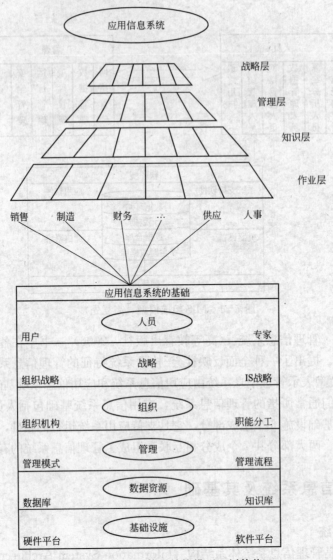

图 7-2　MIS 体系结构模型（刘仲英）

2. 应用信息系统基础

（1）人员

信息系统人员是指与信息系统建设和使用有关的人员，包括信息系统专家和信息系统用户。信息系统专家是指参与信息系统开发的各类专业人员，如系统分析员、系统设计员、系统程序员、系统规划和咨询人员；信息系统用户是指那些提出需求或使用应用信息系统输出结果的人员，如企业高层经理、企业信息主管、业务人员、信息系统管理员、客户或者供应商。其中，企业高层经理往往是信息系统建设项目的投资者和风险承担者，并收益于信息系统。应用信息系统能否在组织中运行成功，取决于信息系统用户对信息系统的接受程度。信息系统人员是信息系统体系结构中最具活力的要素。

（2）战略

战略是 ISA 中起主导作用的要素。战略包括组织的战略和信息系统的战略两个部分。

战略是组织为了适应外部环境对目前从事的和将来从事的活动进行的重大决策。战略包括组织的使命和长期目标、组织环境约束和计划指标的集合。信息系统战略是关于组织信息系统长远发展的目标，是为实现组织战略而采取的基于信息技术的战略方案。IS 战略是组织战略的一个组成部分。

（3）组织

组织是信息系统得以运行的基本要素。组织是在社会经济系统中为了实现共同目标而形成的具有一定形式和结构的群体及关系，是基于确定目标、结构和协调活动机制的与一定社会环境相联系的社会系统。组织拥有各种资源，如人、财、物、设备、技术和信息，通过对这些资源的管理与利用实现组织的战略目标。组织的目标与战略决定了组织生存的目的和竞争的特点。例如，企业组织的目标与战略决定了企业的经营范围、职员、顾客和竞争者之间的关系。组织是管理的载体，如企事业单位、国家机关、政党、社会团体等。组织的组成要素有组织结构、组织文化、规章制度、职能分工等。

（4）管理

管理是管理者或管理机构在一定范围内，通过计划、组织、控制、领导等工作，对组织所拥有的资源包括人、财、物、时间、信息进行合理配置和有效使用，以实现组织预定目标的过程。在管理活动进行的过程中，所有的管理组织机构都要依靠信息来进行联系和交流，包括不同管理层次之间的纵向联系与交流和同一管理层次中不同管理部门和环节之间的横向联系与交流。管理工作的成败，取决于能否作出有效地决策，而决策正确与否在很大程度上取决于信息的质量高低。信息系统是提高管理质量的最有效手段。

管理涉及管理模式、管理职能、管理过程等。管理模式可以认为是一种能够参照着做的标准管理样式，如 MRP、JIT、MRP Ⅱ、ERP 等都是代表了先进的生产组织模式。管理职能是指人和机构应有的作用、功能、职责和权力。例如，企业由研发、生产、销售等部门组成，那么研发、生产和销售就是这些部门的职能。管理过程又称管理流程、业务流程等，通常是跨职能部门的，超越了销售、市场、生产和研发之间的界限，业务流程通常也超越了传统的组织结构，把不同部门中的员工集中在一起来完成某项工作。例如，许多公司的订货流程就需要销售职能（接受订单、输入订单）、会计职能（财务审查、订单记账）和生产职能（按订单生产和运输）等各职能之间的协调。信息系统可以使部分业务流程自动化，或者通过不断发展的工作流软件实现企业流程的重新设计和简化，从而使企业达到高效率。信息系统不仅仅支持管理和决策活动，而且是优化、改变和创新管理过程和管理模式的手段。

（5）数据资源

这里是指数据资源的组织和存储，即管理。数据和信息是信息处理的对象，是组织的重要资源。数据由原始事实组成，信息是按特定的方式组织在一起的事实的集合，信息系统把数据加工成信息，信息又成为管理和决策的依据。信息系统输入原始数据，而输出的是更有用的信息，这就是建立信息系统的目的。数据和信息被组织在信息系统的数据库、数据仓库或者知识库中，构成了信息系统的原料、半成品或成品仓库。

（6）基础设施

信息系统建设的基础设施包括支持信息系统运行的软硬件平台。硬件平台包括计算机主机、外存、打印机、服务器、通信电器、通信设施等物理设备，软件平台包括系统软件、实用软件和应用软件。操作系统、网络操作系统、数据库管理系统等属于系统软件；各种编程语言、开发工具、群件、浏览器等属于实用软件；专门用于预测和统计的软件包则属于应用软件，它常常嵌入在应用信息系统中。

7.2　管理信息系统的功能结构

7.2.1　信息处理技术结构

从信息处理过程和处理技术来看管理信息系统，其组成符合信息运动的一般规律，其信息处理技术结构的一般形式如图7-3所示。现将各部分简述如下。

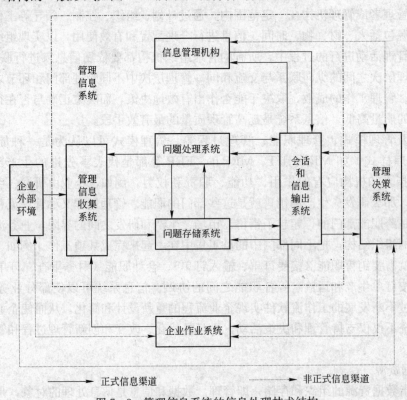

图7-3　管理信息系统的信息处理技术结构

1. 信息收集

企业管理信息系统除了向内部作业系统收集信息外，还要向外部系统收集信息，并且信息的收集是由问题处理系统驱动的。信息的收集包括原始数据的收集、信息的分类、编码及向信息存储系统与问题处理系统传送信息等过程。所收集信息的准确性、完整性和及时性，直接关系到系统输出信息的质量及管理与业务活动水平。鉴于前面提到的企业组织信息的特点，信息收集的方式和手段也是多种多样的，并占用较多的资源。据粗略估计，信息收集工作占去信息处理全部工作量的大部分和所需经费的一半以上。由于互联网的迅速发展与广泛应用，信息的来源十分广阔。如何从网上大量数据源中获取所需的信息，是对信息收集工作的新挑战。

在信息收集工作中，必须按照统一的规范对各种原始数据进行科学的、合理的分类和编码，以保证信息处理和传输的准确性与高效率，便于管理信息系统各部分及管理信息系统与其他系统之间实现资源共享。

信息收集，特别是原始数据的采集，目前自动化程度还不高，许多工作主要靠人工。在信息收集中，重视人的作用和人、机的密切配合，重视非正式渠道的作用，具有重要的意义。

2. 信息存储

信息存储系统是管理信息系统的信息基础。从逻辑上看，管理信息系统的信息存储子系统可以分成三大部分：数据库系统、模型库系统和知识库系统。传统的管理信息系统是以数据库为基础来实现信息处理的系统。当时，管理信息系统的决策支持能力不强，信息处理逻辑大都不太复杂，而数据库则能反映复杂事物之间的信息联系，因此数据库成了管理信息系统的主要支柱。由于管理科学、系统科学的发展和信息技术的进步，各种数学模型和方法逐步纳入到管理信息系统。为了使管理者与知识工作者灵活地调用、补充、修改和建立支持管理决策与知识创新的各种模型与方法，有必要建立模型库及其管理系统，实现应用程序与模型的相对独立和模型资源共享。支持决策工作的现代管理方法（如运筹学方法），往往包括模型和问题求解方法两个方面，因此模型库中对于每一类模型，都应同时存有相应的建模方法与求解方法。人工智能技术的发展为科学、合理地吸取、总结和利用人们的知识与经验支持管理决策与知识创新提供了新的方法与手段。知识库系统就是对这些知识进行收集、存储、管理的系统。

3. 问题处理

问题处理是针对各级分类管理与业务问题的需要，进行信息查询、检索、分析、计算、综合、提炼、优化、预测、评价等工作。因此，问题处理系统是管理信息系统的核心，是管理信息系统支持管理决策与业务活动成败的关键所在。管理信息系统的开发，从技术角度来说，是围绕问题处理展开的。除了如统计报表等日常事务处理可以完全实现自动化以外，为了支持用户在决策过程或知识创新各阶段的工作，必须根据他们的需要，及时地综合利用所收集的数据、模型和方法及有关知识、经验，提供与问题有关的内外环境信息和背景材料，协助决策者明确问题、探索方案，进行分析、推理，对各种可能方案进行评价和对所制定的决策的实施效果进行预测（实施前）和分析（实施后）。现有的管理信息系统在实现上述功能可能各有侧重，但从其发展趋势来看，这方面的功能正在不断加强。

4. 对话和信息输出

信息输出对于任何管理信息系统来说都是基本功能。对话与信息输出是管理者实施决策、驾驭整个企业的业务活动和知识工作者探索、研究、创新的主要手段之一。因此，输出的信息必须及时、准确、实用，特别是这些信息是面向广大管理人员和第一线的技术人员与工人时，更应如此。因此，输出信息的形式清晰、内容简练、明确、具体、易懂、便于执行、便于检查、安全保密性好，对于实施决策至关重要。输出信息的常用手段有电传打字机、绘图机、终端屏幕、计算机网络或数据通信的有关设备，以及电视、电话、传真和邮件传递系统等。

前面已经提到，管理信息系统是一个人-机系统。在信息处理上，人、机必须合理分工与密切配合，才能完成信息处理，进而有效地支持管理与业务活动。因此，管理信息系统应具有较强的人-机交互功能。随着计算机软、硬件的发展和微型计算机的广泛应用，管理信息系统的管理和操作人员只从保证系统的完整、安全及各部分协调一致等方面进行维护监督，并给最终用户提供协助。最终用户通过微型计算机或联机终端直接与整个信息处理系统对话，处理各类管理问题。根据解决问题的需要，建立和修改模型，调整和开发各种问题处理的应用软件。企业中管理信息系统的最终用户就是各级各类管理人员和业务人员，对于计算机系统来说，他们一般是非专业用户。因此，一个性能良好的对话系统对于管理信息系统正常、有效、高效率地进行工作，具有十分重要的意义。现代的管理信息系统必须具备功能强、非过程化、程度高、接近人们的自然语言的语言系统，使用户方便地进行数据操作和问题处理及开发应用程序，同时必须具备灵活、多样、可靠的信息输入与输出手段，能方便、准确地输入输出文字、图表、图形，甚至声音、影像。各类应用软件在运行时还必须有友好的用户界面，屏幕显示的格式、色调和转换速度，以及内容、屏幕菜单与提示、提问方式都要根据用户的特点和需要进行精心设计，为用户提供良好的工作环境。

5. 信息管理机构

信息管理结构是管理信息系统管理者的组织机构，负责制定和实施管理信息系统工作的各项规章、制度、标准、规范，对整个系统的运行进行检查、监督，对各部分的工作进行协调，对管理信息系统的开发、扩充进行规划、计划并组织实施，对信息处理的软、硬件系统组织日常维护、修理与更新。

现代企业中，为了实现企业的整体目标，信息管理已成为企业管理的重要职能之一，它和财务、生产、供应、销售、人事等管理职能一样，是企业生存、发展的一个重要支柱。因此，在企业中信息管理机构具有双重身份，它既是管理信息系统的组成部分，又是企业管理系统的一个子系统。

7.2.2　管理决策层次结构

现代社会组织，特别是大中型企业的管理活动均具有层次结构，不同层次的管理活动的决策目标、信息需求、决策过程有着不同的特征。一般企事业单位的管理活动分为 3 个层次：战略计划、管理控制与战术计划、作业计划和控制。这对应于战略决策、战术决策和运作决策 3 个决策层次。

企业的战略决策主要涉及企业的经营目标、经营方针、重大投资、新产品开发和重要人事变动等。这类决策对于加强企业的实力与竞争能力、决定企业的发展方向与速度，以至最终决定企业的成败均有着重要的影响。这类决策的特点是：通常考虑企业的长远目标，主要关心企业外部环境信息，影响决策的不定因素多、风险较大，主要决策者是企业高层管理机构的人员。

在经营目标、经营方针等重大战略问题解决之后，主要问题就是资源的合理配置与利用，以获取企业最好的经济效果。战术决策主要涉及企业的中期目标，如生产能力、存储能力、市场资源、财政资源等的分配问题。这类决策需要大量内部信息的支持，也需要相当的外部信息，具有一定的风险性。外部环境不稳定对战术决策有较明显的影响，这类决策主要由企业中层管理人员做出。

运作决策是指企业为实现经营目标而进行的业务运作计划安排和控制，如制定短期的生产计划、作业计划、销售计划，以及有关降低成本、提高质量、提高劳动生产率的措施等。这类决策主要考虑企业短期的、局部的目标，主要依靠内部信息的支持，大多数问题的解决具有确定的程序与规定，不确定因素与风险性因素较少。

上述 3 个层次的管理决策活动是相互关联的，但由于活动内容与时间尺度的不同，信息需求与处理问题的方式也有差别。表 7-1 表示各层管理决策的信息特征。

表 7-1　各层管理决策的信息特征

信 息 特 征	运 作 决 策	战 术 决 策	战 略 决 策
目　　标	实　施	资源利用	资源获取
时间范围	短　期	中　期	长　期
管理级别	基　层	中　层	高　层
信息内容	窄	中	广
信息容量	大	中	小
信息综合性	低	中	高
信息来源	内部为主	内部、外部	外部为主
信息准确性	高	中	低
环境稳定性	高	中	低
决策风险性	小	中	大

为了有效地支持各级管理决策，管理信息系统在处理与管理活动有关的信息时可分为以下 4 个层次（图 7-4）。

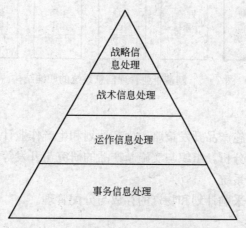

图 7-4　管理信息系统管理决策层次结构

（1）事务信息处理

主要处理各类统计、报表、信息查询和文件档案管理及计算、绘图、文字处理等。

（2）运作信息处理

主要协助管理者合理安排各项业务活动运作的短期计划（如生产日程安排等），根据计划实施情况进行调度、控制，对日常活动进行分析、总结，提出报告等。这里主要处理反映当前业务活动运作情况的信息。

（3）战术信息处理

协助管理者根据企业的整个目标和长期规划制定中期产、供、销活动计划，应用各种计划、预算、分析、决策模型和有关信息，协助管理者分析问题，检查和修改计划与预算，分析、预测评价当前活动及其发展趋势及对企业目标的影响等。战术信息处理要利用大量的反映业务活动状况的内部信息，也需要相当多的反映市场情况、原材料供应者和竞争者状况的外部信息。

（4）战略信息处理

协助管理者根据外部环境的信息和有关模型方法确定或调整企业目标、制定或调整长期规划、总行动方针等。战略信息处理要利用下面各层次信息处理结果，同时要使用大量内外部信息，如用户、竞争者、原材料供应者的情况，国家和地区社会经济状况与发展趋势，国家和行业管理部门的各种方针、政策等。政治、心理因素、民族、文化背景对战略决策也都有着重要的影响。

7.2.3 职能结构

按照管理职能，管理信息系统可以分成相互关联的若干子系统，如制造企业的管理信息系统可分为以下子系统（图7-5）。

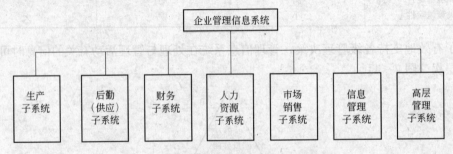

图7-5 制造企业管理信息系统的职能结构

（1）生产子系统

协助管理者制定与实施产品开发策略、生产计划和生产作业计划，进行生产过程中的产品质量分析、成本控制与分析，组织与实施新产品的研究与开发等。

（2）后勤（供应）子系统

协助管理者制定物资采购计划和物资的存放与分配管理。

（3）财务子系统

协助管理者进行财会账务管理、财务计划和财务分析、资本需求规划、收益的度量等。

（4）人力资源子系统

协助管理者进行人员需求预测与规划、政绩分析与考评、工资管理、职工教育与培训等。

（5）市场销售子系统

进行销售统计、销售计划等工作，协助管理者进行销售分析与预测，制定销售规划和策略，进行市场研究与开发等。

（6）信息管理子系统

协助管理者制定管理信息系统的发展规划，对管理信息系统的运行和维护进行统计、记录、审查、监督和对各部分工作进行协调。

（7）高层管理子系统

面向企业最高级领导部门和人员，为高层管理人员制定战略计划、进行资源分配等工作提供支持，同时协助管理者进行日常事务处理，对下级工作进行检查、监督和协调。

生产、供应、销售、财务、物资、信息及高层管理等管理职能，都是一个企业（制造业）管理工作不可缺少的内容。按上述管理职能划分管理部门，建立管理机构，是传统的企业组织设计的基本原则之一，因而管理信息系统也多是按上述管理职能划分子系统。随着市场竞争日趋激烈、用户需求的多样化和变更频度加快、科学技术发展迅速，产品生命周期越来越短，一个产品从概念形成到上市的周期已成为企业竞争力的主要标志。然而，管理过程的职能分割可能导致产品从开发到上市的流程分割，造成产品开发过程和产、供、销各环节之间的信息交流与协调困难，进而对竞争激烈、复杂多变的市场环境的适应能力和应变能力差。因此，一种新的组织管理模式——多功能项目团队逐渐被越来越多的企业采用。项目团队承担一个产品从开发到上市的全部任务，打破企业内部的职能分割，集生产、供应、销售、财务、物资、信息等管理职能于一体，按产品形成和上市过程重新设计一体化的企业流程。管理信息系统为流程的一体化和流程中各环节的协调与控制提供了现代化的方法与手段。为项目团队服务的管理信息系统也有如图 7-5、如图 7-6 所示的结构形式，但具有较强的各管理职能之间的横向联系与协调功能。

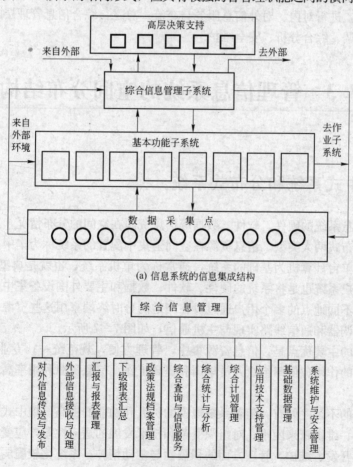

(a) 信息系统的信息集成结构

(b) 综合信息管理子系统的功能

图 7-6 管理信息系统的信息集成结构

7.2.4　信息集成结构

大型的社会组织，如大中型企业、企业集团、政府部门等有着复杂的组织结构、业务内容和广阔的活动范围。为了实现组织的目标与战略，管理信息系统需要对分散在组织各部分的信息实现集中、统一，并进行有效的管理与服务。管理信息系统的信息集成结构体现了组织的业务活动分散、信息管理集中的特点，适合大型组织的需要。

具有信息集成结构的管理信息系统的逻辑结构分四层如图 7-6（a）所示，反映组织的核心业务流程与管理职能，如生产、供应、销售、财务、物资、信息、研究与开发、知识管理等基本功能子系统。高层决策支持系统实现对组织的高层管理人员的信息支持，由分布在组织内外的各类信息采集点获取必要的信息。

综合信息管理子系统是整个系统的枢纽和核心，其功能如图 7-6（b）所示。这个子系统除了承担系统的维护、安全、技术管理等任务之外，作为企业信息管理的枢纽，负责企业的基础数据和关系企业全局和关键业务的数据进行统一、规范和安全的管理，对基本功能子系统、各数据采集点及外部环境数据进行综合统计与分析，提供高层管理人员所需决策支持信息和上报数据，进行对内、对外信息服务与交流。总之，综合信息管理层的主要功能是上下联系、内外协调、综合分析、安全维护。

7.3　管理信息系统的空间分布结构

7.3.1　集中式系统和分布式系统

根据管理信息系统的硬件、软件、数据等信息资源在空间的分布情况，系统的结构又可分为集中式和分布式两大类型。信息资源在空间上集中配置的系统称为集中式系统。由配有相应外围设备的单台计算机为基础的系统，通常称为单机系统，也就是典型的集中式系统。面向终端的多用户系统也是将系统的硬件、软件、数据和主要外围设备集中于一套计算机系统之中，分布在不同地点的多个用户通过设在当地的分时终端享用这些资源。距离较远的用户可通过调制解调器和通信线路实现与主机通信，如图 7-7 所示。

集中式系统的主要优点是：信息资源集中，管理方便，规范统一；专业人员集中使用，有利于发挥他们的作用，便于组织人员培训和提高工作；信息资源利用率高；系统安全措施实施方便。

集中式系统的不足之处有：随着系统规模的扩大和功能的提高，集中式系统的复杂性迅速增长，给管理、维护带来困难；对组织变革和技术发展的适应性差，应变能力弱；不利于发挥用户在系统开发、维护、管理方面的积极性与主动精神；系统比较脆弱，主机出现故障时可能使整个系统停止工作。

利用计算机网络把分布在不同地点的计算机硬件、软件、数据等信息资源联系在一起，

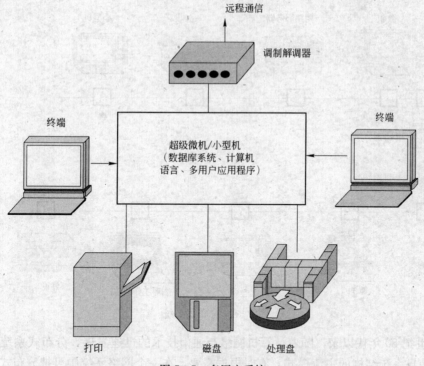

图 7-7　多用户系统

服务于一个共同的目标而实现相互通信和资源共享，就形成了管理信息系统的分布式结构。具有分布式结构的系统称为分布式系统。

　　实现不同地点的硬件、软件和数据等信息资源共享，是分布式系统的一个主要特征。分布式系统的另一个主要特征是各地与计算机网络系统相连的计算机系统既可以在计算机网络系统的统一管理下工作，又可以脱离网络环境利用本地信息资源独立开展工作。

　　利用计算机局域网（Local Area Network，LAN）可以组成分布式管理信息系统，如图 7-8 所示。局域网的拓扑结构主要有 3 种：星型结构、环型结构、总线型结构。服务器中装有网络操作系统、数据库管理系统及其开发工具等，并有相应的外围设备，如打印机、绘图机、外存储器等。分布在各地的网络节点上的计算机系统，在网络操作系统的管理下可以共享网络系统上的信息资源。

　　分布式系统具有以下优点：可以根据应用需要和存取方便来配置信息资源；有利于发挥用户在系统开发、维护和信息资源管理方面的积极性和主动性，提高了系统对用户需求变更的适应性和对环境的应变能力；系统扩展方便，增加一个网络节点一般不会影响其他节点的工作，系统建设可以采取逐步扩展网络节点的渐进方式，以便合理使用系统开发所需资源；系统的健壮性好，网络上一个节点出现故障一般不会导致全系统瘫痪。

　　分布式系统的不足之处有：由于信息资源分散，系统开发、维护和管理的标准、规范不易统一；配置在不同地点的信息资源一般分属管理信息系统的各子系统，不同子系统之间往往存在利益冲突，管理上协调有一定难度；各地的计算机系统工作条件与环境不一，不利于安全保密措施的统一实施。

　　现在企业组织结构正朝小型化、扁平化、网络化方向发展，管理信息系统必须适应这一

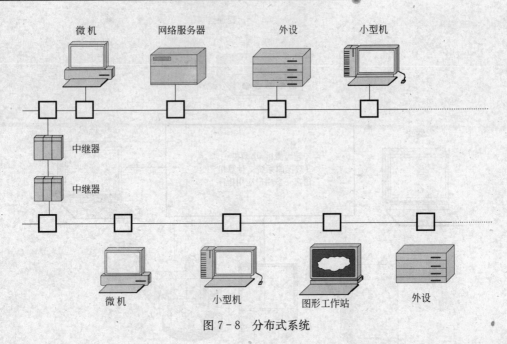

图 7-8　分布式系统

发展。20 世纪 80 年代以来，随着计算机网络与通信技术的迅速发展，分布式系统已经成为当前管理信息系统结构的主流模式。有时根据需要，在一个网络系统中可把分布式和集中式两类结构结合起来，网络上部分节点采用集中式（分时终端）结构，其余的按分布式配置，如图 7-9 所示。

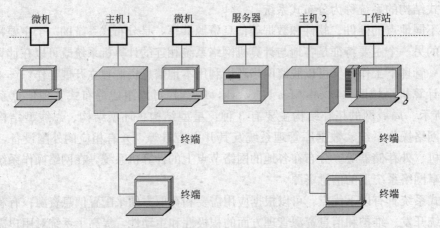

图 7-9　集中式结构与分布式结构的结合

7.3.2　客户机/服务器计算模式

20 世纪 90 年代以来，随着现代信息技术的迅速发展和社会信息化的推进，计算机网络技术在管理信息系统中得到日益广泛的应用，基于计算机网络技术的分布式系统在信息处理上出现了不同的计算模式。

分布式系统的传统计算模式称为资源共享式。在这种计算模式中，网络系统中的服务器向各工作站提供数据和软件资源的文件服务，各工作站可以根据规定的权限存取服务器上的数据文件和程序文件（参见图 7-8）。这种计算模式又称为文件服务器模式。

客户机/服务器（Client/Server，C/S）模式是分布式系统后来发展起来的一种计算模式，如图 7-10 所示。网络系统上的计算机系统分成客户机与服务器两类，其中服务器可能包括文件服务器、数据库服务器、打印服务器、专用服务器等；网络系统节点上的其他计算机系统称为客户机。用户通过客户机在网络系统上向服务器提出服务请求，服务器根据请求向有关方面提供经过加工的信息。客户机本身也承担本地信息管理工作。和一般分布式系统相比，C/S 模式将信息处理工作分解为两部分：一部分由服务器来实现，另一部分由客户机本身来完成；而一般分布式中服务器只按要求提供数据文件和程序文件。合理分配服务器和客户机的信息处理工作，可以大大减轻网上数据传送的负担，服务器上的资源也可得到更充分的利用，但增加了系统的复杂性。

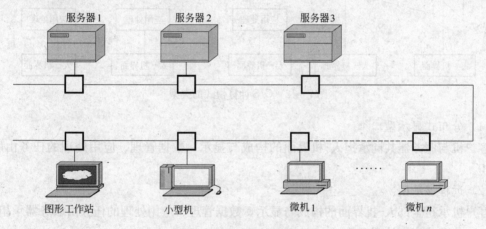

图 7-10　C/S 计算模式

常用的 C/S 模式有两层结构和三层结构两种，如图 7-11 所示。图 7-11（a）所示的两层 C/S 结构中，数据库服务器对客户机的请求直接做出应答。对于某些需要进行较为复杂处理的服务请求，往往另设具有专门应用软件的应用服务器进行处理。应用服务器根据客户机的服务请求，访问数据库服务器，以获取必要的数据，进行相应的信息处理并给客户机做出应答，这就形成了如图 7-11（b）所示的三层结构。

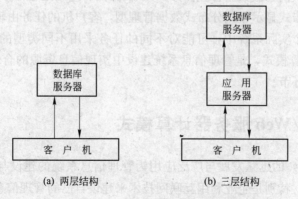

图 7-11　C/S 计算模式的两种结构

　　根据客户机与服务器在系统中所承担的数据处理任务的分工情况，C/S结构可分为以下5种类型，如图7-12所示。

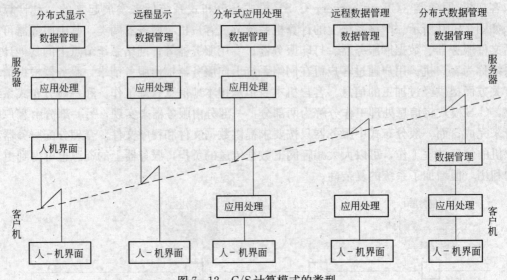

图7-12　C/S计算模式的类型

　　(1) 分布式显示型

　　客户机与服务器共同承担人-机界面的构成与显示，数据管理、应用处理的任务由服务器承担。

　　(2) 远程显示型

　　客户机承担全部人-机界面的构成与显示，数据管理、应用处理的任务由服务器承担。

　　(3) 分布式应用处理型

　　客户机承担人-机界面的构成与显示，并与服务器共同承担应用处理任务，数据管理任务由服务器承担。

　　(4) 远程数据管理型

　　客户机承担人-机界面和应用处理任务，数据管理任务由服务器承担。

　　(5) 分布式数据管理型

　　客户机与服务器共同承担数据管理任务，人-机界面、应用处理任务均由客户机承担。

　　由此可见，从分布式显示型到分布式数据管理型，客户机的任务由轻到重，而服务器的任务由重到轻。在一个实际系统中，可能对不同的任务采用不同类型的C/S计算模式。恰当地安排各类C/S计算模式，是管理信息系统建设中实现信息资源的合理配置与有效利用、优化系统结构的重要环节。

7.3.3　浏览器/Web服务器计算模式

　　互联网（Internet）的迅猛发展与广泛应用为管理信息系统的建设与应用提供了新的机遇。越来越多的组织，特别是企业利用互联网技术来建设自己的管理信息系统。基于互联网技术的管理信息系统的网络环境称为 Intranet（内联网）。Intranet 上一个典型的分布式计算模式就是浏览器/Web 服务（Browser/Web Server）计算模式，简记为 B/S。其中 Web 是万维网（World Wide Web，WWW）的简称，这是互联网上一种基于超文本传输协议（HTTP）的服务器。这里的浏览器又称 Web 浏览器，是客户端用来访问 Web 服务器的通用软件。B/S 计算模式的简化原理图如图 7-13 所示。B/S 模式实际是一种三层客户机/服务器结构。客户端利用浏览器通过 Web 服务器去访问数据库，以获取必需的信息，而 Web 服务器与特定数据库系统的连接可以通过专用软件实现。

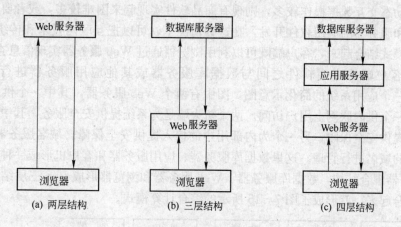

图 7-13　B/S 计算模式

现在有些软件厂商已提供了 Web 服务器和数据库系统的统一解决方案。Web 服务器是以"页面"形式给浏览器提供信息的，应用系统开发时要进行这些页面的设计，对 Web 服务器与数据库系统的接口软件进行选择或自行开发，以实现两者的信息交换。从客户端看，整个系统有两层服务器，因而 B/S 计算模式是一种基于互联网技术的三层客户机/服务器结构。对于较简单的应用，可将 Web 服务器与数据库服务器合并，则 B/S 模式就变成二层结构形式；对于较复杂的应用，可将数据库服务器与 Web 服务器之间增加一层应用服务器，则 B/S 模式就变成四层结构形式。B/S 计算模式是一种特定的 C/S 结构。下文中称不采用互联网技术的 C/S 计算模式为传统 C/S 计算模式。

B/S 计算模式具有以下优点。

① 由于采用基于超文本协议（HTTP）的 Web 服务器和可以对 Web 服务器上超文本文件进行操作的浏览器，使得管理信息系统在信息处理技术上实现了集格式化文本、图形、声音、视频信息为一体的高度交互式环境，使信息处理的广度和深度大为增加。

② 由于互联网技术采用统一的与平台无关的跨平台通信协议，浏览器和 Web 服务器及相关的接口软件应用程序也独立于计算机的硬、软件平台，整个系统的开放性和可移植性好。在互联网环境下，既可以建立独立于互联网的为某个组织服务的管理信息系统，必要时又可以很方便地连接互联网，和互联网上各站点实现通信。

③ 由于浏览器、Web 服务器及有关接口软件都有商品软件可供选择，并且在服务器端及必要时在客户端进行应用系统开发都有可供选择的工具，如 HTML、XML、Java、C++ 语言等，使用方便，界面友好，可大大节省应用系统开发的成本，缩短开发周期。

7.3.4　综合应用模式

由于互联网技术正处在发展之中，而现在浏览器、Web 服务器的商品软件在功能上还有待于进一步完善，如果管理信息系统对 Web 服务器要求比较简单，主要进行查询、检索和公告发布等服务，则目前的技术比较成熟。如果要求信息处理功能比较复杂，客户端和数据库之间的动态交互数据操作较多，则现有商品软件实现起来困难较多，或者要进行较为复杂的客户端和服务器的应用软件开发，在这种情况下，可以把互联网技术和传统的客户机/服务器计算模式结合起来，客户端既可以利用浏览器通过 Web 服务器实现信息查询、检索，又可以利用客户端的应用软件之间与数据库服务器或其他应用服务器进行信息交流。图 7-14 是一个应用系统的简化示意图。图中有两个 Web 服务器，其中一个供互联网上用户访问；另一个供内联网上用户访问。两个防火墙是为系统提供安全服务，其中一个对外部用户的接入提供安全保障；另一个为内部用户的接入提供安全保障。域名服务器对 Web 服务器的用户的域名进行管理。这里数据库服务器、应用服务器和客户机形成一种两层与三层客户机/服务器混合结构，数据库服务器、Web 服务器和浏览器形成 B/S 三层结构。这两类计算模式结合起来，就形成了图 7-15 所示的综合计算模式。

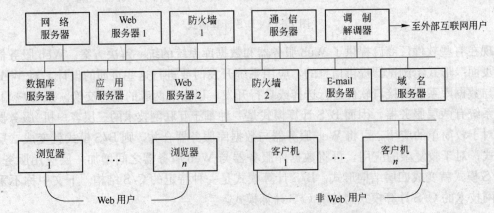

图 7-14　基于 Intranet 的分布式系统结构示意图

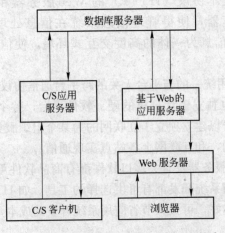

图 7-15　传统 C/S 与 B/S 计算模式的综合

7.4 管理信息系统的软件结构

7.4.1 软件的概念

管理信息系统是依靠多种软件资源帮助用户将数据资源转换为各类信息产品。软件用于完成数据的输入、处理、输出、存储,以及控制信息系统的活动。

计算机软件总体上分为两类:一类是系统软件,另一类是应用软件。系统软件是用于管理和控制计算机系统资源及操作的程序;应用软件是用于处理特定应用的程序。管理信息系统软件就是用于处理管理信息的应用软件。

1. 系统软件和应用软件的关系

系统软件和应用软件的关系如图 7-16 所示。系统软件直接对硬件资源,如中央处理器、存储器、通信连接设备及输入/输出设备等进行控制和管理;而应用软件则在系统软件所提供的环境中进行工作。计算机用户则直接与应用软件进行人、机交互。因此,基于不同的硬件与系统软件平台,应设计切合用户需求的应用软件。

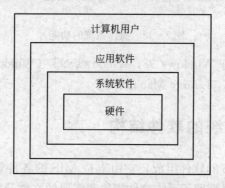

图 7-16 系统软件和应用软件的关系

2. 软件的分类

从用户的角度,可以将软件分为如图 7-17 所示的类型。

3. 操作系统

系统软件中最重要的是操作系统和操作环境,并且在操作系统和操作环境的支持下,运行数据库管理系统和通信管理器等。

操作系统(Operating System,OS)是一台计算机最基本也是最重要的软件包,它管理 CPU 的操作,控制计算机系统的输入/输出,存储资源的分配及一切活动,为计算机执行用户应用时提供各种服务。

操作系统的基本目标是向计算机提供最有效的操作方式,最大化计算机的生产效率,最小化操作过程中所需的人工干预。操作系统帮助用户程序执行一些公共操作,如输入数据,存储和抽取文件,打印和显示输出。但是操作系统必须在执行其他任务前,先行装入并激

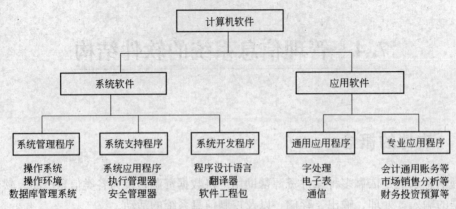

图 7-17　计算机软件分类

活，这说明操作系统是用户和计算机之间软件层面中最重要的一部分。

操作系统有五大功能，如图 7-18 所示。

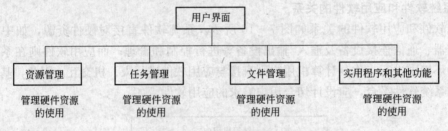

图 7-18　操作系统的功能

目前常见的操作系统有 Windows 98，Windows NT（Windows 2000，Windows XP），Windows CE，OS/2，UNIX，Linux，Mac OS 等。

7.4.2　管理信息系统的软件结构

MIS 的软件结构是 MIS 的软件组成，它由支持 MIS 的各种管理子系统软件模块组成。图 7-19 列示了 MIS 的主要管理子系统软件模块和需要的文件及数据库操作系统。

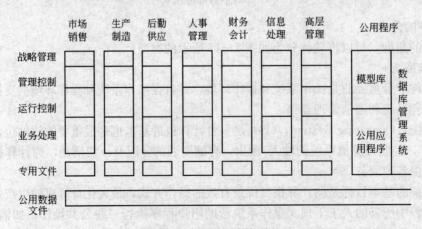

图 7-19　MIS 的软件结构

　　图 7 - 19 中，每个方块代表一段程序块或一个文件，每一个纵行表示支持某一管理领域的软件子系统，如市场销售子系统、生产管理子系统等。每个管理软件子系统又是由支持战略计划、管理控制、作业控制及事务处理的模块所组成。各子系统都有自己的专用数据文件。另外，为全系统服务的公用数据文件和公用程序、公用模型库及数据库管理系统等。也常常看成是 MZS 的一部分。

习　　题

一、名词解释

　　1. 集中式系统　2. 分布式系统　3. 运作决策　4. 战术决策　5. 战略决策　6. 文件服务器模式　7. C/S 计算模式　8. B/S 计算模式　9. 系统软件　10. 应用软件　11. 操作系统

二、简答题

　　1. 在管理决策不同层次结构中，信息系统所处理的信息的主要特征是什么？

　　2. 试举例说明管理信息系统的职能结构。

　　3. 信息集成结构中各层次的主要功能和它们之间的相互关系是什么？

　　4. 试比较集中式系统和分布式系统的优缺点。

　　5. 管理信息系统的分布式结构有哪些类型？试述客户机/服务器和浏览器/Web 服务器两种计算模式的结构，并比较它们的优缺点。

　　6. 简述 MIS 的软件结构。

三、单选题

　　1. 分布式系统的计算模式有文件服务器模式、C/S 计算模式、B/S 计算模式和（　　）。

　　A. B/C 计算模式　　B. 综合计算模式　　C. 集中计算模式　　D. 分散计算模式

　　2. MIS 是（　　）。

　　A. 系统软件　　　　B. 操作环境　　　　C. 应用软件　　　　D. 数据库管理系统

　　3. 企业管理信息系统除了向内部作业系统收集信息外，还要向外部系统收集信息，并且信息的收集是由（　　）驱动的。

　　A. 输入系统　　　　B. 输出系统　　　　C. 问题处理系统　　D. 问题存储系统

　　4. 一般从（　　）、功能、硬件、软件四个方面考察管理信息系统的结构。

　　A. 理论　　　　　　B. 应用　　　　　　C. 实践　　　　　　D. 概念

　　5. 应用信息系统的各个子系统间通过（　　）进行联系，形成一个集成化的信息系统应用体系。

　　A. 网络　　　　　　B. 数据　　　　　　C. 数据库　　　　　D. 功能模块

MIS 的应用

第 8 章　面向角色的管理信息系统

第 9 章　面向流程的管理信息系统

　　管理信息系统是把概念、技术和组织实际相联系的桥梁。它依靠多种软件资源帮助用户将数据资源转换为各类信息产品。它直接面对用户、组织的高层领导、中层管理人员和基层业务人员。

　　企业或组织中信息系统所担当的角色在不断改变、扩张。从时间上看，经历了数据处理系统到管理报告系统、决策支持系统和战略及终端用户支持系统。如今管理信息系统的应用已无孔不入。可以从不同的角度对其分类，从职能的角度来，可分为市场、生产或服务、财务和会计、人事等不同的职能系统；从流程的角度来，可以分为供应链上游系统、企业资源计划 ERP 中游系统和客户关系管理下游系统；从行业角度，可以分为政府机关系统、企业系统、银行系统和学校系统等。

　　一个组织中有不同的机构、专业和层次，所以需要不同种类的系统来满足不同的信息管理的需求。没有任何一个系统能够提供一个组织所需要的所有信息。本篇面向角色的系统主要是依据管理信息系统所服务的组织的不同层次的管理角色来归类的。

　　现代信息系统的发展方向是集成化。面向生产运营的系统经历了 MRP、MRP Ⅱ，发展到 ERP。ERP 是集成化的企业信息系统，重点在企业内部资源的有效管理上，同时通信网络技术的发展为企业间的信息系统集成提供了支撑，由此产生电子商务、供应链管理、客户关系管理，并给企业带来了新的机遇。集成化系统是依据所服务的流程来构造的，此类系统又可归类为面向流程的管理信息系统。

第8章

面向角色的管理信息系统

8.1 事务处理系统

8.1.1 事务处理系统概述

事务处理系统（Transaction Processing System，TPS）是管理信息系统中的基础信息系统，它产生基础数据库，为整个系统服务。所谓事务，是指企业的基本业务活动，如顾客订单、收据、时间卡等。对所有企业来说，事务处理系统进行着相同的基础数据处理工作，以反映企业的当前情况，如订单录入、存货控制、工资单、应付账款、应收账款和总分类账处理等。事务处理系统还可称为电子数据处理系统（Electronic Data Processing，EDP），它面向企业底层的管理活动，对企业每日正常运作必需的常规业务所发生的信息进行处理。TPS 是管理信息系统的最初级形式，也是伴随着计算机诞生而出现的最早的管理信息系统。

TPS 的特点是所处理的问题高度结构化，即能完全按照事先制定好的规则或程序进行，为企业运行提高实时信息，而且功能单一，设计范围小，如订票系统、工资发放系统、仓库进出管理系统等。TPS 的运行目的在于提高作业管理人员的工作效率。在某些情况下，TPS 甚至可以完全取代作业层的手工操作，如商业实时零售终端（Point of Sales，POS）系统、全球贸易电子数据交换（Electronic Data Interchange，EDI）系统。TPS 通常处于企业系统的边界，即它能将企业和它的外部环境联系起来，同时也是其他层次信息系统的信息来源。建立企业信息系统大都从 TPS 的开发入手。

1. 事务处理系统的管理优势

事务处理系统处理的是来自企业内部的具有重复性、描述性、可预测性及客观性等特点的、高结构化的准确数据，因此信息技术在事务处理系统中的应用，可以大大减少纯粹、单调、乏味的事务处理工作，给管理者提供了很多有利的条件。自动化事务处理系统给企业带来的好处主要体现在以下几方面。

（1）降低成本

信息技术从实质上降低了事务处理系统的成本。例如，多数企业利用信息技术，减少了产生月工资及其相关记录的工作量。实际上，将信息技术应用到事务处理系统有助于企业实施低成本竞争战略。

（2）提高速度

信息技术还极大地提高了企业操作级任务的完成速度，从而提高了对顾客和客户的服务水平。例如，信息技术加速了销售订单的录入及处理，允许公司在收到订单的当天完成货物装运，货物一经装运，就将发票寄给客户，这样便加快了资金流动。

（3）提高准确度

从一个记录向另一个记录中抄写数据，如从订货单上向销售发票上人工抄写数据，经常会产生错误；使用计算机系统则完全可以避免上述错误。

（4）提高服务水平

信息技术的应用，也提高了企业满足每一位客户或顾客对特殊产品和服务要求的能力。事务处理系统可以帮助企业记录、处理并跟踪许多细节信息。利用这些信息，企业可以在客户需要的时候，以客户需要的方式提供客户需要的产品。信息技术还能帮助企业跟踪已发送给顾客的货物，使企业能够掌握顾客货物的信息，并能尽快地回答顾客的询问。

（5）增加辅助决策的数据

事务处理系统对决策的制定也很重要。事务处理系统产生的数据，不仅反映了大多数组织的基本活动，也可以作为战术和战略信息系统的原始资料。通过比较、推断及其他方法处理操作级数据所形成的报告，能够帮助管理者制定战术和战略决策。

2. 事务处理系统的基本活动

不同企业事务处理系统处理的具体活动不同，但所有事务处理系统的目标都是为了获取和处理反映企业基本业务的数据，完成一系列共同的基本数据处理活动。这一系列共同的基本数据处理活动是数据收集、数据编辑、数据修改、数据操作、数据存储和文档生成，它们构成了事务处理的周期，如图 8-1 所示。

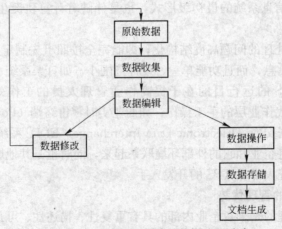

图 8-1 事务处理系统的数据处理活动

（1）数据收集

数据收集是指获取和收集完成事物处理所需要的数据的全过程。数据收集可以通过操作员手工完成，也可以利用扫描仪、POS 设备和终端等设备自动完成。数据应从源头获得，并及时、准确地记录。数据通过某种录入设备能直接送入计算机而不需要以某种文档形式键入，这种方式称为源数据自动化。数据收集应该尽量采用源数据自动化，以保证数据的正确性及高效性。例如，持公共交通卡乘坐轨道交通，进站时利用读卡机自动读取交通卡，这便是源数据自动录入。

（2）数据编辑

数据编辑是处理事务数据的一个重要步骤，其目的是检查数据的有效性和完整性。例如，数量和成本必须是数字型的数据；录入的数值必须在有效的数值范围内，否则输入的数据无效。通常，与个别事务有关的代码对照数据库中的有效代码进行编辑，如果输入的代码不在数据库中，那么它将被拒绝。

（3）数据修改

数据修改包括重新输入那些错误键入或错误扫描的数据。在数据收集、录入时，不可避免地会产生无效数据。无效数据不应该简单地被拒绝，系统应提供错误警告信息。这些错误警告信息应指出出现了什么问题，数据要进行怎样的修改。例如，超市结账时，扫描通用产品代码必须在有效的通用产品代码表中；若代码被误读或不在表中，结账处员工应得到指示以便重新扫描或手工键入数据。

（4）数据操作

数据操作是事务处理系统的另一个主要活动，即执行计算和其他与企业事务有关的数据转换过程。数据操作包括数据分类、排序、计算、汇总结果和存储数据，以作为进一步处理的依据。例如，公共交通卡事务处理系统中，数据操作包括进站点记录、金额显示、出站扣款、月累计、折扣优惠等数据操作。

（5）数据存储

数据存储是指用新事务处理数据来更新旧的事务数据库。一旦完成更新，数据可被其他系统进一步处理和使用，因而这些数据可用于管理决策。因此，事务数据库又被认为是事务处理的副产品，它们几乎对企业所有的其他信息系统和决策支持过程都会产生显著影响。

（6）文档生成

商业文档生成是事务处理系统的重要环节。文档生成包括生成输出记录和报告，它们可以是硬拷贝的文档或是显示在计算机屏幕上的软拷贝。例如，工资支付支票是工资事务处理系统生成的硬拷贝文档，而显示的发票平衡报表是应收账款事务处理系统的软拷贝。事务处理系统的输出常作为其他系统的输入。

除了支票和发票等文档外，大多数事务处理系统还产生其他有用的信息，如帮助员工完成各种操作的报告、当前库存报告、定购的商品清单文档等。商品接收人员利用订购的商品清单文档在到货时辅助清点实物。事务处理系统也生成当地有关职能部门所需的报告，如代扣所得税和季度收入报告等。

8.1.2　事务处理系统的应用

事务处理系统的一个典型例子是订单处理系统，包括订单录入、销售组合、运货计划、运货执行、库存控制、开发票、顾客反馈、路线安排和调度等。这些处理对公司的运营是如此重要，以至于有时也把订单处理系统称为"公司的血液"。图 8-2 显示了订单处理系统中不同的子系统和其间的信息流。

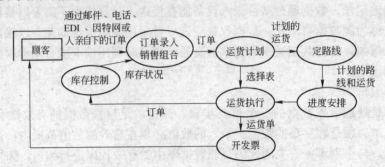

图 8-2　订单处理系统的信息流程

（1）订单录入

订单录入系统用于获取、处理顾客订单的基本数据。销售人员通过邮件或电话订购系统收集订单或直接通过 EDI 收集广域网上由顾客的计算机传来的订单或顾客通过因特网从其公司网站输入的订单。一旦订单输入并被接收，就称为有效订单，从而可产生销售分类账（包括顾客信息，所订的产品品种、数量和价格）。

（2）销售组合

订单处理的另一个重要方面是销售组合。销售组合系统保证提供的产品和服务足以满足顾客的需要并能很好地互相协调。例如，使用销售组合程序，销售员就会知道计算机应配备某种电缆 LAN 卡后才可以与 LAN 连接，否则销售员可能会给顾客错误的电缆或忘了销售 LAN 卡。

（3）运货计划

运货计划系统决定订单应从哪里填写和从哪里装货。对于有很多存货但只有一个装货地点的小公司来讲，这是一件琐碎的任务；对于有有限的库存（不是所有项目订单都可处理）、有许多装货地点（工厂、仓库、合约制造商等）和许多顾客的全球大公司来讲，这是一个非常复杂的任务。运货计划可以在满足顾客交货期限的前提下降低运输和库存成本。运货计划输出的是一张日程表，指明每张订单应从哪里填写，它还包括一张规定了日期的运货时间表。

（4）运货执行

运货执行系统调整组织的产品和商品流出，以保证向顾客及时交付合格的产品。运货部门负责包装并向顾客和供应商运货。运货执行系统从运货计划系统接收选货清单。当仓库没有足够的库存或由于生产原因不能生产出预期的产品时，采用的对策可以是不运送订单上的项目；也可以将该项目的现有数量运出，其余部分作退单处理；还可以用其他项目替代不能满足的项目。当选择装运货物时，仓库人员应输入装运的每张订单的项目和数量的准确数据。当运货执行系统处理周期完成时，订单装运的业务就过渡到开票系统。订单装运业务指明装运的项目、数量和运货目的地，这些数据可用于产生顾客发票。运货执行系统产生的包装文档和货物装在一起，表明所运项目、退回项目、订单上其他项目的确切状态。

（5）库存控制

对于运货执行处理中的每一个选项，提供库存编号和数量的事务由库存控制系统来执行。计算机化的库存记录被更新，以反映现有存货的确切数量。这样，在订单处理系统中，当订单接收者检查库存时，就能得到当前信息。一旦产品从仓库中被选出，库存控制软件就产生一些文档和报告。例如，库存状况报告归纳了一段时间内所有要运送项目的库存情况，包括库存编号、说明、现有数量、订购数量、缺货数量、平均成本及相关信息，用于决定何时可订更多产品、订多少产品，从而降低缺货和退单损失。来自这个报告的数据被用作其他信息系统的输入，以帮助生产和业务经理分析生产过程。大多数公司都要严格控制库存，目的是使工厂的库存量刚好满足生产所需，从而使库存金额最小。

（6）开发票

运货执行事务处理系统的输出记录生成顾客发票。这种软件有助于推进销售活动，提高利润，改善服务。大多数开票程序能自动计算折扣、合适的税款和其他各项费用。该开票软件还可以做其他处理，如寻找顾客的全名和地址，判断该顾客是否有足够的信用等级，并自动计算折扣、税收和其他费用，准备发票和邮寄信封等。

（7）顾客交互

赢得新顾客和老顾客的满意是成功的关键。当顾客对一个公司满足时，他们会告诉其他一两个人；但当他们不满意时，则会告诉10～20个人。为使现有顾客满意，一些公司使用顾客交互系统监控、跟踪每位顾客的交互活动。当顾客和公司签约时，系统就会获取额外数据。起初的合同总是向潜在顾客征询有关产品信息的建议，此时能收集到潜在顾客的有用信息，每次销售也能获取额外的数据。售后，顾客可能会向公司要求服务或提出对其他信息的建议、需求，有时顾客还可能会对公司产品不满或提出产品改进的建议。利用顾客交互系统可以从交互中获取有价值的数据并将数据传送给组织中使用这些数据的人。对顾客交互的分析有助于市场研究、产品开发、质量控制。负责销售和市场开拓的员工通过分析顾客对其产品和使用的反应，能更深入地了解顾客的需求。了解顾客的反馈信息有助于让顾客满意、有助于指导将来的销售，有助于开发新产品和改进老产品。

（8）路线和调度

路线系统就是要决定运货的最佳路线。例如，垃圾管理系统安装了终端，帮助收集垃圾的卡车选择路径，在卡车出发后传感器能得到路径变化的通知。对石油和天然气公司来讲，选择路线就是要找到将产品从来源地运到目的地的最快、最便宜的运输管道。调度系统决定运货和服务的最佳时间。例如，在8月的第二个星期，当石油和天然气价格下降时，安排卡车将货从加利福尼亚运往密歇根，在回程中再装载一些有利可图的货物，并使运输总距离最小，从而降低燃料、运输费用、卡车维修成本。考虑上述原因，许多发货公司设计 TPS 用来帮助决定哪条路径能有效提供服务，使卡车和运货工具具有成本效益。

8.2　决策支持系统

8.2.1　决策支持系统概述

1. 决策支持系统的产生

20世纪60年代末70年代初出现的管理信息系统使企业获得了系统的开发与利用，将企业的管理水平提高到了一个新的层次，然而当时的管理信息系统还不能利用信息来满足企业中一些半结构化和非结构化问题的决策支持要求。在此背景下，人们寻求着能有效解决这些问题的新方法。20世纪70年代中期 Keen 和 Scott Morton 首次提出了"决策支持系统"一词，标志着利用计算机与信息支持决策研究进入了一个新的阶段，并形成了决策支持系统新学科。

20世纪70年代末的决策支持系统大都由模型库、数据库和人机交互系统3个部件组成，它被称为初级决策支持系统。20世纪80年代初，决策支持系统增加了知识库和方法库，构成了三库系统或四库系统。知识库系统是有关规则、因果关系及经验等知识获取、解释、表示、推理及管理与维护的系统；方法库系统是以程序方式管理和维护各种决策常用的方法和算法的系统。

2. 决策支持系统的定义

决策支持系统（Decision Support Systems，DSS）是要在人的分析与判断能力的基础上借助计算机与科学方法支持决策者对半结构化和非结构化问题进行有序的决策，以获得尽可能令人满意的客观解决方案。DSS 目标要通过所提供的功能来实现，系统的功能由系统结构所决定，不同结构的 DSS 功能不尽相同。DSS 的主要特征一般可归纳为5个方面：

① 针对上层管理人员经常面临的结构化程度不高、说明不够充分的问题；

② 支持但不是代替高层决策者制定决策；

③ 易于被非计算机专业人员以交互会话的方式使用；

④ 把模型或分析技术与传统的数据存储技术及检索技术结合起来；

⑤ 强调对环境及用户决策方法改变的灵活性和适应性。

8.2.2　决策支持系统的组成

1. 决策支持系统的概念模式

决策支持系统的概念模式如图8-3所示。DSS 概念模式反映 DSS 形式及它与"真实系统"、人和外部环境的关系。由图可见，管理者处于核心位置，他运用自己的知识，把他和

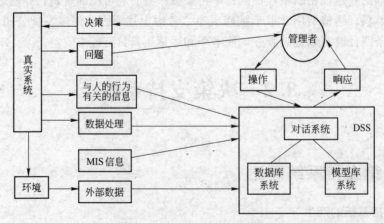

图8-3　DSS 的概念模式

DSS 的响应输出结合起来，对他所管理的"真实系统"进行决策。就"真实系统"而言，提出的问题和操作数据是输出信息流，而人们的决策是输入信息流。

2. 决策支持系统的三角式系统结构

三角式系统结构如图 8-4 所示。三角式系统结构是由数据库子系统、模型库子系统、方法库子系统与对话子系统构成的。对话子系统是 DSS 人机接口界面，决策者作为 DSS 的用户，通过该子系统提出信息查询或决策支持的请求。对话子系统对接收到的请求做检验，形成命令，为信息查询的请求进行数据库操作，提取信息并把所得信息传给用户；对决策支持的请求将识别问题与构建模型，从方法库中选择算法，从数据库读取数据，运行模型库中的模型，运行结果通过对话子系统传送给用户或暂存数据库待用。

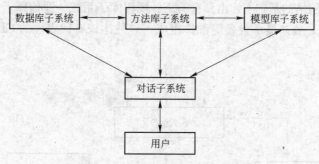

图 8-4　DSS 的三角式系统结构

8.2.3　群体决策支持系统

1. 群体决策支持系统的概念

群体决策支持系统（Group Decision Support Systems，GDSS）又称为计算机化协作工作系统，是一种在 DSS 基础上利用计算机网络与通信技术，供多个决策者为了一个共同的目标，通过某种规程相互协作地探寻半结构化与非结构化决策问题解决方案的信息系统。GDSS 主要特征是：

① 提供良好的决策环境；

② 有效的综合能力；

③ 良好的决策支持能力；

④ 允许匿名输入；

⑤ 减少消极的群体行为；

⑥ 能实施并行通信；

⑦ 自动保存记录；

⑧ 成本高且控制复杂。

2. GDSS 的类型

根据决策问题所在组织的环境、人员空间分布、决策周期长短等因素，GDSS 大致可有以下几种类型。

① 决策场所选择方案。决策者通过互连的计算机站点相互合作完成任务，即决策者好像面对面地集中在同一室开会。

②局域决策网络选择方案。网上各决策者通过联网的计算机站点进行通信，相互交流，共享存于网络服务器或中央处理机的公共决策资源，在某种规程的控制下实现群体决策。

③虚拟会议选择方案。利用计算机网络通信技术，使分散在各地的决策者在某一时间内能以看不见的方式进行集中决策。

④远程决策网络选择方案。远程决策网充分利用广域网的信息技术来支持群体决策，它综合了局域决策网与虚拟会议的优点，可以使决策者参与异地、异时的对同一问题的决策。

3. 群体决策支持系统的组成

GDSS 在计算机网络的基础上，由私有 DSS、规程库子系统、通信库子系统、共享的数据库、模型库、方法库、公共显示设备等部件组成。一种比较有代表性的 GDSS 结构如图 8-5 所示。

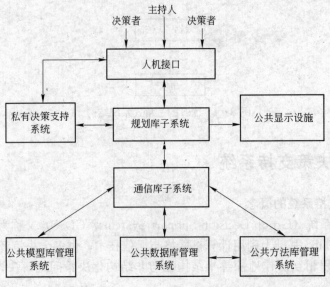

图 8-5　一种有代表性的 GDSS 结构

8.2.4　智能决策支持系统

1. 智能决策支持系统的概念

智能决策支持系统（Intelligent Decision Support Systems，IDSS）是决策支持系统与人工智能（Artificial Intelligence，AI）技术结合的产物，它将人工智能中的知识表示与知识处理的思想引入到 DSS。人工智能是一门研究如何用一种机器（如计算机）来模拟人的大脑从事推理、解题、识别、设计和学习等思维活动的学科。人工智能应用中的专家系统（Expert System，ES）和人工神经网络（Artificial Neural Network，ANN）已经成为两个最热门的研究领域。

2. 智能决策支持系统的结构

美国学者 Hill 提出的智能决策支持系统的框架如图 8-6 所示。

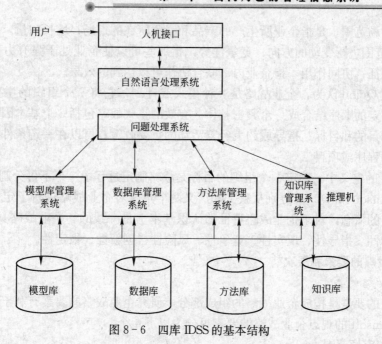

图 8-6　四库 IDSS 的基本结构

8.3　战略信息系统

战略信息系统（Strategic Information Systems，SIS）属于战略层面的决策支持系统。战略信息系统的研究始于 20 世纪 80 年代初。1985 年，美国的战略信息系统专家 Wiseman 提出了战略信息系统的概念。他认为，战略信息系统是运用信息技术支持或体现企业竞争战略和企业计划，使企业获得和维持竞争优势或削弱对手的竞争优势。这种进攻和反进攻表现在各种竞争力量的较量之中。信息技术的应用可以影响这种竞争力量的平衡。Wiseman 开创了战略信息系统研究领域。

8.3.1　企业战略管理概述

1. 企业战略概念及其特征

"战略"一词来源于希腊字"strategic"，原意是"将军指挥军队的艺术"。我国自古也有这个概念，大意是指"将帅的智谋、筹划及军事力量的运用"。通俗地讲，战略是要实现的目标及实现目标的方法的统一体，其基本性质包括全局性、长远性和抗争性等。战略应用于企业管理的时间并不长。1938 年，美国经济学家 Bernard 首次使用战略概念来阐释企业发展的各种要素及企业组织决策机制。但直到 20 世纪 60 年代之后，"战略"一词才开始在企业管理领域流行起来，这得益于美国经济学家 Ansoff 的贡献，他因此被奉为企业战略管理的"鼻祖"。

Ansoff 认为企业战略是贯穿于企业经营与产品和市场之间的一条共同经营主线，它决定着企业目前所从事的或者计划要从事的经营业务的基本性质。这条经营主线由 4 个要素组成，产品与市场范围，是指企业所生产的产品和竞争所在的市场；增长向量，指企业计划对其产品-市场范围进行变动的方向；竞争优势，指那些可以使企业处于强有力竞争地位的产品和市场的特征；协同作用，指企业内部联合协作可以达到的效果。

战略顾问 Quinn 认为，企业战略是一种模式或计划，它将一个组织的主要目的、政策或活动按照一定的顺序结合成一个紧密整体。有效的正式战略包括 3 个基本因素，即可以达到的最主要的目的和目标；指导或约束经营活动的重要政策；可以在一定条件下实现预定目标的重要活动程序或项目。

在 Quinn 的定义中，确定一个组织的目标是战略制定过程中一个不可分割的部分。

实际上 Ansoff 和 Quinn 分别从狭义和广义两个角度对企业战略进行了定义。无论怎样认识企业战略的概念，对于企业战略特征的认识基本上是一致的。企业战略具有 8 个特征：总体性、长远性、指导性、现实性、竞争性、风险性、创新性、稳定性。

2. 企业战略的要素和层次

1) 企业战略的要素

企业战略的要素是构成企业战略的组成部分，研究企业战略的要素有利于寻求企业获利途径。依据 Ansoff 的观点企业战略的要素可分为以下 4 个。

(1) 产品-市场范围

说明了企业属于什么特定的行业和领域。许多企业将自己的经营范围定得过宽，造成经营方向模糊。为了清楚地表达企业的经营方向和范围，产品-市场范围常常要分行业来描述。

(2) 增长向量

又称为成长方向，说明企业从现有产品-市场范围向未来产品-市场范围移动的方向，即企业的经营方向。常见的增长方向包括市场渗透、市场开发、产品开发、多种经营等。

(3) 竞争优势

说明企业某一产品市场组合的与众不同的特殊属性，凭借该属性可给企业带来强有力的竞争地位。

(4) 协同作用

指一种联合作用的效果。协同作用可以划分为使用共同销售渠道的销售协同作用、分摊费用的运行协同作用、共享管理经验和专门技术的管理协同作用等。协同作用常常被描述为"1+1>2"的效果。

2) 企业战略的层次

企业的管理体制是一种递阶式的金字塔形结构，处于不同层次的管理人员，需要不同的企业战略。一般，大企业的战略层次可以分为三层，即公司战略、事业部战略和职能战略。这三层战略之间的关系如图 8-7 所示。

3. 企业战略管理及其特点

战略管理是一种不同于职能管理的新的管理思想和模式。这种管理方式的基本内容是：指导企业全部活动的是企业战略，全部管理活动的重点是制定战略和实施战略。

制定战略和实施战略的关键是对企业内、外环境条件进行分析评估，并在此基础上确定企业战略目标，使三者之间形成动态平衡。因此，企业战略管理的任务就在于通过企业战略的制定与实施，在保持动态平衡下实现企业的战略目标和企业使命。

与传统的职能管理相比，战略管理具有以下特点。

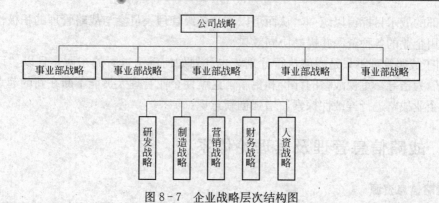

图 8-7 企业战略层次结构图

① 具有总体性。企业战略管理是以企业总体为对象的，它所管理的是企业的总体活动，所追求的是企业的总体效果。战略管理不强调企业的某一事业部门或某一职能部门的重要性，而是通过制定企业使命、目标和战略来协调企业各部门的活动，实现企业的整体最优。

② 具有长远性。战略管理中的战略对企业未来较长时间内就企业如何生存和发展等问题进行统筹规划。这一规划的实现，不仅需要从现有的资源条件出发，而且还要在未来的实现活动中不断地积累资源，学习新知识，锻炼新能力。无论从战略制定，还是从战略实施上看，战略管理都具有时间上的长远性。

③ 战略管理的主体是企业的高层管理人员。由于战略涉及企业各个方面和各个部门，虽然它需要企业中下层管理人员和全体员工的参与和支持，但是最需要的还是企业高层管理人员的介入和决策。这不仅是因为他们能够统观全局，了解企业的总体情况，更重要的是他们对企业总体发展战略决策和执行所需的资源条件具有分配的权力。

④ 战略管理对企业发展来说，重在改进效能，而职能管理重在改进效率。所谓效能，是指企业实际产出到达期望产出的程度；而效率则是企业实际产出与实际投入的比率。一般，企业职能部门管理考虑的是把事情做好，提高效率；但是战略管理部门，即企业高层管理，则重点考虑企业向什么方向发展、如何适应环境、做哪些正确的事情，重在改进效果，二者结合统一，才能从整体上改进企业的效益。

4. 战略管理的作用

战略管理作为一种企业管理方式或思想之所以受到人们的青睐，是因为它具有以下几个方面的作用。

① 由于战略管理将企业的成长和发展纳入变化的环境中，管理工作要以未来的环境变化趋势作为决策基础，这就使企业管理者重视对经营环境的研究。正确地确定公司发展的方向，选择适合的经营领域或产品-市场领域，才能更好地把握外部环境提供的机会，增强企业经营活动对外部环境的适应性，从而使二者达到最佳的组合。

② 由于战略管理不只是停留在战略分析和战略制定上，而是将战略的实施作为其管理的一部分，这就使企业的战略在日常生产经营活动中充分发挥其纲领性的作用。特别由于在战略实施过程中，根据环境的变化对战略不断地评价和修改，使企业战略得到不断的完善，从而也使战略管理本身得到了不断的完善。

③ 由于战略管理把规划出的战略付诸实施，而战略的实施又同日常的经营计划执行与控制结合在一起，这就使近期目标或作业性目标与长远目标或战略目标相结合，使总体战略

目标同局部的战术目标得以统一，从而可以调动各级管理人员参与战略管理的积极性，有利于充分利用企业的各种资源并提高协同效果。

④ 由于战略管理不只是如何执行计划，也计划如何淘汰过时的东西，且以"计划是否继续有效"为指导，重视战略的评价和更新，这就使企业管理人员能不断在新的起点上对外界环境和企业战略进行连续性探索，增强创新意识。

8.3.2　战略信息管理及其理论体系

1. 战略信息资源

战略信息资源是指与企业战略相关的或企业战略管理过程中所需要的，以及所产生的信息资源的总和，是那些决定企业命运的、为企业决策所必需的、关系到发展全局和远期规划的信息资源。

具体地说，企业战略信息资源主要涉及以下 5 个方面。

（1）与企业任务陈述和目标相关的信息资源

任务陈述和目标是企业战略形成的基础和指导思想，是区别一个企业与其他类似企业的持久性的目的陈述。这种陈述确定了企业经营的产品种类和市场范围，描述了企业的价值观和业务重点，并且指出了企业未来发展方向。

（2）与企业战略及其管理过程相关的信息资源

战略信息资源首先是与战略相关的信息资源。企业战略一般分为公司战略、事业部战略和职能战略 3 个层次。但是，在具体的实现中，这些战略通常包括前向一体化战略、后向一体化战略、横向一体化战略、市场渗透战略、市场开发战略、产品开发战略、集中多元化竞争战略、混合式多元化竞争战略、横向多元化竞争战略和收缩战略等。这些战略都有特定的适用范围，并且需要根据实施环境加以变化。

（3）与企业战略决策相关的信息资源

战略决策是战略管理过程的核心部分，是决策采用何种战略，以及如何实施和调控所选战略的方法的过程。管理问题实质上是决策问题，信息联系在决策过程中起着非常重要的作用。信息联系是一个双向过程，既包括从企业的决策中心向企业各个部分的传递过程，又包括从企业的各个部分向企业决策中心的传递过程。

（4）与企业战略部门和战略人员相关的或者说他们所需要的资源

要明确什么是战略信息资源，还必须明确战略信息资源是为谁服务。具体说，就是要识别企业的战略部门和战略人员。企业的董事会、监事会、战略规划部门、研发部门、营销部门等都属于战略部门，这些部门的人员和经理都属于广义的战略人员。从狭义的观点来看，企业最高层和企业核心部门的决策人员才是战略人员。

（5）与企业竞争优势相关的信息资源

前面讲过的任务、目标、战略管理过程、战略决策、战略人员等是分别从战略形成、战略实施和战略执行者的角度来界定战略资源的，而竞争优势则是从战略管理结果的角度来识别战略信息资源。竞争优势可以通过以下 3 个方面来取得。

① 竞争优势最终来源于顾客。如何满足顾客的需求是企业赢得竞争优势的根本，与此相关的信息资源属于战略信息资源。例如，使用客户关系管理系统的目的是为了更好地满足

顾客的需求，客户关系管理系统所管理的顾客信息都是战略信息资源。

②　企业竞争优势不外乎是通过低成本和差别化两种形式获取的，与这两种战略相关的信息资源都是战略信息资源。

③　竞争优势来源于企业价值链的某个环节或某几个环节，而不是来源于整个价值链。能够比竞争对手更廉价、更出色地开展活动的环节就是企业的战略环节。这些环节担负着获取竞争优势的重任。因此，与这些环节相关的信息资源都属于战略信息资源。

2. 信息资源管理和信息管理

信息资源管理是 20 世纪 70 年代末 80 年代初在美国首先发展起来然后渐次在全球传播开来的一种应用理论，是现代信息技术，特别是以计算机和现代通信技术为核心的信息技术的应用所催生的一种新型信息管理理论。信息资源管理有广义和狭义之分，以霍顿的认识，狭义的信息资源管理是指对信息本身即信息内容实施管理的过程，广义的信息资源管理则是对信息内容及与信息内容相关的资源，如设备、设施、技术、投资、信息人员等进行管理的过程。

信息资源管理有时简称信息管理，但这两个概念也不尽一致。信息管理迄今为止还是一个未取得共识的概念。在西方，尤其是美国和英国，信息管理大体上相当于信息资源管理的同义词。

我国学者所理解的"信息管理"具有较大歧义度，主要有 3 种观点：一种是"技术观"，经济信息管理领域的研究者多持这种观点，他们几乎将信息管理等同于 MIS；第二种是"集成观"，部分与国际接轨较快的图书情报领域研究者持这种观点，认为信息资源管理是包容信息的流程管理、网络管理和宏观政策管理的多层面、多领域的管理活动，这是与国际接轨较为全面的一种论述；第三种是"扩展观"，多为传统的图书情报学内容的扩展。

3. 战略信息管理的形成和发展

战略信息管理是企业信息资源管理发展的高级阶段。20 世纪 80 年代，马尔香和霍顿在《信息趋势：如何从你的信息资源中获利》一书中将信息管理过程划分为 5 个阶段，即文本管理阶段、公司自动化阶段、信息资源管理阶段、竞争者分析与竞争情报阶段、战略信息管理阶段或称知识管理阶段。

马尔香和霍顿的"信息资源管理阶段理论"，是从企业信息管理实践发展的角度来考察企业战略信息管理的形成和发展的。另外，从理论来源的角度考察，战略信息管理可以视为战略管理与信息管理的交集，是一种跨领域的管理活动；从战略规划的角度考察，战略信息管理可以视为信息战略的展开过程，是企业信息功能战略的制定、实施、监控、调整及其与企业业务战略的整合过程；从领域分析的角度考察，战略信息管理可以视为一个跨越所有企业活动领域的相对独立的功能领域，是围绕信息、信息技术、信息人员、信息设备及其他相关资源实施规划、预算、组织、指挥、控制、协调和培训等活动的多功能领域。

4. 战略信息管理的理论体系

根据现有的研究，有 4 种比较流行的战略信息管理理论。

（1）基于信息资源的战略信息管理理论

咨询专家 Mcgee 和 Prusak 从战略管理角度出发，设计了基于信息资源的战略管理理论。他们认为，战略竞争过程由 3 个有序的部分组成，即战略设计、战略实施、战略设计和战略实施的匹配。该理论认为 3 个有序部分组成的战略竞争过程是在充满各种现实信息和潜在信息的环境中进行的，如图8-8所示。

　　该理论主要研究信息与战略设计、信息战略实施、连接设计与实现。信息与战略设计首先从信息的角度，从整体上分析公司战略，指出信息技术的优势，易于模仿而不能持久，只有持续的改进信息管理才能与竞争对手拉开距离；其次，信息与战略设计论述了信息怎样促进传统战略的设计，以及怎样为新的战略创造机会；另外，还研究电子商务领域中的竞争与合作问题。信息战略实施着重探讨企业内部的信息管理怎样影响战略实施的问题，包括信息管理的过程、信息基础结构及信息政治经济学模型。连接设计与实施着重讨论信息在连接设计与实施方面的中心作用，具体内容包括信息管理过程、信息与组织学习等。

　　（2）基于信息战略的战略信息管理理论

　　战略顾问 Der Poel 提出了基于信息战略的战略信息管理理论。该理论认为，信息战略从属于战略管理和企业信息管理两个领域，并且是连接这两个领域的纽带。如图8-9所示。

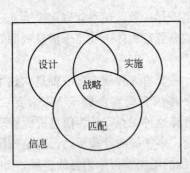

图8-8　基于信息资源的战略信息
　　　　管理框架结构示意图

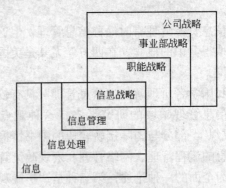

图8-9　基于信息战略的战略信息
　　　　管理框架示意图

　　对于信息、信息处理、信息管理和信息战略四层结构来说，信息指信息的具体内容，或者称为信息资源。信息处理系统则是由信息技术、程序、数据、人员等组成的复杂系统，其目的是为决策采集、处理、存储、传输信息。信息管理的任务包括一般的数据管理、数据处理管理、数据处理咨询等。信息战略是一种战略规划活动，是信息管理的组成部分。

　　Der Poel 提出了一种信息战略模型。该模型包含环境、过程、形式和内容、结果4个元素，如图8-10所示。这些元素之间的关系为：信息战略的环境影响信息战略过程；信息战略过程孕育信息战略的形式和内容；信息战略的内容产生信息战略的结果；而信息战略的结果又进而改变环境并引发新的信息战略活动。

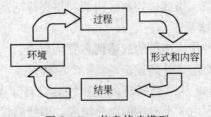

图8-10　信息战略模型

（3）基于信息集成的战略信息管理理论

基于信息集成的战略信息管理理论认为，在企业的信息功能领域中，战略信息管理是沿着两个方向成长的：一个是信息技术方向，另一个是信息资源方向。沿着信息技术方向，经由数据处理—管理信息系统—IT 战略管理，最终实现与业务战略整合，形成战略信息管理。沿着信息资源的方向，则经由文献管理—科技情报管理—竞争情报分析、战略规划，最终依托战略信息系统，开创战略信息管理新领域。

当企业信息功能领域的两大主流沿着不同的方向到达战略信息管理的高度时，信息技术与信息资源成为一体。需要做的事情就是，通过信息体制使得这种自成一体的新的功能体系制度化、组织化。该理论的信息集成过程如图 8-11 所示。

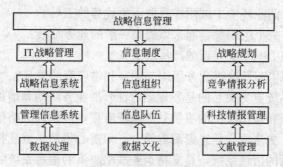

图 8-11　战略信息管理的集成过程示意图

（4）基于企业信息化的战略信息管理理论

该理论关注的重点是如何实现信息技术与企业业务的集成，如何完善企业的信息组织结构，如何实现企业战略信息管理的结果。这种基于企业信息化的战略信息管理理论的框架结构如图 8-12 所示。

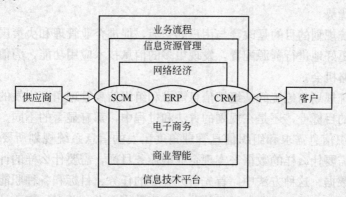

图 8-12　基于企业信息化的战略信息管理框架结构示意图

信息技术平台、信息资源流、电子商务活动，自下向上构成了立体的企业战略信息资源管理构架。其中，由硬件、软件和通信技术构成的信息技术平台是与企业的业务流程相对应的，是战略信息资源管理的技术支撑。商业智能既包括生成和承载智能的各类企业人员，也包括智能产品，即各种应用软件。商业智能是企业信息资源管理的核心，是维系信息技术平台和电子商务的中介。电子商务是信息技术平台、信息资源管理与企业业务活动相结合的产物，是与网络经济相对应的，是网络经济的承载体，是战略信息管理的归宿。

8.3.3　战略信息系统及其规划

1. 战略信息系统

战略信息系统是实现企业战略信息管理的依托。战略信息系统的思想首先建立在对信息技术创造性的认识的基础上，是从战略角度考察和运用信息系统的直接产物。战略信息系统就是能够影响和塑造企业战略和计划的信息技术，是能够使企业获得竞争优势、摆脱竞争劣势的有效武器。

战略信息系统研究最关注的是下面一些问题：

- 如何使 IS/IT 在商业环境中被用作获取竞争优势的工具？
- 如何将 IS/IT 与一个组织整合起来以提高一般的业务绩效？
- 如何合理地运用 IS/IT 发展新的产品或服务？
- 如何合理地运用 IS/IT 改进业务组织与顾客和供应商的关系？

总之，战略信息系统更为关心的是发现创造性开展业务活动和增加利润的方法，这与管理层次的管理信息系统和操作层次的事物处理系统有根本区别。战略信息系统更强调信息技术对决策的支持作用，更注重与信息资源的整合，但重心仍然是信息技术开发与应用。战略信息系统属于战略层面的信息系统，是支持企业战略决策的信息系统的总称。战略信息系统是企业战略信息管理的重点而不是代称。

2. 战略信息系统规划的概念和方法

1）战略信息系统规划的概念

战略信息系统规划是企业制定长期信息系统技术应用计划以确保企业实现其战略目标的过程，是认识、选择和确定信息系统技术战略机会的过程。战略信息系统所解决的中心问题是如何获得竞争优势。

战略信息系统规划的目的是改善与用户的交流，促进企业管理和决策层的支持，更好地预测资源需求，更好地进行资源配置，发现更多的信息技术应用功能，为信息系统技术的应用提供更多的战略机会。

战略信息系统规划与传统的从组织信息需求和组织信息管理角度出发的信息系统规划相比，不管在规划的目标上，还是在规划的方法和过程中，都有显著的不同。

传统的从组织信息需求和组织信息管理角度出发的信息系统规划所要解决的主要问题是：搞清楚企业需要什么样的数据来实现企业的业务目标，需要什么样的计算机管理信息系统来取得这样的数据。这种方法中，首先研究企业的任务、目标和各种职能及其在企业业务过程中的作用；然后，基于对业务过程的分析确定数据需求，并对所需要的数据进行各种分类；最后，在对数据分类的基础上，设计和开发数据库。这种规划的最终结果涉及整个信息系统的构造和各个子系统的开发时间、计划等问题。

企业战略信息系统规划强调的是帮助企业实现其业务战略，提高企业的竞争力，实现企业经营战略目标，规划企业信息系统技术的应用。在这种规划方法中，首先研究和分析企业的各种战略，了解企业各种业务战略的内涵；然后认真分析信息技术在哪些方面能够帮助企业实现其业务战略，研究如何应用信息技术才能在这些方面发挥最大的作用；最后，在此技术上详细分析和设计信息技术在企业中的应用。

2）战略信息系统规划方法

有许多战略信息系统规划方法，常用的规划方法包括两个阶段法和十步法。下面介绍战略信息系统规划的十步法。其中，前面 5 个步骤形成信息系统技术战略，后面 5 个步骤不仅制定信息系统技术战略，而且制定信息系统行动计划。该方法中的每一步工作都有相对独立性，它们有自己的目标，有自己解决问题的指导思想，有自己的输入和产出结果。十步法具体工作内容如下。

第 1 步　定义规划范围和组织队伍。

这是战略信息系统规划工作的开端。该步的主要工作包括：

- 确定关键的规划问题；
- 定义规划的范围和方法；
- 组织规划队伍；
- 获取企业高层管理者的理解和支持。

第 2 步　评价公司战略、事业部战略和职能战略等经营战略和竞争环境。

战略信息系统规划要充分考虑企业目前和将来的经营环境。该步的主要工作包括：

- 明确企业的各种经营战略和竞争环境；
- 识别环境的影响；
- 定义战略信息需求。

第 3 步　评估企业内部状况。

战略信息系统规划人员不仅要了解企业的外部经营环境，还必须了解企业的内部状况。该步的主要工作包括：

- 评估已存在的信息及其系统；
- 评估信息系统管理部门的工作情况；
- 分析已存在系统的运行情况；
- 评价企业目前的技术实力和能力；
- 评价企业利用信息系统技术的状况。

第 4 步　识别企业利用信息系统技术的机会。

信息系统技术的迅速发展正不断地为成功应用信息系统技术的企业提供新的机会。要识别出新的应用信息系统技术的机会，需要完成下面一些工作：

- 分析信息系统技术的发展趋势；
- 确定信息需求；
- 明确主要信息系统技术的目的；
- 识别改进的机会。

第 5 步　确定信息系统技术战略。

信息系统技术战略能使企业更好地利用已有的信息技术，并充分利用新技术提供的机会产生优势。为了确定信息系统技术战略，需要解决下列问题：

- 明确信息系统技术战略；
- 进行概念设计；
- 对各个项目排列优先次序；
- 与企业高层管理者进行讨论。

第 6 步　制定企业计划。

任何新技术的采用都会遇到企业过去未遇到的问题，都有可能存在阻力。为了解决这些问题，克服阻力，企业的计划主要应考虑如何解决这些问题，并明确解决这些问题对人力资源的基本需求。因此，制定企业计划的主要工作包括：

- 确定实现企业转变的途径；
- 制定人力资源计划；
- 确定里程碑目标。

第 7 步　制定数据和应用计划。

规划人员必须把在第 5 步制定的信息系统技术战略转换为更加具体的、可操作性强的计划。这些工作包括：

- 定义数据和应用领域；
- 明确开发和维护方法；
- 制定开发和应用计划。

第 8 步　制定技术计划。

为了支持数据和应用计划，规划人员在本阶段的关键工作包括：

- 确定技术框架；
- 制定技术计划；
- 制定培训计划。

第 9 步　制定信息系统行动计划。

战略信息系统规划必须能指导企业实施其企业计划、数据和应用计划及技术计划。要达到这些目标，需要完成以下工作：

- 制定扩充计划；
- 制定信息系统行动计划；
- 批准和启动信息系统行动计划。

第 10 步　项目确定和规划。

一旦战略信息系统规划计划得到批准，企业就开始实施新的项目。本步工作的结束，就是项目开发和实施的开始。这一步描述战略信息系统规划活动与具体项目之间的联系。对于比较小的、简单的项目，这一步的工作时间比较短；但是对于大型的、复杂的项目，这一步的工作要持续一段比较长的时间。该步的主要工作包括：

- 明确项目内容；
- 明确需求和进行概念设计；
- 获取计划批准，开始项目的开发和实施。

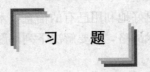

习　题

一、名词解释

1. TPS　2. DSS　3. GDSS　4. IDSS　5. SIS　6. 企业战略　7. 信息资源管理

二、简答题

1. TPS 具有什么特点？它包含哪些基本活动？

2. 简述 DSS 的主要特征。

3. 简述决策支持系统的三角式系统结构的组成及其运行原理。

4. GDSS 具有哪些主要特征和类型？

5. 企业的战略信息资源主要有哪些？

6. 战略信息系统规划与传统的从组织信息需求和组织信息管理角度出发的信息系统规划相比有什么不同？

三、选择题

1. 事务处理系统面向企业（　　）的管理活动，对企业每日正常运作必需的常规业务所发生的信息进行处理。

A. 高层　　　　　　　B. 低层　　　　　　　C. 中层　　　　　　　D. 所有层次

2. 决策支持系统模式被表示为 DSS 本身及它与"真实系统"、人和（　　）的关系。

A. 外部环境　　　　B. 模型库　　　　　C. 方法库　　　　　D. 数据库

3. 根据决策问题所在的组织的环境、人员空间分布、决策周期长短等因素，GDSS 大致可有以下几种类型：决策场所选择方案、虚拟会议选择方案、远程决策网络选择方案和（　　）。

A. 局域决策网络选择方案　　　　　　B. 广域网络决策选择方案

C. 互联网络决策选择方案　　　　　　D. 无线网络决策选择方案

4. 不同企业事务处理系统处理的具体活动不同，但所有事务处理系统的目标都是为了获取和处理反映企业基本业务的（　　）。

A. 质量　　　　　　　B. 强度　　　　　　　C. 数据　　　　　　　D. 效率

5. 战略信息系统属于（　　）。

A. TPS　　　　　　B. KWS　　　　　　C. DSS　　　　　　D. ERP

第 9 章

面向流程的管理信息系统

9.1 企业资源计划（ERP）

企业资源计划（Enterprise resource planning，ERP）是管理信息系统在企业中的典型应用，这是一种全新的基于信息技术的企业管理模式，是一个对企业物流、资金流和信息流三大资源进行全面集成管理的管理信息系统。企业资源计划的发展大致经历了 4 个阶段，即基本 MRP 阶段、闭环 MRP 阶段、MRP Ⅱ 阶段和 ERP 阶段。ERP 的形成是随着产品复杂性的增加、市场竞争的加剧、信息全球化的迅速发展而产生的。

9.1.1 ERP 产生的历史背景

20 世纪 60 年代之前，制造业受条件的限制，一般采用订货点法作为编制物料库存计划和控制库存量的基本方法。所谓订货点法，就是指对生产中需要的各种物料，根据对库存补充周期内的需求量预测，规定一个安全库存量和订货点库存量。由于该法不能准确告知物料的需求时间，所以面对不断变化的需求，企业不得不保持一个较高的库存水平，其结果造成过多的库存。于是，ERP 应运而生。

ERP 的发展过程是一个循序渐进的过程，其发展大致经历了以下 4 个阶段，即基本 MRP 阶段、闭环 MRP 阶段、MRP Ⅱ 阶段和 ERP 阶段。

20 世纪 60 年代，人们为了克服订货点法的缺陷而提出了一种新的库存计划方法，即物料需求计划（Material Requirements Planning，MRP），或称基本 MRP。这种方法以物料为对象，借助计算机按照产品结构计算并制定出各种物料的需求计划，从而实现减少库存、优化库存的管理目标。这里，"物料"是指为了产品出厂需要列入计划的一切不可缺少的物的统称，不仅包括原料、半成品、成品等，同时也包括包装材料、产品说明书等。

基本 MRP 仅仅是一种库存管理技术，还不能满足企业对生产管理的全部要求。于是在

20世纪70年代，人们在基本MRP基础上，又增加了对生产能力计划的功能，使其发展成为一个可以用来进行生产计划与控制的系统，称为闭环MRP（Closed Loop MRP）。

进入20世纪80年代，随着企业对财务信息关注度的提高，人们又将与企业经营生产有着密切联系的会计、销售等功能整合到闭环MRP系统，形成了企业经营生产管理计划系统，即制造资源计划（Manufacturing Resource Planning，MRP II）。这是一个完整的综合性的企业管理信息系统，它集成了企业产、供、销、人、财、物等各个环节和资源的系统，可以用来解决阻碍企业生产的各种问题。

随着产品复杂性的增加、市场竞争的加剧、信息全球化的迅速发展，1990年，美国著名的计算机技术咨询和评估集团（Gartner Group Inc.）在其发表的研究报告"ERP：A vision of the Nest-Generation MRP II（ERP：下一代MRP II的远景展望）"中提出了ERP概念，并认为它是现阶段制造企业管理技术的前沿领域，是在MRP II基础上发展而成的企业信息管理综合解决方案。

ERP是当今国际上先进的企业管理模式，其主要思想是对企业所有的人、财、物、信息等资源进行综合平衡和优化管理，面向全球市场，协调企业中的各个管理部门，围绕市场导向开展各种业务活动，使企业在激烈的市场竞争中全方位地发挥自己的能力，从而取得最好的经济效益。

9.1.2 物料需求计划（MRP）

物料需求计划（MRP）包括基本MRP和闭环MRP。

1. MRP的基本思想和原理

一般加工装配式生产的工艺顺序是：将原材料制造成各种毛坯，然后加工成各种零件，把零件组装成部件，最后将零件和部件装配成产品。这样，如果要求按照一定的交货时间提供不同数量的各种产品，那么就必须提前一定时间加工所需要的各种毛坯，直至提前一定时间准备各种原材料。

MRP的基本思想是：根据主生产计划（Master Production Schedule，MPS）表上产品的需要数量、需要时间，按照产品结构表列出所需物料的种类、数量及现有库存来决定采购或生产。换句话说，只要给出了产品的主生产计划，就可以依照产品结构将产品数量与其相关的所有物料的需求量分层次的联系起来，同时按照工艺路线推算出所有物料的产出时间和投入时间。MRP提供了物料需求的准确时间和数量。

根据MRP的基本思想，可以得到MRP的结构原理图，如图9-1所示。

从图9-1所示的基本原理示意图中可以看出，MRP实际上回答了下列问题：

- 准备生产什么？生产多少？（主生产计划）
- 生产需要用到什么物料？（产品结构、物料清单）
- 已经有了什么物料？（库存）
- 还需要得到什么物料？（加工计划、采购计划）

而这些问题是任何制造业都必须回答的、带有普遍性的问题，说明了MRP的适用性。于是，既然MRP具有普遍适用性，而且对降低成本十分有效，为什么它作为一种新的生产方式，只是在近二三十年才得以发展起来的呢？

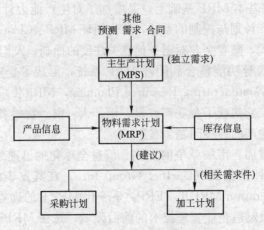

图 9-1   MRP 基本原理示意图

首先，现代工业产品的结构极其复杂，一件产品常常由成千上万种零件构成，用手工方法不可能在短期内确定如此众多的零部件及相应的制造资源所需数量和时间。根据报道，美国有些公司用手工计算各种零部件所需数量和时间，一般需要 6～13 周的时间。人们称这种编制生产作业计划的方式为"季度订货系统"。由于计划的制定只能每季度更新一次，所以这样的计划不可能很细、很准，而且计划的应变性很差。

其次，企业处于不断变化的环境中，实际情况必然偏离计划的需求，其原因可能是对产品的需求预测不准确，引起产品的交货时间和交货数量的改变；也可能是外协件、外购件和原材料的供应不及时；还可能是其他一些偶然因素，如出废品、设备故障、工人缺勤等，使生产不能按照计划进行。

最后，当计划与实际执行情况出现较大的误差时，通过主观努力已不可能达到计划的要求或者计划本身不能完全反映市场需求时，必须修改计划。但是，修改计划和制定计划一样费时，计划制定得越细致，修改计划的工作量就越大、越困难。而且，修订计划要求在很短时间内完成，否则修订的计划跟不上变化。显然，不使用计算机技术，单靠手工方式是无法及时对计划做出修改和调整的。MRP 的出现是计算机应用于生产管理的结果。

2. 闭环 MRP

物资资料的生产过程实际上是将原材料转化为产品的过程。物料在转化过程中，需要不同的制造资源，如机器设备、场地、工具、工艺装备、人力等，有了各种物料的投入产出时间和数量，就可以确定对这些制造资源的需要数量和需要时间，这样就可以围绕物料转化的过程来组织制造资源，实现按需要准时生产。

虽然，采用 MRP 可以准确地提供物料的需求时间和数量，但不能保证计划的有效性，即企业是否有足够的能力在规定的时间内生产（采购）所需数量的各种物料。于是，人们提出了闭环 MRP，其基本思想是围绕物料转化组织制造资源，实现按需要准时生产（图 9-2）。

由图 9-2 可知 MRP 系统的流程：首先企业的高层领导根据企业的经营战略和目标，确定全面安排本企业生产经营活动的企业经营计划；然后，根据预测和工厂当前资源条件确定年度和季度生产计划；在确定生产计划的过程中，要进行任务与能力平衡，这种平衡是粗略的，是以假定产品或代表产品为计划单位核算的。

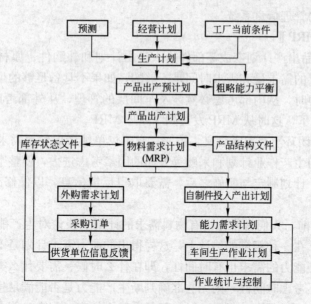

图 9-2　闭环 MRP 系统流程图

　　将生产计划细化到具体产品，明确每种产品更新换代的出产数量与出产时间，就得到了产品出产预计划。确定产品出产预计化时，要进行粗略能力平衡，然后变成产品出产计划。MRP 中的产品出产计划是以周为时间单位的。MRP 中的产品出产计划，也被称为生产作业计划，它是 MRP 系统的主要输入。除了产品出产计划之外，MRP 系统的另外两项输入是产品结构文件和库存状态文件。

　　经过 MRP 程序的处理，将产品出产计划转化为自制投入产出计划和外购件需求计划。自制件投入产出计划是一种生产作业计划，它规定了构成产品的每个零件的投入和出产时间、数量，使各个生产阶段相互衔接，准时地进行。外购件需求计划规定了每种外购件和原材料的需要时间和数量。

　　由自制投入产出计划可计算出对每个工作中心的能力需求，从而得出能力需求计划。如果生产能力得不到充分利用或者负荷超过能力，则可采用调节办法。常用的调节办法是：加班、加点、调整人力、增加设备、外协。

　　如果调整行不通，则将信息反馈到编制出产计划模块，对该计划做出调整。当任务与能力基本平衡后，各车间可按自制件投入产出计划编制车间作业计划。车间生产作业计划的实施情况要通过车间作业统计得到。由统计发现实际与计划偏离时，通过修改计划或采用调度方法纠正这种偏离，实行生产控制。从实际生产中得到的反馈信息可用来调整车间生产计划与能力需求计划，从而使计划具有应变性。

　　按照外购需求计划，按时向供货单位提出订货。提出订货后，不断从供货单位得到信息，连同生产过程中零部件的完工信息，一起输送到库存状态文件中。

9.1.3　制造资源计划

　　制造资源计划（MRPⅡ）系统是一种与 MRP 完全不同的新技术，是在 MRP 的基础上发展起来的一种新的管理信息系统。

1. 由 MRP 到 MRP Ⅱ

MRP 可以将产品出产计划变成零部件投入产出计划和外购件、原材料的需求计划。但是，只知道各种物料的需求量和需求时间是不够的，如果不具备足够的生产能力，计划将会落空。考虑生产能力时，从内部考虑必然涉及车间层的管理，从外部考虑必然设计到采购。单靠 MRP 已经不够了，这时从 MRP 发展到了闭环 MRP。

闭环 MRP 的"闭环"有双重含义：第一，它不仅单纯考虑物料需求计划，还将与之有关的能力需求、车间生产作业计划和采购等方面的因素考虑进去，使整个问题形成闭环；第二，从控制论上讲，计划制定与实施之后，需要取得反馈信息，以便修改计划与实行控制，这样又形成了闭环。

在 MRP 出现之前，人们常常在没有物料需求的计划下谈论对生产能力的需求，使得对生产能力的需求建立在一种粗糙的估计上，这样得出的能力需求计划是不准确的。与对物料的需求一样，对生产能力的需求也有时间性，即在什么时候、需要什么类型的设备和需要多少能力工时。如果不考虑时间性，则无法准确判断生产能力是否能满足生产任务的要求。可能从总量上讲，能力工时不少于任务工时，但是在某个特定时间内，能力既可能不够，也可能有富余。只有得出物料需求计划，才能准确地对能力的需求进行计划。

同样，单纯谈论车间生产作业控制，而不管各个零件的计划完工期限是否有效，也是没有意义的。要使每个零部件的计划完工期限有效，也需要 MRP 系统能提供准确的零部件计划出产时间。采购更是这样，没有 MRP 系统提供的原材料和外购件需求计划，采购将是盲目的。

在没有 MRP 系统之前，各种经营活动都是孤立进行的，而且也只能是孤立进行的，因为没有人能够及时做出如此准确的物料需求计划。有了 MRP，才使企业内各项活动建立在更自觉的基础上，使盲目性造成的浪费减少到最低程度。

然而，企业里的其他活动如果只从 MRP 系统中取得信息是不够的。MRP 必须从车间、供应部门和设备部门得到信息和反馈信息，才能得出切实的物料需求计划。正是基于这一方法，闭环 MRP 将 MRP 向前推进了一步。

应当说，闭环 MRP 已经是一个很完整的管理信息系统。但是，从企业管理的目的出发，人们自然地会联想到：

既然库存记录足够精确，为什么不可以根据它来计算费用？

既然 MRP 得出了真正制造和购买的元件，为什么不能依据它来作采购的预算？

既然生产计划已经被分解成确定要实现的零部件的投入产出计划，为什么不可以把它转化为货币单位，使经营计划和生产计划保持一致呢？

把生产活动与财务活动联系到一起，是从闭环 MRP 向 MRP Ⅱ 迈出的关键一步。MRP Ⅱ 实际上是整个企业的系统，它包括整个生产经营活动：销售、作业、库存、生产作业计划与控制等。

2. MRP Ⅱ 系统的逻辑流程

MRP Ⅱ 系统的逻辑流程如图 9-3 所示。

从上述流程图中可以看出，经营计划是 MRP Ⅱ 的起点。经营计划就是确定企业的产值和利润指标。而要实现一定的产值和利润指标，必须按照市场的需求决定生产什么和生产多少，这是企业生产经营活动的一个最基本的决策。但是，经营计划一般只列出要生产的产品

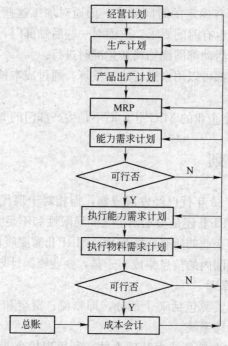

图 9-3　MRP Ⅱ 的逻辑流程图

大类和总量等。按照经营计划确定产值和利润指标,并且根据市场预测和企业当前的生产条件,确定生产计划。生产计划也是确定生产什么和生产多少,但是它一般以产品族为对象,而且在制定生产计划时需要进行粗略能力的平衡。所谓粗略能力平衡,只是对关键设备进行月度或季度范围内的生产任务与生产能力的平衡。编制生产计划不仅要考虑市场需求,而且要考虑企业的生产能力;不仅要考虑生产能力,而且要考虑企业的当前条件,如当前原材料、毛坯和零部件库存、设备、人员状况等。按照现有的生产能力和当前条件,若不能满足经营计划的要求,则将信息反馈到经营计划,使之做出相应的调整。接下来,按照生产计划确定产品出产计划(主生产计划)。产品出产计划是以具体产品为对象,它规定每种具体产品的出产时间和数量,是组织生产的依据,同时也是销售的依据。因此,产品出产计划是企业内生产活动和经营活动的结合点。

　　产品出产计划必须切实可行,它是 MRP 的一项关键输入;如果不行,必然导致 MRP 系统的运行失败。当生产能力不够,以至通过有限的调整生产能力的方法仍不能消除这种不足时,零部件就不能按 MRP 给出的完工期限完工。这时要将信息反馈到生产计划,使之做出相应的调整。

　　MRP 输入的零部件投入产出计划实际上可以作为车间的生产计划,它规定了车间的生产计划任务,规定了车间产品(各种零部件)的完工期限和数量,因而可以作为对车间进行生产控制的标准和车间编制生产作业计划的依据。

　　车间生产作业计划要规定每个工作每天的工作任务,使 MRP 输出的零部件投入产出计划落实到每一道工序。编制车间生产作业计划要依据每个零部件的加工路线和每道工序的工时定额,要在满足加工路线的条件下,保证安排到每台机床等设备上的任务不发生冲突,同时保证每个零部件按期完工。这是一个非常复杂的问题,需要运用排序、图论等理论和方法来解决。由于对各种物料都有确定的时间要求，因而对加工这些物料所需的机器设备、工具、工艺装备、场地和工人也有时间要求，进而对一些后勤部门，如食堂、澡堂等也有确定的时间要求，使企业内一切活动都围绕物料转化准时进行。

最后，所有的资金数据都可以用来进行成本核算，通过成本核算和财务管理对整个企业的经营状况进行监督和控制。

这就是 MRP II，是整个企业的 MRP II，而不是生产部门的 MRP。

9.1.4　企业资源计划

尽管 MPR II 在 20 世纪 80 年代已经发展成熟，但相对于现代管理思想以及实现世界级优秀企业所追求的目标，MRP II 还是显示出了它的局限性和不足。如 MRP II 是以生产计划和控制为主线的，并未覆盖企业的所有职能层面；MRP II 需要吸取 JIT、TQM 等现代化管理思想和方法，实现更大范围内的信息集成。于是，企业资源计划（ERP）出现了。

1. ERP 的基本思想和原理

一般地说，企业的所有资源包括 3 个部分，即物流、资金和信息流。ERP 也就是对这几种资源进行全面集成的管理系统。

概括地说，ERP 是建立在信息技术基础上的，利用现代企业的先进管理思想，全面地集成企业的所有信息资源，并为企业提供决策、计划、控制和经营业绩评估的全方位和系统化的管理平台。

ERP 的核心管理思想就是实现了对整个供应链的有效管理，主要有以下 3 个方面。

（1）体现对整个供应链资源进行管理的思想

现代企业竞争已经不是单个企业之间的竞争，而是企业供应链之间的竞争。因此，在这种情况下，仅靠本企业的资源是不可能有效地参与市场竞争的，还必须把经营过程中的有关各方，如供应商、分销网络、客户等纳入一个紧密的供应链中，才能有效地利用全社会一切市场资源快速、高效地进行生产经营活动，提高效率并在市场上获得竞争优势。

ERP 系统实现了对整个企业供应链的管理，适应了企业市场竞争的需要。

（2）体现精益生产、并行工程和敏捷制造的思想

ERP 系统的管理思想表现在两个方面：一是"精益生产"思想，即企业按大批量生产方式组织生产时，把客户、代理商、供应商等纳入到生产体系之中，在这种情况下，企业之间的关系就不再是简单的业务往来关系，而是利益共享的合作伙伴关系，这种合作伙伴关系组成了一个企业的供应链；二是"敏捷制造"思想，即当市场发生变化时或者企业遇到特定的市场和产品需求时，如果企业的合作伙伴不能满足新产品开发和生产的要求，这时企业将临时组织一个由特定的供应商和销售渠道组成的短期或一次性供应链，形成"虚拟工厂"，把供应和协作单位看成是企业的一个组成部分，运用"并行工程"组织生产，在最短的时间内将新产品打入市场，时刻保持产品的高质量、多样化和灵活性。

（3）体现事先计划与事中控制的思想

ERP 系统中的计划管理体系主要包括：主生产计划、物料需求计划、能力计划、采购计划、销售执行计划、利润计划、财务预算和人力资源计划等，并且这些计划功能与价值控制功能已经完全集成到了整个供应链系统之中。

2. ERP 的常用模块和流程图

ERP 系统包括许多模块，其中常用的模块包括：

- 主生产计划（产品产出计划）；
- 物料需求计划；
- 能力需求计划；
- 销售管理；
- 采购管理；
- 库存管理；
- 制造标准；
- 车间管理；
- JIT 管理；
- 质量管理；
- 财务管理；
- 成本管理；
- 应收账款管理；
- 应付账款管理；
- 现金管理；
- 固定资产管理；
- 工资管理；
- 人力资源管理；
- 分销资源管理；
- 设备管理；
- 工作流管理；
- 系统管理。

这些模块之间紧密联系，这些模块的集成形成了 ERP 系统。ERP 系统的总体流程如图 9-4 所示。

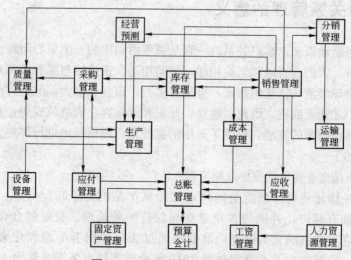

图 9-4　ERP 系统的总体流程图

9.2　客户关系管理系统

9.2.1　客户关系管理的概念及基本技术

1. 客户关系管理的概念

客户关系管理（Customer Relationship Management，CRM）是指通过计算机管理企业与客户之间的关系，以实现客户价值最大化的方法。其核心思想是将客户（包括最终客户、分销商和合作伙伴）作为最重要的企业资源，通过深入的客户分析和完善的客户服务来满足客户的需求，建立稳定、庞大的客户资源群体，进一步提升客户资源的价值量来实现企业的最佳经济效益。

2. 客户关系管理的基本技术

（1）以客户为中心的企业管理技术

所谓以客户为中心的企业管理技术，是一种以客户为企业行为指南的管理技术。在这种管理技术中，企业管理的需要以客户需要为基础，而不是以企业自身的某些要求为基础。

（2）智能化的客户数据库技术

要实施以客户为中心的管理技术，必须有现代化的技术。在以客户为中心的企业管理技术中，智能化的数据库技术是所有其他技术的基础。

（3）信息和知识的分析技术

以客户为中心的管理思想，必须建立在现代信息技术基础之上，没有现代信息技术，就无法有效地实现以客户为中心的管理技术。要想实现管理技术，企业必须对智能化的客户数据库进行有效开发和利用，这种开发的基本与核心技术就是信息和知识的分析处理技术。

9.2.2　客户关系管理的意义

自从有了商务活动以来，客户关系就一直是商务活动中的一个核心问题。客户一直被认为是商家的财神爷，人们一直以"笑脸相迎，笑脸相送"来维持与顾客的关系。随着网络经济的迅猛发展和全球经济一体化的到来，世界有多大，市场有多大，但是有市场并不见得有商机，只有有客户才能有商机。因此，建立、开发和维系客户资源就成为企业经营管理中一项重要内容。计算机技术的发展，提供了运用信息技术、网络技术进行客户关系管理的实现可能性，其意义如下。

（1）客户资源是企业竞争的重要战略资源

经济的全球一体化使得市场竞争的焦点已经从产品的竞争转向品牌、服务和客户资源的竞争。谁能拥有客户，并能与客户建立和保持一种长期、良好的合作关系，赢得客户信任、能够给客户提供满意的服务，谁就能通过为客户服务的最大化来实现企业利润的最大化。例如，欧洲空中客车公司预测 2019 年全球客机市场需求量为 17 835 架，其中亚太区客机市场需求量为 4 239 架。欧洲空中客车公司之所以能对 2019 年全球和亚太区客机市场需求量作出科学的预测，在很大程度上得益于该公司对全球客户资源的大量占有和深刻分析上。

（2）客户关系管理的根本目的是寻求企业利润最大化

通过采用先进的客户关系管理系统，一方面企业能够对客户信息进行全面的整合，在企业内部充分共享，从而为客户提供更快速周到的优质服务，吸引和保持更多的客户；另一方面，借助客户关系管理所蕴涵的先进管理理念优化企业的业务流程，把"满足客户明确和隐含的需求"的经营理念贯彻到企业经营管理的全过程中，无论客户采取什么途径向企业发出任何联系信号，都能够向老朋友一样对待，企业的每个部门都知道他寻求的目标、购买的习惯、付款的偏好和最感兴趣的产品。由于客户的一切信息尽在掌握中，就能够有的放矢地提供及时、周到、满意的服务，使企业通过客户价值的最大化、客户服务的最大化来寻求市场开拓的最大化和企业利润的最大化。

9.2.3　CRM 系统的应用概况和主要功能

1. CRM 系统的应用概况

CRM 的应用强调模块组合，其原因如下。

① CRM 应用所涉及的范围很广。目前市场上有一种倾向是，凡是同客户相关的，其他计算机应用未能直接涉及的领域都统归于 CRM 范围之内。

② CRM 应用所涉及的领域目前还无法确定，还没有哪一个软件提供商可以做到面面俱到。

CRM 应用解决方案的 6 个基本特征如下。

① 基于一个统一的客户数据库。

② 具有整合各种客户联系渠道的能力。

③ 能将信息以迅速、方便的方式向系统用户传递。

④ 提供销售、服务和营销 3 个业务的自动化工具，并在三者之间能进行无缝的整合。

⑤ 具有一定的从大量交易数据中提炼决策信息的能力——商业智能。

⑥ 有基于开放标准的与其他企业应用系统的整合能力。

2. CRM 应用系统的类型

CRM 应用系统可分为 3 种类型：操作型 CRM、分析型 CRM 和协作型 CRM。三者之间的关系：分析型应用功能类似于人的大脑；操作型应用功能类似于人的手和脚；协作型应用功能类似于人的感觉器官。三种应用功能如图 9-5 所示。

（1）操作型 CRM 应用

一个典型的企业直接面对客户的部门大致有销售部、客户服务部、市场营销部、呼叫中心，以及企业的客户信用部（应收款或催账）。

操作型 CRM 应用的设计目的是为了让这些部门人员在日常的工作中能够共享客户资源，减少信息流动的滞留点，从而力争把一个企业变成单一的"虚拟个人"呈现在客户印象中。

操作型 CRM 的使用人员有以下几种。

① 销售人员。使销售自动化，包括订单管理、发票管理及销售机会管理等。

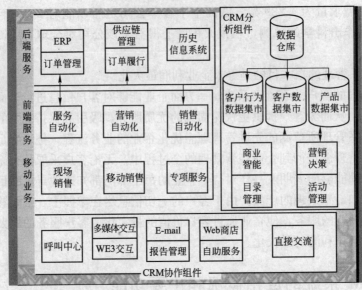

图 9-5　CRM 的操作、分析、协作三种应用组件示意图

② 营销人员。使营销自动化，如促销活动管理工具，用于计划、设计并执行各种营销活动，寻找潜在客户，并将他们自动集中到数据库中，通过自动分配工具派给销售人员。

③ 现场服务人员。使服务自动化，包括自动派活工具、设备管理、服务合同和保质期管理。

可以看出，操作型系统的应用模块是为员工提高工作效率的工具。

(2) 分析型 CRM 应用

同操作型 CRM 系统不同，分析型系统的用户不需要直接同客户打交道，而是从操作型系统应用所产生的大量交易数据中提取有价值的各种信息，如 80/20 分析、销售情况分析，以及对将来的趋势作出必要的预测，是一种企业决策支持工具。在具有大量客户的银行业、保险业及零售业中都可以利用这种系统挖掘出重要的决策信息。

分析型 CRM 系统的设计主要利用数据仓库、数据挖掘等计算机技术。其主要原理是将交易操作所积累的大量数据过滤、抽取到数据仓库，再利用数据挖掘技术建立各种行为预测模型，最后利用图表、曲线等对企业各种关键运行指标及客户市场分割情况向操作型应用发布，达到成功决策的目的。

(3) 协作型 CRM 应用

协作型 CRM 应用就是能够让企业客户服务人员同客户一起完成某项活动。例如，支持中心工作人员通过电话指导客户修理设备，因为这个修理活动同时有员工和客户参与，因此它们是协作的。而前面的操作型应用和分析型应用都是企业员工自己单方面的业务工具，在进行某项活动时，客户并未一起参与。

协作型应用目前主要由呼叫中心、客户多渠道联络中心、帮助台及自助服务导航，向客户解释特定网页的内容等。具有多媒体多渠道整合能力的客户联络中心是今后协作型应用发展的主要发展趋势。

3. CRM 系统实施的关键

(1) 规范为客户服务的流程

为客户服务的业务流程主要分为两大类：一类是企业内部以客户为中心的适应性业务流

程；另一类是企业为客户服务的功能性业务流程。功能性业务流程是设计 CRM 系统的目的；适应性业务流程是实施 CRM 系统的保障。没有规范的业务流程，就不会有规范的服务；没有适应性业务流程，就不能保障功能性业务流程的落实，所以两者是互为依赖、紧密相连的。而有一些客户关系管理软件背离了适应性业务流程和功能性业务流程的关系，因此在 CRM 的实施运行中，没有起到应有的作用。不能显现和理顺这些关系，CRM 系统的生产就很难商品化、适应化、效果明显化，就显现不出 CRM 系统在客户关系管理中的巨大作用和威力，就没有一条清晰的思路对运行中的 CRM 系统进行扩展和完善。

（2）进行过程研究

只有通过过程研究，才能弄清楚哪些是原来的客户关系、哪些是潜在的客户关系、哪些是新增的客户关系、哪些是有价值的客户关系、哪些是可扩展的客户关系、哪些是正在流失的客户关系。这样才能找到：原有客户关系的变化轨迹；潜在客户关系的发展趋势；新增客户关系的增长原因；有价值客户关系的价值趋向；可扩展客户关系的扩展动因。通过过程研究，才能有一个清晰的逻辑思路和设计原则，才能使设计的或生产的客户关系管理软件具有广泛的适应性、明确的针对性、清晰的条理性、分析的有效性，从而受到用户的欢迎。

4. 客户关系管理的主要功能

（1）以客户为中心的营销业务处理能力

CRM 可以提供营销活动自动化模块，它为营销过程提供了独特的跟踪和管理能力，使营销活动计划的编制和执行、计划结果分析、清单的生产和管理、预算和预测、营销资料管理（关于产品、定价、竞争信息等）、对客户的跟踪、分销和管理、营销财务管理等全部能够自动完成。

（2）对客户的差异分析能力

所有的商务活动都有其独特的差异性，差异分析是真正了解用户需求、进行个性化服务的基础。差异分析的主要内容是：进行现有客户评估、发现潜在客户、提升客户潜能和提供服务应对。CRM 管理软件就需具有这样的业务处理能力，正确提供任何客户资源发展变化的信息源。

（3）客户价值分析能力

客户价值分析能力是一种客户的质量评价能力，也是一种智能化的客户分析能力。在 CRM 所具备的 4 种能力中，客户的价值分析能力是最重要的，也是 CRM 的又一独特功能。这种功能一般从以下几方面进行设计的：客户了解、客户评价、客户价值挖掘和扩展、客户价值分析和提升。

（4）反馈跟踪服务能力

反馈跟踪服务能力是对顾客的反馈信息的落实情况及其效果进行跟踪的一种能力，这种跟踪是量化的，完全可以用数字、图表来反映和表示。

9.2.4　CRM 的历史与未来

1. CRM 家族的发展足迹

CRM 的发展可以分为幼儿阶段、少年阶段和成年阶段，如图 9-6 所示。

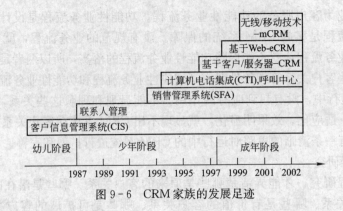

图 9-6　CRM 家族的发展足迹

(1) 幼儿阶段——CIS

这是最早的客户信息系统 (CIS)，有点类似于一种企业内部使用的管理信息系统，一般由企业自行开发。设计 CIS 的企业一般是大型企业，如银行、大型零售企业等，目的是将客户的信息比较完整地记录下来，并作一定的分析，有点类似"电子档案"的目的。由于技术条件及计算机不够普及等因素，应用很有限。不过，由于很早就认识到客户的信息要加以计算机化管理，可以把它称为 CRM 的幼儿阶段。

(2) 少年阶段——联系人管理、销售管理、呼叫中心

在这个阶段，市场上开始出现由第三方开发的在销售和服务领域应用的各种软件，主要分为联系人管理、销售自动化管理和呼叫中心这 3 种典型应用。

联系人管理 (Contact Management) 最典型的例子是市场上普遍使用的 ACT。ACT 软件是一种真正为广大销售人员设计的工具软件。在此之前，销售的工作向来被认为是低技术工作，他们对计算机的使用不像其他工作，如财务来得重要。随着计算机的普及及后来互联网的产生，出现了像微软的 Outlook 及 Lotus Notes 的工作组群件软件，除了电子邮件管理这个主要功能外，其客户端的应用也集成了联系人管理和时间管理的功能。这些基于个人的联系人管理软件目前仍然被成千上万的销售人员及企业员工使用。

销售自动化应用 (SFA) 是在联系人管理软件基础上的一个大飞跃，对广大销售人员有点像"鸟枪换大炮"，不但改变了过去那种单干的状况，而且几乎包括了所有销售活动的功能，从联系人管理到销售机会管理、订单管理、竞争管理、销售定额管理、活动管理、报价管理及销售管理等应有尽有。由于采用了中心客户数据库，使客户信息首次从销售人员手中集中到公司统一管理，成为公司最重要的资产。销售经理从此可以真正地"管理"他的队伍，并通过对集中数据库的分析掌握最新的销售情况。

当然，单纯的 SFA 应用仍然是一个销售部门的应用，属于"点"解决方案，因为它没有营销、服务等其他客户流程的紧密集成，它利用的客户数据是不全的、不完整的。

自从计算机电话集成技术开发以来，呼叫中心的应用迅速得到了企业的青睐，成为标准化客户服务与支持的联系渠道，其中电话转接、请求队列、人物分遣等功能使企业大幅度地提高了服务效率，减少了各种开支；结合交互式话音应答技术、电话脚本集成、谈话记录与存储，使企业首次可以获得大量有关客户的各种数据，为了解客户对企业的满意程度等各种指数提供了一个基本的前提。

现在的呼叫中心有向多渠道集成的趋势发展，成为包括电子邮件、电话、Web 等各种

联系渠道的客户联络中心（CCC）。不过，呼叫中心仍然是目前大多数企业的一种前台应用，离 CCC 模式还有很大距离。

（3）成年阶段

在这个时期客户关系管理这个名词首次得到广大业界的普遍认同，虽然对它的定义有无数个版本，但至少 CRM 本身已经作为一个名词，如像 ERP、SCM 等一样被接受。在这个阶段，有一种趋势就是凡是目前 ERP 系统没有涉及的，只要同客户有某种直接关系的都揽在 CRM 的范围之内。同时，众多开发上，无论是早期的联系人管理还是呼叫中心提供商，都冠以 CRM 提供商的头衔，再加上 ERP 厂商也不甘落后，于是就呈现出 CRM 如今火热的现象。

客户/服务器架构是 CRM 套装软件最早的设计结构，其使用对象主要是企业内部销售、服务及营销领域的员工，其客户端主要是以"胖"客户机为主，同时也提供基于 Java 或 Html 的"瘦"客户应用。由于早期 Html 对数据显示在技术上的局限性，使得这种"瘦"客户在数据刷新的速度及交互性能方面无法同"胖"客户相比，因此早期的 CRM 厂商所采用的多是"胖"客户构架。

ve-CRM 或 B/S 架构的 CRM，有两种设计构思：一种是在客户/服务器的基础上，提供一种 Html 的客户应用，在设计技术上以传统的基于 Vbscript 或 Javascript 的 ASP、JSP 页面为主；另一种是整个 CRM 系统完全以基于 Web 的多层架构设计。虽然这两类应用都冠以"e"的前缀，但设计思路及设计体系有很大的不同。E-CRM 或 B/S 体系基本上不考虑非浏览器应用，全部开发力量都集中在浏览器的"瘦"应用上，集中精力解决它的性能问题，应该说这是一个主要的发展趋势。

vm-CRM 即移动 CRM 应用，是当今最前沿的发展水平，即 CRM 技术和当前同样火热的无线通信技术相结合，将客户各种信息利用各种无限设备向各种移动用户，如现场销售人员、服务人员传递，为移动员工群体提供一个"移动办公"的基本前提。在这方面的发展很快，各种无限设备层出不穷，在操作系统上以 Palm OS 和微软的 Windows CE 为主，各个硬件提供商、软件提供商从此在"移动"领域拉开了竞争的序幕。

2. CRM 的未来发展趋势

（1）CRM 理念上的发展趋势

对 CRM 中的"C"的理解，将扩展客户的理解范围，包括员工和合作伙伴等其他关系的对象，也就是说任何一个人或组织，只要他们对企业的发展有贡献（现实的或潜在的），都称之为客户，这样建立起"企业关系管理"的概念，而不再限于传统概念上的客户。

CRM 向由客户管理的关系即 CMR（Customer Managed Relationship）转变，企业采用 CRM 几乎是以企业利益为中心的，在企业和客户的"权力斗争"过程中，企业基本上主导着关系的发展和维持。CMR 的主要论点就是要确实地将客户作一个"尊敬的关系主体"邀请到关系管理的全过程中，而不是目前多数实施 CRM 项目的企业所采取的试图利用新技术应用"驱赶式"地对待那些显得不那么重要的客户的方式。

（2）CRM 应用技术上的发展趋势

包含 CRM 各应用模块之间将进一步加强整合；对非结构化数据的采集和处理上将加大开发力度；在技术上继续以 Web 为主，在性能上及交互性应用上将推出更成熟更实用的产品；充分利用业务流程管理的技术，丰富 CRM 产品功能，增强流程定制的灵活性。

（3）CRM 市场发展趋势

虽然市场上还会出现很多新的开发商，但其泡沫将慢慢向巩固性方向转变，越来越多的 CRM 提供商之间将不断进行强强联合，以获得更有力的竞争优势。在高端市场告一段落之后，CRM 系统提供商的竞争将面向中型企业。企业界将越来越理解 CRM 的精神实质，将不再盲目地跟随，而是现实地评估自身企业的特点，在项目实施上采取更谨慎的"一点一点来"的方式。

9.3　供应链管理系统

9.3.1　供应链、供应链管理的基本概念和特征

1. 供应链的基本概念与特征

供应链（Supply Chain）是围绕核心企业，通过对信息流、物流、资金流的控制，从采购原料开始，制成中间产品及最终产品，最后由销售网络把产品送到消费者手中的将供应商、制造商、分销商、零售商，直到最终用户连成一个整体的功能网链结构模式。因此，它不仅是一条连接供应商到用户的物料链、信息链、资金链，而且是一条增值链，物料在供应链上因加工、包装、运输等过程而增加其价值，给相关企业都带来收益。

供应链的特征如下。

（1）复杂性

由于供应链节点企业组成的跨度（层次）不同，供应链往往由多个、多类型、多地域企业构成，所以供应链结构模式比一般单个企业的结构模式更为复杂。

（2）动态性

为适应企业战略和市场需求变化，供应链中的节点企业需要经常性地动态更新以适应市场变化，具有明显的动态性。

（3）面向用户需求

供应链的形成、存在、重构，都是基于一定的市场需求而发生的，并且在供应链的运作过程中，用户的需求拉动是供应链中信息流、产品/服务流、资金流运作的驱动源。

（4）交叉性

交叉性是指某供应链节点企业既可以属于本供应链，也可以同时属于另一个供应链，形成交叉。而由众多的供应链所形成的交叉结构，势必增加协调管理的难度。

根据不同的划分标准，可以将供应链划分为以下几个基本类型。

① 根据供应链存在的稳定性，可以将供应链划分为稳定的供应链和动态的供应链。

② 根据供应链提供的生产能力与用户需求之间的平衡关系，可以将供应链划分为平衡的供应链和倾斜的供应链。

③ 根据供应链的功能模式（强调最低成本还是对未知需求作出快速反应），可以将供应链划分为有效性供应链和反应性供应链。

2. 供应链管理的基本概念与特征

供应链管理（Supple Chain Management，SCM）是指人们在认识和掌握了供应链环节

内在规律和相互联系等的基础上，对整个供应链中各参与组织、部门之间的物流、信息流与资金流进行计划、协调与控制等，以达到最佳组合和最高效率，提高所有相关过程的速度和确定性。通过前馈信息流（如订货合同、采购单等）和反馈信息流（如完工报告、库存量、销售量等）将供应商、核心企业直至消费者连成一个整体的管理模式。它的最终目标是缩短产品从设计构思到消费者手中的时间，降低产品成本，满足消费者多样化的需求。

由此可见，供应链管理的起点是顾客的需求，对象是各个企业，追求的目标是总成本最低化、客户服务最优化和整个供应链管理的高效化。

供应链管理的思想可以从以下几个方面去理解。

（1）信息管理

信息管理是供应链管理的基础。通过构建信息平台，将供求信息及时、准确地传达到供应链上的各个企业，实现信息共享，能够有效地降低企业运作过程中的不确定性，提高决策准确性，提高供应链的反应速度。

（2）客户管理

客户管理是供应链管理的起点。由供应链管理的概念可知，供应链起源于客户需求，同时也终止于客户需求，满足客户需求是供应链管理的核心。因此，为了避免客户实际需求与企业预测需求之间的差异所导致的企业库存积压，真实、准确、可靠的客户管理是企业供应链管理的重中之重。

（3）库存管理

供应链管理的一个重要任务就是要利用先进的信息技术，收集市场需求信息，用实时、准确的信息取代实物库存，降低企业持有库存的风险。

（4）关系管理

供应链管理的目标之一就是要在供应链各成员之间建立起一种"双赢"的合作伙伴关系，然后在协调的"双赢"合作伙伴关系的基础上进行交易。由于所有成员不再以局部最优化为出发点，从而可以有效地降低供应链的整体的交易成本，使各成员的利益得到同步的增加。

（5）风险管理

供应链上企业之间的合作，会因种种原因（如信息扭曲、市场不确定性、环境变化）而存在各种风险。为了克服风险带来的影响，使供应链上的企业都能从合作中获得满意的结果，必须采取相应的措施，如提高信息透明度、建立监控机制等，或采取激励机制，使供应链企业之间的合作更加有效。

9.3.2 实施供应链管理的内容

供应链管理的目标在于提高用户服务水平，降低总的交易成本，并且寻找两个目标之间的平衡（这两个目标往往有冲突）。供应链管理包括以下 5 个方面的内容。

（1）计划

这是供应链管理的策略性部分。企业需要有一个策略来管理所有的资源，以满足客户对产品的需求。好的计划是建立一系列的方法监控供应链，使它能够有效、低成本地为顾客递送高质量和高价值的产品或服务。

（2）采购

选择能为企业提供货品和服务的供应商，和供应商共同建立一套定价、配送和付款流程并创造一套方法来监控和改善这一流程；还要把供应商提供的货品和服务的管理流程结合起来。这一流程包括提货、核实货单、转送货物到企业的制造部门并批准对供应商的付款。

（3）制造

安排生产、测试、打包和送货前的准备活动，这是供应链中测量内容（质量水平、产品质量和工人的生产效率等）最多的部分。

（4）配送

这是调整用户的订单收据、建立仓库网络、委派递送人员提货并送货到顾客、建立货品计价系统、接收付款等活动的总称。

（5）退货

这是供应链中的问题处理部分。建立网络接收客户退回的次品和多余产品，并在客户应用产品出问题时提供支持。

9.3.3　供应链管理面临的问题与实施步骤

1. 供应链管理面临的问题

在全球经济一体化、企业之间日益相互依赖、用户需求越来越个性化的环境下，供应链管理正日益成为企业的一种新的竞争战略。在有些西方国家，供应链管理甚至被列为大学工商管理硕士（MBA）教育中的一门专业课程。然而，从供应链的角度来考虑企业的经营管理在我国还处于起步阶段，目前在研究和应用上都还很缺乏，主要存在以下问题。

（1）安全问题

当一家公司打算建供应链时，首先考虑到的是 Internet 上的安全问题，因为企业大部分的商业信息和产品信息都是通过网络来传输，所以大部分企业都需要采取一定的措施保护数据，只有拥有权限的用户才能接触到与之相关的数据。

（2）商业流程的变化

实施供应链真正的挑战是商业流程发生了变化改变了企业的各个方面，从计划到购买再到下订单，企业内部的业务流程需要重新整合，要建立信息系统。另外，为了使 E-Supply chain 实施成功，企业必须能够在因特网上与它的供应商、客户充分合作，交换有关存货、生产时间表、预测、提升计划和例外处理的信息。许多企业仍不愿共享某些信息，如生产时间表，害怕这些信息会落入竞争对手手中，从而损害企业的利益。因此，企业应在公共的商业利益的基础上，建立与发展供应链内各成员的相互信任，这是整个供应链顺利运行的基础。

（3）供应链中各环节的合作问题

由于供应链是一种协作活动，一旦有一个环节不能有效运作，整个链的效率都会遭到损失。但一条供应链不可避免地会有力量较弱的成员，它们不具有与其商业伙伴相同的财力和技术支持。有些实力强大的成员有独占所有新供应链财务收益的意图，所以一些小企业不愿意加入。但从长远来看，大部分的高层管理者认为只有在所有成员之间分享投资成果，才有利于供应链的成功。

（4）利益分配

财务利益的分配是公司成功的重要因素。通过供应链的协作和快速反应机制能大大降低交易成本和库存成本，也能够减少企业的风险，整个供应链上的企业应把这部分节约的成本与合作伙伴分享。这样做有助于合作伙伴之间作为一个团队来运作，如果把所有收益据为己有，合作伙伴就没有利益驱动。

（5）SCM 软件的缺乏

目前市场上的 SCM 软件中，外国厂商 SCM 软件产品成熟、性能优越，但价格昂贵、实施难度大；国内 SCM 软件产品小巧灵活、使用方便而且价格便宜，但相对不太完善、功能不太齐全，而且企业中也缺乏专业技术人员，实施起来较困难。

2. 供应链管理实施步骤

实施自动的电子供应链分为以下 3 个阶段。

（1）企业内部资源整合

企业加入到供应链后需要及时地获得有助于迅速、高效决策的信息，生产流程必须最优化，从而实现最佳的效率、产量和响应时间。库存必须降至最低，同时还达到支持客户服务目标的最佳水平。所以企业必须进行业务流程的重组，建立信息系统，不是一定要建立ERP，但是一定要有能快速收集信息并做出反应的系统。

（2）与上游供应商和下游销售商建立关系

与供应商、销售商制定协作计划，订立进程表，利用供应链下订单，并制定一套定价、交货、付款的规则，同时制定监控方法。有了规则，就可以与自己的存货管理、付款系统连在一起。

（3）采用因特网技术

把所有供应商和客户的数据建立电子连接，任一客户和任一供应商都能与企业交换信息，就像一个企业一样，建立一个能够快速满足市场需求的网络系统。

9.3.4　供应链管理系统的体系结构和功能

如何保证有效的采购、产品制造、客户服务和运输过程是摆在许多企业面前的一个重要问题。管理专家将在一个统一的平台上进行获取、执行、监控和协调货物等服务。由于客户和供应商分散在世界各地，企业需要对全球化供应链管理进行功能上的无缝整合。这些企业必须采用统一的商业标准以向其客户提供有效的信息，如货物跟踪信息、库存状态信息、货物运输费率信息等。在向客户提供这些信息时必须保证安全、实时及数据的完整，必须有横跨于企业之间的供应链管理系统。

1. 系统构架

供应链管理系统架构如图 9-7 所示。

供应链管理系统集成了信息技术的许多最新技术与产品，从信息的识别与采集、传输、交换、处理，以及到最后的管理利用，可以全部实现电子化、自动化。在图 9-7 中，各种各样的数据采集设备可以实时采集供应链管理作业环节的信息，便于管理人员对供应链的管理与控制；数据传输既可以是有线的，也可以是无线的，既可以通过专用网络，也可以通过国际互联网；信息的查询与使用既可以通过计算机，也可以是各种各样的移动终端，甚至是

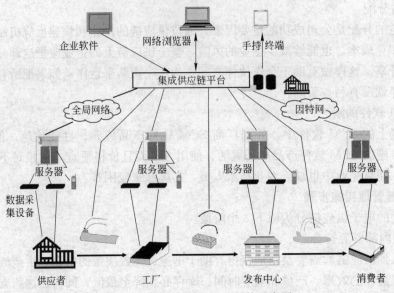

图 9-7　供应链管理系统架构示意图

手机；数据的交换与处理集成于一个统一的平台（集成供应链平台），可以提供各种各样的平台服务，同时能够保证数据处理的准确性、完整性、系统的稳定性、可靠性等。集成供应链平台的功能如图 9-8 所示。

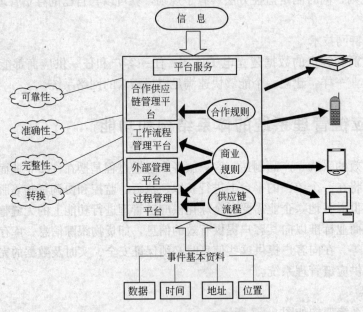

图 9-8　集成供应链平台的功能

2. 系统功能

对企业而言，供应链管理系统可以提供许多应用平台功能，满足企业的管理需要，大幅度提高管理水平，能向客户提供更多的服务，于是也就能得到更多的收益。其主要的功能模块如图 9-9 所示。

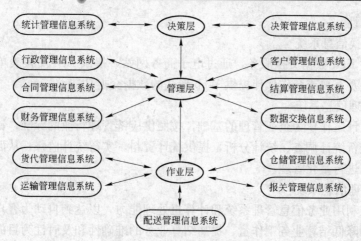

图 9-9　应用平台的功能

（1）仓储业务管理系统

该系统可以对所有的包括不同地域、不同属性、不同规格、不同成本的仓库资源，实现集中管理。采用条码、射频等先进的供应链管理技术设备，对出入仓库货物实现联机登录、存量检索、容积计算、仓位分配、损毁登记、状态报告、出入库与库存查询、盘点调整，以及每月结转与库存报表等进行自动处理。

（2）配送管理信息系统

该系统以最大限度地降低供应链管理成本、提高运作效率为目的，按照实时配送原则，在多购买商并存的环境中，通过在购买商和各自的供应商之间建立实时的双向链接，构筑一条顺畅、高效的供应链管理通道，为购买、供应双方提供高度集中的、功能完善的和不同模式的配送信息服务。

（3）货代管理信息系统

该系统按照资源最大化和服务最优化的原理，满足代理货物托运、接取送达、订舱配载、联运服务等多项业务需求，完成供应链管理的全程化管理，包括代理航空和船务，实现门对门、一票到底的最佳供应链管理方式，成为托运人和承运人之间电子化的桥梁和纽带。

（4）运输管理信息系统

该系统可以对所有可以调度的运输工具，包括自由的和协作的，以及临时的车辆信息进行调度管理，提供对货物的分析、配载计算，以及最佳运输路线的选择。系统支持全球定位系统（GPS）和地理信息系统（GIS），实现运输的最佳路线选择和动态调配。

（5）客户管理信息系统

该系统通过对客户资料的全方位、多层次的管理，使供应链管理企业之间实现流通机能的整合，供应链管理企业与客户之间实现信息分享和收益及风险共享，从而在供应链管理模式下，实现跨企业界限的整合。

（6）决策支持信息系统

该系统及时地掌握商流、供应链管理、资金流和信息流所产生的信息并加以科学地利用，在数据仓库技术、运筹学模型的基础上，通过数据挖掘工具对历史数据进行多角度、立体的分析，实现对企业中的人力、物力、财力、客户、市场、信息等各种资源的综合管理，为企业管理、客户管理、市场管理、资金管理等提供科学决策的依据，从而提高管理层决策的准确性和合理性。

（7）数据交换信息系统

该系统提供 EDI 数据交换服务，通过电子商务网站，提供 EDI 交换表单，可以为自身的商务数据交换及客户或合作伙伴提供 Web 形式的数据交换功能。

（8）统计管理信息系统

该系统以统计工作作为企业管理的基础，按照供应链管理行业的标准，针对企业的经营管理活动情况进行统计调查、统计分析，提供统计资料，实行统计监督，从而对企业的经营活动及经营状况进行量化管理。

（9）结算管理信息系统

该系统充分利用业务信息管理系统和计算机处理能力，以达到自动为客户提供各类业务费用信息、大幅降低结算业务工作量、提高结算业务的准确性和及时性为目的，从而为广大企业的自动结算提供一套完整的解决方案。

（10）报关管理信息系统

该系统集报关、商检、卫检、动植物检疫等功能于一体，满足用户进出口电子报关的需求，增加联机报关功能，真正使跨境供应链管理成为无缝供应链管理，使报关业务迅速、及时、准确，为供应链管理客户提供全方位的报关服务。

（11）财务管理信息系统

该系统结合成熟的财务管理理论，针对相关企业财务管理的特点，根据财务活动的历史资料进行财务预测并通过专门的方法进行财务决策，然后运用科学的技术手段、有关信息、特定的数量方法进行财务预算、财务控制，并进行财务分析，最终实现企业价值最大化。

（12）合同管理信息系统

合同是业务开展的依据，系统通过对合同的数字化解析，充分理解甲方的需求，拟订供应链管理服务的实时方案，并以此为依据，分配相应的资源，监控实施的效果和核算产生的费用，并可以对双方执行合同的情况进行评估以取得客户、信用、资金的相关信息，交企业决策部门作为参考。

（13）行政管理信息系统

行政管理信息系统处理的是来自企业内部的具有重复性、描述性、可预测性及客观性等特点的高度结构化的准确数据，因此行政管理信息系统的应用，可以大大减少纯粹单调乏味的行政事务处理工作，为管理者实现管理效率提供了有利条件。

9.4 电子商务系统

9.4.1 电子商务概述

1. 电子商务概念与功能

电子商务是在因特网上广泛联系，并与信息技术的丰富资源相互结合的背景下产生的一种相互关联的动态商务活动，是一种通过组织间信息系统进行的商务活动。与传统的面对面交换或面对面交谈方式进行的商务活动完全不同，它是一种系统的、完整的电子化运作方式。

目前对电子商务概念的解释还没有一致的说法，至今有上百种定义。为了对电子商务给出一个概念界定，大致可以把电子商务的定义分成两种：一种是狭义的；一种是广义的。狭义的电子商务是指采用电子手段进行的买卖活动，一般简称为电子贸易（Electronic Trade）或电子商业（Electronic Commerce）。广义的定义为：电子商务是指采用因特网等相关技术进行商务活动，这些商务活动包括商品的交易、客户的服务、企业间的合作等，一般简称电子商务（Electronic Business）或电子企业（Electronic Enterprise）。

电子商务涉及企业的所有商务活动，根据目标不同可以将电子商务的功能概括为内容管理、协同处理和电子交易。

（1）内容管理

内容管理就是管理网上需要发布的各种信息，主要包括 3 个方面的应用：信息的安全渠道和分布、客户信息服务和安全、可靠、高效的服务。管理的具体内容如下。

① 企业范围的信息传播。

② 提供 Web 上的信息发布，并进行维护。

③ 提供有关品牌宣传及相关信息。如产品的供货、服务、策略等信息。

④ 提供保护及管理关键数据的能力。关键数据主要指企业的经营数据、客户数据、产品信息、规划决策信息等。

⑤ 提供存储和利用复杂多媒体信息的能力。如照片、录像、录音等信息服务。

（2）协同处理

协同处理就是通过提供自动处理业务流程来支持群体人员的协同工作。

① 通信系统。包括电子邮件和信息系统。

② 人力资源管理。如员工的自我约束和自我服务等。

③ 企业内部网和外部网。将企业内部组织紧密地联系在一起，通过外部网与制造商、供应商、供应方及战略伙伴共享信息，包括进行流水作业。

④ 销售自动化。包括合同管理、合同审议及签署等。

（3）交易服务

交易服务就是电子方式下的买卖活动。具体包括：市场与售前服务、销售活动、客户服务、电子支付等。在交易服务过程中，涉及的内容是信息交换、电子数据交换、电子资金转账等。

① 交易前。主要是交易各方在交易合同签订前的活动，如在网上发布信息、寻找交易机会、寻求贸易伙伴、通过网络交换信息（如价格、条件等）、了解对方的贸易政策等。

② 交易中。主要是合同签订后的贸易过程，如与银行、税务、海关、运输等方面打交道的电子单证交换。

③ 交易后。这是在交易各方办完各种手续后，贸易各方可以通过电子商务的网络跟踪商品、货物的行踪。银行则按照合同，依据贸易方提供的单证向另一方支付交易资金，出具相应的银行单证，实现整个交易过程。

2. 电子商务的发展过程

从电子商务的功能和应用的范围来看，电子商务经历了一个由低级到高级的发展过程，这一过程可以分为以下 4 个阶段。

（1）电子目录

1996 年以前，电子商务处在初级阶段，即利用电子手段提供商品目录。商品目录是一种静态的、简易多媒体的文件。可以是离线的，如光盘；也可以是在线的，如网站。内容是介绍商品、介绍企业、介绍技术等。它起着促销、订货查询、宣传等的作用。

（2）电子交易

1996 年至 1998 年，电子商务有了很大的发展。企业对顾客即 B to C 间出现了利用网络进行互动的交易。这时电子商务的实现的功能有：电子零售、竞标、拍卖、电子账单支付及客户管理等。这方面的网站例子有：网络唱片 CDNow、网络药局 PlanetRX、网络旅行社 MSExpedia、网络书店 Amazon、拍卖网 Onsale、e-bay 等。

（3）电子商业

1998 年至 2000 年，电子商务的范围有了进一步的发展，企业对企业即 B to B 间开始利用互联网进行商业活动。常见的类型有：虚拟集市、电子采购、延伸式价值链、客户关系管理等。此阶段的特征是高度重视企业的核心能力，以及企业核心过程的重组。

（4）e-企业

2000 年以后，B to C 和 B to B 的结合将电子商务推进到了一个崭新的阶段，即 e-企业阶段。此阶段的特征是从物料供应、生产、批发、销售直到顾客形成高效顺畅的链条。这是一个内外结合、虚实结合的企业流程。流程上包括客户、供应商、经销商、合作伙伴，甚至竞争对手，形成一个横跨不同产业的组织，具有独特的竞争力。

3. 电子商务的运作模式

从电子商务的应用领域，可以将电子商务的运作模式分为以下 3 种基本形式。

（1）B to C 电子商务

企业与消费者之间的电子商务即 B to C（Business to Consumer）电子商务。它类似于联机服务中进行的商品买卖，是利用计算机网络使消费者直接参与经济活动的高级形式。这种形式随着网络的普及迅速发展，现已形成大量的网络商业中心，提供各种商品和服务。

（2）B to B 电子商务

企业与企业之间的电子商务即 B to B（Business to Business）电子商务。B to B 包括特定企业间的电子商务和非特定企业间的电子商务。特定企业间的电子商务是在过去一直有交易关系或者今后一定要继续进行交易的企业间，为了相同的经济利益，共同进行的设计、开发或全面进行市场及库存管理而进行的商务交易。企业可以使用网络向供应商订货、接收发票和付款。非特定企业间的电子商务是在开放的网络中对每笔交易寻找最佳伙伴，与伙伴进行从订购到结算的全部交易行为。B to B 在这方面已经有了多年运作历史，使用得也很好，特别是通过专用网络或增值网络上运行的电子数据交换（EDI）。

按照电子商务交易网站（平台）模式的不同，B to B 电子商务还可以分为综合 B to B 模式、垂直 B to B 模式、自建 B to B 模式，以及关联行业 B to B 模式。

综合 B to B 模式在网站上聚集了分布于各个行业中的大量客户群，供求信息来源广泛，通过这种模式供求信息可以得到较高的匹配。阿里巴巴网站是这种模式的典型。但综合 B to B 模式缺乏对各行业的深入理解及对各行业的资源深层次整合，导致供求信息的精准度不够，进而影响到买卖双方供求关系的长期确立。

垂直 B to B 模式着力整合、细分行业资源，以专业化的平台打造符合各行业特点的 e 化服务，提高供求信息的精准度。网盛科技是这种模式的代表。垂直 B to B 模式避开了综合 B to B 模式的优势和锋芒，明确了供求关系，使供求双方形成了牢固的交易关系。但垂直 B to B 模式容易导致供求信息的广泛性不足。此外，随着垂直网站的发展，自身行业专家不足的问题也会逐步显现，进而遇到发展瓶颈。

自建 B to B 模式是大型行业龙头企业搭建以自身产品供应链为核心的行业化电子商务平台。行业龙头企业通过自身的电子商务平台，串联起行业整条产业链，供应链上下游企业通过该平台实现资讯、沟通、交易。但此类电子商务平台过于封闭，缺少产业链深度整合。

关联行业 B to B 模式是相关行业为了提升目前电子商务交易平台信息的广泛程度和准确性，整合综合 B to B 模式和垂直 B to B 模式而建立起来的跨行业电子商务平台。

（3）B to G 电子商务

企业与政府方面的电子商务即 B to G（Business to Government）电子商务。这种商务活动覆盖企业与政府组织间的各项事务。政府采购清单可以通过因特网发布，公司可以以电子化方式回应。同样，在公司税的征收上，政府也可以通过电子交换方式来完成。美国政府已经宣布从 1997 年 1 月起将通过 EDI 完成政府年度采购任务，并于 1999 年最终取消了纸面单证。

通过上述三种电子商务的基本形式，可以派生出若干种派生形式，如 C to B（Consumer to Business）、C to C（Consumer to Consumer）、G to B（Government to Business）等。

9.4.2　电子商务系统及其体系结构

1. 电子商务系统的概念

电子商务是利用计算机技术、网络技术和远程通信技术，实现整个商务过程中的电子化、信息化和网络化。具体来讲，电子商务特指电子商务交易的双方借助 Internet 技术和各种商务平台，完成商务交易过程，这些过程包括发布供求信息，订货及确认订货，支付过程及票据的签发、传送和接受，确定配送方案并监控配送过程等。电子商务的实现离不开信息系统的支持，因此电子商务实际上是运作在电子商务系统之上的。

广义上讲，电子商务系统是指支持商务活动的电子技术手段的集合。狭义上讲，电子商务系统是一个以电子数据处理、环球网络、数据交换和资金汇兑技术为基础，集发货、运输、报送、保险、商检和银行结算为一体的综合商务信息处理系统。

2. 电子商务系统的构成

在电子商务系统中，供应商和生产商都有自己内部的 Intranet 网络，它们之间通过 Extranet 进行信息的交互和交易合作，最后商品从生产商到消费者之间则是通过 Internet 进行信息传递和交易活动。所以，一个电子商务系统是由供应商 Intranet、生产商 Intranet、Extranet、消费者及 Internet 几部分共同构成的，如图 9-10 所示。

3. 电子商务系统的结构模型

（1）电子商务系统的逻辑模型

一个最基本的电子商务应用系统，可以被描述为一个"逻辑上"的三层计算模型，"逻辑"指的是分层是在逻辑上的，而非物理上的。该三层系统模型包括表现层、Web 应用层、后台应用和数据三层。这三个逻辑层中的应用元素通过一组业界标准的协议、服务和软件连接器互相连接起来。从逻辑上讲，电子商务系统最常见的三层结构如图 9-11 所示。

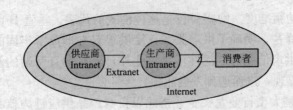

图 9-10　电子商务系统的构成

图 9-11　电子商务系统的逻辑模型

① 表现层（Presentation）。该层决定了电子商务系统最终的表现形式，是与客户交互的界面和接口。

② Web 应用层（Web Application）。Web 应用层接收表现层送过来的请求，进行处理。如果商务逻辑流程还需要访问后台的数据库或应用系统，Web 应用层就会进一步访问后台应用和数据，最终将结果反馈给表现层。

③ 后台应用和数据（Back-End Application and Data）。该层可以只是一个后台数据库，也可以是企业已有的后台应用系统和数据库系统。它接受 Web 应用层的请求，进行进一步的商务处理和数据处理，并将结果反馈给 Web 应用层。

（2）电子商务系统的运行时模型

电子商务系统在实施过程中，需要有一个安全可靠的系统架构。在前面分析了它的逻辑模型，在这里进一步分析它的运行时模型。该模型将电子商务系统分为三部分：外部世界（Outside World）、中间层（DMZ）和内部网络（Internal Network），如图 9-12 所示。

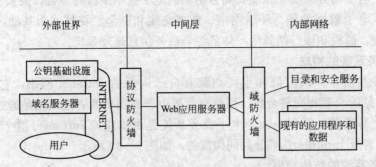

图 9-12　电子商务系统的运行时模型

① 外部世界。该部分通过 Internet 访问 Web 应用服务器。它们被隔离在协议防火墙（Protocol Firewall）的外面，只有被协议防火墙允许的访问协议（如 HTTP 协议、SSL 协议）才能通过协议防火墙访问中间层的 Web 应用服务器。这样就增加了 Web 应用服务器的安全性。

② 中间层（DMZ）。该中间层区域主要由协议防火墙（Protocol Firewall）、Web 应用

服务器（Web Application Server）和域防火墙（Domain Firewall）三部分构成。协议防火墙主要是禁止外部未授权的协议来访问 Web 应用服务器。而 Web 应用服务器如要进一步访问企业内部网络，则必须经过域防火墙。域防火墙通过限制 IP 地址和访问端口号的方法，进一步限制了对企业内部网络的访问，使得仅有允许的服务器发出的指定的应用才能访问内部网络，这样就可以确保内部网络的安全性。

③ 内部网络（Internal Network）。内部网络指的是企业内部网络，它包含应用和数据。为了进一步保证访问的安全性，防止权限不够高的用户访问和操作一些敏感数据，可以在内部网络增加目录和安全服务（Directory and Security Service）。该服务给用户建立了一个访问授权表，表中列出了不同用户的被授权级别和可以访问的数据及可实施的操作。来自 Web 应用服务器的请求首先会经过目录和安全服务确认了访问级别后才能访问存在的应用和数据。需要注意的是，该运行时模型并不是一个绝对的、一成不变的模型，根据实际需要它会有所变化。例如，在安全需求低的电子商务应用中，可以不考虑域防火墙及目录与安全服务。

（3）电子商务系统的框架结构

电子商务系统的框架结构是指从社会技术环境到电子商务应用所应具备的完整的操作结构。图 9-13 给出了电子商务系统的一般框架结构。支持企业电子商务系统的外部技术环境包括电子化银行支付系统和认证（CA）中心的证书发行及认证管理部分。企业电子商务系统的核心是电子商务应用系统，这一部分是满足企业的商务活动要求，同时电子商务应用系统的基础是不同的服务平台，它们构成应用系统的运行环境。

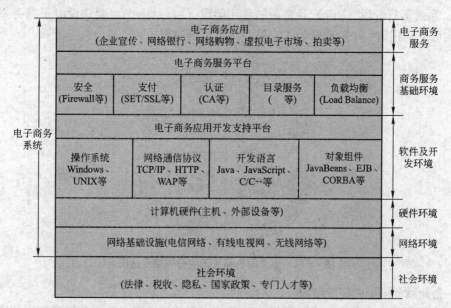

图 9-13　电子商务系统的框架结构

① 社会环境。主要包括法律、税收、客户隐私、国家及行业政策，以及专业人才等方面。

② 网络环境。是电子商务系统的底层基础。在电子商务系统中，应用系统大体都构造在公共数据通信网络基础上。

③ 硬件环境。计算机主机和外部设备构成电子商务系统的硬件环境，这是电子商务应用系统的运行平台。

④ 软件及开发环境。软件及开发环境包括了操作系统、网络通信协议软件（如 TCP/IP、HTTP、WAP 等）、开发工具（组件技术）等。这一环境为电子商务系统的开发、维护提供平台支持。

⑤ 商务服务环境。该环境为特定商务应用软件（如网络零售业、制造业应用软件）的正常运行提供保证，为电子商务系统提供软件平台支持和技术标准。

⑥ 电子商务应用。是企业利用电子手段开展商务活动的核心，也是电子商务系统的核心组成部分，是通过应用程序实现的。企业商务服务的业务逻辑规划是否合理，直接影响到电子商务服务的功能。

商务服务环境与应用软件的区别在于：商务服务环境提供公共的商务服务功能，如资金转账、订单传输、系统安全管理等；而应用软件主要实现企业的某一具体功能。

9.4.3   电子商务系统的建设

1. 电子商务系统生命周期

一个电子商务系统在使用过程中随着其生存环境的变化，都需要不断维护、修改，当它不再适应的时候就要被淘汰，就要由新系统代替老系统，这种周期循环称为生命周期。

如图 9-14 所示的电子商务周期模型是 IBM 公司为企业开展电子商务提供的一个模型。该模型由 4 个阶段组成，包括企业商务模型的转变阶段（Transfer）、应用系统的构造阶段（Build）、系统运行阶段（Run）及资源的利用阶段（Leverage）。要建设电子商务系统，无论何时均可以从任何一个阶段开始，它是一个重复的过程。

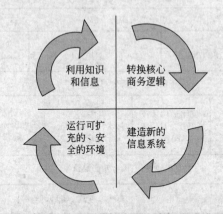

图9-14   电子商务系统的生命周期示意图

（1）企业商务模型的转变阶段

这一阶段是转变企业核心商务逻辑的阶段，也就是要将现有的商务模型扩展到网络世界以创造一个电子商务模型。应用 Internet 技术为商务创造最大限度的价值，电子商务改变着客户关系管理、供应链和电子商贸的传统准则。在转变商务过程时，每一个商务过程应该放在整体环境中加以考虑，否则充其量只是离散的各个更好的商务过程，无法带来期望的改善客户服务和提高电子商务价值的效果。

（2）应用系统的构造阶段

这是构造新的应用系统的转变阶段。转变核心的商务过程需要新一代的应用系统。构造阶段也包括使用一个基于开放标准的途径将已有应用系统迁移到 Web 上。将电子商务系统的网络环境、支持平台、应用软件与外部信息系统集成为一个整体，使最终构造的电子商务应用系统是一个基于标准的、以服务器为中心的、可伸缩的、可快速部署、易用和易管理的。

（3）系统运行阶段

该阶段涉及一个可伸缩的、可用的、安全的运行环境。系统运行阶段不仅要求计算机系统的正常运转，它还涉及企业的商务活动迁移到电子商务系统上来，系统运行阶段只有将计算机系统和企业的商务活动凝聚成一体，才能真正达到目的。

（4）资源的利用阶段

资源利用是指对知识和信息的利用。这里的焦点是知识管理，也就是说利用已有的知识。与信息管理不同，知识管理包括对显式知识和隐式知识的管理。传统的 IT 系统处理的是显式知识，即能写下来并能编程处理的。而隐式知识是人们知道的但没有被写下来的东西，是基于直觉、经验和洞察力的。

2. 电子商务系统的开发建设过程

企业电子商务的实施实际上意味着企业商务活动的转型，而这种变革不是一蹴而就的，需要经历一个过程。要做到这一点，就要求在企业电子商务中扮演重要角色的电子商务系统与企业的电子商务计划同步、配套，在建造伊始，就明确系统的目标、范围、规模、实施方式等内容，形成一个轮廓性、框架性的方案。一个完整的电子商务系统的开发建设过程可划分为系统规划阶段、系统设计阶段、系统开发与集成阶段、系统实施阶段和系统的运行/维护阶段，如图 9-15 所示。

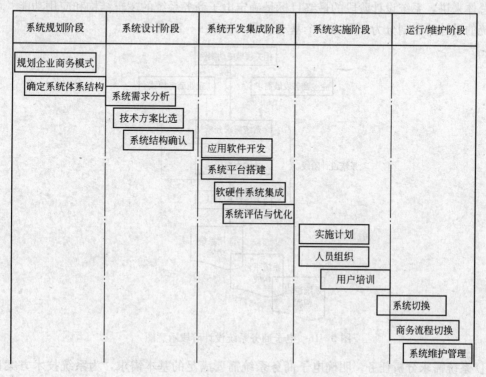

图 9-15 电子商务系统的开发建设过程

（1）电子商务系统规划阶段

系统规划对于企业开展电子商务具有决定性的作用，其主要内容是为企业未来的商务发展规划蓝图，为企业的电子商务系统奠定基础。电子商务系统的规划阶段较之传统的信息系统更为重要，需要对企业商务模式进行规划设计。电子商务系统规划，就是以完成企业核心业务为目标转向以电子商务为目标，给定未来企业的电子商务战略，设计支持未来这种转变的电子商务系统的体系结构，说明系统各个组成部分及其结构，选择构造这一系统的技术方案，给出系统建设实施步骤及时间安排，说明系统建设的人员组织，评估系统建设的开销和收益。

（2）系统分析与设计阶段

电子商务系统分析就是在系统规划确定的原则和目标的指导下，结合电子商务系统的特点，对企业进行调查，全面了解企业的目标、组织结构、数据流程和业务处理过程，结合不同电子商务活动的基本需求，进而确定企业的详细需求，为系统设计奠定基础。电子商务系统分析与传统的信息系统分析相比，它们的目标是相同的，方法是类似的，但是系统分析的对象不尽相同，系统分析的任务也不相同。

电子商务系统设计是指根据系统规划的内容，界定系统的外部边界，说明系统的组成及其功能和相互关系，描述系统的处理流程。系统设计的目标是在商务系统规划的基础上，确定整个商务系统体系结构中各个组成部分或不同层次的具体内容，其重点是确定电子商务业务系统的功能、平台的基本功能和系统平台的构成。

对于系统设计阶段的基本步骤，目前没有统一的定论。例如，IBM 公司将这一阶段的任务归纳为：采集需求、选择可替代结构、确定体系结构和选择组件这样 4 个部分。

总体来讲，系统设计阶段的最终目标是确定电子商务系统的逻辑结构和应用功能。可以将系统的设计阶段划分为如下的 3 个基本步骤，如图 9-16 所示。

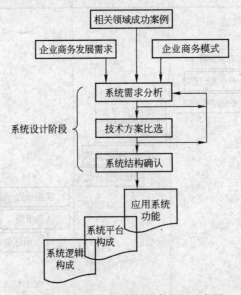

图 9-16　电子商务系统设计阶段示意图

① 系统需求分析任务。明确电子商务系统需要满足的基本需求，为系统技术方案比选提供参考依据。

② 系统技术方案比选。需要对各种候选技术及产品有针对性的比较。力求使系统运行在高可靠性、扩展性和灵活性的系统平台上。

③ 系统结构确认。确定企业商务系统要完成的应用功能，确定所选择的技术方案是否满足企业要求。

（3）系统开发与集成阶段

这一阶段的任务主要包括：电子商务应用软件的开发、系统平台的选择和搭建、软硬件系统集成和系统评估及优化。

电子商务系统应用软件的开发和传统信息系统软件相比，在开发方式、手段和工具等方面存在一定的差异，主要表现如下。

① 电子商务系统是一种基于 B/S 结构的信息系统，软件开发工作主要集中在 Server 端，而客户端采用统一的浏览器方式。

② 电子商务系统主要实现联机交易，是开放系统，需要与认证机构和银行发生数据交换，因此交换的数据格式和内容都必须得到严格的保障。

③ 企业的转型是渐进的，在某些阶段企业的需求可能是不完整的。在开发初期，大多采用快速原型法构造电子商务系统的原型系统。

④ 应充分考虑电子商务系统的并发事务处理能力，从而保证未来应用能应付快速增长的负荷。

⑤ 采用组件技术等，以保证系统的可移植性和良好的扩展性，缩短开发周期。

系统集成不仅包括网络系统的连通、应用之间的互操作，更重要的是完成企业商务过程和电子商务系统的整合。

（4）系统实施阶段

系统实施阶段是将设计的系统付诸实施的阶段。这一阶段的任务包括程序的编写和调试、数据文件转换、计算机等设备的购置、安装和调试，系统调试与转换。这个阶段的特点是几个相互联系、相互制约的任务同时展开，必须精心安排，合理组织。系统实施的任务是进行系统的投产前的必要准备（如软硬件安装调试、人员培、调试、系统域名申请、人员培训等），完成系统的投产运行和推广。

系统实施是按实施计划分阶段完成的，每个阶段应写出实施进度报告。系统测试之后写出系统测试分析报告。

系统实施的主要工作包括：实施组织结构的建立；制定实施计划；完成实施准备（包括电子商务系统域名申请与注册、系统运行环境准备、人员培训、数据准备）；试运行和上线切换（系统试运行初始化、系统试运行、制定系统上线切换计划和应急措施、实施上线切换）。

（5）系统运行维护阶段

运行不仅是指 MCS 本身的正常运行，更重要的是企业商务活动在一种新的模式下的运转。系统投入运行后，需要经常进行维护和评价，记录系统运行的情况，根据一定的规格对系统进行必要的修改，评价系统的工作质量和经济效益。对于不能修改和难以修改的问题记录在案，定期整理成新需求建议书，为下一周期的系统规划做准备。

运行阶段需要注意的问题：运行包括系统运行和商务运行两个部分，运行之前首先要完成新旧系统及新老业务的切换；运行与维护有赖于严格的管理制度和相关人员；应充分考虑新旧系统并行期间，企业的业务如何处理，实时系统在切换过程中要考虑好故障恢复等应急措施。

习 题

一、名词解释

1. 订货点法 2. MRP 3. MRP Ⅱ 4. ERP 5. CRM 6. SCM 7. 电子商务 8. 电子目录 9. 电子商务系统

二、简答题

1. ERP 的发展过程是一个循序渐进的过程，其发展大致经历了哪些阶段？简述各阶段的基本思想和原理。

2. 分析 ERP 的产生背景。

3. CRM 应用强调模块组合的原因是什么？CRM 应用解决方案的特征是什么？

4. CRM 应用系统有哪些类型？各类型的功能特点是什么？

5. 供应链管理主要包括哪些内容？

6. 供应链管理系统主要包括哪些功能模块？

7. 根据目标不同，可以将电子商务功能概括为哪几方面？

8. 电子商务的运作模式有哪些形式？

9. 简述电子商务系统的构成和逻辑模型。

10. 简述电子商务周期模型

11. 简述电子商务系统的建设过程。

三、选择题

1. 企业资源计划的发展大致经历了 4 个阶段，即基本 MRP 阶段、（   ）、MRP Ⅱ 阶段和 ERP 阶段。

A. MRP Ⅰ 阶段   B. 闭环 MRP 阶段

C. 闭环 MRP Ⅱ 阶段   D. 基本 MRP Ⅱ 阶段

2. MRP 与 MRP Ⅱ 的关系是（   ）。

A. MRP Ⅱ 是第二代 MRP   B. MRP 是 MRP Ⅱ 的发展

C. MRP Ⅱ 包含 MRP   D. MRP 包含 MRP Ⅱ

3. 操作型 CRM 应用的设计目的是为了让这些部门人员在日常的工作中能够（   ），减少信息流动的滞留点，从而力争把一个企业变成单一的"虚拟个人"呈现在客户印象中。

A. 导入客户资源   B. 输出客户资源

C. 分析客户资源   D. 共享客户资源

4. （   ）被认为是供应链的起点。

A. 顾客的需求   B. 制造商   C. 零售商   D. 分销商

5. 电子商务系统中供应商和生产商之间是通过（   ）进行信息的交互和交易合作的。

A. 供应商的 Intranet   B. 生产商的 Intranet

C. Internet   D. Extranet

第5篇

MIS 的开发

第 10 章　管理信息系统的开发方法

第 11 章　系统规划

第 12 章　系统分析

第 13 章　系统设计

第 14 章　系统实施

信息系统开发是指针对组织的问题和机会建立一个信息系统的全部活动，这些活动可分为系统分析、系统设计、系统实施3个阶段。信息系统是先进的科学技术与现代管理相结合的产物，是一个结构复杂、影响因素众多的系统，系统建设者必须深刻理解系统建设工作的复杂性，运用科学的建设方法。

　　信息系统生命周期法是以系统科学方法为基础的，根据信息系统建设的规律划分建设阶段。信息系统的生命周期可分为：系统规划、系统分析、系统设计、系统实施和系统运行与维护5个阶段。结构化生命周期法是一种基于功能分解的系统开发方法，它面临的主要挑战是系统开发周期长、系统应变能力弱。原型法的基本思想是系统开发人员与用户合作，很快建立一个应用系统框架（即系统原型）来与用户交流，以明确用户对系统目标与功能的需求。原型法加速了用户需求速度，但只适用于小型系统的开发。面向对象方法是建立在客观对象基础上的，而客观实体在复杂多变的环境和用户需求中是相对稳定的，因而建立起来的系统具有较强的应变能力，系统各组成部分重用性好。计算机辅助工程是为了解决系统建设中手工操作的效率和质量问题，其目标是实现系统开发过程的自动化。

　　组织的信息系统战略规划是指在理解企业的发展远景、业务规则的基础上，形成信息系统的远景、信息系统的组成框架、信息系统各部分的逻辑关系，以支撑企业商业规划的目标。信息系统战略规划的主要目的是定义和确定信息系统投资的优先级别，在资源有限和系统互相约束的前提下，达到最佳的应用组合，以获得期望收益，并实现最终预期的组织变革。信息系统战略主要关注如何应用信息来支持业务需求以实现企业竞争优势。

第10章

管理信息系统的开发方法

　　管理信息系统的开发是一项复杂的系统工程工作，它涉及的知识面广、部门多，不仅涉及技术，而且涉及管理业务、组织和行为；它不仅是科学，而且是艺术。随着计算机技术的不断发展，人们在管理信息系统的长期开发实践中已研制出了多种开发方法，如基于自上而下的结构化生命周期法、基于自下而上的快速系统开发方法（即原型法）及面向对象的开发方法，这些开发方法在系统开发的不同方面和不同阶段发挥了重要的作用。为了保证系统开发工作的顺利进行，应根据所开发系统的实际情况，明确开发任务，掌握开发原则，采用行之有效的开发方法，以达到管理信息系统开发的有效性、经济性和实用性的目的。

10.1　管理信息系统开发概述

　　管理信息系统的开发是一项复杂的系统工程，它既涉及技术问题，又涉及社会问题。在系统开发过程中，应充分了解并掌握系统开发所涉及的相关问题，以做好开发前准备，并在此基础上选用合适的开发方式和正确的开发方法。

10.1.1　管理信息系统开发的特点与基本原则

1. 管理信息系统开发的特点

　　作为系统工程，管理信息系统开发的特点是：建设周期长、投资大、风险大，比一般的技术工程有更大的难度和复杂性。其复杂性主要表现在：

　　① 信息系统技术手段复杂；

　　② 信息系统内容复杂，目标多样；

　　③ 信息系统投资密度大，效益难以计算；

　　④ 信息系统所处环境复杂多变；

　　⑤ 参与者的沟通效果影响系统开发；

⑥ 信息系统建设受社会人文因素影响。

另外，管理信息系统不只是单纯的计算机系统，而是辅助企业管理的人机系统。人是信息管理的主体，如果把信息系统的开发、应用、管理看作纯技术过程，那么许多问题永远得不到解决。只有从更深层次探讨、重视非技术因素，才有可能解决困扰人们的"软件危机"。

2. 管理信息系统开发的基本原则

管理信息系统的开发一般应遵循以下 5 个原则。

（1）适应性原则

适应性是系统开发必须遵循的最基本的原则，包括两个方面：一是系统要适应企业各级管理者的需求，特别是要适应企业最高管理者的需求，不仅是现有环境下的要求应能满足，而且因环境变化带来新的要求时，也要便于修改而使之适应；二是要主动适应信息技术环境，采用现代管理科学原理和方法，再造业务流程，提高企业经营管理水平，加强管理基础工作，从而创造需求，使用户满意。

（2）效益性原则

企业的任何行为都是为了创造直接或间接、目前或长远的经济效益及社会效益。开发企业管理信息系统也不例外，必须着眼于效益。在技术上，不能片面追求最先进的技术，而应选择最成熟的技术；不能不惜代价地追求华丽的人机接口，而应该采用经济的、友好的、简洁的人机界面；不能只着眼于现有业务流程的计算机化，而应该以提高效益为目标，发挥人机结合处理优势，再造业务流程。

（3）系统性原则

管理信息系统是组织实体内部进行综合信息管理的软件系统，有着鲜明的整体性、综合性、层次性和目的性。它的整体功能是由许多子功能有序组合而成的，与管理活动和组成职能相互联系、相互协调。系统各子系统功能处理的数据既独立又相互关联，构成一个完成而又共享的数据体系。因此，在管理信息系统的开发过程中，必须十分注重其功能和数据上的整体性、系统性。

（4）规范化原则

管理信息系统的开发是一项复杂的应用软件工程，应该按照软件工程的理论、方法和规范去组织与实施。无论采用的是哪一种开发方法，都必须注重软件开发工具、文档资料及项目管理的规范化。

（5）递进性原则

管理信息系统的开发需要经历一个逐步完善、逐步发展的过程。事实上，管理人员对系统的认识在不断加深，管理工作对信息的需求和处理手段的要求越来越高，设备需要更新换代，人才培养也需要一个过程。贪大求全，试图一步到位不仅违反客观发展规律，而且使系统研制的周期过于漫长，影响了信心，增大了风险。为了贯彻这个原则，开发工作应该有一个总体规划，然后分步实施，递进发展。系统的功能结构及设备配备方案，都要考虑日后的扩充和兼容程度，使系统具有良好的灵活性和扩充性。

10.1.2　管理信息系统开发的组织管理

管理信息系统研制成功的关键不仅在于技术，更重要的在于组织与管理。由于系统研制与运行过程中都要耗费大量的人力、物力资源，因而从用户提出需求开始到系统实现后的维护工作，都有大量的组织与管理工作。这些工作涉及管理信息系统开发策略的制定、管理信息系统开发方式的选择及系统开发的准备工作等。

1. 管理信息系统开发的策略

管理信息系统的开发策略可以分为以下 3 种。

（1）"自下而上"的开发策略

此策略是从现行系统的业务出发，先实现一个具体的功能，逐步地由低级到高级建立 MIS。因为任何 MIS 的基本功能都是数据处理，所以"自下而上"方法首先从研制各项数据处理应用开始，然后根据需要逐步增加有关管理控制方面的功能。一些组织在计算机应用的初期阶段，各种条件（设备、资金、人力）尚不完备，常常采用这种开发策略。其优点是可以避免大规模系统可能出现运行不协调的危险；但缺点是不能像想像的那样完全周密，由于缺乏从整个系统出发考虑问题，随着系统的进展，往往要作许多重大修改，甚至重新规划、设计。

（2）"自上而下"的开发策略

此开发策略强调从整体上协调和规划，由全面到局部，由长远到近期，从探索合理的信息流出发来设计信息系统。由于这种开发策略要求很强的逻辑性，因而难度较大，但这是一种更重要的策略，是信息系统发展走向集成和成熟的要求。整体性是系统的基本特性，虽然一个系统由许多子系统构成，但它们又是一个不可分割的整体。

（3）"自上而下规划，自下而上实现"的开发策略

通常，"自下而上"的策略用于小型系统的设计，适用于对开发工作缺乏经验的情况。在实践中，对于大型系统往往把上述两种方法结合起来使用，即先自上而下地做好 MIS 的战略规划，再自下而上地逐步实现各系统的应用开发。这是建设 MIS 的正确策略。

2. 管理信息系统的开发方式

管理信息系统的开发方式，各有优点和不足之处，要根据资源、技术力量、外部环境等各种因素进行选用。不论哪种方式都必须有本单位的领导和业务人员参与，并在系统开发的全过程中培养、锻炼、壮大本单位的系统开发和维护人员队伍。

（1）委托开发方式

委托开发方式适合于使用单位无管理信息系统分析、设计及软件开发人员或开发队伍力量较弱、但资金较为充足的单位。这种方式双方应签订系统开发项目协议，明确新系统的目标与功能、开发时间与费用、系统标准与验收方式、人员培训等内容。委托开发方式的优点是省时、省事，开发的系统技术水平较高；缺点是费用高、系统维护需要开发单位的长期支持。此种开发方式需要使用单位的业务骨干参与系统的论证工作，开发过程中需要开发单位和使用单位双方及时沟通，进行协调和检查。

委托方式的开发单位可以采用招标的方式确定。用户将自己的需求和条件以招标书的方式进行招标，用户单位除负责按总体规划和企业目标拟定招标书、评价招标书和负责系统实现后的验收工作外，不在建立专门的队伍，使系统研制工作纳入社会化生产的轨道。管理信息系统研制开发公司进行投标，这样一方面可提高系统质量，另一方面也能以法律为依据确保系统研制工作的顺利进行和按期完成。

（2）用户自行开发方式

用户自己组织力量进行管理信息系统的研制和开发，这种方式适合于有较强的系统分析、设计和编程及系统维护力量的组织和单位。这种方式的优点是开发的系统能够适应本单位的需求且满意度较高，最为方便的是系统维护工作；缺点是由于不是专业开发队伍，容易受业务工作的限制，系统优化不够，开发水平较低，容易造成系统开发时间长，系统整体优化较弱，需求难以规范，流程难以改进，容易出现模拟或复制。

（3）合作开发方式

合作开发方式适合于使用单位有一定的管理信息系统分析、设计及编程人员，但开发队伍力量较弱，希望通过管理信息系统的开发建立完善和提高自己的技术队伍，便于系统维护工作的单位。采用这种方式，双方共享开发成果，实际上是一种半委托性质的开发工作。合作开发的优点是相对于委托开发方式比较节约资金，可以培养、增强使用单位的技术力量，便于系统维护工作，系统的技术水平较高；缺点是双方在合作中沟通容易出现问题，需要双方及时达成共识，进行协调和检查。

（4）直接购买的方式

目前，软件开发正在向专业化方向发展。为了避免重复劳动，提高系统开发的经济效益，也可购买管理信息系统的成套软件或开发平台。此方式的优点是节省时间和费用，技术水平较高；缺点是通用软件难以满足个性化需要，需要一定的技术力量做软件改善和接口工作等二次开发工作。

3. 管理信息系统开发的准备工作

当用户提出新系统要求之后，首先必须着手进行新系统研制的准备工作。

（1）管理基础准备

首先必须对基础管理工作进行整顿，逐步做到管理工作程序化、管理业务标准化、数据完整代码化、报表文件统一化。

（2）组织准备

建立有用户领导参加的新系统研制小组。在领导小组下设置几个专业组，如由业务人员和系统研制人员组成的系统分析与设计小组、由程序员组成的程序设计小组、由硬件人员组成的硬件小组等。

（3）技术准备

首先是技术人才的准备，主要有系统分析员、程序员、硬件人员、操作员等。对用户单位的业务人员也要进行培训，介绍系统分析和设计的一般概念，学习有关计算机知识，使业务人员不仅在研制过程中能给予积极配合，而且在新系统转换运行时也能胜任新系统的需要，较快地掌握新系统的使用方法。

10.1.3　管理信息系统开发过程中的认知方法

1. 认知方法论

通常人们在做任何事情时，首先必须了解对象，即明确要干什么；在了解对象以后，则开始考虑怎样去干的问题；最后才是实际动手去做这件事情。这一过程可以形象地用图 10-1 左边的 3 个步骤来表示。

图 10-1 左边的 3 个步骤是人们从事任何一项工程时都必须遵循的一般规律，管理信息

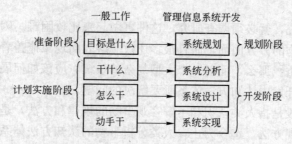

图 10-1　从需求分析到系统开发

系统的开发当然也不例外。在管理信息系统的开发过程中上述 3 个步骤分别被称之为系统开发过程的 3 个阶段，即用图 10-1 右边的 3 个步骤来表示的系统分析阶段、系统设计阶段和系统实现阶段。

迄今为止，人类了解客观事物的思维活动主要有两种，即抽象思维和形象思维。抽象思维以概念为基础，形象思维以具体的形象为基础。从人们认识事物和获取知识的认知过程来看，无论哪种思维方式，主要是通过从一般到特殊的演绎方法和从特殊到一般的归纳方法来进行的。

多年来，人们对抽象思维的研究已经取得了一系列的成果，对于形式逻辑、辩证逻辑和数理逻辑都已建立了有关演绎和归纳的较完整的理论和方法体系。在形象思维中，这种演绎或归纳都是在形象间"相似"这一关系上进行的。当人们利用形象思维去认识事物和改造事物时，首先是利用"相似原理"，对研究的问题进行系统化的分类，分类之后再进行详细的解剖和分析，并在事物运动中去考察客观事物静态相似和动态相似的关系、宏观相似和微观相似的关系，以求尽可能全面地了解事物。最后再进行综合优化，制定出改造事物的蓝图和构想。如果将上述认识事物和改造事物的认知方法应用到对信息系统的调查、分析、设计和实现过程中，就是信息系统开发过程中的认知方法论。

在实际系统的开发过程中，认知方法论的指导作用是非常重要的。人们在实际调查、分析和记载一个调查分析结果时都是利用这种"相似原理"来进行的。例如，人们在分析企业经营状况和实际需求时往往会自觉或不自觉地与自己头脑中的概念和"理想情况"相比较；又如，人们在用工程化方法来表达调查和分析结果时常常会利用一些规定的工程符号和"相似原理"将调查和分析结果绘制于图纸上。

同时，具体的系统开发过程也是按照上述认知方法论来展开的。例如，在结构化系统开发中，自顶向下和结构化的开发思想与从一般到特殊的认知方法是一致的；在原型化的系统开发方法中，先开发具体的模块，然后再构成整体系统的开发思想与从特殊到一般的认知方法是一致的；在面向对象的系统开发方法中，根据已有的知识和系统调查情况，抽象对象的开发思想与从特殊到特殊的类比思维方式是一致的。

系统开发方法的基本任务就是要研究开发的规律及相应的技术，从认识论、方法论、系统论的角度研究出一套符合现阶段人们认识程序的系统开发方法，以指导管理信息系统开发实现的过程。

2. 分析事物的认知方法体系

要想调查、分析、了解进而设计、开发出一个大型系统，首先必须从指导思想上确定如何去做的问题。只有这样才能尽快地了解对象，抓住问题的实质，进而合理地开发出信息系统。

要想了解一个系统，就必须调查研究，这件事做起来比较困难。因为一个大型的系统往往头绪众多，涉及事物的方方面面，而且很多还被一些表面现象掩盖着，很难一下子就能接触和了解到它们的本质。那么，面对一个大型复杂的系统，应该如何展开系统调查和分析工作呢？这就是在系统开发中认知方法体系所要解决的问题。

认知方法体系一般是指人类认识和了解客观事物的规律和方法，是人们认识客观事物和获取知识的途径和实现方法。迄今为止，人类分析事物的认知方法体系归纳起来不外乎如下6种。

(1) 系统分析法

系统分析法是指以系统的观点和系统工程的方法与步骤来分析事物。它的具体做法是对系统开发过程中的每一步都严格按照先整体后局部、从一般到特殊的原则进行。系统分析方法的具体内涵可以简单地用下式表示。

$$系统分析＝自顶向下＋系统划分＋关系结构$$

其中，

$$自顶向下＝先整体后局部＋在整体最优下考虑局部$$
$$系统划分＝层次化＋模块化$$
$$关系结构＝系统结构＋相互关系$$

(2) 功能分析法

功能分析法是指在对实际管理功能进行详细分析的基础上来了解和规范被分析对象。它的具体做法是对系统调查所得到的资料，按管理功能进行分解，以了解每一个功能的作用、结构和内部处理细节，然后再对其进行优化处理。此方法可以简单地表示为

$$功能分析＝结构划分＋功能分解＋功能规范化$$

其中，

$$结构划分＝层次化＋管理功能结构$$
$$功能分解＝业务过程＋处理功能＋子功能＋功能接口$$
$$功能规范化＝规范功能行为＋优化处理过程$$

(3) 数据流程法

数据流程法是指以数据实际管理业务中的流动和处理来分析问题。数据流程法以数据为主要对象，通过系统调查的资料，对实际管理业务中的数据流程进行分析，最终以数据指标和数据流程图的方式将它们规范化地确定下来。分析包括了解业务流程、理顺数据流程法和优化处理方法。数据流程法可简单地表示为

$$数据流程分析＝数据流程＋指标体系＋处理过程$$

其中，

$$数据流程＝业务过程＋层次结构＋数据流程图$$
$$指标体系＝数据字典＋管理指标＋关系结构$$
$$处理过程＝处理方法＋结构模式＋分析模型$$

(4) 信息模拟法

信息模拟法是指以机器模拟数据在实际管理业务中的作用而进行的方法。信息模拟方法将事物分解成若干个实体，着重分析其信息属性和相互关系。目前信息模拟法的主要工具是

实体关系图（E－R 图）。信息模拟方法可简单地表示为

$$信息模拟分析＝结构划分＋实体划分＋关系$$

其中，

$$结构划分＝实体的分层结构＋指标的分层结构$$
$$实体划分＝实体抽象＋属性指标$$
$$关系＝数据关系＋实体关系$$

（5）抽象对象法

抽象对象法是信息模拟法的进一步发展，在这里对象已不再是对事物本身的直接表述，而是事物运行方式、处理方法和属性值的一种表述。抽象对象法所要确定的内容可简单地表示为

$$抽象对象分析＝对象＋类＋继承＋消息通信$$

其中，

$$对象＝实体＋属性＋关系＋结构$$
$$类＝对象＋子类＋类＋超类$$
$$继承＝特化＋泛化＋继承集合运算$$
$$消息通信＝信息联系＋方法＋处理模型$$

（6）模拟渐进法

模拟渐进法是指以系统模拟和不断修改完善来完成分析和了解对象的过程。它的具体做法是在调查的基础上，基于系统开发工具立刻模拟出一个系统原型，然后与用户一起来不断修改和评价这个原型，直到双方满意为止。模拟渐进法可以简单地表示为

$$模拟渐进法＝模拟原型＋评价修正＋系统规范化$$

其中，

$$模拟原型＝归纳用户需求＋原型开发$$
$$评价修正＝原型运行＋用户评价＋修正原型＋过程循环$$
$$系统规范化＝确定处理内容＋功能规范＋系统优化＋程序和文档规范化$$

3. 管理信息系统的开发方法

管理信息系统从产生到现在已经发展了许多方法，其中生命周期法（Life Cycle Approach）、结构化方法（Structure Approach）、原型法（Prototyping Approach）和面向对象的开发方法（Object-Oriented Developing Approach）在 MIS 开发实践中产生了重要的影响。下面对这几种方法进行简要的概述，在后面的章节中还要详细介绍。

生命周期法是诞生于 20 世纪 70 年代的主流方法，是结构化方法的基础，它给出严格的过程定义并且改善了开发过程。严谨的文档依然是过程改善和软件质量管理的重要基础。生命周期法的基本思想是"自上而下，逐步求精"，即严格划分系统开发的各个阶段，从全局出发全面规划，然后自上而下一步步实现。生命周期法的局限在于周期过程长，方法细腻苛刻，用户参与程度不高且不能应允需求变化，加大了系统风险。

以结构化系统分析与设计为核心的新生命周期法，即结构化方法，是生命周期法的继承与发展，是生命周期法与结构化程序设计思想的结合。它使系统分析与设计结构化、模块化、标准化，面向用户且能预料可能发生的变化。结构化方法克服了生命周期法的某些缺陷，由于它在本质上是生命周期法，其固有缺陷没有根本性改观，但依然是系统开发的主流

方法。

产生于 20 世纪 80 年代的原型法在一开始时不进行全局分析，而是抓住一个原型，经设计实现后，再不断扩充，使之成为全局的系统。它"扬弃"了结构化方法的某些烦琐细节，继承其合理的内核，是对结构化开发方法的发展和补充。生命周期法和结构化方法遵循从抽象到具体的思想，按分解的方法将复杂问题简单化；原型法符合实践、认识、再实践、再认识的认识规律，但过程定义不够清晰，文档不够完善，需求定义不够规范，不利于过程改善。原型法的改进方向在于：完善过程标准，规范需求定义，明确应用范围。

面向对象的方法从 20 世纪 90 年代开始得到广泛应用，包括面向对象的系统分析（OOA）、面向对象的系统设计（OOD）和面向对象的程序设计（OOP）。面向对象的方法具有自然的模型化能力，它支持建立可重用、可维护、可共享的代码且将这些代码组织存放在程序设计环境的类库中。随着类库中类的不断积累，以后的程序设计过程会变得越来越简单，从而提高开发效率。面向对象的方法更重要的是思维方式的改变，类和继承性提高了系统的可维护性，拓展了系统生命周期，构件化使软件生产走向工厂化。

上述的这些开发方法既有区别，又有联系，可以组合使用。具体选择哪种或哪几种方法的组合，应根据系统规模来确定。一般来说，较小的系统可采用原型法或面向对象的方法或两者结合；较大的系统以结构化方法为主，结合原型法和面向对象的方法，尤其是在系统实现阶段可以采用面向对象的程序设计方法，现在的主流开发工具都支持 OOP。可以预计，相互补充、相互促进的系统开发方法将是今后若干年 MIS 或软件工程中所使用的主要方法。

10.2 生命周期法

任何事物都有产生、发展、成熟、消亡（更新）的过程，信息系统也不例外。信息系统在使用过程中随着内外部环境的变化及信息需求的改变，需要对它进行不断地维护、修改和完善。当系统不再适应用户需求时，就要被淘汰，就要由新系统代替老系统，这种周期循环称为信息系统的生命周期。运用生命周期的概念进行系统开发的方法称为生命周期法（Life Cycle Approach）。

10.2.1 生命周期法的特点

生命周期法将软件工程和系统工程的理论、方法引入信息系统的研制开发中，将信息系统的整个生存期视为一个生命周期，同时又将整个生存期严格划分为若干阶段，并明确每一阶段的任务、原则、方法、工具和形成的文档资料，分阶段、分步骤地进行信息系统的开发。

生命周期法是信息系统开发的常用方法，它具有如下特点。

① 采用系统的观点与系统工程的方法，自上而下进行系统分析与设计，并自下而上进行系统实施。

② 开发过程阶段清楚，任务明确，文档齐全，并要求标准化分析报告、流程图、说明文本等阶段性文档资料及书面审定记录，使得整个开发过程便于管理和控制。

③ 生命周期法适用于大型的信息系统及应用软件的开发。

④ 生命周期法中最常见的分析技术是 SSA&D（Structured System Analysis and Design）方法，即结构化的分析与设计方法。这种方法易于系统的实施，便于系统维护。

10.2.2　生命周期法的阶段与任务

生命周期法各阶段的划分，目前认识不一致。例如，有的把总体规划归入系统分析阶段，有的把调试单独作为一个阶段等。不同的划分方法反映了对生命周期法的不同认识和不同的侧重点，但其模式和性质基本上是一致的。本书将采用一般的划分方法，即将信息系统的生命周期划分为系统规划、系统分析、系统设计、系统实施、系统运行与维护 5 个阶段。各阶段完成的主要任务和文档资料如表 10-1 所示。

表 10-1　生命周期法各阶段的基本任务及主要文档

阶　段	基 本 任 务	主要文档
系统规划	战略规划：根据组织目标和发展战略，确定信息系统的发展战略	系统规划说明书
	业务流程规划：根据组织的目标与战略，对组织的业务流程进行识别、改革与创新	
	系统总体结构规划：组织的信息需求分析、数据规划、功能规划与系统划分、信息资源配置规划	
	项目实施与资源分配规划：将系统划分为若干项目，估计每个项目需要的软硬件、网络、资金、人员等各项资源	
系统分析	系统初步调查，开发项目的可行性研究，系统详细调查，开发项目范围内新系统逻辑模型的提出	可行性分析报告 系统分析说明书
系统设计	系统总体结构设计、代码设计、输入输出设计、处理过程设计、数据存储设计、计算机系统方案的选择，提出系统的物理模型	系统设计说明书
系统实施	程序设计与调试，系统软硬件配置、安装与调试，人员的培训，新旧系统的转换与试运行	系统调试说明书 用户操作手册
系统运行与维护	系统运行的组织与管理，系统评价，系统纠错性维护、适应性维护、完善性维护、预防性维护	系统维护记录 系统评价报告

（1）系统规划阶段

系统规划阶段是系统建设的开始阶段。这一阶段的主要任务是根据组织的整体目标和发展战略，确定信息系统的发展战略；进行业务流程规划，明确组织总的信息需求；制定信息系统建设总计划，其中包括确定拟建系统的总体目标、功能、大致规模和粗略估计所需资源，并根据需求的轻、重、缓、急程度及资源和应用环境的约束，把规划的系统建设内容分解成若干开发项目，以便分期、分批进行系统开发。此阶段的工作成果主要体现在系统规划说明书中。

（2）系统分析阶段

这一阶段是整个系统建设的关键阶段。此阶段的主要任务是根据系统规划说明书所确定的范围，对现行系统进行初步调查和可行性研究，明确系统的目标、规模与功能，并对系统开发的技术可行性、经济可行性、组织可行性进行研究；对现行系统进行详细调查，弄清现行系统的工作流程，建立现行系统的逻辑模型；提出新系统的逻辑方案，确定用户的信息需求。该阶段又称为逻辑设计阶段。此阶段的工作成果主要体现在系统分析说明书中，它是下一阶段的工作依据，也是将来验收系统的依据。

（3）系统设计阶段

简单地讲，系统分析阶段的任务是回答系统"做什么"的问题，而系统设计阶段要回答的问题是"怎么做"。该阶段的主要任务是根据系统分析说明书中规定的功能要求，具体设计实现逻辑模型的技术方案，包括处理系统的模型设计、代码设计、数据文件设计、输入输出设计等，从而实现信息系统的物理模型。该阶段又称为物理设计阶段。系统设计阶段的工作成果主要体现在系统设计说明书中。

（4）系统实施阶段

系统实施阶段是将设计的系统付诸于实施的阶段。这一阶段的主要任务包括计算机等设备的购置、安装和调试，程序的编写和调试，人员培训，大批基础数据的整理和录入等。这个阶段的特点是几个相互联系、相互制约的任务同时展开，必须精心安排、合理组织。系统实施是按实施计划分阶段完成的，每个阶段应写出实施进度报告，系统测试之后写出系统测试分析报告。

（5）系统运行与维护阶段

管理信息系统投入运行之后，在系统使用过程中，随着业务的不断扩大，社会环境的变化，组织和技术的改进，或由于系统本身的问题，都要对系统进行不断的调整和维护，使之进一步完善，以充分满足用户的实际需求。对系统的维护，直到该系统被另一个新系统取代为止，在系统维护过程中形成系统维护记录。在本阶段，还有一个比较重要的工作，就是对系统的评价。

管理信息系统生命周期的 5 个阶段在时间上基本是按照顺序进行的，其相应阶段的工作是下一阶段的基础和依据，上一阶段的工作不完成，将无法进行下一阶段的工作。信息系统的生命周期在实际运用中往往会有反复，反复可能发生在多处，也可能一处反复多次。例如，在系统设计阶段审查系统分析说明书时，若发现系统方面有问题，都需要回到系统分析阶段重新进行分析。因此，一方面，为了开发质量和效率，必须严格按各阶段目标和任务来进行，并严格每一阶段的审核，尽量使问题在本阶段发现并解决；另一方面，由于开发人员分析问题有反复的过程，因而绝对地按阶段逐步实施系统开发也不现实，难免会从后一阶段又重新回到前一阶段。从图 10-2 可以了解管理信息系统生命周期法的工作流程。

10.2.3 生命周期法存在的问题

虽然生命周期法的理论比较完善，在系统开发中得到了普遍应用，但也存在一些不足之处，主要表现在以下几个方面。

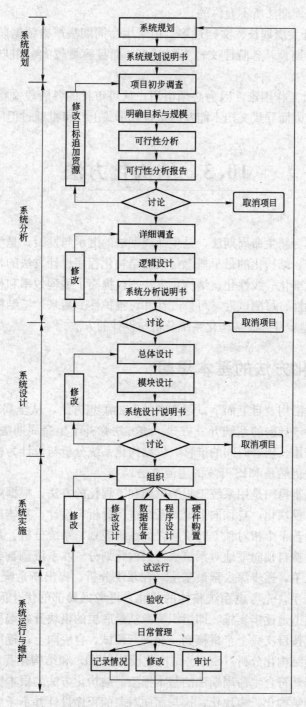

图 10-2　生命周期法的工作流程

　　① 用户进入系统开发的深度不够，系统需求难以准确确定。由于专业及知识背景不一样，影响了用户和系统分析人员之间的正常交流并形成障碍。在系统开发初始阶段，用户往往不能确切地描绘现行信息系统的现状和未来的目标，分析人员在理解上也会有错误和偏差，造成系统需求定义的困难；另外又要求系统对不断变化的内外部环境具有一定的适应

性，然而这正是生命周期法所不允许的。

② 生命周期法开发周期长、文档过多。由于生命周期法严格依据阶段的目标和任务进行开发，使得开发周期长，各阶段文档资料较多，而且容量较大，用户难以真正理解这些文档。

③ 各阶段的审批工作困难。因为必须由用户认可审批的各阶段文档，却不是用户所能真正理解和评审的，因而导致文档不能及时审批或形式上已审批通过但问题依然存在。

10.3　结构化方法

结构化方法也称为新生命周期法，是生命周期法的继承与发展，是生命周期法与结构化程序设计思想的结合。结构化的最早概念是描述结构化程序设计方法的，它用 3 种基本逻辑结构来编程，使之标准化、线性化。结构化方法不仅提高了编程效率和程序清晰度，而且大大提高了编程的可读性、可测试性、可修改性和可维护性。后来，把结构化程序设计思想引入 MIS 开发领域，逐步发展成结构化系统分析与设计的方法。

10.3.1　结构化方法的基本思想

结构化方法仍然沿用"自上而下，逐步求精"的思想方法，从全局出发全面规划分析，从而确定简明的、易于导向的系统开发方式。该方法弥补了生命周期法的不足，对 MIS 开发起着巨大的推动作用。随着时间的推移，以结构化系统分析与设计为核心的新生命周期法暴露出很多问题，但仍然是 MIS 开发的主流方法。

结构化方法的基本思想是用系统工程的思想和工程化的方法，根据用户至上的原则，自始至终按照结构化、模块化，自顶向下地对系统进行分析与设计。具体来说，就是先将整个系统开发过程划分为若干个相对独立的阶段，如系统规划、系统分析、系统设计和系统实施等。在前 3 个阶段坚持自顶向下地对系统进行结构化划分。在系统调查或理顺业务时，应从最顶层的管理业务入手，逐步深入至最基层。在系统分析、提出新系统方案和系统设计时，应从宏观总体考虑入手，先考虑系统整体的优化，再考虑局部的优化问题。在系统实施阶段，则应坚持自底向上地逐步实施，即组织资源从最底层的模块开始编程和调试，然后按系统设计结构，将模块按层次一个个拼接到一起进行调试，自底向上，逐层地构建整个系统。

结构化方法包括结构化分析（SA）、结构化设计（SD）和结构化程序设计（SP）。结构化方法的工作流程仍然符合生命周期法的基本框架。结构化方法的根本特点是系统分析、系统设计和程序设计的结构化、模块化，这与面向对象的程序设计并不矛盾。在面向对象的事件代码和自定义方法程序中，依然采用结构化程序设计的三种基本结构。

10.3.2　结构化方法的特点

与传统的生命周期法相比，结构化方法强调以下 6 个方面。

（1）面向用户的观点

结构化方法强调用户是 MIS 开发的起点和最终归宿，因此用户的参与程度及满意与否是衡量系统是否成功的关键。一方面开发过程应当面向用户，使用户更多地了解新系统，随时从业务和用户的角度提出新的要求；另一方面，也可以使系统开发人员更多地了解用户的要求，更深入地调查和分析管理业务，使新系统更加科学和合理。

（2）自顶向下的分析、设计与自底向上的系统实施相结合

分析问题时应当站在系统的角度，将各项具体业务放在整体环境中加以考察。首先确保全局的正确性，再一层层地深入考虑和处理局部问题，这就是自顶向下的分析设计思想。按照自顶向下的分析设计思想进行系统分析设计后，其具体的实现过程采取从底向上的方法，即一个模块、一个模块地开发、调试，再由几个模块联调、构建，即从模块到子系统、再到系统的实现和构建过程。

（3）逻辑设计和物理设计分别进行

为了使新系统更加满足用户要求，要对现行系统进行充分细致的全面调查。在此基础上进行系统分析，通过方案对比，确定新系统的最佳方案。系统开发人员在此阶段利用一定的图表工具构造出新系统的逻辑模型，使用户如同看见建筑图纸那样，看到新系统的梗概；然后在系统设计阶段再进行具体的物理设计。新系统的逻辑模型是新系统物理设计的依据。

（4）严格划分系统阶段

结构化方法严格定义开发的过程与阶段，然后依次进行，前一阶段是后一阶段的工作依据。每个阶段又划分详细的工作步骤，顺序作业。各个阶段和各个步骤的向下转移都是通过各自的软件文档和对关键阶段、步骤进行审核和控制实现的。

（5）结构化、模块化

结构化就是将信息系统结构分解成许多按层次结构联系起来的功能结构图，即模块结构图。结构化设计方法提出一种用于设计模块结构图的方法，还有一组对模块进行评价的标准及进行优化的方法。所谓模块化，是指将一个复杂的信息系统，按照"自顶向下，逐步求精"的方法，分解为若干个有层次联系、功能相对单一且彼此相对独立的模块。模块化是必然趋势，它可以把复杂问题简单化，把大问题分解为小问题，从而使新系统易于实施及维护。

（6）开发过程的工程化

在开发过程中，每个阶段、每个步骤都有详细的文字资料记载，要把本步骤所考虑的情况、所出现的问题、所取得的成果完整地形成资料。在系统分析过程中，无论是调查得到的资料，还是用户交流的情况，或者分析设计的每一步方案都应有明确的记载。记载所用的图形和书写的格式要标准化和规范化且要经过评审；资料要有专人保管，要建立一套管理与查询制度。

10.3.3　结构化方法的优缺点

1. 结构化方法的优点

结构化方法的优点主要表现在如下 3 个方面。

（1）易于实现

结构方法将系统承担的任务由大化小、由繁变简、由难转易，将一复杂系统分解成许多

小的模块，其中每个模块的规模小，功能单一，因而很容易实现。每个模块的功能实现了，把它们有机地配合起来，系统的整体功能就能实现。"自顶向下，逐步求精"的方法符合人类解决复杂问题的普遍规律，因此可提高软件开发的成功率和生产率。

（2）有利于应用软件总体结构的优化

采用结构化法，首先不是投入人力编制程序，而是确定应用软件的总体结构，将精力集中于系统如何分解，即如何划分模块；划分后的模块之间联系的复杂程度如何。然后进行反复研究讨论，将系统的结构确定后，再投入力量加以实现。这样处理，不仅可以避免编程阶段产生重大返工，而且有利于系统总体结构的优化。

（3）实现的系统具有较好的维护性

可维护性是衡量管理信息系性能的重要指标，也是系统设计的重要原则之一。应用结构化设计所实现的系统具有较好的可维护性，这是因为构成系统的每一个模块都较小且功能单一，因此每个模块本身很容易修改；而且每个模块独立性强，相互之间联系已降到最低程度，因而一个模块修改时对其他模块的影响小，不会由于一个模块的改动而产生连锁反应。

模块之间必然的联系是不可避免的，这种联系包括模块之间的调用关系、控制关系和数据交换关系。在结构化设计中，这些关系明确地标注在系统结构图上，因此当一个模块修改时，可以很快地查出与该模块有上述联系的其他模块，做出相应修改。

总之，采用结构化方法有利于系统结构的优化，设计出的系统比较容易实现，而且有较好的可维护性，因而获得了广泛应用。

2. 结构化方法的缺点

随着时间的推移，结构化方法也逐渐暴露出许多缺点和不足。最突出的表现是：它的起点太低，所使用的工具（主要是手工绘制各种各样的分析设计图表）落后，致使系统开发周期过长，带来了一系列的问题（如在这段漫长的开发周期中，人们原来所了解的情况可能发生较多变化等）。另外，这个方法要求系统开发人员在调查中就要充分了解用户需求、管理状况及预见可能发生的变化，这不大符合人们循序渐进认识客观事物的规律性，因此在实际工作中实施有一定困难。

10.4　原　型　法

结构化生命周期法对实现软件生产的工程化起到了重要的促进作用。该方法的思想是基于两个基本的假设：一是系统的目标反映了用户的需求；二是系统开发的内外环境不发生变化。然而，在实际系统中，用户信息需求和系统环境的多变性动摇了结构化生命周期法的基本前提，成为结构化系统开发的重大障碍。原型法（Prototyping Approach）正是针对上述问题进行变通而产生的一种新的系统开发方法。

10.4.1　原型法的基本思想

原型法是一种先建立待制系统模型，再与用户分析修改模型，最终使用户满意的系统开发方法。原型法，也称渐进法（Evolutionary）或迭代法（Iterative），是在关系数据库系统、第四代程序生成工具（如 PowerScript）和各种系统开发生成环境诞生的基础上，逐步形成的一种设计思想、过程和方法全新的系统开发方法。它并不注重对管理信息系统进行全面、系统地调查和分析，而是根据对用户信息需求的大致了解，借助强有力的软件环境支持，迅速构造一个新系统的原型，然后通过反复修改和完善，最终完成新系统的开发。

1. 原型的概念

在建筑学和机械设计学中，所谓"原型"是指其结构、大小和功能都与某个物体相似的模拟该物体的原始模型。在信息系统中，"原型"是指该系统早期可运行的一个版本，反映系统的部分重要功能和特征，其主要内容包括系统的程序模块、数据文件、用户界面、主要输出信息和其他系统的接口。

管理信息系统的原型既不是对系统的仿真，也不是系统工程中的缩小尺寸的原型，它是指区别于最终系统的初始模型。这种原型经过多次修改完善后，可以成为欲开发的最终系统。因此，它要处理的系统中的实际数据应该包括最终系统的大部分具体功能。原型法中的原型应当具备以下基本特点。

① 实际可行。原型不是抽象的系统结构模型或理论设计模型，而是可以实际运行的软件系统。

② 具有最终系统的基本特征。原型是形成最终系统的基础，通过不断丰富其功能，最终成为实际的产品。

③ 构造方便、快速、造价低。

2. 原型的分类

在系统开发过程中，根据原型的作用和变化，一般可分为两种形式。

（1）抛弃式

此类原型在系统真正实现以后就放弃不用了。例如，研究型原型，其初始的设计仅作为参考，用于探索目标系统的需求特征；又如实验原型，作为目标系统大规模开发前的某种实施方案而设计的原型，用于实验方案的可行性。

（2）进化式

此类原型的构造从目标系统的一个或几个基本需求出发，通过修改和追加功能使过程逐渐丰富，演变成最终系统。例如，展开型原型和递增型原型，分别在原型基础上纵向或横向发展，原型成为最终系统的一部分存在。

3. 原型法的基本思想

原型法的基本思想是：开发管理信息系统，首先要对用户提出的初步需求进行总结，然后构造一个合适的原型并运行，此后通过系统开发人员与用户对原型运行情况的不断分析、修改和研讨，不断扩充和完善系统的结构和功能，直到符合用户的要求。

原型法的上述思想，体现出以下特征。

① 原型法并不要求系统开发之初完全掌握系统的所有需求。事实上，由于各种因素的影响，系统的所有需求不可能在开发之初就可以预先确定，用户只有在看到一个具体的系统时，才能对自己的需求有完整、准确的把握，同时也才可能发现系统当前存在的问题和缺陷。

② 构造原型必须依赖快速的原型构造工具。只有在工具的支持下才可能迅速建立系统原型，并方便地进行修改、扩充、变换和完善。

③ 原型的反复修改是必然的和不可避免的。必须根据用户的要求，随时反映到系统中去，从而完善系统的结构和功能，使系统提供的信息真正满足管理和决策的需要。

10.4.2　原型法的工作流程

原型法的开发过程可分为 4 个阶段。

（1）确定基本需求

通过初步调查，确定用户的基本需求，这时的需求可能是不完全的、粗糙的描述和定义。用户的基本需求是指对系统各种功能的要求，对数据结构、菜单和屏幕界面、报表内容和格式等的要求。原型法和传统方法比较，只不过是要求简单，其目的是为初始模型收集信息，建立简化模型。

（2）设计初始原型

根据用户基本需求，开发一个应用系统软件的初始原型。初始原型不要求完全，只要求满足用户的基本需求。系统设计师采用第四代语言的环境进行开发，这里重要的是开发速度，而不是运行效率。

（3）试用和评价原型

首先让用户试用原型，在试用中用户能亲自参加并体会一个实在的模拟系统，指出原型存在的问题，较为直观地提出进一步的需求，提出修改意见。

（4）修改和完善原型

根据用户试用及提出的问题，与用户共同研究确定修改原型的方案，经过修改和完善得到新的原型系统，然后再试用、评价，再修改、完善，多次反复，直到形成一个用户满意的系统。

原型法的开发过程是一个循环的、不断修改完善的过程，其开发流程如图 10-3 所示。

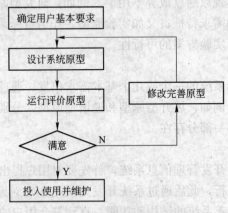

图 10-3　原型法的工作流程

10.4.3　原型法的特点和优缺点

1. 原型法的特点

作为开发 MIS 的一种方法，原型法从原理到流程都非常简单。无论是从方法论的角度，还是从实际应用的角度，原型法都备受推崇，在实际应用中也取得了巨大的成功。与结构化方法相比，原型法 MIS 具有如下 4 个特点。

① 原型法的循环反复、螺旋式上升的方法，更多地遵循人们认识事物的规律，因而更容易被人们掌握和接受。

② 原型法强调用户的参与，将模拟手段引入系统分析的初期阶段，特别是对模拟的描述和系统运行功能的检验，都强调用户的主导作用。用户与开发者可以及时沟通，信息反馈及时准确，潜在的问题能够尽早发现、及时解决，增加了系统的可靠性和实用性。

③ 原型法强调开发工具的使用，使得整个系统的开发过程摆脱了老一套的工作方法，时间、效率和质量等方面都大大提高，系统对内外界的适应能力也大大增强。

④ 原型法实际上是将传统的系统调查、系统分析和系统设计合而为一，使用户一开始就能看到系统开发后是什么样子。用户全过程参与系统开发，消除了心理负担，可以提高对系统功能的理解，有利于系统的移交、运行和维护。

2. 原型法的优缺点

原型法的优点是：开发周期短；能增加用户的满意度；加强了开发过程中用户的参与程度；降低了系统开发中的风险；降低了系统开发的成本，费用仅为传统开发的 25%；易学易用，减少了对用户的培训时间；可产生正确的系统需求描述。

原型法的缺点是：对于大系统、复杂系统，不适于直接使用；开发过程管理困难；用户较早看到原型，错认为就是新系统，使用户缺乏耐心；开发人员很容易用原型取代系统分析；对系统的修订会产生无休止的反复。

10.4.4　原型法在应用中应注意的问题

作为一种具体的开发方法，原型法也有其局限性，使用时应注意以下 4 点。

(1) 应当重视开发过程的控制

由于原型法缺乏统一规划和系统开发的分析设计，只是按照"构造原型—修改—再修改"等粗略过程反复迭代，用户可能提出过多的甚至无关紧要的新的修改意见，再加上又没有约束原型完成和资源分配的标准，从而使开发过程难以控制，项目的管理和系统的维护比较困难。为此，用户和开发者不仅需要达成一个具体的开发协议，规定一些开发的标准和目标，而且还要建立完整、准确的文字档案。特别在每次原型的改进、完善中必须做好相应的文档记录和整理，这是很容易被忽视但又不能被忽视的问题。

(2) 应将原型法和生命周期法、结构化方法有机结合

在具体的开发中，为了得到有效的开发软件，在整体上仍可使用结构化方法或生命周期法，以弥补原型法的不足。系统规范化是 MIS 开发的关键，开发应当做到完整、一致和准确。可把原型作为需求描述的补充和量化，以代替传统的审核与确认，提高需求描述的质量。此外，就是把系统分析设计和建造原型结合起来，在分析的同时考虑设计的要求和目标。系统原型能给用户和开发人员一个直观的对象，便于在早期认识和评价系统，从而打破使用与开发的分割状态。

(3) 应当充分了解原型法的使用环境和开发工具

原型法有很多长处和很大的推广价值，相应地，对它的开发环境要求更高。开发环境包

括软件环境、硬件环境和开发人员，主要的是软件环境。尤其需要支持开发过程中主要步骤的工程化软件支撑环境，以解决原型的快速构造，以及从原型系统到最终系统形成的各种变换及这些变换的一致性。

（4）注意使用范围

原型法有一定的适用范围和局限性，主要体现在以下 4 个方面。

① 对于一个大型的系统，如果不经系统分析而进行整体性划分，直接使用屏幕进行一个一个的模拟，这是很困难的。

② 对于大量运算的逻辑性较强的程序模块，原型法很难构造出模型以供评价。

③ 对于原基础管理不善、信息处理过程混乱的问题，使用原型法有一定的困难。首先是工作过程不清，构造原型有一定的困难；其次是基础管理不好，没有科学合理的方法可依，系统开发容易走上机械地模拟原来手工系统的轨道。

10.5　面向对象方法

在客观世界中，实体的内部状态（数据）和运动规律（对数据的操作）是密不可分的，但结构化程序设计缺乏将二者"封装"的机制，所以使得结构化程序设计方法只能按功能划分程序模块，不能按客观实体来划分程序模块。这就造成人为求解空间与客观问题空间的偏离，增加了程序设计的复杂性和难度，而且随着软件不断增大的趋势，矛盾也越加突出。在此背景下，产生了面向对象的程序设计思想。

面向对象的开发方法（Object-Oriented Developing Approach）起源于程序设计语言，但远远超出程序设计的范畴，发展成包括面向对象的系统分析（OOA）、面向对象的系统设计（OOD）和面向对象的程序设计（OOP）的方法体系。同时，它也代表一种更接近自然的思维方法。面向对象的思想最初出现于仿真语言 Simula。20 世纪 60 年代开发的 Simula 语言引入面向对象语言最重要的概念和特性，即数据抽象、类结构和继承性机制，Simula67 是具有代表性的一个版本。Smalltalk 是 20 世纪 70 年代起源于 Simula 语言的第一个真正面向对象的语言，它体现了纯粹的 OOP 设计思想。C++语言是一种比 Smalltalk 更接近于机器，比 C 语言更接近于问题的面向对象程序设计语言，后来发展为标准化的面向对象程序设计语言 Visual C++。其后的集成开发工具，如 Delphi 和 Visual Basic 等都提供面向对象的开发环境。

10.5.1　面向对象方法的基本思想

面向对象技术是一种按照人们对现实世界的习惯认识和思维方式来研究和模拟客观世界的方法学。它将现实世界中任何事物均视为"对象"，将客观世界看成是由许多不同种类的对象构成的，每一个对象都有自己的内部状态和运动规律，不同对象之间的相互联系和相互作用就构成了完整的客观世界。

面向对象方法所追求的目标是使分析、设计和实现一个系统的方法，尽可能地接近人们认识一个系统的方法，也就是使描述问题的问题空间和解决问题的方法空间在结构上尽可能一致。其基本思想是：对问题空间进行自然分割以便更接近人类思维的方式；建立问题域模型，以便对客观实体进行结构模拟和行为模拟，从而使设计的软件尽可能直接地描述现实世界；构造模块化、可重用、维护性好的软件且能控制软件的复杂性和降低开发费用。在面向对象的方法中，对象作为描述信息实体的统一概念，把数据和对数据的操作融为一体，通过方法、消息、类、继承、封装和实例化等机制构造软件系统，且为软件重用提供强有力的支持。

面向对象方法认为：

① 客观事物是由对象组成的，对象是在事物基础上的抽象结果，任何复杂的事物都可以通过各种对象的某种组合结构来定义和描述；

② 对象是由属性和方法组成的，其属性反映了对象的数据信息特征，而操作方法则用来定义改变对象属性状态的各种操作方式；

③ 对象之间的联系通过消息传递机制来实现，而消息传递的方式是通过消息传递模式和方法所定义的操作过程来完成的；

④ 对象可以按其属性来归类，借助类的层次结构，子类可以通过继承机制获得其父类的特性；

⑤ 对象具有封装的特性，一个对象就构成一个严格模块化的实体，在系统开发中可被共享和重复引用，达到软件（程序和模块）重用的目的。

10.5.2　面向对象方法的基本概念和基本特征

所谓"面向对象"，是指一种认识客观世界的世界观，从结构组织角度模拟客观世界的一种方法论。客观世界可以看成是由许多不同种类的对象构成的，每个对象都有自己的内部状态和运动规律，不同对象间的相互联系和相互作用构成完整的客观世界。

1. 对象（Object）

客观世界中的任何事物都可以在一定前提下看成对象，不同前提下形成的对象称为问题域对象。客观世界的对象问题域映射，其结果就是问题对象（简称对象）。对象可作如下定义：对象是一个封闭体，它由一组数据和施加于这些数据上的一组操作构成，包含标识、数据、操作和接口。

① 标识。即对象的名称，用来在问题域中区分其他对象，如物资管理系统中实体对象"物资"。

② 数据。用来描述对象属性的存储或数据结构，它表明一个状态。

③ 操作。也称方法，即对象的行为，分为两类：一类是对象自身承受的操作，其结果修改自身原有属性状态；另一类是施加于其他对象的操作，即把产生的输出结果作为消息发送的操作。

④ 接口。主要指对外接口，是指对象处理外部消息所指定操作的名称集合。

从上述定义中不难看出，对象的本质就是数据与操作的封装，这种封装又称为信息隐藏。封装在一起的数据和操作之间也是相互影响、相互作用的。对象的数据刻画对象的属性，表明对象的状态；对象的操作刻画对象的功能，表明对象的行为。对象的属性决定对象可能的行为，而对象的行为又能改变对象自身的属性（状态）。由于封装，唯一能够改变对象状态的方式是接受来自其他对象发来的消息，并且通过自身封装的服务工作来实现。

2. 类（Class）

类是面向对象的基本概念之一，对象的集合就是类（包括表示对象状态的属性集和表示对象行为的方法集）。类的定义如下：类是所有相似对象状态变量和行为构成的模板，包含标识、继承、数据结构、操作和接口。

① 标识。是类的名称，用以区分其他类。

② 继承。描述子类承袭父类的名称，以及继承得到的结构与功能。

③ 数据结构。是对该类数据组织结构的描述。

④ 操作。指该类通用功能的具体实现方法。

⑤ 接口。指面向其他类的统一的外部通信协议。

类有明显的层次结构（如图10-4所示），相对上层是超类，相对下层是子类。一个类可以派生多个子类，父类层有的数据可被多次重用，子类也可扩展自身的属性和方法。子类在继承超类私有数据结构及操作的同时，可以拥有自己的私有数据结构及操作。如果子类有一个超类，则称为单继承性；如果一个子类具有多个超类，则称为多继承性。

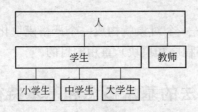

图10-4　类的层次结构举例

3. 消息（Message）

面向对象是通过对象间相互合作来推动的。对象间这种相互合作需要一种机制协助进行，这样的机制称为"消息传递"。消息传递过程中，由发送消息的对象（Sender）将消息传递至接收消息的对象（Receiver），引发接收消息的对象的一系列操作。所传递的消息实质上是接收对象所具有的操作或方法的名称，也包括相应参数，系统可以简单地看作一个彼此通过传递消息而相互作用的对象集合。

4. 继承性（Inheritance）

继承是指一个类因承袭而具有另一个类的能力和特征的机制或关系。父类具有通用性，而子类具有特殊性。子类可以从其父类，直至祖先那里继承方法和属性。利用继承，只要在原来类的基础上修改、增补、删减少量的数据和方法，就可以得到子类，然后生成不同的对象实例。继承的另一个优点是接口的一致性，即父类衍生子类时，父类的操作接口也传递给其子类。继承机制最主要的优点在于支持重用。结构化方法中的过程调用虽然是重用的典型例子，但层次不如继承高。继承的作用有两个方面：一是减少代码冗余；二是通过协调性减少相互之间的接口和界面。

5. 封装性（Encapsulation）

封装就是将事物包起来，使外界不知其实际内容。在程序设计中，封装就是将一个实际的属性（数据）和操作（程序代码）集成为一个对象整体。封装提供了对象行为实现细节的隐藏机制，用户只需根据对象提供的外部特性接口访问对象。封装的标准是：具有一个清楚的边界，对象的所有私有数据、内部程序（成员函数）细节被固定在这个边界内；具有一个接口，用于描述对象之间的相互作用、请求和响应，即对消息的说明；对象内部的实现代码受封装壳的保护，其他对象不能直接修改本对象拥有的数据和代码。

继承和封装并不矛盾，封装指的是将属于某类的一个具体的对象封装起来，使其数据和操作成为一个整体；而继承是对类而言的。从另一个角度看，继承和封装机制还具有一定的相似性，它们都是一种共享代码的手段。继承是一种静态共享代码的手段，而封装机制所提供的是一种动态共享代码的手段。

6. 多态性（Polymorphism）

不同对象收到同一消息后可能会产生完全不同的结果，这一现象称为多态。在使用多态时，用户可以发送一个通用消息，而实现的细节则由接收对象自行决定，这样同一消息就可以调用不同的方法。多态的实现受到继承性的支持。利用类继承的层次关系，把具有通用功能的消息存放在高层次，而实现这一功能的不同行为放在较低层次，使得在这些低层次上生成的对象能够给通用消息以不同的响应。多态性的本质是一个同名称的操作可对多种数据类型实施操作的能力，即一种操作名称可被赋予多种操作的语义。

由于多态性，使程序在编译时根据当时的条件动态地确定和调用要求的程序代码，称为动态绑定（Dynamical Binding）。动态绑定比较灵活，是面向对象程序设计语言的一个特点，是与类的继承性、多态性相联系的。

10.5.3 面向对象方法的开发过程

面向对象的系统开发过程一般经历 3 个阶段，即面向对象的系统分析（OOA）、面向对象的系统设计（OOD）和面向对象的系统实施（OOP）。

1. 面向对象的系统分析（OOA）

这一阶段主要利用面向对象技术进行需求分析，其过程大致如下。

依据对象分析的主要原则，首先利用信息模型（实体关系图，即 E-R 图）技术识别出问题域中的对象实体，标识出对象间的关系，然后通过对对象的分析，确定对象的属性及方法，利用属性变化规律完成对象及其关系的有关描述，并利用方法演变规律描述对象或其关系的处理流程。分析阶段得到的模型是具有一定层次关系的问题空间模型，这个模型有弹性，且易修改、易扩充。

面向对象分析主要运用以下原则。

（1）构造和分解相结合的原则

构造是指由基本对象组装成复杂或活动对象的过程；分解是对大粒度对象进行细化，从而完成系统模型细化的过程。这一原则是实现 OOP 的基础。

（2）抽象和具体结合的原则

抽象是指强调事物本质属性而忽略其非本质细节；具体则是对必要细节加以刻画的过程。面向对象方法中，抽象包括数据抽象和过程抽象：数据抽象把一组数据及其有关部门的操作封装起来；过程抽象则定义了对象间的相互作用。

（3）封装的原则

封装是指对象的各种独立外部特性与内部实现相分离，从而减少程序的相互依赖，有助于提高程序的可重用性。

（4）继承性的原则

继承是指直接获取父类已有的性质和特征，而不必再重新定义。这样，在系统开发中只需一次性说明各对象的共有属性和服务，对子类的对象只需定义其特有的属性和方法。继承的目的也是为了提高程序的可重用性。所谓服务，是指对象收到消息后所执行的操作。

2. 面向对象的系统设计（OOD）

这一阶段主要利用面向对象技术进行概念设计。值得注意的是，面向对象的设计与面向对象的分析使用了相同的方法，这就使得从分析到设计的转变非常自然，甚至难以区分。可以说，从 OOA 到 OOD 是一个积累性的模型扩充过程。这一过程使得设计变得很简单，它主要是从增加属性、服务开始的一种增量式的扩充。这一过程与结构化开发方法那种从数据流程图（Data Flow Chart，DFC）到结构图所发生的剧变截然不同。

一般地说，设计阶段就是将分析阶段的各层模型化的"问题空间"逐层扩展，得到一个模型化的特定"实现空间"。有时还要在设计阶段考虑硬件体系结构、软件体系结构，并采用各种手段（如规范化）控制因扩充而引起的数据冗余。

3. 面向对象的系统实施（OOP）

这一阶段主要是将 OOD 中得到的模型利用程序设计实现，具体操作包括选择程序设计语言编程、调试、试运行等。前两个阶段得到的对象及其关系最终都必须由程序设计语言、数据库等技术实现，但由于在设计阶段对此有所侧重考虑，故系统实现不会受具体语言的制约，因而该阶段占整个开发周期的比重较小。当然，应尽可能采用面向对象的程序语言，一方面，由于面向对象技术日趋成熟，支持这种技术的语言已成为程序设计语言的主流；另一方面，选用面向对象语言能够更容易、更安全和更有效地利用面向对象机制，更好地实现OOD 阶段所选的模型。

10.5.4　面向对象方法的优缺点

面向对象的开发方法以对象为基础，利用特定软件工具直接完成从对象客体的描述到软件结构之间的转换。其主要优点如下。

① 采用面向对象思想，使得系统的描述及信息模型的表示与客观实体相对应，符合人类的思维习惯，有利于系统开发过程中用户与开发人员的交流和沟通，缩短了开发周期，提高了系统开发的正确性和效率。

② 系统开发基础统一于对象之上，各阶段工作平滑，避免了许多中间转换环节和多余的劳动，加快了系统的开发进程。

③ 面向对象技术中的各种概念和特性，如继承、封装、多态性及消息传递机制等，使软件的一致性、模块的独立性及程序的共享性和重用性大大提高，也与分布式处理、多机系统及网络通信等发展趋势相吻合，具有广阔的应用前景。

但是，面向对象的开发也存在明显的不足。首先，必须依靠一定的软件技术支持；其次，在大型项目的开发上具有一定的局限性，必须以结构化系统开发方法的自顶向下的系统调查和系统分析为基础，否则会存在系统结构不合理、关系不协调的问题。

10.6 计算机辅助软件工程

早期，人们进行系统开发的主要手段是手工方式，系统开发的速度和质量主要取决于系统分析人员、程序设计人员等的个人经验和水平。这种工作方式的弊端是系统开发周期长，工作效率低；质量得不到保证，数据一致性差；文档不规范，系统维护工作量大等。20 世纪 80 年代迅速发展起来的软件开发技术领域——计算机辅助软件工程（CASE）使得制约信息系统开发的瓶颈被打破，为实现系统开发自动化提供了途径。

计算机辅助软件工程（Computer Aided Software Engineering，CASE），原来是指用来支持管理系统开发的、由各种计算机辅助软件和工具组成的大型综合性软件开发环境，随着各种工具和软件技术的产生、发展、完善和不断集成，逐步由单纯的辅助开发工具环境转化为一种相对独立的方法论。

10.6.1 CASE 方法的基本思想

CASE 方法解决系统开发问题的基本思想是：结合系统开发的各种具体方法，在完成对目标系统规划和详细调查后，如果系统开发过程的每一步都相对独立且彼此形成对应关系，则整个系统开发就可以应用专门的软件开发工具和集成开发环境（CASE 工具、CASE 系统、CASE 工具箱、CASE 工作台等）来实现。

系统开发过程中的对应关系与所采用的具体系统开发方法有关，大致包括：结构化方法中的业务流程分析，数据流程分析，功能模块设计，程序实现，业务功能一览表，数据分析，指标体系，数据/过程分析，数据分布和数据库设计，数据库系统等；面向对象开发方法中的问题抽象，属性、结构和方法定义，对象分类，确定范式，程序实现等。

在实际开发过程中，上述对应关系不一定完全一一对应，利用 CASE 方法开发的结果之间可能无法实现平滑的衔接，仍然需要开发人员根据实际进行修改、补充。因此，CASE 方法具有以下特点。

① 实际开发一个系统时，必须根据所采用的开发方法，结合 CASE 工具和环境进行。

② 作为一种辅助性的开发方法，CASE 可以为系统开发过程中的具体工作，如各类图表、程序及文档的生成，提供快速自动化的工具和途径。

③ CASE 环境的使用改变了系统开发中的思维方式、工作流程和实现途径，与其他系统开发方法存在很大差别，因而称为一种方法论。

10.6.2 CASE 开发环境

CASE 作为一个通用的软件支持环境，它应能支持所有软件开发过程的全部技术工作及其管理工作。CASE 的集成软件工具能够为系统开发过程提供全面的支持，其作用包括：生成图形表示的系统需求和设计规格说明；检查、分析相交叉引用的系统信息；存储、管理并报告系统信息和项目管理信息；建立系统的原型并模拟系统的工作原理；生成系统的代码及有关的文档；实施标准化和规格化；对程序进行测试、验证和分析；连接外部词典和数据库。

为了提供全面的软件开发支持，一个完整的 CASE 环境应具有的功能包括：图形功能、查询功能、中心信息库、高度集成化的工具包、对软件开发生命周期的全面覆盖、支持建立系统的原型、代码的自动生成等。这些工具可分为以下 3 种类型。

（1）系统需求分析工具

此工具是在系统分析阶段用来严格定义需求规格的工具，能将逻辑模型清晰地表达出来。该阶段的工具有原型构造工具、数据流程图绘制与分析工具、数据字典生成工具等。

（2）系统设计工具

设计工具是用来进行系统设计的，如系统结构图设计工具、数据库设计工具、图形界面设计工具等。

（3）软件生产工具

该类工具主要用于最后的软件设计和编程工作。

这些工具集成在统一的 CASE 环境中，就可以通过一个公共接口，实现工具之间数据的传递，连接系统开发和维护过程中的各个步骤，最后在统一的软、硬件平台上实现系统的全部开发工作。

10.6.3　CASE 方法的特点

CASE 方法的特点主要有以下几点。

① 解决了从客观对象到软件系统的映射问题，支持系统开发全过程。

② 提高了软件质量和软件重用性。

③ 系统开发具有较高的自动化水平，缩短了系统开发周期。

④ 简化了软件开发的管理和维护。

⑤ 自动生成开发过程中标准化、规范化的统一格式文档，减少了随意性，提高了文档的质量。

⑥ 自动化的工具使开发者从繁杂的分析设计图表和程序编写工作中解脱出来。

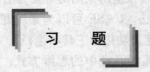

习　题

一、名词解释

1. 生命周期　2. 模块化　3. 原型　4. 对象　5. 类　6. 继承性　7. 服务

二、简答题

1. 管理信息系统的开发应采用什么样的策略？为什么？

2. 目前管理信息系统开发方法有哪些？这些开发方法之间有什么联系和区别？

3. 试述生命周期法各阶段的主要任务和文档资料。

4. 结构化方法的基本思想是什么？它有什么特点？

5. 什么是原型法？其产生的背景和基本思想是什么？

6. 什么是面向对象方法？其产生的背景和基本思想是什么？

7. CASE 方法的基本思想是什么？它有什么特点？

8. 人类分析事物的认知方法有哪些？这些方法有什么特点？

三、单选题

1. 原型开发中的原型是指（　　）。

A. 设计方案　　　　　　　　　B. 系统早期可运行的一个版本

C. 用户要求　　　　　　　　　D. 目标系统

2. 对大型系统开发应采用（　　）。

A. 生命周期法　　　B. 原型法　　　C. 面向对象法　　　D. 前三种方法结合

3. 管理信息系统的开发是一项复杂的系统工程，它既涉及（　　），又涉及社会问题。

A. 经济问题　　　B. 组织问题　　　C. 技术问题　　　D. 环境问题

4. 大型系统的开发，一般采用（　　）的开发策略。

A. "自下而上"　　　　　　　　B. "自上而下"

C. "自上而下规划，自下而上实现"　　D. "自下而上规划，自上而下实现"

5. 系统分析法是以系统的观点和系统工程的方法与步骤来分析事物的。它的具体做法是对系统开发过程中的每一步都严格按照先整体后局部，从（　　）的原则进行。

A. 特殊到一般　　　B. 一般到特殊　　C. 一般到一般　　　D. 特殊到特殊

第11章

系 统 规 划

管理信息系统规划是从服从于企业战略的角度，对企业信息系统近期、中期、长期的目标、实施策略和方法、实施方案等内容所做的统筹安排。它源于企业整体战略规划，同时又是企业整体规划的组成部分。信息系统开发应该基于企业总体战略目标来进行，将管理目标转化为对信息的需求，按照"自顶向下"的方法来进行。系统规划是管理信息系统开发过程的第一步，它是站在企业战略层次，把企业作为一个有机的整体，全面考虑企业所处的环境、本身的潜力、具备的条件及企业进一步发展的需要，勾画企业在一定时期内所需开发的各类信息系统的应用项目，以及所需要的各类资源。

11.1　管理信息系统规划总论

11.1.1　MIS 规划的意义

规划，一般是指对较长时期的活动进行总体的、全面的计划。它是运用系统论的观点，用发展的眼光从全局和整体出发所制定的一种计划。现代社会组织，特别是企业的结构和活动内容都很复杂，实现一个组织的信息管理计算机化需要长期的努力，因而必须对一个组织的信息系统建设进行规划，根据组织的目标和发展战略及信息系统建设和客观规律，考虑到组织面临的内外环境，科学地制定信息系统的发展战略、总体方案，合理安排系统建设的进程。

目前，国内外信息化进程不断向前推进，信息系统的建设需求日趋紧迫。尽管信息系统已有很大的发展，但不少已经建成或正在建设的系统仍然面临一系列问题。其中主要的问题是：

① 系统建设与组织发展和战略不匹配；

② 已建成的系统解决问题的有效性低，即系统建成后对管理与业务状况并无显著改善；

③ 不能适应环境变化和组织变革的需要；

④ 组织结构陈旧、管理落后，企业主要业务流程效率与效益低下；

⑤ 系统使用人员的素质较低；

⑥ 系统开发环境落后，技术方案不合理；

⑦ 系统开发及运行维护的标准、规范混乱；

⑧ 资源短缺、投入少，对系统的期望过高。

造成以上问题的原因很多，其中主要原因是：人们更多地关心怎样建设一个信息系统，而对于建设一个什么样的信息系统却注意不够；对于系统的具体方案考虑较少，对总体方案与发展战略问题不够重视。总之，在系统建设中，往往缺乏科学的、有效的系统规划。

MIS 建设不是单纯的信息工程，而是牵动各方、耗资大、历时长、技术复杂且内外要素交叉的管理系统工程，没有信息规划是不可能成功的。有效的系统规划不仅可以避免上述信息系统建设中遇到的问题，还可促进信息系统应用的深化，为企业创造更多的利润。一个好的系统规划可以作为一个标准，指导系统的开发和建设。进行规划过程本身就是对企业的再认识过程，全面加深对企业的理解，对提高管理水平、对决策和系统应用具有重要的意义。

11.1.2 MIS 规划的目标与任务

制定信息系统规划工作进程的 4 个主要阶段形成了信息系统规划 4 个阶段模型的基本框架，如图 11-1 所示。

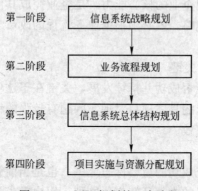

第一阶段　信息系统战略规划

第二阶段　业务流程规划

第三阶段　信息系统总体结构规划

第四阶段　项目实施与资源分配规划

图 11-1　MIS 规划的 4 个阶段

11.1.3 MIS 规划工作的特点

充分认识系统规划工作的特点对提高系统规划工作的科学性和有效性具有重要作用。MIS 规划工作的特点主要如下。

① 系统规划工作是面向长远的、未来的、全局性和关键性问题的，关系到整个组织的改革与发展进程，因此它具有较强的不确定性，非结构化程度较高。

② 系统规划工作环境是组织管理环境，高层管理人员（包括高层信息管理人员）是工

作的主体。

③ 因为系统规划不在于解决项目开发中的具体业务问题，而是为整个系统建设确定目标、战略、系统总体结构方案和资源计划，因而整个工作过程是一个管理决策过程。同时，系统规划也是技术与管理相结合的过程，它确定利用现代信息技术有效地支持管理决策和业务活动的总体方案。

④ 系统规划人员对管理与技术环境的理解、对管理与技术发展的见识，以及开创精神与务实态度是规划工作的决定因素。目前尚无可以指导系统规划全过程的适用方法，因此必须采用多种方法相互配合。

⑤ 规划工作的结果是要明确回答规划工作内容中提出的问题，描绘出系统的总体概貌和发展进程，但宜粗不宜细。要为后续各阶段的工作提供指导，为系统的发展制定一个科学而又合理的目标及达到该目标的可行途径，而不是代替后续阶段的工作。

⑥ 信息系统规划必须纳入整个组织的发展规划，并应定期滚动。

11.1.4　MIS 规划工作的关键问题

针对上述的特点，进行系统规划时应注意以下几点。

(1) 战略规划是核心

信息系统战略与组织发展战略的一致是信息系统建设成功的关键之一。系统规划要面向组织管理问题，在高层领导干部参与和管理与技术的结合上下工夫。

(2) 业务流程的改革与创新是基础

企业的业务流程直接体现企业的核心能力，是企业完成其使命、实现其目标的基础。信息系统要支持企业的目标与战略，就必须根据业务流程的改革与创新需要确定系统的结构与功能。

(3) 解决问题的有效性是关键

推进企业信息化的工作能否成功并持续发展，关键在于这项工作能否在企业改革与发展中见实效。这就需要信息系统的具体项目对现实问题有较强的针对性，在方案评价与技术选择时不求全、不求大，但求有效。

(4) 应变能力是重要指标

应变能力是管理信息系统成功的重要标志之一，也是当前管理信息系统建设与应用的瓶颈问题。现代企业生存与发展的内外环境变化剧烈，用户需求日趋复杂，企业组织管理及其业务流程只有进行不断的调整与改革才能适应形势发展的需要。因此，要求信息系统本身应具有应变能力，而且要求这项工作的效果应为增强组织的应变能力做出切实的贡献。应变能力的强弱应成为今后信息系统的主要评价指标。

(5) 人、管理、技术应协调发展

人、组织管理与技术是信息系统生产力的 3 个重要因素，也是信息系统建设的三项关键资源。在上述 3 个要素中，技术的进步、组织管理的变革和人的素质的提高必须相互匹配，协同发展，才能促进组织的发展和生产力的提高。技术进步的幅度越大，组织变革就应越加深刻，因而对人的素质要求就越高，这是现代社会生产力发展的客观规律，也是信息建设成功的经验。

11.2 MIS 战略规划

11.2.1 MIS 战略规划的主要内容

信息系统的战略规划一般既包含 3～5 年的长期规划，也包含 1～2 年的短期规划。长期规划部分指出了总的发展方向，而短期规划部分则为作业和资金工作的具体责任提供依据。一般来说，整个战略规划主要包含如下内容。

① 信息系统的目标、约束与结构。信息系统战略规划根据组织的战略目标、组织的业务流程改革与创新需求及组织的内、外约束条件，来确定信息系统的总目标、发展战略规划。其中，信息系统的总目标为信息系统的发展方向提供准则，而发展战略规划则提出对完成工作的衡量标准。

② 对目前组织的业务流程与信息系统的功能、应用环境和应用现状进行评价。了解当前的能力状况，制定改革业务流程，建设信息系统的政策、目标和战略。

③ 对影响计划的信息技术发展的预测。信息系统战略规划无疑要受当前和未来信息技术发展的影响，因此计算机及其各项技术的影响应得到必要的重视，并在战略规划中有所反映。另外，对信息网络、数据库、软件的可用性、方法论的变化、周围环境的变化，以及它们对信息系统产生的影响也应考虑。

④ 近期计划。在战略规划适用的几年中，就应对将来的一段时期做出相当具体的安排，主要应包括：硬件设备的采购时间表、应用项目的开发时间表、软件维护与转换工作时间表、人力资源的需求计划及人员培训时间安排、资金需求等。

管理信息系统的战略规划并不是一经制定就再也不发生变化。事实上，各种因素的变化都可能随时影响整个规划的适应性。因此，管理信息系统战略规划总是要作不断修改以适应变化的需要。

11.2.2 MIS 战略规划方法

企业信息系统的战略规划属于某种非确定性的决策，即是具有较强的灵活性和权变性的决策，往往需要采用多种规划方法，广泛收集信息，并对各方面的信息进行综合比较、分析和判断。目前常用的战略规划方法有诺兰模型、价值链分析、关键成功要素法、战略目标集转化法和企业系统规划法等规划方法。这些方法都从某个侧面给管理者以必要的启示，帮助管理者进行正确的思考和分析，但没有哪一种方法能够让管理者直接得到企业信息化发展的解决方案。

1. 诺兰模型

诺兰模型由哈佛商学院 R. Nolan 教授于 20 世纪 70 年代末提出，是西方国家企业进行管理信息系统规划的指导性理论之一。模型认为，企业及地区信息系统的发展具有一定的规律性，要经过从低级到高级的阶段性发展过程，各个阶段是循序渐进的。进行信息系统的规划需要首先明确自己所处的阶段水平，然后采取相应的策略。诺兰的早期模型中只有 4 个阶段，后来修正为 6 个阶段，如图 11-2 所示。

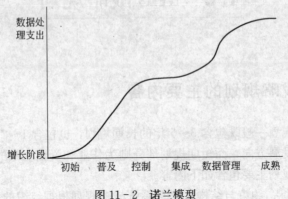

图 11-2　诺兰模型

诺兰模型的 6 个阶段如下。

（1）初始阶段

在该阶段，人们对计算机技术还不太了解，出于各种各样的原因开始配置计算机设备，主要在会计、统计等个别部门应用，也基本没有效益可言。

（2）普及阶段

初始尝试的成功促使计算机应用迅速扩展，各个部门纷纷购置计算机设备，开发出各类应用系统，出现了人们争相学习的热潮，企业信息技术支出快速增长。

（3）控制阶段

大量独立性的单项应用会带来各种矛盾，企业不得不重视各种系统协调问题，采用各种控制和集中管理措施，限制盲目扩大计算机应用规模，抑制企业信息技术支出无序增长的势头。

（4）集成阶段

从统一管理和整体协调的要求出发，企业开始重视集成数据库的建设和信息系统的统一规划，在此基础上进行应用系统的开发，使企业信息技术应用出现新的增长。

（5）数据管理阶段

计算机信息处理系统为数据资源的统一管理打下了基础，企业开始重视数据的加工处理过程，提高系统对企业业务的支持水平，数据成为企业的重要资源。

（6）成熟阶段

信息系统对企业各个管理层的业务和决策提供全面的支持，信息处理支出逐渐趋于稳定，信息技术成为企业管理的有力工具。

诺兰模型总结了发达国家信息系统发展的经验和规律，管理界和学术界曾肯定了这一理论对预测企业信息系统的未来变动、对企业信息系统规划的指导作用。人们注意到诺兰模型中提出了"转折点"的思想，即企业管理的焦点有一个从技术管理到数据资源管理的过程。不少人认为这对当代企业信息化发展和信息技术的宏观管理仍然具有实际的启发，但是也有不少学者也提出过不同的见解，认为诺兰模型的局限性比较明显。例如，数据资源管理对现在的企业来说十分重要，应当是一个基础性的起点，它会极大地影响应用系统的集成和进一步发展的水平。尽管有上述分歧，但是采用增长阶段的方法认识和分析组织内部的信息技术应用环境，实事求是地进行信息系统规划对管理者来说应当是一个重要的出发点。

2. 价值链模型

大多数企业管理者都清楚企业信息化的步骤：首先是企业生产经营管理中运用计算机等现代化信息技术；其次是完善网络建设，建设企业内部局域网络和互联网，实现信息共享；然后是在建立以财务管理为核心管理系统的基础上，开展企业资源管理；最后是开展电子商务，探索物资采购、产品营销、技术交易、人才培训等经营活动的电子化和网络化。但是他们对自己企业中究竟有哪些业务和管理环节值得改善却并不是很清楚，运用迈克·波特的价值链模型可以帮助管理者认识信息技术究竟能够为企业做些什么。

价值链模型将公司或企业运作视为一个活动链，企业的活动不断地将价值的差额加到公司或企业的产品或服务上，并能非常好地将信息系统运用到这些活动上，以使组织达到竞争优势。价值链的构成如图 2 - 18 所示。企业组织所从事的所有活动形成一个价值链，过程中的每一个环节都为顾客的产品或服务增加价值，这些活动可以分成两大类：支持价值的过程和主要价值的过程。通过价值链分析可以帮助管理者找到其中的重要活动和过程，并确定支持这些过程的信息技术和应用系统，即 IT 需要改善的重要环节。

例如，美国最早的领带生产企业 Robert Talbott 公司一贯以其高质量的工艺、独一无二的设计和面料确保企业产品的价值，但是顾客的需求口味在不断变化。Robert Talbott 公司有 4 条领带生产线，每条生产线都有 300 种花样，但是要保证领带生产不落伍已经越来越困难。于是公司借助价值链分析来发现潜在的 IT 应用领域。公司首先查看企业生产的各个过程，让顾客帮助评价所有环节对领带价值提高的贡献。最后评价的结构是：对产品价值贡献最大的过程是高质量的制造过程，其次是高质量真丝和其他面料的采购过程。Talbott 公司建立的计算机辅助设计系统因此而获得了很好效益。同时，Talbott 公司还借助顾客评价，找出了使领带价值大幅度减少的过程，即销售人员向顾客许诺已经脱销的领带产品，这会极大地损害企业形象，并失去销售机会。因此，Talbott 公司建立了新的订货与库存查询系统，销售人员可以通过计算机输入订单并查询库存，系统应用极大地提高了企业的竞争力。

3. 关键成功因素法

关键成功因素法（Critical Success Factors，CSF）是哈佛大学的扎尼（W. Zani）教授于 1970 年提出的分析方法。人们借助这种方法，可以对企业成功的重点因素进行辨识，确定组织的信息需求，了解信息系统在企业中的位置。所谓的关键成功因素，就是指关系到企业生存与组织成功与否的重要因素，它们也是企业最需要得到的决策信息，是值得管理者重点关注的活动区域。通常，不同企业、不同部门、不同业务活动中的关键成功要素是不同的。一个单位的关键成功要素应当根据自己单位的具体情况来判断，包括企业所处的行业结构、企业的竞争策略、企业在该行业中的地位、市场和社会环境的变动等。关键要素是企业IT 支持最先要解决的问题，也是投资最先予以保证、质量要求最高的环节。例如，物资企业和供应公司的物资管理环节、排版公司的排版系统和员工电子邮件系统等，都是直接影响企业竞争力的关键环节。

CSF 分析包括以下 4 个步骤：

① 了解企业及信息系统的战略目标；

② 识别影响战略目标的所有成功因素；

③ 确定关键成功因素；

④ 识别每个成功因素的性能指标和标准。

识别关键成功因素就是要识别联系于系统目标的主要数据类及其关系。识别关键成功因素的工具是树枝因果图，如图 11-3 所示。

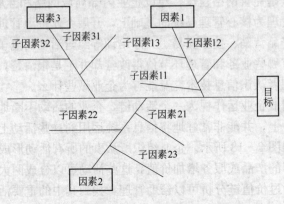

图 11-3 树枝因果图

用 CSF 进行信息系统的规划，可以让人们清楚地了解为了实现企业的信息化，哪些事情必须要做，哪些事情不必要做；哪些事情必须先做，哪些事情可以暂缓，避免以往出现的一些弊病。

4. 战略目标集转化法 (Strategy Set Transformation，SST)

战略目标集转化法就是把组织的战略目标看成是一个"信息集合"，它由使命、目标、战略和其他战略变量（如管理的复杂性、改革习惯及重要的环境约束）等组成。MIS 的战略规划过程就是把组织的战略目标转化为 MIS 战略目标的过程，如图 11-4 所示。

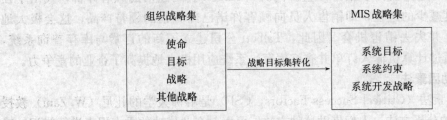

图 11-4 SST 法示意图

战略目标集转化法的制定步骤分为两步。第一步，先考查该组织是否有成文的战略或长期计划，若没有则应构造这种战略集合。对组织的战略有了初步了解识别后，应立即送交有关领导审阅和修改。第二步，把组织的战略集转化成 MIS 的战略，它应包括系统目标、系统约束及开发策略和设计原则等；然后再提出整个管理信息系统的结构。

5. 企业系统规划法 (BSP)

20 世纪 70 年代，IBM 公司基于用信息支持企业运行的思想，推出了企业系统规划法。它是一种结构化的方法论，其基本出发点是：必须让企业信息系统支持企业的目标，让信息系统战略表达出企业各个管理层次的需求，向整个企业提供一致的信息，并且在组织机构和管理体制改变时保持工作能力。BSP 提出的企业信息系统开发的基本概念如图 11-5 所示，即"自上而下"地进行系统规划和"自下而上"地付诸实施。BSP 有助于企业对潜在的应用子系统进行识别和正确划分。

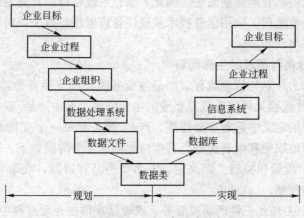

图 11-5 BSP 方法步骤

BSP 方法实现的主要步骤包括：定义企业目标、定义企业过程、定义数据类、定义信息系统的总体结构等。首先是定义企业目标，要在企业各级管理部门中取得一致的看法，使企业的发展方向明确，使信息系统支持这些目标。第二步是要定义企业过程，这是 BSP 方法的核心。所谓企业过程，就是指企业资源管理所需要的逻辑上相关的一组决策活动。企业过程演绎企业目标的完成过程，又独立于具体的组织机构变化，是建立企业信息系统的基础。企业的决策活动大体上包括计划与控制、产品与服务、支持资源三类，需要分别加以识别和定义。在分析产品和服务过程流程和其他决策活动的基础上，组合三类决策活动，可以进一步识别出各个过程与企业组织的关系，并了解信息系统支持企业业务的机会和需求。第三步是定义数据类，即认识这些过程所产生、控制和使用的数据，具体了解各种数据的内容、范围、可靠性等，认识数据的共享要求和数据政策及数据使用中的问题，使信息系统规划能够满足数据资源管理的要求。第四步是定义信息系统总体结构，即制定对数据资源和信息流进行合理组织的方案，具体包括：识别出系统和各个子系统，以及它们所支持的企业过程，从而将企业目标转化成信息系统的目标。在 11.4 节中将介绍 BSP 方法的具体应用。

11.3 业务流程规划

11.3.1 业务流程的识别

业务流程规划是信息规划的基础。业务流程规划的任务是要识别和分析现有业务流程并且通过信息管理系统建设来实现对主要的业务流程的改革与创新；信息系统应当在组织机构和管理体制改变时保持工作能力。

企业的业务流程是企业的基本生产经营与管理决策活动，体现企业的使命与核心竞争能力，并不取决于组织机构的设置和具体的管理职能的分工。对任一类型的企业可以从逻辑上定义一组流程，一个企业的核心业务流程一般只与企业的产品或服务有关，只要产品与服务不变，不应随组织机构和管理体制改变。因此，信息系统建设中首先要识别关系到企业目标与战略实现的主要企业流程、应用信息技术及现代管理思想与方法，对其中不适应企业发展需要的内容进行改革与创新。

1. 业务流程的分类与资源的生命周期

业务流程一般分为计划与控制流程、产品与服务流程和支持资源流程（如资金、人员、材料、设备）。这3种流程又可以看成是企业的主要资源。其中产品/服务可以定义为关键资源，在企业业务流程的定义中起着重要作用。产品/服务和每一个支持性资源的四阶段生命周期常常被用来逻辑地识别和组合流程，其生命周期的4个阶段如下。

① 需求、计划、度量和控制。即决定需要多少产品和资源，获取它们的计划，以及确定计划要求的度量和控制。

② 获取和实现。去开发一种产品或服务，或者是获得在开发过程中所需要的资源。

③ 经营管理。组织、加工、修改或维护那些支持性资源，对产品/服务进行存储或服务。

④ 回收或分配。意味着一些企业对产品或服务的职责，且标志着资源使用的结束。

生命周期的概念将有助于研究人员结构化地、逻辑地、全面地识别企业业务流程。

2. 业务流程的识别

企业业务流程的识别过程如图11-6所示。

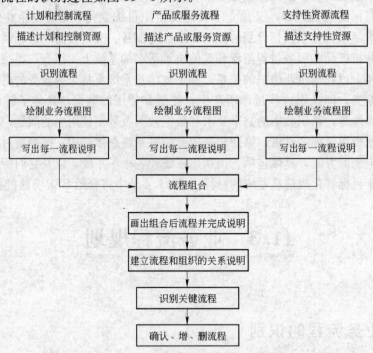

图11-6　企业业务流程的识别过程

（1）计划和控制流程

在准备阶段收集到的有关计划、统计数据、各类管理报告，以及关键成功因素和它们的度量标准等信息，从中可识别出有关的业务流程，它们一般被组合成战略计划和管理控制两大类。战略计划是长远计划或发展计划，而管理控制则看作是操作计划、管理计划、资源计划。表11-1给出了一个计划和控制流程的例子。

表 11-1　计划和控制流程

战略计划	管理控制	战略计划	管理控制
经济预测	市场预测	策略制定	资金计划
组织计划	产品预测	产品系列设计	预　算

（2）产品或服务流程

产品或服务流程的识别可以根据其生命周期的各阶段来进行，即先从需求阶段开始，然后逐个阶段进行。要注意的是，保证在各阶段上所识别流程在层次上的一致性。虽然没有明确规定每个阶段有多少流程，但大多数企业流程数量在 20～60 之间，一般倾向识别出比实际流程多一些的流程，然后再对它们进行必要的组合。表 11-2 给出了某电子元件厂的产品或服务流程的示例。

表 11-2　产品或服务流程

需求阶段	获取阶段	经营管理阶段	回收或分配阶段
市场计划和研究	产品设计和开发	订单处理和控制	销　售
预　测	产品规格制定	接受和存储	订货服务
定　价	工程数据管理	产品质量控制	运　输
物料需求	生产日程安排	检验、包装	
能力计划	采　购	库存控制	

（3）支持性资源流程

支持性资源是企业为实现其目标的消耗和使用物，其基本资源有四类，即材料、资金、设备、人员。此外，还有一些辅助性资源，如市场、厂商、各类文字材料等。对每一个支持性资源，按生命周期的各个阶段进行流程识别。表 11-3 给出了支持性资源有关的例子。

表 11-3　支持性资源流程

资　源	生命周期 4 个阶段			
	需求阶段	获取阶段	经营管理阶段	回收或分配阶段
资　金	财务计划 成本控制	资金获取 应收款项	证券管理 银行业务 会计	付　账
人　员	人员计划 工资管理	招　聘 调　动	报酬福利 专业开发	解聘和退休
材　料	需求生产	采　购 接　受	库存控制	订购控制 运　输
设　备	资金设备 计　划	设备采购 建筑物管理	机器维护 设备和装修	设备处理和安装

对于上述识别的三类流程，还应对有共性的流程进行适当的归并。

11.3.2　业务流程的改革

1. 业务流程改革的主要原则

企业的业务流程改革应遵循以下主要原则。

（1）有一个明确的、有启发性的目标，即共同远景

把企业的业务流程看作企业战略的对象，把流程与企业联系起来就是流程改革项目成功的必要条件。然而，在一个复杂的企业里，在战略和流程之间往往存在着一条鸿沟。连接企业战略和企业的业务流程的桥梁便是流程远景。因此，流程创新应该从企业的战略开始，所期望的战略定位和流程远景应该是业务流程改革的起点。

（2）充分考虑顾客价值

在当今以消费为导向的时代，对市场环境急剧变化做出快速反应、有效地提供顾客满意的产品和服务是业务流程改革的另一个驱动力。顾客的满意度和企业的竞争力之间存在着密切的联系，企业必须充分考虑顾客和潜在的顾客价值。

（3）必须服从统一指挥

业务流程改革必须是一个自上而下的过程，同时它又是一个跨部门综合性的全新工程，为确保业务流程改革的贯彻有序，必须使员工服从统一指挥。同时，要求领导人必须是企业的高层的、资深的、有威信的核心人员。

（4）充分做好横向及纵向沟通

一方面，再造从上往下推行，高层管理人员讲清楚为什么这样做以及如何做，使得全体员工理解再造的方法和目标；另一方面，流程改革势必造成中层管理人员减少，这也就是要求部门流程之间多加沟通。

（5）认识流程改革的两大要素——信息技术和人员组织管理

流程改革将对企业流程进行彻底的革新，这种变化的使能器（enabler）是信息技术和人与组织的管理。两者相辅相成，缺一不可。它们是企业流程创新的源泉。

（6）树立典范、逐步推进，充分利用变革的涟漪效应

业务流程改革在实施过程中，一般也不可能所有流程并驾齐驱，这就要求精心挑选适当规模的实验项目，应以一般渐进改善达到显著的绩效增长为依据，向员工们表明流程改革的有效性，树立典范。再推广到整个组织，从而引起整个组织的变革，实现涟漪效应。

2. 业务流程改革的方法、实施策略与步骤

1）业务流程改革的方法

业务流程改革的方法一般有两大类：全新设计法和系统改革法。前者遵循哈默的"推倒重来"的主张，从根本上抛弃旧流程，零点设计新流程；后者继承逐步改善的思想，即BPI的思想，辨析理解现有流程，在现在流程的基础上渐进地创造新流程。在这两个极点之间有一个广阔的中间地带，本书中选择两种方式结合的途径。对于我国企业来说，业务流程改革要做好以下几方面的工作。

① 以核心生产能力为中心，重组业务流程。一个企业要想在激烈的市场竞争中立足，必须不断培养和创新自己的核心能力，没有核心能力的企业迟早会被市场淘汰。为此，企业应当抓住机遇，充分搞好企业最基本的内部流程重组。以现有核心生产能力为基础，多角度、全方位地思考所有流程，大胆取舍，最后形成核心流程，进而形成具有自己核心产品和核心竞争力的立体式、网络化业务流程体系。

② 以顾客为起点，再造整合企业业务流程。目前，我国的企业正处于产品较大丰富、市场由卖方市场向买方市场、对顾客的争夺越来越激烈的时期，这些情况要求企业在业务流程改革时以顾客为"起点"，调整企业的研究与开发方向及生产经营活动。

③ 围绕企业的业务流程改革，做好多方位的"配套改革"。企业必须要响应对"企业理念"、"企业战略"、"企业制度"、"企业管理"、"企业组织"、"企业产业、产品"、"企业营销"、"企业文化"、"企业领导"等进行适合当前社会形态及企业实际情况的再造，从而为企业业务流程改革提供良好的保证。

④ 加强人力资源的开发与管理及信息基础设施的建设。目前，整个社会逐步步入知识经济时代，"知识资本"将取代"金融资本"成为第一要素。拥有了高素质人才，才能使企业的业务流程改革取得成功，为此企业人力资源的开发与管理显得极为重要。对于信息技术和信息基础设施，我国大多数流通企业目前仍处于局部利用和内部整合阶段，远不能达到业务流程改革对信息技术和信息基础设施的要求，为此企业须加强对信息技术的利用和对信息基础设施的建立，以适应新时代的挑战。

2）业务流程改革的实施策略与步骤

业务流程改革的实施可大致分为如下 3 个阶段来进行。

第一阶段，发现准备阶段。一是企业定位，确定可能开展的项目，确定哪些流程划入可能再造的范围，同时提出再造要求与目标；二是进行初步的影响分析，在前项的基础上对项目加以审议；三是选择第一项目，明确范围。第一项目的选择意义重大，事关以后各流程是否顺利改革。

第二阶段，重新设计阶段。业务流程的改革工作，首先要弄清楚现有业务流程中存在的问题；二是界定新的业务流程备选方案；三是评估每一个备选方案可能需要的代价及其产生的经济效益；最后，应该提出一个可以实施的方案。

第三阶段，方案实施阶段。一是选择最适宜的方案；二是实施方案；三是更新模型及其他资料，为其他的业务流程改革与创新提供参考。

在选择流程改革的对象时一般考虑：顾客不满意、抱怨不断的流程，成本高的流程，周期长的流程，管理工作差的流程等。

3. 业务流程改革的类型

由于信息化的发展为企业与企业之间、企业与顾客之间提供了数据交换与信息共享的平台，因此系统规划可以突破以现行职能部门为基础的"分工"式流程的局限，从供应商、本企业及顾客所组成的供应链的全局出发，着眼于企业创新，特别是流程创新来规划企业信息系统建设，确定企业信息化的长远目标，在企业业务流程创新及规范化的基础上进行系统规划。一方面，在系统规划的过程中以流程为主线，先进行流程规划，然后在此基础上进行系统的数据规划与功能规划；另一方面，通过面向流程的信息系统规划驱动企业的业务流程改革。信息系统的科学规划，使得信息的收集、存储、整理、利用和共享更为方便、快捷，使得同一产品的市场调查、产品构想、工程设计、生产制造、销售服务等环节的并行成为可能，从而打破了企业传统的专业化分工。

为企业战略的实现设计新的业务流程或改革已有流程，必须选择合适的流程改革类型。流程改革按推行的深度和广度可大体分为 4 种类型。

（1）局部的流程改革

选择一个或几个关键流程实施流程改革，以达到局部的重组。目前，许多流程改革项目都是这种类型，一般能在风险不大的情况下取得可观的效益。例如，IBM 下属的某公司所推行的信贷流程重组，就属于这种类型。

（2）全部的流程改革

选择一定的范围，对所有主要流程实施流程改革，强调流程相关部门之间的紧密协作和及时反馈，以提高部门的工作效率和效果，但仍保持企业现有机制和部门的职能划分，保持部门状态或边界不变。例如，Kodak 公司在其开发一次性照相机流程中所进行的流程革新，就属于此类。

（3）全局的流程改革

这是一种彻底的流程改革，最终目标是建立一个完全面向流程的企业运作模式，包括组织机构的重组。强调流程本身的跨功能特性，通过采用强有力的信息系统，将职能部门虚拟化而达到企业纯流程化。这是众多流程改革的推行者所追求的比较理想的目标，但由于它的难度和技术上的不成熟，目前还很难获得成功。

（4）扩散性的流程改革

包括协作厂、供应商等一起全面彻底地推行流程创新，这是一种最为广泛、深入的流程改革。它给企业带来的收益是革命性的，但它要求整个供应链上的企业像一个整体一样运作，范围大、程度深、牵扯面广，难度最大。

以上 4 种流程改革的类型给企业带来的收益和相应的风险均有不同，也直接决定了信息系统规划的广度与深度。选择合适的流程改革类型进行正确的定位，对企业的发展、对企业信息系统的规划都是至关重要的。

11.4　信息系统总体规划

信息系统总体规划是信息系统规划的中心环节，这一环节要完成的任务是：组织的信息需求分析、系统的数据规划、功能规划与子系统的划分及信息资源配置计划。

信息系统总体规划是在业务流程规划的基础上进行的。信息系统要通过提供及时、准确、必要的信息，以支持这些业务流程的高效率、高效益、高应变能力的运作和相关的管理决策活动，实现组织的目标。信息系统的总体结构首先取决于业务流程运作需要和产生的信息。

11.4.1　组织的信息需求分析

组织的业务流程，特别是核心业务流程是由组织的使命、目标与战略决定的。支持业务流程高效运作，是信息系统的任务。因此，在准确识别和严格定义业务流程的基础上，要准确识别每个流程需要什么信息支持，这些流程又会产生哪些信息以支持其他流程的运作。

组织的信息需求分析是信息系统总体规划的第一项任务，其工作内容如下。

① 分析与确定信息系统为每个业务流程必须提供的信息，明确所需信息的来源。

② 分析与确定每个业务流程在运作中产生、信息系统必须加以收集的信息，明确收集的信息去向。

③ 分析信息系统为提供与收集上述信息应具备的主要功能。

④ 分析现有系统提供、收集与处理有关信息的情况，明确与规划中的系统的差距与改

进方向。

　　此阶段分析的信息是基于业务流程、面向整个组织的，而不是基于业务流程中的某项活动。分析的结果是与某个或多个业务流程有关的信息类型，如产品信息、顾客信息、财务信息等，这些信息的细节将在后续的系统分析与系统设计阶段确定。

　　业务流程的信息需求主要从输出信息要求和输入信息要求来考虑。例如，材料需求流程的输出信息（产生的信息）是待购材料，输入信息（使用的信息）是产品、材料清单、供应商、订货单，如图 11-7 所示。

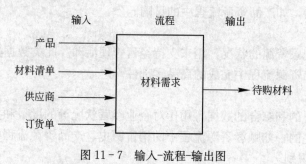

图 11-7　输入-流程-输出图

11.4.2　数据规划

　　在组织的信息需求的基础上，需要进一步对信息系统中的数据资源进行规划。数据是信息系统最重要的资源，科学、系统的数据规划是信息系统成功的基本条件。

　　数据是信息的具体表现形式，信息是数据的内容。一般来说，在信息处理中数据与信息不加区分，有时可认为具有同样的意义。在数据规划中，数据比信息具有更规范、更具体、更严格的形态与含义，而且与组织内外的其他资源有更直接的关系。数据的不完备或混乱是信息系统不成功的重要原因之一。数据规划的任务就是根据信息需求分析的结果，对规划中体现信息需求的数据资源进行严格的定义、科学的分类和合理的组织，即确定主题数据（数据类），为信息系统功能与目标的实现打好数据基础。

　　1. 主题数据识别的目的

　　主题数据是指支持业务流程所必需的逻辑上相关的数据。一个主题数据是指满足一个或多个业务流程信息需求的一大类数据，这些数据按不同的业务领域和内容分类，表示各类业务主题的内容，如客户、厂家、产品计划等。识别主题数据的目的在于解决下列问题：

- 目前支持企业流程数据的准确度、及时性和可靠性；
- 建立信息系统总体结构中所使用的主题数据；
- 流程之间目前和潜在的数据共享；
- 各个流程产生和使用什么样的数据；
- 数据政策的确定；
- 目前不可缺少的数据；
- 发现需要改进的流程。

2. 主题数据的类型

主题数据的类型根据企业资源生命周期的 4 个阶段一般划分为 4 种。

（1）计划类数据

该类数据包括战略计划、预测、操作日志、预算和模型，可以是数据，也可以是文本。此类数据是在资源的需求阶段产生的，如产品资源流程中的产品计划。

（2）事物性数据

该类数据反映由于获取或分配活动而引起的存档类数据的变更。此类数据是在资源的获取或分配阶段产生的，如产品资源流程中的订购。

（3）存档类数据

该类数据用于记录资源的状况，用来支持经营管理活动。此类数据是在资源的经营管理阶段生成的，如产品资源流程中完成的商品零部件。

（4）统计类数据

该类数据是历史的和综合的数据，用作对企业经营状况等的度量和控制。此类数据是在资源的分配阶段产生的，如顾客资源流程中的销售历史、产品资源流程中的产品要求。

3. 主题数据的识别

主题数据的识别可以结合两种方法来确定，即实体法和功能法。

实体法是先识别系统的实体，如记账凭证、物资、产品等，然后用 4 种类型的数据（计划、事务、存档、统计）描述每个实体，就可得到相应的主题数据类。把实体和主题数据类做在一张表上就得到了实体/主题数据类表，如表 11-4 所示。

表 11-4　实体/主题数据类表

实体　　数据类型	记 账 凭 证	设　　备	材　　料	人　　员
计　　划	资金筹措计划	设备使用、添置、维修、保养	材料需求	人员需求计划
事　　务	记账	设备进出记录	采购订货、收发	调动
存　　档	凭证文件	设备维修使用记录	材料入库、出库记录	职工档案
统　　计	销售收入、成本、应收、应付	设备利用率	材料耗用	各类人员统计

功能法是对每个流程按照 4 种数据（计划、事务、存档、统计）来确定需要的输入（使用）、输出（产生）主题数据类。

一般是先用实体法识别基本的主题数据类，再用功能法进行比较调整，最后归纳出系统的主题数据类。

11.4.3　信息系统功能规划和子系统划分

功能规划与子系统划分是信息系统总体规划的核心与关键所在。这一环节的任务是：在识别业务流程、明确组织信息需求、定义主题数据的基础上，确定信息系统为支持组织的目标与战略和业务流程的运作所要及时准确提供的信息，以及为提供这些信息而需收集加工的信息；根据业务流程的性质和范围划分，支持和处理有关部门信息的子系统，明确这些子系统之间的数据联系。

信息系统的总体结构定义是对系统长期目标的一个描述。一般地，总体结构所采取的形式是一群互相关联的功能模块组成的子系统和要被管理的有关主题数据。由业务流程和主题数据的关系，可以识别每一功能模块及相关的子系统。

信息系统的总体结构可以利用一组 U/C 矩阵来定义，步骤如下。

（1）建立流程与主题数据的关系矩阵

在对企业流程和主题数据了解的基础上，需要进一步弄清楚它们之间的关系。为此，采用 U/C 矩阵将主题数据对照企业流程安排在一个矩阵中，用字母"C"（Create）表示哪个流程产生该数据和用字母"U"（Use）表示哪个流程使用该数据。

在矩阵中，先按照计划流程、度量或控制流程、直接涉及产品的流程、管理支持性资源流程顺序放置流程，然后按照流程产生数据的顺序将主题数据排在另一轴上，在适当行列交叉处填上"C"和"U"，并恰当调整主题数据的排列，使矩阵中的字母尽可能集中分布在对角线上及其附近，如表 11-5 所示。

表 11-5　流程与主题数据的 U/C 矩阵

流程 ＼ 主题数据	计划	财务	产品	部件目录	材料清单	供应商	原料库存	成品库存	设备	工作指令	机器负荷	待购材料	工序	顾客	销售地区	订货单	价格	职工
经营计划	C	U	U						U					U			U	U
审查及控制	U	U																
财务计划	C	U								U								U
资本获取		C																
产品研究			U											U				
产品预测	U		U											U	U			
产品设计开发			C	C	U									U				
产品规格及维护			U	C	C	U											U	
采购				U	U	C												
库存控制				U	U		C	C	U									
工序设计			U	U	U				C					U				
调度			U	U	U				U	C	U							
生产能力计划				U	U				U		C	U	U					
材料需求			U	U	U							C				U		
生产作业										U	U	U	C					
销售地区管理			U												C	U		
销售			U											U	C	U		
订货服务			U											U		C		
运输			U					U								U		
普通会计		U				U								U			U	U
价格计划						U										U	C	
人事计划		U																C
人员考核																		U

（2）确定基本功能模块（子系统）

将数据流程和主题数据依据其管理的资源划分成若干组，并取个名字，然后将产生的主题数据用方框框起来，如表 11-6 所示。这些方框确定了信息系统的基本功能，即子系统。

表 11-6　流程与主题数据的组合

流程	主题数据	计划	财务	产品	部件目录	材料清单	供应商	原料库存	成品库存	设备	工作指令	机器负荷	待购材料	工序	顾客	销售地区	订货单	价格	职工
计划与控制	经营计划	C	U	U						U					U			U	U
	审查及控制	U	U																
	财务计划	C	U								U								U
	资本获取		C																
研究与开发	产品研究			U												U			
	产品预测	U		U											U	U			
	产品设计开发			C	C	U									U				
	产品规格及维护			U	C	C	U											U	
生产制造	采购				U	U	C												
	库存控制				U	U		C	C		U								
	工序设计			U	U	U				C				U					
	调度			U	U	U	U				U	C	U						
	生产能力计划				U	U				U		C	U	U					
	材料需求				U	U	U						C				U		
	生产作业											U	U	U	C				
销售	销售地区管理			U												C	U		
	销售			U											U	C	U		
	订货服务			U											U		C		
	运输			U					U								U		
财务	普通会计		U				U								U			U	U
	价格计划						U										U	C	
人事	人事计划		U																C
	人员考核																		U

（3）确定数据流向与基本功能子系统之间的关系

落在系统以外的那些"U"表示对数据流的应用，用箭头表示数据从一个系统流向另一个系统，如表 11-7 所示。

（4）基本功能子系统结构方案的形成

用方框和箭头表示数据的产生和使用后，可以去掉"C"和"U"，在方框内写上子系统的名字，就形成了一个完整的信息系统基本功能子系统的结构。使用双箭头，就可得到简化的系统总体结构图，如图 11-8 所示。

表 11-7 子系统之间的数据流向

流程	主题数据	计划	财务	产品	部件目录	材料清单	供应商	原料库存	成品库存	设备	工作指令	机器负荷	待购材料	工序	顾客	销售地区	订货单	价格	职工
计划与控制	经营计划	C	U	U						U					U			U	U
	审查及控制	U	U																
	财务计划	C	U								U								U
	资本获取		C																
研究与开发	产品研究			U											U				
	产品预测	U		U											U	U			
	产品设计开发			C	C	U								U					
	产品规格及维护			U	C	C	U											U	
生产制造	采购				U	U	C												
	库存控制				U	U		C	C	U									
	工序设计			U	U	U				C				U					
	调度			U	U	U				U	C	U							
	生产能力计划						U	U		U		C	U	U					
	材料需求			U		U	U						C				U		
	生产作业										U	U	U	C					
销售	销售地区管理			U											C	U			
	销售			U											U	C	U		
	订货服务			U											U		C		
	运输			U					U								U		
财务	普通会计		U				U								U			U	U
	价格计划						U										U	C	
人事	人事计划		U																C
	人员考核																		U

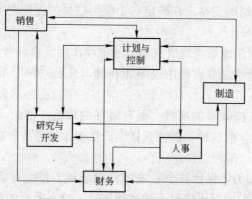

图 11-8 简化的系统总体结构图

11.4.4　信息资源配置规划

数据规划、功能规划与子系统的划分是信息系统总规划的主要内容，其工作结果形成了信息系统的总体逻辑（功能）方案（包括主题数据类和子系统的划分）。信息系统资源配置规划就是要进一步从总体上对信息系统的物理方案进行初步设想，为系统的项目实施规划与资源分配规划提供依据。

信息资源配置规划包括以下内容。

① 计算机软、硬件配置方案的规划。根据功能和使用要求及技术发展趋势，规划计算机硬件的数量与性能基本要求，系统与应用软件规模的初步设计和自行开发与采购的初步选择。

② 网络系统方案的规划。根据组织资源的空间分布情况规划网络系统方案，对网络系统的拓扑结构、计算模式（B/S 或 C/S）和网络安全方案的应用进行评估和选择。

③ 数据存储总体方案规划。在数据规划的基础上规划企业数据库的规模和内容，以及数据资源集中与分散相结合的配置方案。

④ 对系统的信息管理与人员总体方案进行规划。

11.5　项目实施与资源分配规划

用于信息系统开发的各类资源总是有限的，这些有限资源无法同时满足全部应用项目的实施。同时，一个组织内部各部分信息系统建设的需求与具备的条件是不平衡的，应针对这些应用项目的优先顺序给予合理分配，这就是信息系统规划 4 个阶段模型中的最后一个阶段——项目计划与资源分配阶段。这一阶段的主要工作是制定项目实施与资源分配计划。

11.5.1　制定项目实施计划

由于资源的限制，系统的开发总有先后次序，而不能全部进行。通常把规划的整个信息系统划分成若干个应用项目，分期、分批实施，即根据发展战略和系统总体结构，确定系统和应用项目的开发次序和时间安排。在确定一个应用项目的优先顺序时应依据以下 5 个方面进行分析。

① 该项目的实施对组织改革与发展有显著的推动作用。这点考虑的是项目的迫切性。

② 该项目的实施预计明显节省费用或增加利润，这是一种定量因素的分析。这一点考虑的是项目的贡献。

③ 无法定量分析其实施效果的项目，但有潜在的效益。例如，提高职工工资，往往可以激发职工的工作积极性，但这种积极性究竟能产生多大的经济效益是无法定量估计的。这点也是考虑项目的贡献。

④ 制度上的因素，即为了保证整个系统的开发研制工作能有条理地进行，有些原先并没有包括在开发工作之内的项目也应给予较高优先级。这点考虑的是项目的影响。

⑤ 系统管理方面的需要。例如，有些项目往往是其他一些项目的前提，或有较多的子系统共享数据，那么对于这样的项目就应该优先实施。这点考虑的是项目的技术约束。

对系统需要程度与潜在的效益评估可以这样进行：通过对管理人员、决策者的调查，进行定性评估；根据评估准则（如潜在效益、对企业的影响、迫切性等），对每个子系统在管理人员和决策人员中用评分的方法进行评估，以每个子系统的得分作为考核优先顺序的参考。

11.5.2 制定资源分配方案

为规划项目的实施而需要的硬、软件资源，数据通信设备、人员，技术、服务、资金等进行估计，提出整个系统建设的概算。

这一阶段内容完成之后，应给出系统规划的研究报告，提出建议书和开发计划。

习 题

一、名词解释

1. 价值链 2. 关键成功要素 3. BSP 4. BPI 5. CSF 6. SST 7. 主题数据

二、简答题

1. 管理信息系统规划有什么意义？它的目标、任务和特点是什么？

2. 什么是诺兰模型？它有什么意义？

3. BSP 方法包含哪些主要步骤？

4. 业务流程的改革按推行的深度和广度大体可分为有哪些类型？它们给企业带来的收益和风险有什么不同？

5. 业务流程的信息需求主要从哪几方面来考虑？举例说明。

6. 根据企业资源生命周期的 4 个阶段，主题数据的类型一般划分为哪 4 种？

7. 确定应用项目优先顺序的主要依据什么？

三、单选题

1. 主体数据的识别包括实体法和（ ）。

A. 数据库法 B. 功能法 C. 技术法 D. 分析法

2. MIS 规划的核心是（ ）。

A. 战略规划 B. 业务流程规划 C. 总体规划 D. 项目实施

3. 下面哪种不属于产品或服务流程（ ）。

A. 定价 B. 预算 C. 采购 D. 销售

4. 业务流程的改革类型包括局部的、全局的和（ ）的流程改革。

A. 集中性 B. 分散性 C. 扩散性 D. 并行性

5. 主题数据的识别可以结合两种方法即是实体法和（ ）来确定。

A. 功能法 B. 图形法 C. 表格法 D. 流程法

第12章

系统分析

　　系统分析，又称逻辑设计，是管理信息系统开发的关键环节，是最重要的阶段，也是最困难的阶段。系统分析工作的好坏，在很大程度上决定了系统建设的成败。

　　系统分析是指应用系统思想和方法，把复杂的对象分解成简单的组成部分，找出这些部分的基本属性和彼此间的关系。该阶段是由分析人员和用户一起按照系统的观点，在对现有系统进行深入调查和需求分析的基础上，深入描述及研究现行系统的活动和各项工作及用户的各种需求，并使用一系列分析工具与技术绘制一组描述系统总体逻辑方案的图表；经与用户反复讨论、分析、修改、完善和优化，构思和设计出用户比较满意的新系统逻辑模型的过程。系统分析的核心任务是建立目标系统逻辑模型。这个模型的基本架构是以数据流图为核心，包括数据字典、数据存储和处理逻辑表达工具的一系列图表。系统分析也是发现、识别和定义需求的过程，其主体和核心是需求分析，但不等于需求分析。系统分析需从现系统入手，通过调查、分析获得现系统的物理模型，然后对此物理模型进行抽象，得到现系统逻辑模型，再从现逻辑模型导出目标系统逻辑模型。

12.1　系统分析概述

12.1.1　系统分析的目标和主要活动

1. 系统分析的目标

　　"分析"通常是指对现有系统的内、外情况进行调查、研究、分解、剖析，明确问题或机会所在，认识解决这些问题或把握这些机会的必要性，为确定有关活动的目标和可能的方案提供科学依据。本章所讨论的系统分析（Systems Analysis）是指在信息系统开发的生命周期中系统分析阶段的各项活动和方法。

　　在信息系统的生命周期中，紧接系统规划阶段的是系统开发。系统开发阶段的目标是根据系统规划所确定的系统总体结构方案和项目开发计划，按拟定的项目开发出可以运行的实际系统。这是系统建设工作中任务最繁重、耗费资源最多的一大阶段。这个阶段又可划分为系统分析、系统设计和系统实施，它们构成系统开发生命周期的 3 个主要阶段。按照结构化方法严格划分工作阶段，按照"先逻辑，后物理"的原则，系统分析阶段的目标，就是按系统规划所定的某个开发项目范围，明确系统开发的目标和用户的信息需求，提出系统的逻辑方案。系统分析在整个系统开发过程中，是要解决"做什么"的问题，把要解决哪些问题、满足用户哪些具体的信息需求，调查、分析清楚。从逻辑上或者说从信息处理的功能需求上，提出系统的方案，即逻辑模型，以此作为下一阶段进行物理方案（即计算机和通信系统方案）设计、解决"怎么做"的问题提供依据。

　　早期基于计算机信息处理的项目的开发，由于项目内容比较简单，系统开发工作主要由计算机技术人员承担，因为使这些技术人员了解某些内容简单的管理事务远比训练管理人员熟悉计算机技术要容易得多，因而没有专门安排系统分析工作。随着应用项目规模的扩大和系统建设的内、外环境日趋复杂，对管理信息处理的系统性、综合性的要求不断提高，使得系统分析成为信息系统开发中最繁重的任务之一。系统规模越大，系统分析工作就越复杂。由于此项工作既涉及复杂的技术背景，又涉及复杂的组织管理背景，计算机技术人员和管理人员之间的直接交流因专业背景不同而发生困难，这两类人员均难以承担系统分析工作，因而产生了一项新的职业——系统分析员。系统分析员是系统分析工作的主持者和主要承担者，在整个系统开发工作中是管理人员（用户）和计算机技术人员的桥梁。

　　2. 系统分析的主要活动

　　系统分析阶段的主要活动有：系统初步调查、可行性研究、系统详细调查、用户需求分析和新系统逻辑方案的提出。每项活动的目标、关键问题及主要成果如表 12 - 1 所示。表中各项活动的主要成果是系统建设的重要文件，特别是可行性报告和系统说明书更为重要。可行性研究报告是系统开发任务是否下达的决策依据。系统说明书是整个系统分析阶段的工作总结，是系统分析人员和用户交流的主要手段，是系统建设阶段的重要依据。

表 12 - 1　系统分析阶段的主要活动

活动名称	目　标	关 键 问 题	主 要 成 果
初步调查	明确系统开发的目标和规模	是否开发新系统? 若开发, 提出新系统的目标、规模、主要功能的初步设想, 粗估系统开发所需资源	系统开发建议书
可行性研究	进一步明确系统的目标、规模与功能, 提出系统开发的初步方案与计划	系统开发的技术可行性、经济可行性及运营可行性研究, 制定系统开发初步方案与开发计划	可行性研究报告 系统设计任务书
现行系统详细调查	详细调查现行系统的工作过程, 建立现行系统的逻辑模型, 发现现行系统存在的问题	现行系统的结构、业务流程和数据的详细分析, 具体问题的认定	现行系统的调查报告
用户需求分析	弄清用户对新系统的功能、业务处理流程和数据处理流程的要求	现有系统的功能、业务流程和数据处理流程要做哪些改变	用户需求分析报告
新系统逻辑模型的建立	把反映用户需求的新系统应具备的功能全面、系统、准确、详细地描述出来	采用数据流程图、数据词典表达系统的逻辑模型（建模）	系统说明书

注意，上述各项活动完成之后都有相应的决策活动，具体如下。

① 初步调查完成之后要对系统开发建议书进行审定，如果同意，则安排可行性研究。

② 可行性研究完成后要对可行性报告进行审定，若同意，下达系统设计任务书（或签协议，订合同）。

③ 现行系统详细调查完成之后要审查现行系统的调查报告，若满意，则进行用户需求分析。

④ 用户需求分析完成之后要审查用户需求分析报告，若满意，则进行新系统逻辑模型的建立。

⑤ 新系统逻辑模型建立之后审查系统说明书，若同意，则批准进入系统设计阶段。

12.1.2　系统初步调查

1. 系统初步调查的目标

系统的初步调查是系统分析阶段的第一项活动，也是整个系统开发的第一项活动。系统开发工作一般是根据系统规划确定的拟建系统总体方案进行的。在系统规划阶段已经根据当时所做的战略计划、组织信息需求分析和资源及应用环境的约束，将整个信息系统的建设分成若干项目，分期、分批进行开发。一方面，系统规划阶段的工作是面向整个组织，着重于系统的总体目标、总体功能和发展方向，对每个开发项目的目标、规模和内容并未做详细的分析。另一方面，由于环境可能发生变化，系统规划阶段确定的开发项目的基本要求，到系统开发时应根据实际情况进行审定，也可能出现在系统规划阶段未曾考虑的项目到开发阶段时用户又提出开发要求。因此，初步调查阶段的主要目标就是要明确系统开发要解决的主要问题和目标，论证系统开发的必要性和可能性（从系统分析人员和管理人员的角度看新系统开发有无必要和可能）。

2. 系统初步调查的内容

初步调查的目的是为了合理确定系统的目标。为了这些要求与目的，在初步调查中可以收集并整理与整个系统有关的资料、情况及存在的问题。初步调查就是要了解一个企业的概貌及其对信息的总需求。

初步调查的内容包括：

① 整个组织的概况，包括规模、组织目标、组织结构、产供销概貌，人员、设备与资金的现状及目前的管理水平，特别是管理的基础工作水平；

② 本组织领导者、管理部门对新、老系统的看法，以及对新系统的需求；

③ 开发系统的人力、资金及开发周期等资源情况；

④ 现行系统的工作情况，包括功能、人员、技术水平及管理体制，主要的输入输出及与其他系统的关系，存在什么问题。主要涉及管理信息系统在运行中的地位和作用、人员的组成及分工、分析决策水平、业务部门对新系统的认识和设想、能为新系统提供原始数据的完整性和准确性等方面。

⑤ 组织对外部的关系，包括物资、资金和信息的往来。

⑥ 约束条件。主要涉及人员、设备、处理功能、性能要求等方面的限制条件。

初步调查需要着重具体分析的内容包括：

- 现有什么；
- 需要什么；
- 在现有资源下能提供什么；
- 此项目有无必要和可能做进一步的调查与开发。

3. 调查结论及工作成果

系统分析员在初步调查阶段可能得出以下结论之一：

① 拟开发项目有必要也有可能进行；

② 不必进行项目开发，只需对原有系统进行适当调整修改；

③ 原系统未充分发挥作用，只需发挥原系统的作用；

④ 目前没必要开发此项目；

⑤ 目前不具备开发此项目的条件。

如果结论是第一条，系统分析师要向拟定系统的单位主管提出"系统开发建议书"，系统开发建议书包含以下内容：

- 项目名称；
- 项目目标；
- 项目开发的必要性和可能性；
- 项目内容；
- 项目开发的初步方案，包括对项目规模、目标和投资的粗略估计、人员配备情况、进度计划等。

4. 可行性研究安排

如果系统开发建议书审议通过，则要安排下一阶段的工作，即进行可行性研究。

12.1.3 系统可行性研究

1. 目标与工作内容

可行性研究是系统分析阶段的第二项活动，此活动的主要目标是：进一步明确系统的目标、规模与功能，对系统的开发背景、必要性和意义进行调查分析，并根据需要和可能提出拟开发系统的初步方案与计划。可行性研究是对系统进行全面、概要的分析。此项活动开始时，要对初步调查的结果进行复审。要重新明确问题，对所提系统大致规模和目标及有关约束条件进行论证，并且提出系统的逻辑模型和各种可能的方案，并对这些方案从以下 3 个方面认真地进行确定，为系统开发项目的决策提供科学依据。

（1）技术可行性

包括对现有技术进行评价，分析系统是否可以用现有技术来实施及技术发展对系统建设有什么影响，并对关键技术人员的数量和水平进行评价。现有技术的评价包括对国内外有关技术的发展水平及国家有关政策进行评价。

（2）经济可行性

对组织的经济状况和投资能力进行分析，对系统建设、运行和维护费用进行估算，对系统建成后可能取得的社会效益及经济效益进行估计。

开发费用分析包括对土建费用，计算机硬件、研究、技术开发、人员培训等费用的分析。运行费用分析包括对人员工资、水电等公共设施使用费、软硬件租赁和维护费，数据收集和录入、通信、消耗材料及其他费用的分析。

系统效益的估计即系统可能产生的直接效益和间接效益，如信息服务、减少成本、提高生产率、缩短周期、改善决策等；社会效益估计，即系统对社会经济活动可能产生的影响及其效益估计。

（3）营运可行性

指系统对组织机构的影响，现有人员和机构、设施、环境等对系统的适应性和进行人员培训、补充计划的可行性。

可行性研究的时间取决于系统的规模。一般从几周到几个月时间。经费为整个项目的5%～10%，大型项目可能要开发原型。

2. 步骤

可行性研究的步骤如下。

① 确定系统的规模与目标。实际上是复审上一阶段活动的内容，分析系统的出发点是否正确，目标是否正确。

② 明确用户主要信息需求。明确现行系统是否能够满足用户需求；如果不能，问题在什么地方，可以通过对现行系统进行针对性地调查来解决。这一活动容易出现的问题是在现行系统调查上费事太多，系统分析员要注意这一活动不是要详细描述系统做什么，而是要理解系统在组织中的作用，用户通常只谈论症状，系统分析员要明确问题所在。

③ 提出拟建系统的初步方案。在调查的基础上要画出顶层数据流图（DFD）和相应数据字典（DD），不要进行详细分解（除非在哪一方面发现有问题必要时）。要弄清楚此系统与其他系统的接口，这在设计新系统时是很重要的约束条件。

④ 审查新系统。与用户交换意见，对要解决问题的规模、目标与关键人物进行审查，以 DFD 与 DD 为基础，对建议的系统进行评价。如果发现问题和不一致之处，找出解决问题的方法，重新审定。反复几次，使系统逻辑模型满足用户需求。

⑤ 提出并评价可能的替代方案，并进行技术可行性、营运可行性、经济可行性分析。这里可行性分析要涉及物理方案，即解决问题的可能途径，如软、硬件的配置。

⑥ 给出该项目做还是不做的选择，同时确定方案。

⑦ 制定项目开发计划，包括人、财、物的安排。

⑧ 撰写可行性研究报告。

⑨ 向用户审查小组与指导委员会提交结果。

3. 工作结果

工作结果包括"可行性研究报告"和"系统设计任务书"。

可行性研究报告的主要内容如下。

① 现行系统概况。包括组织结构、主要工作任务和业务流程、人员、设备、费用状况。

② 主要问题和主要信息需求。

③ 拟建新系统的方案。包括主要目标、规模、初步结构、实施计划与投资方案、人员补充方案等。

④ 经济可行性分析。包括建设费用、运行费用、经济效益及社会效益。

⑤ 技术可行性分析。包括现有可用技术的评估、使用现有技术开发系统的可行性、对

技术发展可能产生的影响。

⑥ 营运可行性分析。系统与组织目标、运行机制的匹配关系，各部门工作与系统运行的适应性、人员的适应性。人员计划的可行性、环境条件的可行性。

⑦ 结论。对可行性研究结果的简要总结。

系统设计任务书是在可行性研究报告做出并经审定后，正式进行后续阶段系统建设的决策性文件，是根据可行性研究确定的系统方案对系统开发者下达的任务书，主要包括系统目标与任务、系统的规模、结构、建设初步计划、投资安排、人员安排等。

12.1.4　系统详细调查

1. 详细调查的目的

详细调查是用户需求分析的必要前提，其目的是：为了在可行性研究的基础上进一步对现行系统进行全面、深入的调查和分析，弄清楚现行系统的运行状况，包括基本功能、处理流程、操作手段和数据结构，发现其薄弱环节并找出要解决的问题，确保新系统比原系统更有效。

详细调查不同于初步调查，前期的初步调查是为了进行可行性论证而对现行系统的工作环境、系统外部联系进行概要了解，而详细调查是要弄清现行系统的基本功能和信息流程，为建立新系统逻辑模型提供基础。详细调查要比初步调查更细致、深入，工作量也大得多，因此在详细调查阶段多投入一些人员是很有必要的。

详细调查得到的数据常常要加以分析，有时分析的结果又要补充一些新的数据，因此调查工作经常是反复进行的。

2. 调查内容

详细调查的主要内容包括对现行系统的目标、主要功能、组织结构、业务流程，数据流程的调查和分析。信息系统所处理的信息是渗透于整个组织之中的，系统分析员必须从具体组织的实际情况出发，逐步抽象，才能得到组织中信息活动的全貌。

(1) 组织机构的调查

调查的第一步就是了解组织的机构状况，即各部门的划分及其相互关系，人员分配、业务分工、信息流和物流的关系等。组织机构状况可以通过组织结构图来反映。组织结构图把组织分成若干部分，同时表明行政隶属关系、信息流动关系。

(2) 业务流程调查分析

组织结构图描述了在组织边界之内，各部分之间的主要业务活动的情况。这只是一种粗略的描述。为了弄清各部门的信息处理工作，哪些与系统建设有关，哪些无关，就必须了解组织的业务流程，明确系统规划中业务流程规划对流程改革与创新的要求，对原有业务流程存在的问题做具体分析、认定。系统分析员应按照业务活动中信息流动过程，逐个调查所有环节的处理业务、处理内容、处理顺序和对处理时间的要求，弄清各环节需要的信息内容、信息来源、去向、处理方法、提供信息的时间和信息形态等。有关的调查情况可以用"业务流程图"来表示。

(3) 现行系统的目标、主要功能和用户需求调查

只有充分了解现行系统的目标、功能及用户的需求，才能发现存在的问题，找到解决问

题的途径，从而使新系统的开发成为可能。

（4）信息流程调查

研制开发系统，必须了解信息流程。业务流程虽然在一定程度上表达了信息的流动和存储情况，但仍有物资、材料等内容。为了用计算机对组织的信息进行控制，必须舍去其他内容，把信息的流动、加工、存储等过程流抽象出来，得出组织中信息流的综合情况。描述这种情况的就是数据流图（DFD）。这项工作需要做出流程图并进行逐层分解、审查和核对。

（5）数据及功能分析

有了DFD图后，要对图中所出现的数据和信息属性做进一步分析，包括编制数据字典、数据存储情况分析及使用者查询分析。同时，要对DFD图中的各个功能的内容从逻辑上而不是从物理上加以详细说明。可用的工具有决策树、决策表、结构化语言描述等。

（6）系统运营分析

决定一个系统能否正常运行的因素有很多，有些是系统本身的原因，有些不是。据统计，目前我国许多企业的信息系统处于停滞状态的主要原因是系统对环境的适应性问题，而不是技术性问题。因此，在开发系统之前，必须对系统的应用环境进行认真的调查和分析，充分考虑各种可能发生的变换，以提高系统开发的有效性。

3. 方法与特点

为了确保调查工作顺利进行，系统分析人员要注意工作方法和工作手段，切实与用户建立良好的关系，让用户充分地、积极地参与调查工作，以确保调查工作的进行。具体方法有：

① 直接面谈或专门访问；

② 发调查表征求意见；

③ 召开讨论会；

④ 阅读历史资料；

⑤ 参加业务实践。

其中，参加业务实践，与具体工作人员一起完成最基本的工作程序是最基本、最有效的方法。

4. 详细调查与初步调查的区别

（1）目的不同

初步调查的目的是明确问题和系统开发要解决的主要问题和目标，论证系统开发的必要性和可能性。详细调查的目的是为了弄清现行系统的基本功能及信息流程，为新逻辑模型提供基础。

（2）内容不同

初步调查的重点是了解系统的概要情况及与外部的关系，包括资源情况、能力情况、外部影响情况等。详细调查的重点在于更详细地了解和更具体地了解系统的内部情况，从而可以提供在新系统建设时改进或更换的内容。

不重视详细调查会导致对新系统信息需求的考虑不充分，因为详细调查的主要任务在于理解现有业务问题和信息需求。新系统的建立总是以现有系统为基础的，只有弄清楚现有系统哪些是合理的、必要的，哪些是需要改进的、增加的，才能建立合适的新系统。因此，详细调查是建立新系统的前期工作和基础工作。如果这一阶段工作没做好，不但逻辑模型设计不好，而且以后的物理设计和实现工作都会受到影响，因此系统分析人员一定要做好系统的详细调查。

5. 工作结果

系统详细调查的结果以"详细调查报告"表示，主要包含下列内容：

① 项目主要工作内容概述；

② 系统需求分析；

③ 现行系统主要目标、功能；

④ 组织结构图；

⑤ 业务流程图及其说明；

⑥ 信息流程，包括数据流程、数据字典、数据存储分析、查询分析、数据处理分析；

⑦ 现行系统存在的问题。

12. 2　用户需求分析

用户需求分析是在对现行系统详细调查的基础上进行的，这一阶段的活动主要集中在对现有业务流程与系统功能要做哪些改变的问题上。根据业务流程规划的结果和对当前情况的分析，确定引起改变的原因。系统分析人员必须就新系统在原有系统基础上要做的改变的内容和用户充分交换意见，特别要对组织的核心业务流程问题进行深入分析，明确改变要解决的问题和要达到的目的。系统分析人员必须站在用户的立场上考虑问题，进行反复斟酌和讨论，弄清楚信息在现有系统的基础上究竟要做哪些改变，做这些改变的必要性和可能性怎样。不能只是问用户和记载用户的回答，而是要分析用户真正需要的而在系统改进中又可能做到的是什么样的改变。

12. 2. 1　用户需求分析概述

1. 需求分析的目标和主要活动

在系统开发中，所谓"用户需求"是指必须满足的所有功能要求、性能要求，以及开发费用、开发周期、可使用资源等方面的限制。其中功能要求是最基本的要求，它又包括数据要求和加工要求两个方面；性能要求包括正确性、可靠性、安全性、安全保密性、可维护性和易操作性等。

需求分析的主要目标是明确用户的信息需求，包括组织的发展、改革的总信息需求和各级管理人员完成各自工作任务的信息需求。

需求分析阶段的任务是：在现有系统详细调查的基础上，对系统原有的经营管理目标、功能和信息流程进行分析研究，指出存在的问题，提出改进的意见。

这一阶段的主要活动包括：

① 分析研究现有系统的组织结构和功能，指出存在的问题，提出改进意见；

② 深入分析现有系统的业务流程，明确要改变的问题和要达到的目的；

③ 分析研究现有系统的数据处理流程，弄清楚需要哪些改变，又能达到什么样的改变。

需求分析要注意到现有系统需要改变的原因很多，有的是因为组织遇到新的发展机会，有的是因为业务工作中遇到新的问题和挑战，有的是因为现有系统工作中存在影响工作绩效的问题需要解决。做出改变的要求可能有的直接来自上级主管部门或者组织的主要决策者；有的虽不是指令，却是当前提高竞争优势和经济效益的迫切需要；有的改变虽不是当前的迫切需要，但从长远看，对组织的发展、对提高经济效益是必须的。最后一种改变是为了在时间和经费允许的情况下改善系统的形象和工作环境。

2. 需求分析工作的特点

需求分析主要运用了结构化系统分析方法（Structured System Analysis，SSA），该方法适合于分析数据处理系统，特别是企事业单位管理方面的系统。这个方法通常与系统设计阶段的 SSD（Structured System Design）方法衔接起来使用。需求分析工作具有以下几个特点。

（1）用画图的方法，直观且容易理解

在对现行系统的业务流程和数据流程进行描述时，不是用烦琐的语言来描述，而是用画图的方式，简单、明确地表达这个系统的现行状态，使用户从这些图中就能直观地了解到系统的概貌，这样可以避免用语言描述带来理解上的偏差，保证系统分析员能够正确理解现行系统。同时，系统分析员在理解现行系统后所产生的新系统的逻辑结构仍然是用图形工具来描述的，也使得用户能充分理解新系统的概况及其逻辑功能，提出修改意见。另外，对于系统设计员来说，也能够根据这些图形进行系统设计，并保证设计的正确性。因此，图形工具是系统分析员和用户、系统分析员和系统设计员之间互相联络的"通信手段"。

（2）"自顶向下"的工作原则

采用"自顶向下"的工作原则，把一个复杂的系统由粗到细、由表及里地进行分析、认识，符合人类的认识规律，是信息系统开发过程中一直倡导的工作原则。运用这一原则，用户和系统分析员不但对系统有一个总的概念性印象，而且随着逐级向下的扩展，对那些具体的、局部的组成部分也有深刻的理解。系统分析员能够很快地了解现行系统并提出新系统的逻辑结构，用户也能够对此进行评审，提出修改意见。相应地，可以运用这一原则进行系统设计工作。

（3）强调逻辑结构而不是物理实现

需求分析阶段的主要任务是确定用户提出了哪些需求，能够达到什么目标。至于用哪种计算机、用什么技术、怎么去实现，这些不是系统分析阶段所要解决的。这样做的优点在于：系统分析员在分析阶段可以不用过多地考虑具体的实现细节，而把精力放在逻辑功能的确定上，首先确保设计基础是正确的，进而才能保证未来系统的正确性。

12.2.2　组织结构与功能分析

组织结构与功能分析主要包括组织结构分析、业务功能与组织关系分析和管理功能分析。这一分析的目的并不是以相关图表表达现行系统组织功能结构，更重要的是通过分析，发现结构中存在的问题，提出合理可行的目标系统结构方案。由于我国企业大多采用职能制或直线职能制，在这种结构下组织结构所赋予的职能决定了一定的功能结构，而一定的功能结构决定了一定的业务流程和后续流程，因此就造成了组织结构的不合理，这样必然会带来功能结构的不合理。随着体制与外部环境的演变，企业组织结构将发生改变，因此在研究现行结构、定义目标结构时，要站在发展变化的高度，发现现行结构中存在的问题，预测未来结构的变化趋势，提出结构的调整、变革方案。

1. 组织结构分析

组织结构分析通常借助于组织结构图。组织结构图是一种传统的、非结构化的图形工具，在系统分析过程中用于对组织进行分析。组织结构图呈现树形的层次结构，反映了组织内部门之间的隶属关系，如图12-1所示。组织结构图是将调查中所了解的组织结构具体地描绘在图中，以便作为后续分析和设计新系统的参考。在绘制组织结构图时，一定要全面、准确地反映各部门之间的关系。为了弄清楚企业的运作过程，往往还需要在组织结构图上补上信息流、物资流和资金流。为此，应在全面分析了系统组织结构的基础上，进一步分析和分解企业的子系统及其业务流的流动过程，在组织结构分析图的基础上绘制组织结构与业务流关系图，如图12-2所示。

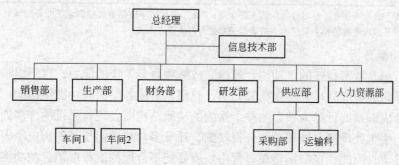

图12-1　某公司组织结构图

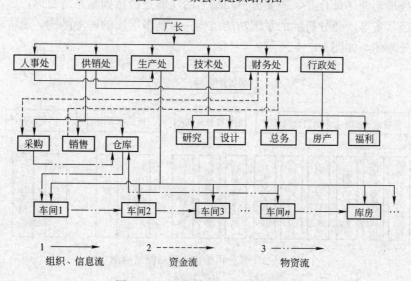

图12-2　组织结构与业务流关系图

2. 组织与业务功能关系分析

业务功能与组织分析用来明确组织内部各部门之间的联系程度和组织各部门的主要业务职能。这些内容在组织结构图中是无法表示的，通常可增设一张组织与业务功能关系表来弥补组织结构图的不足，如表 12-2 所示。

表 12-2　某学校的组织与业务功能关系

功能	序号	联系的程度 业务（组织）	教务处	教材科	金融系	会计系	国际金融系	信息管理系	工商管理系	基础部	社科部	人事处	保卫科	现代教育中心	计算中心	设备科
功能与业务	1	教　学	▲		★	★	★	★	★	★	★			▲	▲	
	2	教学管理	★		▲	▲	▲	▲	▲	▲	▲			★	★	▲
	3	教学保障			√	√	√	√	√	√	√					★
	4	教材供应		★												
	5	设备采购														★
	6	人　事			√	√	√	√	√	√	√	★		√	√	
	7	保　卫											★			

注：表中"★"表示该项业务是对应组织的主要业务；"▲"表示该单位是参加协调该项业务的辅助单位；"√"表示该单位是该项业务的相关单位；空格表示该单位与对应业务无关。

3. 管理功能分析

功能与组织是紧密相连的。功能，是指完成某项业务工作的能力。以组织结构图为背景分析清楚各部门的功能后，分层次将其归纳、整理，形成各层次的功能结构图；自上而下归纳、整理，形成以系统目标为核心的整个系统的功能结构图。现行系统的许多处理功能多数由手工完成。手工处理慢，处理功能分得较细，环节多，甚至由于某些历史原因造成一些不合理的处理设置。因此，在归纳整理过程中，就要把不合理的流程取消，把功能相似或工作顺序相近的处理功能尽量合并，还要分析归纳后的功能是否达到新系统目标，以及应设置的功能是否已经具备等。经分析后的系统功能结构一般是多层次的树形结构，通常最后一级功能是不可再分割的，如图 12-3 所示。

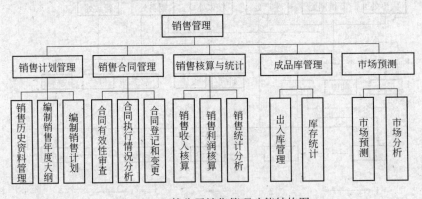

图 12-3　某公司销售管理功能结构图

12.2.3　业务流程分析

对系统的组织结构和功能进行分析后，还需要从实际业务流程的角度，将系统调查中有关该业务流程的资料串起来，做进一步的分析。通过业务流程分析可了解该业务的具体处理过程，发现和处理系统调查工作中的错误和疏漏，修改和删除业务中不合理的部分，从而在新系统基础上优化业务处理流程。

1. 业务流程分析的目的、任务和步骤

业务流程分析的基础是业务流程调查和现有信息载体的相关调查。业务流程分析的目的是剖析现行业务流程，经过调整、整合后，重构目标系统的业务流程。业务流程的调查分析是工作量大、烦琐而又细致的工作。它的主要任务是弄清楚系统中各环节的管理活动，掌握管理业务的内容、作用及信息的输入、输出、数据存储和信息处理方法及过程等，并在此基础上用标准的符号描述出来，绘成现行系统的业务流程图（Transition Flow Diagram，TFD），然后对其分析研究，提出目标系统的业务流程方案。业务流程分析可按如下的步骤进行。

① 分析原有流程。绘出各业务部门的 TFD，与业务人员讨论 TFD 是否符合实际情况；利用管理科学理论，分析业务流程中的问题。

② 业务流程的优化。与业务人员讨论，按照 MIS 的要求提出改进业务流程的方案。

③ 确定新的业务流程。将新业务流程方案提交决策和评审机构，进而确立切实合理的业务流程；绘出新系统的业务流程图。

④ 确定新系统的人机界面。新的业务流程中人与机器的分工，即哪些工作可由计算机自动完成，哪些必须有人的参与。

2. 业务流程图

业务流程图（TFD）是一种描述管理系统内各单位、各人员之间的业务关系，作业顺序和管理信息流向的图表。

1）业务流程图的基本符号及含义

TFD 基本图形符号有 6 个，符号的内部解释可直接用文字标示于内。这些符号所代表的内容与信息系统最基本的处理功能一一对应，如图 12 - 4 所示。圆圈表示业务处理单位，方框表示处理内容，报表符号表示输出信息（报表、报告、文件、图形等），不封口的方框表示存储文件，卡片符号表示收集资料，矢量连线表示过程联系。TFD 所用的符号可参见标准 GB 1529—89。

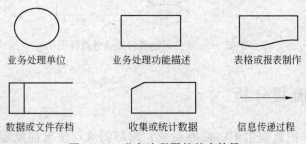

| 业务处理单位 | 业务处理功能描述 | 表格或报表制作 |
| 数据或文件存档 | 收集或统计数据 | 信息传递过程 |

图 12 - 4 业务流程图的基本符号

2）业务流程图的绘制

业务流程分析是在已经理出的业务功能的基础上将其细化，利用系统调查的资料将业务处理过程中的每个步骤用一个完整的图形将其表示出来。TFD 正是根据系统调查中所得到的资料，按业务实际处理过程，用给定的符号将它们绘制在同一张图上。绘制业务流程图是分析业务流程的重要步骤，因为在绘制流程图的过程中可以发现问题，分析不足，优化业务处理过程。TFD 的绘制并无严格的规则，只需简明扼要地如实反映实际业务过程。例如，图 12-5 是某公司物资管理的业务流程图。该流程图描述的处理过程是：车间填写领料单到仓库领料，库长根据用料计划审批领料单，未批准的退回车间。库工收到已批准的领料单后，首先查阅库存账，若有货，则通知车间前来领取所需物料，并登记用料流水账；否则将缺货通知采购人员。采购人员根据缺货通知，查阅订货合同单，若已订货，则向供货单位发出催货请求，否则就临时申请补充订货。供货单位发出货物后，立即向订货单位发出通知。采购人员收到提货通知单后，就可办理入库手续。然后库工验收入库，并通知车间领料。此外，仓库库工还要依据库存账和用料流水账定期生成库存的报表，呈有关部门。

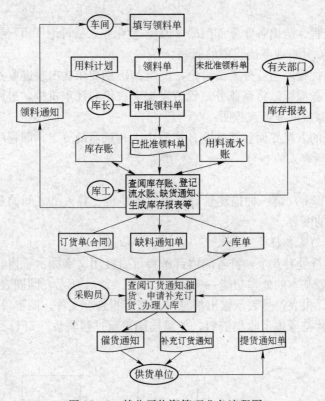

图 12-5　某公司物资管理业务流程图

12.2.4　数据流程分析

数据流程分析是把数据组织（或原系统）内部的流动情况抽象地独立出来，舍去具体组织机构、信息载体、处理工具、物资、材料等，单从数据流动过程来考察实际业务的数据处理模式。数据流程分析主要包括对信息的流动传递、处理、存储等分析。数据流程分析的目的是发现和解决数据流程中的问题。这些问题使数据流程不通畅，前后数据不匹配，数据处理过程不合理等。一个畅通的数据流程是今后新系统用以实现这个业务处理过程的基础。

1. 数据流程分析方法

数据流程分析（Data Flow Diagram Analysis，DFDA）方法源于结构化分析，是一种以数据流程图技术为基础的、自顶向下、逐步求精的系统分析方法。

数据流程分析的核心特征是"分解"和"抽象"。所谓分解，是指将一个复杂的问题按照内在的逻辑划分为若干个相对独立的子问题，从而简化复杂问题的处理。所谓抽象，是指将一个具有某些相似性质的事务的公共之处概括出来，暂时忽略其不同之处，或者说，抽象是抽象出事物的本质特性而暂时不考虑它们的细节。

例如，在图 12-6 中，S 被分解为 S1，S2，S3 三个子系统，S1，S2，S3 又被分解为 S11，S12，S13，S21，S22，S31，S32。如果子系统仍然比较复杂，还可以再进一步分解。如此下去，直到每个子系统足够简单，能清楚地被理解和表达为止。

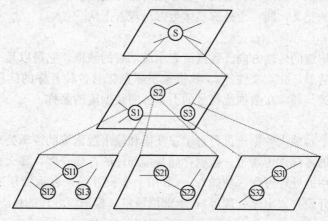

图 12-6　数据流程分解示意图

分解和抽象实质上是一对相互有机联系的概念。图 12-6 中，自顶向下的过程，即从顶层到第一层再到第二层的过程，称为"分解"；自底向上的过程，即从第二层到第一层再到顶层的过程，称为"抽象"。也就是说，下层是上层的分解，上层是下层的抽象。这种层次分解使我们不必考虑过多细节，而是逐步了解更多的细节。例如，图 12-6 中，对于顶层不考虑任何细节，只考虑系统对外部的输入和输出，然后一层层地了解系统内部的情况。

对于任何复杂的系统，分析工作都可以按照上述方式有计划、有步骤地进行，大小规模不同的系统只是分解的层次不同，即规模大的系统分解的层次多，规模小的系统分解的层次少。

2. 数据流程图

目前的数据流程分析是通过分层的数据流程图来实现的。数据流程图（Data Flow Diagram，DFD）就是用图示的方法说明系统由哪些处理部分组成，以及各处理部分之间的联系、数据来源及去向。它描述了一个系统与具体实现无关的整体框架，是理解和表达系统的关键工具。数据流程图将数据从数据流程中抽象出来，通过图形方式描述信息的来龙去脉和实际流程。数据流程图描述了系统的本质、数据内容及处理功能，但并不关心功能如何实现，所以称为逻辑模型或概念模型。

1）数据流程图的基本符号及含义

数据流程图有 4 种基本元素，即外部实体、数据存储、数据流向、处理过程。这 4 种元素采用的表示符号如图 12-7 所示。

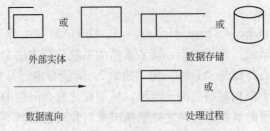

图 12-7　数据流程图的基本符号

（1）外部实体

外部实体是指本系统之外的人或部门及其他子系统，它们与本系统有信息传递关系，即向本系统发送数据或从本系统接收数据。在方框内要标注外部实体的名称。为了避免在一张数据流程图中线条的交叉，同一个外部实体可以出现若干次。

（2）数据流向

数据流向即数据流的传输方向。数据流表示流动着的数据，它可以是一项数据，也可以是一组数据（如订货单、扣款文件等）。数据流实际意味着各种各样的信息传输，如数据的传递、抽取、存入等。通常在数据流符号的上方标明数据流的名称。

（3）处理过程

处理过程是一个对输入数据流进行加工、变换和输出数据流的逻辑处理过程。如果将数据流比喻成工厂中的零部件传送带，数据存储是零部件的存储仓库，那么每一个加工工序就相当于数据流程图中的处理过程（功能）。一般用一个长方形来表示处理逻辑，图形下部填写处理的名称（如开发票、出库处理等），上部填写唯一标识该处理的标志。

（4）数据存储

数据存储是指对数据记录文件的读写处理，同时标明储存数据的地方（如数据文件、文件夹、账本等）。通常用右边开口的长方形条表示，右部填写存储的数据和数据集的名字，左边填入该数据存储的标志。同外部实体一样，为了避免在一张数据流程图中出现线条交叉，同一个数据存储可以出现若干次。

2）数据流程图绘制方法

根据数据流程的分析方法，即 DFDA 方法的思想，数据流程图的绘制应按照"自顶向下，逐层求精"的方法进行。也就是将整个系统当作一个处理功能，画出它和周围实体的数据联系过程，即一个粗略的数据流程图（顶层数据流程图），然后逐层向下分析，直到把系统分解为详细的低层次的数据流程图。数据流程图的绘制遵照业务处理的全过程。绘制数据流程图的过程，也是和相应的调查记录、数据记录反复对照的过程，因此在这个过程中能够发现处理过程不合理、数据不匹配、数据流不通畅等问题。

（1）顶层数据流程图的绘制

顶层数据流程图只有一张，它说明系统总的处理功能、输入和输出。根据系统的范围、目标和用户的需求，划定系统的界面。界面内的作为分析的系统，界面外与系统有数据联系的部门或事物，则认为是外部实体。

以高等学校学籍管理系统为例。学籍管理是一项十分严肃且又复杂的工作，它要记录学生从入学到离校整个在校期间的情况，学生毕业时把学生的情况提供给用人单位。学校还要向上级主管部门报告学籍的变动情况。

首先，把整个系统看成一个功能。它的输入是新生入学时从各省、市招生办公室转来的新生名单和档案，输出是学生离校时给用人单位的毕业生档案和定期给主管部门的统计表，如图 12-8 所示。图中"学籍表"中记载着学生的基本情况、学籍变动情况、各学期各门课程的学习成绩、在校期间的奖惩记录等。

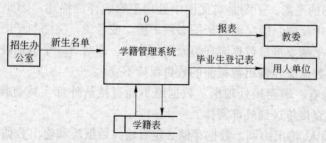

图 12-8 学籍管理系统顶层（第 0 层）DFD

（2）绘制低层次数据流程图

对顶层数据流程图中的过程进行逐步分解，可得到不同层次的数据流程图。数据流程图分多少层次，每层次中一个功能分解为多少个低层次的功能，要根据情况而定。系统越复杂，包含范围越大，划分的层次就越多。

图 12-8 概括地描述了系统顶层的轮廓、范围，标出了最主要的外部实体和数据流。顶层数据流程图是进一步分解的出发点。因学生学籍管理一般包括学生学习成绩管理、学生奖惩管理和学生变动管理三部分，因此又可以展开，进而形成第 1 层 DFD，如图 12-9 所示。

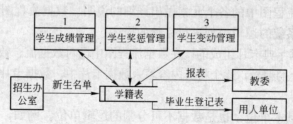

图 12-9 学籍管理系统顶层（第 1 层）DFD

第 1 层 DFD 还可以进一步分解为 3 个次一级 DFD，如学生成绩管理的 DFD，如图 12-10 所示。

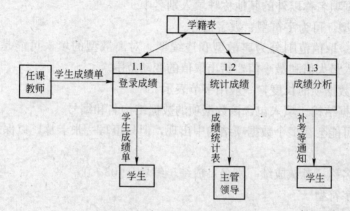

图 12-10 学生成绩管理 DFD

3）绘制数据流程图的注意事项

① 数据流程图的绘制一般由左至右进行。从左侧开始标出外部实体，然后画出由外部实体产生的数据流，再画出处理逻辑、数据流、数据存储等元素及其相互关系，最后在流程图的右侧画出接收信息的系统外部实体。

② 父图与子图的平衡。子图是对父图中处理逻辑的详细描述，因此父图中数据的输入和输出必须在子图中反映，即父图与子图必须平衡，或者说，父图与子图必须具备接口一致性。父图与子图的平衡要求是数据流守恒原则的体现，即对每一个数据处理功能来说，要保证分解前后的输入数据流和输出数据流的数目保持不变。

③ 数据流至少有一端连接处理框。数据流不能直接从外部实体直接传送到数据存储，也不能从数据存储直接传送到外部实体。

④ 数据存储输入/输出协调。数据存储必定有输入数据流和输出数据流，缺少任何一个则意味着遗漏了某些加工。

⑤ 数据处理流入/流出协调。只有流入没有流出，则数据处理无需存在；只有流出没有流入的数据处理不可能满足。

⑥ 合理命名、准确编号。对数据流程图的基本元素进行编号，这样有利于编写数据字典及方便系统设计人员和用户的阅读与理解。

3. 数据字典

除了数据流程图，结构化分析方法中还有一个主要的分析工具，即数据字典。数据字典是指对数据的数据项、数据结构、数据流、数据存储、处理逻辑、外部实体等进行定义和描述，其目的是对数据流程图中的各个元素做出详细的说明。数据流程图和数据字典可以从图形及文字两个方面对系统的逻辑模型进行完整的描述。

数据字典是由数据字典卡片组成的。在数据流程图中已对数据流、数据存储、数据处理过程进行编号，根据图上的编号，逐个将其内容填入数据卡片中。数据卡片类型有以下 5 种。

（1）数据项卡片

数据项是数据的基本单位，也是数据不可分割的逻辑单位。例如，学号、姓名等都是数据项。数据项可以由一个或一组字符组成，字符可以是字母、数字或其他符号。一个数据项填写一张卡片，填写内容如下。

① 数据项名称、别名、编号。数据项名称是该数据项区别于其他数据项的标识，应具有唯一性。除数据项名称以外的其他称呼填入别名中。

② 数据项类型。可为字符型、数字型等。

③ 取值范围。取值范围分为离散型和连续型。对离散型的填入可能是取值及其含义，对连续型取值填入最大值和最小值，给出取值的变动范围。

④ 长度。指数据项的长度，一般用字节表示。

⑤ 有关的数据结构。填入包含该数据项的数据结构名和编号。

一个数据项可能会在多个数据项结构中出现，但只填写一张卡片，以保持数据定义的一致性。例如

　　　　　　数据项名称：考试成绩　　别名：成绩　　编号：103－05

　　　　　　类型：字符型

　　　　　　长度：一个汉字

取值范围及含义：优　90~100，良　80~89，中　70~79，及格　60~69，不及格　0~59

（2）数据项结构卡片

数据项结构卡片用以描述数据项之间的关系，填写内容如下。

① 数据结构名称、编号。名称是数据结构的唯一性标识，一个数据结构只有一个名称。名称一般具有一定的逻辑含义，但又不能太长，其含义可以在说明一栏中作进一步解释。

② 说明。

③ 数据结构的组成。一个数据结构可以由若干个数据项组成或若干个数据结构组成。

例如：

数据结构名称：学生成绩登记卡　编号：DS01-12

简述：新生入学要填写的卡片

组成：学号

姓名

入学日期

出生日期

性别

民族

家庭地址

入学成绩

（3）数据流卡片

数据流卡片是指描述数据流的卡片，填写的内容如下。

① 数据流名称。

② 数据流来源。来源可以是外部实体、处理过程和数据存储。卡片中应填入来源的编号和名称。

③ 数据流的去向。数据流可以流向外部实体、处理过程和数据存储。

④ 数据流的组成。数据流是由一个或一组固定的数据项组成。

⑤ 数据流量。指单位时间传输的次数。

例如：

数据流名称：期末成绩单　编号：D03-15

数据流来源："教师"外部实体

数据流去向："统计成绩"处理逻辑

数据流组成：课程名称＋学生成绩＋学号＋姓名＋任课教师

数据流量：200 份/学期

（4）数据存储卡片

数据存储卡片是指描述数据存储的卡片，填写内容如下。

① 数据存储名称、编号。

② 说明。

③ 输入的数据流。即输入该数据存储，要保存起来的数据流。

④ 输出的数据流。是由该数据存储输出至处理过程的数据流。

⑤ 数据存储的组成。即数据存储所包含的数据结构。

例如：

　　数据存储名称：学生成绩一览表　编号：D05－01

　　流入的数据流："登记学生成绩"处理逻辑

　　流出的数据流："登记学籍表"、"填写成绩单"等

　　数据存储的组成：班级＋学号＋姓名＋课程名称＋学生成绩

（5）处理功能卡片

处理功能卡片定义数据处理功能，填写的内容如下。

① 处理功能名称、编号。

② 说明。

③ 输入数据流名称和编号。

④ 处理功能的逻辑概括说明。

⑤ 输出数据流的名称和编号。

例如：

　　处理逻辑名称：成绩管理　编号：P05－1.1.5

　　说明：对学生考试成绩进行日常的管理与维护

　　输入：学生修课名单、课程名称、学生成绩

　　处理：从学生名册中获取同一门课程的学生名单；统计每门课程的修课人数并报系机关；从系机关获取课程安排数据，包括各门课程的上课时间、地点；形成教学安排数据，其中包括修课学生名单、上课地点，通知有关教师；接收任课教师的学生成绩数据，并登录在学生成绩档案中；进行成绩统计，计算每门课程成绩优良、及格、不及格、补考的人数及比率，计算各课平均成绩并报系机关；向学生发出学生成绩通知，并附补考安排

　　输出：教学安排、学生成绩通知单、学生修课情况与成绩统计

　　根据数据流程图和系统调查的资料填写各类卡片，卡片填好后，分类排序，装订成册，便形成数据字典。在整个系统开发过程中，不断充实和修改这部数据字典，以保持其一致性和完整性，以便为系统分析员、系统设计员和程序设计员提供服务。

12.2.5　描述处理逻辑的工具

　　数据流程图中比较简单的计算性处理逻辑可以在数据字典中作出定义，但还有不少逻辑上比较复杂的处理，有必要运用一些描述处理逻辑的工具来加以说明。下面介绍几种常用的逻辑处理工具。

1. 决策树

　　决策树是用树形图来表示处理结构逻辑的一种工具。例如，某工厂制定了一项对职工的超产奖励政策，用一般文字描述为："对产品 X 和 Y，凡是实际生产数量超过计划指标者，均可获得奖金，原则是超产越多，奖金就越多。"具体的分配如下。

　　对产品 X，实际生产数量超过计划指标 1 件至 50 件，奖金按超产部分的每件 0.10 元计算；实际生产数量超过计划指标 51 件至 100 件，其中 50 件按每件 0.10 元计算，其余部分

按每件 0.12 元计算；实际生产数量超过计划指标 100 件以上，其中 50 件按 0.10 元计算，另外 50 件按每件 0.12 元计算，其余部分按每件 0.15 元计算。

对产品 Y，实际生产数量超过计划指标 1 件至 25 件，奖金按超产部分的每件 0.20 元计算，实际生产数量超过计划指标 26 件至 50 件，其中 25 件按每件 0.20 元计算，其余部分按每件 0.30 元计算：实际生产数量超过计划指标 50 件以上，其中 25 件按 0.20 元计算，另外 25 件按每件 0.30 元计算，其余部分按每件 0.50 元计算。

显然，要弄清楚这个分配方案太花时间，如用决策树就能很快地且明确地表达出来，如图 12 - 11 所示。

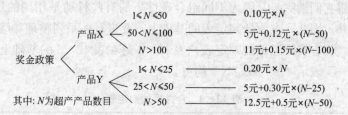

图 12 - 11　奖励政策决策树

对决策分析来说，决策树并不是最好的工具。当系统本身太复杂时，会存在许多步骤和组合条件的序列，结果系统的规模变得难以控制。分支的数目太大和通过的路径太多，对分析不但没有帮助而且会使分析人员束手无策。在发生这些问题的场合，分析人员应避免用决策树而考虑改用判定表。

2. 判定表

判定表是采用表格方式来表示处理结构逻辑的一种工具。

以图 12 - 12 的折扣政策的例子来说明。用判定表来进行表达，如表 12 - 3 所示。

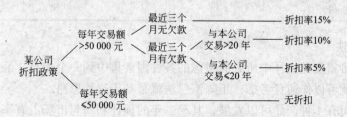

图 12 - 12　某公司折扣政策决策树

表 12 - 3　折扣政策判定表

条件和行动　　同条件组合	1	2	3	4	5	6	7	8
C1：交易额在 5 000 元以上	Y	Y	Y	Y	N	N	N	N
C2：最近 3 个月中无欠款	Y	Y	N	N	Y	Y	N	N
C3：与本公司交易 20 年以上	Y	N	Y	N	Y	N	Y	N
A1：折扣率 15%	X	X						
A2：折扣率 10%			X					
A3：折扣率 5%				X				
A4：无折扣					X	X	X	X

判定表分四大部分：左上角为条件说明；左下角为行动说明；右上角为各种条件的组合；右下角为各种条件组合的行动。表中：C1～C3 为条件，A1～A4 为行动，1～8 为不同条件的组合；Y 为是，N 为否，X 为该种组合情况下的行动。列于表底的一行等式为条件，行为和组合可能性的数目，判定表是根据条件组合进行判断的，每个条件存在"是"和"非"两种可能，所以，3 个条件共有 $2^3 = 8$ 种可能性（条件组合），表格的查阅有一定规律，假设是第四种条件组合，则说明交易额虽在 50 000 元以上，但信用情况不好，与本公司交易时间较短，所以只能享受 5% 的折扣率。

因为条件组合的可能性是用 $2^{条件数}$ 进行计算的，故有些条件组合在实际中可能是矛盾或无意义的，需要将它们剔除。又因为不同组合条件下的有些行动是相同的，为了更加简明，还需要将它们合并。因此，在原始判定表的基础上，要进行一系列整理和综合分析工作，才能得到简单明了，具有实际意义的判定表。表 12 - 4 是在表 12 - 3 的基础上，经过合并处理得到的，其中"—"表示"Y"或"N"均可。

表 12 - 4　合并后的判定表

同条件组合 条件和行动	1 (1/2)	2 (3)	3 (4)	4 (5/6/7/8)
C1：交易额在 5 000 元以上	Y	Y	Y	N
C2：最近 3 个月中无欠款	Y	N	N	—
C3：与本公司交易 20 年以上	—	Y	N	—
A1：折扣率 15%	X			
A2：折扣率 10%		X		
A3：折扣率 5%			X	
A4：无折扣				X

3. 矩阵汇总法

许多决策者希望能把抉择中所必需考虑的各种因素集中到一个焦点，通过给各种因素一个重要性权数，就可以作通盘考虑。矩阵汇总法就是基于这种思路。

例如：某公司有 4 种产品可以发展，其第二年的预计利润与市场占有率各不相同（如表 12 - 5 所示）。公司因为资金有限，只能全力发展其中的一种产品。公司既不希望只考虑近期利润而忽视长期目标——市场占有率，也不希望过分重视市场占有率而置眼前利润于不顾，因此，打算综合权衡利润与市场占有率。公司觉得财务报表必须让股东满意，因此，利润的重要性大于市场占有率，但又深知不可过分忽视市场占有率，因此给利润的重要性权数为 0.6，而市场占有率的重要性权数为 0.4。

表 12 - 5　某公司 4 种产品的预计利润与市场占有率

产品 项目	A	B	C	D
利润/万元	200	250	100	180
市场占有率	9%	7%	5%	15%

把利润最高的 B 产品 250 万元利润算作利润指数 100，按比例计算出其他各产品的利润指数，再计算出利润指数加权值。把市场占有率最高的 D 产品的市场占有率作为 100，按比例计算出其他各产品的市场占有率指数，再计算出市场占有率指数的加权值。将利润指数加权值与市场占有率指数加权值加起来得到总分（如表 12 - 6 所示），D 产品总分 83 为最高，因此决定发展 D 产品。

表 12 - 6　某公司 4 种产品的矩阵汇总表

项目　　产品	利润指数	利润指数加权值（利润指数×0.6）	市场占有率指数	市场占有率指数加权值（市场占有率×0.4）	总分
A	80	48	60	24	72
B	100	60	47	19	79
C	40	24	33	13	37
D	72	43	100	40	83

12.3　新系统逻辑方案的建立

12.3.1　新系统逻辑方案的主要内容

逻辑方案是新系统要采用的管理模型和信息处理方法，是在系统分析阶段详细调查和需求分析基础上建立起来的。因此，新系统逻辑方案的建立是系统分析阶段的最终结果，也是系统设计和实现的基础性指导文件。新系统逻辑方案的主要内容包括：系统业务流程分析结果、数据和数据流程分析结果、子系统划分的结果及新系统中建立的管理模型和管理方法。

新系统的逻辑方案是系统开发者和用户共同确认的新系统处理模式。

12.3.2　新系统信息处理方案

对原有系统分析和优化的结果就是新系统拟采用的信息处理方案。它包括如下几部分。

① 确定合理的业务流程。具体内容包括：删除或合并多余的或重复处理的过程；对业务处理过程进行优化和改善；给出最后确定的业务流程图；新系统业务流程中的人机界面划分。

② 确定合理的数据流程。具体内容包括：删除或合并多余的或重复的数据处理过程；对数据处理过程进行优化和改善；给出最后确定的数据流程图；新系统数据流程中的人机界面划分。

③ 确定新系统的逻辑结构。即新系统中子系统的划分。划分方法可参见 11.4.3 节内容。

④ 新系统中数据资源的分布。需要确定数据资源的分布方案，即数据资源是在系统设备内部，还是在网络服务器或主机上。

12.3.3   确定新系统的管理模型

管理模型是系统在每一个具体管理环节上所采用的方法。在老的手工系统中，由于受信息获取、传递和处理手段的限制，只能采用一些简单的管理模型。而在计算机技术支持下，许多复杂的计算在瞬间即可完成，这样像 MRP II 等现代管理方法的应用就具有了现实的可能性。在管理信息系统的系统分析中，就要根据业务流程和数据流程的分析结果，对每一个处理过程进行认真分析，研究每个管理过程的信息处理特点，找出相适应的管理模型，这是使管理信息系统充分发挥作用的前提。

管理科学的发展在管理活动的各个层次、各个环节都形成了较为成熟的管理方法和定量化的管理模型，为管理信息系统的应用创造了条件，但在一个具体系统中应当采用的模型则必须由前一阶段分析结果和有关管理科学的状况所决定，因而并无固定模式。但管理作为一门科学，仍是有规律可循的。下面概略介绍一些常用的管理模型，供确定管理模型时借鉴和参考。

(1) 综合计划模型

综合计划是企业生产、经营活动的总规划。常用的综合计划模型有以下两类。

① 综合发展模型。即企业的近期发展目标模型，包括盈利指标、生产规模等。常用的模型有：企业中长期计划模型、厂长任期目标模型、新产品开发和生产结构调整模型和中长期计划滚动模型等。

② 资源限制模型。反映了企业各种资源对企业发展模型的制约，常用模型有：数学规划模型、资源分配限制模型。

(2) 生产计划管理模型

生产计划的制定主要包括生产计划大纲的编制和详细的生产作业计划。

① 生产计划大纲的编制主要是指安排与综合生产计划有关的生产指标。常用的模型有：数学规划模型、物料需求计划模型、能力需求计划模型和投入产出模型等。

② 生产作业计划具体安排了生产产品数量、加工路线、加工进度、材料供应、能力平衡等。常用的模型有：投入产出矩阵、网络计划、关键路径模型、排序模型、物料需求、设备能力平衡、滚动作业计划等。

(3) 库存管理模型

库存管理有许多不同的模型，如最佳经济批量模型等。常用的是程序化的管理模型、库存物资分类法、库存管理模型等。

(4) 成本管理模型

成本管理模型主要有成本核算模型、成本预测模型、成本分析模型等。

① 成本核算模型包括直接生产过程的消耗和间接费用的分配。用于直接生产过程消耗计算的常用方法有：品种法、分步法、逐步结转法、平行结转法、定额差异法等；用于间接费用分配的常用方法有：完全成本法和变动成本法。

② 成本预测模型，主要包括数量经济模型、投入产出模型、回归分析模型、指数平滑模型等。

③ 成本分析模型，主要有：实际成本与定额成本比较模型、本期成本与历史同期可比

产品成本比较模型、产品成本与计划指标比较模型、产品成本差额管理模型和量本利分析模型等。

（5）统计分析与预测模型

统计分析与预测模型一般用来反映销售、市场、质量、财务状况等变化情况及未来发展的趋势，内容包括市场占有率分析、消费变化趋势分析，利润变化、质量状况与指标分布、综合经济效益指标分析等。常用的预测模型有：多元回归预测模型、时间序列预测模型和普通类比外推模型等。

由于管理模型是一个广义的概念，涉及管理的方方面面，同时不同单位由于环境条件各不相同，对管理模型也会有不同的要求，因此在系统分析阶段必须与用户协商，共同决定采用哪些模型。

12.3.4　系统分析报告

系统分析报告又称系统说明书，是系统分析阶段的成果和重要文档。它反映了这一阶段调查分析的全部情况，是下一步设计与实现系统的纲领性文件。用户可通过系统分析报告来验证和认可新系统的开发策略和开发方案，而系统设计师则可用它来指导系统设计工作和作为以后的系统设计标准。此外，系统分析报告还可作为评价项目成功与否的标准。一份合格的系统分析报告不但要充分展示前段调查的结果，而且还要反映系统分析结果——新系统逻辑方案。系统分析报告应达到的基本要求是：全面、系统、准确、翔实、清晰地表达系统开发的目标、任务和系统功能。

系统分析报告的主要内容如下。

（1）系统开发项目概述

这部分主要是对分析对象的基本情况作概括性的描述，简要说明新系统的名称、主要目标及功能、新系统开发的有关背景，以及新系统与现行系统的主要差别。

（2）现行系统概况

使用组织结构图、功能体系图、业务流程图、数据流程图、数据字典等，详细描述现行组织的目标，现行组织中信息系统的目标，系统的主要功能、组织结构、业务流程等。此外，还要对各个环节的业务处理量、总的数据存储量、处理速度要求、处理方式和现有的技术手段等作扼要的说明。

（3）系统需求说明

在掌握现行系统真实情况的基础上，针对系统存在的问题，全面了解组织中各层次用户就新系统对信息的各种需求。

（4）新系统的逻辑方案

新系统的逻辑方案是系统分析报告的主体部分。这部分主要反映分析的结果和对构筑新系统的设想，应根据原有系统存在的问题，明确提出更加具体的新系统的目标，确定新系统的主要功能、各个层次数据流程图、数据字典等。主要说明的内容有：组织结构图、重建或改造的业务流程图及其说明、重建或改建的信息流程（包括数据流图、数据字典、数据存储分析、查询分析、数据处理分析）。

（5）系统实施计划

主要包括：

① 对工作任务分解，即对开发中应完成的各项工作，按子系统（或系统功能）划分，指定专人分工负责；

② 进度安排，即给出各项工作的开始日期和结束日期，规定任务完成的先后顺序；

③ 预算，即逐项列出本项目所需要的劳务及经费的预算，包括各项工作所需人力及办公费。

系统分析报告的编写可参考我国国家计划委员会和国家标准局于 1986 年发布的《国家经济信息系统设计与应用标准化规范》。

12.4 示例：账务处理子系统数据流程分析

账务处理是指会计凭证和账簿的组织、记账方法、记账程序的相互结合，完成从凭证到记账、从记账到编制账表的处理过程。凭证、账簿的组织是指会计凭证和账簿的种类、格式，以及凭证、账簿与各种账簿之间的关系。记账方法是指会计账簿中登记经济业务的方法。记账程序是指从填制凭证、登记账簿到编制报表的整个过程。

从会计信息系统的构成来看，账务处理是会计信息系统的一个重要子系统，它与其他子系统之间存在大量的数据传递关系，采取什么样的传递方式及传递的内容和时间对整个会计信息系统都有很大的影响。进行账务处理子系统的设计，一方面要从账务处理子系统的目标出发，使所设计的系统能够及时处理各种凭证和生成各种账表，满足企业会计核算和会计管理的需要；另一方面，又要充分考虑它与其他子系统的关系，设计出良好的数据传递接口。

12.4.1 账务处理的业务流程

由于各单位的情况不同，所采用的会计凭证和账簿种类、格式、记账方法、记账程序也有所不同，从而形成了不同的账务处理形式，主要包括：记账凭证核算形式、汇总记账凭证核算形式、科目汇总表核算形式、日记总账核算形式、多栏式日记账核算形式等。不同的账务处理形式有不同的处理流程，其差别主要在于登记总账的方法和依据不同。目前，我国会计实务中采用最多的是科目汇总表核算形式。科目汇总表核算形式的处理过程主要有以下几个步骤。

① 根据原始凭证或原始凭证汇总表编制记账凭证。会计人员在收集、整理、汇总原始凭证的基础上，根据原始凭证和原始凭证汇总表编制有关的记账凭证。

② 登记日记账。出纳根据收款凭证和付款凭证，登记现金日记账和银行存款日记账。

③ 登记各种明细账。会计人员依据原始凭证或原始凭证汇总表和记账凭证登记各种明细分类账。

④ 根据记账凭证编制科目汇总表并登记总分类账。会计人员依据记账凭证定期编制科目汇总表，依据科目汇总表登记总分类账。

⑤ 编制会计报表。月末会计人员依据日记账、明细账、总分类账的有关数据编制会计报表。

科目汇总表核算形式的会计业务处理流程如图 12-13 所示。

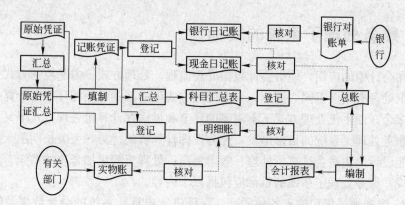

图 12-13 会计业务处理流程

12.4.2 账务处理子系统的特点

与其他子系统相比,账务处理子系统主要有以下几个重要特点。

(1) 时序性强

账务处理子系统有严格的业务处理顺序。从填制记账凭证、审核记账凭证,登记日记账、明细账,登记总账到编制会计报表要严格按顺序执行。

(2) 数据量大

账务处理子系统涉及大量的会计科目、会计凭证及一系列会计账表,相对其他核算子系统而言,它处理的数据量相对较大。

(3) 数据接口多

账务处理子系统是整个会计核算子系统数据交换的桥梁,它与会计核算子系统的多个子系统之间存在数据接口。一方面,账务处理子系统从其他核算子系统取得大量数据,如固定资产核算子系统为账务处理子系统提供大量原始凭证及记账凭证;另一方面,其他核算子系统也从账务处理子系统取得数据,如工资核算子系统从账务处理子系统取得账户设置等信息。账务处理子系统与其他核算子系统的有机结合形成了完整的会计核算子系统,它是整个会计核算子系统的核心。

(4) 通用性强

账务处理子系统比较容易实现通用化。这主要是由于账务处理子系统在数据处理过程中,一方面必须遵守一系列法律、法规和准则,如会计法、会计准则、会计制度、会计基础工作规范等;另一方面必须遵循一定的会计原理和规则,如复式记账方法、总账发生额及余额必须等于下属明细账发生额及余额之和等。正是由于账务处理子系统的这一特点,目前市场上可以看到大量的通用账务处理核算软件。

(5) 正确性要求高

由于账务处理子系统所产生的账表要提供给投资人、债权人、管理人员、财政部门、税务部门等,因此必须保证账务处理数据的正确性,保证结果的真实性。正确的报表来自正确的账簿,正确的账簿来自正确的凭证,只有从凭证开始,对账务处理的各个环节加以控制,才能防止有意或无意的差错发生。

12.4.3　账务处理子系统的目标

计算机在会计中的应用,使得会计数据处理流程、处理方式、内部控制方式及组织机构等方面与手工处理有很多不同。因此,手工处理方式下的某些做法和环节在计算机处理方式下可能成为多余,而手工处理方式下不需要的环节和做法在计算机处理方式下又可能必不可少。只有从账务处理子系统的目标出发,充分发挥计算机的优势,突破长期手工处理所形成的定式,才能设计出更适合计算机处理、效率更高、处理流程更加合理的系统。

一般来说,账务处理子系统的目标应包括以下内容。

① 及时、准确地采集和输入各种凭证,保证进入电算化系统的会计数据及时、正确和全面。

② 高效、正确地完成记账过程。

③ 随时输出各个会计期间的各种账表,及时提供会计信息。

④ 建立账务处理子系统与其他核算子系统的数据接口,实现会计数据的及时传递和数据共享。

此外,为了充分发挥计算机处理的优势,增强账务核算子系统的核算和辅助管理功能,账务处理子系统往往还增加了往来款核算管理、部门核算管理、自动转账管理等功能。

12.4.4　账务处理子系统的数据流程

计算机条件下,时间和空间总是一对矛盾,因此可以从节约空间的角度和从节约时间的角度出发设计数据处理流程。图 12-14 所示的数据处理流程就是从节约空间的角度设计出的(方案一)。该数据流程图中主要建立账务数据库文件和辅助数据库文件。

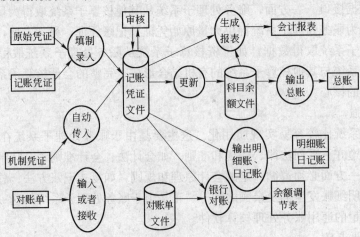

图 12-14　电算化账务处理数据流程方案一

（1）记账凭证文件

是账务数据库文件，它主要存放财会人员录入的所有凭证，包括未审核凭证、已审核凭证、已记账凭证。

（2）科目余额文件

是账务数据库文件，它主要存放所有科目的年初数、累计借方发生额、累计贷方发生额、期末余额、每个月的借贷方发生额等，即对所有科目的汇总描述。在编制总账、明细账、报表时都大量使用这些数据。

（3）对账单文件

是专门为银行对账设计的辅助数据库文件，主要用于存放银行给单位的对账单。一旦和单位银行对账文件中的业务对上账，就可以删除。

平时根据已输入的记账凭证按会计科目严格地更新科目余额文件，需要输出现金日记账、银行存款日记账或其他明细分类账时，临时从记账凭证文件中挑选、加工而成。

方案一从节约存储空间的角度出发设计数据流程图，图 12 - 15 所示的数据处理流程主要是从时间和空间两个角度出发来设计的（方案二）。该数据流程图中建立了临时数据库文件、账务数据库文件、辅助数据库文件。

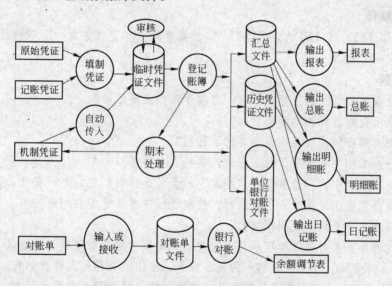

图 12 - 15　电算化账务处理数据流程方案二

① 临时凭证文件。临时凭证文件又叫临时凭证数据库文件或凭证输入文件，其主要作用是用于存放已经录入但未审核的所有凭证。当凭证存于此文件时，属于非正式会计档案，可以对其进行修改。一旦记账，凭证就从此文件转移到"历史凭证"文件中。所以，任何一张凭证都不可能永远在此文件中存储。

② 汇总文件。主要存放所有科目的年初数、累计借方发生额、累计贷方发生额、期末余额、每个月的借贷方发生额等，即对所有科目的汇总描述。在编制总账、明细账、报表时都大量使用这些数据。

③ 历史凭证文件。主要用于存放已经记账的所有凭证，存于该文件中的凭证是正式会计档案，不能直接修改，只能用红字凭证冲销。

④ 单位银行对账文件。该文件是辅助数据库文件，专门为银行对账设计，用于存放单位没有对上账的银行业务。历史凭证文件中有关银行业务的凭证需要永久保存，不能删除，而单位银行对账文件中登记的银行业务是新发生的未达账，一旦和对账单文件中的业务对上账，就可以删除。

⑤ 对账单文件。作用同方案一。

平时通过录入模块将凭证送入临时凭证库文件，并对其进行审核，记账模块从临时凭证文件中挑出已审核的凭证进行记账。分别对汇总文件、历史凭证文件、单位银行对账文件进行处理，需要输出现金日记账、银行存款日记账或其他明细分类账时，根据余额文件和历史凭证文件加工而成。

从记账速度、凭证查询及银行对账方面来说，方案二要优于方案一。

习　题

一、名词解释

1. TFD　2. DFD　3. DFDA　4. DFD　5. 数据字典　6. 逻辑方案　7. 管理模型　8. 外部实体　9. 分解　10. 抽象

二、简答题

1. 什么是系统分析？其目标是什么？它包含哪些主要活动？

2. 可行性研究的目标和内容是什么？

3. 系统初步调查和系统详细调查有什么区别？

4. 需求分析工作主要运用了什么方法？其特点有哪些？

5. 数据流程分析中的"分解"和"抽象"的含义是什么？它们之间有什么关系？

6. 绘制数据流程图应按什么步骤进行？绘制过程中要注意哪些问题？

7. 如何描述目标系统的逻辑模型？

8. 某单位医务室要对药品管理从手工过渡到计算机管理，管理项目包括以下几项。

(1) 药品入库登记。输入流是购入的药品信息，输出流是药品入库登记表。

(2) 药品出库登记。输入流是销售的药品信息，输出流是药品出库登记表。

(3) 结存的药品自动更新。输入流是购入的药品信息或销售的药品信息，输出流是药品库存登记表。

(4) 筛选和打印入库单、出库单、库存清单。

试根据上述要求绘制系统数据流程图。

三、单选题

1. 描述信息系统逻辑模型的主要工具是（　　）。

A. 业务流程图　　　　B. 组织机构图　　　　C. 数据流程图　　　　D. 系统流程图

2. 系统调查内容中约束条件是指（　　）。

A. 系统软件要求　　　　　　　　　　B. 系统硬件要求

C. 人员、资金等要求　　　　　　　　D. 领导态度

3. 可行性研究是系统分析阶段的第二项活动，其研究内容包括技术可行性、经济可行性和（　　）。

A. 软件可行性　　　　B. 硬件可行性　　　　C. 人员可行性　　　　D. 营运可行性

4. 系统性能要求不包括（　　）。

A. 可靠性　　　　　　B. 正确性　　　　　　C. 可读性　　　　　　D. 安全性

5. 系统分析活动主要包括（　　）。

A. 初步调查、程序编写、人员安排

B. 可行性分析、系统调查、用户需求分析

C. 用户需求分析、系统结构设计、系统测试

D. 系统规划、系统调查、用户需求分析

第13章

系 统 设 计

　　系统设计（System Designs）阶段的主要目的是将系统分析提出的、反映用户需求的逻辑方案转换成科学合理的、切实可行的物理（技术）方案，即根据系统分析说明书中的系统逻辑模型，综合考虑各种约束，利用一切可用的技术手段和方法，进行各种具体设计，确定新系统的实施方案，解决"系统怎么做"的问题。

　　结构化系统设计是按规则、利用标准工具和图表分析手段，确定系统的模块、连接方式、系统结构，并进行系统输入、输出、数据处理、数据存储等环节的详细设计，同时选择经济、合理的技术手段。

　　系统设计阶段的主要文档是系统设计说明书。

13.1　系统设计概述

　　一般地，凡是针对设计的主体目标规划出整体性的系统结构，并定义各项功能、细节的做法，均可称为"设计（Designs）"。在信息系统的开发中，系统分析工作完成后，紧接着要进行的就是系统设计（System Designs）。系统设计是一种创造性、技术性与计算机实际操作密切相关的工作，因此具有与前面各分析工作截然不同的新特性。

　　系统设计的目的在于将系统分析文件中所属的新系统需求规格，运用信息技术的观点重新进行定义，并转换为实体的信息系统描述。建立一个新的信息系统，总是期望它比原有的系统能更快、更准、更多地提供资料，提供更多、更细的处理功能和更有效、更科学的管理方法。

　　系统设计阶段的主要任务是：在科学、合理的设计系统总体模型的基础上，尽可能提高系统的运行效率、可变性、可靠性、可控性和工作质量，充分利用并合理投入各类可以利用的人、财、物资源，使之获得较高的综合效益。

　　系统设计建立在系统分析的基础之上，由抽象分析到具体实现，同时还应该考虑到系统实现的内外环境和主客观条件。通常，系统设计阶段工作主要可依据以下几个方面考虑。

① 系统分析的成果。按照系统分析阶段的成果——"系统说明书"所规定的目标、任务和逻辑功能进行设计工作。对系统逻辑功能的充分理解是系统设计成功的关键。

② 现行技术。主要指可供选用的计算机硬件技术、软件技术、数据管理技术及数据通信与计算机网络技术。

③ 现行的信息管理和信息技术的标准、规范和有关法律制度。

④ 用户需求。应充分尊重和理解用户的要求,尽可能使用户感到满意。

⑤ 系统运行环境。新系统的目标要和现行的管理方法相匹配,与组织的改革与发展相适应。也就是说,要符合当前需要,适应系统的工作环境,如基础设施的配置情况、直接用户的空间分布情况、工作地的自然条件及安全保密方面的要求。在系统设计中还应考虑现行系统的硬、软件状况和管理,同时兼顾未来发展的趋势,要有一定的应变能力,以适应发展。

系统设计阶段的工作是一项技术性强、涉及面广的活动,它包括如下主要活动:系统总体设计,如系统总体布局方案的确定、软件系统总体结构的设计、数据存储、网络系统方案的选择;详细设计,内容有代码设计、数据库设计、输出和输入设计、人机界面设计等;系统实施进度与计划的制定;"系统设计说明书"的编写。

"系统设计说明书"是系统设计阶段的成果,它从系统设计的主要方面说明系统设计的指导思想、采用的技术方法和设计结果,是系统实施阶段工作的主要依据。

13. 2 系统总体设计

系统设计包括总体结构设计和详细设计(具体物理模型)设计。总体结构设计主要指在系统分析的基础上,对整个系统的划分、机器设备配置、数据的存储规律及整个系统实现计划等方面的合理安排。其中系统划分的基本思想是自顶向下将系统划分成若干个子系统,子系统再分子模块,层层划分,然后自上而下逐步设计。机器设备的配置包括硬件和软件的配置,这要根据总体方案及投入的资金和实际需求来确定设备的规模、性能及分布方式,并根据可靠性、可维护性、兼容性、方便性、扩充性、性能价格比等方面进行评定。

13. 2. 1 系统设计的原则

系统设计在系统分析的基础上,由抽象分析到具体实现,设计的优劣直接影响到整个信息系统的质量和所获得的经济效益。因此,为了使设计的系统能最大限度地满足用户的需求,具有较强的生命力。在系统设计中应遵循以下原则。

(1) 简单性

只要能达到预定的目标和实现预定的功能,系统就应避免一切不必要的复杂化,应该尽量简单。

(2) 系统性

系统是作为一个整体存在的,整个系统的设计应风格一致,设计要规范,使用的计算机软件平台要尽量一致,系统采用的代码体系要统一,尽可能地做到数据共享,使数据一次输入得到多次使用，人机界面的风格要一致等。

（3）可靠性

可靠性是指系统在运行过程中抵御干扰、保障正常工作的能力。可靠性是系统正常运行的保证，它包括对错误数据的检错和纠错能力、对错误操作和外界干扰的抵御能力、系统的自恢复能力、数据在传输过程中的完整性及正确性等。同时，还要求系统应具有保密性和抗计算机病毒的能力。

（4）工作效率

系统的工作效率是指系统的处理能力、处理速度、响应时间等与时间有关的指标。这与计算机硬件的选择、程序结构及算法的设计及数据文件的设计有很大的关系。

（5）工作质量

工作质量是指系统提供信息的准确度要满足用户的要求，用户对各种功能的使用及用户的操作灵活、简便、容易，系统输出的报表、屏幕显示的画面等清晰、美观，人机界面友好。

（6）灵活性

灵活性是指系统对环境的变化有很强的适应能力，系统修改、维护方便。这就要求系统采用模块化结构，提高各部分的独立性，尽量减少各子系统之间的依赖性，系统做到既便于修改，又易于增加新的功能。

（7）经济性

在满足上述各项要求的基础上，系统应尽量减少支出费用。系统的运行应能为企业产生收益，如降低安全库存量、提高产品质量、压缩贷款资金等，使系统的收益大于支出。

系统设计过程中，始终要明确应用计算机处理和手工处理的界限。信息系统是人机系统，系统目标的实现取决于这两者的结合，系统设计中要避免下列两种倾向：一是一味地追求计算机处理，将许多只能由人完成的工作交由计算机做，从而造成设计的复杂和不够科学；二是把本该由计算机完成的工作交由人去处理，从而使新系统的功能、性能及用户的目标得不到体现。

计算机和其他工具一样，只能按照人设计或设想的方式去工作，按照人设计好的功能去完成任务。然而，人们在处理一切事务中，很难事先规定出严格的逻辑次序来对付一切问题，总会发生"预料之外"的事情。遇到这种情况，就不得不依靠人的经验和知识加以判断，选择适当的处理方法。

划分计算机处理与人工处理的基本原则如下。

① 复杂的科学计算，大量重复的数学运算、统计、汇总、报表、数据库检索、分类、文字处理、图形图像基本处理、有关数据的采集、通信等应由计算机完成。

② 传统的人工判定，目前没有成熟的技术可以应用或代价太高，则仍用人工处理。

③ 决策性问题中，计算机尽可能提供决策依据，由人进行最后决策。

④ 设计人机接口，考虑时间的匹配、代码的统一、格式的协调等。

13.2.2 结构化设计的基本思想

系统结构设计是指根据系统分析的要求和组织的实际情况来对新系统的总体结构形式进

行大致设计，它是一种宏观的、总体上的设计和规划。

1. 结构设计的特点和内容

概括地说，结构系统设计方法有以下几个特点。

① 对一个复杂的系统，应用"自顶向下、逐步求精"的方法予以分解和化简。

② 强调采用模块化的设计方法，并有一组基本设计策略。

③ 采用结构图作为模块设计的工具。

④ 有一组评价设计方案质量的标准及优化技术。

系统结构设计方法的主要内容是：合理地进行模块分解和定义，使一个复杂系统的设计转化为若干种基本模块的设计；有效地将模块组织成一个整体，从而体现系统的设计功能。

总之，结构化系统设计与结构化的系统分析有着密不可分的联系，它将系统逐层划分，分解为多个大小适当、功能明确、具有一定独立性的模块，便于计算机语言描述和实现系统设计的功能。

2. 系统的结构化划分

结构化思想是系统开发的重要思想。一个复杂的系统可以看成由许多相对独立的部分组成，再经过层层划分，分解为若干个组成部分进行设计。系统结构化的方法主要有层次结构和模块化结构两种类型。

（1）层次结构

一个好的系统结构应该是各个组成部分关系明确，相对独立，在设计时便于调试、修改和扩充。层次结构分析法一般有以下 3 种形式。

① 线型结构。线型结构简单，用来描述事物之间一对一的关系，如图 13-1（a）所示。

② 树型结构。树型结构所描述的事物之间的关系是：正关系是 1 对 N，逆关系为 1 对 1。由根开始向下细分，下层的结点称为叶子，如图 13-1（b）所示。

③ 网状结构。网状结构用来描述多对多的物体间的关系。当系统过大、层次过多时，信息传递的效率会降低。采用网状结构可以提高系统的效率，如图 13-1（c）所示。

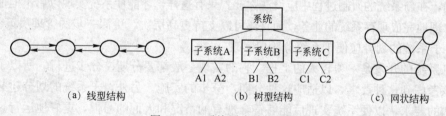

| (a) 线型结构 | (b) 树型结构 | (c) 网状结构 |

图 13-1　系统层次结构划分

（2）模块化结构

模块化结构方法是将系统分成若干模块，这种结构不一定是树型的，每个模块应尽可能相对独立于其他模块。但是在模块化结构中，各个模块之间的关联是无序的。所以在系统设计过程中，往往采用层次结构和模块化结构相结合的方式，把系统分成若干层次，并定义每个层次的功能和层次间的信息关系，然后再使用"自顶向下"的设计方法划分成相对独立的模块。

3. 系统的结构化划分的基本思想和原则

系统的结构设计按照结构化系统分析与设计的基本思想，根据数据流程图和数据字典，借助一套标准的设计准则和图表工具，自顶向下逐层把整个系统划分为若干个大小适当、功能明确，具有相对独立性，并容易实现的子系统，从而把复杂系统的设计转变为多个简单模块的设计，然后再自下而上逐步设计。组成系统的子模块之间彼此独立、功能明确，系统应能够对大部分模块进行单独维护和修改，因此合理地进行系统划分、定义和数据协调是结构化设计的主要内容。

子系统划分的一般原则如下。

（1）子系统要具有相对独立性

子系统的划分必须使得子系统内部功能、信息等各方面的凝聚性较好。在实际中都希望每个子系统或模块相对独立，尽量减少各种不必要的数据、调用和控制联系，并将联系比较密切、功能近似的模块相对集中，这样对于以后的搜索、查询、调试、调用都比较方便。

（2）要使子系统之间数据的依赖性尽量小

子系统之间的联系要尽量减少，接口要简单、明确。一个内部联系强的子系统对外部的联系必然是相对很少，所以划分时应将联系较多的都划入子系统内部。相对集中的部分均已划入各个子系统的内部，剩余的一些分散的、跨度比较大的联系，就成为这些子系统之间的联系和接口。这样划分的子系统，将来调试、维护和运行都非常方便。

（3）子系统划分的结果应使数据冗余较小

如果忽视这个问题，则可能引起相关的功能数据分布在各个不同的子系统中，大量的原始数据需要调用，大量的中间结果需要保存和传递，大量计算工作将要重复进行，从而使得程序结构紊乱。数据冗余不但给软件编制工作带来很大的困难，而且系统的工作效率也大大降低了。

（4）子系统的设置应考虑今后管理发展的需要

子系统的设置仅依靠上述系统分析的结果是不够的，因为现存的系统由于这样或那样的原因，很可能没有考虑到一些高层次管理决策的要求。为了适应现代管理的发展，对于老系统的这些缺陷，在新系统的研制过程中应设法弥补。只有这样，才能使系统实现以后不但能够更准确、更合理地完成现存系统的业务，而且还可以支持更高层次、更深一步的管理决策。

（5）子系统的划分应便于系统分阶段实现

信息系统的开发是一项较大的工程，它的实现一般都要分期、分步进行。所以子系统的划分应该考虑到这种要求，以适应这种分期、分步的实施。另外，子系统的划分还必须兼顾组织机构的要求，以便系统实现后能够符合现有的情况和人们的习惯，更好地运行。

（6）子系统的划分应考虑到各类资源的充分利用

一个适当的系统划分应该既考虑有利于各种设备资源在开发过程中的搭配使用，又考虑到各类信息资源的合理分布和充分使用，以减少系统对网络资源的过分依赖，减少输入、输出、通信等设备压力。

13.2.3　模块与模块的关联

模块化原理（Modularization）的基本思想是可分性，即最大限度地降低系统设计的复杂性，把问题层层分解，降低人为划分的主观影响，增强问题的客观性。

1. 模块

模块是可以组合、分解和更换的单元，是组成系统的基本元素。系统中的任何一个处理功能都可以看作是一个模块。模块本身具有 3 种基本属性：一是功能，说明该模块实现什么；二是逻辑，描述模块内部如何实现所要求的功能；三是状态，描述该模块的使用环境、条件及模块间的相互关系。

根据模块的具体化程度，又可以把它分为逻辑模块和物理模块。数据流程图上的模块是逻辑模块，只反映了系统的逻辑功能，没有说明系统模块的层次结构关系和实现途径。所以，在系统结构设计中还必须把数据流程图上的各个处理模块进一步分解，确定系统的层次结构关系，把逻辑模型变为物理模型。

2. 模块的关联

模块的分析设计包括两部分内容，即内部设计和外部设计。内部设计就是定义模块内部各组成部分的逻辑结构；外部设计就是设计模块间相互联系的关系。为了使系统有较好的可修改性，每个模块内部自身联系应当紧密，而模块间相互联系应尽量减少，这是模块设计的两项重要原则。衡量这两项原则是否合理，需引入模块凝聚和模块耦合的概念。

（1）模块凝聚

模块凝聚是衡量一个模块内部各组成部分动作的组合强度。根据模块的内部构成情况，凝聚可以划分为 7 个等级，按其组合强度由高到低，排列如下。

功能凝聚→顺序凝聚→数据凝聚→过程凝聚→时间凝聚→逻辑凝聚→偶然凝聚

① 功能凝聚。如果一个模块内部的各个组成部分的处理动作都为执行同一功能而存在，且只执行单一功能，则称该模块为功能凝聚。这是一种最理想的凝聚方式，独立性最强。一般来说，这种模块可以用一个动词和一个简单的接受词来表示，如"打印订单"、"读库存文件"等。

② 顺序凝聚。如果一个模块内部的各个处理功能密切相关，且要按顺序执行，前一个处理的输出直接作为下一个处理的输入，则称这种模块为顺序凝聚。凝聚程度为较好。

③ 数据凝聚。如果一个模块内部的各组成部分的处理功能是对相同的输入数据进行处理或产生相同的输出数据，则称这种模块为数据凝聚模块。凝聚程度为中上。

④ 过程凝聚。如果一个模块内部的各个组成部分的处理各不相同，但它们受同一控制流支配，决定它们的执行次序，则称这种模块为过程凝聚。凝聚程度为中等。

⑤ 时间凝聚。如果一个模块内部的各组成部分关系不大，但它们处理动作必须在同一段时间内执行，则称该模块为时间凝聚。例如，模块完成的各种初始化工作。凝聚程度为中等偏差。

⑥ 逻辑凝聚。如果一个模块是由若干个结构不同但具有逻辑相似关系的功能组合在一起，则称该模块为逻辑凝聚。调用这种模块时，常常需要设置一个功能控制开关。凝聚程度为较差。

⑦ 偶然凝聚。如果某一个模块是由若干个毫无关系的功能偶然地组合在一起构成，则称该模块偶然凝聚。凝聚程度为最低。

凝聚程度的高低标志着模块构成的质量，在模块分解时应尽量使其凝聚程度较高，其中功能凝聚最理想。模块凝聚程度的比较如表 13－1 所示。

表 13-1　模块凝聚程度的比较

凝聚形式	凝　聚	可　读　性	可修改性	共　用　性
功能凝聚	好	好	好	好
顺序凝聚	较好	好	好	较好
数据凝聚	中上	较好	较好	不好
过程凝聚	中等	较好	较好	不好
时间凝聚	中等偏差	一般	不好	坏
逻辑凝聚	较差	不好	坏	坏
偶然凝聚	最低	坏	坏	坏

（2）模块耦合

模块耦合是衡量一个模块与其他模块在连接形式和接口复杂性方面相互作用关系的指标。模块耦合程度的高低直接影响系统的可修改性和可维护性。在一般情况下，耦合程度越低，说明模块间联系越简单，则模块的独立性就越强，维护、修改就越容易。

模块耦合可以划分为以下几种类型。

① 数据耦合。数据耦合是指两个模块彼此之间通过参数交换信息且每一个参数仅仅为数据，它是系统中最理想的一种耦合。耦合程度为最低（图 13-2）。

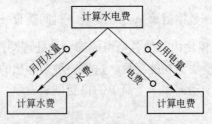

图 13-2　数据耦合

② 特征耦合。特征耦合是指两个模块彼此之间通过相同的模块特征进行连接。

③ 控制耦合。控制耦合是指两个模块彼此之间传递的信息中有控制信息，传递的参数不仅仅有数据还有控制信息。控制耦合可以通过适当的转化，变成数据耦合，如图 13-3 所示。

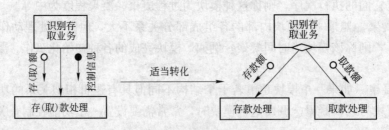

图 13-3　控制耦合转化成数据耦合

④ 公共耦合。公共耦合是指两个模块彼此之间通过一个公共的数据区域传递信息，这种耦合方式会给数据的保护、维护等带来很大的困难。但是如果两个模块之间需要传递大量的数据，公共耦合可以作为一种补充形式替代数据耦合（见图 13-4）。

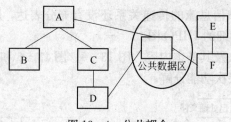

图 13-4 公共耦合

⑤ 内容耦合。内容耦合是指一个模块直接与另一个模块的内容发生联系，即在一个模块执行过程中直接转移到另一个模块中运行。这种耦合程度最高，是最差的一种。内容耦合应尽量避免。

系统模块设计时应尽量使用数据耦合，必要时才使用控制耦合，对公共耦合的模块数进行限制，坚决不用内容耦合。

几种耦合形式的比较如表 13-2 所示。

表 13-2 模块耦合形式的比较

耦合形式	影 响	可修改性	可 读 性	通 用 性
数据耦合	弱	好	好	好
特征耦合	弱	中	中	中
控制耦合	中	不好	不好	不好
公共耦合	强	不好	差	差
内容耦合	最强	差	差	差

以上讨论的模块凝聚和模块耦合有着密切的关系，是模块分解设计的两个方面。在一般情况下，如果模块的凝聚程度较高，则它们间的耦合程度就较低，反之亦然。另外，在系统结构中，由于存在对不同业务处理功能进行选择的需要，在某个模块中存在判断处理是难免的，因此在进行系统结构设计时，对于任意具有判断功能的模块，应注意其影响范围。

13.2.4 模块的层次分解

1. 模块的层次功能分解图——HIPO（Hierarchy plus Input-Process-Output）图

模块的层次功能分解图——HIPO 图，是一种模块层次功能分解的重要技术。我们知道，任何功能模块都是由输入、处理和输出 3 个基本部分组成（IPO 关系），HIPO 方法正是以模块的这一特性及模块分解的层次性为基础，将一个大的功能模块逐层分解，得到系统的模块层次结构，然后再进一步把每个模块分解为输入、处理和输出的具体执行模块。通常，HIPO 方法由以下 3 个基本图表组成。

① 总体 IPO 图。这是对数据流程图上模块功能的初步细化，并为其提供输入变量表、处理功能和输出变量表。

② HIPO 图。这是对顶层模块进行重复逐层分解，从而得到组成顶层模块的所有功能模块的层次结构关系图。

③ 低层主要模块的详细 IPO 图。这是由于 HIPO 图仅表示一个系统功能模块的层次关

系，而模块间的调用关系和信息流的传递关系还没有充分表达，因此还要根据数据字典和 HIPO 图，进一步绘制更详细的 HIPO 图。

为了说明 HIPO 图方法及其基本内容，图 13-5、图 13-6 和图 13-7 给出了某销售系统中"订单处理"模块的层次功能分解。

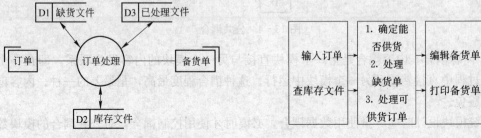

图 13-5 "订单处理"部分数据流程图　　　　图 13-6 "订单处理"的总体 IPO 图

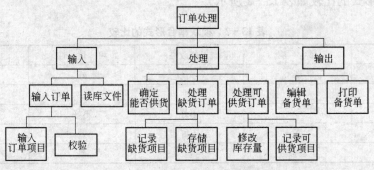

图 13-7 "订单处理"的 HIPO 图

HIPO 图既反映了系统的总体结构，又反映了系统各个模块之间的关系，所以是模块设计中一种重要的图形工具。

2. 描述模块内部的处理过程和输入输出关系的图——IPO（Input - Process - Output）图

IPO 图是用于描述某个特定模块内部的处理过程和输入输出关系的图。IPO 图是配合 HIPO 图详细说明每个模块的输入、输出数据和数据加工的重要工具。常用的 IPO 图的基本内容如表 13-3 所示。

表 13-3　IPO 图的基本内容

系统名称：	
模块名称：	模块编号：
模块描述：	
被调用模块：	
调用模块：	
输入参数：	输入说明：
输出参数：	输出说明：
变量说明：	
使用的文件或数据库：	
处理说明：	
备注	
设计人：	设计日期：

IPO 图的主体是处理说明部分，该部分可采用流程图、N-S 图、问题分析图和过程设计语言等工具进行描述。这几种方法各有其长处和不同的适用范围，在实际工作中究竟采用哪一种工具，需视具体的情况和设计者的习惯而定，选用的基本原则是能准确而简明地描述模块执行的细节。

在 IPO 图中，输入、输出数据来源于数据词典。变量说明是指模块内部定义的变量，与系统的其他部分无关，仅由本模块定义、存储和使用。备注是对本模块有关问题作必要的说明。

开发人员不仅可以利用 IPO 图进行模块设计，而且还可以利用它评价总体设计。用户和管理人员可利用 IPO 图编写、修改和维护程序。因而，IPO 图是系统设计阶段的一种重要文档资料。

13.2.5 系统结构图设计

系统结构图也称结构图或控制结构图，是 HIPO 图的进一步发展。它不仅表示了一个系统（功能模块）是层次分解关系，还表示了模块的调用关系和模块间数据流及控制流信息的传递关系，是结构化设计的另一种重要图表工具。

1. 系统结构图的基本符号说明

系统结构图的基本符号说明如下。

▭：表示一个处理模块，其名称在方框中。

──▶：表示调用关系，箭头所指为被调用模块，箭尾部分是调用模块。

○──▶：表示模块间的数据传递关系，可以是数据元素，也可以是数据结构。

●──▶：表示模块间的信息传递关系。

↶：表示一个模块中包含的循环处理功能。

◇：表示一个模块中包括的判断处理功能，根据判断处理的结果信息，确定执行何种处理。

2. 系统结构图的设计策略

所谓设计策略，是指将数据流程图转换成控制结构图的方法。下面介绍常用的两种设计策略，即转换中心分析和业务中心分析。

（1）转换中心分析

如果在数据流程图中，从同一个数据来源流入的数据流在系统中所经过的逻辑路径几乎都是相同的，而且存在着三类处理逻辑，第一类是执行输入功能，第二类是执行处理逻辑变换功能，第三类是执行输出功能，则可以采用转换中心分析方法。

转换中心分析法的基本思想是：首先根据数据流程图上的处理框找出主要的处理功能，即转换中心，把数据流程图划分为输入、处理和输出三大部分，从而就可以得到控制结构图的第一层模块分解图；在此基础上再重复进行逐层分解和优化，直至得到一个完整的控制结构图。整个过程分为以下三步：找出转换中心，确定主加工；设计转换结构的顶层，按输入、处理、输出等分支处理；自顶向下，逐步细化，设计各层模块。如图 13-8 和图 13-9 所示。

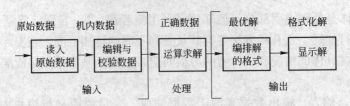

图 13-8　转换型数据流

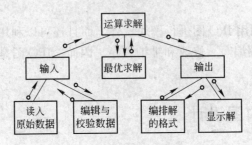

图 13-9　以转换为中心的控制结构图

（2）业务中心分析

当进入系统的业务处理有若干种，需要根据判断处理模块的处理结果确定进行不同的业务处理时，转换中心分析就不再适用，必须采取业务中心分析法。

在进行业务中心分析法时，首先要分析数据流程图，确定结构类型，找出业务中心的位置和业务类型的标志，绘制出第一层模块，然后再重复逐层分解和优化，直到得到满意的控制结构图。业务中心分析的原则和步骤如下（如图 13-10 和图 13-11 所示）：

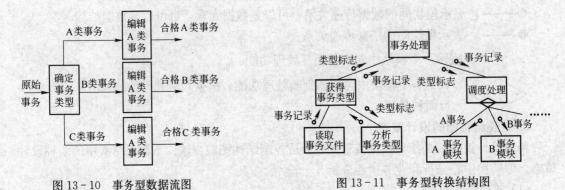

图 13-10　事务型数据流图　　　　　图 13-11　事务型转换结构图

① 分析数据流程图，确定事务来源；

② 分析数据流程图，确定事务中心的系统结构；

③ 确定每一个事务的处理动作；

④ 合并相同处理功能的事务模块；

⑤ 对必要的事务处理功能模块进行分解；

⑥ 对处理功能相对独立的模块分层，组合分层控制结构图。

以上介绍了两种结构方法，在大多数系统结构设计中，两种方法是相互结合使用的。

3. 过程结构图

计算机处理的实现最终都必须落实到程序，但直接从控制结构图、HIPO 图进行结构化编程还有一定的困难，还要运用过程结构图进行结构化程序模块设计。

过程结构图，也称为程序结构图，是以控制结构图为基础，考虑具体程序特点和结构化编程的要求，用 3 种基本程序结构（顺序结构、条件结构、循环结构，详见 14.2 节），再加上一些公共模块来绘制的。过程结构图的设计方法是：自顶向下的模块设计，逐步分解为若干层次模块，对各层次模块编制程序结构图。图 13 - 12、图 13 - 13、图 13 - 14 是"工资管理"的过程结构图设计举例。

过程结构图的设计步骤如下：

① 系统功能分解；

② 功能层次模块图生成；

③ 功能模块程序结构化分析；

④ 绘制各功能模块的程序结构图。

图 13 - 12　工资管理功能分解

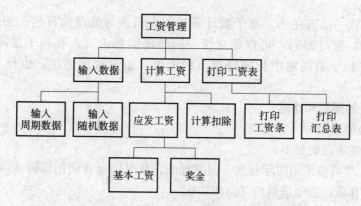

图 13 - 13　"工资管理"的功能层次结构图

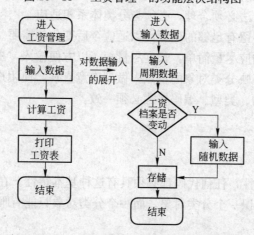

图 13 - 14　"工资管理"的程序过程分解结构图

MIS 系统通过过程结构图的进一步分解,考虑具体程序特点和结构化编程的要求,为程序员编写设计代码和程序代码奠定了基础。

13.3 系统详细设计

详细设计的任务是要比较详细地设计每个模块的工作过程,进行过程描述。目标是为没有参加过系统分析和设计的程序员提供尽量详细的资料,使得他们仅利用这些资料就能设计出符合要求的程序。详细设计必须能够完成系统设计的所有剩余工作,这当然是理想的情况。在实际过程中,程序员往往有许多问题需要系统设计人员澄清,甚至重新设计,这种情况当然越少越好。

总的来说,详细设计包括:代码设计、数据存储设计、处理过程设计和集成调试等的设计。

13.3.1 代码设计

代码是一个或一组有序的、易于被计算机和人识别与处理的符号。编码就是用数字或字母代表事物。通过编码,可以建立统一的经济信息语言,有利于提高通用化水平,使资源共享;有利于采用集中化措施以节约人力,加快处理速度,也便于检索方法的统一。

1. 代码设计的原则和功能

1) 代码设计的原则

代码设计的基本原则如下。

① 标准化。尽可能采用国际标准、国家标准,暂无国标者使用部标,以减少今后系统更新和维护的工作量,方便信息的交换和共享。

② 唯一性。每个代码所代表的实体必须是唯一的。

③ 合理性。编码的方法必须合理,必须与分类体系相适应。

④ 可扩充性。编码要留有足够的位置,以适应今后变化的需要。

⑤ 简单性。代码结构应尽量简单,长度尽量短,以方便输入,提高处理效率。

⑥ 适用性。尽可能反映分类对象的特点,做到表意直观,使用户易于了解、掌握。

⑦ 规范化。代码结构、类型、编码格式必须一致。

2) 代码的功能

代码具有以下功能。

(1) 鉴别功能

这是代码最基本的特性,任何代码都必须具有这种基本特性。在一个信息分类编码标准中,一个代码只能唯一标识一个分类对象,而一个分类对象只能有唯一的代码。

(2) 分类

当按对象的属性(如工艺、材料、用途等)进行分类,并赋予不同的类别代码时,代码又可以作为分类对象类别的标识，这是利用计算机进行分类统计的基础。

（3）排序

当按对象所产生的时间、所占空间或其他方面的顺序关系进行分类，并赋予不同的代码时，代码又可以作为区别分类对象排序的标识。

（4）专用含义

当需要采用专用符号时，代码可提供一定的专门含义，如数学运算的程序、分类对象的技术参数、性能指标等。

2. 常见的编码方式

常见的信息编码方法有以下两种形式。

（1）顺序码

以某种顺序形式编码，通常从 1 开始。例如，以我国人口多少对城市进行编码，则上海 001、北京 002、天津 003、重庆 004 ……。这种编码的特点是比较简单，码的位数短，易处理，易追加；缺点是可识别性差，一般用在信息个数固定或不需要经常进行插入和删除的情况下。

（2）区间码

区间码把数据项分成若干组，每一区间代表一个组，代码中的数字和位置都代表一定意义。例如

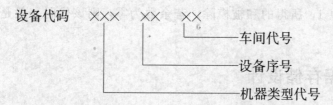

区间码的优点是能反映数据类别，代码的结构反映了类目的逻辑关系，插入、删除比较方便；缺点是编码位数较长。

3. 代码的校验

由于代码是唯一代表一个实体的符号，因此要求对代码的处理必须更加准确无误。为了保障代码输入、加工、输出的正确性，对于重要的代码应增加校验位，以校验代码的正确性。

校验码一般用加权和的方法计算。例如，UPC（Universal Product Code）条形码，它是美国在 1973 年制定的全国统一商品编码标准，该编码为 12 位，分为 4 个部分，各部分的定义如下。

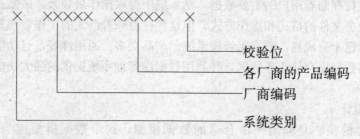

校验码的生成过程如下。

① 对代码的本体的每一位加权求和。设代码本体为 $C_1C_2\cdots C_n$，权因子为 $P_1P_2\cdots P_n$，则加权求和为

$$S = \sum C_iP_i$$

其中，权因子可取自然数 1，2，3，…，几何级数可取 2，4，8，16，32，…，质数可取 2，3，5，7，11，…

② 以模除和得余数。用式子表示为

$$R = S\,\mathrm{mod}(M)$$

其中，R 表示余数，M 表示模数，可取 $M=10$，11，…

③ 模减去余数得校验位，即

$$C_{n+i} = M - R$$

例如，如果代码本位为 "123456"，权为 "173173"，模为 "10"，则

$$S = 1\times1 + 2\times7 + 3\times3 + 4\times1 + 5\times7 + 6\times3 = 81$$

$$R = 81\,\mathrm{mod}(10) = 1$$

校验位为

$$10 - 1 = 9$$

所以，自检码为 "1234569"，其中 "9" 为校验位。

当自检码 $C_1C_2\cdots C_nC_{n+1}$（其中 C_{n+1} 为校验位）输入计算机后，对 $C_1C_2\cdots C_n$ 分别乘以原来的权，C_{n+1} 乘以 1，所得的和被模除。若余数为零，则该代码一般是正确的，否则输入有错。

13.3.2　数据存储设计

1. 数据存储设计

数据存储设计主要包括两部分内容：一部分是设计工作文件，这部分文件主要用于存储程序本身工作所必需的环境和过程数据，如程序的初始化参数文件、密码文件、中间结果文件等。工作文件可分为全局性和局部性两种。全局性工作文件是系统中所有文件都有可能要访问的文件，局部性文件可能是专为某些模块设计使用的。在系统设计阶段，可以确定全局性工作文件，但局部性工作文件可能要等到程序设计阶段才能确定。

数据存储设计的另一部分是业务数据文件，即数据库，它主要存储用户的业务数据。这部分数据是整个系统的核心，所有的处理过程都围绕着它进行，它对用户或企业来说是至关重要的。

业务数据文件存储着用户的重要数据，是系统中存取操作最频繁、最复杂的文件。用户可以自己定义业务文件的格式和操作方式，但这往往意味着巨大的工作量和重复性劳动。当今，数据库技术已十分成熟，数据库管理系统的产品众多、通用性好，且功能强大，所以一般情况下都采用数据库存储业务数据，并利用数据库管理系统提供的强大功能对数据进行操作、管理和维护。

2. 数据库设计

数据库设计的核心是确定一个合适的数据模型，这个数据模型应当满足以下 3 个要求。

① 符合用户的要求。既能包含用户需要处理的所有数据，又能支持用户提出的所有处理功能的实现。

② 能被某个现有的数据库管理系统（DBMS）所接受，如 Visual FoxPro、ORACLE 等。

③ 具有较高的质量，如易于理解、便于维护、没有数据冲突、完整性好、效益高等。

管理信息系统中的数据库系统是由数据库管理系统、数据库和相关程序等几部分组成。其中，数据库管理系统这部分可以从现有软件产品中选购，而其他几个部分特别是数据库的建立则必须根据用户具体要求进行分析和设计，这项工作称为数据库设计。从软件生命周期的观点来看待数据库设计的全过程，可以分成 4 个阶段，即分析用户需求、视图设计、概念模式与外部模式定义、物理设计。数据库设计的过程如图 13 - 15 所示。

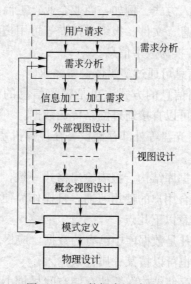

图 13 - 15 数据库设计过程

数据库设计的几个阶段为：第一阶段是收集和分析用户的要求，包括数据要求、处理要求和限制条件等。第二阶段是将用户数据需求明确地表达出来，设计逻辑数据模型。第三、四阶段考虑如何实现数据库。

13. 3. 3 输入、输出设计

输入、输出（In - Out，IO）设计是系统设计的重要部分。系统设计的最终目标是满足用户的要求。一个好的输入设计可以为用户和系统带来良好的工作环境，一个好的输出设计可以为管理者提供简捷、明了、有效的管理和控制信息。

1. 输入设计

输入模块承担着将系统外的数据以一定的格式送入计算机的任务。输入设计要考虑三方面的问题：输入设备、输入方式和数据校验。

1）输入设计的基本原则

① 输入形式应尽量接受原始处理的形式，尽量控制数据输入量。输入时，只需要输入基本信息，其他的统计、计算由计算机系统完成。

② 可采用周转文件、批量输入等方式减少数据延迟。

③ 采用有效的验证手段，减少输入错误。

2）输入设备及输入方式的选择

随着计算机技术的发展，输入设备的种类越来越多，能够输入到计算机中的信息的类型也越来越多。设计人员必须认真分析输入数据的类型，从方便用户使用的角度选择输入设备。常见的输入设备有键盘、扫描仪、触摸屏、多媒体输入设备（话筒、数字相机、数字摄像机等）和光电阅读器等。

① 键盘输入。主要适用于常规、少量的数据和控制信息的输入及原始数据的录入。

② 利用光电设备采集数据。通过光电设备对实际数据进行采集并将其转换成数字信息，是一种既省事又可靠的数据输入方式。例如，商业企业、工商、海关等对商品信息的输入可采用光学阅读器；图形图像信息、文件、报纸、试卷等可用扫描仪扫描输入；物理信息可通过传感器收集，再通过 A/D 转换为数字信息。

③ 多媒体输入。多媒体信息可通过多媒体设备输入。

④ 网络传送。这既是输出信息的方式，也是输入信息的方式。对下级子系统是输出，对上级系统是输入。此种情况可以直接通过网络传送数据。

⑤ 磁盘输入。利用磁盘、光盘等外部存储设备在计算机系统之间传送数据。

3）输入格式及数据校验

数据输入格式应尽量与数据库结构、报表输出格式一致，这样可以提高编程效率，降低设计难度。输入格式应尽量符合用户的使用习惯，且操作简便。

在设计输入格式时，应注意以下几点：

● 尽量减少输入工作量，凡是数据库中已有的数据，应尽量调用，避免重复输入；

● 允许按记录逐项输入，也可以按某一属性项输入；

● 输入格式关系到数据的存储结构，要使存储空间尽量小；

● 设计的格式应便于填写，同时保证转换精度。

由于管理信息系统中数据输入量往往较大，为了保证其正确性，一般都设置输入数据校验功能，对已经输入的数据进行校验。数据校验的常用方法有以下几种。

① 人工校验。输入数据后，显示或打印出来，由人来进行校验。这种方式只适合少量数据，对于大批量的数据，效率太低，查错率也低。

② 重复校验。对同一数据，输入两次，若两次输入的数据不一致，则认为数据输入有误。这种方法方便快捷，适用于各种类型的数据。

③ 数据平衡校验。对于财务报表、统计报表等完全数字型报表的输入校验，可以采用合计、小计等求和计数手段检验数据各项目间是否平衡。

此外，还有数据类型校验、格式校验、逻辑校验、界限校验、对照校验、校验位校验和顺序校验等。

2. 输出设计

1）输出设计内容与方法

输出是指由计算机对输入的原始数据进行加工处理，使之具有一定的格式，提供给管理者使用。因而，输出是管理者直接面对的实物，往往已有固定的格式和数据要求，具有直观性，并直接反映了用户需求。输出的要求往往决定对输入的需求。例如，在设计一张报表时，报表中需要的数据就是在输入阶段要提供的数据。

输出设计的主要内容如下。

① 输出信息的内容。包括输出数据项、位数和数据形式（文字、数字）。

② 输出信息的格式。包括报表、凭证、单据和公文等格式。

③ 输出信息使用方面的内容。包括使用者、使用目的、报表量、有效期、日期时间、保管方法、密级和复写份数等。

④ 输出设备。包括打印机、显示终端、绘图仪等。

⑤ 输出介质。包括输出到磁盘还是光盘或是输出用纸等。

2）输出设计的方法与格式

在系统设计阶段，设计人员应给出系统输出的说明，它是实际输出设计的依据。输入可采用报表和图形方式。

① 以报表的形式提供信息输出。这种方式可以表示详细的数据。

② 以图形的形式提供信息输出。对于决策者或宏观管理部门，图形可以给出比例或综合发展趋势的信息，可以提供比较信息。

为了提高系统的规范化程度和编程效率，在输出设计上应尽量保持输出流内容和格式的统一性，即同一内容的输出，对于屏幕、打印机、文本文件和数据库文件应具有一致的形式。屏幕输出用于查询或预览，打印机输出提供报表服务，文本文件格式用于为办公自动化系统提供剪辑素材，而数据库文件可满足数据交换的需要。

打印输出时，根据纸张设置格式，使用已印有表头和文字说明等格式的专用纸，可直接套打；通用白纸则需要打印表头、格式及说明信息。

3）用户界面设计

用户界面是人机对话的窗口，设计时应尽可能坚持友好、方便使用、易于操作的原则，避免烦琐、花哨的界面。

用户界面设计包括菜单方式、会话管理方式、操作提示方式及操作权限管理方式等。

（1）菜单方式

菜单是信息系统功能选择操作的最常用方式。特别是对于图形用户界面，菜单集中了系统的各项功能，直观、易操作。菜单的形式可以是下拉式、弹出式或快捷菜单，也可以是按钮选择方式等。

菜单设计应注意以下几点。

① 菜单设计时应和系统的划分结合起来，尽量将一组相关的菜单放在一起。同一层菜单中，功能应尽可能多，菜单设计的层次应尽可能少。

② 一般功能选择性操作最好让用户一次就进入系统，避免让用户选择后再确定形式。对于一些重要操作，如执行删除操作，应提示用户确定。

③ 菜单设计是在两个邻近的功能之间选择时，使用高亮度或强烈的对比色，使它们的变化醒目。

（2）会话管理方式

在系统运行过程中，当用户操作错误时，系统要向用户发出提示和警告性的信息；当系统执行用户操作指令遇到两种以上的可能时，系统要提请用户进一步说明；系统定量分析的结果通过屏幕向用户发出控制性的信息等。通常是让系统开发人员根据实际系统操作过程，将会话语句写在程序中。

在开发决策支持系统时也常常会遇到大量的具有一定因果逻辑关系的会话。这类会话反映了一定的因果关系，具有一定的内涵，是双向式的。对于这类会话，可以将会话设计成数据文件中的一条条记录，系统运行时，根据用户的会话回答内容，执行相应的判断，从而调出下一句会话并显示出来。这种会话不需更改程序，只需分析会话文件中的记录即可。但是它的分析判断过程复杂，一般只用于少数支持决策系统、专家系统或基于知识的分析推理系统中。

（3）操作提示方式

为了方便用户使用，系统应能提供相应的操作提示信息和帮助。在操作界面上，常常将提示以小标签的形式显示在屏幕上或者以文字显示在屏幕的旁边，还可以将系统操作说明输入系统文件，建立联机帮助。

（4）操作权限管理方式

为了保证系统的安全，可以控制用户对系统的访问。可以设置用户登录界面，通过用户名和口令及使用权限来控制对数据的访问。

13.3.4　计算机应用系统集成设计

计算机应用系统集成是与计算机硬件、软件、应用对象有关的人、技术、设备、信息、过程的集成，通过硬件集成、软件集成、技术集成、信息集成，实现过程与功能的集成。具体来说就是，各类人员组成协同工作的团队，采用系统工程的方法，将计算机的硬件、软件、技术、信息、人力等资源，按照应用领域的特殊需要，进行合理配置，优化管理控制及人机系统的组合，实现信息自动化处理，组成满足用户要求的应用系统，取得整体高效率和高效益。

计算机应用系统集成的设计内容主要是网络设计，硬件选型及配置，公用系统软件、应用软件和开发软件的选择和设置。

计算机硬件系统设计时应考虑数据处理的存储设备，包括硬盘、软盘、磁带和光盘的选择和配置；考虑人机接口设备，常用的有显示器、键盘、鼠标、条形码扫描器和打印机等设备的选择和配置。选择通信设备，包括调制解调器（Modem）、网络通信卡、集散器（HUB）等。

系统的处理结构主要考虑是采用集中式处理、分布式处理还是分散式处理方式。如果是集中式处理，则在确定系统总体结构时，就要考虑采用小型计算机或中型计算机作为系统的主机，而分散式处理可考虑采用微型机系统。

系统的通信结构主要是根据系统使用的地域范围来确定，考虑采用局域网或采用广域网。目前，借助于Internet技术，可建立企业内部网（Intranet），它不仅造价低、易实现，还可以大大提高公司、企业的竞争力，使公司、企业能更快、更好地利用最新信息。

计算机硬件系统设计的同时还要考虑使用合适的系统软件，还要考虑到数据安全、保密的问题，要采取相应的手段以确保系统的安全，如采用防火墙技术、加密措施、数字签名等。

13.4　系统设计报告

系统设计报告（或者系统设计说明书）是系统设计阶段的主要成果，是新系统的物理模型。系统设计报告是下一阶段——系统实施阶段的工作依据。在系统设计阶段的工作完成后，要完成系统设计报告。系统设计报告是对系统设计阶段工作的汇总，它主要包括系统目标和功能概述、硬件系统、应用软件系统、数据库、代码体系的设计结果，还包括人工过程的有关设计及新系统实施计划。

（1）系统目标和功能概述

这一部分是对系统分析阶段的结果进行简要的概述，阐明新系统的目标和功能要求，概述新系统对数据及数据存储的要求、数据量的大小，为系统设计的要求阐述根据。

（2）硬件系统设计说明

这部分要求阐述物理系统的总体结构及总体结构图、计算机网络的结构及选型、计算机系统的选型和配置方案，包括各计算机的型号、配置、数量，网络设备的类型、数量。同时，还包括系统软件的配置。

（3）应用软件系统设计

这部分主要说明系统中各子系统功能模块的组成和它们之间的关系，功能的简要说明，各模块的控制结构图、过程结构图。若购买应用软件，则需说明对软件包选用的要求及说明。

（4）数据库设计说明

这部分主要说明需要建立的数据文件的名称、数量，各文件的用途，各数据文件的结构、记录格式、组成的字段，以及文件之间的关系，主要的存取方式等。

（5）代码体系的设计

这部分主要说明代码的体系结构、编制代码的标准，包括代码的功能、名称，相应的编码表，编码的使用范围。

（6）人工过程的有关设计

人工过程是指为适合新系统的运行所需要的人员配备的要求、组织机构的调整要求及工作场地的要求。例如，由于新系统运行、维护的要求应成立计算机维护机构，计算机的主机房对温度、湿度和防雷、防火、防干扰的要求，对电源的要求等。

（7）新系统实施计划

在新系统的分析、设计完成后，对新系统的实施有了更明确的了解，因此此时能更具体地为下一步的实施工作制定计划。这包括对具体实施新系统的工作任务的分解，即对各项工作按层次分解，制定对每项工作任务的要求及各项工作的进度安排。另外，还要制定新系统实施所需要的资金预算和各期间的资金需求预算。

系统设计报告完成后，同样要由有关的专家、用户及主管领导审核批准。只有在系统设计报告批准后，再开始下一阶段的工作，即系统实施。

系统设计报告参考章节目录如下。

系统设计书参考章节

一、系统简介

　　1.1　系统目标

　　1.2　系统范围

　　1.3　系统主要功能

　　1.4　系统软、硬件操作环境

　　1.5　使用外界的数据库

　　1.6　系统设计限制条件

二、参考文件说明

　　2.1　现行软件文件说明

　　2.2　系统文件说明

　　2.3　软件或供货商提供的文件

　　2.4　技术参考资料

三、信息描述

　　3.1　数据流程图

　　3.2　数据流描述

　　3.3　数据元素描述

四、文件与数据设计

　　4.1　文件结构

　　4.2　文件名称参考表

　　4.3　数据结构图

五、表单设计

　　5.1　输入单据设计

　　5.2　输出报表设计

　　5.3　输入、输出表单交互参考图

六、屏幕设计

　　6.1　输入、输出屏幕设计

　　6.2　屏幕操作流程

七、模块设计

　　7.1　模块结构图

　　7.2　模块设计规格

　　7.3　模块名称参考表

参考资料

附录

系统说明文件参考章节

一、系统简介

　　1.1　系统目标

　　1.2　系统范围

1.3 系统主要功能

1.4 系统软、硬件操作环境

1.5 使用外界的数据库

1.6 系统设计限制条件

二、系统业务流程

三、文件结构说明

3.1 文件结构

3.2 文件名称参考表

3.3 数据结构图

四、系统程序功能

4.1 系统程序结构

4.2 程序功能规格说明

4.3 程序列表

五、输入单据说明

5.1 输入单据说明

5.2 输入单据交互参考图

六、输出报表及说明

6.1 输出报表格式说明

6.2 输出报表交互参考图

参考资料

附录

13.5 示例：账务处理子系统的功能结构和数据文件设计

13.5.1 账务处理子系统的功能结构

账务处理子系统除应具备基本的数据输入、处理、输出功能外，为了使系统正常、安全运行还应具备系统维护功能。另外，对于通用系统，为了使其能变为专用系统还应具备系统初始设置功能。因此，账务处理子系统的功能一般可划分为初始设置、凭证处理、账簿管理、期末处理、系统维护五大功能模块。

初始设置模块主要完成系统初始化任务，一般设有操作员及其权限设置、账套设置、会计科目设置、录入起初数等模块。凭证处理模块主要完成记账凭证的录入、审核、记账，一般设有凭证输入、凭证查询、凭证审核、凭证记账、凭证汇总等模块。账簿管理模块主要完成账簿的显示、查询、打印，一般设有日记账、总账、明细账等模块。期末处理模块主要完成期末（包括月末、年末）的银行对账、转账和结账，一般设有银行对账和期末结账。银行对账一般又设有银行对账单录入、自动对账、手工对账、银行余额调节表输出等模块。系统维护模块主要完成数据的备份、恢复及系统运行记录的查询，一般设有数据备份、数据恢复、运行日志查询等模块。

账务处理子系统的核心模块主要是记账凭证输入、审核、记账和期末结账。上述各模块的关系如图13-16所示。

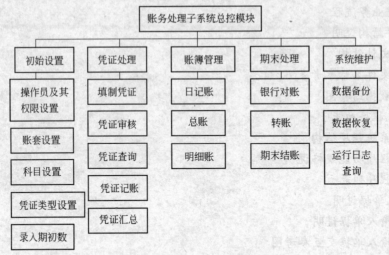

图13-16   账务处理子系统的模块结构

不同类型、不同规模的单位，其对计算机会计信息系统的需求不同，因此账务处理子系统的系统分析结果不同，导致总体结构图及模块划分也不同。但无论账务处理子系统是复杂还是简单，模块划分都具有以下特点。

（1）模块的独立性比较强

每个模块完成的任务都具有针对性。不同模块的边界清晰，数据的输入、输出、处理分别由不同的模块完成。

（2）模块完成的任务清楚、易懂

每个模块完成的任务清楚，不用过多的解释便可理解，并且可以根据要完成的任务选择相应的模块。

（3）模块间相互牵制性强

考虑模块之间的不相容特性，即将所有不相容的功能都分配在不同模块中，如"初始化"模块完成系统重要数据定义，是整个账务系统的基础，对整个系统具有"牵一发动全身"的作用，必须由会计主管或其他管理人员操作，因此单独建立模块，不与其他模块混为一体。又如，凭证录入（填制）和凭证审核在会计制度上要求由两个人分别完成，因此在设计结构图时，将凭证录入和凭证审核这两个不相容的功能由两个不同模块完成。

13.5.2 会计科目编码设计

为了便于计算机处理，会计科目必须编制相应的科目编号。总分类科目按国家统一规定使用4位编码，至于明细科目及二级科目、三级科目、四级科目等的编码方式可根据企业的具体业务情况确定。表13-4列出了新会计制度规定的部分总分类科目。

表 13-4 总分类会计科目

科目编码	科目名称	科目编码	科目名称	科目编码	科目名称
资产类		1421	长期投资减值准备	2241	住房周转金
1001	现金	1501	固定资产	所有者权益类	
1002	银行存款	1502	累计折旧	3101	股本
1009	其他货币资金	1505	工程物资	3111	资本公积
1101	短期投资	1506	在建工程	3121	盈余公积
1102	短期投资跌价准备	1601	固定资产清理	3131	本年利润
1111	应收票据	1701	无形资产	3141	利润分配
1121	应收股利	1702	开办费	成本类	
1122	应收利息	1801	长期待摊费用	4101	生产成本
1131	应收账款	1901	待处理财产损溢	4105	制造成本
1132	其他应收款	负债类		损益类	
1141	坏账准备	2101	短期借款	5101	主营业务收入
1151	预付账款	2111	应付票据	5102	其他业务收入
1161	应收补贴款	2121	应付账款	5105	折扣与折让
1201	物资采购	2131	预收账款	5201	投资收益
1211	原材料	2141	代销商品款	5203	补贴收入
1221	包装物	2151	应付工资	5301	营业外收入
1231	低值易耗品	2153	应付福利费	5401	主营业务成本
1241	库存商品	2161	应付股利	5402	主营业务税金及附加
1251	受托加工物资	2171	应交税金	5405	其他业务支出
1261	委托代销商品	2172	其他应交款	5501	存货跌价损失
1271	受托代销商品	2181	其他应付款	5502	营业费用
1281	存货跌价准备	2191	预提费用	5503	管理费用
1291	分期收款发出商品	2201	长期借款	5504	财务费用
1301	待摊费用	2211	应付债券	5601	营业外支出
1401	长期股权投资	2221	长期应付款	5701	所得税
1411	长期债权投资	2231	递延税款	5801	以前年度损益调整

会计科目编码应遵循以下原则。

（1）唯一性

必须保证每一个会计科目都用一个确定的代码来表示，每一个代码代表一个唯一的代码实体。会计科目代码作为输入数据的一部分，要输入计算机，所设计的科目代码必须适合计算机识别、分类和处理。

（2）简明实用

科目代码结构要清晰，代码位数不能过长，尽量使用习惯代码，以便操作人员记忆和输入，从而减少出错的可能性。

（3）系统性

在一个系统内，设置科目代码的原则、方式和方法必须一致。凡是国家有统一规定的，应采用规定的代码，如一级科目代码直接根据国家统一会计制度的要求来设置。

（4）可扩展性

会计科目代码在账处理核算子系统乃至整个会计信息系统中都要使用，一旦代码的长度或编码方式发生变化，对整个系统的影响都很大。但企业的经济活动处于不断的发展变化中，会计科目的数量（特别是明细科目）也随之不断发生增减变动。这就要求会计科目编码方案要有一定的可扩展性，在一定的时期内，在不改变原有编码长度的条件下可以顺利地增加新科目。

13.5.3　账务处理子系统的主要数据文件

账务处理子系统的数据文件设计与系统分析采用的数据处理流程有关。假设采用12.4.4节中方案二的数据流程图，则需要的数据文件主要有以下几种。

（1）科目字典表

科目字典表是用来存放账务处理中所有科目及相关内容的数据文件。会计科目是对经济业务的一种分类，无论是记账凭证的填制、账簿的输出，还是报表的编制都是围绕会计科目进行的。因此，会计科目文件应该包括会计科目编码、科目名称两项基本内容。

在计算机条件下，科目字典文件结构除了科目代码和科目名称两项基本内容外，还应该考虑以下相关内容。

① 科目类型。目前，我国现行会计制度将会计科目分成资产、负债、所有者权益、成本、损益。为了反映科目的类别，在科目字典文件中再增加一个内容，即"科目类别"。

② 科目性质。为了满足计算机条件下对不同性质会计科目的特殊核算和管理要求，在科目字典文件中再增加一个内容，即"科目性质"。科目性质可以根据核算和管理的需要进行设置，如外币、数量、往来、部门、个人、项目等性质都是常用的科目性质。例如，为了加强外币核算和管理，在科目设置时，将某银行科目性质定义为"外币"，则在凭证录入时计算机就会自动根据该科目的"外币"性质，提示财会人员输入外币金额、人民币金额及汇率；账簿输出时，计算机又会根据该科目的"外币"性质，自动输出借方、贷方、余额，包括外币金额、人民币金额和汇率的复币账。又如，为了对某材料类科目（如"原材料——甲材料"科目）加强核算和管理，决定该科目不仅要按金额进行核算，而且还要按数量进行核算。因此，在科目设置时，将该材料科目的性质设置为"数量"，则在凭证录入时计算机自动提示财会人员输入数据、金额和单价；在账簿输出时，计算机又会根据该科目的"数量"性质，自动输出借方。科目表的结构可参见表13-5。

表13-5　科目字典表结构

科目字典表文件名称：科目字典.dbf

序　号	字段名	类　型	长　度	备　注
1	科目编码	C	12	假设科目结构为"42222"
2	科目名称	C	20	
3	科目类别	C	4	
4	科目性质	C	8	
5	科目全名	C	40	

由于在凭证输入、查询、账簿输出时都需要科目的全名，为了避免获取科目全名进行复杂计算，在科目字典中可以设置科目全名字段。

（2）记账凭证表

记账凭证需经审核并过账后才能成为生成各种账簿的数据来源，因此要设计临时存储记账凭证的表和存储经过过账处理后的记账凭证的表。前一种表命名为"临时记账凭证.dbf"，后一种表命名为"已过账记账凭证.dbf"。

"临时记账凭证.dbf"用于接收并临时存储由键盘输入和由系统自动生成的且尚未经过汇总处理的记账凭证。待这些凭证经审核、汇总处理后，立即转入"已过账记账凭证.dbf"，并清除"临时记账凭证.dbf"中已过账的凭证，以免经过处理的记账凭证与新输入或新生成的记账凭证相互混杂而导致重复处理的错误。"临时记账凭证.dbf"中存放的记账凭证可通过凭证审核和修改模块进行审核和修改，但一经过账处理并转入"已过账记账凭证.dbf"后，即不得做任何改动。

"已过账记账凭证.dbf"存放已经过过账处理并由"临时记账凭证.dbf"转存过来的记账凭证。该表中的记账凭证不允许进行修改。若发现本表中的凭证有错误，应区别情况分别处理。若原输入的手工记账凭证本身有错误，凭证输入过程没有错误，应采用红字冲销法或补充登记法加以更正。即先编制一张红字冲销凭证和一张正确的凭证或编制一张补充登记凭证，然后输入到"临时记账凭证.dbf"，经过账务处理后错误即被自动更正。如果手工记账凭证本身没有错误，而是录入时发生错误，此时无需编制手工凭证，而只需通过凭证录入模块录入一张红字冲销凭证或补充登记凭证即可，但需在"摘要"栏注明"更正某某号凭证输入错误"字样。

"已过账记账凭证.dbf"中的记账凭证是生成各种账簿的主要数据来源。当用户需要查询或打印某种账簿时，由计算机以极快的响应速度对与该账簿有关的记账凭证进行整理排序，生成所需账簿，输出到屏幕或打印机。

"临时记账凭证.dbf"和"已过账记账凭证.dbf"表的结构是一致的，如表 13-6 所示。

表 13-6　记账凭证表结构

记账凭证表文件名称：临时记账凭证.dbf，已过账记账凭证.dbf

序号	字段名	字段类型	字段长度	小数位数	备　注
1	凭证号	C	6		前两位为当前月份号码，后 4 位为当月凭证的顺序号
2	凭证类别	C	4		有"收款"、"付款"、"转账"或统一记账凭证
3	日期	D	8		
4	摘要	C	30		
5	科目编码	C	12		
6	借方金额	N	14	2	
7	贷方金额	N	14	2	
8	借方外币额	N	14	2	
9	贷方外币额	N	14	2	
10	汇率	N	9	6	
11	附件张数	N	3		
12	制单	C	10		写入制单人员姓名
13	审核	C	10		已审核的凭证写入审核员的姓名，未审核的该字段为空

记账凭证表文件名称：临时记账凭证.dbf，已过账记账凭证.dbf

序号	字段名	字段类型	字段长度	小数位数	备　注
14	记　账	C	10		已记账的凭证写入记账员的姓名，未记账的该字段为空
15	主　管	C	8		写入会计主管的姓名
16	往来客户编号	C	9		
17	科目全名	C	40		

如果不需要外币和往来款核算，可将第 8、9、10、16 字段去掉。上述记账凭证表结构中的科目全名是为了方便程序设计设置的，从减少重复数据的角度考虑可以不要。

（3）科目发生额及余额表

科目发生额及余额表（又称科目汇总表）是生成会计报表和账簿的依据。如果有外币和往来款核算，则要设计普通、外币和往来 3 种科目的发生额和余额表，并且这 3 种表一般每月都建立一个。对于普通、往来两种类型的表，每个表都存储一个企业对应种类的全部会计科目的编码及各月月初余额、借贷发生额、借贷方累计发生额、月末余额等数据。当前月份的科目发生额及余额表随凭证的录入和过账处理而不断更新数据，以前各月科目发生额及余额表则作为重要的历史数据存储于磁盘上。这些表是整个会计信息系统的核心表，它发挥着多方面的作用。第一，在这些表中存放了企业全部明细科目的发生额及余额数据，按一级科目编号汇总可以生成总账科目发生额及余额试算平衡表，按二级科目编号汇总可以生成任何指定二级科目所属三级科目发生额及余额明细表，以此类推；第二，各科目的发生额及余额是填列会计报表的主要数据源，由于计算机系统中平时不存储账簿，从而使该种表成为填列会计报表的主要依据；第三，从生成总账和明细账的角度看，各总账科目账页上所填列的数据可直接取自于该种表，各明细账页上所填列的各月月计数、累计数及余额数，也可直接取自于该种表，因此该种表自然就成为登记总账及明细账的主要数据源；第四，该种表是会计系统中各子系统相互联系、共享数据的最主要的接口表。表 13-7 为普通类型表结构。

表 13-7　科目发生额及余额表结构

科目发生额及余额表文件名称：科目发生额及余额01.dbf～科目发生额及余额12.dbf

序号	字段名	字段类型	字段长度	小数位数	备　注
1	科目编码	C	12		
2	月初余额方向	C	2		为借或贷
3	月初余额	N	14	2	
4	本月借方合计	N	14	2	
5	本月贷方合计	N	14	2	
6	本年借方累计	N	14	2	
7	本年贷方累计	N	14	2	
8	月末余额方向	C	2		为借或贷
9	月末余额	N	14	2	

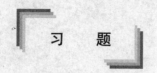

一、名词解释

1. 模块　2. 模块凝聚　3. 模块耦合　4. HIPO　5. IPO　6. 计算机应用系统集成　7. 系统结构图　8. 过程结构图

二、简答题

1. 系统设计阶段的目的和任务是什么？

2. 简述结构化设计的基本思想。

3. 什么是模块和模块结构？

4. 模块之间的联系和耦合有哪几种形式？

5. 代码设计应遵循哪些基本原则？

6. 代码校验的基本方法是什么？

7. 简述计算机应用系统集成设计的主要内容。

三、单选题

1. 在系统设计过程中，往往采用层次结构和模块化结构相结合的方式，把系统分成若干层次，并定义每个层次的功能和层次间的信息关系，然后再使用（　　）的设计方法划分成相对独立的模块。

A. 自顶向下　　　　B. 自底向上　　　　C. 自左向右　　　　D. 自内向外

2. 通过编码，可以建立统一的经济信息语言，有利于提高通用化水平，使（　　），有利于采用集中化措施以节约人力，加快处理速度，也便于检索方法的统一。

A. 资源共享　　　　B. 数据共享　　　　C. 信息共享　　　　D. 程序共享

3. 结构化系统设计与结构化的（　　）有着密不可分的联系，它将系统逐层划分，分解为多个大小适当、功能明确、具有一定独立性的模块，便于计算机语言描述和实现系统设计的功能。

A. 系统分析　　　　B. 系统共享　　　　C. 系统信息　　　　D. 系统程序

4. 凝聚度最高的模块类型是（　　）。

A. 功能凝聚　　　　B. 过程凝聚　　　　C. 逻辑聚合　　　　D. 偶然聚合

5. 下面哪种不是代码设计的目的。（　　）

A. 加快数据输入　　B. 减少出错率　　　C. 节省存储空间　　D. 便于记忆

第14章

系统实施

　　系统实施是继系统规划、系统分析、系统设计之后的又一个重要阶段，也是一个新的管理信息系统开发工作的最后一个阶段——在计算机上执行的应用软件将成为主要工作。系统实施的工作目标是将系统设计文件中所定义的软件系统技术规格转换为实际可用的软件，并将此系统移植到用户的工作环境中。

14.1　系统实施概述

　　系统实施是指把系统的物理模型转换成实际运行系统的全过程。在此期间，将投入大量的人力、物力，占用较长的时间，使用部门将发生组织机构、人员、设备、工作方法和工作流程的较大变革。因此，系统实施必须有严格周密的计划，尤其是不要因为系统的实施而打乱组织的正常工作秩序。系统实施可分为4个主要阶段：程序设计阶段、系统调试阶段、系统转换阶段、系统验收阶段，如图14-1所示。

　　一个好的设计方案，只有经过精心实施并付诸实际应用，才能带来实际的效益。在系统实施前，必须努力做好下述几项系统实施的基本任务。

1. 前期准备工作

　　系统实施阶段的人、财、物、技术等都要相对集中，而且对组织机构的影响也非常直接，因此必须做好系统实施前的准备工作。系统分析阶段的系统分析报告和系统设计阶段的系统设计报告是系统实施的最基本依据。在系统实施之前，项目负责人必须对之有较深入的了解，并根据要求组织好有关的准备工作。

　　（1）制定系统的实施计划

　　根据系统设计的要求制定系统实现的具体计划，包括机房整装、网络建设、硬软件安装、程序编制、系统的调试与转换等方面的计划。

　　（2）组织好系统的实施队伍

　　系统实施阶段参加人员较多，需要适当调整和健全组织机构，加强组织管理与控制工

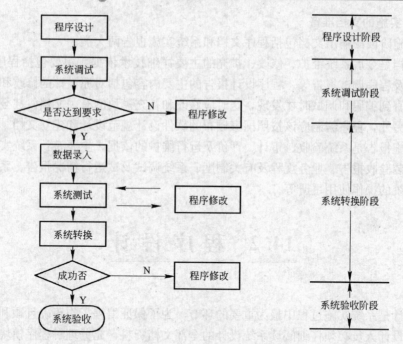

图 14-1 系统的实施步骤图

作。要做到人员职责分工明确，各方面工作情况的信息及时反馈到项目负责人处，能够做到及时发现问题、纠正偏差。

（3）软、硬件与配套设施的准备

在系统的总体规划或项目级的系统分析阶段，已对设备配置作了计划和安排，系统对设备的总体需求已经清楚，除了个别的设备（如某些特殊要求的输入、输出设备）需在系统设计之后才能确定之外，大多数设备在完成系统分析之后就可以进行选购。因此，到了系统实施阶段，就应当做好有关工作场所、机房、通信设施等的准备工作，并且进一步做好系统设备的采购安装和调试工作。

2. 信息流程重组

（1）信息流程的重组织和业务规程修订

为了适应新系统的要求，需要对现行系统的信息流程作重新组织，并相应修订原有的业务规程和工作制度，以适应新的变化。

（2）人员培训与宣传教育工作

人员培训包括对系统实施人员的培训和用户的培训。实施人员的培训首先要使他们统一思想，确定统一的实施原则，使各部分能够相互协调地进行。人员培训工作要随着系统的实施进行，直到用户学会操作和维护新系统为止。

3. 实现方法、工具和数据准备

在系统设计中确定了系统实施方案，但在具体编码、调试和系统转换过程中，需选择有关的具体实施方法和工具，需准备好有关的数据。大致包含以下几方面：系统平台的硬、软件安装与调试，程序的编制与调试，数据库与文件的建立，信息系统调试（软、硬件结合），系统转换、试运行、验收与维护。

4. 系统实施的文档准备

系统实施阶段的输出文档包括程序文档和系统实施报告两大类。

程序文档是今后系统维护、修改、扩充的主要详细技术依据，主要包括程序设计报告、源程序清单及程序调试报告等。程序设计报告的主要内容包括对原设计的修改和补充。因为有少数问题直到编码和调试时才发现，这时应修改和补充模块的有关文档，甚至系统设计的有关文档。另外，程序编制应该按照国家颁布的软件设计规范设计和建立文档。

系统实施报告是系统验收、审计、评价及运行维护的依据，主要有：系统实施计划、设备采购及安装验收报告、业务规程及有关制度、系统调试及试运行情况报告、系统转换及验收报告、系统的操作使用手册等。

14.2　程序设计

程序设计是系统实施过程中最为重要的环节。为了保证编程工作正确且顺利地进行，一方面，程序设计人员必须仔细阅读系统设计的全部文档资料，充分理解程序模块的内部过程和外部接口；另一方面，编程人员必须深刻地理解、熟练地掌握和正确地运用程序设计语言及软件开发环境和工具，以保证功能的正确实现。

14.2.1　程序设计原则

程序设计又称编码，其任务是使用选定的程序设计语言，把系统设计所得到的各模块的信息处理功能和过程描述转换成能在计算机系统上运行的程序源代码（源程序）。

对程序设计的一项基本的质量要求是程序编码的正确性，即在给定环境下计算机能识别和正确运行所编程序，要满足系统设计的功能要求。源程序还应有可移植性，可以被大多数计算机系统识别、解释或编译和运行。

新系统投入运行后，就要进入使用和维护阶段。软件的测试和维护工作既可能是纠正程序中遗留的问题或错误，也可能是要根据用户的要求进行功能的扩充或性能的改善。这些工作必不可少的需要对源程序进行修改，所以从软件测试和维护的角度出发，编程人员在保证程序正确性的同时，还必须保证源程序的可读性，以便其他人可以读懂和维护。因此，源程序的可读性是编程的一个重要的质量要求。

随着计算机硬件性能的飞速发展，人们对程序设计的要求发生了变化。由强调程序的正确和效率，转而倾向于首先强调程序的可维护性、可靠性和可理解性，其次才是效率。程序效率是指计算机资源（如时间和空间）能否被有效地使用。由于硬件性能的不断完善和提高，程序效率已经不像以前那样举足轻重了；相反，程序设计者的工作效率比程序效率更重要。程序设计者工作效率提高，不仅能减少经费开支，而且也会降低程序的出错率，进而减轻程序维护工作的负担。此外，效率与可维护性和可理解性通常是矛盾的，片面追求程序的运行效率不利于程序设计质量的全面提高。在实际编写程序的过程中，人们往往宁可牺牲一定的时间和空间，也要尽量换取程序可维护性和可理解性的提高。

总之，系统程序应具有良好的可靠性、可移植性、可读性、可扩充性、可测试性和可维护性。

14.2.2 程序语言选择

在程序设计之前的一项重要工作就是选择适当的程序设计语言。自 1960 年以来已出现了数千种不同的程序设计语言，但只有一小部分得到了广泛的应用。目前应用较多的程序设计语言主要可分为两大类：汇编语言和高级程序设计语言（包括可视化程序语言）。

1. 汇编语言的选择

除下面几种情况选用汇编语言设计外，其余情况一律选用高级程序语言设计。

① 软件系统对程序执行时间和使用空间都有严格限制。

② 系统硬件是特殊的微处理机，不能使用高级程序设计语言。

③ 大型系统中某一部分的执行时间要求实时处理或直接依赖于硬件。

2. 高级程序语言的选择

选用高级程序语言设计的原则如下。

① 根据系统用户的要求来选择，选用户所熟悉的语言编写程序。

② 根据运行环境进行选择。不同的运行环境往往要限制程序设计语言。

③ 根据使用的软件开发工具来选择。充分利用操作方便的软件开发工具，可以提高软件的质量和可靠性。

④ 根据程序员的知识选择。在应用条件许可时，应选择程序员熟悉的设计语言，提高开发速度，保证程序质量。

⑤ 根据产品的可移植性要求选择。如果目标系统可能在几种不同的计算机上运行或预期使用时间很长，应选择标准化程度高的、可移植性较好的程序语言。

⑥ 根据产品的应用领域选择。

3. 常用的编程语言

目前比较流行的软件工具一般可分为 6 类，即一般编程语言、数据库系统、程序生成工具、专用系统开发工具、客户机/服务器型工具及面向对象的编程工具等。

（1）常用的编程语言类

这是指由传统编程工具发展而来的一类程序设计语言。常见的有：PASCAL 语言、BASIC 语言、C 语言、C ++ 语言、COBOL 语言、PL/1 语言、PROLOG 语言、Java 语言等。这类工具不具有很强的针对性，但适用范围广，原则上任何代码都可以用它们来编写，但程序设计的工作量可能比较大。

（2）数据库类

目前市场上提供的数据库类产品主要有两种。一种是以 PC 关系数据库为基础的小型或本地数据库系统，其中最典型的产品有：dBase，Access 和 FoxBASE 及 Visual FoxPro 等的各种版本。它们的特点是简单易学，方便实用，单机处理不涉及网络。另一种是指目前比较流行的、实际应用比较多的大型网络数据库系统；其中比较典型的系统有：ORACLE，SYBASE，INFORMIX，UDB，SQL SERVER 等。这类关系型数据库产品的最大特点是功能齐全，适应于各种较复杂的管理信息系统的开发。

（3）程序生成工具类

程序生成工具是一种基于常用数据处理功能和程序之间对应关系的自动编程工具。例如，在 20 世纪 80 年代中期较为流行的应用系统建造工具（Application Builder，AB）、屏幕生成工具、报表生成工具及综合程序生成工具等。

（4）系统开发工具类

目前系统开发工具主要有两类，即专用开发工具类和综合开发工具类。专用开发工具类是指对应用领域和待开发功能针对性较强的一类系统开发工具，如一般数据库系统都支持的结构化查询语言 SQL（Structured Query Language）、用于对数据库环境编程的开发工具包 SDK（Structured Development Kits）等。综合开发工具类是指针对一般应用系统和数据处理的系统开发工具。常见的有 CASE，Team Enterprise Developer，Visual C ++等。

（5）客户机/服务器工具类

客户机/服务器工具类即所谓的 Client/Server 方式，是近年来较新的软件开发工具，它继承了传统分布式系统的思想，将数据存放和数据处理分别在服务器和客户机上执行，数据的传输则通过网络进行。这类工具主要有 Asp. net，Borland Delphi. net，Visual Studio. net 等。

（6）面向对象编程工具类

这是目前比较流行的一类开发工具，也是目前很多管理信息系统所采用的开发工具。这类工具主要有 Visual C ++，Borland Delphi，Visual Basic，Java，Builder 等。虽然使用起来不尽相同，但他们所基于的面向对象的原理是一致的，通常在精通一种语言后，可以很快上手另一种语言。

14.2.3　程序设计方法概述

1. 结构化程序设计方法

结构化程序设计方法采用程序流程图方法设计程序，是程序设计中引用最为广泛的算法描述方法。程序流程图独立于各种程序设计语言，且比较直观、清晰，易于学习掌握。

按照结构化程序设计的原则，任何程序逻辑都可以用顺序、选择、循环这 3 种程序流程图的基本结构来表示，并且一个程序的详细执行过程可按"自顶向下、逐步加细"的方式和控制结构为单入口单出口的基本模块结构表示程序逻辑，即所有的程序都可以由这 3 种基本程序流程的控制结构及其组合来实现。

（1）顺序结构（SEQUENCE 结构）

顺序结构表示含有多个连续的处理步骤，按程序书写的先后顺序执行。如图 14-2（a）所示，处理过程从 A 到 B 按顺序进行。

（2）选择结构或条件结构（IF—THEN—ELSE 结构）

由某个逻辑表达式的取值决定选择两个处理加工中的一个。如图 14-2（b）所示，当逻辑表达式 P 取值为真时执行 A，为假时执行 B。

（3）循环结构或重复结构

这种结构有两种类型。

一种称为"当"型循环结构（DO—WHILE 结构）。当控制条件成立时，重复执行特定的处理。如图 14-2（c）所示，从入口处首先测试逻辑表达式 P，若 P 为真，则执行 S，然后再回到测试条件处；若 P 为假，则从出口离开此结构。处理 S 的重复执行次数由条件 P 控制，只要条件为真就执行一次。因此处理 S 中必须包括修改逻辑表达式中的控制变量，否则将无限循环。

另一种称为"直到"型循环结构（DO—UNTIL 结构）。这种循环结构与"当"型无本质区别，只是测试条件在处理 S 之后进行。因此"直到"型循环结构不管条件 P 为何值，至少要执行一次处理 S，如图 14-2（d）所示。

（4）多种情况选择结构或多分支结构（CASE 结构）

该结构是条件结构的扩充，当被测试的变量有多种可能的取值，而根据不同的值需要选择不同的处理时，可采用这种结构。如图 14-2（e）所示，首先测试表达式 P 值，若 P 的值为 P1，执行 S1，执行后从出口离开此结构；当 P 的值为其他值时，则执行与之相应的处理。

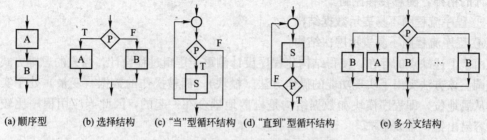

图 14-2　程序流程图的基本控制结构

以上控制结构中，顺序结构、条件结构和"当"型循环结构是实现各种处理过程的最基本结构，而"直到"型循环结构和多分支结构是在上述 3 种基本结构上扩展而来的，可以用这 3 种基本结构来表示。

此外，还有一种不用 GOTO 语句、不需要流向线的结构化流程图——NS 图，它具有如图 14-3 所示的基本结构。在 NS 图中，每个处理步骤用一个盒子表示，盒子可以嵌套。盒子只能从上头进入，从下头走出，除此之外无其他出入口。所以盒图限制了随意的控制转移，保证了程序的良好结构。

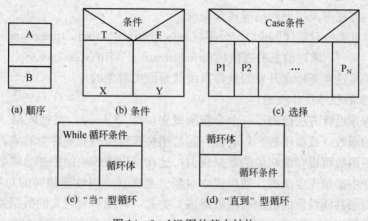

图 14-3　NS 图的基本结构

程序流程图和 NS 图的优点在于：首先，它强制设计人员按结构程序设计方法进行思考和描述其方案，由此得到的程序必定是结构化的；其次，图像直观，容易理解设计意图，为编程、复查、测试、维护带来方便；最后，简单易学。NS 图的基本结构如图 14-3 所示。

这些控制结构都有一个重要特征，就是只有一个入口和一个出口。用这种单入口和单出口的基本结构单元，容易做到在一种结构中嵌套其他结构，从而实现任何复杂的处理过程和算法，并且使程序的线索既清晰又有条理。这样，各种结构中的处理均可以由任何结构，甚至其他模块来代替，从而可实现程序过程的结构化构造及自顶向下的逐步细化。

然而，总的趋势是越来越多的人不再使用程序流程图方法实现程序过程的结构化构造。程序流程图法的主要缺点如下。

① 程序流程图本质上不是逐步求精的好工具，它诱使程序员过早地考虑程序的控制流程，而不去考虑程序的全局结构。

② 程序流程图中用箭头代表控制流，因此程序员不受任何约束，可以完全不顾结构程序设计的精神，随意转移控制。

③ 程序流程图不易表示数据结构。

④ 程序流程图不易表示层次结构。

由于上述缺点的存在，使得结构化程序设计侧重于逻辑过程设计，与人的思维方式存在不协调。该方法突出了实现功能的操作方法（模块），而被操作的数据（变量）处于实现功能的从属地位，即程序模块和数据结构是松散地耦合在一起的，因此当应用程序比较复杂时，容易出错，难以维护。

2. 面向对象程序设计方法

面向对象（Object-Oriented，OO）方法是一种非常实用的软件开发方法，是软件开发的一种主要方法。面向对象方法以客观世界中的对象为中心，其分析和设计思想符合人们的思维方式，分析和设计的结果与客观世界的实际比较接近，容易被人们接受。在面向对象方法中，分析和设计的界线并不明显，它们采用相同的符号表示，能方便地从分析阶段平滑过渡到设计阶段。此外，在现实生活中，用户的需求经常会发生变化，但客观世界的对象及对象间的关系相对比较稳定，因此用面向对象方法分析和设计的结果也相对比较稳定。

1）面向对象的基本概念

面向对象的方法可采用下面的等式来表现。

面向对象＝对象（Object）＋分类（Classification）＋继承（Inheritance）＋
通过消息的通信（Communication With Messages）

可以说，采用这 4 个概念开发的软件系统就是面向对象的。

2）面向对象的程序设计概述

面向对象程序设计方法提出了一个全新的概念：类（Class）。类把数据（数据成员）和处理这些数据的函数（成员函数）封装在一起。用类来声明的变量称为对象。在对象中，只有该对象的成员函数可以存取对象的数据成员，这样可以有效地保护和隐藏数据。

在程序设计中必须先定义类，然后建立对象。类是对一组性质相同的对象的程序描述，它由概括该组对象共同性质的数据和函数组成。类是一种用户自定义的数据类型。和其他数据类型一样，要使用类，必须声明类的变量——对象。对象声明有两种方式：一种是在定义类时直接声明；另一种是在声明类之后再在需要声明对象的地方单独声明。对象被声明后就可以使用。通过对象可以使用类中公有类型的数据和函数，其使用方式为

对象名·数据成员　或　对象名·成员函数

继承是面向对象语言提供的一个重要机制，它支持层次分类的观点。继承使得程序员可以在一个较通用类的基础上很快地建立起一个新类，而不必从头设计每个类。在类的继承关系中，被继承的类称为基类，继承的类称为派生类。

程序语言可以建立具有相同成员函数名的对象的等级结构，这些函数在概念上是相似的，但对各自的类来说，其实现不同。因此，对象在接收到同一函数调用时引起的行为不同，这一功能被称为多态性。例如，C++语言支持两种多态性：编译多态性和运行多态性。编译多态性通过使用重载函数获得，运行多态性通过使用继承和虚函数获得。

目前有许多可视化的程序设计语言均支持面向对象的设计方法，通过对程序提供可视化控件——已封装的类的调用，设置控件的属性，并对其消息事件进行功能代码设计，大大加快了软件的开发过程。

3) 面向对象的程序设计优势

① 符合人们习惯的思维方法。由于对象对应于现实世界中的实体，因而可以很自然地按照现实世界中处理实体的方法来处理对象，而且软件开发者可以很方便地与问题提出者进行沟通和交流。

② 易于软件的维护和功能的增减。对象的封装性及对象之间的松散耦合性，都给软件的修改和维护带来了方便。

③ 可重用性好。重复使用一个类（类是对象的定义，对象是类的实例化），可以比较方便地构造软件系统，再加上继承的方式，极大地提高了软件开发的效率。

④ 与可视化技术相结合，改善了工作界面。随着基于图形界面操作系统的流行，面向对象的程序设计方法也将深入人心。它与可视化技术相结合，已经使人机界面进入 GUI 时代。目前常用的面向对象的程序设计语言有：Borland C++，Visual C++，Java 及 Visual Basic，Delphi 等。虽然风格各异，但都具有共同的概念和编程模式。

14.3　系　统　测　试

系统测试是管理信息系统的开发周期中一个十分重要的活动。尽管在系统开发周期的各个阶段均采取了严格的技术审查，但依然难免遗留差错。如果没有在投入运行前的系统测试阶段被发现并纠正，问题迟早会在运行中暴露出来，到那时要纠正错误将要会付出更大的代价。

系统测试是指在计算机上以各种可能的数据和操作条件对程序进行测试，找出可能存在的问题并加以修改，使之完全符合设计要求。在软件的开发过程中，系统测试占用的时间、花费的人力和成本占软件开发的很大比例。统计表明，调试工作所占的工作量也比较大，大约占整个软件开发工作量的 $40\%\sim50\%$。对于一些特别重要的大型系统，测试的工作量和成本更大，甚至超过系统开发其他各阶段总和的若干倍。

14.3.1　测试概述

1. 系统测试的目标

系统测试的目的在于发现程序的错误。G. J. Myes 在《软件测试技巧》一书中对测试提出了以下规则，不妨可看作软件测试的目标或定义。

① 测试是为了发现程序中的错误而执行程序的过程。

② 好的测试方案使测试很可能发现尚未发现的错误。

③ 成功的测试是发现了尚未发现的错误的测试。

总之，测试的目标就是希望以最少的人力和时间发现潜在的各种错误和缺陷。从上述目标可以归纳出测试的定义，即"为了发现错误而执行程序的过程"。通俗地说，测试是根据各阶段的需求、设计等文档或程序的内部结构，精心设计测试用例（即输入数据和预期的输出结果），并利用这些测试用例来运行程序，以便发现错误的过程。信息系统测试应包括软件测试、硬件测试和网络测试。硬件测试、网络测试可以根据具体的性能指标来进行，而信息系统的开发工作主要集中在软件上，所以所说的测试更多的是指软件测试。

2. 系统测试的原则

① 最好不要由设计、编写某个软件的部门来测试该软件系统。但在发现错误之后，要找出错误的根源并纠正它时，则应由程序的编写者来进行。

② 测试用例既要有输入数据，又要有对应的预期结果，比较输出结果与预期的结果，就可断定程序中是否有错误。

③ 不仅要输入合理的输入数据，还应选用不合理的输入数据作为测试用例，这样才可测试出程序的排错能力。

④ 除了检查程序是否做了应做的工作，还应检查程序是否做了它不应做的工作。程序做了不应做的工作仍然是一个大错。

⑤ 应长期保存所有的测试用例，直至该程序被废弃。测试用例对以后的使用有参考价值。当程序改错或改进后，可以比较原来能正确运行的部分现在是否有错。若出错，则说明修改不当。

14.3.2　测试分类

在开发大型应用系统的漫长过程中，面对着错综复杂的问题，人的主观认识不可能完全符合客观现实，与工程密切相关的各类人员之间的通信和配合也不可能完美无缺，因此力求在系统开发的每个阶段和完成后都能通过严格的审查，尽可能早地发现并纠正错误。按照系统测试规模和内容的不同，可将测试分成以下几种类型。

（1）系统平台测试

系统平台测试分为硬件平台测试和网络平台测试两部分。信息系统开发人员所要进行的硬件平台测试主要是针对安装了操作系统的计算机的测试，通过特定的软件测试计算机的性能表现。网络测试主要包括电缆测试、传输信道测试和网络测试。电缆测试主要包括电缆的验证测试和认证测试：验证测试是测试电缆的基本安装情况，如电缆有无开路或短路、连接是否正确、接地是否良好、电缆走向如何等；认证测试是测试已经安装完毕的电缆的电气参数（如衰减等）是否符合有关的标准。传输信道测试主要是测试传输信息的频谱带宽、传输速率、误码率等参数。网络测试包括网络的规程、性能检测、安装调试、维护、故障诊断等。

（2）应用软件测试

应用软件测试是指由测试人员努力设计出一系列测试方案，其目的却是为了"破坏"已经建造好的软件系统——竭力证明程序中有错误而不能按照预定要求正确工作，从而将设计阶段中所有隐患完全暴露出来。暴露问题并不是软件测试的最终目的，发现问题是为了解决问题。测试阶段的根本目标是尽可能多地发现并排除软件中潜藏的错误，最终把一个高质量的软件系统交给用户使用。

（3）系统单元测试和集成测试

单元测试是集中测试软件设计的最小单元——模块。一般认为单元测试和编码属于系统开发的同一阶段，即在编写出源程序代码并通过编译程序的语法检查后就开始接受程度不同的检查测试了。首先改正所有语法错误；然后，用详细设计描述操作指南，对重要的执行通路进行测试，以便发现模块内部的错误；也可以对多个模块同时进行测试。

模块并不是一个独立的程序，往往是多模块联合测试，所以在所有的单元测试之后，还需要进行集成测试。集成测试是通过测试发现和接口有关的问题来构造程序结构的系统化技术。它的目标是把通过了单元测试的模块拿来，构造一个在设计中所描述的程序结构。在这个过程中不仅应该发现设计和编码的错误，还应该验证系统确实能提供需求说明书中指定的功能，而且系统的动态特性也符合预定要求。

14.3.3 测试方法和测试过程

1. 系统测试的方法

对系统进行测试的主要方法如图 14-4 所示。人工测试指的是采用人工方式进行测试，目的是通过对程序静态结构的检查，找出编译时不能发现的错误。经验表明，组织良好的人工测试可以发现程序中 $30\%\sim70\%$ 的编码错误和逻辑设计错误。机器测试是把事先设计好的测试用例作用于被测程序，比较测试结果和预期结果是否一致，如果不一致，则说明被测程序可能存在错误。人工测试有一定的局限性，但机器测试只能发现错误的症状，不能对问题进行定位；人工测试一旦发现错误，就能确定问题的位置、是什么错误等，而且能一次发现多处错误。因此，应根据实际情况来选择测试方法。

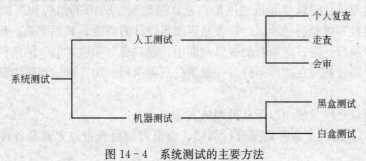

图 14-4 系统测试的主要方法

1）人工测试

人工测试又称为代码复审，即通过阅读程序，查找错误。其内容包括：检查代码和设计是否一致、检查代码逻辑表达是否正确和完整、检查代码结构是否合理等。人工测试主要有3种方法。

（1）个人复查

个人复查指程序员本人对程序进行检查，发现程序中的错误。由于心理上和思维上的惯性，程序员一般不太容易发现自己的错误。此方法主要针对小规模程序，效率不高。

（2）走查

通常由3～5人组成测试小组，测试人员应该是没有参加该项目开发的有经验的程序开发人员。测试人员先阅读相关的软件资料和源程序，然后将一批有代表性的测试数据沿程序的逻辑走一遍，监视程序的执行情况，发现程序中的错误。

（3）会审

测试人员的构成与走查类似，要求测试人员认真审查有关的资料（如系统分析说明书、系统设计说明书、程序设计说明书、源程序等），找出问题，并在会审时逐个审查、提问，由编程人员逐句讲解程序，测试人员讨论可能出现的错误。实践证明，编程人员在讲解、讨论的过程中能发现自己以前没有发现的错误，使问题暴露。例如，在对某个小问题讨论修改方法时，可能会发现涉及模块间接口等问题，从而提高软件质量。会审后要将发现的错误登记、分析、归类，一份交给程序员，另一份妥善保管，以便再次组织会审时使用。

2）机器测试

机器测试是指在计算机上直接用测试用例运行被测程序，发现程序错误。机器测试主要分为黑盒测试和白盒测试两种。

（1）黑盒测试

也称为功能测试。将软件看成黑盒子，在完全不考虑软件的内部结构和特性的情况下，测试软件的外部特性。根据系统分析说明书设计测试用例，通过输入和输出的特性检测是否满足指定的功能。测试只作用于程序的接口处。进行黑盒测试主要是为了发现以下几类错误。

① 是否有错误的功能或遗漏的功能？

② 界面是否有误？输入是否能够正确接收？输出是否正确？

③ 是否有数据结构或外部数据库访问错误？

④ 性能是否能够接受？

⑤ 是否有初始化或终止性错误？

（2）白盒测试

也称为结构测试。将软件看成透明的白盒，根据程序的内部结构和逻辑来设计测试用例，对程序的路径和过程进行测试，检查是否满足设计的需要。其原则是：程序模块中的所有独立路径至少执行一次；在所有的逻辑判断中，取"真"和取"假"的两种情况至少都能执行一次；每个循环都应在边界条件和一般条件下各执行一次；测试程序内部数据结构的有效性，等等。

对系统的测试还经常使用以下几种测试方法：

① 数据测试。用大量实际数据进行测试，数据类型要齐备，尤其是各种"临界值"应调试到。

② 穷举测试。也称完全测试，即程序运行的各个可能分支都应该调试到。

③ 操作测试。即从操作到各种显示、输出应全面检查是否与设计要求相一致。

④ 模型测试。即核算所有计算结果。

为了确保程序的正确性，可以将一种或多种测试方法综合起来使用，反复进行测试。另外，具体进行测试的人员最好不是程序的编制人员或计算机的专业人员，可以让业务人员甚至不怎么懂业务的人来完成测试工作，目的是让程序经得起推敲，将用户可能的误操作及时拦截下来并给出提示信息。

2. 系统测试的过程

测试是开发过程中一个独立的、非常重要的阶段，也是保证开发质量的重要手段之一。测试过程基本上与开发过程平行进行。在测试过程中，需要对整个测试过程进行有效的管理，保证测试质量和测试效率。要使测试有计划、有条不紊地进行，需要编写测试文档。测试文档主要有测试计划和测试分析报告。

一个规范化的测试过程通常包括以下基本的测试活动。

（1）制定测试计划

在制定测试计划时，要充分考虑整个项目的开发时间和开发进度，以及一些人为因素、客观条件等，使得测试计划是可行的。测试计划的内容主要有：测试的内容、进度安排、测试所需的环境和条件（包括设备、被测项目、人员等）、测试培训安排等。

（2）编制测试大纲

测试大纲是测试的依据，它明确、详尽地规定了在测试中针对系统的每一项功能或特性所必须完成的基本测试项目和测试完成的标准。无论是自动测试还是手动测试，都必须满足测试大纲的要求。

（3）设计和生成测试用例

根据测试大纲，设计和生成测试用例。在设计测试用例时，产生测试设计说明文档，其内容主要有：被测项目、输入数据、测试过程、预期输出结果等。

（4）实施测试

测试的实施阶段是由一系列的测试周期组成的。在每个测试周期中，测试人员和开发人员将依据预先编制好的测试大纲和准备好的测试用例，对被测系统或设备进行完整的测试。

（5）生成测试报告

测试完成后，要形成相应的测试报告。主要对测试进行概要说明，列出测试的结论，指出缺陷和错误，另外也给出一些建议，如可采用的修改方法、各项修改预计的工作量、修改的负责人等。

通常，测试与纠错是反复交替进行的。如果使用专业测试人员，测试与纠错可以平行进行，从而节约总的开发时间。另外，由于专业测试人员有丰富的测试经验、采用系统化的测试方法、能全时的投入，而且独立于开发人员的思维，使得他们能够更有效地发现许多开发人员很难发现的错误和问题。

14.3.4　测试步骤与问题

合理安排测试步骤能提高测试效率，降低测试成本。信息系统的测试总体上可分为：模块调试（单调），即按上述要求对模块进行全面的调试，主要是调试其内部功能；子系统调试（分调），是指在模块测试的基础上，解决模块间相互调用的问题，主要是调试各模块的外部功能及模块之间的接口和调用关系；系统调试（总调），又称联调，在所有子系统均经调试准确无误后，就可进行系统总调，它主要解决各子系统之间的数据通讯和数据共享的问题。系统联调通过后，即可投入程序的转换和试运行。

系统测试的具体步骤是：分别按硬件系统、网络系统和软件系统进行测试，最后对整个系统进行总的综合测试。测试的步骤如图 14-5 所示。

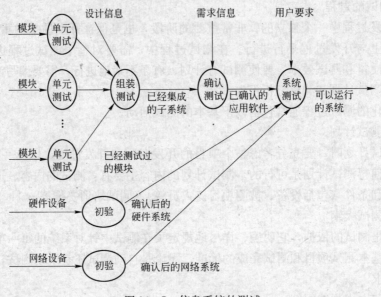

图 14-5　信息系统的测试

1. 硬件测试

通常根据项目情况选购硬件设备，应在各个相关厂商的配合下进行初始验收测试，初验通过后将与软件、网络等一起进行系统测试。初验测试所作的主要工作如下。

（1）配置检测

检测是否按合同提供了相应的配置，如系统软件、硬盘、内存、CPU（中央处理器）等的配置情况。

（2）硬件设备的外观检查

所有设备及配件开箱后外观有无明显划痕和损伤，这些包括计算机主机、工作站、磁带库、磁盘机柜和存储设备等。

（3）硬件测试

首先进行加电检测，观看运行状态是否正常，有无报警、屏幕有无乱码提示和死机现象，是否能进入正常提示状态；然后进行操作检测，用一些常用的命令来检测机器是否能执行命令，结果是否正常，如文件拷贝、显示文件内容、建立目录等；最后检查是否提供了相关的工具，如帮助系统、系统管理工具等。

通过以上测试，要求形成相应的硬件测试报告，在测试报告中包含测试步骤、测试过程和测试的结论等。

2. 网络测试

如果信息系统不是单机，则需要在局域网或广域网运行。按合同选购网络设备，应在各个相关厂商的配合下进行初始验收测试，初验通过后将与软件、硬件等一起进行系统测试。初验测试所作的主要工作如下。

① 网络设备的外观检查。所有设备及配件开箱后外观有无明显划痕和损伤，这些包括交换机、路由器等。

② 硬件测试。进行加电检测交换机、路由器等，其工作状态是否正常，有无错误和报警。

③ 网络连通测试。检测网络是否连通，可以用 PING、TELNET、FTP 等命令来检查。

通过以上测试，要求形成相应的网络测试报告，在测试报告中包含测试步骤、测试过程和测试的结论等。

3. 软件测试

软件测试实际上分为 4 步：单元测试、组装测试、确认测试和系统测试，它们按顺序进行。首先是单元测试（Unit Testing），对源程序中的每一个程序单元进行测试，验证每个模块是否满足系统设计说明书的要求。组装测试（Integration Testing）是将已测试过的模块组合成子系统，重点测试各模块之间的接口和联系。确认测试（Validation Testing）是对整个软件进行验收，根据系统分析说明书来考察软件是否满足要求。系统测试（System Testing）是将软件、硬件、网络等系统的各个部分连接起来，对整个系统进行总的功能、性能等方面的测试。

实践证明，这种分步骤、由内而外的调试方法是非常有效的，这也正体现了结构化程序设计的基本思想。

14.4　系统试运行与转换

在 MIS 系统测试工作完成后，就可以进行新系统的试运行和新老系统的转换，这也是系统实施的最后一个阶段。当新系统最终取代旧系统正常单轨运行时，就可以说系统实施阶段的工作基本上全部完成。

14.4.1　系统试运行

在系统没有正式转换之前，选择一些系统子项目来进行的试验性运行称为系统的试运行。它是系统正式转换的前期准备，不影响原系统的正常运行。系统试运行阶段中的主要工作大致包括：对系统进行初始化，录入初始数据；记录系统运行的状况；核对新老系统的输出；对新系统的各项性能进行实际测试等。系统试运行的目的是完成涉及新系统的数据整理输入和新系统的初始化。

1）数据整理

数据整理是指从旧系统中整理出新系统运行所必需的基础数据和资料，即把旧系统中的数据加工处理为符合新系统要求的格式。具体工作包括：历史数据的整理、数据资料的格式化、分类和编码、个别数据及项目的调整等。对于原来采用人工方式处理的信息系统，这部分的工作量十分巨大，应当提前进行准备，否则会影响系统转换的正常实施。数据整理一般分为以下 3 个步骤。

(1) 数据的整理准备

数据的整理准备，是指把旧系统中的数据进行整理的工作。如果旧系统是手工处理的管理系统，常常会出现原始数据不全、冗余或者与实际不相符的情况，这就需要整理数据的人进行补充和修改，所以说这项工作是非常烦琐和费时的，所幸的是这项工作可以提前在系统分析阶段的后期逐步开始。

(2) 数据的转换

数据的转换，是指将前面整理好的原始数据按照数据库的要求转化为新系统所要求的数据格式。这项工作必须由了解数据库具体设计的专业人员来协作完成。

(3) 数据的录入

数据的录入，是指将前面已经按照一定格式转换好的数据录入到计算机中。这项工作同样必须由熟悉计算机操作的人员完成，以确保数据录入的正确性。

2) 系统初始化

系统初始化是新系统投入运行之前必须完成的另一个工作。所谓系统初始化，是指对系统的运行环境和资源进行设置，对系统运行和控制参数进行设定、数据加载，以及系统与业务工作的同步调整等内容，其中数据加载是工作量最大且时间最紧迫的重要环节。由于需要在运行之前必须将大量的原始数据一次性输入到系统中，另外正常的业务活动中也会不断产生新的数据信息，它们也必须在新系统正式运行之前存入系统，因此系统初始化过程中的数据加载是新系统启动的先决条件，应突击完成并确保输入数据的正确性。对于原系统的不同基础，若为手工方式，则全部过程均只能人工进行；若为计算机系统，则可通过计算机进行数据格式转换，相对而言工作量要少些。

14.4.2　系统转换

系统转换是指系统试运行一段时间后，采用某种方式在某一时刻用新系统代替旧系统的工作。此时新系统开始正式运行，同时旧系统停止运行。系统转换的过程实际上是新旧系统的交替过程，这种交替过程根据实际需要可以选择不同的方式进行。

(1) 直接方式

如图 14-6 所示，直接方式是指在某一特定时刻，旧系统停止使用，同时新系统立刻投入运行。这种方式简单，节约了人员、设备的费用，但风险较大，一般适用于一些处理过程不太复杂、数据不太重要的场合。例如，电话号码的升位就采用了这种方式。对于比较复杂或者重要的系统，则不可以采用这种方式，因为在旧系统已经停止运行的情况下，一旦新系统又不能正常运转，将直接影响到整个企业或者组织的日常工作，严重的可能导致企业或组织瘫痪。

(2) 平行方式

如图 14-7 所示，平行方式是指在一段时间内新旧系统并存，各自完成相应的工作，并

图 14-6 直接方式   图 14-7 平行方式

相互对比审核。这样做需要双倍的人员和设备，其费用比较大，但系统运行的可靠性得到了大大提高，风险较少。在新旧系统并存阶段，可以继续对用户进行培训，检查并且改进新系统的功能，在确保新系统正常运转的情况下，力求提高新系统的性能和效率。这种方式适用于处理较复杂的大型系统，它提供了一个与旧系统的运行结果进行比较的机会，避免了直接转换方式带来的风险。

（3）逐步方式

如图 14-8 所示，逐步方式是指分阶段、按部分地完成新旧系统的交替过程，开发完一部分则在某一时间段内就平行运行该部分。这样做既可以避免直接方式的风险，又可以避免平行方式的双倍费用，实际上是以上两种切换方式的结合。这种方式既保证了可靠性，又不至于费用太大。这种方式的不足之处是接口多，并且对系统的设计和实现有一定的要求。

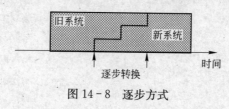

图 14-8 逐步方式

总之，系统转换就是要让新旧系统平稳过渡，完全停止旧系统的运行，启用新系统的过程。这个过程需要开发人员、系统操作员、用户单位领导和业务部门的密切协作，才能顺利交接，完成新旧交替。

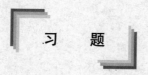

习 题

一、名词解释

1. 系统实施 2. 软件测试 3. 黑盒测试 4. 白盒测试 5. NS 图 6. 项目文件

二、简答题

1. 简述系统实施的内容和原则。

2. 简述结构化程序设计的三种基本结构。

3. 简述程序文档和系统实施报告包含的内容。

4. 简述软件测试的基本方法。

5. 简述系统转换的一般过程。

6. 简述数据整理的含义和步骤。

三、单选题

1. 测试的目的就是在系统投入生产性运行之前，尽可能多地发现系统中的（　　）。

　A. 过程　　　　　　B. 优点　　　　　　C. 错误　　　　　　D. 程序

2. 系统测试（system testing）是将软件、硬件、网络等系统的各个部分（　　）起来，对整个系统进行总的功能、性能等方面的测试。

　A. 拆分　　　　　　B. 连接　　　　　　C. 对立　　　　　　D. 等同

3. 系统测试的具体步骤是分别按硬件系统、网络系统和软件系统进行测试，最后对整个系统进行总的（　　）。

　A. 程序设计　　　　B. 数据测试　　　　C. 通信测试　　　　D. 综合测试

4. 新系统代替老系统，风险最大的方式是（　　）。

　A. 直接式　　　　　B. 并列式　　　　　C. 阶段式　　　　　D. 混合式

5. 对程序设计的一项基本的质量要求是程序编码的（　　）。

　A. 可读性　　　　　B. 正确性　　　　　C. 可移植性　　　　D. 可维护性

MIS 的管理

第 15 章　管理信息系统开发项目管理

第 16 章　管理信息系统的运行维护与安全管理

从信息系统的建设过程中可以看出，信息系统的管理是一个复杂的问题。大量的事实表明，管理工作的好坏，尤其是对信息系统开发、运行和维护阶段管理如何，在很大程度上决定了系统建设的成败；决定了系统是否能够发挥作用，是否能真正满足组织中管理决策与业务活动的需求。因此，必须要进行科学的管理，不能只靠经验、凭感性认识。科学的管理理论与方法的指导，再加上经验的积累，才是管理好信息系统的有效途径。

将项目管理的思想、原理和方法应用于信息系统建设项目会提高信息系统的成功率。项目管理的目的就是要在指定的时间和资源的条件下，按质保量地完成给定的任务。它对项目的成本、进度、质量等诸多因素进行有效地管理和协调、平衡与控制，以保证预定目标的实现。

系统建设完成之后，便进入运行使用阶段，这个阶段是系统充分发挥作用，实现其目标的阶段。有效、规范的管理，不断修改和完善是系统发挥效益、延长生命周期必不可少的条件。运行管理包括日常运行的记录、管理及对运行情况的检查和评价。其中，日常运行与情况记录是基础，检查与评价是运行系统维护并使系统顺利服务于管理决策与业务需求的前提条件，而管理制度的建设与完善则是其根本保证。系统评价为系统下一步的建设与维护提供了依据。

系统的可靠性与安全性是系统质量方面的两个重要指标，在系统建设及管理中应加以特别重视，分清多种影响因素，有针对性地进行预防和控制。

第15章

管理信息系统
开发项目管理

信息系统开发技术与信息系统项目管理是信息系统建设成功的两个重要支柱。信息系统开发技术是考虑选用何种开发环境和工具、何种网络结构、何种开发方式等系统建设的技术问题，而信息系统项目管理则是考虑如何组织人力、如何安排进度、如何控制成本和质量、如何达到客户满意度等系统建设的管理问题。这两个支柱是信息系统项目建设成功的保证，偏废任何一方都可能会导致项目的失败。

信息系统开发是一项艰巨而复杂的系统工程，存在很多不确定的因素。为保证信息系统建设的成功，需要按工程项目建设方式进行管理。在这种工程中项目管理的成效直接关系到项目的成败，并会对组织产生深远的影响。长期以来，信息系统的项目管理一直是信息系统领域一个十分具有挑战性的课题。

15.1 管理信息系统项目管理概述

15.1.1 项目与项目管理

1. 项目

通俗地讲，项目就是在一定的资源约束下完成既定目标的一次性任务。这一定义包含三层意思：一定资源约束、一定目标、一次性任务。这里的资源包括时间资源、经费资源、人力资源和物质资源。如果把时间从资源中单列出来，并将它称为"进度"，而将其他资源都看作可以通过采购获得并表现为费用或成本，那么就可以如此定义项目：在一定的进度和成本约束下，为实现既定的目标并达到一定的质量所进行的一次性工作任务。项目满足下面4个特征：完成特定的目标、具有开头和结尾、具有资金限额、消耗资源（如人力、财力、设备、物料等）。

2. 项目管理

而项目管理是指对项目的计划、指挥和对资源的控制（人、设备、资本、物料等），它的目的是在项目的技术、成本、时间和资源约束之内达到项目的目标。根据美国项目管理协会（Project Management Institute，PMI）的定义，项目管理是指"在项目活动中运用专门的知识、技能、工具和方法，使项目能够实现或超过项目关系人的需要和期望"。这一定义不仅仅强调使用专门的知识和技能，还强调项目管理中各参与人的重要性。项目经理不仅仅要努力实现项目的范围、时间、成功和质量指针，还必须协调整个项目过程，以满足项目参与者及其他利益相关者的需要和期望。

15.1.2　信息系统项目与项目管理

1. 信息系统项目的特点

信息系统建设作为一类项目，具有以下 3 个鲜明的特点。

（1）目标不精确、任务边界模糊，质量要求主要是由项目团队定义

在信息系统开发中，客户常常在项目开始时只有一些初步的功能要求，没有明确的想法，也提不出确切的需求，因此信息系统项目的任务范围很大程度上取决于项目组所做的系统规划和需求分析。由于客户对信息技术的各种性能指标并不熟悉，所以信息系统项目所应达到的质量要求也更多地由项目组定义，客户则担负起审查任务。为了更好地定义或审查信息系统项目的任务范围和质量要求，客户方可以聘请信息系统项目监理或咨询机构来监督项目的实施情况。

（2）用户需求随项目进展而变，导致项目进度、费用等不断变更

尽管已经做好了系统规划、可行性研究，签订了较明确的技术合同，然而随着系统分析、系统设计和系统实施的进展，客户的需求不断被激发，导致程序、界面及相关文档需要经常修改。而且在修改过程中又可能产生新的问题，这些问题很可能经过相当长的时间后才会被发现，这就要求项目经理不断监控和调整项目的计划执行情况。

（3）信息系统项目工作的技术性很强，需要大量高强度的脑力劳动

尽管近年来信息系统辅助开发工具的应用越来越多，但是项目各阶段还是需要大量的手工劳动。这些劳动十分细致、复杂和容易出错，因而信息系统项目既是智力密集型项目，又是劳动密集型项目。

信息系统的开发特别是软件开发渗透了人的因素，带有较强的个人风格。为了高质量地完成项目，必须充分发掘项目成员的智力才能和创造精神，不仅要求他们具有一定的技术水平和工作经验，而且还要求他们具有良好的心理素质和责任心。与其他行业相比，在信息系统开发中，人力资源的作用更为突出，必须在人才激励和团队管理问题上给予足够的重视。

2. 信息系统项目管理的目的

信息系统项目，尤其是大型的信息系统项目，通常是一项涉及面广、投入资源多、技术难度大的系统工程，它的实施会对整个企业和组织产生巨大影响。因此只有按照系统的观点，使用现代项目管理的科学理念和方法进行控制，才能以较小的代价，获得较大的收益。

20 世纪 60 年代到 70 年代初期，许多信息系统项目常常不能按期完成、可靠性差、成本是预期的几倍，且性能较差，主要是因为管理方法不当，于是人们将其他领域（如工程）

中所运用的项目管理方法应用于信息系统开发的项目管理中。应该说，其他领域的这些有效的项目管理方法多数也能适用于信息系统的项目管理。但是，信息系统的项目管理与其他的工程项目管理相比有其一些特性，主要表现为：信息系统产品是无形的；没有标准的软件过程；大型信息系统项目常常是"一次性"的。基于上述原因，一些信息系统项目延期、超预算、未达到预期质量目标等也就不足为怪了。

实施信息系统项目管理将有助于进行系统性思考，并切实可行地进行全局性的安排，同时也可以为项目开发的人力资源需求提供依据。此外，通过信息系统的项目管理，还可以对项目实施最优化控制，并可以得到准确、一致、标准的文档，尽可能地帮助信息系统开发成功，这也是进行信息系统项目管理的目的。

3. 信息系统项目管理的任务

信息系统项目管理的任务就是要确保信息系统项目符合对其的预算、进度和质量的要求，并确保支付的软件能够达到预定的目标。系统管理者负责项目开发的规划和进度安排，他们对开发工作进行指导，确保项目能够达到要求的标准，同时还要对项目的进展情况进行监控，检查项目是否符合进度安排、没有超出预算等。在信息系统开发生命周期中，各个阶段的项目管理的主要目的是要实现现实系统向计算机系统的转换。从软件工程的角度来看，信息系统项目管理的主要任务如下。

① 开发管理。包括：制定文档、预计需要的资源、估算费用、安排工作任务和日程、定期做评审、进行质量保证管理、开发总结报告、处理意外情况等。

② 测试管理。包括：制定测试计划、测试分析报告、编制用户手册。

③ 运行管理。包括：人员的组织管理、设备与资料管理、财政预算与支出管理、作业时间管理。

④ 项目后评价管理。包括：技术水平与先进性评价、经济与社会效益分析、系统的内在质量评价、系统的推广使用价值评价、系统的不足之处与改进意见等。

4. 衡量信息系统项目的成功与失败

可以通过 5 个方面来判断一个系统是否成功，即系统使用的高水平、用户对系统满意、对信息系统的正面态度、获得的系统目标及财务清偿。

当下面的情况发生时，意味着 IT 项目面临着失败。

（1）时间和成本超出计划

如果项目的建设期过长，就会增加项目的经济风险和技术风险。超出预算过高，就会危及信息技术项目本身的价值。在 1994 年，Standish 国际集团公司的研究结果表明，有 51% 的项目超出预计成本 2～3 倍或者产出预计工期的 3 倍。

（2）未能捕捉到本质的商业需求

系统没有能显著地改进组织运作或者决策效率；信息系统无法支持组织特定的处理方式；信息系统的目标不明确或者系统不能满足预期的目标。例如，一个项目管理部门准备开发一个信息系统，部门原本的想法是让项目申请者能够迅速得到响应并向他们提供丰富的参考信息，但是设计人员误解了用户的需求，结果实现了部门内文档处理的自动化，而项目申请者的状况却丝毫没有改善。

（3）未能以合适的方式提供所需数据

例如，系统中的数据有很高的不一致性和不准确性；一些字段中的数据是错误的或者是模棱两可的；信息提供不够快；一些数据的显示和计算是错误的；一些想要的数据访问不到；用于显示信息的系统用户界面也许过于复杂或者不太好用。

（4）信息系统与企业的文化、组织、行为不兼容

尽管有的系统在功能上是完备的，但是它最终却未被用户接受。信息系统与企业行为、文化、组织的不兼容有多种形式。例如，信息系统改变了人们获得信息和控制信息的行为方式，结果引起了用户的抵制；用户对信息系统产生的数据不信任，坚持用原来的方式维护他们的数据；信息系统打破了组织的权力平衡，遭受损失的用户极力抵制新系统，而获益的用户则倾向于使用它；新系统要求用户之间分享成功经验和失败教训，但是用户却觉得这些经验是他们的个人隐私或者是个人竞争力的筹码而拒绝这么做。

15.2　管理信息系统项目管理的基本内容

信息系统项目管理涉及的内容是多方面的，从战术上看，项目管理主要关注项目范围、时间、成本、质量和风险等方面；从战略上看，有效的项目管理集中在对人员、问题和过程的管理上。这里主要从战术上来介绍相关内容。

15.2.1　信息系统项目范围管理

范围也称为工作范围，是指为了实现项目目标必须完成的所有工作。根据需求分析的结果可以通过定义交付和交付成果的标准来定义工作范围。工作范围根据项目目标分解得到，它指出了"完成哪些工作可以达到项目的目标"，或者说"完成哪些工作项目就可以结束项目"。如果没有工作范围的定义，项目有可能永远也完不成。要严格控制工作范围的变化，一旦失控就可能出现：一方面做了许多与实现目标无关的额外工作；另一方面却因额外工作影响了原定目标的实现，造成商业和声誉的双重损失。

1. 需求分析

"需求"也就是用户的需要，它包括用户要解决的问题、达到的目标及实现这些目标所需要的条件，它是一个程序或系统开发工作的说明，表现形式一般为文档。

信息系统项目管理环境中，需求包括 4 个层次：业务需求、用户需求、功能需求和非功能需求。业务需求反映了组织机构或客户对系统、产品高层次的目标要求。用户需求描述了用户产品必须完成的任务。功能需求定义了开发人员必须实现的软件功能，使得用户能完成他们的任务，从而满足了业务需求。非功能需求描述了系统展现给用户的行为和执行的操作，它包括产品必须遵从的标准、规范和约束及操作界面的具体细节和构造上的要求。

2. 项目目标

项目目标是实现项目计划过程的第一步，信息系统项目目标是指预期的结果或最终的软件产品。

信息系统项目具有多目标的特性，其目标通常表示成层次结构，不同的层次，目标的重

要性是不同的。最高层是总体目标，指明了项目要解决的问题及其预期的结果；最下层是具体的目标及其细节，指明了解决问题的具体措施和步骤。上层目标一般可以是模糊的、不可控制的，而下层目标则必须是具体、明确、可度量的，因此层次越低，目标就越具体，也就越可控制。

项目目标的确定有一个从一般到具体逐渐细化的过程。在确定和描述项目目标时，可以考虑遵循如下一些基本原则。

① 量化原则。尽可能定量描述，使每个目标的范围、时间、成本、性能、责任等都是明确的、可以度量和监控的。

② 个人化原则。每个目标具体应当落实到每个项目组的成员，使得每个成员都明确自己的工作和职责。

③ 简单化原则。目标的描述应当是简单而直接的，使得每个参与人员都能明确而无二义性。

④ 现实性原则。确定的每个目标都是可以实现的，而不是追求理想化的结果。

例如，项目目标可能是"2 年内，在 20 万元预算内，构建政府办公信息系统，并能达到预先规定的性能指标。"像这样一个项目目标还比较模糊，不同项目关系人可能有不同的理解。完成的时间和性能指标在什么时候定义的都应该明确。

3. 项目范围管理

项目目标的范围管理就是在一个从立项到结束的全过程中对所涉及的项目工作的范围进行的管理和控制活动。项目范围包括完成该项目、实现项目目标、获得项目产出物所"必须"的全部工作。项目的工作范围既不应超出生成既定项目产出和实现既定项目目标的需要，也不能少于这种需要。

按照美国项目管理协会（PMI）的说法，项目管理的主要内容如下。

① 项目启示工作。包括拟定项目说明书、分析决策项目是否开展、选派合格的项目经理等。

② 界定项目范围。指根据项目产出物的要求与描述和项目的目标，全面界定一个项目的工作和任务的项目范围管理工作。

③ 确定项目范围。指由项目的业主/客户或其他项目决策者，确认并接受通过"项目范围界定"工作而给出的项目范围和任务，以及将这种对于项目范围的确认编制成正式文件的项目范围管理工作。

④ 编制项目范围计划。指由项目组织编写和制定一个书面项目范围描述文件的工作，它规定了项目的产品范围和工作范围，以及项目范围所规定任务的计划和安排，它是未来项目各阶段起始工作的决策基础和依据。

⑤ 项目范围变更控制。指对于那些由项目业主/客户、项目组织或团队等项目相关利益者提出的项目范围变更所进行的控制与管理工作。这是一项贯穿于整个项目实施过程中的项目范围管理活动。

项目范围管理对整个项目的管理是有决定作用和影响的。一般情况下，在项目目的不同阶段都需要开展项目范围管理。

4. 项目范围定义

项目范围定义是以范围规划的成果为依据，把项目的主要可交付产品和信息系统项目划分为更小的、更容易管理的单元，即形成工作分解结构（Work Breakdown Structure，WBS）。

WBS 是将项目逐层分解成一个个可执行的任务单元，这些任务单元既构成了整个项目的工作范围，又是进度计划、人员分配和成本计划的基础。

项目工作范围的结构分解，强调的是结构性和层次性，即按照相关性规则将一个项目分解开来，得到不同层次的项目单元，然后对项目单元再进一步的分解，得到各个层次的活动单元，清晰地反映项目实施所涉及的具体工作内容，最终形成工作分解结构图，项目关系人通过它可以看到整个项目的工作结构。

常用的 WBS 的表示形式有两种：树形图和缩进图。树形图类似于组织结构图，缩进图类似于分级的图书目录，如某信息系统集成项目的工作分解缩进图，如表 15-1 所示。

表 15-1　某信息系统集成项目的工作分解结构表

1 * * * 信息系统集成项目	1.4 系统开发与采购
1.1 项目管理	1.4.1 软件开发
1.1.1 项目计划	1.4.2 采购
1.1.2 文档管理	1.5 集成实施
1.2 需求分析与确认	1.5.1 网络集成
1.2.1 需求分析	1.5.2 软件集成
1.2.2 可行性研究	1.5.3 培训
1.2.3 立项审批	1.6 测试与验收
1.2.3 初步方案设计	1.6.1 外部测试
1.3 系统设计与评价	1.6.2 初步验收
1.3.1 网络系统设计	1.6.3 试运行
1.3.2 应用系统设计	1.6.4 最终验收
1.3.3 设计评价	

15.2.2　信息系统项目进度管理

有了明确的项目目标、范围和项目的工作分解结构，接着明确的、可行的进度计划。如果在进行过程中不能按时实现里程碑性的目标，遇到变化后不能及时地调整进度，就会造成项目半途而废或系统工期严重延误。

信息系统的项目进度计划管理一般包含活动的定义、活动排序、活动工期估计及进度计划的制定等环节并通过网络图和甘特图表达出来。

1. 活动定义

将项目工作分解为更小、更易管理的工作包也叫活动或任务，这些小的活动应该是能够保障完成交付产品的可实施的详细任务。在项目实施中，要将所有活动列成一个明确的活动清单，并且让项目团队的每一个成员能够清楚有多少工作需要处理。表 15-2 为某信息系统集成项目活动表。

表 15 - 2　某信息系统集成项目活动表

序号	作业代号	活动内容	先行活动	天数
1	A	需求分析		6
2	B	可行性研究		3
3	C	立项审批	B	2
4	E	初步方案设计	A，C	2
5	F	网络与应用系统设计	C	1
6	G	系统评价	C	2
7	I	采购	E，F，G	3
8	J	集成实施	E，F	2
9	K	测试与验收	I，J	10

2. 活动排序

在项目描述、活动清单的基础上，找出项目活动之间的依赖关系和特殊领域的依赖关系、工作顺序。进行项目活动关系的定义时一般采用优先图示法、箭线图示法、条件图示法、网络模板这 4 种方法，最终形成一套项目网络图。如图 15 - 1 所示的某信息系统集成项目网络图。

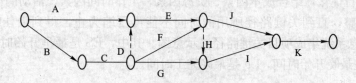

图 15 - 1　某信息系统集成项目网络图

设立项目里程碑是排序工作中很重要的一部分。里程碑是项目中关键的事件及关键的目标时间，是项目成功的重要因素。

3. 活动工期估算

活动工期估算是跟据项目范围、资源状况计划列出项目活动所需要的工期。

估算的工期应该现实、有效并能保证质量。在估算工期时要充分考虑活动清单、合理的资源需求、人员的能力因素及环境因素对项目工期的影响。在对每项活动的工期估算中应充分考虑风险因素对工期的影响。一般来说，工期估算可以采取以下几种方式。

① 专家评审形式。由有经验、有能力的人员进行分析和评估。

② 类比估算。使用以前类似的活动作为未来活动工期的估算基础，计算评估工期。

③ 根据工作量估算。由工程或设计部门确定每项具体工作种类所需完成的数量（如程序代码行等），乘以单位生产率（如每千行代码用多少小时等）后，就可用来估算活动所需时间。

工期估算中可预留一定比例作为冗余时间以应付项目风险。随着项目进展，冗余时间可以逐步减少。

4. 网络计划技术

网络计划技术包括关键路径法和计划评审技术。这两种计划方法是分别独立发展起来的，但其基本原理是一样的，即用网络图来表达各项目活动和它们之间的相互关系，并在此基础上进行网络分析，计算网络中各项时间参数，确定关键活动与关键路线，利用时差不断调整与优化网络，以求得最短项目工期。由于这两种方法都是通过网络图和相应的计算来反映整个项目的全貌，所以称为网络计划技术。

（1）计划评审技术（PERT）

项目进度计划和管理是一个复杂的工作，但是管理者也可以利用一些直观的工具来辅助进行决策。PERT（项目评审法）就是一种应用比较广泛的项目进度计划方法。PERT 是项目评审技术（Program Evaluation and Review Technique）的首字母缩写，PERT 是 20 世纪 50 年代末美国海军部开发北极星潜艇系统时为协调 3 000 多个承包商和研究机构而开发的，其理论基础是假设项目持续时间和整个项目完成时间是随机的，且服从某种概率分布。PERT 可以估计整个项目在某个时间内完成的概率。

PERT 方法在差不多所有的工业领域中都有应用，而且 PERT 方法成为后来许多方法的基础，如最低成本法和估算规划法、产品分析控制法、人员分配法、物资分配法。

（2）关键路径法（CPM）

差不多在同一时间，杜邦公司也推出了一种与 PERT 十分类似的方法，称为关键路径法（Critial Path Method，CPM）。关键路径法是时间管理中很实用的一种方法，其工作原理是：为每个最小任务单位计算工期，定义最早开始和结束日期、最迟开始和结束日期，按照活动的关系形成顺序的网络逻辑图，找出必需的最长的路径即为关键路径。时间压缩是指针对关键路径进行优化，结合成本因素、资源因素、工作时间因素、活动的可行进度因素对整个计划进行调整，直到关键路径所用的时间不能再压缩为止，得到最佳时间进度计划。图 15-2 是某信息系统集成项目关键路径法示意图。其中，ES 是最早开始时间，EF 是最早完工时间，LS 是最晚开始时间，LF 是最晚完工时间。

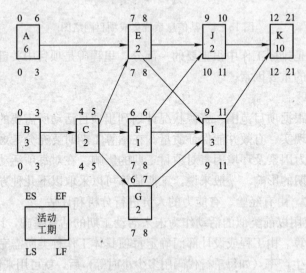

图 15-2　某信息系统集成项目关键路径法示意图

5. 甘特图与进度计划安排

在了解了各项活动之间的关系，得到网络图之后，就可以制定项目的进度计划。项目的进度计划意味着明确定义项目活动的开始和结束日期，这是一个反复确认的过程。进度表的确定应根据项目网络图、估算的活动工期、资源需求、资源共享情况、项目执行的工作日历、进度限制、最早和最晚时间、风险管理计划、活动特征等统一考虑。

在制定项目进度表时，先以数学分析的方法计算每个活动最早开始和结束时间与最迟开始和结束日期，得出时间进度网络图，再通过资源因素、活动时间和可冗余因素调整活动时间，最终形成最佳活动进度表。

甘特图是显示项目进度计划的常用工具。甘特图（Gantt Chart）也叫横道图或条形图，是在 20 世纪初由亨利·甘特发明的，是一种有效显示行动计划时间规划的方法，主要用于项目计划进度安排。图 15-3 是某信息系统项目建设进度的甘特图。

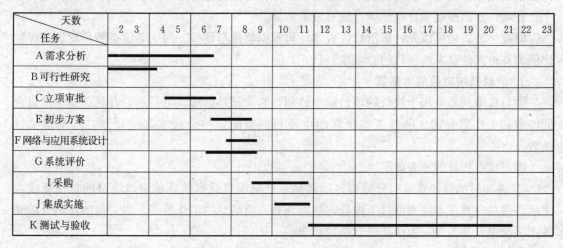

图 15-3　某信息系统项目建设进度甘特图

6. 进度控制

进度控制主要是监督进度的执行状况，及时发现和纠正偏差、错误。在控制中要考虑影响项目进度变化的因素、项目进度变更对其他部分的影响因素、进度表变更时应采取的实际措施。

15.2.3　信息系统项目成本管理

项目成本管理是指为保障项目实际发生的成本不超过项目预算，使项目在批准的预算内按时、按质、经济高效地完成既定目标而开展的成本管理活动。成本管理包括项目资源规划、项目成本估算、项目成本预算、项目成本控制等过程。资源规划是指确定为完成项目诸工序，需用何种资源（人、设备、材料）及每种资源的需要量。项目成本估算是指编制为完成各工序所需的资源的近似估算总费用。项目成本预算是指将总费用精确估算并分配到项目的各个活动上的过程。项目成本控制是指控制项目预算变更的过程。

1. 信息系统项目成本构成

信息系统项目的成本是指信息系统建设阶段的成本，主要是指分析、设计和实施三阶段的成本，具体来讲包括软件的分析/设计费用（含系统调研、需求分析、系统分析、系统设计）、实施费用（含编程/测试、硬件购买与安装、系统软件购置、数据收集、人员培训）及系统切换等方面的费用。

从财务的角度看，信息系统项目的成本包括人工费、培训费、软件购置费、硬件购置费、管理费等。此外，根据是否直接可见，可将成本分为有形成本和无形成本；根据与项目的关系，可将成本分为直接成本和间接成本；根据来源，可将成本分为设备成本、人力成本和管理成本等。

2. 信息系统项目成本估算

成本估算可以采用类似项目活动历时估算的方法，如专家估计法、类比法等。为了得到比较精确的成本估算，在进行成本估算时以工作分解结构为基础，将项目成本估算分配给单个工作项，然后逐层累计得到项目的总成本估算。

除此之外，还可以先计算出软件成本，再根据软件与硬件、网络等设备费用配比的经验比值测算得到信息系统项目的总成本。

3. 信息系统项目成本预算

项目成本预算是用于执行的项目成本计划，它应该是合理、可行的，并且是基于项目合同经费和工作章程的。项目成本预算的主要目标是制定一个成本基准计划，以衡量项目绩效。

项目成本预算的步骤如下。

① 将项目的总预算成本分摊到各项活动。根据项目成本估算确定出项目的总预算成本之后，将总预算成本按照项目工作分解结构和每一项活动的工作范围，以一定的比例分摊到各项活动中，并为每一项活动建立总预算成本。

② 将活动总预算成本分摊到工作包。这是根据活动总预算成本，确定出每项活动中各个工作包具体预算的一项工作，其做法是将活动总预算成本按照构成这一活动的工作包和所消耗的资源数量进行成本预算分摊。

③ 在整个项目的实施期间内，对每个工作包的预算进行分配，即确定各项成本预算支出的时间及每一个时间所发生的累计成本额，从而制定出项目成本预算计划。

4. 信息系统项目成本控制

项目成本控制就是在整个项目的实施过程中，定期收集项目的实际成本数据，与成本的计划值进行对比分析，并进行成本预测，发现并及时纠正偏差，以使项目的成本目标尽可能好地实现。项目成本管理的主要目的就是项目的成本控制，将项目的运作成本控制在预算的范围内或者控制在可以接受的范围内，以便在项目失控之前就及时予以纠正。

成本控制实质上就是监控成本的正负偏差，分析偏差产生的原因，及时采取措施以确保项目朝着有利的方向发展。对于以项目为基本运作单位的公司或组织来说，成本控制能力直接关系公司的赢利水平，因此多数公司或组织将成本控制放在一个非常重要的地位。但是，在实际工作中，很多公司往往没有一套系统的管理方法来进行成本控制，而把更多的精力放在技术上。

实施成本控制的依据是费用基线、绩效报告、变更申请和成本管理计划。其中，绩效报告提供了费用执行方面的信息；变更申请可以是多种形式，直接的或间接的、外部的或内部的、口头的或书面的；成本管理计划描述了当费用发生偏差时如何处理。

进行成本控制时的结果是修订成本估算、变更成本预算、采取纠正措施、对项目完工重新进行估算等。

15.2.4　信息系统项目质量管理

　　在许多信息系统的建设中，往往只强调系统必须完成的功能、应该遵循的进度计划及建设这个系统花费的成本，却很少注意在整个生命周期中信息系统应该具备的质量标准。这种做法的后果是系统的维护费用非常高，或是系统的可移植性和兼容性很差。因此，信息系统项目质量管理是非常重要的。

　　项目的质量管理一般包含 3 个内容：质量规划、实施质量保证和实施质量控制。

　　信息系统项目质量规划就是要将与信息系统有关的质量标准标识出来，并提出如何达到这些质量标准和要求。质量保证是在质量控制体系中实施的全部计划的、有系统的活动，提供满足项目相关标准的措施，贯穿整个项目实施的全过程。与关注产品质量检查的质量控制相比，质量保证关注的是质量计划中规定的质量管理过程是否被正确执行，是对过程的质量审计。

　　质量控制是项目管理的重要方面之一，建立和执行适当的质量衡量标准是进行项目质量管理的关键。质量控制贯穿了项目管理的全过程，是在项目管理中对质量的动态管理。它不仅仅是对开发成果的质量要求控制，还包含了对开发工作流程、开发方式、财务成本及开发风险等各方面的控制管理过程。具体步骤如下。

　　（1）建立项目的质量控制标准

　　项目质量控制标准的制定是依据系统开发的功能需求，通过开发项目的计划和实施过程建立起来的，是对项目开发的若干要求，以此作为项目开发评审和控制标准的基础和核心。具体的项目质量控制标准主要包括以下内容。

　　① 项目开发工作流程的合理化。

　　② 开发时间和成本预算控制。

　　③ 项目风险控制。

　　④ 开发工作安排效率。

　　⑤ 开发工作的协调管理过程。

　　⑥ 工程化开发方式的运用。

　　⑦ 程序的运行效率和信息标准的统一。

　　⑧ 管理信息系统需求方满意度。

　　（2）观察开发过程的实际表现情况

　　通过项目执行过程中的各种渠道，收集项目实施的有关信息，了解开发过程的实际情况。

　　（3）进行实际表现和控制标准的比较

　　比较项目实施的实际表现和预先制定的控制标准，主要是为了了解项目进展情况，及时调整与项目计划的偏差。管理控制标准为客观评价项目状况提供了依据，使项目负责人能够迅速、有效地对项目的实际进展情况作出全面、客观的判断，从而及时采取必要的措施。

　　（4）采取调整措施

　　在比较项目实际表现和控制标准后，如果出现偏差，就需要采取调整措施。调整措施可以采取以下形式。

① 对开发流程进行合理化调整。

② 协调项目资源的合理分配。

③ 建立系统、全面、准确的技术文档资料。

④ 调整项目组织形式和项目管理方法。

15.2.5　信息系统项目风险管理

信息系统的失败原因来自于很多方面，不能简单地把它归结于技术原因，实际上很多新的技术和方法不能发挥它的效用是因为管理上的或者组织上的原因。总的来说，导致信息系统项目失败的因素来自于 3 个方面：项目实施的技术风险、项目管理风险及组织转变风险。

信息系统项目管理的主要目的就是帮助信息系统项目团队积极迎接风险，主动控制风险，以最小代价应对风险，使机会或回报最大化、潜在风险损失最小化。

1. 项目实施的技术风险

项目实施的技术风险与 3 个因素有关：项目规模、项目结构和技术经验。

(1) 项目规模

项目风险与其所需花费、人数、时间跨度、地域跨度和部门跨度成正比。项目影响到的部门和个人越多，信息的量越多，信息的流动就越复杂，所涉及的运作和控制也越复杂。因此，一个持续 4 年的、500 万元的、影响 5 个部门的 20 个下属单位的、涉及 120 个用户的信息系统项目，比一个 3 万元的、两个用户的、两个月即完成的信息系统项目风险大得多。一个全球范围内的信息系统实施起来也比在一座办公大楼里的信息系统风险要高。

(2) 项目结构

如果信息系统结构化程度高，它的需求就明白直接，系统产出和流程就很清晰，这样的系统风险就低；结构化程度低的项目，需求不那么直接和明显，结果也不那么确定，风险也就高。

(3) 技术经验

如果现有技术不够成熟和稳定，项目的风险就高一些。如果项目小组缺乏所需的技术和经验，工程风险会变大。若小组对项目中的硬件、系统软件、应用软件不熟悉，就会导致：因掌握新技术的时间较长而导致额外的延期；如果开发工具掌握得不够好会产生各种技术问题；因为对各种软硬件的特性不熟悉而产生的额外的时间和金钱花费。

2. 项目管理风险

在项目管理过程中，可能遇到的主要风险来自于项目管理的各个方面：项目人员组织、项目时间和进度的控制、成本控制及质量控制和结果评价。

(1) 项目人员的组织

如果项目小组缺少信息技术知识或者项目管理经验，或者缺少关键用户的积极参与，往往会遇到困难。如果项目小组中的技术顾问来自第三方，则存在着企业自身学习掌握信息系统使用和维护的问题。如果企业内部的实施人员经常变动，不能专职稳定地参与项目，把实施项目视为第三方的责任而不是企业自己的工作，将直接影响到企业对新系统的掌握，往往造成新系统建成，第三方人员离开，而企业用户不会使用维护的尴尬局面。如果项目小组没有得到足够的授权，不能够协调部门之间的工作、统筹安排跨部门的实施人员，扯皮现象就不可避免。

（2）项目时间和进度控制

许多信息系统项目在一开始就没有能够制定明确的、可行的进度计划，在进行过程中不能按时实现里程碑性的目标，遇到变化后不能及时地调整进度，往往造成项目半途而废或系统工期严重延误。

（3）成本控制

在实施过程中，如何合理分配实施费用，结合项目进度和时间安排将项目成本控制在计划之内，是每一个开发信息系统的企业需要认真对待的问题。有的企业尽管最终开发完成，但是花费却远远超出了预算，客观上造成项目的不成功。

（4）质量控制和结果评价

不少企业在项目之初没有制定信息系统的绩效标准，在开发过程中未能随时控制质量，在项目完成时不知道如何进行评估信息系统的绩效，造成"为上系统而上系统"，为企业的长远发展埋下了危险的种子。

3. 组织转变风险

（1）管理观念的转变

信息系统的实施是一个管理项目，而不仅仅是一个信息系统项目。不少企业高层管理人员尚未认识到这一点：在选择和实施系统时仅由技术部门负责，缺少管理人员和业务人员的积极参与；项目经理由技术部门的领导担任，高级管理人员，尤其是企业的一把手未能亲自关心负责系统实施。如此种种现象，需要企业管理人员转变认识加以改善。管理观念的转变还体现在管理信息系统实施过程对企业原有的管理思想的调整上。管理信息系统带来的不仅仅是一套软件，更重要的是带来了整套先进的管理思想。只有深刻理解、全面消化吸收了新的管理思想，并结合企业实际情况加以运用，才能充分发挥管理信息系统带来的效益。

（2）组织架构的调整

为适应管理信息系统带来的改变，企业必须在组织架构和部门职责上作相应的调整。因此，实施管理信息系统往往需要同时进行业务流程重组和改善的工作。在流程改组中，会涉及部门职能的重新划分、岗位职责的调整、业务流程的改变、权力利益的重新分配等复杂因素。如果企业不能妥当地处理这些问题，将会给企业带来不稳定因素。

（3）业绩考评体系的转变

由于企业组织架构和业务流程的调整，企业必须对业绩考评体系进行相应的调整，以适应新的岗位职责和业务要求。能否顺利地将原有的业绩考评体系转变到适应新系统的业绩考评体系，是对企业的一个考验。

（4）用户角色和职能的转变

4. 信息系统项目风险管理

风险管理一般包括风险识别、风险分析、风险应对、风险监控这几个过程。

（1）风险识别

风险识别是管理风险的第一步，即识别整个项目过程中可能存在的风险。一般是根据项目的性质，从潜在的事件及其产生的后果和潜在的后果及其产生的原因来检查风险。收集、整理项目可能的风险并充分征求各方意见，形成项目的风险列表。

（2）风险分析

风险识别的目的是确定每个风险对项目的影响大小，一般是对已经识别出来的项目风险进行量化估计。

（3）风险应对

风险分析之后，就已经确定了项目中存在的风险及它们发生的可能性和对项目的风险冲击，并可排出风险的优先级。此后就可以根据风险性质和项目对风险的承受能力制定相应的防范计划，即风险应对。制定风险应对策略主要考虑以下 4 个方面的因素：可规避性、可转移性、可缓解性、可接受性。风险的应对策略在某种程度上决定了采用什么样的项目开发方案。对于应"规避"或"转移"的风险，在项目策略与计划时必须加以考虑。确定风险的应对策略后，就可编制风险应对计划，它主要包括：已识别的风险及其描述、风险发生的概率、风险应对的责任人、风险对应策略及行动计划、应急计划等。

（4）风险监控

制定了风险防范计划后，在项目执行过程中，需要时刻监督风险的发展与变化情况，并确定随着某些风险的消失而带来的新的风险。风险监控包括两个层面的工作：一是跟踪已识别风险的发展变化情况，包括在整个项目周期内，风险产生的条件和导致的后果变化，衡量风险减缓计划需求；二是根据风险的变化情况及时调整风险应对计划，并对已发生的风险及其产生的遗留风险和新增风险及时识别、分析，并采取适当的应对措施。对于已发生过和已解决的风险也应及时从风险监控列表调整出去。

15.3　管理信息系统开发项目的组织

1. 建立项目小组

信息系统的开发需成立项目管理机构，由项目负责人进行统一管理和协调。可以根据项目经费的多少和系统的大小来确定相应的项目组。项目组根据工作需要可设若干小组，小组的数目和每个小组的任务可以根据项目规模、复杂程度和周期长短来确定。

可以设立的小组有：过程管理小组、项目支持小组、质量保证小组、系统工程小组、系统开发与预测小组、系统集成与预测小组等。

项目组长（项目经理）是整个项目的领导者，其任务是保证整个开发项目的顺利进行，负责协调开发人员之间、各级最终用户之间、开发人员和广大用户之间的关系。同时他拥有资金的支配权，可以把资金作为强有力的工具来进行项目管理。对项目经理的资金运用情况可采用定期向上级汇报等方法进行合理监督。

项目经理在实施项目领导工作时，要时刻注意所开发的系统是否符合最初指定的目标；在开发工作中是否运用了预先选择的正确的开发方法；哪些人适合于做哪些工作等。只有目的明确、技术手段适合、用人得当，才能保证系统开发的顺利进行。

过程管理小组的任务是负责整个项目的成本及进度控制、配置管理、安装调试、技术报告的出版、培训支持等项任务。这是一个综合性的结构，用于保证整个开发项目的顺利进行。

项目支持小组的任务是保障后勤支持，它要及时提供系统开发所需要的设备、材料；负责进行项目开发的成本核算；负责合同管理、安全保证等。特别是对大型项目而言，由于其涉及的资金巨大、开发人员众多，材料消耗也多，尤其要进行科学的管理。

质量保证小组的任务是及时发现影响系统开发质量的问题并给予解决。

系统工程小组的任务是用系统的观点制定出系统开发各个阶段的任务，即将整个开发过程按阶段划分出若干个任务，规定好每个任务的负责人、任务的目标、检验标准、完成任务的时间等。只有明确每一项任务的责、权、利，才能使开发工作顺利进行。

开发与测试小组的任务是充分利用系统开发的技术、模型及一些成熟的商品软件从事各子系统的开发与集成，并对各系统进行测试。

系统集成是对整个信息系统进行综合的过程，该小组成员充分注意软件、硬件产品与所开发的信息系统之间的结合。

2. 项目成员的角色分工

信息系统项目中通常需要用户方与开发方的共同协作，他们在系统开发过程中扮演着不同的角色。

① 项目管理者。信息系统项目的组织者，负有信息系统项目的计划、系统的阶段验收及对系统整体进度的监控、经费的使用、与开发方的项目管理人员工作的协调、用户方的使用人员的组织与培训等职责。

② 用户方的业务人员。信息系统需求的提出者，也是信息系统的最终用户，他们是对应用系统开发成功与否的最终评判者。

③ 用户方的决策层。用户方的决策层是信息系统开发的最终决策机构，决策层要对信息系统开发项目的上马、经费的预算及系统所要达到的总目标等作出决策。

④ 开发方的项目管理人员。负责项目的计划、开发人员的组织与调度、开发进度的检查，以及与用户方项目管理人员工作的协调。

⑤ 开发方的软件编程人员。根据用户方的需求，按照项目的计划及进度进行系统开发。

习　　题

一、名词解释

1. 项目　2. WBS　3. 活动　4. PERT　5. CPM　6. 甘特图　7. 范围

二、简答题

1. 信息系统项目具有哪些不同于一般工程项目的特点？信息系统项目管理的特点和任务是什么？

2. 可以通过哪些方面来衡量信息系统项目的成功与失败？

3. 如何确定信息系统项目的工作范围？如何表示？举例说明。

4. 试用树型结构表示表 15 - 1 所示的工作结构。

5. 信息系统项目计划管理包含哪些内容？如何表示？举例说明。

6. 信息系统项目的成本是如何构成的？信息系统项目成本如何估算？

7. 信息系统项目中存在着哪些主要的风险？如何防范和应对这些风险的出现？

8. 信息系统建设中的不同人员应当如何进行角色分工？如何才能提高沟通与控制的效率？

三、单选题

1. 信息系统项目管理环境中的需求包含 4 个层次，即（　　）、用户需求、功能需求和非功能需求。

A. 操作需求　　　　B. 业务需求　　　　C. 质量需求　　　　D. 速度需求

2. 从财务的角度看，信息系统项目成本包括人工费、培训费、软硬件购置费和（　　）等。

A. 调研费用　　　　B. 编程费用　　　　C. 管理费用　　　　D. 系统切换

3. 下面哪个不是信息系统项目实施的技术风险。（　　）

A. 项目规模　　　　B. 项目结构　　　　C. 组织转变　　　　D. 技术经验

4. 信息系统项目风险包含（　　）、项目管理风险及组织转变风险。

A. 人员风险　　　　B. 成本控制风险　　C. 时间和进度风险　D. 技术风险

第16章
管理信息系统的运行维护与安全管理

一个系统运行的好坏不但取决于系统设计开发的技术水平和系统运行人员的素质，更重要的是取决于管理水平的高低。从企业验收并启用信息系统开始，对系统进行管理和维护就成了企业信息化管理工作的主要任务。信息系统运行管理的目标就是对信息系统的运行进行实时控制，记录其运行状态，进行必要的修改与扩充，使信息系统正真符合企业需要，为管理决策提供足够的信息支持，为企业功能运行的信息化提供保障。

管理信息系统进入到新系统的实际运行阶段后，工作中心将转向系统的日常操作与维护。任何一个系统都不是一开始就很完善的，总是经过多重的开发、运行、再开发、再运行的循环不断上升的。而一个系统运行的好坏不但取决于系统设计开发的水平和系统运行人员的素质，更重要的是取决于管理水平的高低。系统运行管理包括：系统运行管理的维护、系统运行管理组织机构的设置、人员的配置与结构及系统运行的管理体制等。

16.1 日常运行管理

系统运行的日常管理不仅仅是机房环境和设施的管理，更主要的是对系统每天运行的状况、数据输入输出、系统的安全性与可靠性等及时准确地加以记录和分析处理。这些工作主要是由系统管理员来完成的。

（1）系统运行的日常维护

包括收集数据、整理数据、录入数据及处理结果。此外，还应包括简单的软件安装升级、硬件维护和相应的设施管理，如新数据的录入、存储、更新、复制、统计分析、报表生成和定期与外界交流等数据处理工作。这些工作一般要按照一定的操作规程进行，一定要保证数据的录入与处理的及时性、快速性和准确性。

（2）临时性的信息服务

包括：临时性的查询检索并生成某些一次性的报表，进行某种统计、预测或方案的预算等工作。

（3）系统运行情况的记录

整个系统运行情况的记录能够反映出系统在大多数情况下的状态和工作效率，对于系统的评价和改进具有参考价值。因此，对管理信息系统的运行情况一定要及时、准确、完整地记录下来。除了日常例行的正常运行记录外，更重要的是要及时记录下意外或特殊情况的处理结果，如更换、添加或减少硬盘、意外停机、操作系统或数据库平台升级等。

系统运行情况的记录，主要包括以下 5 个方面的内容。

① 工作量记录。包括：开机时间，每天、每周、每月录入数据的数量，累计的数据总量，数据的使用频率等。这些数量反映了系统工作的负担及提供信息服务的规模，是反映计算机应用系统功能的最基本数据。

② 工作效率记录。是指系统为了完成所规定的工作而占用的人力、物力和财力等。

③ 系统服务质量记录。是指对系统提供的方式和内容用户是否满意，所提供的数据信息是否符合要求等。

④ 系统维护情况记录。包括：维修工作的内容、发生的情况、问题分析、维护时间及具体的执行人员等。

⑤ 系统故障记录。是指对系统运行中的各种故障情况进行记录。记录的内容包括故障发生的时间、故障的设备、故障发生的环境、处理方法及结果、处理人员的姓名、善后处理的措施和原因分析等。记录应详尽、完整，且对大小故障都要进行记录。

16.2　系 统 维 护

系统维护是在系统运行中，为了适应系统环境的变化，保证系统能够持续、正常运行而从事的各项活动。

1. 系统维护的内容

（1）系统硬件设备的维护

硬件维护应由专职的硬件人员来承担，主要分为以下两种。

① 定期预防性维护。又称设备保养性维护，是指定期对计算机设备进行例行检查和保养。保养周期可以是 1 周或 1 个月不等。

② 突发性故障维护。即当设备出现某些突发性故障时，由专职的维修人员或请厂商进行检修或更换。这种维修活动要迅速及时，不能耽误时间过长，以免影响系统的正常运行。为了预防突发性故障，一般可采用双机备份的形式，即当一组设备出现故障时能自动立即启动另一组备用设备投入运行。

（2）系统软件的维护

软件维护主要是对程序的维护，维护的范围如下。

① 系统的测试过程并不能够把程序中的所有错误全都检查出来，有些错误在系统运行的实际过程中才会暴露，因此必须对其进行及时维护。

② 实际业务活动要随着客观环境和客观要求发生变化，因此必然要求应用程序的功能也要随之发生变化，系统需要在运行中不断加以维护和升级以适应新的发展。

③ 计算机硬件是在不断发展的，相应的软件要随之不断更新才能保证应用程序的效率和质量。

（3）系统数据的维护

数据维护工作一般由数据库管理员来负责，主要负责数据库的安全性、完整性，以及进行并发性控制。用户向数据库管理员提出数据操作请求，数据库管理员负责审核用户身份，定义其操作权限，并负责监督用户的各项操作。同时，数据库管理员还要负责维护数据库中的数据，负责定期出版数据字典及一些其他的数据管理文档。

2. 系统软件维护的类型

（1）正确性维护

正确性维护是指改正在系统开发阶段已发生而在系统测试阶段未能被发现的错误。对于所发现的错误，如果不太严重，不影响系统的正常运行，可随时进行维护；如果是比较严重的错误，影响整个系统的正常运行，其必须制定维护计划，并且要进行反复检查和控制。

（2）适应性维护

适应性维护是指为了使软件适应新的管理需求变化而进行的修改。

（3）完善性维护

完善性维护是指为扩充功能和改善性能而进行的修改。主要是对已有的软件系统增加一些在系统分析设计阶段没有考虑进去的功能和性能特征，另外还包括对程序处理效率的改进。

（4）预防性维护

预防性维护是指为了改进应用软件的可靠性和可维护性，主动增加的新功能，以适应应用的变化。

3. 系统维护应注意的问题

要保证系统的维护工作顺利进行，提高系统的可修改性，必须重视以下几个方面的问题。

① 建立健全各类系统开发文档资料。如果没有一套完整的开发文档资料，则系统维护，特别是数据维护和应用软件维护是很难规范进行的。

② 文档资料要标准化、规范化。为了提高各类文档的可理解性和可读性，在系统开发初期就要根据所使用的开发方法制定出文档标准规范，所有的开发人员都必须遵守这个规范，并且要形成制度加以约束，并以此作为评价人员工作质量的一个指标。

③ 开发阶段要严格按照各阶段所规定的开发原则和规范来进行。在系统设计阶段要按照一定的设计原则和设计策略来从事系统设计工作，这样才使得系统维护工作相对容易进行。

④ 维护文档的可跟踪性。无论在系统开发阶段，还是在系统运行阶段，都不可避免地要对文档资料进行修改，要保留修改前和修改后的痕迹，这样才能保证系统的每次维护都有据可查。

⑤ 建立健全从系统开发到系统运行各阶段的管理制度。制定一套完整规范的管理制度，是监督、管理和控制各阶段人员各项工作的重要保证。

总之，系统维护工作是系统运行阶段的重要工作内容，必须予以充分的重视。维护工作做得越好，信息资源的作用就越能得到充分的发挥，系统的生命力也就越强。

16.3　运行管理体制

1. 组织机构的设置

系统运行的组织机构对提高管理信息系统的运行效率是十分重要的。系统运行组织机构的建立与信息系统在企业中的地位是密不可分的。随着人们对信息作用认识的提高，信息系统在企业管理中的地位也在逐步提高。目前，我国各企业、组织中负责系统运行的大多是信息中心、计算中心、信息处等信息管理的职能部门。信息系统在企业中的组织机构有以下 3 种主要形式。

（1）分散平行式

分散平行式中的计算机是分散在各职能部门的，使用计算机的权利是相等的，应用工作结合实际较好，但是信息系统的综合处理能力和决策支持能力较差。

（2）集中式

集中式是将所有的计算机系统集中在信息中心统一管理，各职能部门只是一个服务的对象。这种资源相对集中的管理方式有利于信息共享和决策支持，但容易造成与职能部门的脱节，使应用的效果降低。

（3）集中分散式

集中分散式综合了上两种方式的优点，它既加强信息系统资源的集中管理，又给各职能部门以充分的自由。信息中心起着统一规划、协调各职能部门的工作及共享数据管理的作用。集中分散式是随着计算机网络的发展而发展起来的。

2. 人员的配置

系统运行人员配置数量的多少，是根据系统规模大小、复杂难易程度和应用管理范围而确定的。总体上可以划分成以下几类。

① 系统应用人员。包括：系统管理人员、系统分析人员和系统应用人员。

② 系统维护人员。包括：系统程序员和运行人员、系统软件维护人员和硬件维护人员。

③ 系统操作人员。包括：数据输入人员、系统使用人员。

经过实际统计表明，以上三类人员在系统中的比例基本上是各占三分之一。随着计算机硬件的可靠程度和软件功能的不断提高，系统维护人员和操作人员正在日趋减少，而系统应用人员和管理人员正在逐渐增加。所以，在系统人员的配置上必须根据系统本身和企业的具体情况及系统人员本身的情况来确定。

3. 运行管理体制

建立健全管理信息系统的规章制度，有效地利用运行日志等手段对系统的运行过程进行监督和控制是系统运行的重要保证。MIS 系统投入正式运行以后，信息就会始终不断地输入到系统，经过加工后又不断地输出，提供给各有关部门使用。任何一点疏忽都将产生意想不到的严重后果，所以必须建立严格的系统运行人员的岗位责任制和其他相应的规章制度。归纳起来，必要的管理规章制度一般为以下 7 个方面：

● 系统及系统设备的安全管理制度；

● 系统定期进行维修的制度；

- 系统运行的必要操作规程；
- 用户的操作使用规程；
- 系统信息安全性、保密性的管理制度；
- 系统修改规程；
- 系统运行日志及填写规程。

除了建立严格的系统运行人员的岗位责任制和其他相应的规章制度外，还要明确规定各类人员的职权范围和责任，努力做到以下 3 点。

① 规定各类人员的职权范围和责任，规定相应用户的操作权限，当出现问题时就知道应如何处理；当有新的信息需求时就知道应该遵照什么管理程序向信息管理部门提出，作为信息管理部门又应按照什么工作流程来及时加以处理等。

② 企业高层领导或负责人要及时定期地检查系统运行情况，发现问题并及时处理。

③ 信息管理部门的负责人除了要负责监督系统运行外，还要对本部门各类人员的工作进行监督和检查。

只有这样层层负责，分工明确，协调配合，才能确保建立一整套科学、规范的系统运行管理体制。

16.4　系 统 评 价

16.4.1　系统评价的主要指标

系统评价是指系统投入运行一段时间以后，对新系统所作的一次全面的评价。它度量了系统当前的性能，并为进一步改善未来的工作提供了依据，其目的在于评估系统的技术能力、工作性能和系统的效益。系统评价一般包括：系统的建设性能评价、系统的技术评价和系统的效益评价，如图 16-1 所示。

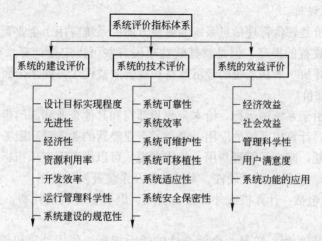

图 16-1　系统评价指标体系

　　1）系统的建设性能评价

　　系统的建设性能评价是指系统运行后，系统功能是否达到了系统设计的目标要求，并评价系统工作情况的科学性，用户资源的利用率如何？资源的付出是否控制在预定的范围内，并对已超过或没有达到系统预定目标的部分做出必要的说明和解释。

　　2）系统的技术评价

　　技术方面的评价，主要表现在以下 9 个方面。

　　① 系统的完整性。评价系统设计的科学性、合理性、具备的功能及其特点，系统是否达到了设计任务书的要求等。

　　② 系统的可靠性。是指系统运行的可靠程度，系统能否无故障正常地工作；当出现异常或故障时，采取哪些防止系统被破坏的方法和措施。例如，系统对于错误地输入数据将做出怎样的反应，非法窃取或更改数据的抵制能力如何，对错误操作的反应如何等。此外，还应包括系统的有效性及维护难易程度的评价。系统的可靠性是一个相当重要的指标。

　　③ 系统的效率。系统效率是指与旧系统相比，减轻了多少重复的烦琐劳动和手工的计算量、抄写量，效率提高了多少。这可以通过系统处理业务的速度或单位时间内处理的业务量来衡量。例如，在财务管理系统中，每小时可输入多少笔凭单数据，每日财务处理需要多少时间等。这些与数量、速度、时间有关的性能，都可以称之为效率。

　　④ 系统的工作质量。系统提供数据的精确度，输出结果的易读性，使用是否方便，系统响应时间是否能满足设计的要求，终端输入输出的时间、数据通信时间及计算机处理时间等分配是否合理，各有关设备的选择是否能满足响应时间的要求等。

　　⑤ 系统的灵活性。系统的运行环境是在不断变化的，系统本身也需要进行不断的修改和完善。系统的扩充能力与修改的难易程度如何。系统能否扩充是系统生命力的表现。

　　⑥ 系统的通用性。为某一企业或部门设计的系统是否可以移植到别的企业或部门，移植的难易程度及其适应程度如何等。

　　⑦ 程序规模。一般采用系统中各种应用程序的总的语句行及占用存储空间量的多少作为评价的一项指标。

　　⑧ 系统的实用性。评价对系统工作人员的要求，以及系统使用操作的难易程度。

　　⑨ 其他。系统存在的隐性问题及其他，包括建设性的改进意见。

　　3）系统的效益评价

　　系统的效益评价是评价管理信息系统的重要方面。系统应用于企业管理后，可以促使企业管理水平和管理效益的提高，但是就其效益来说有些可以定量计算，有些却很难定量计算，因此其效益的评价一般从系统的经济效益和社会效益两个方面来全面考查进行。

　　(1) 经济效益评价

　　经济效益是指由于系统的运行，给本企业和部门和其他企业和部门带来的可以用货币形式直接表示的效益。计算机系统的应用，提高了企业经营的业务量和服务的质量，降低了成本，节约了物资消耗，减少了管理费用。具体来说，可以用下面三项指标来衡量。

　　① 一次性投资。包括：系统硬件、系统软件及系统开发的费用。

　　② 经营费用。包括：计算机或外部设备费用、电费、材料消耗费、人员工资、设备折旧费等。

　　③ 年生产费用节约额。它是一个综合性的货币指标。使用计算机管理信息系统以后，

用年生产费用的节约额节约了多少来衡量。

（2）社会效益评价

社会效益，也称间接效益，是指由于系统的运行为企业和社会带来的、不能用货币直接计量的效益，它主要表现在企业形象、企业管理水平和管理效率的提高程度。社会效益对企业产生质的影响，具有战略性的意义。管理信息系统使用的时间越长，应用面越广，其效益也就越显著。具有远见的企业领导，应该高度重视这方面的效益。社会效益主要体现在以下3 个方面。

① 提高管理效率，促进管理科学化。管理信息系统的使用，提高了企业的自动化、电子化、现代科学化的管理水平。

② 变被动式经验管理为主动性科学管理。由于信息处理效率提高了，使生产、经营及管理工作逐步走向实时和定量化。

③ 提高了企业对市场的适应能力和竞争能力。由于可以用计算机提供最优辅助决策方案，因此当市场情况发生变化时，企业可以及时地修改计划，做出相应的决策，以适应市场变化的需要，使企业在市场竞争中处于有利地位。

16.4.2　评价方法

常用的信息系统评价方法主要有 3 种：专家意见法、成本效益分析法和多准则评价法。

1. 专家意见法

专家意见法基本上是一种定性评价方法，它依靠专家的知识和经验，让他们在掌握一定客观情况和资料的基础上对不成熟领域问题进行决策。用于 MIS 评价的专家意见法通常有专家打分法、专家组定性评审法、德尔菲法等。例如，目前我们常用的鉴定会、验收会等形式，就是聘请有关的专家对项目进行评估，属于专家组评议法。而德尔菲（Delphi）法是美国兰德公司早在 20 世纪 50 年代提出的，为了对项目更科学地进行评估，用信函的方式征询专家的意见，专家互不见面，可以畅所欲言，组织者将专家反馈的意见进行整理，反馈给各位专家再进行评议，如此反复几次，最后得出客观的结论。

2. 成本效益分析法

建立企业管理信息系统的目的在于提供完整、准确的信息，提高管理工作效率和经营决策水平，减少管理中的失误，使生产经营活动达到最佳经济效益。成本效益分析法就是这样一种定量评价方法，对拟建项目的成本及效益进行量化和度量，计算出表明成本效益的指标，并在各备选项目之间进行比较权衡。成本效益分析的理想结果应该是项目的总受益收入（或年收益）超过总成本（或年成本），为本单位和社会带来经济效益。

（1）信息系统的成本计算

系统的成本随着系统的类型、范围及功能要求的不同而不同。在分析的过程中需要进行许多预测、估计。一般来说，系统费用（C）应为系统开发总费用（C_d）和运行维护费用（C_r）之和，即

$$C = C_d + C_r \tag{16-1}$$

系统开发费用和系统运行费用可分为四大类，即硬件费用、软件费用、网络费用和人工费用。系统费用的构成如图 16-2 所示。

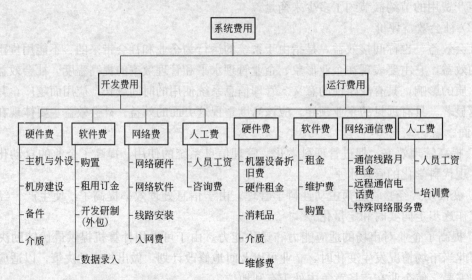

图 16-2　系统开发费用和系统运行费用

系统费用率可用机时成本来表示，即

$$C=(S+D+M+P)\cdot\frac{1+h\%}{T\cdot K}\tag{16-2}$$

式中，S 表示人员工资，D 表示软件折旧费，M 表示消耗材料费，P 表示电费等能源费用，h 表示间接费用率，T 表示机器正常工作时间，K 表示机器利用系数。

（2）系统效益分析

系统的效益主要是从两个方面来分析：一方面是成本的节约，另一方面是效益的增加。成本的节约表现在多个方面，如工作人员的减少导致工资的节约，订货的及时导致采购费用的降低，安全库存的降低使积压资金减少等。效益的增加体现在诸如劳动生产率的提高而使产量提高、产值增加，产品质量的提高使产值提高，交货日期的保证使企业信誉提高，从而提高了市场占有率等。

（3）成本和效益的对比

将系统的成本和效益数量化，用货币价格来表示成本、效益，进而进行成本和效益的比较。应用计算机管理后，由于合理地利用现有设备、原材料、能量，使产品产量或提供的服务增长；由于劳动率提高，物资储备减少，产品或服务质量提高，非生产费用降低，使生产或服务的成本降低。成本和效益的对比以可获得的经济效果为主要指标来表示。

① 年收益增长额（P）。年收益增长额（P）的计算公式为

$$P=\left[\frac{A_2-A_1}{A_1}\right]\cdot P_1+\left[\frac{C_1-C_2}{1\ 000}\right]\cdot A_2\tag{16-3}$$

式中，A_1、A_2 分别表示系统应用前、后年产品销售总额（千元）；P_1 表示系统应用前产品销售的收益总额（千元）；C_1、C_2 分别表示系统应用前、后每千元商品产品的成本费（元）。

② 投资效果系数（E）。投资效果系数（E）的计算公式为

$$E=\frac{P}{K}\geqslant E_n\tag{16-4}$$

式中，K 表示信息系统的投资总额（千元）；E_n 表示国家规定的定额系数。

③ 投资总额（K）。投资总额（K）的计算公式为

$$K = K_d + K_k + \Delta O_c \tag{16-5}$$

式中，K_d 表示系统开发和转换费用（千元）；K_k 表示设备购置、安装和厂房建设费用（千元）；ΔO_c 表示系统实施后流动资金的变化。

④ 投资回收期（T）。投资回收期（T）的年限计算公式为

$$T = \frac{K}{P} \tag{16-6}$$

如果计算机的实际效果系数（E）等于或大于定额效果系数（E_n），就认为管理信息系统的应用是有益的。投资回收期（T）的年限越短越好。

3. 多准则评价法

对于一个比较复杂的、大的系统而言，很难用一两个单一的指标来衡量系统的性能，必须用多个指标来评价，此时可用多准则评价法。多准则评价法是对评价对象设定多个指标，然后评价系统在各个指标上的实现程度，从而得到一个综合的评价结果。它可以是定量的，也可以是定性的，也可以是定量与定性相结合。具体的方法有层次分析法（AHP）、多因素加权相加法等。

1）层次分析法（AHP）

层次分析法（AHP）作为一种简易而科学的决策方法，它是针对现代管理中存在的许多复杂、模糊不清的相关关系如何转化为定量分析的问题，提出的一种分析解决方法，近年来在管理决策领域中得到了广泛的应用。在信息系统评价的过程中，它可以用于按照一定的评价指标体系，对多个系统方案或投标书进行评估和选择或对已实现的系统进行评价，并按照优劣次序排队。层次分析法一般分为以下 5 个步骤。

（1）建立层次结构模型

在深入分析面临的问题之后，把问题中所包含的因素划分为不同层次（如目标层、准则层、指标层、方案层、措施层等），用框图形式说明层次的递阶结构与因素的从属关系。当某个层次包括的因素较多时，可将该层次进一步划分为若干子层次。同时，根据系统的内在联系，找出上一层元素与下一层元素之间的因果关系，将有关系的元素之间用直线连接。当某元素与下一层的所有元素都有联系时，称为完全层次关系，否则为不完全层次关系。

（2）构造两两比较的判断矩阵

在递阶层次结构建立之后，则指标体系的上下支配关系也已明确，我们的目的是要确定各级指标在总的综合评价指标中的权重大小。为了将层次结构图中上、下层次相关元素的相关程度由定性转化为定量的相对值，就必须构造判断矩阵。判断矩阵元素的值反映了人们对各因素相对重要程度（优劣、偏好、强度等）的认识，一般采用数字 1～9 及其倒数的标度方法，如表 16-1 所示。例如，A 与 B 相比，有同等的重要性，则用"1"标度；A 与 B 相比，A 比 B 稍微重要，则用"3"标度；A 与 B 相比，A 比 B 明显重要，则用"5"标度；A 与 B 相比，A 比 B 强烈重要，则用"7"标度；A 与 B 相比，A 比 B 极端重要，则用"9"标度。反之，如果在以上条件下，B 与 A 相比时，其判断值显然是上述标度值的倒数 1、1/3、1/5、1/7、1/9。对于 n 个元素，可以得到两两比较的判断矩阵 A，即

$$A = (a_{ij})_{n \times m} \tag{16-7}$$

表 16 - 1　标度含义表

1	表示两个元素相比，具有同样重要性
3	表示两个元素相比，一个元素比另一个元素稍微重要
5	表示两个元素相比，一个元素比另一个元素明显重要
7	表示两个元素相比，一个元素比另一个元素强烈重要
9	表示两个元素相比，一个元素比另一个元素极端重要
2，4，6，8	为上述两相邻判断的中值
倒数	因素 i 与 j 比较得判断 a_{ij}，则因素 j 与 i 比较得判断 a_{ji}，$a_{ji}=1/a_{ij}$

（3）层次单排序及其一致性检验

通过判断矩阵 A，求解其特征根 A_1，A_2，$\cdots$，A_n 的排序权值，并计算其归一化值。矩阵的求解为

$$AW=\lambda_{\max}W \qquad (16-8)$$

由式（16-8）得到解 W 和判断矩阵最大特征根 $\lambda_{\max}$，经归一化后即为同一层次相应因素对于上一层次某因素相对重要性的排序权值，这一过程称为层次单排序。为进行层次单排序（或判断矩阵）的一致性检验，还需要计算一致性指标和一致性比率。

一致性指标的计算公式为

$$\text{C. I.}=\frac{(\lambda_{\max}-n)}{(n-1)} \qquad (16-9)$$

设有 1～9 阶判断矩阵，且平均随机一致性指标 R. I. 的取值如表 16-2 所示。

表 16 - 2　平均随机一致性指标的取值

1	2	3	4	5	6	7	8	9
0.00	0.00	0.58	0.90	1.12	1.24	1.32	1.41	1.45

则由此计算一致性比率为

$$\text{C. R.}=\frac{\text{C. I.}}{\text{R. I.}} \qquad (16-10)$$

当随机一致性比率小于 0.10 时，认为层次单排序的结果有满意的一致性，否则需要调整判断矩阵的元素取值。

（4）层次总排序

计算同一层次所有因素对于最高层（总目标）相对重要性的排序，称为层次总排序。这一过程是最高层次到最低层次逐层进行的。若上一层次 A 包含 m 个因素 A_1，A_2，$\cdots$，A_m，其层次总排序权值分别为 a_1，a_2，$\cdots$，a_m，下一层次 B 包含 n 个因素 B_1，B_2，$\cdots$，B_n，它们对于因素 A_j 的层次单排序权值分别为 b_{1j}，b_{2j}，$\cdots$，b_{nj}（当 B_k 与 A_j 无联系时，$b_{kj}=0$）。

（5）层次总排序的一致性检验

对于递阶层次结构组合判断的一致性检验是从高到低逐层进行的。如果 B 层次某些因素对于 A_j 单排序的一致性指标为 C_{ij}，相应的平均随机一致性指标为 R_{ij}，则 B 层次总排序随机一致性比率为

$$\mathbf{C.\,R.}^{k} = \frac{\sum\limits_{j=1}^{m} a_j \mathbf{C.\,I.}_j^{k}}{\sum\limits_{j=1}^{m} a_j \mathbf{R.\,I.}_j^{k}} \qquad (k = 1,\ 2,\ \cdots,\ n) \tag{16-11}$$

类似地，当 $\mathbf{C.\,R.}^{k} < 0.10$ 时，认为层次总排序结果具有满意的一致性，否则需要重新调整判断矩阵的元素取值。

层次分析法的基本步骤可用于解决不太复杂的问题。当面临的问题比较复杂时，可以采用扩展的层次分析法，如动态排序法、边际排序法、前向反向排序法等。

层次分析法是一种实用的多准则决策方法，用于解决难以用其他定量方法进行决策的复杂系统问题。非常适合于信息系统的评价，尤其适合于多个信息系统的比较，目前已有现成的 AHP 软件可供用户使用。

2）多因素加权相加法

在此介绍一种专家调查法的多因素加权相加方法。将多项指标列成表（如表 16-3 所示）的第一行，然后请专家对每个指标按其重要性给出一个权重值，假如规定权重最高分为 10 分，最低分是 1 分；再请每个专家分别对被评价系统的各个指标打分，也假定其最高分也是 10 分，最低分是 1 分，同时取专家权重参与计算。所谓专家权重，是指专家的权威性，权值大小由评价者根据专家知识面和经验丰富程度决定。根据若干个专家的打分表（如表 16-3 所示）及专家本人的权重，求得每个指标的加权值，计算步骤如下。

表 16-3　多系统评价多因素加权计算表

	指标 1	指标 2	…	指标 N	加权平均分 A_k
权重 W	W_1	W_2	…	W_n	
系统 1（评分 X_1）	$X_{1,1}$	$X_{1,2}$	…	$X_{1,n}$	
系统 2（评分 X_2）	$X_{2,1}$	$X_{2,2}$	…	$X_{2,n}$	
⋮	⋮	⋮	…	⋮	
系统 m（评分 X_m）	$X_{m,1}$	$X_{m,2}$	…	$X_{m,n}$	

① 求单个信息系统的第 j 个指标的权值（加权平均值）W_j

$$W_j = \frac{\sum\limits_{i=1}^{p} (W_{i,j} \cdot E_i)}{\sum\limits_{i=1}^{p} E_i} \qquad (j = 1,\ 2,\ \cdots,\ n) \tag{16-12}$$

式中，W_j 表示第 j 个指标的权值（加权平均值），$W_{i,j}$ 表示第 i 个专家对第 j 个指标的权重打分值，E_i 表示第 i 个专家的权重，p 表示专家数。

② 求单个信息系统的第 j 个指标的评分值（加权平均值）X_j

$$X_j = \frac{\sum\limits_{i=1}^{p} (X_{i,j} \cdot E_i)}{\sum\limits_{i=1}^{p} E_i} \qquad (j = 1,\ 2,\ \cdots,\ n) \tag{16-13}$$

式中，X_j 表示第 j 个指标的评分值，$X_{i,j}$ 表示第 i 个专家对第 j 个指标的打分值。

③ 求单个信息系统的综合加权平均值 A_j

$$A_j = \frac{\sum\limits_{i=1}^{p}(W_j \cdot X_j)}{\sum\limits_{i=1}^{p}W_j} \qquad (j=1, 2, \cdots, n) \qquad (16-14)$$

式中，A_j 表示单个信息系统的综合评分值，W_j 表示第 j 个指标的权值（加权平均），X_j 表示第 j 个指标的评分值（加权平均）。

④ 如果同时评价若干个可比系统，专家的打分表如表 16-3 所示，每个专家填一张打分表。然后首先求出每张表（即第 k 个专家打分的表）对第 i 个信息系统的加权平均分 $A_{k,i}$。其计算如下。

$$A_{k,i} = \frac{\sum\limits_{j=1}^{n}(W_{k,j} \cdot X_{i,j})}{\sum\limits_{j=1}^{n}W_{k,j}} \qquad (i=1, 2, \cdots, m) \qquad (16-15)$$

式中，$A_{k,i}$ 表示第 k 个专家对第 i 个系统的加权平均分，$W_{k,j}$ 表示第 k 个专家对第 j 个指标的权重打分值，$X_{i,j}$ 表示第 k 个专家对第 i 个系统、第 j 个指标的打分值，m 表示被评价信息系统数，n 表示指标项数。

⑤ 若专家有 p 个，则 p 个专家对第 i 个系统的综合评分为

$$ZA_i = \frac{\sum\limits_{k=1}^{p}(A_{k,j} \cdot E_k)}{\sum\limits_{k=1}^{p}E_k} \qquad (i=1, 2, \cdots, n) \qquad (16-16)$$

式中，ZA_i 表示 p 个专家对第 i 个系统的综合评分值，$A_{k,i}$ 表示第 k 个专家对第 i 个系统的加权平均分，E_k 表示第 k 个专家的权重，p 表示专家数。

最后，将所有 ZA_i 值进行由大到小排序，即得到各系统评价排序，从而得到多个信息系统的优劣比较。

显然专家数越多越好（样本数越多），评价越接近实际。综合评分越高，说明系统越好。由于假定的分数区间为：1～10 分，这样使得综合评分不可能达到 10 分，也不可能为 1 分，可以按照表 16-4 规定的综合评分来评价管理信息系统。

表 16-4　多因素加权计算值与系统评价表

分值区间	综合评价	分值区间	综合评价
>9	极好系统	4～6	一般系统
8～9	优秀系统	2～4	较差系统
6～8	良好系统	<2	极差系统

16.4.3　系统评价报告

系统评价报告应以事实为依据，要有可靠的数据，定量计算与定性分析相结合。它既是

对新系统开发工作的最好评定与总结，也是进一步进行维护工作的依据，通常由此产生对新系统的调整报告与维护申请。系统正是在不断的维护、评价进程中逐步完善和发展的。

系统评价的结果应形成正式的书面文件，即系统评价报告。该报告包括以下几个方面的内容：

① 系统的名称、结构和功能；

② 任务提出者、系统开发者和用户；

③ 有关文档资料；

④ 经济效益评价；

⑤ 系统性能评价；

⑥ 综合评价。

16.5　信息系统安全管理

在信息化建设中进行信息系统安全管理是一个新的课题，已经引起国家的高度重视。信息系统安全管理不单单是管理体制或技术问题，而是策略、管理和技术的有机结合。从安全管理体系的高度来全面构建和规范我国的信息安全，将有效地保障我国的信息系统安全。

16.5.1　信息系统安全概述

1. 信息安全

信息安全标准 BS7799 中，信息安全的定义是：使信息避免一系列威胁，保障商务的连续性，最大限度地减少商务的损失，最大限度地获取投资和商务的回报，涉及的机密性、完整性、可用性。

机密性是指信息不泄露给非法用户，不被非法利用。另一方面，可以理解为信息的保密隐藏——组织将不宜向公众开放的信息用某种方式隐藏起来，只有经过特定的授权后才能根据授权的级别对信息进行相应的访问。信息的机密（Encryption）性可以通过加密和访问控制（Access Control）机制来实现。

完整性是指信息数据的可信赖性、确定性，通常它用来表达防止不当或者非法的数据修改、破坏和丢失。完整性包括数据完整性（即信息的内容）和原始的完整性（即数据的来源）。信息的来源可能关系到信息的精确性、可信性和人们对信息的信任程度。信息完整性机制通常有两种：保护机制（Prevention）和检测机制（Detection）。

可用性是指对信息资源的可被合法授权用户使用的特性，当需要时用户总能存取所需要的信息。可用性是系统可靠性和系统设计的重要方面，一个不可用或可用性差的系统除了增加组织开销之外毫无意义。可用性通过鉴别（Authenticaton）机制来保证。

上述三项内容是信息安全应该具备的基本要求。除此之外，还有可控性（Controllability）和抗抵赖性（Non - repudiation）等技术要求。

2. 信息系统安全

信息系统安全是指信息系统资源和信息资源不受自然和人为有害因素的威胁和危害。1994年2月18日中国国务院首次发布了《中华人民共和国计算机信息系统安全保护条例》，该条例明确指出：信息系统安全是指"保障计算机及其相关的和配套的设备、设施（含网络）的安全及运行环境的安全，保障信息的安全，保障计算机功能的正常发挥，以维护计算机信息系统的安全运行"。即信息系统的安全就是为了防止系统外部对系统资源（特别是信息资源）不合法的使用和访问，保证系统的硬件、软件和数据不因偶然或人为因素而遭受破坏、泄漏、修改或复制，维护正常的信息活动，保证信息系统安全运行而采取的手段。

信息系统安全问题具有如下特点。

① 信息系统是一个人-机信息系统，所以又是一个社会系统，因此其安全不仅涉及技术问题，还涉及管理问题。

② 信息系统的安全问题涉及的内容非常广泛，既包括系统资源，还包括信息资源。系统信息安全不仅包括系统的静态安全，还包括系统运行的动态安全。

③ 完善的信息系统安全机制是一个完整的逻辑结构，其实施是一个复杂的系统工程。

信息系统安全内容包括如下几个方面。

① 实体安全。系统设备及其相关设施运行正常，系统服务适时，具体包括环境、建筑、设备、电磁、数据介质、灾害报警等。

② 软件安全。操作系统、数据库管理系统、网络软件、应用软件等软件及相关资料的完整性，具体包括软件开发规程、软件安全测试、软件的修改与复制等。

③ 数据安全。系统拥有的和产生的数据或信息完整、有效，使用合法，不被破坏或泄漏，具体包括输入、输出、用户识别、存取控制、加密、审计与追踪、备份与恢复。

④ 运行安全。系统资源和信息资源使用合法，具体包括电源、环境气氛、人事、机房管理、出入控制、数据与介质管理、运行管理和维护。

3. 影响信息系统安全的因素

信息系统安全是一个系统性的概念，它包括信息系统的物理实体的安全，也包括软件数据，以及技术的和非技术的人为因素引起的安全隐患。影响信息系统安全的主要因素有以下几种。

① 自然及不可抗拒因素。如地震、火灾、风暴及社会暴力或战争等，这些因素将直接危害信息系统实体的安全。

② 硬件及物理因素。系统硬件及环境的安全可靠，包括机房设施、计算机主体、存储系统、辅助设备、数据通信设施及信息存储介质的安全性。

③ 电磁波因素。计算机系统及其控制的信息和数据传输通道，在工作过程中都会产生电磁波辐射，在一定地理范围内用无线电接收机很容易检测并接受到，这就有可能造成信息通过电磁辐射而泄漏。另外，空间电磁波也可能对系统产生电磁干扰，影响系统正常运行。

④ 软件因素。如软件的非法删改、复制与窃取将使系统的软件受到损失，并可能造成泄密。计算机网络病毒就是以软件为手段侵入系统进行破坏的。

⑤ 数据因素。如数据信息在存储和传递过程中的安全性，是计算机犯罪的主攻核心，是必须加以保护和保密的重点。

⑥ 人为及管理因素。涉及工作人员的素质、责任心及严密的行政管理制度和法律法规，

以防范人为的主动因素直接对系统安全所造成的威胁。

⑦ 其他因素。系统安全一旦出现问题，能将损失降到最小，把产生的影响限制在许可的范围内，保证迅速、有效地恢复系统运行的一切因素。

16.5.2　信息系统安全管理

信息系统运行安全管理不纯粹是一项技术性问题，同时还是一项需要法律、制度、人的素质等因素相互配合的复杂系统工程。我国政府已颁布和出台了安全实施细则和法规，如操作系统安全评估标准、网络安全管理规范、数据库系统安全评估标准、计算机病毒及有害数据防止管理制度等。随着信息系统管理工作的规范化，最终将会使信息系统应用进入良好的法制化保护环境。

1. 信息系统的安全保护措施

信息系统的安全保护措施分为技术性和非技术性两大类。技术性安全措施是指通过采取与系统直接相关的技术手段防止安全事故的发生；非技术性安全措施是指利用行政管理、法律保证和其他物理措施等防止安全事故的发生，它是施加于信息系统之上的措施。

一般来讲，在信息系统的安全保护措施中，技术性安全实施所占的比例很小，更多的是非技术性安全措施。这两者是相互补充的关系。安全技术是不可缺少的手段，但严格管理和法律制度才是系统安全的根本保证。同时，信息系统的安全保证还取决于系统运行管理制度的建立和执行效果的好坏。

2. 信息系统的安全管理措施

（1）信息系统的实体安全管理措施

信息系统的实体安全措施是指保证信息系统的各种设备及环境设施的安全而采取的措施。它主要包括场地环境、设备设施、供电、空气调节与净化、电磁屏蔽、信息存储介质等的安全。

（2）信息系统的技术性安全措施

信息系统的技术性安全措施是指在信息系统内部采用技术手段，防止对系统资源非法使用和对信息资源的非法存取操作。信息资源的安全性分为动态和静态两类。动态安全性是指对数据信息进行存取操作过程中的控制措施；静态安全性是指对信息传输、存储过程中的加密措施。其中，数据加密措施是为了防止存储介质的非法复制、被窃，以及信息传输线路的被窃听而造成机要数据的泄密，在系统中应对机要数据采取加密存储和加密传输等安全保密技术措施。

（3）存取授权控制措施

它是指为确保共享资源情况下信息的安全，就算是合法用户进入系统，其所使用的资源及使用程度也应受到一定的限制。信息系统要通过对用户授权来进行存取控制，即在什么条件下，可以让什么样的用户对相对应范围的系统资源进行所允许的操作。通过存取控制的授权，一方面可以保证用户共享系统资源，防范人为的非法越权行为，另一方面又不会因误操作而对职权外的数据产生干扰。

（4）网络防火墙技术措施

网络防火墙技术是保证企业计算机网络不受"黑客"攻击的一种控制性质的网络安全措

施。防火墙是隔离系统网络内外的一道屏蔽，它的特点是在不妨碍正常信息流通的情况下，对内，它保护某一确定范围的网络信息；对外，它防范来自被保护网络范围以外的威胁与攻击。

防火墙技术措施的原理是在比较明确的网络边界上，最大限度地对外来攻击屏蔽来保护信息和结构的安全，但它对来自网路内部的安全威胁不具备防范作用。在实现数据保护过程中，该技术需要特殊的封闭式的网络拓扑技术结构给予支持，相应的网络开销也比较大。由于防火墙技术实施相对简单，所以被广泛采用。一般有因特网接口的企业信息系统都采用该项技术，它们通过数据包过滤、应用级网关和代理服务器等方式来实现防火墙的功能。

信息系统的安全性主要体现在高保密性、可控制性、易审查性、抗攻击性4个方面。但信息系统的安全性问题不仅是社会问题、技术问题，而且也是经济问题。安全保护措施必然要增加系统的维护费用，安全性越高，系统的投资也越大。在一些特级保密的信息系统中，安全措施费用甚至可能超过系统正常投资的数额，因此，要权衡这个矛盾。

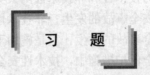

习　题

一、名词解释

1. 系统维护　2. 系统评价　3. 层次分析法　4. 信息安全　5. 信息系统安全

二、简答题

1. 简述系统运行的日常管理工作。
2. 简述系统维护的内容和维护的类型。
3. 系统维护应注意哪些问题？
4. 简述系统评价的内容、指标和原则。
5. 提高系统安全性与可靠性有哪些方法？
6. 简述信息系统安全管理措施。
7. 信息系统安全问题具有哪些特点？
8. 影响信息系统安全的因素有哪些？

三、单选题

1. 系统软件维护包括：正确性维护、适应性维护、完善性维护和（　　）。
   A. 日常维护　　　　B. 定期维护　　　　C. 标准化维护　　　D. 预防性维护
2. 系统评价一般包括：系统的建设性能评价、系统的技术评价和（　　）第3个方面。
   A. 系统的效率评价　　　　　　　B. 系统的效益评价
   C. 系统的经济性评价　　　　　　D. 系统的安全保密性评价
3. 信息安全应该具备的基本要求包含机密性、完整性和（　　）。
   A. 可靠性　　　B. 可信赖性　　　C. 可用性　　　　D. 确定性
4. 信息系统的安全性问题不仅是社会问题、技术问题，而且也是（　　）。
   A. 经济问题　　　B. 行为问题　　　C. 系统问题　　　D. 环境问题

参 考 文 献

[1] 薛华成. 管理信息系统. 5 版. 北京：清华大学出版社，2007.
[2] 刘仲英. 管理信息系统. 北京：高等教育出版社，2006.
[3] 陈国青，李一军. 管理信息系统. 北京：高等教育出版社，2006.
[4] 倪庆萍. 管理信息系统原理. 北京：北京交通大学出版社，2006.
[5] 杜栋. 新编管理信息系统. 北京：中国人民大学出版社，2008.
[6] 左美云. 信息系统项目管理. 北京：清华大学出版社，2008.
[7] 麦克劳德，谢尔. 管理信息系统. 10 版. 北京：电子工业出版社，2007.
[8] LAUDON K C, LAUDON J P. 管理信息系统：管理数字化公司. 周宣光，译. 8
版. 北京：清华大学出版社，2005.
[9] 梅绍祖，吕殿平. 电子商务基础. 北京：清华大学出版社，2001.
[10] 方美琪，刘鲁川. 电子商务设计师教程. 北京：清华大学出版社，2005.
[11] 汪路明，胡振江. 会计信息系统. 合肥：安徽大学出版社，2008.
[12] 杨顺勇，倪庆萍，苑荣. 电子商务. 上海：复旦大学出版社，2008.
[13] 李志刚. 数据仓库与数据挖掘的原理与应用. 北京：高等教育出版社，2008.
[14] 康晓东. 基于数据仓库的数据挖掘技术. 北京：机械工业出版社，2004.
[15] 何荣勤. CRM 原理、设计和实践. 北京：电子工业出版社，2003.
[16] 薛华成. 管理信息系统. 4 版. 北京：清华大学出版社，2003.
[17] 李艳杰. 管理信息系统. 南京：东南大学出版社，2005.
[18] 甘仞初. 信息系统分析与设计. 北京：高等教育出版社，2003.
[19] 苏选良. 管理信息系统. 北京：电子工业出版社，2003.
[20] 闪四清. 管理信息系统. 北京：清华大学出版社，2003.
[21] 许多顶. 管理信息系统. 上海：上海交通大学出版社，2003.
[22] 罗超里. 手把手教你学做管理信息系统. 北京：清华大学出版社，2001.
[23] 张靖. 管理信息系统. 北京：高等教育出版社，上海社会科学院出版社，2001.
[24] RALPH M S, GEORGE W R. 管理信息系统. 张靖，蒋传海，译. 北京：机械工
业出版社，2000.
[25] 张国锋. 管理信息系统. 北京：机械工业出版社，2000.
[26] 黄梯云. 管理信息系统. 北京：高等教育出版社，2000.
[27] 霍国庆. 企业战略信息管理. 北京：科学出版社，2001.
[28] 赵平. 管理信息系统案例教程. 北京：北京大学出版社，2003.
[29] 王景光. 信息系统应用原理. 北京：机械工业出版社，2005.
[30] 张维明. 信息系统原理与工程. 2 版. 北京：电子工业出版社，2004.
[31] 甘仞初. 信息系统开发. 北京：经济科学出版社，1996.
[32] 李永平. 管理信息系统. 北京：科学出版社，2003.

[33] 常晋义. 管理信息系统. 北京：中国电力出版社，2002.

[34] 刘鲁. 信息系统设计原理与应用. 北京：北京航空航天大学出版社，2001.

[35] 朱顺泉，姜灵敏. 管理信息系统理论与务实. 北京：人民邮电出版社，2001.

[36] 黄敬仁. 系统分析. 北京：清华大学出版社，2002.

[37] 陆惠恩，陆培恩. 软件工程. 2版. 北京：电子工业出版社，2002.

[38] 尚家尧. 管理信息系统分析与设计. 广州：广东人民出版社，2002.

[39] 段爱玲. 管理信息系统. 北京：机械工业出版社，2005.

[40] 用友软件股份有限公司. 企业管理信息化应用指南. 北京：机械工业出版社，2003.

[41] 范守荣. 电子商务环境下企业管理信息系统集成研究. 产业与科技论坛，2006（9）.

[42] 林小兰. 管理信息系统在企业中的应用. 商业研究，2006（22）.

[43] 谢希仁. 计算机网络教程. 5版. 北京：人民邮电出版社，2008.

[44] DOUGLAS E. Computer networks and internets. 北京：机械工业出版社，2009.

[45] ANDREW S T. Computer networks. 北京：清华大学出版社，2008.

[46] 虞益诚. 网络技术及应用. 南京：东南大学出版社，2006.

[47] 田军. 企业资源计划（ERP）. 北京：机械工业出版社，2007.

[48] 李志刚. 数据仓库与数据挖掘的原理与应用. 北京：高等教育出版社，2008.

[49] 康晓东. 基于数据仓库的数据挖掘技术. 北京：机械工业出版社，2004.